中国桥

港珠澳大桥圆梦之路

曾平标◎著

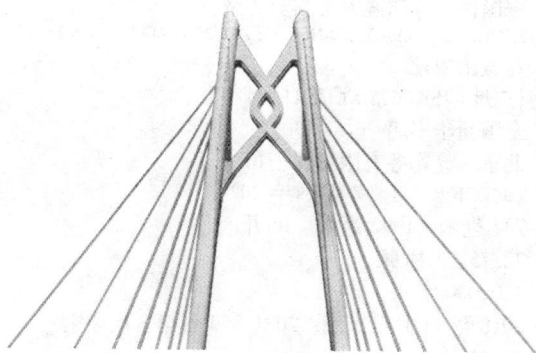

南方出版传媒

花城出版社

中国·广州

图书在版编目（CIP）数据

中国桥：港珠澳大桥圆梦之路 / 曾平标著. -- 广
州：花城出版社，2018.11（2021.7重印）
ISBN 978-7-5360-8779-8

Ⅰ. ①中… Ⅱ. ①曾… Ⅲ. ①纪实文学－中国－当代
Ⅳ. ①I25

中国版本图书馆CIP数据核字(2018)第231991号

出 版 人：肖延兵
策划编辑：程士庆　李　谓
责任编辑：张　懿　陈宾杰　邓　如　杜小烨
营销统筹：蔡　彬
技术编辑：薛伟民　凌春梅
封面摄影：李建束
封面设计：荆棘设计

书　　名	中国桥：港珠澳大桥圆梦之路 ZHONG GUO QIAO：GANG ZHU AO DA QIAO YUAN MENG ZHI LU
出版发行	花城出版社 （广州市环市东路水荫路11号）
经　　销	全国新华书店
印　　刷	北京一鑫印务有限责任公司 （北京市顺义区北务镇政府西200米）
开　　本	787毫米×1092毫米　16开
印　　张	22.75　3插页
字　　数	420,000字
版　　次	2018年11月第1版　2021年7月第8次印刷
定　　价	78.00元

如发现印装质量问题，请直接与印刷厂联系调换。
购书热线：020－37604658　37602954
花城出版社网站：http://www.fcph.com.cn

建设港珠澳大桥是中央支持香港、澳门和珠三角区域更好发展的一项重大举措，是"一国两制"下粤港澳密切合作的重大成果。

——习近平

（据《人民日报》2017年7月2日第2版刊载报道）

目 录
contents

─────────────── **第四部　与桥同行**

序 章

公元1279年12月15日。黄昏。

一缸陈墨跌入落日光潮，绛朱的血线封住海平面，阔大的伶仃洋仿佛是一朵凋零的玄色牡丹，拖着寒冬长长的尾翼。

此时，南宋爱国诗人文天祥被元军押解横渡珠江口。

站在甲板上的文天祥宽袍阔带，伫立在一块大帆之下，眉宇间透着悲怆和诘问，被镣铐紧锁的双手抓着船舷，须髯被凛冽的海风吹得蓬蓬松松。回想自己半生沉浮，一腔宏愿尽付流水，如今身陷囹圄，孤身被押于元军船上。面对阴风怒号的伶仃洋，只见他仰天长叹，毅然拿起元军将领张弘范让他写信招降同僚的笔，悬腕挥毫，一气呵成气壮山河的《过零丁洋》：

> 辛苦遭逢起一经，干戈寥落四周星。
> 山河破碎风飘絮，身世浮沉雨打萍。
> 惶恐滩头说惶恐，零丁洋里叹零丁。
> 人生自古谁无死，留取丹心照汗青。

从此，这千古不朽的诗句如黄钟大吕般激荡回旋在历史的天空上，也让伶仃洋名播天下。尽管写诗的人已逝去7个世纪，但他举袖望故国的幽幽魂魄仍遗落在伶仃洋的滔天大潮里。

沉寂700多年后，同是这片神奇的海域，有着千古英雄千古绝唱的伶仃洋迎来一项举世瞩目的超级工程，它以气吞伶仃之势让全世界再次睁大了眼睛——

这一天是2009年12月15日。

"港珠澳大桥工程开工！"

这个消息是由时任中共中央政治局常委、国务院副总理李克强在伶仃洋畔的广东珠海向全世界宣布的。

此刻，时间定格在10点20分。

站在李克强身边的，是时任中共中央政治局委员、广东省委书记汪洋，广东省省长黄华华以及香港特别行政区、澳门特别行政区行政长官等一众粤港澳三地领导。

在经历了30年漫长的等待之后，港珠澳大桥进入8年建设期，它鲜明的轮廓在港珠澳三地人的渴望的眼神中渐渐显现出肌的健美、力的雄壮。

这座被英国《卫报》誉为"现代世界七大奇迹之一"的跨海大桥蕴含着史诗般波澜壮阔的时代背景，它的历史意义不亚于19世纪电信革命造就大西洋海底通信电缆、20世纪光电技术点燃尼亚加拉大瀑布发电厂、21世纪穿越世界屋脊的青藏铁路和横跨长江的三峡大坝……这座跨越两种不同政治制度，涉及一个经济特区和两个特别行政区的大桥，在"一国两制"伟大构想及实践下已经成为港珠澳三地人心中的一座精神雕塑和文化图腾。

从20世纪80年代初发轫到2018年梦想成真，大桥承载着港珠澳三地同胞太久的等待，整整跨过30年！

30年，在建与不建、如何建、谁来建的论争中屡次山穷水尽。30年，在桥形与着陆点、口岸和融资安排的利益博弈中屡次峰回路转……

以港澳回归为中轴，前15年从渴望到黯然神伤，后15年从失望到得偿所愿，一座大桥，浓缩的是港澳市民对祖国认同的心路历程。事实证明：伟大的梦想，只有倚靠伟大的祖国才能实现！

大桥孕育的坎坷、论证的困苦、建设的艰辛，最终它破茧而出，化为一只美丽的彩蝶，用最优美的舞姿向世人展示"一国两制"的生命活力。

穿越在港珠澳大桥，我不禁吟诵起一位著名诗人创作的《港珠澳大桥礼赞》——

> 搭一座桥
> 从我的心通向你的心
> 支持是桥墩
> 关怀是桥身
> 香港和澳门是左右的桥栏
> 这一座桥
> 跨过历史和沟壑
> 这一座桥
> 越过分歧和争拗
> 从心的这岸架到那岸
> ……

中国是桥的故乡。

北魏郦道元所著《水经注》里提到的"旅人桥"，建成于公元282年，是世界有史记载的最早桥梁，比欧洲整整早了800年。而修建于公元605年前后的赵州桥，更是世界最著名的石拱桥，至今已有1400多年的历史。

中国又是桥梁之都。拱桥、梁桥、浮桥、索桥……它们或高悬低卧，或形态万千，有的雄踞山岙野岭，古朴雅致；有的跨越岩壑溪间，山川增辉，有的坐落闹市通衢，飞津济渡……

桥，是中国传统文化的一个缩影。历代文人墨客对于桥的期盼、神往和钟爱，从入诗入画入赋甚至入庭园足以见得。桥之魂，牵扯出古今多少伤悲；桥之语，道不尽红尘多少泪——

断桥烟雨，白娘子与许仙荡气回肠的传说。

鹊桥归路，金风玉露的夜夜相思。

康桥伤别，一如映照艳影的粼粼波光。

……

一个个关于桥的字词，就这样穿过历史的隧道，情不自禁地走入我的书中。

桥的历史其实就是一部人类征服自然的历史，人类踏着各式各样的桥进行着永无停息的远征，跨越时间，跨越空间，跨向彼岸……

日月嬗递，岁月轮回。当时光演绎到21世纪初，历史的目光再次聚焦中国这个桥梁古国，聚焦在波飞浪卷的伶仃洋：世界上最长、投资最大、施工难度最高的港珠澳大桥犹如长龙入海，雄踞于世界桥梁之巅！

30年追梦。

30年筑梦。

30年圆梦。

30年，我们不能留住飞逝的时光，但我们能做到的，是留住这段历史。

这是一座凝聚几代人心血、智慧和汗水的跨海长虹！

这是一座彪炳建桥史册、铸就时代精神的跨海丰碑！

翻阅此书，从某种意义上就是在翻阅中国桥梁乃至世界桥梁一部活生生的史书……

天才的灵感，奇妙的构思，宏伟的建筑。作为这个时代的代表作，港珠澳大桥以强烈而张扬的个性，在人类的桥梁发展史上展现出让世界为之赞叹的中国力量！

一座美丽桥

挽起港珠澳

那是大海升起彩虹

千年的拥抱

一座平安桥

情追港珠澳

那是珠江牵着香江

莲花在微笑

……

这是一首中华民族伟大复兴的深情歌咏，这是一个气壮山河的蓝色中国梦！作为中国桥梁建设史上技术最复杂、环保最苛刻、标准最严格的超级工程之一，在这首最鲜活、最动感的《中国桥》背后，它的旋律融汇了一大批中国装备、一系列中国工法和一整套中国标准的曼妙音符，与时代和声、共鸣……

循着时间的追述，你会发现，一种叫作苦恋的情愫，就藏匿在珠江口浩瀚的缄默中；一个叫作伟大的词语，就书写在伶仃洋蔚蓝的扉页上——

第一部／情牵梦萦

云南省曲靖市西北47公里处，有一座山叫马雄山，从山顶下至半山腰，一陡峭之壁上，两个出水口泉水流淌，流啊流，淌啊淌，越流越大，越淌越远，横贯贵州、广西、广东、澳门、香港，最后汇入南中国海。

这就是珠江。

珠江像一个彪悍粗犷的汉子，雄性十足地从云贵高原的大山褶皱里狂奔而来，仿佛要征服这千古岁月、万载风尘。然而，当它踏上珠江三角洲这块土地时，却变得那样温驯和飘逸，甚至还带着点女性的腼腆和羞涩。

在中国的版图上，几乎所有的大江大河，都是自西向东奔向大海，但是，只有珠江变其道而行之，向南流入南海。这条另类的大河，滋润出一座座现代化的大中城市，鳞次栉比的高楼犹如缀在江边的明珠，熠熠生辉。它在塑造两岸多姿多彩的奇山秀水和珠江三角洲经济腾飞奇迹的同时，也孕育了博大精深的岭南文化，流淌出一段段如泣如诉如歌的岁月……

第一章　一水隔天涯

20年前，我第一次来到珠海，便按捺不住直奔憧憬已久的珠江入海口。后来才明白，那完全是一厢情愿，因为珠江从东向西有"八大门"，而虎门的出海口最负盛名，它的东岸是东莞、深圳、香港，西岸是中山、珠海、澳门。在两岸六城之间，毗连着一片波光粼粼的伶仃洋海域，总面积达1000多平方公里。

这个喇叭形的巨大豁口在《中国国家地理》上被标注为珠江口。

记得有一曲动人心弦的童谣叫《悠悠珠江口》，小歌手李思琳将它演唱得温馨、惬意、经典、柔美——

> 我家住在珠江口
> 妈妈常带我岸边走
> 江水滔滔是我的梦
> 浪花在招手
>
> 我家住在珠江口
> 爸爸常带我水中游
> 大海悠悠是我的爱
> 白云好温柔……

诚然，水天一色的珠江口是秀美的，她的潋滟和妩媚曾经倾倒过无数文人墨客，不辞车旅劳顿来向她朝圣，为她讴歌。但天堑屏障的阻隔，也使珠江口两岸之间的交通往来"梗阻"，千百年来，翘首相望的珠江口两岸因为伶仃洋的一水之隔变得遥不可及。

在地处"江之尾海之端"的香港和珠海，流传着同样一个望"洋"兴叹的渔女故事——

相传很久以前，香港岛盛产一种名叫"女儿香"的香木，为沉香中的极品，岛上的石牌村有个水上青年叫阿亮，长年累月乘艚船运香木到珠海，于是香木的香气每天都氤氲在伶仃洋的海面上。

南海龙王敖明的小女儿阿珠被这种香味所迷。一天，她趁管家婆熟睡之机，脱掉了套在她手上的紧手镯，循着香气偶落凡尘。她扮成渔女，每天在阿亮途经的九洲岛附近织网打鱼，捞蚌采珠，唱咸水歌。渐渐地，他们两情相悦，以身相许，并在香炉湾岸边搭起了疍家棚居住。

龙王十分疼爱这个小女儿，他见女儿凡心已定，又见阿亮勤劳英俊，于是将龙宫中一颗最大的珍珠送给这对恩爱夫妻作为结婚礼物，并告诉女儿：只要托举这颗珍珠，无论天多黑，丈夫都会循着亮光找到归家的航向。

有一天，伶仃洋上突然刮起14级台风，阿亮运香木的艚船被汹涌的巨浪掀翻在伶仃洋里。阿珠日等夜思不见阿亮回来，心急如焚，她顶着狂风恶浪天天站在岸边擎起珍珠眺望，期待着丈夫循着亮光归来，一天、两天、三天，足足等了七七四十九天……

阿亮被台风吹落大海后，浊浪将他卷入海底。龙王的虾兵蟹将巡游时发现了阿亮，立刻向龙王禀报，龙王掏出一颗还魂丹塞进阿亮的嘴里，将他送回岸上。阿亮醒来时，发现自己躺在石牌湾的礁石上，艚船早已了无踪影，面对一望无垠的大海，如果没有舟楫摆渡，即使插翅也难以过海。想到对岸一定在苦苦等待的阿珠，阿亮直急得号啕大哭。

哭声再次惊动了龙王，他将手中的龙头拐杖一挥，只见伶仃洋海面腾起一缕青烟，紧接着一座彩虹桥横跨在伶仃洋上。阿亮顺着彩虹桥一路奔来，远远看见阿珠站立在彩虹桥的那一头，高高举着那颗光芒四射的珍珠……阿亮一头扑进爱妻的怀抱，才发现阿珠已经变成了一尊石像……

这，便是珠海渔女的传说。

如今，在珠海长长的情侣路上，弯弯曲曲的香炉湾边矗立着一尊花岗石巨型渔女雕像。她的脖子上戴着项珠，洁白的身上披着渔网，裤脚轻轻地挽着，脚下是一泓碧蓝的海水，双手高高擎举着一颗晶莹璀璨的珍珠，眺望的眼神凝视着远方。

盈盈一水间，脉脉不得语。

渔女的传说让人想起《诗经》中"蒹葭苍苍，白露为霜。所谓伊人，在水一方"的诗句来，眼前不由自主地浮现出一幅图景：彼岸，一位美丽女子的身影飘然而过。此岸，一个英俊少年急忙去追寻。他沿着江岸向上游追溯，可是江水汹涌阻隔，只能远远地朦朦胧胧地看到她的裙裾飘在风中；他又顺着水流往下游寻觅，依然只是隐隐约约地瞥见她在江的对岸，好像一个缥缈的幻影，不可触及……

一代又一代的珠海渔民生活在渔女感天动地的爱情传说中，因为渔女不仅代表了他们热爱大自然，追求美好生活的愿景，更表达了对一水隔天涯的无奈与期盼。

零丁洋里叹零丁，这样的故事一直演绎到21世纪。

2002年8月7日。澳门的天空浮着一片摧城的云霾，仿佛这个小城已经落寞怅然了好一阵子。正在澳门西湾大桥工地上施工的香港桥梁工程师巫启华接到妈妈的电话：爸爸病危，速回！

消息不啻当头一棒。就在一个月前，巫启华的爸爸身体不适，到香港的圣保禄医院检查，确认患上了肝癌。虽然此次住院时癌细胞已经扩散至胸腔，但家人仍然以为他尚可坚持些时间。然而，就在8月7日下午5时许，巫爸爸病情突然恶化，医院下了病危通知书。

接完电话，巫启华匆匆前往澳门的外港码头，打算乘船赶回香港见爸爸最后一面，从澳门坐船去香港也不过45分钟。

当他来到码头时，只见海上大雾弥漫、天地混沌。码头公司告知，过海的轮渡因能见度太低而无限期停航。

于是，他只能改走陆路。

从澳门过关闸后，巫启华在珠海拱北车站乘车北上广州，再从广州南下深圳，绕道350多公里，终于赶在晚上11点多到达深圳的罗湖口岸。然而，当他走进入境大厅时，闭关的闸门正"哗哗"地往下拉……

巫启华无奈地一屁股坐在口岸大门外的台阶上号啕大哭："爸爸，您一定要挺住啊，您一定要等儿子回来！"

第二天上午7点口岸开关，巫启华第一个冲进旅检大厅。他疲惫不堪、风尘仆仆地赶到圣保禄医院，此时，爸爸不是躺在病床上，而是躺在了医院的太平间，头已经被白床单盖着了。

爸爸溘然而去。

站在爸爸遗体旁，望着爸爸那枯瘦如柴、苍白如纸的面庞时，巫启华泪如泉涌、肝肠寸断，身为独子的他最终没能跟爸爸见上最后一面，没有说上最后一句话。

妈妈告诉他，弥留之际，爸爸一直在坚持，在等他，每一次痛晕过去又醒来的第一句话就是问："Jihe（儿子英文名）回到了吗？"

"快了，快了，你可一定要等儿子啊。"妈妈一直在安抚奄奄一息的爸爸。

"你爸爸最后嘱咐……说儿子是桥梁工程师，有朝一日伶仃洋上会建桥……"妈妈哭得很伤心，"你看你爸爸，说完'桥'字嘴巴就没再合上，谁也抹不拢……"妈妈泪水簌簌地流，巫启华紧紧地攥住妈妈的手不放，只感到心中好愧疚。

是啊，要是有座桥，也许自己就可以赶回来见爸爸最后一面了。这时，巫启华才发现，爸爸的嘴巴真的没有合上，一只眼睛还有些微微开启。姑姑说，肯定是对儿子放不下啊。巫启华连忙用手去抹，奇怪了，爸爸嘴巴合拢了，只是眼睛却依然微睁着。妈妈忙说："算了，别抹了，也许他是想看到总有桥过的那一天……"

这是一个真实的故事，当时的香港媒体《东方日报》曾以"如果有座桥……"为题展开过讨论，在香港引起广泛反响。

这是我采访到的有关港珠澳大桥最为沉重的素材，这个故事有点悲怆，有些凄凉，更有些无奈。

"珠水伶仃濠浪卷，鸡声闻耳难相见；江波滚滚连港澳，三地相隔一水间。"因为伶仃洋的阻隔，港珠澳三地究竟还上演了多少类似巫启华这样令人扼腕长叹，唏嘘不已的悲情故事？

20世纪80年代初，珠海开通了九洲港至香港的水上航线，珠海和香港两地的居民来往便有了一条"捷径"。

由于丈夫在珠海有投资项目，丁茹淑兰一直在珠海协助丈夫打理生意。她给我讲述了一个关于她在伶仃洋上的惊魂一幕，她说那场景至今让她心有余悸。

事情发生在2007年的一个炎炎夏日。

那天中午，珠海一扫连日的阴霾，天气晴朗，全城碧空如洗。丁茹淑兰和丈夫从九洲港口岸上船，透过船窗，但见海面上波光粼粼，水天一色，偶尔还看到不远处从香港到澳门的高速飞翼船划过时翻起的一片白浪。

坐在前舱，她下意识地用手护着业已凸起的腹部，当时她已怀有8个月身孕，这次回香港，是打算生孩子后静养，毕竟离预产期只有不到1个月的时间了，而且已提前在港岛的维多利亚医院预约了床位。

船过大屿山岛后，天气突然转坏，汹涌的海浪拍打着船身，船也明显上下颠簸起来。丁茹淑兰只感到肚子里被连蹬了几下，不禁心头一紧，一种不祥之感油然而生。

在惴惴不安的煎熬中，船终于驶入香港维多利亚港湾，由于航道往来的各类船舶增多，掀起的波浪互相推挤，高速客轮颠簸得更加厉害了。

这时，丁茹淑兰只感到下腹一阵剧痛，豆大的汗珠立即从额头上滚落，下身已渗出了些许血水。

她最担心的事情发生了。

"快！服务员……"陪同在旁边的丈夫看她脸色煞白，一时乱了方寸，连忙大声呼救，"乘客里有医生吗？请帮帮忙，我太太早产了。"

船长立即打开了贵宾室，乘客中正好有两位医生，立刻赶来帮忙。

"老婆挺住啊，船就要靠码头了，就要靠了……我已叫救护车在码头等！"

船在港池打转，却怎么也靠不上岸边，这时只听见船体下传来几声"咔嚓、咔嚓"的响声，船竟然在港池里抛锚了。

"急死人啦！"丁茹淑兰说，她一辈子只生过一个孩子，竟然是在海上产的，还差点搭上了两条人命。

"如果有座桥连接就方便了。"这一惊险经历让丁茹淑兰对建大桥关注起来，她说，"你看连接巴林和沙特阿拉伯的波斯湾跨海大桥，连接瑞典和丹麦的厄尔松海峡桥，连接本州与四国的日本濑户内海大桥，都是跨海的大桥……中国在珠江口的伶仃洋上就建不起一座桥吗？"

多少年来，珠江天堑难越，其涛声如泣如诉，如怒如吼，那两岸无边的萧萧落木，那汹涌怒吼的江流，成了阻隔两岸人民往来的鸿沟，经济互往的绝崖，千百年来人们只有望江兴叹，苦累了一代又一代两地奔波的人们。

舟船帆影，浩渺烟波，历史就这样英勇又无奈地轮回。珠江口羁绊了两岸的交往，阻隔了车辆的通行，延宕了经济社会发展的脚步。铁路到了东岸成了"断头路"，公路到了西岸成了"肠梗阻"。

海风习习，潮涨潮落，珠江口，你为什么不平静？

我曾多次伫立珠江边，用思维的奔跑去聆听诗仙李白的感叹："蜀道难，难于上青天！"我想：倘若李白驻足珠江口，看惊涛拍岸，也会唏嘘感叹："过海难，难于上青天！"

许愿，是中华民族的传统信念。我由此想起2003年我到香港大屿山木鱼峰顶的天坛大佛游览时，在二层祭坛的香座上看到那张用红绸条书写的许愿词：前世烧香不到头，劝人早将来世修；今与珠澳隔海望，朝思暮想桥上走。

香，是中国人心中的一个情结，它以独有的沉静、深远的幽雅，漾在生命的律动里，让盼桥人的心灵有了慰藉。

对桥的呼唤，在给有识之士震撼的同时也给了他们激情的追问和一个个跨越的遐想。1983年，香港合和实业有限公司主席胡应湘首次提出跨珠江口兴建伶仃洋大桥的设想，并将比较成形的方案定名为《兴建内伶仃大桥的设想》。

这是至今看到的最早关于跨伶仃洋建桥的雏形方案。

胡应湘何许人也？

2012年10月，那是一个秋高气爽的假日，香港全城阳光普照，金风送爽，满眼尽是盛开的紫荆花。碧波万顷的伶仃洋上空，犹如被海水洗濯过一般的蓝，天幕上几乎不留一丝痕迹。

从珠海九洲港码头上船，透过船窗，可见游艇和海豚并肩穿梭，飞机与鸥鸟比赛高翔，日晖从窗棂泻进舱里，反衬着万山群岛翠鹅绒般的质感。回望珠海的城市天际线，满眼景美天佳，"零丁洋里叹零丁"的悲壮诗篇早已淡出了我的脑海，似乎这遥远的悲怆从来就不曾发生过。700多年后的今天，这个被香港、深圳、澳门、珠海环抱的财富之海已经呈现出另一番青春气象。

一个小时后，船靠港澳码头，我径直前往皇后大道东183号，街道两边积木般的水泥森林，正浮起一片片祥瑞之气。

在高耸入云、雄伟别致的合和中心64楼办公室，年过古稀、头发花白然而精神饱满的胡应湘抚今追昔，时而开怀大笑，时而感慨叹息，时而激昂，时而意气难平……一谈起这座令他魂牵梦萦的跨海大桥，他或激动，或兴奋，或沉思。

这是我第一次带着众多疑问，带着外界探究20多年谜团的困惑，前往香港，与胡应湘做一次访谈。

他坐在我面前，戴着现在少见的大框眼镜，向我展示着他人性中丰富的内涵，那得体的衣饰举止，让人感受到融合中西文化的优雅，仿佛面前坐着的是一个慈祥平和的长者，而不是一个叱咤风云的企业家。窗外是美丽的维多利亚海港，鸥击长空；室内是优美的古典音乐，悠远低回。面对我的采访，胡应湘仿佛又回到了数十年前的那些峥嵘岁月……

1963年，胡应湘创办合和建筑有限公司，1972年创办合和实业有限公司。这座66层的合和中心曾是亚洲之巅和香港的标志，因结构设计新颖巧妙而获英国结构工程学会大奖。20世纪80年代之初，他即向内地投资。30年里，胡应湘在内地总投资逾510亿元人民币，赫赫有名的投资项目有广州中国大酒店、广深高速公路、广珠高速公路、虎门大桥等等，为内地教育、慈善事业及赈灾捐款额逾2.1亿元人民币，被国家领导人誉为"有胆略、有见识的企业家"。

胡应湘的伶仃洋大桥方案并非突发奇想，而是从基建中的灵感所得。

1978年5月，广州市政府邀请李嘉诚、郭德胜、冯景禧、郑裕彤、李兆基和胡应湘6位香港一流的地产商，到广州投资中国大酒店。这其中，有4位名列香港十大富翁之内，有3位还是跻身香港首批上市华资公司的"五虎将"。

当时，论资产和年龄，胡应湘是其中最小的，但以建筑师身份兼做地产商的，在香港仅此一人，其筹划、经营能力和战略眼光，素为同业称道，而且当时他旗下拥有东南亚首屈一指的"滑模"建筑技术。

几位大佬说：钱我们出，至于操持诸多事务，就拜托胡老弟了。胡应湘慨然应命，出任几大股东成立的新合成公司总经理……

在中国大酒店建设期间，一天傍晚，胡应湘提出要取道澳门回香港，同行的英籍工程专家艾礼德提醒他：这条路往珠海，要过六条河，有的上面还没有桥，轮渡会很辛苦。

胡应湘笑笑说：我就想看看西线这条公路的情形，未来它将会承载我们酒店的客人。那天，江风很大。轮渡码头空气潮湿、阴冷，弥漫着刺鼻的油烟气息。简陋的渡轮上，一辆接一辆的小汽车、卡车、货柜车和手扶拖拉机，正按照工作人员的指挥徐徐驶入，马达声震耳欲聋。

当时，适逢大雨突然而至，不少人躲到车里去了，而胡应湘始终一个人安静地站在外面，不声不响地看着什么，又似乎在思索着什么。冷风恶作剧般地舞弄着他那稀疏的头发，把他单薄的夹克衫和休闲裤吹得怪模怪样，他的脸色有些青白。

"路实在太糟糕了。"回到香港，他翻出地图来查看，深圳距广州的直线距离只有100多公里，珠海、澳门距广州的直线距离也差不了多少，但澳门到香港坐轮船需要一个多小时。

一天晚上，胡应湘躺在豪华而宽敞的"胡公馆"里，一边播放着古典音乐，一边构思他的环珠江口高速路网。这已经成为他多年来养成的习惯。突然一种叫灵感的东西浮上脑海：何不规划另一条使珠江三角洲西部和香港直接对接的大桥？这样就与广深、广珠高速公路形成整个珠三角环状高速路网……

想到这，他一个鲤鱼打挺，阔步走向工作台。他的工作台就摆在卧室里，几十年来如此，只要灵感一来，不管是三更半夜还是黎明拂晓，马上就起床绘图设计，一画就是几小时。

熟悉胡应湘的人都知道他是一个"工作狂"。

他铺开地图，手里挥舞着那支红色的碳素笔不停在大图上掠过，目光一次又一次停留在内伶仃那片蔚蓝色的海域，直到晨曦微露……

他为自己的突发奇想欣喜若狂：倘若大桥建成，从这个三角形的环形交通网任何一点出发，都可经其余各点返回起点，就算环上任何一点出现挤塞或交通意外，车流也可以沿反方向到达目的地。

那晚，香港的雨淅淅沥沥下了一夜，祥雨啊！晨起，他伫立寓所俯瞰，发现路人皆一把雨伞行色匆匆，如一条彩色的河，淌满大街小巷。

看着，看着，他内心洋溢着一种畅快淋漓的诗意。

胡应湘是土木工程专家，合和集团所承建的许多工程项目都由他亲自绘图、设计。据说，伶仃洋大桥的许多构思，都是在这间"胡公馆"里反复推敲出来的。每一次方案修改后，他都要找一个讨论的"对手"。家里只有太太，于是胡太太就不得不充当异见人士。哥哥和嫂子从美国来香港做客，餐桌上话不过三句，他又讲起大桥来。嫂子说："再住几天，我也成桥梁专家了！"

1982年，美国一家杂志的封面上印着胡应湘头戴施工安全帽的肖像，在他背后的中国广东连同香港的地图上，以粗大的彩虹似的箭头标着香港跨往珠江口西岸的方向，乍一看，那些箭头就像从他的脑袋里飞出去的一样。

内文的大标题是：《胡应湘的梦想》。

之后，身为基建翘楚的他身体力行，亲自驾着私家游艇，带着助手和随员，背着图纸、书籍，沿珠江口东西两岸踩点，最后，胡应湘将睿智之眸投向了珠海的淇澳岛和内伶仃岛。

1986年11月20日。

时任珠海警备区副司令员的邹金凤接到司令部作战室送来的一份广东省军区的急电：请立即准备一艘部队舰艇待命，珠海市政府有重要公务接待安排。

长期以来，珠海的军地关系十分融洽，犹鱼水情深，彼此协作紧密。但省军区为地方政府直接下令调动部队舰艇，这非同寻常。

邹金凤立即向司令员赵资贤做了报告。

当天下午，广东省军区司令员张巨惠、参谋长陈添林到达珠海警备区，亲自检查了舰艇的准备情况，并吩咐要挑选最优秀的船长和士兵来完成这次任务。

邹金凤心里直纳闷：如此大阵仗，来的是什么人物啊，惊动到省军区的首长都来了？

翌日上午，天空洁净得不见一丝云翳，柔柔的阳光几乎是无遮无拦地照射下来。位于珠海唐家湾的军港风平浪静，省军区和珠海警备区的首长来到直属船大队的大门前，他们在这里等待来自珠海市政府的礼宾车。

10点左右，一辆米黄色的丰田中巴车徐徐停下，车门打开，紧随市委书记、市长梁广大和副市长陈焕礼下车的，是一位身材健硕，戴着一副宽边大眼镜的中年男子。

此人正是胡应湘。

邹金凤说，在他的印象中，胡应湘非常随和，没有一点架子，初一见面，像一个事必躬亲的老板，很难将他与香港富豪的身份挂上号，而且十分谦卑，一边走还一边不停地对他表示"打扰了"，"给你们添了麻烦"。

这次到珠海，胡应湘约珠海市委、市政府领导一同勘察内伶仃洋大桥的线路走向，也是为他的跨珠江口大桥和内伶仃岛综合开发争取珠海市政府层面上的共识。

船出港后，绕着淇澳岛航行。在大王角对开海面，胡应湘站在船舷边，摊开图纸，俯身指点着他的桥岛接驳处，滔滔不绝地介绍航道、水文、水深以及地质的大体状况。大家都被他务实、严谨和专业、勤勉的作风所吸引，暗暗称道不愧是一个有胆略的实业家。

大约30分钟，舰艇靠近内伶仃岛东湾码头，大家兴致勃勃登上岛后，立即驱车向前行进。崎岖的道路两边，只见峰青峦秀，翠叠绿拥，秀水长流，保存完好的亚热带常绿阔叶林从眼前掠过：马尾松、椿树、朴树、荔枝、龙眼、青果榕……

在内伶仃岛最高的尖峰山顶，胡应湘远眺珠海和香港，只见轻雾漫飘，几缕白云缠绕，如透明薄绢，快慢疾徐，飘忽不定，仿若仙境。想象中一道彩虹腾空架起，整个珠江三角洲西部与香港经脉相通，货畅其流，那是何等快意！

胡应湘的内伶仃岛投资计划远非一座桥，在他的35亿美元投资计划中还包括兴建一座660万千瓦的火电厂、一个10万吨级的深水港……

见识啊，此乃学者之识。

当天晚上，在刚刚落成的蛇口南湖大酒店内，胡应湘继续他的"游说"。他以世界各地解决类似问题的成功例子作为注脚，然后从一个足有半张写字台大小的口袋里，再次抽出相应的图表、照片和数据，用随身携带的彩色笔和常用绘图工具，说到哪里，手中的彩笔和比例尺就在地图上跟到哪里。

他有一手倒着写字的功夫，这一绝活让站在桌子对面的珠海市的领导们大为惊叹。与此同时，他还不厌其烦地回答着对方提出的种种疑问，似乎他来到这里是专为对方提供咨询服务的。

胡应湘的设想在珠海市政府层面找到了知音，大家纷纷对跨伶仃洋大桥充满了憧憬和期待。

之后十年，无论是出于一个生意人追求最大利润的战略眼光，还是对广东、香港两地挥之不去的血脉亲情、殷殷厚望，"基建先锋"胡应湘始终抱定这样一个宗旨：香港不能作为一个经济区域独立生存，香港要和广东共进退，在香港和珠江三角洲西部之间必须建一座大桥，这样才能形成整体竞争力。

胡应湘的大桥构想却并没得到港英政府的正式回应，这成为他壮志未酬的一个主因。他说："法国到英国的海底隧道工程，从拿破仑时期就有了构想，一直拖了整整200年，我不相信从香港到珠海的跨海大桥也要等200年！"

第二章　敢问桥在何方

在珠海市政府大院1号大楼的底层大堂，伶仃洋大桥的桥模曾静静地摆放了15年，直到港珠澳大桥项目尘埃落定才被人悄悄挪走。

每次走进大堂，我都会走到一尘不染的玻璃盖旁，默默地站在这个承载着珠海人激情与梦想的桥模面前，对这个宏大的构想以及珠海人的执着致以深深的敬意。

不仅是我，相信每个走到这里的珠海人，都会被这个桥模唤起回忆，那一根根斜拉索和桥塔，仿佛会划破晓风残月，遁入梦中，矗立于你记忆的天地里。

珠海，我为桥"狂"。

是的，很少有一座大桥像伶仃洋大桥那样和一座城市的联系如此紧密，很少有一座城对一座桥的苦恋如此执着……

1980年，在报晓公鸡状的中国版图上，珠海这个公鸡腹部上的小渔村，因为毗邻澳门幸运且幸福地成为中国改革开放首批4个经济特区之一。1983年，时任佛山地委常委、行署副专员的梁广大易职珠海，先后担任珠海市代市长、市长、市委书记、广东省委常委兼市委书记。他的"跳出珠海看珠海""命运工程"等政坛名言曾经广为传播，名闻遐迩。

也就是从这个时候开始，珠海从官方到民间掀起一轮伶仃洋大桥的追梦大潮。在调任珠海前，梁广大就长期在广东省南海县任县委书记，为了鼓励一部分人先富起来，梁广大果断起用过去被打倒的"牛鬼蛇神"。为了推进招商引资改革，梁广大还破了不少规矩，砸了很多框框，"干了好多人都不敢干的事儿"。这些"大胆"的举措，使当时的南海迅速发展为全国首富县之一。

梁广大说，当时的珠海特区范围小，适应不了全面发展需要。要从根本上解决珠海的未来发展空间问题，就必须先把珠海西部和东部连接起来，扩大发展空间。那么什么才是牵动珠海发展大局，决定珠海命运的关键所在？是港口、铁路、机场、大桥等"四大"基础设施，但这些珠海一项都没有。

珠海市委、市政府正是从发展战略高度审时度势，提出了一定要有与世界各国相通的大港口，一定要有适应国内外需要的机场，一定要有能与全国主要区域接轨的铁路，一定要有与包括港澳连通的四通八达的交通大动脉，使珠海具有可持续发展的潜力和更大发展空间。

梁广大依然保持着改革者的锐气。他认为"坚持改革开放，就要敢于承担责任"，打破"有多少钱办多少事"的常规。于是，梁广大成了广东出了名的"梁胆大"。这个由时任广东省委书记习仲勋取的绰号，记录了梁广大对建设特区的忠诚和坚持。

在梁广大珠海为官16年的任上，珠海港、广珠铁路、珠海机场等珠海的"命运工程"风生水起，曾经吸引着广东、全国乃至一些国际人士的眼球，连新加坡首任总理李光耀都这样笑称："都说我胆大，你梁广大比我还胆大！"

伶仃洋大桥一度被认为是梁广大的"胆大"杰作，并为此魂牵梦萦，付出了巨大的精力。在粤港澳三地政府层面，他是第一位提出并致力推动跨珠江口伶仃洋大桥建设的政府官员。

如果说港商胡应湘的大桥构思最初是基于其自身投资视野的考量，那么梁广大的伶仃洋大桥设想则是站在一个城市和区域发展的战略高度做更深意义的外延。他在接受珠海一家报纸采访时曾这样说："提出建伶仃洋大桥没有其他的想法，主要是觉得作为一个领导者对人民负责，对民族负责，要考虑全局，要做几件带动全局的事，伶仃洋大桥就是能带动珠海及珠三角全局的工程，我们称之为命运工程。这绝不是我个人心血来潮、好大喜功的事。"

彼时，珠江口两岸的城市发展成了"冰火两重天"的发展群体，东岸的深圳、东莞承接香港的发展如火如荼，西岸的珠海、中山却显得处处波澜不惊。要知道，在改革开放之初，珠江口东西两岸的经济几乎是同时起步的，其发展速度不分伯仲。

1988年，东岸深圳、东莞两市地区生产总值总量为120.8亿元，西岸的珠海、江门、中山三市的地区生产总值总量为133.6亿元，高出东岸11%。到了2001年，珠江三角洲东岸深圳、东莞两市地区生产总值总量已达到2533.6亿元，而西岸珠海、江门、中山的地区生产总值总量仅为1345.5亿元，东岸两市的地区生产总值总值已是西岸三市的1.9倍。

数字也许是枯燥的，但数字背后蕴藏的却是一个个内涵丰富，情节曲折的问题啊！

以两岸的经济增速来比较，差距更是惊人。1980年至2001年22年间，东岸深圳、东莞两市地区生产总值总量增长了261倍，而西岸珠海、江门、中山三市仅增长了47倍。

同为珠江口，为什么两岸城市间的发展差距越来越大？

作为特区，珠海虽然与深圳同年同月同日生，但深圳依托香港一鼓作气地高歌猛进，而澳门经济结构与经济总量都不足以带动珠海一同发展。珠江口就如同一个天堑横亘在珠海和香港之间，使珠海的改革开放借力香港发展的梦想难以实现。

有这样一组数据——

当时珠海的集装箱主要靠九洲港海运，如果从陆路绕道广州至香港的话则要3000多块钱，而深圳到香港只要1000多块钱。如果一个企业每月有1000个标准集装箱出口，一年需多付200多万港币，并且兜这样一个圈需六七个小时。

这样的罗列介绍，未免抽象和枯燥，但这就是一组沉甸甸的数字呀！许多外商认为，在珠海投资办厂不合算，成本太高。你地价再优惠也不行，不管是什么优惠政策都抵消不了昂贵的运输成本。

伶仃洋大桥一度被认为是珠海摆脱这种局面对接香港的捷径。有人当时测算，如果伶仃洋大桥建成，那么珠海到香港一个集装箱的陆运价格可以降到800元以下。

珠海要跨越发展，必须尽快打通与香港的陆上交通联系，缩短珠海与香港的距离，这样才能够更多地接受香港的辐射，吸引外来投资。

1989年春天，珠海刚从冬季的冷冻中苏醒。这块特区土地上的万物在春风的吹拂中开始了新一轮的葳蕤生机，来年所有的欲望、梦想、希冀、憧憬，都在这个春天孕育。

2月15日，市区受倒春寒袭击，冷风横吹。但在珠海宾馆里则是一片暖意。这里，珠海市委、市政府正在举办一年一度的春节外商联谊茶话会。

这个极具岭南园林特色的宾馆，一直是珠海新闻迭出的地方。5年前的1984年1月29日上午，就是在这家宾馆的翠城厅，前来南方视察的邓小平兴致勃勃，他蘸墨挥毫、不假思索地写下了"珠海经济特区好"几个遒劲大字。这7个字让珠海永远铭记，后来还被评为珠海市的"十大文化名片"之首。

晚上6时许，珠海党政军高层，中央、省驻珠海机构领导，港澳台商界名流以及新闻界的记者悉数来到翠华宫宴会厅。在酒会的致辞中，市委书记梁广大正式公布了要建伶仃洋大桥的战略构想。

翌年5月，珠海正式全面启动了建设伶仃洋大桥的各项研究工作，为此专门成立了市政府伶仃洋大桥筹建办公室和伶仃洋大桥集团公司，并按照基建程序开展了伶仃洋大桥建设的前期准备。

1992年7月，珠海正式委托交通部公路规划设计院编制《伶仃洋跨海工程预可行性研究报告》。这座跨海大桥当时列出了两个方案。

南线方案：从香港大屿山至珠海与澳门之间的海域设人工岛，由该岛分两路分别入珠海和澳门，类似今天所说的Y形路线。

北线方案：由珠海金鼎至淇澳岛，跨过内伶仃岛至香港屯门烂角嘴。

综合各方面的因素，交通部公路规划设计院完成的预可行性报告推荐北线方案，也就是后来公布的伶仃洋大桥方案。

1993年3月，广东省交通厅和珠海市政府在珠海联合主持召开《伶仃洋跨海大桥预可行性研究报告》论证评审会。

专家来头都很大，除了英、美、日等世界著名的建桥专家外，"国字头"的部门还包括：交通部、国家计委、水利部、国家航道部门、国家地质部门、国家气象部门、国家环保部门……数起来有十多家部委。

5月，珠海市将伶仃洋大桥工程上报广东省人民政府，省政府再将珠海伶仃洋大桥跨海工程预可行性研究报告的请示上报国务院。

一帆风顺一路绿灯。当年10月，国家计委正式批复：

"经研究，珠海伶仃洋大桥跨海工程预可行性研究报告由广东省自行审查。鉴于该工程是联结珠海和香港的特大型项目，投资大，技术复杂，并须考虑香港方面的因素，故请你省进一步做好技术经济论证、资金筹措等立项前期准备工作，并认真研究和商国家有关主管部门如何取得港方对该项目的共识和协调行动等问题，待条件具备后，按基本建设程序编报项目建议书。"

时任广东省副省长张高丽第一时间做出批示："请省计委会同珠海市和省有关部门按照国家计委的批复认真做好前期的各项准备工作。"

从1992年至1996年，珠海邀请国际顶级的建桥权威前来助阵，对大桥涉及的每个方面都进行了论证，甚至对每一个桥墩的位置都进行了勘探。同时，珠海市还派人频繁往返于国家计委、交通部、国务院汇报请示，寻求支持。

1994年2月7日，珠海市交通局局长黄贞山到北京向交通部长黄镇东汇报伶仃洋大桥的立项问题。黄镇东部长在他的办公室接见黄贞山一行，他说："伶仃洋大桥的立项报告要呈报中央，这个报告一定要说明两个问题：一是技术问题；二是资金问题。这是关键两点。报告内容要充实，资金如何筹措，如果是要利用外资，就要说明利用外资的方式，其他材料可作为附件。"

"控股的问题如何解决？"黄贞山问道。

"这座桥你们要控股，不能向境外贷款，股份最好是4∶3∶3，珠海加上香港屯门那边要超过50%，要照顾他们的利益。"黄镇东还特别提出，"技术上要多开些论证会优化，要从国际上聘请有经验的专家当顾问。"

"好，我们回去后一定照您的指示办好这件事。"

黄镇东若有所思，他示意站起身来的黄贞山一行坐下："我的任期就想搞两座特大桥。一座是珠江口跨海大桥（伶仃洋大桥），另一座是长江口跨海大桥（上海至崇明岛大桥）。你们还有一座黄茅海大桥，你们也要搞起来，这座桥没有政治上的障碍。"

步出黄部长办公室，夜幕降临，北京灯火通明，几个人走下楼梯时，一种从未有过的信心和坚定，写满了脸上。

珠海市原常务副市长霍荣荫1995年被任命为伶仃洋大桥指挥部负责人，一门心思投身到伶仃洋大桥这个宏伟的项目中。他娓娓叙述这段往事的时候，双目炯炯有神，脸上一片粲然。他说："那些日子里，白天不停地带人到海边描述蓝图，晚上就在指挥部里挑灯夜战。"

后来他又一个人到北京，天天坐公交车到国务院各部委跑批文。

"累得不行。"霍荣荫说。

关于伶仃洋大桥，党和国家领导人以及省委、省政府等领导到珠海视察，都仔细了解该桥可行性分析情况，足见这座桥的关注度和影响力。

人们后来普遍认为，伶仃洋大桥中途夭折是因为珠海无力投资。但梁广大坚决否认这一说法。

"资金一点问题都没有。"他说，"伶仃洋大桥先后有美国、瑞士等西方国家十多个国际财团以BOT①或合作方式投资，并签订了框架性合约，初定的投资方经营期为35—40年。"

在珠海市档案馆，当时的主流媒体报道，包括美国EOS公司、美国退休基金会、德国旭普林工程公司、纽约康多集团、意大利圣马可雄狮集团及中国香港华晨公司、中国台湾兴华公司都表示了较强的投资意向，华晨、美国EOS甚至还分别与珠海草签了意向协议。

除了BOT方式外，珠海的融资还有两手准备：

一手是自筹资金。围海造地，把毛地变成宝地，让低值土地升值。另一手是按照国际惯例，公开向国际招标，以合作的方式，珠海出土地、水域和建成衔接大桥道路桥梁设施入股，其余由财团出资，珠海方出资约20%，外资方出资80%，经营期以45年计算。

---

① 即建设—经营—转让。是私营企业参与基础设施建设，向社会提供公共服务的一种方式。

1996年12月17日，珠海在阳光和煦的冬日沐浴下醒来，早起出门的市民，没有谁预感到幸福会来敲开这个城市的大门。在上午召开的国务院总理办公会议上，与会人员一致通过：原则同意伶仃洋大桥项目立项。

这个爆炸性的消息让珠海"兴奋不已"。12月30日上午9时，珠海市委、市政府举行规模盛大的中外记者通报会，现场座无虚席，来了200多人。10时，珠海市委副书记、市长黄龙云向媒体通报了国家计委的批复："国务院已原则同意伶仃洋大桥立项，现印发给你们，请据此编制可行性研究报告。"

66岁的市民吴大爷向我回忆当时的情景，表示很多市民在知道这个消息后欣喜若狂，因为那时珠海就如一座孤岛，与外面的交通往来十分不便。"珠海人就像过节一样欢欣鼓舞，我还专门叫我老婆给我买了一瓶泸州老窖，自个喝得酩酊大醉。"

当时珠海粤剧团还排演了一出《珠江月》，其中唱道：伶仃烟云巨浪，港澳海外飘摇；欲将三地桥相连，唯珠海情最高。

然而，珠海对伶仃洋大桥的这份热情也许来得太早了——

1996年8月17日下午，港督府的铁栅门悄无声息地滑开，一辆时价35万美金的黑色轿车"罗尔斯罗伊斯"驶了进去，它径直穿过环形车道，停在由两根灰色石柱支撑的港督府正门遮檐下。

这座总督府始建于1855年，是历任港督办公及居住的地方，能够进去居住的除了港督的家眷外，还有很多工作人员，仅管家、司机、厨师、花匠、信差、侍从这一类人就多达60多人。

从车上下来的是港督府的常客、首席经济顾问魏威廉。像往常一样，彭定康把魏威廉让进楼上的一间小客厅，两人分宾主坐下，一个皮肤黝黑的印度男侍恭恭敬敬地送上两份茶点。

"爵士阁下，很抱歉。"魏威廉见到彭定康之后非常客套。

彭定康是以喝午后茶的名义把魏威廉邀请来的，在欧美国家，饮用午后茶点被当作一种高雅的生活情趣，而英国人对此最为讲究。

魏威廉知道，彭定康并不是那种固守传统的英国绅士，他每次约人来喝午后茶，大多是事出有因。一向老成持重的魏威廉深谙"醉翁之意不在酒"的中国文化，他慢悠悠地啜着茶水，品着特级龙井的清香，不时还咬几口精致的糕饼，他知道还不到自己开口的时候。

果然，彭定康先开口了。

"上帝啊，总算把你派来了，香港就要交出去了，现在都没几个人愿来体会我的烦躁心情。"彭定康拍着魏威廉的肩膀说。

彭定康看来并没有休息好。想想也是，这位末代港督最近特别烦，先是关于新机场的计划，后是政改方案，都引起了中方的强烈反感，彭定康到北京，时任国务院港澳办主任鲁平不仅没有到机场接他，还怒斥他为"千古罪人"！香港特别行政区筹委会主任钱其琛当着记者的面也不与他握手，这让他十分懊恼。

"偏偏香港又生出不少乱子，三天两头不是游行就是示威，近期商界又不断地拿伶仃洋大桥这样的基建说事。我们已经做得够多，青马大桥不是建了？机场不是建了？他们还嫌不够，还要什么伶仃洋大桥。"

"关于这座桥的问题，我们行政会议、立法会议都多次议过，还请专门的顾问公司做过调查，已讲明至少到2020年才考虑。"魏威廉说。

"你说的这个意见我赞同。但大桥的珠海方从政府层面多次要求与我们谈，我们如何在政府层面上应对？"港督大皱眉头，从硕大的办公桌上拿起一份由路政署提交的《全港发展策略检讨、可供选择的发展方案》递给魏威廉。

"对，就是这份！"魏威廉双手将这份方案接上，注视了一会儿，然后搓着手说，"香港建这座桥时机还不是很成熟，我希望还是按顾问公司的意见来处理，但应对珠海方面还是需要有这样的方案。"

"OK。"港督彭定康吹着茶屑，面带喜色，然后慢条斯理地说，"'知我者谓我心忧，不知我者谓我何求。'还是中国的这句古话说得好啊！"

确切地说，伶仃洋大桥命运多舛，与彭定康的敷衍了事和英国政府在交还香港的问题上的心不甘情不愿有关。

当时的港英当局心思根本不在这座桥上，末代港督彭定康管治香港的几年"过渡期"，港英政府处处与中国政府作对，更别指望他们会尽心与珠海去谈区区一座大桥！

在"过渡期"期间，1986年，为了安抚香港人，港英当局启动一系列大型基础工程建设。在一串基础工程清单上，伶仃洋跨海大桥仍然不在这批工程项目的名单之中。

3月23日，在公布大型基建及填海工程记者会上，香港《信报》记者向时任港督尤德爵士提问："本港商界人士胡应湘先生和民间有意推动建设连接屯门至珠海的伶仃洋大桥项目，港府的态度如何？"

"港府当前是要做好香港内部的工程问题，解决好几个关键的基建项目，如青荃大桥和连接香港岛和九龙半岛的第二条海底隧道问题，兴修由屯门至元朗轻便铁路的问题……"

"那么有没有可能在未来的数年内将伶仃洋大桥列为港府的关键性项目？"

"这……在我们政府层面还没考虑过这个问题。"

"商界人士胡应湘称愿意自己出资来打通连接珠江西部的通道，不用政府出钱，港府是否支持？"

"那是企业自身的投资考虑，香港至少目前还没有这样的需求。"

1992年，珠海正式成立伶仃洋大桥筹建处，旨在从政府与政府层面增加沟通的管道。但当时正值香港资金涌向珠江三角洲东部地区的高峰期，对珠三角西部地区这边的投资热情并不是很高，港英政府对于这座大桥表现得颇为不屑，甚至有点敷衍了事。

为应对香港民间建桥呼声和珠海市政府递来的橄榄枝，1994年，港英政府委托有关部门做了《全港发展策略检讨、可供选择的发展方案》，在路网规划中，提出了日后与珠海的联系干线，其联系点一是屯门的烂角嘴，二是大屿山的大澳，并将这份方案回复给珠海市。

这是港英政府第一次在路网规划图纸上给珠港之间预留了两条带虚线的通道。2015年8月，在采访珠海市交通局原局长黄贞山时，黄老为我搬出了一大沓相关资料。正是在这一堆关于伶仃洋大桥的资料中，我看到了这个方案的影印件。

1995年1月，中英关于香港与内地跨境大型基建协调委员会（简称IEE）在广州召开第一次全体大会，在珠海的运作下，伶仃洋大桥终于被列为首批协调项目之一。

俗话说：剃头挑子一头热。直到中英香港与内地跨境大型项目第五次IEE会议上，双方才就伶仃洋大桥达成初步共识，报告最后明确伶仃洋大桥在香港着陆点为屯门烂角嘴，并提出了香港内连接路网的初步规划。

于是，便有了本节开头港督彭定康召见魏威廉的记述。

2007年6月27日，香港行政局前首席议员钟士元在香港电台节目《议事论事》主持多番游说下罕有复出，接受电台访问长达三小时。在访问中他透露了伶仃洋大桥一些鲜为人知的内幕：钟士元忆述，1994年11月，香港特区筹委会经济小组在北京开会，当时的珠海市委书记梁广大带队到北京向小组成员做关于兴建伶仃洋大桥的工作汇报，希望在香港上岸，只要港英政府同意，不用花费香港的钱。

这次会面富有成果，港方都非常认同。

从北京回到香港，筹委会经济小组将珠海政府层面的这一意见反映到末代港督彭定康那里。

"NO！"彭定康不假思索就一口拒绝。他说："我们已经聘请英美顾问公司做过相关研究，报告认为要到2020年才有这个需求，以后不要再跟我谈这件事了。"

"其实，当时港英政府大限将至，哪会考虑香港的前景？"钟士元回忆起来还有点心气难平。

1997年7月下旬，梁广大又来到香港，在特首董建华办公室，梁广大再次提起伶仃洋大桥。钟士元回忆："当时我在场，董建华问我有什么意见。我说我赞成，时间越早越好；连接珠海和香港的伶仃洋大桥一旦建成，将打开珠三角的西部，对香港的经济利益很重要。"

虽然钟士元相信很多香港市民都会赞成这建议，但"遗憾的是，香港政务司中又有人不同意这观点，反对此项目，事情也就搁置下来"。

对此，胡应湘在接受香港媒体采访时透露，他早前提出的跨海大桥构想，遭遇当时的特区政府高官冷淡响应。当记者问及是哪个高官一口回绝兴建大桥的计划时，胡应湘三缄其口，只是说："我不会说是哪一个高官，我只能说'她'，是她否决了这个计划。"而港区全国人大代表陈永棋则直言不讳地说："（当时）反对建设到珠江西岸的桥，今天看来这是个重大的决策失误……"

香港回归后，当时担任政务司司长兼粤港合作联席会议港方代表的陈方安生把持特区政府公务员体系，提出"小心边界模糊论"，这也使得粤港合作联席会议的工作议程被再次拖延。从1998年到2001年，总共只开了三次工作会议，粤港合作一直停留在纸上谈兵，伶仃洋大桥等跨界大型基建协调就此被严重拖延……

同样是在香港电台《议事论事》节目中，对西方部长制推崇备至的钟士元称，特首不能拥有政党背景，根本不能确保主要官员与自己有一致想法，结果执行政策时出现无谓争拗，他感叹说："最简单喺（是）伶仃洋大桥，因为据我所知，当时喺（是）政府内部唔（不）同意，所以先迟迟唔（不）起，呢（这）个董建华都冇（没）办法，佢（他）同意起都冇（没）用，所以拖咗（了）几十年……"

偌大一座桥，澳门自然不会等闲视之。

一直以来，澳门都非常期盼在港澳之间有一个非常直接有效的陆路通道，那么澳门发展的潜力就会大大增强。因此，澳门对这座桥的渴望绝对不比珠海少。

只不过，与香港的不屑一顾的傲气相比，澳门则显得比较"中庸"。

在澳门岛新马路旁边的一个小巷内，王顺文正忙碌着为客人们准备快餐，他的茶餐厅就设在这个两米宽的巷子里，做饭的炉火放置在巷口，一块雨棚可以让他在下雨天也照常出摊。

我要了份鱼香茄子煲仔饭，坐在档口边吃边与他攀谈。

"听说要建伶仃洋大桥，澳门街坊有什么议论？"

"耳朵都长茧了。"王顺文是土生土长的澳门人，说一口澳门腔的普通话，"天天就是些专家学者在报纸上'吹水'（讲大话），政府也都在那拗着。"

"大桥通了对你们的生意都有帮衬（帮助）啊！"

"是啊，澳门地头咁（那么）细，大桥通，香港人过来方便嘛，内地人从澳门去香港也方便，人多生意才好做。"

隔壁的大利记猪扒包的老板娘陈嘉仪也凑了过来："听说大桥对珠海好好，对澳门关照唔（不）大。"

在澳门人获悉珠海方面积极推进珠港两地建跨海大桥，并且已经初步形成了从香港屯门经内伶仃岛、淇澳岛到珠海的伶仃洋大桥北线方案后，澳门真的很"郁闷"。

澳门与珠海两地互为依存，内地刚刚实行改革开放，澳门商人就与珠海合作建设了内地第一家中外合资酒店——石景山旅游中心，开办了内地第一家外商独资企业——香洲毛纺厂。这在当时可是轰动一时的大新闻并载入中国改革开放的史册。

然而，两个原本"青梅竹马"的城市却始终擦不出"爱情火花"。与当时的香港相比，澳督治下的澳门确实不具备优势，其经济增速在20世纪80年代为8%，90年代以后竟然徘徊于5%上下。这也难怪，珠海不惜独自承担哪怕全部建桥费用也要主动找香港"投怀送抱"……

1989年2月16日，就在《澳门日报》以显要位置刊登"珠海要建伶仃洋大桥"的当天，黄汉强特意到珠海买了一份新版珠江三角洲行政区域地图，开始研究起"这座桥"。

那日，他回到寓所，晚饭也没吃，不悦之情浮现在脸上。夫人见他阴沉着脸，问他发生了什么，可千万别将外边的事带回家来啊！

黄汉强把自己关进书房。在昏黄的台灯下，他摊开地图，从笔筒里抽出铅笔，分别将屯门、内伶仃岛、淇澳岛、金鼎4个地点用红色标了个圆圈，然后用一条蓝色粗线将四个点连接起来。注视良久，嘴里喃喃地说："澳门没有港口，不通铁路，如果珠海跟香港通过北线方案连通，大桥桥位离澳门这么远，澳门不就成了死角了？"

黄汉强是澳门大学研究中心顾问、澳门社会科学会会长，先后担任澳门基本法起草委员会委员、澳门特别行政区第一届政府推选委员会委员和全国人大常委会澳门特区基本法委员会委员。

当时，澳门还处在葡国政府的管辖之下，澳门回归"大限"将至，自家的事都已焦头烂额，哪还有精力去关注别人家的事？

黄汉强试图通过立法会将澳门人关注伶仃洋大桥的声音传递给澳葡政府，当时的总督韦奇立却说："这是香港和珠海的事，与我澳门何关？"

看来，澳葡政府是指望不到了。

黄汉强于是牵头成立了一个伶仃洋大桥澳门关注小组，其核心幕僚和得力干将都是澳门的民间学者、专家以及商界人士。这个小组一直"盯紧"这个伶仃洋大桥项目，在某种程度上代表着澳门的意见，对外传递澳门民间的最强音：澳门不能被边缘化。

事实上，澳门关注小组对伶仃洋大桥项目的"左右"不容小觑。

1997年12月，珠海市宣布国务院正式批准伶仃洋大桥立项，大桥把澳门"撇"在一边，这让澳门"不高兴"。1998年1月，澳门将8年以来三地专家、学者、企业家提出的多个建桥方案做比较研究，由澳门大学、北京大学组成"澳门经济及社会发展战略研究"课题组，联合编写了《珠江口伶仃洋上兴建跨海大桥主要方案比较研究报告》。同年6月1日，部分澳门民间专家、学者以及商界人士联合起来，共同在一封写给国务院领导的信上签名，并且随信附上了《珠江口伶仃洋上兴建跨海大桥主要方案比较研究报告》。

这个《报告》强烈推荐"南线方案"。

在写给国务院领导的信里，有这样一段"重话"："兴建伶仃洋大桥考虑澳门的意见和利益不够，在澳门即将回归之际，容易挫伤澳门人的感情和信心，希望中央政府能够从各个建桥方案中找寻地区之间利益的平衡点……"

澳门频频发声。在一年一度的全国"两会"上，他们通过全国政协澳门委员和人大代表"呛声"：伶仃洋大桥关系到澳门未来的经济发展，要允许澳人参与研究兴建，以不损害澳门利益和疏离港澳关系为宜。

很多人都认为，当年珠海主导的伶仃洋大桥项目搁浅并最终梦断伶仃洋，是因为澳门的杯葛和反对。其实，将这一大桥的前前后后联系起来看，客观地讲，澳门是相当支持有一座桥将香港、珠海、澳门连接起来的，他们不是反对建桥，只是反对桥的走向而已。

香港"暧昧"，澳门"插足"，在得不到积极回应的情况下，建伶仃洋大桥之议，在珠港之间骤然冷却。

之后，在港澳的两面"夹击"下，珠海主导的伶仃洋大桥步履维艰，最终折戟伶仃洋。

第三章　梦里花落知多少

珠海唐家镇，一个具有700年历史文脉的古镇。这里诞生了中国近代第一个企业家唐廷枢，中国高等学府清华大学首任校长唐国安，"中华民国"第一任内阁总理唐绍仪，中国工人运动先驱苏兆征……历史名人辈出，让唐家镇备受世人瞩目。

就在伶仃洋唐家湾畔，一座悬索大桥跨越淇澳岛，矗立在珠江金星门水道上，这就是伶仃洋大桥的珠海段引桥——淇澳大桥。

然而，这座"四分之一伶仃洋大桥"建成后，珠海与香港对接的梦想戛然而止。

大桥梦起但却命运跌宕。十几年来只闻楼梯响，不见人下来，外界传言更是纷纷攘攘。是什么原因，让修建伶仃洋大桥的计划如此一波三折？

珠海热，港澳冷。想必深圳又是唯一与香港陆路相通的城市，自不希望珠海"横刀夺爱"。尽管伶仃洋大桥获得立项，但珠海显然独木难支，兴建伶仃洋大桥的激情渐渐被多方的冷水浇灭。

曾参与原伶仃洋大桥筹建工作的总工程师滕亦昌，对港珠澳大桥有着难以割舍的感情，他向我讲起那段褪色的往事。

这位1955年就来到广东，曾主持105国道、港湾大道两条珠海"东西走廊"建设的工程师以勤恳实干著称。他修公路、建桥梁，却万万没想到自己还有建跨海大桥的机缘，当时珠海市领导要他"飞跨珠江口、穿越伶仃洋"。

他的命运此后便与大桥发生了历史性缘聚。

"那时真是想都不敢想。"年近八十的滕老疾病缠身，听力已退化，一头霜染白发，梳理得一丝不苟。但谈起伶仃洋大桥，他浑浊的眼睛遽然一亮，就像一盏探照灯照亮了历史的隧道。

这是一个古稀老人，已沉入生命黄昏的他仍坚持带我来到珠海市档案馆，因为陈列在这里的一本本厚厚的资料可以见证当时珠海人所付出的一切。

那是个明朗的早晨，阴了数天的天空突然放晴，一轮朝阳从大王椰树梢上升起，犹如一个大红灯笼，挂在城市的高楼上，红彤彤的。在珠海市档案馆，我就像翻开了一部褪色的老皇历，抄阅着一组组枯燥的数据。从那些坚硬冰冷的犹如史志的行文中，我已找不到这座大桥曾经的人气和温度。显然，这注定是已经"休克"的历史，我只能在档案馆里触摸。

就像翻开一部已经褪色的神话，让我颇为惊叹的同时，多少有些惆怅。"施工前的筹建工作从预可、工可到初步设计都做完了。"滕老告诉我。

跨越伶仃洋一直是珠海人梦寐以求的事情，但这中间有太多的酸甜苦辣和坎坷崎岖。对于滕亦昌这样一位怀揣伶仃洋大桥情愫多年的老人而言，心绪难平也在情理之中。

作为珠海交通基础设施建设开拓者，滕亦昌1992年任伶仃洋大桥项目总工程师时，他已经到了60岁退休的年龄，但仍被认为年富力强，被委以重任。1994年5月，滕亦昌等七八名土木建筑专家奉命赴美国考察。他们走访了旧金山金门大桥等著名跨海工程。可参观学习才刚进行一半，他们就被一个越洋电话紧急召回。

"7月初，淇澳大桥将动工。"指挥部在电话里这样解释说。

滕亦昌欣喜不已，自豪之情溢于言表。

7月5日那天，艳阳升起，唐家湾滩涂上的红树林被染成一抹殷红，四周的旷野也被衬托得热闹起来。一串爆竹声打破了唐家湾荒凉海滩的寂静，淇澳大桥在一片欢呼声中破土动工。交通部一支精干施工队最先开进淇澳，开始了伶仃洋大桥侧引桥的前期施工作业。

拖轮、趸船、打桩机、起重机等大型机械陆陆续续进驻。

但事情的进展远非想象那么顺利，许多困难是人们始料不及的。滕亦昌说："坏消息也紧跟而至。听说由于沟通机制受限，以及香港、澳门多方争议不断，已经动工的大桥项目被匆匆叫停。"

"不久，施工队就撤离了。" 滕亦昌眉头紧蹙，有点心灰意冷。他说："这引桥建建停停，停停建建，直到2001年才算通车，但主桥仍遥遥无期。"

好几回，他独自来到唐家湾畔，顶着萧瑟的寒风，伫立空旷的海滩，向茫茫的伶仃洋天际线眺望。

问天？似乎亦在问自己。

慢慢地，曾经在媒体上喧嚣的大桥开始销声匿迹，一种不祥的预感涌上珠海人的心头。

时间很快佐证了事先的预感。

"伶仃洋大桥白做了？"珠海市原大桥建设指挥部的一位科长说，"珠海在伶仃洋大桥的前期工作上花了好几千万元啊！"

不但如此，原来研究了十几年，勘测了无数地质、水文资料，做出的几吨重的图纸都变得一文不值，很多人的心血付诸东流。

从1989年开始算起，珠海市政府整整用了9年时间来研究和论证伶仃洋大桥项目，有关资料好几吨重，被封存在市交通局的资料库房里。有人戏言，零丁洋上叹"零丁"，也许是这个"孩子"一出生名字就起得不好。

1999年，滕亦昌终于办理了退休手续，但实际上退而不休，仍长期担任伶仃洋大桥工作顾问。那一年，滕亦昌颇为感伤，当时位于梅华东路砂石土大厦二楼的大桥办，人员已由鼎盛时期的二三十人锐减到了七八人，场面寥落。

但他嘱托大家要精心保存好大桥的所有资料，他相信"一座大桥"的消逝会给人们深刻启示，因为无论其设计理念还是现实影响在当时都是举世无双，极具启发性的，梦想破灭并不代表失去希望。

时光流年，一载又去。已是耄耋之年的他，仍是一片老臣心。

2011年底，当我再一次联系采访滕亦昌时，我被告知，滕老已经抱憾离世。乍一听，我怔住了许久，我想：倘若滕老在天有灵，数年之后的港珠澳大桥建起时，应该也是他的快慰吧，我相信一定会有这种冥冥神谕！

当年，有一批人从政府机关调到伶仃洋大桥工程建设指挥部工作，他们开始很忙，后来则无事可做。就在淇澳大桥修建通车后，伶仃洋大桥工程建设指挥部名存实亡，实际只有一块大牌子挂在鸡山的广珠东线公路边，十分醒目。

鸡山是从下栅边防检查站进珠海市区的必经之路。这块牌子挂了很多年，仿佛是在向每一个进入珠海的人提示：伶仃洋大桥还在。直到2003年粤港澳三地政府共同组建的港珠澳大桥前期工作协调小组成立了，珠海的这块牌子才取下来。

作为伶仃洋大桥资本运作的平台，伶仃洋大桥集团公司也成了"落泊的凤凰"。1992年，公司在一片热烈祥和的气氛中成立，市政商名流冠盖如云，场面盛大隆重，出席庆典的市委、市政府领导和参与嘉宾共同为集团举行了隆重的揭牌仪式，那时，掌声、祝词、期待、重托……尽管使命决定这将是一个"贴钱"而不赚钱的公司。

在之后的数年间，公司的办公地点几易其址，从洲山大厦到公路局银坑养护中心，再到砂石土集团办公楼。尽管此间并不缺乏涉及港珠澳大桥的传言，民间也有强力声援大桥上马的声音，但珠海官方并没有正式表态，公司仍在不显山不露水地运作着。

但1997年以后，港珠澳大桥开始在粤港澳三地酝酿、热议和关注，伶仃洋大桥集团公司也慢慢开始感觉到了"局外人"的冷遇。这样的消息也常常搅得公司上下人心惶惶，愁云重重。大家心情都很复杂，从中预感到自己多年的心血极有可能会付诸东流。

2008年夏天，伶仃洋大桥集团公司魏主任这样告诉我："现在只剩下几个人了，公司最多时达到40多人，我以前就是办公室主任，现在管没人的人事。"

伶仃洋大桥集团公司吴总说，由于港澳方面倾向的港珠澳大桥方案与伶仃洋大桥的方案完全不一样，所以一旦港澳的方案确定下来，伶仃洋大桥这么多年的工作很可能就白忙活了。

"筹建伶仃洋大桥时，珠海是投资主体，现在主角已经沦为配角。"吴总的言语之间蕴含着些许伤感和无奈，"这几年公司几乎处在一种停顿的状态，只是年初才开始运作，主要是委托交通部规划院珠海分院进行港珠澳大桥珠海拱北落脚点的研究，给港澳方面提供些参考意见。"

在此之后，我就再没有得到伶仃洋大桥集团公司的任何信息，有的说被注销了，有的说被更名了，有的说被重组了，众说纷纭最后不知所终。

伶仃洋大桥就这样夭折了。

经年累月，日子就像筛糠一样，一天天地过去。

1998年11月，梁广大卸任。

不懈追求与自信的珠海，开始尝到了一种叫五味杂陈的滋味。

"如果伶仃洋跨海大桥能如期建好，珠海在珠三角城市发展中的地位以及自身的产业格局绝不会像今天这样。"时隔多年后，珠海的一位政府退休官员仍然发出这样的感慨。

然而，历史毕竟不能假设。

1999年1月16日，香港一家报纸刊登了一篇专栏文章。这篇文章对伶仃洋大桥最先"盖棺定论"，作者在一番抚慰的同时也为珠海打气，所用的标题就是《珠海，你要沉住气》……

从此，伶仃洋大桥从大大小小媒体的视野中淡去，建设伶仃洋大桥成了珠海未竟的夙愿！

"伶仃洋大桥不建了？"

听到这样的消息，淇澳岛上的村民很"受伤"。

淇澳岛，珠江口西岸一个只有20多平方公里的海岛，四面临海，西隔珠海唐家镇，东接内伶仃岛，距香港海域最近处不到7公里。这个偏僻的海岛渔村因位居珠江出海口要冲，故上千年前即有渔民聚居，建于宋代的淇澳祖庙里不仅供有开村祖，同时还供奉雷公、电母、风伯、雨师和水潮爷爷；淇澳的神宫社庙也尤其多，有庙宇近十处，除祖庙外，有供奉海神的天后宫，有保佑航运安全的妈祖庙，有庇护文星高照的文昌宫，有佑人生子的观音殿……可见风里浪里的渔民对自然力之敬畏。

清道光十三年（1833年），英国人登上淇澳岛测绘，后与美国人一道盘踞岛上走私鸦片，并常入村抢劫，激起民愤，遭村人驱逐。1836年，英美商人悍然纠集十五六艘武装轮船来犯。这一野蛮暴行激发淇澳人民极大愤慨，村人齐聚天后宫广场架土炮还击，这场声势浩大的抗英斗争就此爆发，震惊中外。战斗断断续续历时20个月，最后战胜外敌。战后谈判，英美商人向淇澳村民赔3000两白银，村民有感于天后显灵助阵，便以此赔款重修天后宫，并用余款在村内铺筑了一条数百米的花岗岩白石街。

白石街无声地印证着那段历史！

淇澳岛独处于珠江口一隅，就这样默默无闻，与世无争。但是，一座伶仃洋大桥的起起伏伏不断撩拨着这个海岛渔村的神经，它的文化，它的生活方式，它的审美，都在这座桥的沉浮中被打乱或被改变。

这使我想起台湾导演侯孝贤在影片《恋恋风尘》《童年往事》里描述的，那些正被工业化逐步吞噬的乡村生活场景，那些被时代裹挟着的普通人身不由己的个人命运，在淇澳岛真实地发生着。

因地理位置独特，20世纪80年代初，胡应湘的跨内伶仃洋大桥构想与90年代珠海市政府力主推动建设的伶仃洋大桥不约而同地选择了淇澳，并把它确定为跨海大桥的珠海方起点。

2001年1月，连接珠海市区和淇澳岛的引桥建成，贯穿全岛的公路开始铺设，伸向岛的另一端——计划中的伶仃洋大桥的起点。一张美丽的蓝图就在那个时候，在淇澳落下了浓墨重彩的一笔。

然而，大桥的梦想戛然而止，直到今天。

30年过去了，淇澳人经历了难以言状的情感起落：得知要被开发的激动；土地被征用后渐生渐多的不满；建桥大军进驻岛上的短暂欣喜；工程中断时的失落；到最后，伶仃洋大桥搁浅带来异乎寻常的漠然。桥，就这样冷静而又不动声色地改变着淇澳人的情感和生活。

淇澳人不明白：这么大的工程，怎么说停就停……

淇澳村共有常住居民1800多人，过去有耕地4000亩左右，以水稻种植为主。

1988年开始，为配合伶仃洋大桥施工建设，除了尚余200多亩菜地外，岛上耕地被悉数征用。村民过去尚可务农为生，现在离开土地的他们，在没有充足的资金和其他生存技能的情况下，如何生存下去？

我第一次到淇澳，海边的杂草，远观貌似蓬勃一片，走近，才发现其恣肆生长，随心所欲。其中还暗藏着一些荆棘类植物，危机四伏，让人不敢轻易靠近。

由于水坝、排水系统等农田公共设施均已废弃，除了少数菜地外，过去的连片良田种上了芭蕉树、莲藕或干脆荒废了。规划中的伶仃洋大桥到淇澳大桥一线，过去是广阔的原野，如今野草摇曳，碎石遍地，昔日稻田一片金黄、农人忙着收割的景象已不复重现。

重归沉寂的海岛，没有工厂，没有高楼大厦，再没有嘈杂的汽车喇叭声，一切都显得冷冷清清。

在这个弹丸之地，还有些能唤起人们记忆的东西：1833年村民抗击英军入侵的古炮台战场；村民用英军赔款在村里铺筑的白石街；中共早期工运领袖苏兆征的故居。所有这些，连同每年投资额不菲种植的红树林，正在成为岛上的旅游资源。

淳朴的民风尚存。从我到海岛的几次采访看，村民大多性情温和恬静，对外来人很友善，特别是那些坐在青石板或大榕树下的老人。他们告诉我：目前，村里村办企业不多。村民出租一间空房，每月也只有一两百元，没人来租啊！

最感失落的是中年人。他们中的许多人，要靠下海打鱼摸虾、开"摩的"搞客运赚钱养家。因此，他们抱怨最多："说修桥其实是耍我们的，早知道这样，还不如不说呢！"

淇澳岛过去几乎没有外来者。20世纪90年代早期，伶仃洋大桥要开工的消息传来，各种各样的淘金者拥到这里，外来人口一度达到4000人至5000人。

张生，四川达州人，来岛上没干成伶仃洋大桥的活，却进了岛上的修船厂。他的工作很机械，就是不停地挥动锤子，把旧船的铁锈敲下来。他要用布塞住耳朵，以抵消震耳欲聋的敲击声，他还要在酷热的南方七月天中，穿着厚厚的帆布裤，以防迸裂的铁锈和火星擦伤。在大太阳下干活，太热了，他只好把两条裤管的小腿外侧剪开，敞着，以便透点风。

张生告诉我，他老家在四川达州的农村，那阵子，一个老乡打电话给他，说珠海要搞一座通往香港的大桥，现在整个岛上都被人堆满了，钱多快来！

当时他也没多想，打包袱就要启程。当时妹妹刚好初中毕业，也吵着要去。他拗不过，两兄妹于是日夜兼程，千里迢迢出川入粤，从大山来到大海，然后坐渡轮登上淇澳岛。

初来乍到，对大海的新奇和对大桥的期待让他几天没睡好觉。然而，这一等却是遥遥无期，结果把妹妹等成了淇澳人。

经人介绍，一个淇澳小伙子看上了妹妹。"不是吹，我妹那时可是我们老家十里八乡公认的美女，这淇澳岛是制造不出来的！"

小伙子学历不高，皮肤是海上人家的那种黝黑，精瘦精瘦。见上父母后，妈说："人才差点，不般配。"

妹妹看着哥。张生立即心领神会，窥透妹妹的心思，他对妈说："人家这地方好，通香港的大桥就过家门口啊，去香港也就几分钟的车程。这大桥一开工，满岛都有钱捡。"

父母于是不再说什么。

然而，如今妹妹的孩子都上高中了，大桥却不再开工。"唉，指望不到也就算了，偏偏这个妹夫滥赌、家暴、游手好闲……"

也许正是当初自己信口雌黄促成了妹妹的婚事，如今妹妹婚姻不如意，自己内心有些愧疚，这十多年来他一直在岛上打苦工，哪里也没去，为的是能就近照顾好这个远离故土的妹妹……

我在海滩见到一艘正在解缆的渔船。船夫姓秦，广西全州人，面容黢黑，一看就是一位饱经风霜的打鱼人。他告诉我，他们兄弟三人，以前也是种田为生的农夫，1997年前来到淇澳岛，为了等伶仃洋大桥开工，又不想闲着，花五六千元买下渔船。十几年的闯荡，他们已成为地道的渔民。

"伶仃洋大桥还会建不？"三兄弟黑黑的脊梁，在阳光下闪闪发亮，满脸的褶子上，嵌满了岁月的沧桑。

我苦笑，不置可否。

傍晚时分，斜阳已经落到了淇澳岛的峰顶上，如一个红彤彤的灯笼，悬挂于海平面的尽头。殷红的晚霞，喷溅到湛蓝的天幕上，点点、簇簇、片片，涂抹在长空之上与蓝色鲜明对峙。

在回程的路上，我又碰到了安徽人高长朋。提及伶仃洋大桥，他脸色凝重，尽管此类话题已成过眼烟云，但他难免怅然感叹。

高长朋被公认为留居淇澳岛最久的外地人。1996年，他上岛承包工程，结果被别的公司欠下数十万元工程款。

"要不是追款，早就想走了。"他甫一开口，神情恬淡，小眼睛炯炯有神，"我这点钱还不算什么，听说有的香港老板就惨了。"

他说的香港老板指的是香港泰元集团的杨成林。

也是1996年，杨成林得知伶仃洋大桥工程立项在即，心想这回是铁定开工了，善于捕捉信息的他嗅到了商机，因为泰元在香港经营工程建筑沙石多年，早年到珠海投资，在几个海岛开采石场早已赚得个钵满盆满。他知道，伶仃洋大桥一旦开工，所需的沙石量将不计其数。

一天，他开着私家游艇"太元城驹"来到淇澳，从牛婆湾上岸，沿灯塔咀、大澳湾、吊石角、鹤咀，穿越红树林，一路走一路将捡到的石头编号并派人送上游艇。他此行的目的，是将淇澳的石头拿回香港进行石料的硬度检测。

"山山皆是，质量堪优。"检测结果出来后，杨成林兴致勃勃返回淇澳，以港资身份一掷千金投下8000万元建起两个石矿场，据说还投资1000万元扩建牛婆湾和大澳两个码头。如此排兵布阵，意在抢占伶仃洋大桥的先机。

"桥很快就要建了。"这是他从政府方面得到的信息。凭他多年经营的人脉关系，他坚信自己这回又是"堵住笼子抓鸡——稳拿了"。更让他开心的是，一些"潜在"的承建商还正儿八经地跟他签订了供货合同。

很快，石矿场的手续办妥了，坚硬的石头开采出来了，4条生产线每天源源不断地生产出上万立方米的建筑碎石。

"快了，快了。"政府方面的朋友这样安慰他。

然而，这一快又是3年过去了，仍迟迟不见伶仃洋大桥动工的踪影。建筑石料卖不出去，员工要吃饭，要发工资，设备要维养，追债的主也越来越多。杨老板没办法，于是将工资折成碎石，由员工自己到珠海的大大小小工地去销售。员工们有的用手推车推，有的用平板车拉，有的用小驳船装，有的还跑到机关单位去推销……此事，在珠海一时还成为茶余饭后的笑谈。

后来，法院的人戴着大盖帽进场，指挥工人将那些锈迹斑斑的生产线拆解并当废铁变卖，据说仍不能填补那些债主的窟窿。

从此，杨老板再没有到珠海露过面。

这，是我听到的最心酸的故事。

对今天的淇澳人来说，土地还在，可他们已远离土地；祖庙还在，可传统和现实的差距已越来越大，他们内心的和谐与村落生活的宁静还有什么可以维系？

当年开发热之盛况，如今只存留在少数人的记忆中。淇澳人原本在这里做了一个"出发梦"，可是一觉醒来，发现自己不仅没到终点，现在连起点都不是。

村民说："再也回不去了，谁都无法回到过去。"

尽管有所抱怨，可生活仍将继续。

半日潮水，涨落无言。

"昨天所有的荣誉，已变成遥远的回忆，勤勤苦苦已度过半生，今夜重又走入风雨，心若在梦就在，只不过是从头再来……"

一首《从头再来》仿佛就是珠海伶仃洋大桥的最好诠释。

伶仃洋大桥的浮沉和窘迫令人扼腕长叹，它的命运之殇，在岁岁年年的演进中寂然成尘，最终沦为旧事。与此同时，另一座跨越珠江口海域，连接香港、澳门、珠海的超级工程在一片呼唤和争议声中闪亮登台……

这，就是港珠澳大桥！

第四章　再成热点

万里海疆，潮起潮落。

400多年间，伶仃洋见证了太多的重大历史时刻，从虎门销烟到香港澳门回归，周而复始的潮汐堆积成一道道苍老的历史皱纹。当又一个甲子即将开启新的章回时，香港回家了。

1997年6月30日下午4时。

硕大的总督府办公室内，此时的彭定康正背着手在房间里来回踱着方步，他面容憔悴，心情显得些许焦躁。在他身边，英女王及其王室成员的相片、银具和旗帜连同一些珍贵的私人物品早已被打包好被放进了柳条箱里。桌上散乱地堆放着一沓港督办公室呈送来的审阅件，这些无关痛痒的文字材料正静静地等待着港府保洁工的到来，其中一份由路政署送来的《香港路网规划策略及可供选择的港珠澳跨海大桥方案》静静趴在桌面上……

晚7时45分，英国旗及英治香港旗，在风笛伴奏的《最后一站》乐曲中降下。彭定康缓缓踏上前，双手捧着折好的米字旗垂下头颅，眉头深锁，任凭雨水敲打。所有英国人都淋湿了，不过，他们都站得笔直。

曾经的日不落帝国在亚洲最后一个殖民地的最后一个落日最终在大雨中被浇灭，彭定康说："大不列颠好像在哭。"

7月1日凌晨，香港移交仪式结束后，皇家游轮从伶仃洋海域缓缓驶过，夜色中的大屿山在海平面上显得突兀、高耸。

彭定康独自倚在甲板的栏杆上，炙热的海风将他的面颊吹得通红，他手里拿着一杯威尔士，时而摇晃时而品啜，两眼静静地望着此时波平浪静的伶仃洋，他神情凝重，久久回望维多利亚港湾那一片蔚蓝色的大海，嘴里喃喃地自语道："别了，Hong Kong。"

两年后的12月20日，澳门回归。

香港、澳门主权的相继回归，从政府层面上解决了港澳与内地大型跨境工程合作的沟通障碍。

拖延已久的珠港澳大桥，再度成为传媒的焦点，粤港澳民间关于建桥的话题又像那冷冻过后的重庆火锅再次开锅沸腾起来……

2000年2月春节刚过，位于香港金钟坚尼地道42号临近香港公园的一家酒店里，外交部驻港专员公署马毓真专员在此备设薄宴，宴请香港经济界、文艺界的几位重量级老朋友。

最先到达的是合和实业主席胡应湘。

紧随其后的是当代艺术大师刘海粟的入室弟子陈逸峰。

陈逸峰从事绘画艺术三十年，追随大师十多年，能继承大师神韵与气度，为大师泼彩法之嫡传弟子。其创作的大型国画《香江春归图》就悬挂在人民大会堂香港厅的正面墙上。他与胡应湘更是多年的好朋友。

此时，陈逸峰的另外一个身份还是香港珠海联谊会的秘书长，因而对珠海与香港的跨海大桥一直颇为关注。

"珠海到香港的伶仃洋跨海大桥怎么销声匿迹了？你还想不想建这座跨海大桥啊？" 觥筹交错间，陈逸峰试探性地问胡应湘。

"怎么不想？而且现在我对大桥的走向、落点已有了新的方案，已不是原来的珠海淇澳岛至屯门了，而是从大屿山西区连接珠海和澳门两地！" 一提起大桥，胡应湘立即兴奋起来。

"又有新想法了？"

"当然有了，我一直就没有停止过对这座大桥的研究。"胡应湘若有所思，他放下刚刚举起的酒杯，说，"1983年时的伶仃洋大桥方案，因当时没有陆路连接大屿山，更没有香港国际机场的规划，故建议由珠海开始，经淇澳岛及内伶仃岛，接上香港屯门烂角嘴，但现在我港珠澳大桥新方案是从东南角出发，经万山港的牛头岛、青州岛和大西水道，越过大西水道后分叉而行，分别以澳门黑沙环和珠海九洲岛作为终点，改道连接港、珠、澳三地。"

他说着，还用碗筷进行了一番"兵棋推演"，让在座的各位听得津津有味，一下子，港珠澳大桥成了席中的热门话题。

陈逸峰三句不离本行，他开玩笑对胡应湘说："我是画家，我非常希望你的跨海大桥一定要有艺术性，体现文化内涵、民族风格，不要只计算成本效益哦。" 他还举例美国旧金山的金门大桥就有很高的景观艺术性，给过桥的人留下深刻印象。

"大桥跨过大海进入三个城市，必然对这些地方优美的环境、生态造成一定负面影响。大桥的艺术性对这些影响正是一种弥补，而且建造一条很具艺术性的跨海大桥，是我们当代人对子孙万代的历史责任。"陈逸峰谈锋极健，滔滔不绝。

胡应湘乐呵呵地笑言："真到建桥的那一天，我一定建议请你加入大桥设计团队。"

做东的马毓真专员打趣道："这哪里是饭局啊！分明是一场大桥研讨会。"

港珠澳沉寂三年后，胡应湘为什么又再次"挑起事端"？

胡应湘曾说过，他最崇拜苏格拉底在两千四百年前说过的话："世界上最快乐的事情，莫过于为梦想而奋斗。"从1983年提出伶仃洋跨海大桥到2000年港珠澳大桥，胡应湘为他的这个梦想奋斗几近20年。

朝思暮想，胡应湘从40多岁壮年郎盼到成为头发花白的老人。这使人想起《列子·汤问》所载的那个神话故事：北山愚公下定决心要移去家门前拦路的太行、王屋两座大山，率领子孙们挖山不止，并准备世世代代挖下去……胡应湘的坚毅、顽强和执着，堪称现代版的"愚公"，所不同的是，愚公要搬走横亘在眼前的大山，胡应湘则是想架起一座跨越珠江口的桥，感人的相通之处在于，他们都在做常人看起来不可理喻、难以实现的事，他们挑战的对象都是大自然鬼斧神工的险峰或天堑，他们渴望的，则都是沟通四海的"通途"。

清朝黄宗羲《张苍水墓志铭》述："愚公移山，精卫填海，常人藐为说铃（意为荒诞不经的故事），贤圣指为血路也。"胡应湘背负着这个建桥梦，挟世事风雨，奔走呼号，致力游说兴建大桥，尝尽冷暖甘苦。

2001年，胡应湘被董建华任命为香港港口及航运主席。他不失时机地将他的大桥蓝图呈交董建华，再次提出建设这座桥的必要性，不停地提供数据，给建议。

"烦得董建华要命。" 胡应湘笑称。

"你拿什么打动董特首？"

"我陈述的建桥理由充足啊！"胡应湘笑呵呵地端起茶杯，说，"我对董特首讲，香港目前的港口集装箱最多，但港口收费又最贵，要维持香港地位以及珠江三角洲工业品的竞争力，就要提供服务，降低成本，方便快捷，而正是这座桥可将海运、陆运、河运、空运联起来。"

采访中，胡应湘反复地强调说："我非常感谢董建华，对这座桥贡献最大的不是我，而是董特首，因为他打破了香港政府的条条框框，突破了传统的思维。"

"很多人认为你为大桥奔走是出于一个商人对利润目标的追求。你怎么看？"

"这种看法当然有他的角度，但是我想也只是考虑问题的一个方面。"胡应湘有些许激动，只见他取下眼镜擦拭镜片，这也许是他平心静气的一种方式，他说，"大桥的兴建，不是单单给哪一个投资者带来回报，它是从对一个区域经济、国家经济发展的整体考虑而出发的。它是一个国家的战略和决策，意义远远大于给某个商人带来回报。"

翻阅胡应湘正式授权出版的英文传记 *The Man Who Turned The Lights On: Gordon Wu*（燃亮希望的人），书中有这样一段：

任何发展的时机是不等人的，有没有这座桥，其意义和实际影响是完全不同的，不能只是在研究和规划中去考虑这座桥的作用。香港已经很难再独立支撑起经济发展的体系，珠三角特别是西岸又急需要物流、资金、服务的进入，大桥建设对整个珠三角地区发展都有利，怎么还能再等下去呢？

书中首次提及：2002年，香港特区政府顾问依然认为港珠澳大桥将不会于2020年以前考虑，更遭到当时运输局官员指他浪费时间，胡应湘奋起反击，双方展开"口水仗"……

世事变迁，经过岁月的洗礼，胡应湘对大桥的痴迷已升华到另一种境界。他不止在一个场合中说道："只要大桥建得成，什么努力都去做，只要能够尽快建，谁建都支持。"

2002年2月，胡应湘以全国政协委员、香港策略发展委员会委员的身份把一份名为《关于兴建由香港大屿山至澳门、珠海的港珠澳大桥的建议》带到北京，罗列各方案利弊，建议从珠三角经济体系、中国加入世贸、澳门回归、香港经济战略转移几个方面，历数建桥的迫切性，图文并茂，用心良苦。

在8月26日香港举办的"构建珠三角物流平台研讨会"上，胡应湘一口气抛出四个问题与会探讨：第一，这座桥要不要建？第二，在什么地方建？第三，什么时候建？第四，是政府出资还是民间，如果是民间的话，又由谁来建？

他在会上"警告"：香港若迟迟不兴建大桥，可能让广东捷足先登，在珠海和深圳之间兴建隧道，甩开香港进行货物贸易，因为据他所知，广东方面已经等得不耐烦了，届时香港的地位真的就会被"边缘化"……

胡应湘对大桥信心十足，他强调不会因为各方压力而打消推动大桥上马的构想，并透漏已经把新建"港珠澳大桥"的初步计划交给了特区政府。

"相信他们都知道唔等得（等不了）。"胡应湘说。

虽然兴建大桥的资金及技术不愁，不过，胡应湘表示，兴建大桥"唔急得（急不得）"，因为工程涉及多方官员，共识才是兴建跨海大桥的最大问题。

胡应湘自我解嘲像个传教士，这么多年来执着于自己的造桥理念，传播自己的造桥信念，让许多曾经反对建桥的人，现在反其道成为追随他的信徒，这坚定了他对这份的"传教"事业的信心。

虽然筑桥遇到的阻力大，但胡应湘说："我会以'传教式'的虔诚推动兴建，今年唔（不）得，明年继续，再唔（不）得，后年再来！"

胡应湘再次掀开伶仃洋跨海大桥的盖子后，大桥议题成为香港各大财团激辩的焦点，为左右港府决策，财团之间大打"口水战"。

众所周知，胡应湘是最热心兴建伶仃洋跨海大桥的港商，是香港"主建派"的当然代表。他出招前成功"拉拢"信德集团、利丰集团和新鸿基地产等财团支持，参与建桥大计。

5月底，胡应湘接二连三高调发表言论，强烈敦促港府尽早落实建桥事宜，称有利打通珠三角西部通道，促进香港在该地区的投资。

香港机管局主席、利丰集团主席冯国经马上应和，指兴建珠港澳大桥可扩阔香港腹地，如果同时在大屿山桥头建新码头，将可发挥海陆空立体联运优势。

进入7月，论战随着酷暑逐渐升温。最激烈的一次争论是在7月初香港召开的珠三角的城际论坛上，各路财团发表不同意见，有赞成有反对，参会的专家学者观察到，赞成方多为地产商和基建商，而反对方则主要是码头和船队的航运派。

在这次会上，主建派代表在会上质问：这座桥建成后，香港与珠三角东西两面都有通道，有什么不好？

反建派反驳说："珠三角西部货物现在用驳船运到香港的办法最经济，建大桥缺乏成本效益。再说，机场和码头建在一起不见得有好处，也看不出好处。"

围绕是否建桥，一时沦为香港几大财团"对阵结盟"的局面。

反建派认为，如果建桥以方便人的往来，是一件好事，但对于货物运输，却要考虑。因为香港港口的货源压力已很大，若建大桥联结，货源压力就更大。

胡应湘对此并不认同，他多次在公开场合不点名批评反建派。他说："有人认为建这座桥投资大、浪费。反正是私人投资，周瑜打黄盖，愿打愿挨。"至于货源压力，胡应湘并不认同："这座桥建成了，我看不出对货源有哪些影响。"

双方一度交火猛烈。

8月26日，胡应湘高调地批评反对建桥是"守旧、不进取"的做法。根据香港《经济日报》8月27日的报道，胡应湘表示他将为该项目寻求私人融资，甚至"生气"地表示，无论是中国内地、香港、澳门，以至外国的投资者，如有意参与大桥的投资，他都欢迎，但反对者除外。

反建派对此"嗤之以鼻"。称："胡先生提出要兴建大桥，他赚到钱，我们会恭喜他。不过，请你别影响到别人，这会害死人的，我们从未反对过兴建大桥，我们只是关心资金的问题，花费纳税人金钱去建造这座大桥是否恰当？"

香港货柜码头商会也在报刊上刊登声明：反对以免地价方式在大桥旁边批出货柜码头项目，用以补贴大桥投资，我们强烈反对这种建议……

围绕大桥的沸沸扬扬，香港政府在平衡香港大财团利益方面左支右绌，毕竟，手背手心都是肉啊！

28日晚，香港"财爷"梁锦松终于放了点软话。

他在出席招商银行酒会时指出，香港作为华南地区的物流枢纽，与其他周边地区的交通非常重要。香港北面已经兴建了很多与珠三角联系的交通通道，但是目前与珠江的西部惟一的交通只是船只，因此长远来说，兴建大桥是有必要的。至于记者追问的所谓补贴问题，梁锦松摊开双手：言之过早。

环境运输及工务局长廖秀冬也在当天为"争吵"降温：大桥目前尚在研究阶段，但肯定我们与珠江三角洲的东面、西面都要有一个联系。大桥也不是香港单方面可以决定，必须由广东省政府乃至国家计委拍板，因此香港在这方面谨言慎行、稍安勿躁……

10月份，有消息说，政府基本认同胡应湘的意见。会以香港整体跨境运输系统规划为考虑要素，选址极有可能是与机场及迪斯尼乐园均毗邻的大屿山西部地区。

胡应湘20年的造桥之梦眼看逼近现实。

为了一鼓作气，胡应湘还指部分反建派曾于80年代表示支持兴建伶仃洋大桥，暗示是其中的少壮派"多嘴"才改变建桥的立场。

反建派为此专门召开记者会："胡先生的讲法让人'丈二金刚，摸不着头脑'，很可惜、很遗憾，港珠澳大桥若能刺激经济，自然也带旺香港港口、航运、码头业务。"

到2003年初，在香港的财团争论中，主建派和反建派开始已经由单打变成了"团体赛"，各路财团大佬分别在不同的场合纷纷发表对大桥时局的看法。

2月18日，反建派一位代表人物在香港中华总商会礼堂举行的"南沙及珠三角地区发展情况座谈会"上称港珠澳大桥方案不可行。他指出："我个人认为，港珠澳大桥短期内不适合搞，没有条件搞，不应该搞！"他认为，建桥成本贵，虽说是130亿，但工程往往"愈整愈贵"，现在说130亿，每年利息6亿至7亿，将来万一要200亿、300亿，利息每年就10亿、20亿怎么办？他还以兴建虎门大桥为例，解释建桥造价可能远超预算。

"现时本港的公路系统已能连接内地城市，若强行建桥只会重复建设。而且大桥座点位于珠海，但珠海的经济规模及发展潜力，远低于广东省其他城市，如目前顺德及东莞市已可直通本港，根本毋须绕道珠海。"这位人物直指建桥对生态环境有负面影响，甚至危言耸听地宣称，最可怕是大桥可能会封死珠江口，须知珠江、西江两条河道创造了广州的二纵三横（水运系统），现时可让3000吨的大船到广州和三水。大桥的桥墩会令航道淤积、航道变浅，长远或会令广东省内的航运业永久受影响，必须三思而后行，大桥建设要为子孙后代负责任……

其实，各大财团对于港珠澳大桥迥乎不同的态度与他们的投资有密切关系。香港的《太阳报》在一篇《财团们的"小九九"》对两大阵营的"算盘"作了一番梳理——

反建派：大桥一旦建成，由珠海直通香港势必分流珠三角西部腹地的货源，可能会削弱旗下的中转作业运输、香港葵涌码头以及盐田等周边众港口的货运吞吐量。

主建派：大桥连通香港，道路网络恰好环套珠三角地区东西两地之重要城市和货源腹地，届时将在珠三角地区形成一个完整的高速公路环，贯通广州、东莞、深圳、香港、珠海、澳门、中山。同时将极大方便港澳居民往来内地，其在珠三角地区投资的大量地产项目，对其楼价会是有力支持。

与建桥计划紧密相连的还有10号码头之争。

当时，香港拥有4号、6号、7号、8号(部分)及9号(部分)码头，计划兴建的10号码头正好位于大屿山港珠澳大桥的香港一侧。

主建派提出以免收地价方式兴建10号码头，通过引入竞争机制下调码头收费，此举目标直指不言而喻。

反建派则委托全球最著名的管理咨询公司麦肯锡公司抛出一份报告，这份报告以权威和数据提示：在解决结构性弱点前，投资10号货柜码头有8大风险……

至此，"看瓜一众"终于如梦方醒：原来大桥之争并非在桥，而是在港。

2002年前，香港内部基本上还是胡应湘在跳"独脚舞"，不过到了2002年后形势开始发生大逆转，港岛社会各界对大桥有了广泛关注也就有更多的认识，意识到大桥的迫切性。香港各界商会联合支持胡应湘，这也令以合和实业主席胡应湘为首的"主建派"声势大增。

越来越多的香港人士意识到，香港经济发展如果脱离广东，反而可能被边缘化。要维持繁荣、稳定，香港就必须与珠江三角洲、与祖国内地紧密联系。特别是《内地与香港关于建立更紧密经贸关系的安排》（简称CEPA）签订之后，香港市民的普遍心情逐渐由"担心"转为"迫切"、"兴奋"，修建港珠澳大桥的呼声日高。香港中文大学还搞了一个民意调查，竟有70%的人支持建桥。

从过去的只有胡应湘等少数人鼓与呼，到现在财团和社团纷纷表态支持，主建派占了上风。

毕竟，长远利益的诱惑谁都无法阻挡。

随着桥、港分别发展，反建派渐渐改变口风，不再反对大桥计划。

就在港澳财团围绕港珠澳大桥大打"口水战"之时，三地的专家学者们自然也不甘寂寞，建言献策纷至沓来，方案意见五花八门。

从1983年到2003年的20年里，有关在伶仃洋上建桥的方案究竟有多少个？在我的采访中没有一个政府官员或专家学者报出准确数字来，回答一般是："十几二十个吧。"

专家学者们乐此不疲在伶仃洋上兜兜转转，是因为他们非常清楚，这座桥太重要了，迟早要建。

从卫星地图上看，整个珠三角交通网络被珠江分割，成不了"环"。京珠高速、广深高速以及广东沿海的高速公路已经相继通车，但到了珠江口两岸都变成了"断头路"，在香港、深圳与珠海、中山之间，一个巨大的豁口被标识着一条近50公里长的虚线，要解决珠江口"喇叭口"状的交通结构，最根本的途径是要建桥。

有了一座桥，恰好弥补这个巨大豁口，填实了珠江口西岸与东岸的这条虚线，使整个大珠三角地区成为一个大回环。

显然，大桥连接的不是两个"点"，而是两个片、东西部两大高速交通路网，两大区域经济体……

为珠江口连接"豁口"，成了商家、专家学者们孜孜不倦的追求。

2001年5月，胡应湘再出建桥方案，这是他做的第三个方案了。

胡应湘将自己心仪的大桥方案称为"123方案"，即代表"一国、两制、三地"，自喻是一项具有政治、历史及经济多重意义的项目。

8月25日，胡应湘正式向外公布跨海大桥"合和版"的方案详情，在计划文件的后半部分，还附有世界同类型跨海大桥的研究报告。方案起点为香港大屿山西侧的大澳，距赤腊角机场北大屿山快速公路的连接点约9公里。由大澳跨大濠水道主航道直达拱北对开水面后分线至珠海及澳门；大桥全长29公里，行程约15分钟，大桥分流一次直通澳门或珠海。

这个方案就是后来争论最为激烈的"单Y"方案雏形，也堪称是今天港珠澳大桥的"鼻祖"。

但这个方案在当时没有引起三地官方的回应。

港珠澳大桥"双Y方案"的雏形也是在那个时期逐步形成的。

2017年8月初的一天下午，在广州番禺市丽江花园的一间茶餐厅里，原中山大学港澳珠三角研究中心主任郑天祥教授接受我的采访，他侃侃而谈，为我披露一个鲜为人知的"2022计划"内幕——

所谓"2022计划"，并非你在谍战片里看到的那些悬疑剑影的"X计划"，其实是由一批成功商家赞助、联合国际上一批知名学者协同研究的民间机构。主要赞助者则包括Esquel集团、电讯盈科、大新银行、利丰集团、精电，另有其他赞助者，包括港龙航空、嘉里建设、JardineMathesonGroup、德昌电机等。

"2022计划"的缘由来自于香港"一国两制构想"。即从1997年回归日算起，要落实邓小平提出的50年不变政策，到2047年是"大限"，那么2022年则是回归后第25年，该年象征着香港由回归至"大限"之间的一个转折点，港人需要制订一个中期目标，把握契机，结合香港与内地的优势，共创繁荣。

这个由民间组织发动的"2022计划"与港府中央政策组有很密切的关系，甚至可谓是由中央政策组催生而成。其中珠江口跨海大桥也以"2022基金"作为赞助经费纳入研究范畴，并成立了一个"5人小组"。

郑天祥教授说他就是这个"2022计划"的5人小组的成员之一，其他还包括哈佛大学的教授亚当·沃顿、麻省理工学院教授马歇尔·H·罗宾逊、香港利丰研究中心董事总经理张家敏博士以及国家计委属下研究中心的一名资深研究员。

时任政务司司长陈方安生提出"小心边界模糊论"和"影响国际化"的论

调，令这项研究步履维艰。亚当·沃顿教授和马歇尔·H·罗宾逊教授都先后飞抵香港，在与当时的政务司和工务署接洽后，没有拿出任何实质上的成果，直接飞回去了。

研究一度陷入停滞不前。

彼时的郑天祥"跳出三界外"，心无旁骛地"琢磨"这座桥。

其实早在1996年，郑天祥就提出了"一桥通三地"的Y型方案，即从珠海九洲港出发建大桥或隧道，经大九洲岛至香港大屿山大澳，桥长26公里，同时从大九洲岛建引桥至澳门黑沙湾新填海区。

但参加"2022计划"后，郑天祥笑称自己"背叛"了自己，不再提单Y了，而是提双Y，并且固执己见，直到今日。

"为什么有这种转变？"我问他。

"这就是一个研究——认识——再研究——再认识的过程。"郑天祥淡然一笑，"所以说有十几二十几个方案一点都不足为奇，我自己就先后有三个调整方案。"

2001年4月，郑天祥提交的报告首次提出在珠江口建设跨海大桥连接东西两岸，这个"双Y方案"是在内伶仃岛与深圳蛇口，修建一座分叉桥，使伶仃洋跨海大桥同时起到接通珠东的香港深圳和珠西珠海澳门，促进东西部的融合。

郑天祥依然清楚记得，那是2002年3月，由中华商会主办的"香港——珠三角西部通道"论坛在香港会展中心举行，会场来了200多人，香港特首董建华和环境运输及工务局局长廖秀冬参加了会议。

"台上就我和冯国经两个人，那时正是香港内部论争最激烈的时段，冯国经是香港机管局的主席，他也不好说什么，就我作主讲嘉宾，我一个学者什么都不用顾虑。"

"董特首有没表态？"

"没有，他坐在下面听，他能到来就是最好的证明了，对不？"郑天祥反问。

这个报告的"双Y桥"在当时同样没有引起官方注意。

事实上，从1983年算起，粤港澳三地专家学者们已经提出了数十种联结珠海、澳门与香港三地的方案和建议，除以上几个方案之外，其中主要的意见至少可归纳为十大方案——

▲珠海伶仃洋大桥方案，这一方案又有三个变种，其中之一是最早由香港合和实业主席胡应湘先生提出，由香港屯门烂角嘴，经伶仃洋中部内伶仃岛和淇澳岛，至珠海唐家湾；之二是珠海市政府于1989年提出的，建议西起珠海金鼎镇，

向东至淇澳岛，穿越该岛北端，向东跨越横门东航道，经内伶仃岛至香港屯门烂角嘴登陆，为胡氏方案之修订版；之三是珠海市政府于1997年再次修订方案，其实是在方案中略去该市已建成的从金鼎到淇澳岛的淇澳大桥部分。

▲深圳大学刘会远1990年提议并得到深圳及中山市支持的深圳—中山大桥，从深圳西乡经小铲岛、大茅岛至中山南朗，同时附设输水管，引西江淡水供应深圳及香港。

▲澳门方案，也有三个变种，其一是澳门保利达集团委托香港茂盛顾问公司于1991直提出，建议在澳门水塘角与珠海水湾头之间建人工岛，澳门及珠海分别建成引桥连接人工岛，再从人工岛建大桥至香港大屿山大澳；其二是澳门吴福集团和保利达集团联合委托中国交通部属下的中交水运工程设计咨询中心于1997年提出，西起澳门路环岛向东经三角岛、牛头岛，越大濠水道后至香港大屿山西湾，起点可以路环连接珠海横向横琴向北直通珠海及粤西地区，路线全长28公里，其中桥长25公里；其三是有澳门学者于2000年提出，由香港大屿山西面，经珠江口进入九洲港，再分岔北往珠海，南下澳门路环，澳门同时向中央申请租用珠海青洲土地，发展货柜码头。

▲澳门学者黄就顺于2000年提出的"港澳隧道"的方式，修建从香港到澳门的海底隧道。

▲2000年交通部第四航务工程设计院钱兆钧、中山大学罗章仁和郑天祥提出。大桥方案的线路为大屿山西南的鸡翼角→牛头岛→青洲→澳门东→澳门→珠海；联结桂山群岛的主要岛屿组成伶仃洋港的水域和陆城。桥港工程互相利用，互相促进。大桥通过港口陆城，可将水面桥变为陆桥，大桥使港口有陆路通道，增强港口的活力和增加港口吞吐量；初步估算，大桥建设费用约180亿到200亿元人民币，其中港口工程约61亿元。

▲由广东省副省长欧广源2002年4月提出的建设珠海至深圳的海底隧道。

▲深圳市城市规划设计院院长王富海提出的倒单Y方案，即桥不在澳门着陆，由珠海的唐家、淇澳岛到伶仃岛后分叉，一接深圳蛇口，一接香港屯门。

▲2002年9月，香港一国两制研究中心提出"粤港澳大桥"综合协调方案，即由香港机场地区延伸一公路，沿大屿山出大澳，经过三个人工岛分别连接珠海、澳门，同时预留一条通往桂山岛附近深水港的桥梁。

▲2003年中由郑天祥等人提出"双Y"方案，西边接珠海和澳门，东边接香港和深圳。

▲香港提出的公路铁路"二合一"跨海大桥……

这些"头脑风暴"催生的研究方案从不同区域和角度提出，因而显出其不足，但却包含着有价值的想法。跨海大桥是关系到粤港澳三方合作和发展的浩大工程，应从三方的共同利益并从长远的效益来考虑，由三方合作建设和使用。

水到渠成自然顺理成章。

2003年1月，由国家发展改革委员会和香港特区政府共同委托国家综合运输研究所开展对港珠澳大桥的建设做宏观经济层面的评价分析，目的为港珠澳大桥提供决策参考。这被外界普遍认为是由官方授权的"国研"，是最终决定港珠澳大桥从民间走上政府层面的"催化剂"。

国家综合运输研究所是中国宏观经济管理领域唯一的从事综合性交通运输研究咨询机构，拥有一批通晓交通运输经济、技术、管理理论和丰富实践经验的高水平的科研工作者，其中高级研究人员占研究人员总数的60%以上，实力超强。课题领衔人为国家发展和改革委员会综合运输所运输战略与规划研究室研究员陈元龙，运输战略与规划研究室副主任、副研究员罗莉为课题总报告执笔人。

课题内容主要包括研究兴建连接香港与珠江西岸的跨海陆路通道的必要性、客货运量预测，以及宏观社会经济效益分析等。

一时间，港澳的媒体传闻不断，各种声音沸沸扬扬，甚至有说是预可行性研究，但陈元龙认为这说法其实不准确，他说课题组研究的重点就是解决两个问题：大桥要不要建？大桥什么时候建？

为此，课题组共做了4个专题的研究，原计划于6月份完成研究，但由于"非典"的影响，结果推迟了一个月，到了7月份才完成。

报告分析了香港、澳门与珠江西岸交通联系的现状，认为现时珠江西岸与香港交通联系薄弱，陆路运输只有一座虎门大桥，绕道且增加了运输时间和成本。

报告提出：香港需要扩张、珠江西岸需要发展，两者加起来是"1+1>2"的结果。这种大珠三角的未来经济发展模式将进一步稳定和巩固香港在亚洲地区物流、服务和金融中心的地位。港珠澳大桥的战略意义在于打通珠江东西两岸，使香港的经济辐射延伸至珠江西岸，在一定程度上解决珠江东西两岸发展不平衡的问题。

而最受关注的莫过于报告中提出的珠江口"三座桥"方案：

第一座从香港大屿山过珠海、澳门（单Y）。

第二座就是珠海原本的伶仃洋大桥方案，由淇澳岛到内伶仃岛，过香港屯门或者蛇口，或屯门蛇口一起。

第三座在南沙的龙穴岛那里，再接到深圳机场。

报告特别提到从珠江三角洲整体的发展来看，三个地方两边的经济都蓬勃发展，现在只有一个虎门大桥远不够，三座桥加上虎门大桥都不算多，报告的结论是三座桥都有需要建，但是，首先应该考虑第一座桥，等将来流量成熟的时候，再考虑淇澳岛到蛇口，接到屯门，就是在第一条桥建好的五年到十年后，可能第二条桥就有需要，第二条桥建好的五年到十年内，第三条桥也都会有需要。

报告不回避建桥可能牵涉到诸多利益的问题。

报告建议尽快统一对大桥建设必要性与紧迫性认识；尽快成立专门筹备机构；尽快确定大桥的形式、走向和接驳点方案；尽快开展环境、河势与水文影响研究；尽快改进两地交通与车辆管制……

这个报告在7月30日北京钓鱼台召开的粤港澳会议上得到三地官方认同。只是，这个报告并没有正式公布出来。

有媒体引用相关高层人士的话说，报告"排位"对港珠澳大桥最终决策、优先决策起决定性影响。

2003年8月，国务院正式批准粤港澳开展港珠澳大桥前期工作，并同意粤港澳三地成立"港珠澳大桥前期工作协调小组"，明确由香港方作为召集人，三方各派代表为成员。

协调小组的职责是协调和全力推进港珠澳大桥建设的前期工作，包括有关经济效益、大桥走线、环保及水文等各方面的研究。

这个好消息让粤港澳三地市民长长地舒了一口"气"，兜兜转转谈了20年的港珠澳大桥计划终于有望"坐实"。

2004年4月，港珠澳大桥前期工作协调小组办公室成立，广东省高速公路有限公司董事长、党委书记朱永灵担任办公室主任。8月29日，大桥前期协调小组举行首次会议，大桥经济效益、大桥走线、环保及水文等具体问题被提交讨论，港珠澳大桥从民间协商转入官方程序，正式进入实操阶段。

第五章 兄弟归兄弟

2003年4月12日。北京。

陈元龙在他的出差日历表上小心翼翼地打钩。作为"香港与珠江西岸交通联系研究"的课题组长，陈元龙身份特别，他的一举一动，都会牵扯到粤港澳三地的敏感神经。

13日：香港。

15日：澳门。

16日：珠海。

从3月初到香港等地调研座谈情况来看，陈元龙已经强烈感受到在这座跨海大桥下各相关城市的"汹涌暗潮"：珠海搬出与伶仃洋大桥如出一辙的"北线计划"，香港抛出避开屯门、连接大屿山的"粤港澳大桥"修正案，澳门强力推出自己心仪的南线方案……

"香港媒体太厉害了！"陈元龙划掉了去香港的安排。

珠海想让伶仃洋大桥"咸鱼翻身"，澳门已经发现"苗头"，陈元龙犹豫了一会儿："算了，珠海还是不要去好了。"

"既然不去珠海，那澳门也免了。"一向不乘飞机的他，这次改乘飞机，出其不意地选择了另外一个不太敏感的城市。

陈元龙说："在港澳珠三地跨境交通研究过程中，他们的分歧无非是建不建跨海大桥，建在哪，是建成港澳珠大桥，还是粤港澳大桥，或者是伶仃洋大桥，这里面除了大桥带来的最大利益分配外，还有'本位主义'的利益纠葛。"

"太复杂了。"一位不愿透露姓名的课题组成员告诉我，"港珠澳大桥不仅在香港内部牵涉到主建派与反建派的不同利益，在广东内部还牵涉到珠海、深圳、广州以及整个珠三角东岸与西岸城市群的不同利益，在大范围则牵涉到广东、香港和澳门的不同利益，非一般的复杂。"

这也难怪，港珠澳大桥"国研"一开始，就引发了一场围绕港珠澳大桥的"暗战"，其精彩程度堪比最精彩的豪门恩怨影视剧。

这场"暗战"，单从大桥的取名你就可窥见一斑：香港趋向于"粤港澳大桥"，珠海趋向于"珠港澳大桥"，澳门趋向于"港澳珠大桥"。为这个名称，据说还把"官司"打到北京，最终是由中央敲定为"港珠澳大桥"。

在百度搜索，"港珠澳大桥"找到相关网页约有117000篇，"珠港澳大桥"约有8510篇，"港澳珠大桥"约有6530篇，"粤港澳大桥"约有2630篇……

在Google搜索，"港澳珠大桥"的查询结果约有335000项，"港珠澳大桥"约有333000项，"珠港澳大桥"约有295000项，"粤港澳大桥"约有178000项……这些不统一的名称背后，充分折射了这座大桥牵涉的利益以及它在珠江三角洲的经济敏感性。

这让人想起"博弈"这两个字。

在古代，博弈是一种游戏，有六博、双陆、打马格、围棋和象棋，是古人展现智慧、运筹争胜的重要方式。在博弈中，一切应变策略都是有针对性的，你必须将他人的决策纳入自己的决策考虑中，根据对方的策略进行决策，最终选择最有利于自己的战略。

在一个利益纷争的时代，别说一个地区，就是每个个体都在为获得最大的利益而努力，都需要运用博弈思维，提高自己对社会现象的洞察能力，并将博弈的原理和规则运用到决策中，在面对问题时做出理性的选择，减少失误，突破困境，继而取得成功。

港珠澳大桥的博弈是粤港澳经济大角力的历史注脚。20年间，粤港澳三地的经济学家和投资者围绕一座跨海大桥展开了一轮又一轮的"论战"，在一座大桥同时上演"粤产""港产"两部大片。

一座大桥如此备受关注，不仅因为它所具备的牵一发动全身的撬动作用，而且因为它给大珠三角重新整合所带来的无限遐想……

从大珠三角城市的版图看，广州置顶，珠海、澳门位左，深圳、香港居右。如果说这是一个A字形，中间那道横线就是港珠澳大桥了。

那道横线要不要画？如何画？

从三地视角看，对建桥的紧迫性会有不同：一方如果认为建桥收益大于成本，则会持积极态度；如果一方认为建桥收益小于成本，则会持消极态度；如认为收益等于成本则会观望。这注定了港珠澳大桥要比世界上任何一座大桥都有故事……

其实，在国家层面，不仅仅是港珠澳大桥这个个案，对整个粤港澳三地的全方位领域，中央都了如指掌。

"中央是希望地方充分研究讨论，力促在地方层面达成一致。"香港一家媒体这样评述。

粤港澳三地比邻而居，在气候、传统、语言甚至亲缘关系等方面相互交织共享，构成了与中国其他区域同中有异的岭南文化圈。但由于历史上其他国家的介入，三地之间关系经历了同质—阻隔—交流的历史循环。

粤港澳合作是兼具对称性和不对称性的统一体。"两种制度"保证了港澳目前具有相对独立的法律地位和地方利益，这种差异为三地间的合作提供了制度互补性和落差，也在各类大型跨境基础设施建设合作上造成一定的制度摩擦：港澳的主动性较大，但广东则必须服从于中央为内地发展制定的总体战略，回旋的余地相对较窄。

香港和澳门回归之前，粤港澳三地分别处于中、英、葡三个不同的主权国家管辖之下。香港、澳门回归祖国之后，在"一国两制"下，粤港澳三地演变为一国之内的地方政府之间的关系，各自在宪法和基本法的框架内进行区域合作，珠江东西两岸粤港澳三地的经济发展在总量扩张与产业转型升级的路途上资源彼此割裂，竞争强于竞合，背后有着丰富的政治、经济、地理和心态的变化。

珠江口跨海大桥建设便是一个缩影。

从1997年至2017年整整20年间，偌大的珠江口仅有一座跨海的虎门大桥来承担两岸交通。拥挤不堪的交通状况已经让车主视跨江为畏途，被人诟病戏称为现代版的"过零丁洋"。

珠江口的交通负担实在太重了。高德地图的数据显示，虽然大桥设计时速为80公里，但从由西端至东端的车流时速来看，工作日期间全天通行时速仅为51.54公里，在过桥最缓慢的上午9点，时速变成了18公里。曾有媒体以《一个武汉打败珠三角》为题撰文称：武汉市19年内建起7座长江大桥，而珠三角在珠江跨海大桥建设上裹足慢行，20年只建了一座桥。

三地在一市面前汗颜。

建桥必然牵扯到地域之争吗？其实也不然，千里之外的长三角似乎给珠三角提供了一个良好的示范。同样是区域协作，2003年，一座以"杭州湾"冠名的大桥奠基，大桥起点在浙江嘉兴下辖的海盐县，终点在宁波的慈溪市，这和浙江省的省会杭州看起来没有半毛钱关系。按理说，杭州应该大力反对才是吧！因为大桥建成前，来自宁波、温州的车辆，若要去上海，必须绕经杭州；而大桥一旦通车，杭州便失去了往返宁波的巨大车流。而且，在浙江省内，经济实力能与杭州匹敌的只有宁波……

然而，这条全长36公里的跨海大桥并没有因为设想的"竞争对手"而拖延，一鼓作气在5年后的2008年五一节建成通车。

同样是桥，同样是区域协作，长三角的杭州湾大桥为什么很快就落成，而珠三角的港珠澳大桥却显得如此"坎坷"？这不能不让珠三角人心中期盼、焦虑、疑惑。

桥，本是"连接"的代名词，对比长三角，珠三角的政治因素似乎大于经济因素，加之珠三角向来较为保守的诸侯心态，区域协作问题要复杂得多。一位多次参加这座大桥研讨的专家直言不讳：各自为政、地方利益、协调障碍，珠三角的致命伤在这座桥上集中暴露，体现得淋漓尽致。

这位专家甚至不留情面道破天机："兄弟归兄弟，台前是合作，台后是竞争，讲白了是'龙头之争'！"

2000年以前，真正的华南经济中心的角色其实一直是由香港来承担，因为香港为华南提供了最多的投资、最多的融资、最多的国际商业服务。那时候，香港经济不论是在中国，还是在亚太区，都独领风骚，人均收入水平一直名列前茅，珠三角没有哪座城市敢觊觎珠三角的"龙头宝座"。

这样看来珠海之前积极提出兴建伶仃洋大桥，在香港这边是"热脸贴上冷屁股"也就不足为奇了。同样，深圳与香港的关系也颇为微妙。1997年回归年，香港的地区生产总值是深圳的10倍，与香港比邻的深圳当然也是急切企盼能"傍上大款"，曾一度提出"深港同城"的蜜月话题，先后推出"深港经济圈""深港经济共同体""深港自由贸易区""深港一体化""深港高科技走廊"等等一系列概念。

但香港不屑一顾。香港放眼紧盯的是1000多公里外的上海，认为上海才是自己的竞争对手，好一个"隔花人远天涯近"啊！

1998年受亚洲金融风暴打击，香港的自信心一落再落。上海只要有那么一点大动作，就会牵扯到香港的神经，香港把上海视为最大的竞争对手，因此2001年，上海建设国际金融中心的口号甚嚣尘上，这让香港人十分着急，只要有中央官员到港，香港媒体都要揪出这个问题来问。

广东在这一年底气十足地让自己的地区生产总值超越了香港。

同样，来自家门口的挑战令香港猝不及防，广州、深圳的一系列行政大布局和经济结构大调整让香港开始感受到前所未有的"山大压力"。

2002年6月，广州将原来两个代管市番禺和花都并为两个辖区，其要往海边走的战略蓝图"昭然若揭"。

这就是广州的"大南沙计划"。

最初，南沙的规划只是包括霍英东原来开发部分的50多平方公里。2003年1月，广州市宣布开发建设的总面积扩大到319平方公里，包括黄阁组团（临海工业用地）、南沙组团（生活与产业服务中心）、鸡抱沙与龙穴岛组团（港口用地），而最新的南沙计划又将新垦、万顷沙、横沥等镇包括进去，面积扩大到536平方公里。

广州的南沙计划，在短短时间里完成一个不断添加筹码的过程，广州要把南沙建成广州的"东京湾"，先期的城市基础设施建设"大手笔"投入300多亿元。在布局南沙港的同时，广州提出打造城际交通网络，拉起小兄弟佛山共同建设

"广佛都市圈"……

广州从来没有过这样雄心勃勃且方向明确，重掌珠三角龙头势不可挡，尽管它一直强调自己只是广东的经济中心、政治中心、文化中心、交通中心，但谁都知道它"葫芦里卖的什么药"。

深圳与香港"恋爱"多年不果，转头与邻近的东莞、惠州搞"一体化"，结果进展如火如荼。深圳盐田港的吞吐量与日俱增，国际航运公司不断增加深圳港直接连通世界各地的航线，珠三角的货物纷纷改从距离较近、成本较低的深圳港运往世界市场，香港作为国际航运中心的地位受到来自深圳的强力挑战。谁也没有料到，历经15年破釜沉舟，深圳的地区生产总值在2017年也超越了香港……

和广州、深圳兄弟的大踏步不同，香港的步伐似乎要慢一些，这也非常正常，毕竟两者之间的差距曾经太大，香港有足够的资本让自己走得慢一些。

从新加坡比到上海，从上海比到广州，继而比到深圳，香港越比越沉不住气了，毕竟市场经济的法则是谁也挡不住的。

国务院港澳办公室前主任鲁平在接受采访时表示，香港回归以后错失了许多与广东合作的良机："我觉得香港要有危机感，自己本身要有经济结构，你光靠CEPA，光靠自由行，不能解决问题……要有长远的规划策略，整个全盘的解决方法。"

他特别举例说："如兴建港珠澳大桥，以前香港特区政府不感兴趣、不谈，为什么不谈呢？把大桥建起来往西发展多条出路有什么不好？"

"很多机会香港都错过了。"鲁平说。

面对珠三角"龙头之争"，学者呼吁粤港澳要"桃园三结义"，不要搞"粤港澳演义"，一味争当龙头不现实，也没有必要，整体发展、共同提高、扬长避短、优势互补才是最佳选择。

"三地合则共赢。"香港城市大学教授段任关注珠三角城市演变20年，他不无忧虑地表示，"兄弟同心，其利断金，如果珠三角城市分工与产业整合长期停留在'战国时代'，彼此间无法协调沟通，功能上不能形成互补与衔接，资源上无法得到整合、调配和共享，必然在竞争中互相制约，力量抵消……那样，粤港澳不是融合，那是扭合。"

香港大学国际经济研究中心联合中山大学还出具了一份研究报告，要求粤港澳合作和融合发展须具备大局观，香港方面必须如此，广东省方面也必须这样，各个经济单元以共赢为宗旨，在具体项目或产业分工合作上"互谅互让"。

这份研究报告还罕见地"批评"香港——

香港必须增强本地经济融入大珠三角经济区的积极性和创造性。首先，不能打不符合经济规律的如意算盘；其次，必须以发扬自己所长来争取香港在大珠三角经济区的领导地位，而不能指望抑制他人发展来巩固自己的既有优势。香港在拓展与珠三角西部的联系中希望减少竞争，这是可以理解的。但是，不畏竞争，将竞争压力转化为动力，不就更能展示香港的风范吗？

严峻的现实终于让香港意识到，如果再不融入珠三角，再不打通珠江西岸乃至大西南的大门，最终可能会被边缘化。

于是，港珠澳大桥成了粤港澳三地都迫切提上日程的大型跨境基础设施，但结果总是谈不拢。应该说，广东一直是这座大桥的坚定支持者。尽管粤港澳三地民间建桥的呼声日见高涨，但喋喋不休的争论始终未有偃旗息鼓的迹象，桥依然是遥遥无期的纸上推演。

广东方面显然有些不耐烦了，因为20年的发展，广东省内的珠江东西两岸的差距越拉越大——

1988年，珠江东岸深圳、东莞两市地区生产总值总量为120.8亿元，而西岸的珠海、江门、中山三市的地区生产总值总量为133.6亿元，高出东岸11%。但是到2002年时，珠江三角洲东岸深圳、东莞两市地区生产总值总量已达到2533.6亿元，而西岸珠海、江门、中山的地区生产总值总量仅为1345.5亿元，东岸两市的地区生产总值总值已是西岸三市的1.9倍。

从两岸的经济增速来比较，差距更是惊人。1980年至2001年22年间，东岸深圳、东莞两市地区生产总值总量增长了261倍，而西岸珠海、江门、中山三市仅仅增长了47倍。

珠江三角洲东西两岸在引进外资发展出口加工企业和外向型经济方面差距也很明显。到2001年时，深圳实际利用外资25.9亿美元，东莞为11.5亿美元，而同年珠海、中山与江门实际利用外资分别为8.65亿美元、6.43亿美元及8.27亿美元。港澳台在深圳、东莞两地共投资规模以上工业企业2368家，而在珠海、中山、江门三地仅1502家，只有东岸的63%。东西两岸外资利用规模不同造成两岸出口额的差距拉大，当时，西岸三市的出口仅是东岸两市的1/5。

广东急需有一个通道将珠江口两岸连接起来，以缩小东西两岸经济发展的差距。经济实力的此消彼长，自然牵涉到三方在大桥建设上的态度。在珠江口跨海通道建设上，此时的广东已经底气十足，而且不用再看香港的眼色行事了。

2000年5月15日，时任广东省常务副省长欧广源带团赴港招商。由于中国"入世"在即，外界普遍看好广东的经济和投资前景，一批国际上有名的大公司如加德士、东芝、现代、CS集团等都在这次洽谈会上签订了合同。

18日，欧广源兴致勃勃地接受香港传媒的采访时泄露了这样一个"天机"：广东打算建设从深圳至珠江口西岸的跨海隧道。

欧广源的"失言"，让香港意识到广东很可能借"隧道计划"撇开香港，单干了。香港《东方日报》更是信誓旦旦地表示：广东最快年底就会抛出"深珠隧道"计划。

其实，在广东省政府发展研究中心证实这条消息时，海底隧道根本未列入规划。该中心一位研究员指，大家还是看好大桥，因为海隧造价远远高过大桥，同时涉及海底地质勘探、隧道通风等技术难题。

香港高层其实也心知肚明：广东抛出海隧计划，是不满粤港跨境基建项目进度缓慢，并影响到广东的经济发展。因为沿海高速公路跨过珠江口的一段还是个缺口，广东省急需修建一座大桥，作为填补缺口的方案。

广东省交通厅一位消息人士也说，省政府是乐于看到香港方面由民间推动大桥项目的进展的，但香港特区政府层面对大桥计划多年来议而不决、悬而未决，广东有些急不可耐地抛出隧道计划，目的也是推一推香港……

2002年11月18日下午，朱镕基总理"旋风式"访港，他在出席第十六届世界会计师大会后，视察了葵涌码头、青马大桥、竹篙湾迪士尼乐园建筑工地以及香港国际机场，分别会见了香港、澳门特首以及香港特别行政区主要官员、行政会议成员。

在商界人士见面会上，朱镕基总理听取各方面的意见后，意味深长地表示：任何有利于香港的事情中央都大力支持，中央政府有3000亿美元外汇储备，必要时会动用一切可动用的资源支持特区政府，比如兴建港珠澳大桥……

2003年1月，香港特首董建华首次在施政报告中提到："香港要加快与珠江三角洲的经济融合，港粤合作要有新发展和新突破，港珠澳大桥对珠三角整个区域的经济发展具有战略性意义。"

这被媒体解读为香港特区政府将要为港珠澳大桥"发证"了。

神女有情，襄王有意。正当各方纷纷看好并期待三地"喜结良缘"的时候，广东方面却突然改变了"口风"——

11月，到香港出席"2003年粤港台经济合作论坛"的广东省计委相关人士透露：广东省计委仍在为兴建该大桥进行前期研究。按照目前的经济情况预测，大桥的车辆流量不会很多，尚未达到迫切建桥的时刻，加上投资巨大，必须谨慎地计算投资回报问题；其次，必须考虑到兴建大桥对珠江口的水文和生态环境的影响，还要考虑大桥两端配套设施的规划。

这让港澳媒体如坠五里云雾，直呼"看不懂"。

2004年3月，时任广东省省长卢瑞华在与港澳地区广东省政协委员座谈时，谈到兴建港珠澳大桥的问题。他说："这个问题要慎重研究，因为有一个生态问题。5年前，珠海市提出了建伶仃洋大桥，我们就一直在研究它对珠江洪水水位，对航线、生态环境、河口淤塞的影响。因为，1915年北江大堤崩溃，广州被淹浸了。今天，整个广东的经济精华在广州，人口近1000万人，地区生产总值超过2300亿元，万一有个闪失，那还了得？我们当省长的，每年都要冒险上北江大堤巡视守卫，提心吊胆，每年花在北江大堤的金钱数亿元计算，因为北江大堤涉及珠江三角洲的安危。所以，百年大计一定要进行慎重的可行性研究，保证万无一失。如果珠江口出水不畅，将对北江大堤造成巨大压力，洪水到来时，广州等珠三角城市的安全就难以保证，广东不能以牺牲环境为代价发展经济。"

不过，卢省长也没有把问题说死："目前国家正在做可行性研究，大家不妨等报告出来，如果对水位、生态没影响，那还是可以商议的。"

香港彻底蒙了。一直以来，广东方面不是口口声声宣称坚决支持兴建，迫切需要兴建大桥吗？怎么突然又要求不要急，慢慢来了？

这其中到底有什么蹊跷和迷局？

云谲波诡，扑朔迷离，让外人看不清，看不懂，看不准。建桥再次出现"一头热，一头冷"，只是这次双方换了个位置。

这座投资巨大、关系粤港澳三地和珠江两岸未来经济发展格局的大桥，各方反应的反复和变化看似蹊跷，其实都因利益而起，既然触及各方利益，难免各方大小算盘都拨得噼啪作响——

在港珠澳大桥态度上，澳门最简单，不管哪种建法，反正有座桥搭过澳门来就行。香港有点复杂，之前在胡应湘、珠海及广东省提出伶仃洋大桥计划时，政府基本是置之不理，态度在2001—2002年有个大转弯，原因是亚洲金融风暴沉重打击下，香港经济需要大桥来刺激、提升腹地辐射深度和宽度。

从广东方面来说，珠江西岸城市自然受惠良多，但在建桥这个问题上，除了与港澳各怀心思外，省内的各个城市之间也都各有自己的打算。

珠海：急切希望兴建的态度是一以贯之的。由于澳门的经济辐射能力有限，而香港的辐射又受制于交通条件，其经济发展水平与深圳差距不小，如果大桥开通，珠海凭借土地和环境方面的优势，现有差距就可能逐步缩小。不过，珠海方面却一直坚持希望伶仃洋大桥为最终"跑出者"。

深圳：和珠海分扼珠江口的东西海岸，和香港成三足鼎立之势。由于占据了地缘优势，这些年来香港的主要业务量都是往北去，都是去深圳和东莞。一旦港珠澳大桥建成，珠三角西部地区的客流货流，可无须经过深圳，而经珠海直抵香港。此消彼长，再加上香港的资金、产业布局西移，深圳在珠三角地区的海陆枢纽地位必将受到严重挑战。港珠澳大桥没有为深圳预留通道，那么深港西部通道作用也将大打折扣。

广州：如果没有这个港珠澳大桥，珠三角地区就会以广州为天然的中心，因为作为省府所在地，广州的地理位置非常好，特别是南沙，在几何上看就是珠三角的中心，建桥以后或多或少会影响到广州在珠三角交通网络中的枢纽地位。

东莞：位于粤东粤西经济圈之间，谁都离不开它，但这个桥一建还是会分走很多客货源，只是嘴上不说而已。

中山、江门、阳江这些小弟则表示"不好说，也不便说"。

由此可见，港珠澳大桥已不是两个行政特区、一个经济特区就能把这事情给做完了，因为毕竟影响到整个广东省的资源配置问题。

2003年7月，由国家发改委综合运输研究所完成的《香港与珠江西岸交通联系》课题报告结论中建议优先安排南线大桥。显然，这种安排不是广东方面所期待的结果。

多种情形下，广东省方面态度暧昧，便不难理解了。

这是一场现实与未来的经济博弈，这场由"诸侯经济"引发的暗战，既合作又竞争，既定未定，一切又似乎都充满变数，一段时间已经成为有关港珠澳大桥讯息的一个特色。

但无论博弈如何激烈和复杂，种种竞争最终必然朝着一个总的方向和目标前进，只有总的蛋糕做大了，不管内部怎么分，分多分少，各家才都会各有所得。

第六章 论争

港珠澳大桥从动议到落地，更像是一场漫长的拉锯战，用"旷日持久"来形容一点不为过。

照理说，通过一座大桥将珠江口东西两岸的粤港澳三地连接并形成融合发展应是一件皆大欢喜的好事吧？但现实偏偏应了"好事多磨"这句中国老话。

作为三方合作推进的跨界项目，港珠澳大桥涉及"一国两制"又牵动三地利益，各方反复认真评估与论证还算情有可原，但问题是，既然三地对兴建港珠澳大桥这个大原则达成了一致，为什么每每谈到具体落实的诸多细节时，就变得迟迟未能取得共识？

桥形，是大桥论争中最激烈的焦点。

这就是举世瞩目的"单双Y"之争。

所谓"单Y"，就是大桥一头连接香港新机场的散石湾，两头分别连接珠海和澳门。其方案"鼻祖"是香港实业家胡应湘，为香港投资方所中意。

所谓"双Y"，就是在单Y的基础上，再斜拉出一条通道，连接深圳。其方案"教父"是中山大学港澳珠三角研究中心郑天祥教授，为广东投资方所心仪。

围绕"单双Y"方案，香港方面与广东方面的学者是有分歧的：香港的投资者强烈建议采用胡应湘版的"单Y"桥形，即大桥共分两个出口，一个落点在澳门，一个落点在珠海；而广东方的投资者则提出采用郑天祥版的"双Y"桥形，即在另一边也设两个落点，一个在香港，一个在深圳。

各方都想让大桥更多地照顾和迁就自己的利益，而这必然会遭到其他方的质疑甚至反对，利益博弈自然需要找到一个平衡点。

2003年11月7日，一篇署名为胡文的文章《粤港澳大桥与深圳：谁边缘化了谁？》发表，立即引起了珠三角区域的广泛关注和共鸣，深圳学术界对其观点持"欢迎态度"。

这篇文章开宗明义直接表明是为呼应中山大学郑天祥教授提出的"双Y"方案。

"谁被边缘化了都不好！双Y是最好的选择。"针对胡文的文章观点，郑天祥在多种场合反复强调自己方案的优势。

那么，大桥"单Y"方案真能将深圳边缘化吗？我们来看看深圳当时的交通状况——

向北，经广州、武汉8小时就能到达北京，还有经南昌到北京的快线；向东，连汕头特区、厦门特区、海西经济区、福州、宁波、杭州到达上海；向南，20分钟到达国际大都市香港。

那么向西呢？

这就是深圳不可触碰的痛了：深茂铁路没从深圳跨珠江，向北拐了个弯儿去了南沙；在公路方面，机荷高速到深圳就成了"断头路"……

皆因一条珠江横亘在那里啊！

如今，好不容易有座桥过来，紧邻香港的深圳怎能缺席？

事实上，无论是"单Y"还是"双Y"，在西岸的澳门和珠海已经"坐实"，但东岸的深圳直接就和香港"杠上"了。

这场争论被认为是深圳的"第三者插足"导致。

2004年2月18日，时任深圳市市长李鸿忠，少有地接受了媒体专访，对正在做可行性分析的港珠澳大桥建设方案做出响应，他向港方表达希望大桥能采取双Y形（连接港澳珠深）设计，表示："若大桥经过深圳，对港深两地都有好处。只有深圳和香港的集装箱码头发展起来，才能把世界级的制造中心留在珠三角。"

这是深圳市政府首次就拟建中的港珠澳大桥方案表态。

深圳在大桥上"插上一脚"，致使大桥方案博弈演变成"单双Y"之争。

广东省原来"反对"建桥，提出的理由之一是担心大桥的投资效益，另一是环保。但在"双Y"方案一提出，广东方便采取支持"双Y"的态度，也就是说桥的两头应该分别连接香港、深圳和珠海、澳门四地以便能发挥最大效能。

早在5日前的2月13日，港珠澳大桥前期工作协调小组成员、广东省交通厅厅长张远贻说："站在广东的角度，按我个人的立场，你搞单Y，我马上搞第二个Y，我点（怎样）都要连接深圳。"他批评部分财团或个人，因珠江口的港口群建设引起的利益冲突在舆论上"呱呱叫"，误导决策，强调政府决策不应受投资者干扰。同时，他认为大桥命名为港珠澳大桥，由香港牵头协调进度缓慢，"如果是粤港澳大桥，立即可以搞，内地人力物力有的是，又有技术力量"。

不过，张远贻哈哈一笑：各位大佬，此纯属个人意见，连单位的意见都不算，兴建港珠澳大桥的最终决策权在于中央，在协调利益方面，广东会服从中央的要求，全力促进港澳经济发展。

香港方面出言"谨慎"，未直接回应广东省交通厅将深圳亦列入接驳范围的要求，只强调港珠澳大桥前期工程开展是经国务院批准的，大桥工程可行性亦是粤港澳三地政府的共识。

之后，广东再有更高层领导人表示，广东希望港珠澳大桥能采用"双Y"，连接深圳、香港、珠海、澳门4个点。采取"双Y"方案对港有利，因港商有多至四五万家企业分布在珠江东岸的深圳、惠州等地，今后这些企业拓展空间，由粤东往粤西时，无理由兜路从香港再去粤西嘛！

广东省政府、深圳市政府连续在2003年底至2004年初短时间内数度表态，表明广东省十分在意珠三角东西两岸的沟通，认为"双Y"方案更能发挥最大效能，可达到"1＋1＞2"的"四赢局面"。

2月23日，广东省"两会"上，多个代表就大桥方案的选取发表看法："'双Y'方案可以沟通港澳和粤西的交通，也可以连接深圳、粤东，更重要的是更加有利于投资贸易，可以充分利用大珠三角的资源，辐射华南地区。若以'双Y'连接深圳，建成后大桥的'深圳—珠海'部分，就是国家沿海高速公路的一部分，能吸引大量的过境车辆，大桥收回投资不但有保证，时间也可以更短。"

但是，"双Y"方案首先遭受到了来自港澳学者的"联合围剿"。

2月29日，在"澳门与大珠三角交通专题研讨会"上，澳门数位专家学者在发言时异口同声反对"双Y"：既然优先建设连接港珠澳的"单Y"方案大桥在2003年7、8月份国家发改委和粤港澳三方政府都已认同，且国务院已批准三地政府开展港珠澳大桥的前期工作，为什么粤省"两会"时深圳市和广东省的代表又"横生枝节"，提出以"双Y"方案为首选？如果为此又要重新论证接驳到深圳等珠三角城市，大桥何日可以动工？

紧接着，在珠海度假村酒店举行的"珠海城市发展新战略·城营商高峰论坛"上，香港一国两制研究中心也不太给"面子"了，他们认为："最近这两三个星期里有些骚动，就是有人提出来要做'双Y'方案。什么是'双Y'方案呢？就是说西岸这边的桥接珠海、澳门，这个大家都没有争议，那边是不是要连接深圳呢？除了连香港以外，我觉得这个情况是相当令人担心的，如果再在这个问题上纠缠下去，会对这座桥的推动造成很大影响……最近听到这个想法是深圳方面在后面推动的，有的人说是广东省里边推动的，首先就是学者提出来，但是，我觉得现在提出'双Y'方案，是有意制造麻烦，背后可能是根本不想建这座桥！"

5月初，香港特区政府委托香港中文大学做了一份《我有一个梦》的跨海大桥研究报告，报告的结论是："双Y"要经过三个主航道，都是深水区，第一个主航道是烂角嘴至内伶仃岛，第二个主航道是妈湾赤湾航道，第三个主航道是珠江口航道。从设计技术的角度讲，横跨珠江口拉一座桥难度已然非常大，如果再改成斜跨，技术难度更大，兴建离开水面很高的大桥，桥墩的造价很高，建造成本将多出40多亿元。因此该方案很难收回建筑成本，会成为一个亏本工程，不易为投资者接受，应当采用"单Y"方案。

这，其实就是香港特区政府的态度。

香港《星报》笑言，如果三地政府决定要花费近千亿的资金来建设这样一座大桥，会在乎连接深圳那部分大桥的40亿元费用吗？

报纸进一步分析说，其实"单双Y"争论只是表象，背后是未来谁将执华南物流之牛耳之争，关系到物流老大的宝座。

　　从大范围的珠三角来说，此时，物流老大的位子仍是香港，不过这把交椅香港坐得并不踏实。物流对香港地区生产总值的贡献达20%，空运、海运在世界范围处于第一、第二位。然而，以深圳盐田港为首的内地港口对香港物流业的冲击有加剧之势。深圳盐田港依靠低廉的货运成本和连通内陆腹地的优势，近年以50%的速度增长，当航线和航班相继增加后，将不断从世界货运中心香港的"码头"分流业务，香港转口港的地位受到极大挑战。

　　港珠澳大桥也让原本存在的粤港澳港口合作问题变得敏感，珠江口方圆100公里内港口密布，广东港口的加快建设和口岸开放对香港的港口业务造成较大冲击，又加之香港港口垄断性高价位，其作为"喂给港"的地位越来越低。从区域性这个角度来看，港珠澳大桥的"单Y"方案无疑为香港港口业注入了新鲜活力。

　　如果港珠澳大桥采用"双Y"方案，珠江东面和北面的盐田港、南沙港、蛇口港、虎门港、广州港等获益的前景谁能保证不被改变？深圳已雄心勃勃将物流作为城市发展重点，物流基础设施建设全面展开，光是交通基础建设总投资就达到70亿元，深圳还规划建设功能不一的盐田港区物流园区等六大物流园区。就当时来说，盐田港已经发生"抢吃效应"，集装箱业务已经由1991年的5.1万TEU（标准箱）激增至2002年的761万TEU，虽然与香港1870万TEU仍有一段距离，但以这"飞一样"的发展速度，香港难保数年内被赶上甚至超越。

　　广州也高调宣称要打造全国物流中心，拟建4个物流园区，还将斥资45亿元建设一个公路主枢纽站场，同时把位于珠江入口的南沙港发展为一个国际枢纽型物流中心，基建工程预计将投入逾300亿元人民币……深穗夹击下的香港，则把希望寄托在建港珠澳大桥上，认为借此可以巩固香港物流枢纽港的地位。如果是采取"双Y"方案，就起不到这个作用，相反还因为深圳盐田港的收费较香港低，香港码头业务还将会流向盐田港。

　　采取不经过深圳的"单Y"方案，肯定可以为香港继续扮演珠江三角洲物流枢纽角色增加砝码。因为来自珠江西岸的载货车辆，包括出口贸易的货柜车，可无须经过深圳，直达香港，这样一来，便会削弱深圳赤湾、盐田等港口的货物吸纳能力。

　　香港积极地推进大桥建设，是希望借此提升自身经济发展空间，先直接打通粤西进而辐射内地西南。但如果深圳也拥有港珠澳大桥落点，实际上等于打通了粤东和粤西，这样，这条连通香港和粤西的大桥在对香港的实际价值上将会"打折扣"。

出于自身利益的考虑，香港反对"双Y"方案是情有可原的。

香港主导推动的这个"单Y"方案，对深圳传达出一个尴尬的信号：深圳作为香港与内地连接的唯一通道的身份将不复存在，来自珠江西岸的货运车辆，包括出口贸易的货柜车，可以不必经过深圳而直达香港，从而使得香港港口货物吸纳能力加强，也让西南省份的货物多了一个外出香港的通道，西岸的物流、资金流、人流要想通过大桥更快地走向世界就只能经过香港中转了。

这让深圳十分郁闷："如此这般，好处在很大程度上就不就被香港大小通吃了？"

如果坐视双方的角力持续强劲，唯一的结果恐怕是港珠澳大桥的开工一拖再拖，这十分不利于香港与珠三角的整合。

北京显然不想让事态恶化下去。

2004年11月29日，香港《文汇报》最先报道，正在老挝万象出席东盟会议的交通部负责人向媒体证实，国务院已完成港珠澳大桥的技术研究，不考虑"双Y"方案，倾向采用"单Y"设计，即大桥不会伸延到与香港比邻的深圳，有关决定反映中央充分考虑香港利益。

报道引述该负责人的话说，港珠澳大桥专家小组已经完成技术研究报告，内容就经济、技术、资金、大桥走向及是否需要铁路及公路接合等问题，提出方向性建议。有关报告将于下月中召开的听证会上，向香港、珠海及澳门三地官员汇报，然后根据三地意见做出技术性修订，之后再将报告上报国务院审批，预计审批程序需时半年。

广东方面最终尊重香港的意见，服从中央决定。

铁板钉钉，在这场"单双Y"争夺战中，深圳只得黯然离场。

港珠澳大桥为什么没连深圳，街头巷尾传言不绝，网评网友众说纷纭。

回首当年的"单Y""双Y"之争，许多人迄今仍感慨良多。

时任港珠澳大桥前期工作协调小组办公室主任的朱永灵被认为是肚里藏着最多秘密的人，从不轻易接受媒体采访。10年之后的2017年，他非常罕见地接受《紫荆》杂志的采访，并首次正面回应放弃"双Y"的原因。

记者：当时为什么选择"单Y"而不是"双Y"？

朱永灵：主要从工程科学性方面考量。

记者：具体来说？

朱永灵：港珠澳大桥的设计使用寿命是120年，因此桥面宽度必须为未来120年的经济发展打出余量，这是经验之谈，比如虎门大桥，刚刚20年就已经堵车十分严重了。未来中国还会保持中高速增长，那么桥面宽度须从目前的双向6车道拓宽至12车道，"双Y"设计一次性资金投入将非常大。可往往一开始交通量并不会太大，与其一次性建一座"双Y"大桥，不如先建一座"单Y"大桥，未来有需要时再多建一座桥，同样可以起到"双Y"的联通效果。

记者：有没有工程技术方面的原因？

朱永灵：有的。"双Y"很难选址，甚至还有环保风险。如果港珠澳大桥连接深圳，要么从现在的人工岛处修建引桥，要么从珠海登陆连接澳门。若从人工岛处修建引桥，现有海运航道就会被破坏，还可能破坏白海豚栖息的水环境。

记者：听说还有法律上的障碍？

朱永灵：对。如果从珠海登陆连接澳门，出于出入境管理需要，珠海到澳门须设专用车道，实行全封闭，珠海市就被一分为二了，也不科学。另外，"双Y"大桥也会增加管理难度。比如珠海到深圳的车是不需要经过出入境检查的，但如果一座桥上既有跨境车，又有不需要跨境的车，管理起来会非常麻烦。

多年之后，中国城市规划设计研究院深圳分院相关人士接受采访时表示说："港珠澳大桥最终选择'单Y'，深圳相当失望！"

2008年，深圳做最后一次努力。

4月，深圳政协百余名委员在"两会"期间，联合签名提案，呼吁中央修改港珠澳大桥"单Y"方案，重新选用"双Y"方案……这是临近港珠澳大桥兴建之前，深圳所做的最后一次努力。

然而，围绕"单Y"方案开展的工可研究已进入招投标前期阶段，最终选择"双Y"方案的可能性几乎降到了零。

就在港珠澳大桥正式动工的次年，深圳市一位政府官员说："港珠澳大桥看似与深圳无关，却让深圳人奋起直追。"很快，深圳另寻出路，回过头来和中山市商量着再推深中大桥（深圳—中山），以期在珠三角西岸另辟一个通道。

在接下来数年里，深圳市、中山市在广东省两会期间，"尽快修建深（圳）中（山）跨海通道"的提案和呼声频频现诸报端……

终于，港珠澳大桥开工6年后，深圳的执着有了回报，耗资420亿元人民币，长达17年"纸上谈兵"的深中大桥也正式开工……

未来两座大桥间会发生怎样的故事？一众"看客"只能走一步看一步了。

一波未平，一波又起。

"单双Y"之争的硝烟刚刚散尽，大桥着陆点的争议烽烟又起。

由于排除了"双Y"方案，桥梁东段香港的落点自然没有多少争议，毕竟这是由香港一家"话事"。港方很快敲定了以大屿山大澳的散石湾为大桥落脚点。

然而，在大桥西端的着陆点问题上，这回轮到珠海和澳门"杠上"了。广东方希望这个桥过来以后，能够连接到横琴岛，带动横琴的发展。对珠海来说，落脚横琴岛是最中意的了，一来避免拱北地区密集的车流、人流，二来有利于珠海市的长远发展，因为横琴接近珠海保税区，区内有近80平方公里的土地可以开发利用，对优化珠海的产业布局有很大好处，对珠海交通"五纵三横"建设非常重要。

但是，横琴岛在澳门的后边，在澳门西边，澳门的地方很小，不到20平方公里，就是一个澳门半岛加凼仔岛和路环岛，珠海的想法显然让澳门有点"不高兴"。

澳门一位关注小组的成员如此表示："如果把横琴作为西端的登陆点，那意味着大桥西面的引桥（接线工程）就会横穿澳凼1234桥，与澳凼1234桥成90度穿过，那么你上跨建个高架桥，把我这弄成两半，那我以后怎么发展？从地面上根本不可能，唯一的可能是下穿从地下钻过去，甚至从澳门半岛和凼仔岛之间的水域底下穿过去连到横琴，那也不行啊，我以后要修地铁，就这么点地方没法回旋呀！"

他还反问：就好比我从你们家的客厅上过一条下水管，搁你你会高兴吗？

其实，澳门在大桥的接驳上岸点上早有两个备选方案。一是在澳门本岛拱北的海面，即澳门"东方明珠"以东的海面上建人工岛即明珠点，为首选；二是在澳门凼仔北安东海面上建人工岛即北安点，北安落脚点可以在珠海拱北附近上岸，还可以在凼仔上岸，但对航班升降会有影响。

为避免与珠海正面"交战"，澳门采取迂回战术，即不反对珠海将大桥登陆点选在横琴，只强调自己的落点首选放在明珠点。

明眼人一看就知道，澳门的明珠点与珠海的横琴点南辕北辙，八竿子都打不到一块。

2003年3月初，国家计委派员先后到澳门和珠海就港珠澳大桥的落脚点等问题进行实地考察、资料收集、调查研究，鼓励各方充分发表意见。为获得珠海的认同，3月9日，澳门"港珠澳跨海大桥建设立项关注小组"一行6人在召集人黄汉强率领下到珠海交换意见。他说，跨海大桥从香港大屿山起步，以先隧后桥往东到澳门的北安或明珠落脚点，然后到横琴进入珠海西部，与粤西地区交通网络衔接本来也很好，但从横琴到西区，现有的莲花大桥和横琴大桥都不能负荷大量货柜车通行，必须设计建设新的通道，成本会很高，希望考虑明珠落点方案。

珠海默不作声，双方意见并未取得一致。4月21日，澳门关注小组再邀请珠海市专家学者一行抵澳。下午2时30分，在濠濠酒店，澳门方面开门见山地说："今天我们着重向你们介绍明珠点。明珠点靠近珠海拱北和澳门外港码头，易见效益。从明珠点接驳上岸，路程短，可节省基建费，亦可考虑与未来计划中的轻轨铁路网络衔接，方便旅客往来。而且该点邻近海域水浅浪低，填海较易，成本亦轻……大桥从明珠点上岸后，考虑再与北安附近的新的交通设施建设接驳，就能充分发挥明珠点和北安点两者的优势，同时解决了北安点上岸离拱北市区较远，离澳门国际机场较近，可能会影响飞机升降和机场附近地段的问题……"

濠濠会晤后，两地学者还一起到明珠点、北安点、莲花大桥（澳门侧）实地考察。澳门方面着重介绍了明珠点的情况以及从明珠点上岸后如何接驳北安附近再西进横琴、湾仔、珠海西部的初步构想。

珠海方面仅表示回珠海后会进一步研究澳门关注小组提出的新观点。之后，珠澳双方对大桥西岸的着陆点细节问题又多次交换意见，但分歧仍然很大。

广东省对落脚点定于横琴的意见是一贯的、明确的，也一直努力做好着陆点定在横琴的争取工作。2004年7月22日召开的港珠澳大桥前期工作协调小组第三次会议上，广东省强调了落脚点定在横琴的意见。10月14日，广东省在回复香港方面有关路线方案研究问题的信函中，再一次明确建议大桥在珠海着陆点定在横琴的意见。

落脚点为什么选择在横琴？

如果按澳门的意见从拱北上岸，拱北是建成区，腹地不够，未来城际轨道交通重点亦在拱北，借鉴深圳的发展经验，应充分考虑珠海城市合理布局；如果大桥在横琴登陆，横琴岛尚有近80平方公里未开发土地，有充分的发展空间；可在70—90公里范围内，将3个机场、2个深水港连在一起，更有利于发挥珠江东西两岸交通基础设施资源共享作用，与高速公路衔接较易。

对此，珠海可谓不遗余力。

2004年12月13日，珠海邀请有关专家就港珠澳大桥前期工作的进展、大桥论证以及相关工作等情况向珠海市现任和原任的五套班子领导及各有关部门负责人200多人做介绍。广东省委原常委、珠海市原市委书记梁广大，原副市长周本辉，原副市长陈焕礼等人悉数到会。

会上，港珠澳大桥前期工作协调小组办公室主任朱永灵、中交公路规划设计院院长周海涛和交通部规划研究院战略研究所所长徐丽等三位专家做专门发言，之后听取珠海市各方面人士的意见。

梁广大的发言语重心长，他说："对兴建港珠澳大桥，我的态度很明确，就是这座桥一定要建，并且越快越好，不能再拖下去了……在珠海的登陆点，有人建议选在拱北，这样就有问题了，因为，拱北口岸是国家第二大口岸，人流高度集中，如拱北成为大桥的落脚点，估计届时口岸难以承受；而且拱北是珠海的金融、商业区，是繁华闹市，桥在拱北落脚，交通难题很难解决，货柜车上下大桥怎么办？容易造成交通瘫痪。所以在珠海的登陆点要慎重研究，我的意见是登陆点应从拱北向南移，移至（小）横琴一带，这样可避开老城区……"

会议的情况澳门了如指掌。当晚，澳门港珠澳大桥关注小组组长杨允中在接受澳亚卫视采访时这样回应："拱北发展已饱和，腹地不够似乎是理据不充分的，按照现代标准，就是香港中环也不存在绝对的饱和；何况，按现代设计理念，拱北一侧的上陆点分别采用隧道式、高架式或适度填海式加以解决，此桥一旦建成，不仅不会影响拱北一带原有发展，而且会对其提升综合城市功能带来不可估量的推动力。"

落点选址成了最大的悬念。

不过，双方也都表示：港珠澳大桥的事须报中央审批，国家怎么定都会服从大局。

"整个2004年都纠结在这个问题上。"主持可行性研究和初步设计的中交公路规划设计院副院长孟凡超说，"从工程师的角度我们必须提供多种备选方案，还要把每个方案的优缺点一五一十地说出来，在开会的时候供参加论证的专家参考。比如澳门那边，从南面绕过路环岛，接高架在横琴登陆，这样能避免与澳氹的3座桥相交；还有就是港珠澳大桥从澳氹3座桥上跨过，或者从3座桥下穿过。在珠海这边，在情侣路九洲列岛登陆，当时有想法就是把九洲列岛填平做口岸岛，但是这样做对生态环境的破坏太大，珠海方面就否定了，珠海的眼光还是挺让人欣赏的。"

2004年5月的一天，孟凡超和港珠澳大桥前期工作协调小组办公室总工程师苏权科对备选方案上的登陆点进行实地勘察。他们沿着澳门海岸，从头至尾都跑了一遍以后，失望地从澳门返回珠海，刚好走到出了澳门关还没有到珠海关中间，就是澳门口岸和拱北口岸之间发现有一块地方，他俩拿步子来回量了几次，有六七十米。

"能不能从这地底下穿过去？穿过拱北以后，再从前面出来，再连到我们的陆上去，这样的话不是不影响澳门了吗？"孟凡超对苏权科说。

　　"这个办法好，穿过拱北以后，也可以通过横琴大桥连接到横琴。"苏权科与孟凡超英雄所见略同。这"灵光一现"，后来作为备选方案拿出来，经过专家论证以后，三家就接受了，最终成为港珠澳大桥西端珠海方的落脚点，这是后话。

　　港珠澳大桥西端登陆选点经多个层面的沟通，方案逐步明朗化，最后提交决策上会的是"明珠/拱北""北安/横琴"两个方案。

　　广东方推荐"北安/横琴"方案，从北安穿越澳氹一、二、三桥后连接到横琴登陆，提出大桥从北安填海区着陆后，再从连接澳门和氹仔岛的3座大桥下的主航道海底挖隧道，到珠海横琴东北部的洋环上岸。

　　而澳门方推荐的"明珠/拱北"方案中，原考虑在珠海和澳门间的海湾填海区设置口岸、停车场、收费站等，后逐步修正将着陆点设置在澳门明珠点外填海建珠澳人工岛，大桥在人工岛着陆，再设一分叉连接澳门北安，另一分叉走向珠海拱北，在拱北口岸与澳门口岸中间地带采用地下隧道方式到昌盛大桥附近出地面。

　　两个备选方案中，澳门方坚持要求在明珠方案技术上走不通时再考虑北安，而且明确反对大桥上跨或采用水下隧道下穿澳氹一、二、三桥。

　　这样一来，粤澳双方的两个迥然不同的落点方案又成为大桥前期协调工作的一个结。

　　2005年4月1日，国家发改委交通运输司司长王庆云在珠海国际会议中心酒店五楼会议厅主持召开大桥桥位技术方案论证会，其中一项重要议题是解决这个结。

　　香港环境运输及工务局局长廖秀冬、澳门土地工务运输局副局长陈汉杰、广东省发改委主任陈善如、广东省交通厅厅长张远贻、港珠澳大桥前期工作协调小组办公室主任朱永灵，以及珠海市相关领导悉数到会。

　　论证会以闭门方式进行，且保密措施极为严谨，会议和考察活动都采取极其严密的安保措施，会场重门深锁，工作人员还在会场门外加上屏风遮挡。就连向与会人士展示的巨型地图和选线图都一律背向记者，以防"机密"外泄。

　　下午2时，与会者们冒着细雨，分乘5辆中巴，由一辆警车开道，前往大桥的珠海备选落点实地考察。

　　第一站是拱北情侣南路南端，从这里可以清晰地看到（珠海）拱北与（澳门）东方明珠间的海湾，即是大桥明珠/拱北方案的填海区。随后车队穿过拱北口岸广场地下通道及国防路，来到昌盛大桥东起点。据悉，拱北方案正是跨海大桥从上述填海区落地后，接驳隧道在昌盛大桥附近出地面。

　　第二站是横琴东北部临海的洋环。据介绍，由于澳门方不同意从北安填海区用一桥飞跨或海底隧道接驳洋环，亦不赞同氹仔大潭山下挖隧道到莲花大桥附近通横琴，或绕过氹仔、路环在横岸东南角上岸的4个"横琴"方案，因此最新的"横琴"方案是沿着氹仔岛北边的陆地海岸线掘隧道接驳洋环。

代表每到一处地点，均由专人临时托起一块"港珠澳大桥线位走向方案"示意图，并由专人进行讲解。

实地考察直至下午4时结束，论证会继续在原会场进行。会议先由大桥工程可行性研究组组长、中交公路规划设计院院长周海涛用了两个多小时，向与会专家和有关领导介绍了工可报告的主要结果，并着重介绍了大桥走线和东西端落脚点的多个方案内容和各自的优缺点。

▲落脚珠海横琴

优点：正在兴建的南北走向、由江门至珠海的江珠高速公路，以及广珠西线105国道的太澳高速和沿海高速公路都连通横琴岛，港珠澳大桥如果落脚在横琴，将使从粤西进入珠海到港澳的通道更为畅顺。从横琴岛规划高速公路直线连通珠海机场、珠海港、广珠铁路等，大桥在横琴岛登陆，与珠海及国家的整个路网是相吻合的。另外，横琴岛多个重大的旅游、能源项目已经动工兴建，大桥落脚横琴岛能带动该地发展。

缺点：大桥线路增长，造价提高，从澳门到横琴岛的莲花大桥，每天最多只有几千车次的流量，如果大桥落脚在横琴，将造成对莲花大桥的重复投资和浪费。

▲落脚珠海拱北

优点：大桥的造价要少得多，建设工期会更短；有利于珠海高科技产业的发展及珠海未来旅游业的发展，因为从拱北到香港大屿山机场和迪士尼乐园，都不超过30分钟的车程。另外，从拱北可以连接正在建设的主要交通网。

缺点：拱北口岸空间小，一年进出口岸数千万人次，本身交通状况已经很拥挤；另外珠三角城际快速轨道网广州到珠海主干线，其中一个方案落脚点也在拱北，如果港珠澳大桥落脚点也在拱北，对交通分流、对城市建设将产生影响。

▲落脚香港散石湾优点……缺点……

▲落脚澳门明珠优点……缺点……

▲落脚澳门北安优点……缺点……

……

一番陈词之后，粤港澳三地代表就东端和西端的4个落点方案进行"各自陈述"。

"东端落点香港说了算，西端珠海和澳门争论蛮激烈。"一位不愿意透露姓名的与会者这样说。

澳门不赞同第四方案（横琴落点），同时希望大桥在香港东端（第一方案）的落点能再南移，以减少桥的长度和造价。

珠海希望采纳第四方案，即横琴落点。

第三方案为坊间预估的香港散石湾北线—明珠/拱北方案，香港、澳门均不反对，只有珠海不同意。

论证会至傍晚6时多暂时休会。

广东省坚持珠海的意见，但似乎已有所顾虑，首日休会后，广东省发改委主任陈善如走出会场时面对记者的追问时只轻描淡写地说了一句：明天会有"好消息"。

翌日，由专家组综合各方意见，对拱北和横琴两套大桥登陆点方案进行比选和评审，并从中选出一个最佳方案提交给国家高层研究决定。

此次专家组共有10位专家，成员包括桥梁、海隧专家，工程院士等权威人员，他们是：杨盛福（专家组组长）、郑皆连（工程院院士）、王梦恕（工程院院士）、孙钧（科学院院士）、陈新（工程院院士）、李焯芬（工程院院士）、邹觉新、杨允中、陈见周、陈元龙。

专家组连夜整理当天论证会上各方对桥位技术方案发表的各种观点和建议，直至深夜。

2日12时30分，会场响起掌声。专家组组长、交通部原总工程师杨盛福在论证闭幕会上宣布：

1. 大桥西岸的落脚点为拱北/明珠。

2. 大桥东岸的起点为大屿山散石湾。

在下午召开的港珠澳大桥前期工作协调小组第五次会议上，前期工作协调小组对专家组的意见进行了确认并据此提交国家发改委审批。

于是，围绕大桥西岸落点的争论以横琴点出局告收。

走出会场，所有与会者都对记者三缄其口，只有澳门港珠澳大桥关注小组组长、澳门大学杨允中教授轻松应答记者，称专家一致通过散石湾桥隧方案到珠海拱北/澳门明珠走向，是一种突破，对于珠海方面来说，也绝对没有害处，应该说这是一个三赢的局面。

记者会上，香港环境运输及工务局局长廖秀冬表示：选出方案经严谨兼科学的论证，方案是实事求是，最为适合。

珠海方面则低调表示：无论大桥落脚点在哪里，珠海都是受益者，都不反对，这是珠海既讲科学又顾全大局的表现，符合珠海在重大工程项目上的一贯的务实作风，希望大桥早日动工！

既然无法改变，珠海也只能接受。

澳门特区政府旋即与"奥雅纳工程顾问/宏信亚洲工程及管理顾问公司"签订了《港珠澳大桥澳门着陆点相关工程顾问服务》合同，展开共11项概念性研究工作。

至此，关于"明珠/拱北、北安/横琴"落点的数载争执终于落下帷幕。

作为跨境基础工程项目，港珠澳三地的制度差异在港珠澳大桥协调中被集中反映出来。

至2006年2月，大桥项目下的25个专题还有口岸和环保两个专题尚未完成。其中的口岸久未定案，主要不是技术问题，而是三地有三种不同的管治模式、通关模式和机构隶属关系。

口岸设置属中央事权，需要更多地从经济、战略、政治等方面比较和综合考虑，口岸设置模式的论证协调与融资方式如出一辙，三地不到最后关头谁也不肯轻言"Good"。

2003年底，为确保口岸配套设施与大桥同步建设，经粤港澳三地政府同意，在港珠澳大桥前期工作协调小组下成立了"港珠澳大桥口岸专责小组"。

口岸专责小组成立后，曾分别于2003年12月底和2004年11月底由港方牵头召开专题会议进行论证。口岸设置模式基本聚焦在两个备选方案，即"一地三检"和"三地三检"上。

从一开始，粤港双方口岸就围绕这两个备选模式产生了"公说公有理，婆说婆有理"的纷争。

据内情人透露，香港希望参照深港西部通道（深圳湾大桥口岸）"一地两检"的口岸设计，也让港珠澳大桥照葫芦画瓢选取"一地三检"模式，即在同一地点布置港、珠、澳三地的口岸，三地口岸管区相对独立，各管区按其本身法律管辖，不改变三地现行查验监管的制度和方式。

香港心目中的"同一地点"就是在澳门的明珠和珠海的拱北设置人工岛，粤港澳三方口岸均置于该岛上。

这是香港的真实想法。

香港为什么极力推崇深港西部通道口岸"一地两检"模式呢？

这还得从2002年4月说起——

为解决香港特区政府提出的用地困难问题，提高通关效率，国务院批准了广东省提出的在深港西部通道口岸实施"一地两检"查验模式。两地的口岸从空间位置上合设在一处,即在深圳方填海造地建设"特定口岸管理区",内设"香港管区"和"深圳管区"。但各自的口岸管区独立,用地独立,旅检大楼集中设置,监管查验独立,在各自管区内按各自法律进行管理,查验内容与"两地两检"基本相同。属于深圳段的大桥管理也出现了变化,即从粤港分界线至口岸的大桥桥梁支座以下属深方管区,桥梁支座以上(包括桥面)一定高度范围(已包含斜拉桥塔)属港方管区。

"一地两检"模式解决了香港方用地不足的问题,不仅节省用地和投资,而且也一定程度上方便旅客通关。该模式中两地旅检大楼合设为一栋,旅客只需上下车一次即可过境,方便了过境旅客,也节省了等候时间,有利于双方在现场沟通和配合,同时存在未来口岸改革、联合办公、简化通关手续、进一步提高通关效率的可能。

广东对"一地三检"模式始终持保留意见。

在港珠澳大桥口岸的设置模式上,广东方面的想法是"三地三检",即在香港、珠海、澳门的着陆点处,由香港、珠海、澳门分别在各自的辖区内规划建设三个独立的口岸,与大桥连接;查验管理按三地现行制度安排实施,有关口岸的规划、设计、建设和管理,由三地自行负责。

其实,对于大桥口岸设置,粤澳一直有多种方案在研究、比较中,这些方案对环保、水文、航道等的影响都有综合考虑。只是前期大桥桥线及落点问题一直没有确定,有关口岸设置和管理模式还没有正式走上前台而已。

到了2005年初,关于口岸设置模式的论争开始进入"白热化"。

2005年4月2日,在港珠澳大桥前期工作协调小组第五次会议上,工可的"桥位技术方案"正式提出在珠海拱北与澳门明珠间建设实行"一地三检"模式的口岸人工岛。按照工可的初步方案,"一地三检"口岸将在珠海拱北先填海兴建一个占地2.6平方公里的人工岛,再建三个独立的口岸管区,三地用地独立、管辖权独立、设施配置基本独立。

对这个方案,广东在会上明确表示不是最佳,广东坚持口岸设置采用"三地三检"模式。

为弥合分歧,提出政策建议,6月1日至5日,由国家发展改革委员会牵头,全国人大常委会法工委、国务院办公厅、国务院港澳办、交通部、公安部、海关总署、国家质检总局等部门组成的"港珠澳大桥口岸研究小组"采取背靠背的方式,在粤、港、澳就港珠澳大桥口岸设置和管理模式进行专题调研,分别听取意见。

澳门方表示没有既定方案，"一地三检"和"三地三检"在技术上均可行，但"一地三检"尚无先例，若采用"一地三检"方式，建议保留珠澳通道，并希望该通道24小时通行。无论最终决定是"一地三检"或"三地三检"模式，澳门方均表示尊重和配合。

香港方仍坚持要借鉴深港西部通道"一地两检"的成熟模式，实行"一地三检"，坚决反对"三地三检"。

在提交给调研组的材料里边，港方提出了三个硬邦邦的理由，在此我不妨摘录如下——

1.实施"一地三检"可以向国际社会展示珠三角合作共赢的精神，符合国际上查验模式发展的方向，具有善用土地、更灵活地应用资源和缩短旅客过关的时间等优点。

2.工可研究均按照"一地三检"口岸布设方式，并在内地水域设置口岸作为基础开展，再提"三地三检"对大桥的建设将会造成无限期延误。

3.基于珠江口防洪等方面影响，海中桥隧东人工岛不可能设置过大以容纳香港方口岸，而如需在大屿山设置港方口岸，无论是采用填海方式或在大屿山择址，均需对港方口岸和香港侧接线工程重新进行环境评估，该项工作时间较长，同时，现时亦估计无法通过香港的环评条例……

"如果按照香港的这种安排，整座大桥将置于香港的管辖之下，这意味着广东、澳门方面的执法人员必须通过香港的口岸，才能参与对大桥的管理。"能参与如此级别会谈的粤方、澳方代表个个不愧是高手。

6月3日下午，调研组听取广东方面的意见。

广东省发改委、口岸办、法制办、港澳办、交通厅、公安厅、水利厅、环保局以及珠海市政府、拱北海关、珠海出入境边防检查总站、珠海出入境检验检疫局等相关单位都派官员出席。

因为是"背对背"座谈，广东方也就无所顾忌，有话直说："从目前三地口岸的规管来看，我们不赞同'一地三检'模式，该模式引发的问题多，协调难度大，对提高口岸通关效率实质性作用不大。"

广东在会上还罗列了"三地三检"的种种优势：

司法管辖方面："三地三检"简单、清晰，容易操作；在"三地三检"模式框架下，三地口岸管理部门均在各自的辖区内工作，各方法律不会发生直接冲突，不需要修改任何一方的法律、法规，出现问题时的执法主体依据明确，管理权限与责任统一，交汇区域产生的司法管辖问题容易协调。

口岸规划建设方面："三地三检"简单易行，效率高；实行"三地三检"，根据统一的流量预测数据和建设进度要求，港珠澳三方都可以独立地按照各自现行的有关规定和技术规范标准，在口岸规划、设计和建设上各负其责，最大限度地减少在"一地三检"模式下产生的诸多互相牵制的环节以及因技术规范不统一而引发的各种困难，有利于提高三地在口岸规划、设计和建设上的效率，避免由此给大桥的建设进程带来影响。

查验监管方面："三地三检"管理区域和责任明确，便于执法；实行"三地三检"，港、珠、澳三地口岸管理区域和管理对象明确，便于口岸执法单位对出入境人员、车辆和货物的监管；同时，三地口岸关区之间距离相对较远，有较大的缓冲区域，可以最大限度地释放口岸通关压力，有利于处置突发事件……

当然，在强调"三地三检"种种优越性的同时，广东方也不忘历数"一地三检"模式的种种弊端：

产生管辖区域的交叉，司法管辖复杂，协调和管理的难度大。产生的问题需要由全国人大或国务院通过一定的法律程序进行授权或明确，而且具体落实过程中协调难度大，耗费时间长。

管区相邻及管辖主体不同造成相互牵制的环节多，效率低。三地管区过于集中，将可能导致因缓冲区有限而引起的口岸堵塞等一系列后果；同时，因大桥桥面与桥下水域的管辖主体不同，将给内地执法部门对利用大桥进行走私等违法活动的打击和管理造成极大的困难。

两种模式的查验程序和手续依据都是三方现行的制度安排，在查验监管制度上都没有创新突破，在提高口岸通关效率上也没有实质性的差别。虽然解决了香港、澳门对口岸用地的需求，但需要在珠江口西岸填海建设大面积人工岛，势必对该水域的环保、航运、水文产生较大的影响和制约……

广东方最后重申，在现行制度框架下，采取"三地三检"模式，优势明显，操作简易，符合当前粤港澳三方口岸建设的实际情况，是"最佳的选择方案"。

对香港反复推荐的深港西部通道"一地两检"模式，广东方似乎有种不吐不快的冲动。在一份会议速记本里，我看到了这样一段发言：

自2002年正式开始有关工作以来，"一地两检"实施进展情况并不乐观，深港双方就相关的法律和管理、技术等问题进行了一系列的协调、谈判，过程艰苦、复杂，诸多反复，时至今日，具体实施方案双方尚未达成共识……当时同意实施"一地两检"，除了体谅当时港方在口岸用地上的实际困难，最根本的，还是要推动口岸查验监管模式的创新，推进通关便利化。但从目前的实际情况看，"一地两检"在口岸查验监管模式上没有实质性的创新，相反，从口岸的规划、建设直至将来的管理，都已经引发和将会引发诸多问题，协调解决的难度非常大。因此，我们认为，目前对"一地两检"模式进行推广的条件并不成熟；鉴于"一地三检"比"一地两检"涉及范围更广，建设规模更大，牵涉问题更多、更复杂、更难以协调，港珠澳大桥口岸不宜实行"一地三检"模式……

末了，广东方仍然高姿态表示："港珠澳大桥口岸最终采用哪种模式，我们坚决执行中央的决定。"

3个月后，北京调研组综合调查意见后提出了倾向性意见，认为采用"三地三检"和"一地三检"模式在港珠澳大桥都可行。但从充分体现和维护"一国两制"、促进三地共同繁荣的大局出发，"一地三检"模式可以解决香港和澳门口岸建设用地问题，方便旅客通关，为今后口岸通关改革提供条件，有关法律问题也可以解决。根据前期工作已经按照不在香港地域设置口岸的具体情况，结合珠海、澳门从可能性和合理性需要填海造地设置口岸的实际，为加快港珠澳大桥的前期进度，尽早开工建设，调研组初步认为采用 "一地三检"口岸设置方案和管理模式是一种现实的选择……

广东再度沉默。

事实上，广东早有预感，甚至已做好实行"一地三检"模式的应对工作，并一度制定了相应的工作预案。

然而，口岸跨界设置在实际操作过程中出现的执法与管理等诸多问题，无论内地还是香港似乎都还没有准备好，海关、交通、边检、公安、检验检疫……如果要通过修改这些现行法律法规来解决"一地三检"而出现的许多"司法管辖"问题，牵涉到的部门实在太多。

"至少涉及内地30多部相关法律。"知情人士说。

这意味着这种改变所需要的时间将会十分漫长，大桥的开工日期又会因为口岸设置的争拗继续等待。

有关部门只得又回过头来探讨"三地三检"的可能性。

在广州召开的港珠澳大桥前期工作协调小组第六次会议上，国务院港澳事务办公室交流司司长钱力军首次提到：港珠澳大桥口岸查验模式应考虑方便通关、安全保障以及地理位置，不能简单套用深港西部通道"一地两检"的模式，"三地三检"的模式会比较适合，将确定用5个月时间来做出最后决定。

这次会议是由香港环境运输及工务局局长廖秀冬主持，会上发出这一不同寻常的信号，被港澳媒体深度解读为：港珠澳大桥口岸设置模式问题协调有了松动，"一地三检"模式可能被颠覆。

2006年12月，国家发展和改革委员会成立港珠澳大桥专责小组，由国家发改委领导，成员包括交通部、国务院港澳事务办公室，以及香港、广东和澳门三地政府的代表。经国务院港澳办协调，在1月7日的会议上，港方同意放弃之前坚持的"一地三检"，粤港澳三方商定，各自在境内设置口岸，填海修建口岸人工岛，以便建设口岸、联检大楼、停车场等设施。

在8月2日举行的第九次粤港合作联席会议上，口岸设置模式问题取得突破性进展，粤港澳就口岸"三地三检"达成共识。

口岸设置模式以香港做出让步而定案，港珠澳大桥"云开日出"。

澳门大学社会科学及人文学院院长郝雨凡说："建设港珠澳大桥本是一项以加快生产资源流通为目的的经济决策，竟然出现严重的不经济现象，反映了珠三角区域内存在的复杂博弈体系，包括政治力量博弈、经济效益计算、体制机制冲突、东西观念差异等因素。"

建一座跨海大桥真有那么难吗？

其实，这样的大桥在国外已经很普通。1964年，美国就已建起28公里长的Chesapeake湾桥隧；丹麦在2000年建起了长16公里的Oresund桥隧；日本1997年建成全长15公里的东京湾横断道路；香港也有海底隧道，有青马大桥……彼时，在中国内地，杭州湾大桥也已开始建了。

以现时的技术，只要"不差钱"，一座跨海大桥还真不是问题。

港珠澳大桥建设尽管投资巨大，但对中国经济最为发达的粤港澳地区来说实在是九牛一毛，用广东话叫"湿湿碎"（小意思）！

其实，从大桥构想那天起就有财团吵吵嚷嚷喊着做掏钱样，但均未成事。1983年，香港富豪胡应湘提出150亿港元兴建香港与珠海之间的伶仃洋大桥，宣称不用政府一分钱，采用BOT融资方式，30年后运营归还内地。据查阅相关档案资料，当时投资建设伶仃洋大桥的财团确实非常踊跃，甚至有多个国外财团跃跃欲试，美国两个大财团甚至还和珠海签订了意向书。

你情我愿，珠海也曾摩拳擦掌，信心十足地准备上"桥"。

但是，依然未成事。

历经20年的酝酿和桥线调整，到2003年，港珠澳大桥从当年伶仃洋大桥预计静态总投资134亿港元已增加到300亿港元。尽管如此，粤港澳不少民间资本仍然乐此不疲，他们十分看好这座大桥。

彼时，香港主建派代表人物胡应湘发起"买单"宣传战，宣称合和集团出资1/3，其余的2/3联络香港和国际银团联合进行投资。信德集团、新鸿基地产、恒基地产、亚洲金融集团及新世界发展、日本鹿岛集团等6个财团也都纷纷在不同场合面对媒体表示有兴趣。

但有人揣测，胡应湘或许是希望通过买单权获得营运权，因为当时广东省的高速公路便是由财团兴建及经营。香港特区政府也初步倾向借鉴红隧及西隧BOT形式，由财团集资兴建港珠澳大桥，即项目由私人机构建造，特区政府给予一段时间专营权，待专营权届满后再收归政府所有。

胡应湘信心满满，他对收回大桥成本表示一点也不用担心："大桥建成后每辆小型车辆收费约150港元，预料每天车流10万辆次，约10年内就可收回成本。"

一时间，大桥似乎成了抢手的香饽饽。

到2004年，随着建筑材料价格及施工费用的上涨，港珠澳大桥的建设成本已由原先估计的300亿港元飙升到了450亿港元，但财团们还是穷追不舍！

"几百亿湿湿碎（小意思）啦，我几十（亿），胡应湘都几十（亿）啦，其他老板一个几十亿，分分钟搞掂！"一向表明支持大桥兴建的信德集团主席、全国政协常委何鸿燊认为，估计大桥造价在400亿至500亿港元之间。他说："初初200亿可以搞掂，现在已过了这么多年，水平也高了很多……全世界起（这种桥），400亿可以搞掂，不用600亿，如果是400亿至500亿都是很值得的。"

有"赌王"之称的何鸿燊坦言："大桥'钱'途无限，好到极，因为有了大桥，港珠澳的关系会更加密切，同时内地的货物可以经这个桥一路运往国际市场，对澳门、香港同珠海都好，越快拍板，越快开工，因开工后亦不可能太快起好，起码要起几年。"

然而，说归说，做归做，比政府要精明得多的商人们肯定不会轻易把自己的钱扔到伶仃洋里打水漂。

私人财团出于利润价值以至收回投资等商业利益考虑，对港珠澳大桥经济效益及经济上的可持续性精打细算。随着港珠澳大桥的论争和投资不断加码，财团开始望而却步，往日那种争先恐后"买单"的声音也日渐式微。

其实，大桥融资，投资人意兴阑珊只是表面现象，其背后反映出的，是商家对建成后的大桥通车流量顾忌及由此而引起的投资风险与回报的担忧。

商家的群体"收声"是有道理的。

首先，由于大桥设计在2004年由早先传闻的"双Y" 确定为"单Y"，落脚点避开了深圳，在桥的对面，虽说珠三角私家车数量极速增长，拥有量高居全国之首，但内地车辆没有港澳车牌根本无法上桥，届时建成后的大桥难免出现"桥可罗雀"的场面。

其次，车流量或偏低。根据香港特区政府提交给立法会的文件，预计大桥于通车初期，每天最多有14000辆次汽车使用，人流近70000人次；2035年时每日最高车流量为49200辆次，其中38000辆次来往香港与内地。由于跨境车牌有严格的配额限制，就几万辆三地车牌上路，用香港的一位财团大佬的话叫"有鬼用咩"。

再次，开通后的过桥费乃是未知之数……一般来说，内地高速公路及桥梁的收费期限为20年，大桥如果完全采用商业模式，就算对经过的小车收费300元、大车收500元，也要在数十年才能收回全部投资。珠江西岸大部分货柜由趸船运送至香港出口，若过桥费没有竞争力，大多数对时间要求不高的珠江西岸货柜，谁会傻傻地走大桥？

除此之外，港珠澳大桥的投资还面临着另外一个可以预见的潜在竞争者，那就是迟早都要兴建的深中（深圳—中山）大桥对车流量的分流。由于深中大桥桥距短，建造费用比港珠澳大桥少，届时过桥费肯定会比港珠澳大桥便宜得多，肯定会吸引大量往返粤西与香港之间的车辆走深中大桥及深港西部通道，港珠澳大桥效益前景只有神仙才能预测……

毋庸讳言，港珠澳大桥历经多年的反复研究和讨论，靴子迟迟没有落地，其中一个难题就是融资——到2005年后，在大桥前期协调时出现的融资利益博弈，成为制约大桥能否上马、何时上马的最大拦路虎，因为此时大桥造价已飙升至720亿元人民币。

"钱"途坎坷，大桥的融资成为棘手的事儿。粤港澳三方的小九九堪称"精算师"——

广东方面：由于大桥走向最后确定为广东获益最小的"单Y"方案，原来广东最热烈追捧的"双Y"方案遭到否定，因而对建桥的积极性也就大打折扣，谁愿投放那么多资金为他人作嫁衣裳？

香港方面：政府一直是推崇BOT方式融资，但私人财团见预算越整越大，而"单Y"方案又使得车流量减少，倘提高过桥费又将产生"赶客效应"，收回投资更是遥遥无期，如此恶性循环，个个怎不摆手摇头？

澳门方面：自认为大桥对澳门的利益最小，当然不愿平均负担投资，只愿承担较小比例的投资额……

　　预算已达720亿人民币的建桥费，究竟是由财团承建还是由三地政府出资？台面上，粤港澳三方都不希望成为大桥阻滞的"主谋"，因此个个都表示愿意出钱。

　　广东方表示，三地政府所组成的港珠澳大桥前期工作协调小组是由香港牵头的，由香港话事。在融资上广东没问题，可以指派国企投资，也可以敦促银行发放有关贷款。即使大桥经济效益不佳，政府还可以通过财政补贴参与。

　　外界有传言指大桥造价不断上涨，令澳门方不愿出钱，澳门立马生气了："澳门从来没说过不愿投钱，港珠澳大桥（名称）把澳门放在最后，说明大桥对澳门的效益相对较小，即便是按比例分担，澳门也只适合出小份。"

　　港珠澳大桥，香港排头对吧，排头是"阿哥"，因此香港理所当然要出最多的份子钱。不过特区政府的话语权却备受考验：如果确定以BOT形式招标建桥，只有财雄势大的大财团才有能力投资。若回本期长，风险高，特区政府的财政补贴和分担风险的承诺不吸引人，财团未必愿意投资。如果财团不同意，特区政府根本没有办法强迫它们投资。如果政府补贴太过慷慨，纳税人又不同意。

　　香港特区政府的投融资设计要照顾各方利益，很难平衡，若没有财团愿意投资，最坏的情况可能是桥都建不起来……

　　看来融资不解决，大桥只能是镜中花水中月。

　　从2004年开始，关于港珠澳大桥投融资方案就展开了或明或暗的交锋，并针对各方提出的可能的融资方案反复磋商。

　　在中央协调下，三地商议先行建立一套行之有效的政府决策协调机制，并就与项目融资密切相关的政策条件，如通行政策、收费条件、标准、期限以及项目的建设标准、政府补贴的分摊比例等尽快达成共识，然后向社会公布项目的有关情况及标准要求，以便让更多投资者了解和熟悉项目，为投资人招标创造良好条件和氛围。

　　2006年8月初，在粤港合作联席会议上，就建设大桥的5个融资方案进行讨论，其中3种投资途径得到三方初步认同，即完全由政府出资、完全由社会出资、由政府和社会合作投资。

　　由于大桥投资预算700亿元以上，仅靠行车收费是很难回收成本或产生利润的，为分摊造价成本，协调小组办公室建议将庞大的工程耗费分拆予三方政府共同负担。比如预算各需耗资约100亿元的口岸、引桥及其配套工程由三方各自兴建，而在最主要的、预算耗资400亿元的主桥部分则推向市场招标。

　　朱永灵主任说，他们提出的这个分拆方案在商讨过程中，香港举双手表示同意，澳门不反对，但广东持保留态度。

一边是持续上涨的成本压力，一边是开工建设的遥遥无期，融资问题悬而未决，本来"钱"程似锦的一派繁荣演变成困扰大桥动工的主要因素。

作为国家"十一五"重点发展项目之一，到了2006年中段，大桥在最难解决的融资问题上仍然不甚明朗。

该出手时就出手。12月，国家批准成立国务院港珠澳大桥专责小组，专责小组由国家发展和改革委员会牵头，交通部、港澳办和粤、港、澳三地政府代表共同参与。有了解三地商讨内情的消息人士透露，中央明显是要加速推动大桥项目进展。

在2007年初召开的港珠澳大桥专责小组第一次会议上，最终确定了"政府＋社会企业合作"投资、以社会企业出资为主的融资模式。

之后，港珠澳大桥前期工作协调小组在多个融资方案中比选出建议方案，即主桥部分采取招标方式选择投资人。但在投标人性质是否限制问题上三方又产生了较大的争议：一种意见是由内地投资者控股，招标方式可以公开招标或邀请招标，以国有企业控股的投资者为对象，好处是操作上较有弹性。因为国外BOT招标方式通常只会在法律条文完备后才动工，以国企但又未达控股权的投资者来说，可能对此要求较为放松；另一种意见是，主桥部分采用国际公开招标方式选择投资人，而且对投资人性质不要有任何限制。

港方倾向国际公开招标，以至国际财团探盘甚频。据消息灵通人士透露，仅海底隧道融资部分，就有百余家国内外金融机构向协调小组进行咨询，打爆电话。

而就政府补贴分摊比例的那部分，则以效益、费用比相等的原则计算，合理分摊，让三地因大桥的获益与所付出的费用比例相等，即粤港澳三方，谁受益最多，大桥主体部分的政府补贴就出资最多。

那么问题又来了，谁受益最多？谁来评估？

此时三地都在认真掂量。

广东方觉得内地车辆只能驶到港方口岸，不能进入市区，相反香港车辆可自由进出广东，对广东方带来的经济效益有限。

如果广东缺乏掏钱意欲，这桥就悬了，港方感到十分着急。

澳门特区政府在商讨的过程中，态度总是较为开放，未有强烈反应。

经过半年沉寂，融资安排终于从港珠澳大桥前期工作协调小组第八次会议上传来好消息。2008年2月28日，在广州凯旋华美达大酒店举行的协调小组第八次会议上，三地政府就港珠澳大桥项目的融资安排统一共识。

这次会议上，中交公路规划设计院关于大桥工程可行性研究报告和投融资方案指出：鉴于整个大桥项目规模庞大，从财务角度看来，难以吸引私人投资。因此，报告建议三地政府各自负责在境内兴建接线和设置口岸，另外邀请投资者按照为期50年的"建造、经营及转让"专营权投资承办大桥主体的工程。研究报告亦建议三地政府分担大桥主体（即由珠海拱北和澳门明珠对开的人工岛起至香港特区边界以西的东人工岛止）部分建造费用，金额应按照效益费用比相等的原则摊分。

会上，三方就大桥投融资方案进行深入的讨论，各方达成三点共识：

1.三地政府各自负责境内口岸及接线的建造、营运和维修。

2.大桥主体以拱北和澳门对开的人工岛为起点，至香港特区边界以西的东人工岛，全长29.6公里，采用桥隧结构，双程三线行车，横跨珠江河口的主要航道，并建有长约6.7公里的沉管隧道。按2007年年初价格计算，建造成本约为人民币310亿元（不包括融资成本）。

3.三地政府分担大桥主体的资金差额，金额按照效益费用比相等的原则摊分，香港占50.2%，内地占35.1%，澳门占14.7%。

对照此前国家发改委做的收益比例，三地政府对大桥主体融资承担的分摊比例，香港从64%下降到50.2%，广东由26%上升到35.1%。澳门由10%上升到14.7%。

"融资方案中，香港份额下降，广东份额上升，其中香港、澳门和内地的补贴出资比例精确到小数点后，请问这一结果是如何得出的？"在会议结束后的媒体通报会上，记者向香港运输及房屋局局长郑汝桦追问。

"大家都同意的原则，也就是效益费用比相等原则计算出来的。"

"香港要负担多少金钱？"

"将来要补贴多少首先当然是通过一个招标及竞争的过程，希望补贴越少越好。究竟金额是多少，则要看招标实际所得的金额。"郑汝桦回答。

"初步估计招标的金额会是多少？要补贴多少？"记者穷追猛打。

郑汝桦迟疑了一下："由于这可能会影响招标的过程，所以现阶段不适宜透露金额估算详情。我们会聘请招标顾问协助草拟标书。在标书中会列明条件，会尽量保障三地政府的利益。我们有信心，基于现时报告书所载的建议，我们觉得整体的结构在财务上是可行的。"

"初步会用BOT的形式？BOT有没有一个初步的估算？营运期大概多久？"

"不是三地分开做，我们会用一个统一的投资方法。这座桥会以统一投资的模式去做，不是分开三地来做。公规院初步的提议是50年。当然，亦要看我们的标书最后结果如何。"郑汝桦非常耐心地回答。

第二天，关于大桥融资的重磅炸弹在港澳媒体炸开花——

《大公报》：港珠澳大桥融资定案，香港补贴逾半。

《星岛日报》：争议多时融资方案正式出炉。

《香港商报》：大桥初步拟定50年的专营回报期。

《信报财经新闻》：港珠澳大桥融资工作迎来大突破。

《香港经济日报》：博弈找到利益平衡点……

不过，据一位大桥前期研究专家组的成员爆料："比例的此消彼长，其实是广东做了让步，才使方案得以敲定。"

扰攘多年的港珠澳大桥，最棘手的融资方案基本得到解决。

但方案还不是最终，还须报国家批准。

2008年8月，港珠澳大桥融资方案发生了戏剧性变化，国家公布批准的结果出人意料：方案最终决定不考虑"唯利是图"的财团投资，放弃企业投资加政府补贴方案，改成由政府投资建设。

根据这个批准的结果，国家对港珠澳大桥的主体工程划拨50亿元人民币，加上广东省共出资本金70亿元人民币，香港出资67.5亿元人民币资本金，澳门出资19.8亿元人民币资本金。三地的资本金额合共157.3亿元人民币，占大桥主体建设费约42%，其余部分再由粤港澳三地政府组成的项目机构通过贷款解决。

国家送"大红包"，这确实让粤港澳三地喜出望外。

有媒体分析，北京的思考路向是：将大桥视为一项落实"一国两制"、促进港澳两特区繁荣稳定的公益事业甚至是政治任务，由政府出资兴建。在属于国家水域范围部分，亦即大桥的最主要工程段，由中央政府从国库拨款兴建。

从BOT到政府投资，既体现中央对粤港澳合作的重视和支持，也体现了大桥的公益性，中央的高瞻远瞩彰显战略眼光。

157.3亿元资本金落定，但还有220亿元悬而未决。

全程参与负责主体工程项目银团筹组的前期协调小组办公室融资财务部部长苏毅博士回忆：银团贷款的整个过程，跌宕起伏，惊喜不断，苦涩和幸福并存。

2009年3月，粤港澳三地政府在财务顾问提供的独立和专业的协助下，挑选了中国银行作为大桥主桥的贷款牵头银行，负责为大桥提供除资本金外的220亿元的贷款。

当时，由于国家宏观货币金融政策调整，银团筹组陷入极度困难之中。上半年，各家银行还纷纷"探营"，积极要求加入银团并为力争多一点贷款份额相互激烈竞争，但到了下半年，信誓旦旦的多家银行突然消失，即便有兴趣的几家也在报审过程中出师不利……

2010年10月11日，银团筹组启动会议在广州香格里拉酒店举行。面对20多家国内外银行机构，苏毅博士在演讲台上慷慨陈词，口干舌燥，但不利的消息接踵而至：10月20日，央行三年来首次加息；12月6日，中国银监会颁发关于规范中长期贷款还款方式的通知；12月25日，央行第二次加息的"圣诞"礼物从天而降……

有志者，事竟成。12月31日上午，港珠澳大桥主体工程项目银团筹组第20次会议一直持续到下午3点30分。晚上7点，成套融资文件终于定稿报送港珠澳大桥三地联合工作委员会。

2011年1月7日，银团贷款合同签署，全部融资问题解决！

那晚，苏毅博士与部门同事李强、宋樱、龙梅来到久违的珠海情侣大道，凭栏仰望，伶仃洋上那满天的星星特别耀眼。

从后来媒体公布的贷款详情来看，中银为大桥融资提供优惠条件：市场上最低利率，息率为人民银行基准利率再减一成；还款期长达35年，大桥建设期不用还钱，有钱收了才还钱；项目情况如有变化，贷款额可加大、还款期可延长；三地政府均无须为贷款做出担保，只以大桥收费权为质押……如此借贷条件，恐怕只能到月球上去找了。

"这是我签署的额度最大的合同。"朱永灵说，"这是一件了不起的工作，在如此困难的金融形势下筹组了一个如此漂亮的银团，为港珠澳大桥消除了最大的变数。"

大桥融资一路走来跌跌撞撞，过程可谓艰辛，但结果却是圆满的。粤港澳三方就港珠澳大桥达成的这一共识，为孕育了四分之一个世纪的庞大工程计划扫除了最后障碍。

第二部 / 风正扬帆

2009年3月13日。农历二月二十九。

香港。晴。

天还没亮，一开始下毛毛小雨，早餐是在香港石水渠街一个茶餐厅要的沙爹面，辣辣的，还有点香，外加4个鱼丸。

这是我第一次到香港采访。

石水渠街是位于香港港岛湾仔区的一条街道，与湾仔道和太原街平行，与皇后大道东及庄士敦道垂直接通。街道南端尽头为石水渠街花园及在隆安街的湾仔北帝庙，街上其中一幢最有名的历史建筑是建于20世纪20年代的蓝屋——香港民间组织"圆大桥梦"推动小组就设在这里。

采访结束，从坚尼地道步行到石水渠街。窄窄的石水渠街泛着幽幽的光，一只只摇曳的灯笼和一座座岭南风格的旧式建筑依稀可辨。露天市场挤挤攘攘的，人情味十足。海产店前一摊一摊的鲜活渔货，一只巴掌大小的草虾蹦到隔邻的一笼青翠的菠菜上，又弹到我的脚面，吓了一跳的我将它捡起，笑眯眯交还给鱼贩；而腆着肚子的屠户正高举着刀，霍霍地斩肉，那千锤百炼的砧板已经凹成一个浅盆；花店前放着几个水桶，火百合、满天星、野姜花……

采访完毕，我买上一大把野姜花，抱在怀里，搭上开往铜锣湾的叮当车。回到盛捷维园公寓酒店，我推开门，打开电视机，电视里正在直播十一届全国人大二次会议记者见面会，国务院总理温家宝此时正在答记者问，只见他铿锵有力地回答："港珠澳大桥年内一定开工！"

真是无巧不成书。

岁月，终于像一条穿梭于珠江两岸之间的渡轮，把港珠澳大桥的好消息摆渡到了春暖花开的季节码头——

第七章 不同凡"想"

每一座桥都是人类与自然抗衡的战功，港珠澳大桥也不例外。

水流湍急的伶仃洋，水文地质极端复杂。早年，在澳门与香港之间每天有一班"大船"往来，船只的"摩打"经常被淤泥和海草搅缠，三天两头抛锚清理，烦扰不断。当时，澳葡政府聘请全球最有名的荷兰航道专家来研究解决。

但无济于事。

20世纪70年代，霍英东斥资兴建澳门新口岸码头，采用围堤、深挖及疏通的方法解决冲积问题，港澳之间有了今天的高速飞航船。

时至今日，伶仃洋依然风高浪急，设计师们要在环境复杂的珠江口建设一条长达55公里的跨海大桥，挑战不言而喻。

一个风和日丽的夏日，中交公路规划设计院副院长、港珠澳大桥初步设计总设计师孟凡超在他下榻的酒店接受我的采访。

酒店坐落在珠海最负盛名的情侣南路上。那天上午9点，我如约而至，按响1415房门铃，睿智儒雅的孟大师热情将我引进房间。一番寒暄后，我径直走向窗棂，透过洁净透亮的玻璃，港珠澳大桥美丽的弧线尽收眼底，那是珠海最受瞩目和最上镜的亮丽地标啊！

"这是观看港珠澳大桥景致的最佳位置。"我惊奇地发现。

孟凡超告诉我，他每一次出差来到珠海必定住在这家大酒店，因为在这里他拉开窗帘就能看到大桥，那是凝聚着他和他团队心血的作品。随后他滔滔不绝地为我指点大桥：那是"风帆塔"，那是"中国结"，那是"海豚塔"，那是世界最长的钢箱梁，那是世界最重的组合梁……

8年间，透过这个酒店的窗口，他每一次看到的都是一个不一样的跨海大桥：海底升腾，海面合龙，海空矗立，桥面铺装……

2003年底，受粤港澳三地政府的委托，刚刚成立的港珠澳大桥前期工作协调小组办公室将港珠澳大桥工程可行性研究、总体方案和工程物理模型试验的重任交给了中交公路规划设计院（以下称公规院）。公规院迅速成立了由院长周海涛亲自挂帅的港珠澳大桥项目组，副院长孟凡超担任副组长，负责组织开展港珠澳大桥工程可行性研究阶段的专题研究。

一个设计，源于一种构想，开启的是一个从梦想到现实的征程。

2004年初，孟凡超率领团队秘密进驻珠海，配合港珠澳大桥前期工作协调小组办公室开展港珠澳大桥的可行性研究，主要内容包括对大桥的位置进行比选论证，对大桥的交通量、桥宽、车速、技术标准的验证，大桥的功能意义，对社会经济的贡献，对大桥造价的预估，大桥建设的初步方案等等。

彼时，公规院正如日中天：杭州湾大桥、青岛海湾大桥、舟山金塘大桥、深圳湾公路大桥、苏通大桥……携一件件如雷贯耳的世界级桥梁作品笑傲江湖。

做世上维艰之事，攻天下难攻之桥。在业界，公规院常常和"特大"联系在一道，与"难关"碰撞在一起：50年间设计完成了50多座特大桥，在共和国的山川大地上，几乎每一座大型桥梁都少不了它的影子，建桥业的每一个技术难关，都少不了它的牵头攻破。

50年形成的桥梁工程设计和建设实践经验以及集聚的一批高端技术人才成就了它在中国桥梁设计的标杆地位，也让公规院名闻遐迩。

然而，面对变化莫测的伶仃洋，面对港珠澳大桥，摆在设计团队面前的困难要严峻得多。正因为如此，港珠澳大桥项目组的成员几乎囊括了国内交通经济、工程技术、水文、地质等多个领域的一流专家，仅核心设计人员就有四五十人。

"大桥的设计，首先要确定的是建什么样的桥，桥的位置、登陆点，技术标准、造价，这都是桥梁设计的基本要素。"孟凡超说，大桥的设计，一般有3种方案：全部隧道、全部桥梁、桥隧结合。

"全部隧道的方案是直接被否决的。"孟凡超说，因为隧道的造价高，单位里程的隧道造价是桥梁造价的两三倍，这一点，从目前大桥基本完工的6公里结果看，隧道的资金投入是桥梁的四五倍，而且修建隧道的风险很大，毕竟是水下作业。"

"那么就剩下全桥和桥隧结合方案了？"

"是。"

"据说，港珠澳大桥最初预可行性研究时，曾考虑过全桥方案？"

"那是比较早期，就是在大濠水道建设一座五塔四孔的斜拉桥，比起现在跨度最大的青州航道斜拉桥的跨度还要大300米，采取的是A形的框架混凝土索塔。"孟凡超说，"全桥方案后来被舍弃了。"

"为什么？"

"是全部桥梁还是桥隧结合的考量，当时还是有许多影响因素在内的，比如桥梁的造价比隧道要低，所以能够选用桥梁方案就尽量使用桥梁方案。"

"最后又怎么选择了桥隧结合？"

"这话说来就长了……"孟大师回忆，"当时，调研组在广州市调研，广州港提出来要确保珠江航道最大通航30万吨级油轮和15万吨级集装箱货轮，同时还要满足石油钻井平台的运输通过。"

"石油钻井平台有多高？"我问他。

"70多米啊！"

调研组回来掐指一算，最少要把大桥修建超过80米，那么桥塔的高度将超过200米，这样的高度对于大桥非常致命。

但珠江口是全球最繁忙的航道之一，建桥不能影响航道的正常通航，这是底线也是红线。

"所以说港珠澳大桥不能简单重复以往的经验了。"

"对，不可能采用桥梁方案跨越这条航道。"

孟凡超告诉我，另一方面是香港国际机场120米航空限高一票否决了全桥方案。众所周知，香港的大屿山机场是全球最繁忙的国际机场之一，附近飞机的起降十分频繁，有严格的限高要求。在香港，机管局提出靠近机场的地方不能修桥，如果修桥的话，桥塔非常高，会影响飞机的航行安全。同样，澳门机场的航空限高也不能超过120米。

大桥太高挡着飞机，太低又卡着轮船，如何是好？

"还有一个因素。"孟凡超说，"从国家战略的角度，如果桥梁在非正常破坏的情况下坍塌，伶仃航道就要封航，不仅会影响货轮商船的通过，军方的舰艇也会被阻隔在外，所以军方也不赞同，因为这关系国家的防务安全，所以全部选用桥梁肯定是行不通了。"

找不到解决的办法，那么港珠澳大桥就将陷入无疾而终的困局，于是桥隧结合便成了唯一的选项。

以伶仃洋的自然条件，附近海域没有现成的岛屿可供使用，就必须修建人工岛来连接海底隧道和桥梁。而伶仃洋是一个典型的弱洋流海域，加上每年有大量的泥沙从珠江口流入伶仃洋，如果人工岛长度和宽度过大，就会起到阻挡泥沙流入大海的作用，水阻率一旦超过10%，泥沙就有可能被阻挡沉积，在岁月流逝中伶仃洋将变成一片冲积平原。

这将是一个灾难性的后果。

设计如何在错综复杂的矛盾体之间寻找平衡？

设计师们伤透了脑筋，他们必须要对设计中不断出现的一个又一个问题做出响应，他们几乎在用全部的时间在寻找不同问题的解决方案，并为这些奔忙——穿梭在专业的研究所或者实验室之间，深化对设计对象的理解；调查失败的原因，寻找更为完善的对策；通宵达旦地反复思考与探讨，对关键的问题进行反复审慎的研究，收集所能见到的方法，苦思冥想可能存在的诀窍……

这是一道绵延55公里的难题。

《为学》开篇讲道："天下事有难易乎？为之，则难者亦易矣；不为，则易者亦难矣。"……没完没了的论证，没完没了的设计，没完没了的试验，再论证，再设计，再试验。当解决问题的知识边界超越了土木工程范畴时，他们还必须寻求多学科的专家以及调动多种科学手段共同寻求答案。

无数的方案被否决，带走了设计师们的心血，也带来了一个史无前例的成果：桥岛隧集群！

确定了桥岛隧结合，问题又来了，这海底隧道是采用沉管的方式还是盾构的方式呢？

"考虑过盾构隧道吗？"我问孟凡超。

"考虑过，但人工岛的尺寸长度必须控制在700米以内，如果采用盾构法的话，盾构法对稳定性要求很高，隧道就会埋得比较深，最终会导致人工岛的长度超标并撞上10%阻水率的红线。"

孟凡超给我举例说，英吉利海峡隧道在海底50米深处，不仅造价比沉管隧道高得多，而且因埋得太深就必须有很长的引桥。港珠澳大桥采用盾构法的话，长引桥带来的巨大人工岛不仅投资更大，而且对珠江水环境的影响非常不利。

"这么说只能选择沉管隧道方案？"

"沉管隧道方案比盾构隧道方案降低了400多米的岛屿长度，人工岛长度控制在625米，解决了10%阻水率的问题。"孟凡超补充道，采用沉管隧道方案是经济性和环保要求决定的，是经过港珠澳大桥前期工作协调小组办公室、设计团队和专家大量的遴选研究以后确定的方案。

沉管隧道已有百年历史，当时全世界有200多条沉管隧道。但2000年以前，还没有一条3公里以上的隧道；2000年以后，北欧的厄勒隧道和韩国的釜山隧道刚刚开通。放眼国内，中国只做过几个百十米长的江河沉管隧道，全国总长还不到3000米。

深埋加上外海沉管隧道施工，堪称基础设施建设领域金字塔顶的明珠，都接近国际禁区。光凭在这个领域的技术积累，中国还没有人敢"轻举妄动"，港珠澳大桥是首次"吃螃蟹"。而且港珠澳大桥设计的沉管隧道6.7公里，长度超过丹麦与瑞典之间的厄勒海峡和韩国釜山巨济的沉管隧道。

"很多人担忧，大桥位于环太平洋地震带和台风频发区域，如果发生大的地震或者台风，这个大桥能否经受住考验？"

"在抗震结构设计方面，我们采用了当今最先进的分析软件和分析手段来进行。在分析桥位区上百年来自然灾害资料的基础上，设定一个安全度来确定设计的标准。也就是说，即使在极端的情况下，自然灾害发生了大桥设计也必须保证有一定的安全度。"孟凡超说。

抗震研究是与同济大学联合完成的。

同济大学采用主动箱间隔随动箱变化的方法，研发了可拼接节段式模型箱，实行连续多点输入。同济大学教授袁勇在还原当时的研究情景时说，12个模型箱每个重5吨，用60吨钢材，为了使这个模型箱托起来，我们还做了8个托架，每个托架也是接近10吨的重量。单模型箱里的模型土就用了110吨。基本上按照实际工程的1/60来做。

144个工况实验结果指导港珠澳大桥的抗震设计，形成了港珠澳大桥的抗震设计方法，填补了国内外实验技术的空白。

至于台风，袁勇说："2017年8月23日，珠海遭遇了60年未遇的超强台风'天鸽'的袭击，中心风力达到14级（每秒45米），港珠澳大桥经受住了严峻考验。经过这次洗礼，证明当时所提出的结构设计方案是正确合理的。"

在孟凡超看来，港珠澳大桥与国内、国际的其他桥梁工程不一样，项目跨越粤港澳三地，既是口岸通关工程，又是"一国两制"工程。报告中要让所有的问题都取得共识，协调最为艰难。

这一点，我在港珠澳大桥管理局（前身为港珠澳大桥前期工作协调小组办公室）采访时得到了证实。

局长朱永灵时任前期协调小组办公室主任，他直接参与了港珠澳大桥前期筹划和论证，协调处理了粤港澳三地政府间一系列重大合作事项，是港珠澳大桥论证、论争和建设全过程的目击者。

他告诉我，大桥项目从一个设计概念到工程可行性报告的批复，经过了漫长的过程。这中间除了大桥走向、海洋地质勘探、航空限高、白海豚保护等诸多问题外，更重要的是要解决粤港澳三地政策体制不同的问题。

他为我举了一个"技术标准"的例子。

众所周知，中国的桥梁隧道设计寿命都是按100年来设计的，港珠澳大桥把这个设计寿命提高了一个等级，达到了120年。

"为什么？"我问道。

"港珠澳三地的技术标准不一样。"

港珠澳大桥是粤港澳三地政府共建共管，地区之间有着文化的差异和制度的异同，工程要满足三地政府和三地市民的不同诉求。他给我打了个比方："就像我们人一样，有些人可能活到75岁就满足了，但另一些人要活到85岁。"

朱永灵透露，大桥的技术标准，一提出来就有很大的分歧，因为大桥是服务于粤港澳三地，由三地出资并参与建设，所以三地关于大桥都有各自的意见。香港曾受英国150多年殖民统治，很多工程建设都是执行英国的技术标准，而英国的技术标准规定，像这种规模的大桥的使用年限都是在120年；澳门则比较宽松，一般英标、葡萄牙的标准都是可以混用，所以这方面没有特别的要求；而内地则认为香港和澳门现在都是中华人民共和国的辖地，那么这种工程建设都应该按照国家规定的技术标准规范施行……

香港坚持己见。

时任香港交通运输与工务局局长廖秀冬认为内地的技术标准可能无法满足港珠澳大桥这样长距离的跨海工程的要求，明确提出大桥设计要依据英标120年年限，不同意依据内地的工程技术标准。

一位与会的消息人士向我透露，彼时的香港对内地工程界存有轻视的态度，他们认为内地在工程建设方面相较于香港还是存在较大差距。

作为协调机构的负责人，朱永灵不得不斡旋于三方不同的意见之中，经验就是"平等、尊重、协商"。他坦陈，面对来自香港、澳门和内地专家的各种不同意见，以及社会大众对港珠澳大桥的期待，尽管感受到更多的责任和压力，但面对异议时还是要展现必要的灵活性。

经过粤港澳三地多次反复协调，最终在重大技术标准上采用了粤港澳三地各自的较高技术要求，即"就高不就低"的原则。

"英标建筑物使用寿命是120年以上，中国标准是100年，所以我们按照120年要求组织设计施工；高性能混凝土预制控裂的规范，欧洲标准是最高的，我们选择了欧洲标准。而大型海底隧道，车道适行标准中国规范最高，我们选择了中国标准，采用双向六车道。"朱永灵说，技术标准就高不就低原则，比较好地解决了三地政府的需求和社会的需求，在很多重大问题上减少了分歧，使最终解决方案做到了三方满意。

港珠澳大桥打破了内地的"百年惯例"。

事实证明，建立粤港澳三地协调机制是一项成功的探索。

曾参与过厄勒海峡沉管隧道和釜山巨济沉管隧道工程的丹麦科威公司资深项目经理穆勒在谈到港珠澳大桥沉管隧道工程的非凡特征时，这样预言："这将成为一项破世界纪录的工程。"

港珠澳大桥首次采用120年的设计使用寿命。

120，看似平常的3个阿拉伯数字，内中万千风云只有设计师们方能体会。它意味着突破技术极限的未知在链条的每一环都静静地等待着与设计师们会面，工程实现的每个环节都将迎来挑战。

全寿命周期规划、需求引导设计的理念，改变了传统的设计理念，120年寿命期，面临的挑战是严峻的。

设计师们从结构设计、桥梁设计、土木工程设计等方面采取了比较完整、系统的耐久性措施——

譬如，选择寿命长的高性能材料。

譬如，选择受力合理的结构。

譬如，选择比较先进的施工方法等等。

港珠澳大桥工程设计面临四大挑战。

1.建设管理的挑战。港珠澳大桥由粤港澳三地共建，放眼全球范围绝无仅有。工程要满足并协调三地建设目标和建设理念一致，保证两种不同社会制度下的协作不产生分歧，需要三地建设者高度的智慧。

2.工程技术的挑战。港珠澳大桥是当今世界上技术含量最高、规模最大、标准最高的工程，面临诸多来自尖端工程技术的挑战。如此浩大的工程，使用的大型设备不论进场还是退场，都面临重大考验。

3.施工安全的挑战。每天有4000多艘船只经过施工点附近，一旦途经船只跟施工船只发生碰撞，后果不堪设想。倘若出现人员伤亡事故，在国际上负面影响巨大。

4.环境保护的挑战。珠江口生态环境、物种保护，特别是国家一级保护动物白海豚，就在珠江口生存繁衍，同时，施工带来河流泥沙下泄、海洋陆地侵蚀……此外，还有防风、防腐、防撞、抗震等挑战。

这道绵延55公里的世界级难题考验着设计师的智慧。

何谓世界级难题？

用孟凡超的话来说就是："难度直逼工程和技术极限。"

不过，这难不倒设计师们。

孟凡超说："设计过程当然要考虑到这些因素，譬如设计前我们就要对桥位区附近的水文、地质、气象、波浪、航运包括台风等各方面的自然环境进行研究，在这个环境的基础上，再开展正常的设计工作。"

在珠江口建一座桥，"四大挑战"使每年能施工的时间不足一半，这样的工期迫使设计师们去想该"怎么办"。

"头都想大了。"苏权科时任前期工作协调小组办公室的总工程师，他说那时天天跟着公规院的人"一起混"，大伙通宵达旦，都快把脑袋想爆了。

在需求引导设计的理念下，经过反复的讨论、优化、积淀，大家集思广益，初步形成了一个集体智慧，就是把传统的现场浇筑设计为陆上工业化预制，将制造及主要的控制工作转移到制造厂内，集中预制好后，再用大型设备直接拉到海上去安装，形成了一个"搭积木式"的工法。

苏权科说："这种工法不仅减小现场控制的难度，而且易于保证施工质量，施工速度更快，很快得到三地政府的认同。"

"这是应对'四大挑战'之举。"孟凡超说，"这样的工法我们把它归纳总结成大型化、工厂化、标准化、装配化，简称为'四化'。"

在孟凡超下榻的酒店会客厅里，他为我解读"四化"时津津乐道而又条理清晰，我惊讶于他的记忆力。

大型化：把大桥的主体工程结构物化整为零，采用大尺度的桥梁和沉管隧道构件。分解后的箱梁达到3000吨，180米长的沉管预制后排水量可以达到8万吨；与此同时采用大型的施工船舶、大吨位的重型施工装备。

工厂化：所有的预制构件包括桥梁构件、隧道构件的生产、制造，都将在工厂里完成，出厂时则成了质量稳定的产品。同时，工厂化生产减少了海上现场浇筑，因此显著减少了施工对生态环境的负面影响。

标准化：与工厂化匹配。大量化整为零的相同桥梁构件和隧道构件在工厂预制，采用标准化的现代生产流水线管理和统一的工艺，执行统一的标准，从而保证大桥质量的统一，有效控制成本和工期。

装配化：化整为零之后的大构件在工厂以标准化方式生产出来之后，需要装配、安装起来。

设计是将工程绘制在图纸上，说来轻松实则艰难。建22.9公里长的桥梁工程，120年的受力结构如何解决？设计团队在权衡各种复杂的意见后，必须准确地寻找到最大化提高大桥部件质量和寿命的设计方案。

孟凡超说埋床法全预制墩台是他深思熟虑后的选择，而中交二航局张鸿团队承担起设计方案的实验攻关任务。

"我们感觉到桩和承台之间连接的位置非常关键，这几个点我要把它止水并形成一个干施工作业环境，难度非常大。"张鸿说。

2011年，张鸿和他的科研团队，连续进行了实验室实验和现场陆地实验，两种实验结果完全不同。

海上足尺实验的难度超乎想象，气囊止水、水囊止水、托盘……从2011年11月一直到2012年4月整整6个月的时间里，包括春节在内，科研人员和施工人员一直都在海上。

最终他们研发了分离式柔性止水系统装置，采用混凝土托盘Ω止水带及三向千斤顶顶升装置，解决了水深大于15米外海环境下墩台与钢管复合桩连接部位的止水难题。

广东长大公司港珠澳大桥项目的总工程师陈儒发从2013年4月起，就和助手谭逸波开始了海上墩台施工工艺的研究。5个月后，第一根墩台即将试验安装，几千吨重的墩台顺利到达现场，谭逸波负责现场指挥，他信心百倍而结果却出乎所有人的意料。

"墩台放下去的时候，止水胶囊失效了。"谭逸波说当时感觉腿都软了，感觉自己已经站不稳，不知道该怎么去解决。本以为万无一失，却不知道为什么止水胶囊会出现问题，当吊具把墩台吊开时，外边竟然比承台低了1米……

傻眼了。预制墩台只能被运回中山基地，几百万元资金打了水漂不说，工期更是迫在眉睫，这一下谭逸波感到压力山大。

思前想后，谭逸波发誓：一定要解决墩台问题。

他每天守在桥墩旁边绞尽脑汁，有时沉迷到怔怔发呆。那年中秋节，谭逸波没有回家，一个人待在海上，电脑里面的方案至少已经修改了100遍。

5个月的摸索，无数次的实验。最后他终于想到了一种办法：潜水员水下气管对接。

最终成功了。潜水员在水下进行气管对接，通过对水下速凝砂浆进行工艺控制和对安装到位的止水胶囊进行反复检查，设计方案终于变成了可以实施的施工方案。

隔行如隔山。采访中，桥梁DB01标段设计负责人之一、公规院副总工刘明虎和DB02标段设计负责人、中铁大桥勘测设计院有限公司副总经理张强向我介绍桥梁设计方面的几大关键技术重点和难点，我知其然不知其所以然，只能三缄其口。

在港珠澳大桥主体工程桥梁DB01标段，我见到温文尔雅的吴伟胜，他是深水区非通航孔桥的设计负责人，一位低调做事，不事张扬的谦谦君子。

回忆有时令人兴奋，有时不堪回首。

"大桥结构对耐久性的要求非常高，这给我们设计工作带来了巨大的挑战。"谈起往事，吴伟胜至今清晰地记得，他和邓科博士及设计组成员张鹏、张家锋、裴铭海、王灿东、李小松、张璇等一起"白加黑、五加二"的那段日子。

各个跨径、构造类型、结构耐久性、附属设施、抗风抗震……大家把自己"禁锢"在设计室，每天大部分时间都是食堂、办公室、宿舍三点一线。张家锋患有比较严重的腰椎间盘突出症，时不时"咯噔"一下，来自后腰的刺痛总是让他的思路不得不从繁杂的结构计算中抽身出来。他把房间的枕头抱了过来，垫在腰间；再后来，一个枕头不够了，他就垫两个，或者干脆找条毛巾系在腰间。

"细节决定成败。"吴伟胜带领设计组挑战技术难题，他常常告诫年轻的同事，一处做不好，整个项目都会有缺憾。

最终，钢箱连续梁整孔预制吊装、预制墩身承台、钢管复合桩的结构方案惊艳亮相，这在国内首次实现了海上大规模钢箱连续梁桥，上下部结构均采用预制安装的全新工艺。

港珠澳大桥工程最重要的有两大主材：混凝土，钢结构。

混凝土结构的早期海蚀破坏是困扰行业多年的老大难问题。港珠澳大桥位于华南的珠三角地区，这种高温高湿多盐的海洋环境下，混凝土结构要实现120年的设计使用寿命难度十分巨大。

苏权科说："影响混凝土耐久性的因素多，侵蚀过程复杂，在海洋环境下，潮汐、浪溅、盐雾及温湿度等对混凝土腐蚀是很严重的，触目惊心！"

苏权科与中交四航研究院总工程师王胜年，决定利用比传统方法更可靠的可靠度理论进行耐久性设计。王胜年从事混凝土耐久性研究20多年，经验丰富的他深知如果像以往的海洋工程那样，依靠经验和规范进行耐久性设计，港珠澳大桥120年的寿命是无法保证的。

他们不约而同想到了湛江港，那里蕴藏着对港珠澳大桥混凝土耐久性设计至关重要的东西——湛江暴露试验站。

20世纪80年代，很多建成不满30年的海港工程，纷纷出现腐蚀严重的问题。混凝土的耐久性问题随即引起了交通部的重视，于是在全国建立暴露试验站进行研究，他们把要用的工程石块、混凝土都放在试验站里边，每年都放一些……30年过去了，真正还在正常运营的已所剩无几，湛江暴露试验站就是仅存的"硕果"之一。

湛江港是我国华南最大的贸易港口，湛江暴露试验站就建在港口的码头下。年近八十的潘德强是最早提议在我国建立暴露试验站的人，也是湛江暴露试验站的第一代维护者。他说，湛江暴露试验站紫外线特强，每次搬运、试件，反复折腾十分艰苦。由于关乎国家基本建设的"寿命"问题，所以一波人走了又有一波人来接着干。

王胜年属于湛江暴露试验站"来接着干"的第二波人，他向我回忆起到湛江暴露试验站取样的情形。

"那时我们从广州到湛江港码头开车要经历十几个小时的颠簸，晚上赶到湛江稍事休息，第二天一早4点钟天还没亮就来取样了。伸手不见五指，再加上周围的海浪的声音，深一脚浅一脚，一不注意脚竟踩在海水里面了。"

王胜年告诉我："要做可靠性设计的话，就必须建立寿命计算这个模型。目前国内外比较认可的是海水里面的氯离子在混凝土里面的渗透遵循菲克第二定律。按照这个规律的话，这里面大量参数的取得，一个是基于经验，一个是基于室内数据。"

机会总是留给有准备的人。

几代人的不懈努力终于等到了一个真正的机会，港珠澳大桥的建设使得湛江暴露试验站的数据有了最好的用武之地。

港珠澳大桥主要混凝土构件，有沉管、承台、桥墩、箱梁等8种，这8种构件的14个主要部位又分别处于大气区、浪溅区、水位变动区和水下区等4种不同的环境。

根据这些数据和成果，清华大学李克非教授和助手李全旺带领整个科研团队，开始了基于可靠度理论的港珠澳模型的计算。他们开始了日复一日的计算。历经一年多时间，他们获取了与寿命具有变量关系的主要参数，并确立了保护层厚度和氯离子扩散系数之间的对应关系。

港珠澳模型建立起来了。然而，这项成果刚一问世马上就迎来一场激烈的技术交锋，对手是国际上鼎鼎有名的英国合乐公司。他们拿出一份装潢非常精美、技术品级非常高的咨询报告，说他们是怎么怎么设计的，他们曾经设计过哪些哪些桥，有美国的有欧洲的……随附各种实际工程的大量案例。

第一次技术交锋双方各执己见，谁也无法说服对方。

王胜年对课题的成果充满自信，他说："我干这个干了几十年，耐久性设计数据的可靠性我还是相当有信心，我是据理力争，因为我看过他们的报告，应该讲他们这些（数据）是基于室内试验的成分比较多。"

找到了问题的症结，他们又反复将双方的计算模型参数进行对比分析。几个回合交锋下来，在翔实的数据面前，英国何乐公司和设计单位终于认可了课题组的成果。

耐久性设计成果弥足珍贵，那么，种类繁多的构件到底分别用什么样的配方才能满足120年寿命的要求？

中交四航研究院王迎飞、李超等人开始了漫长的攻坚之路，他们首先要解决的是沉管混凝土的配方问题。

"首先要确定胶凝材料的组成。"李超说，确定水胶比、沙律、浆筋，这些参数一个个确定下来之后，就需要做大量的试验。

他和王迎飞在室内做了几千组试验。"你看一锅一锅的拌料有多少混凝土的量？"王迎飞指著装满混凝土的大锅问我。

"我还真估不出来。"

"30立方米。搅拌机就被我们用坏了6个。"

室内试验历时一年，他们得出了基础配方，这种配方掺杂了大量粉煤灰和矿渣粉等胶凝材料，大幅度降低了氯离子的扩散系数，显著提高了材料的耐久性能，而这份配方必须通过小尺寸模型试验和足尺模型试验去检验和完善。他们前前后后做了6个小尺寸模型，7立方米混凝土重量有10多吨，整整打了12个小时。

小尺寸模型试验对配方进行了验证，没想到足尺模型试验做完之后出现了问题，不仅皮带机本身影响了混凝土，还有混凝土泌水的问题，显然这个工艺是行不通了。

第一次足尺模型试验耗资千万元，出现的问题都指向了混凝土本身，如果这些问题不解决，施工将无法进行。

迫于无奈，他们在两个月后再次进行第二次足尺模型试验。

李超说那两个月是令他们终生难忘的两个月，王胜年和团队成员始终守在工地上，吃住在一起，并且邀请各方专家出谋划策解决问题，他们把皮带输送改为传统的泵送，并且通过多次试验对配合比也做了调整。

第二次足尺模型试验终于取得了成功。

苏权科说："基于湛江暴露试验站的数据，我们建立了自己的耐久性设计方程，我们叫港珠澳模型，然后跟近30年前的数据来比对、来修正。这样我们就把

120年的混凝土结构的耐久性问题在珠江口这个伶仃洋海域解决掉了。"

解决了混凝土问题，钢结构的耐久性呢？

在海工环境下，钢桥面疲劳开裂是行业的痼疾。苏权科说："整个大桥一共有40多万吨钢箱梁，其中最主要的（疲劳）毛病就是这个（钢）桥面板，行业术语叫正交异性板。"

港珠澳大桥采用正交异性桥面板钢箱梁，这种结构形式轻质，施工速度快，但是它的板件构建及受力特性复杂，最大的问题是疲劳导致的裂缝。

港珠澳大桥120年的寿命设计必须保证，疲劳的行业难题必须攻克，这个重担落在了西南交通大学的肩上。

卜一之和他的团队开始了紧张的工作。

他们把重点聚焦在钢箱梁最容易出现疲劳的几个部位上，提出重中之重是确保U肋和顶板之间焊缝的质量，这个部位在交变力作用下直接承受轮荷载。

模型制造的难点都指向这条焊缝。U肋和顶板之间的焊缝长达16米，要想保证80%的熔透率，坡口钝边的精度是关键。

3个月的时间，他们一个模型就制作了34次。其中加速加载试验随后进行，截断试验件400万次加载，构件试验件600万次加载。

整个试验耗时一年。

卜一之说："构件的疲劳试验，原来关心的这些疲劳点都通过了验证，证明这次的优化设计和工艺是可靠的，能够支撑我们桥梁的使用。"焊接质量难题的攻克，车辆荷载谱的确定，设计准则和验收标准的制定，使得正交异性钢桥面板抗疲劳技术取得重大突破。

景观设计是大桥前期工作及建设期间的重头戏。

港珠澳大桥的设计要成为时尚的经典，除了要经得住120年使用寿命的考验，还要有丰富的文化和艺术内涵。

桥梁的艺术性，主要表现在两方面，即造型风格和装饰工艺。造型风格主要体现在曲线柔和、韵律协调和雄伟壮观上。

孟凡超告诉我，"珠联璧合"的设计理念较好地融入了粤港澳三地元素。比如三塔分别代表港珠澳三地，体现三地共建大桥的桥梁文化，H形塔代表香港首字母。

厦门高格桥梁景观设计研究中心设计大师刘谦参与了港珠澳大桥景观设计项目。他说，景观总体定位、背景调查分析、视点分析、大桥景观定位与设计理念、隧道景观定位与设计理念、人工岛景观设计、桥型及结构方案的景观设计、桥面系设计、全线色彩设计及全线夜景照明设计都必须体现港珠澳的特色……

刘谦从事景观设计20多年，是中国桥梁景观第一人。他组织设计完成杭州湾大桥、上海长江大桥等80多座国内各种桥梁设计和大桥景观设计项目，是国际桥梁设计界"诺贝尔奖"亚瑟海顿奖获得者，为国内桥梁及景观设计的专家。

在接受采访时刘谦认为，大桥景观设计既要考虑单体"点"的美观，还要考虑总体"线"的协调；单体"点"的景观应重视结构造型的设计，总体"线"的设计应考虑总体与环境的协调、各部分间的互相协调。

他特别提到江海直达船航道桥，塔冠造型取自海豚的元素，与该地域的海豚保护区的海洋文化相吻合，造型独具特色。

"风帆"和"海豚"的造型是最早确定的，但青州航道桥的桥塔设计却迟迟未能定案。

我再一次找到孟大师。

"其实，在青州航道桥塔的设计上，我们对多种造型方案进行过多种比选：独柱塔方案、门式塔方案……曾构思过无数个方案。"

"定不下来？"

"总觉得不满意，那不是我心中的青州航道桥塔。应该是建筑学、结构学、社会学、哲学等多学科的完美融合，除了常规的桥梁属性外，它在结构上虽有创新，在耐久性上也有所突破，但更重要的是它应该美得独一无二。"孟凡超说。

在港珠澳大桥，景观设计已经不再是技术领域的创造，更多的是艺术层次的构思。为了这个塔，孟凡超茶饭不思，琢磨了好一阵。

灵感有时很奇妙。一天，孟凡超和他设计团队里的几位同事在院子里散步。每天晚饭后的散步是他最悠闲的时光了。"弟兄们，看来这方案难度还是挺大的啊！" 孟凡超扯起话题。

刘明虎说："孟院长，现代斜拉桥出现50多年了，国内外修了那么多桥，好的景观造型基本都被用了，想创新很难啊。"

"是啊，港珠澳项目机会难得，我们一定要拿出最好的方案。"

"老张做包子好吃，以后得让他常做。"李国亮刻意想要把话题引开，散步不谈工作。

"国亮，你手机上还挂那个东西？"当大家把目光转到李国亮身上时，刘明虎发现他的手机上有个吊坠。

"中国结，淘宝买的，保平安。"

刘明虎："咦，孟院，您怎么不走了？"

孟凡超："有灵感了，走，回去！"

第二天，在办公室里，孟凡超顶着一双布满血丝的眼睛，拿出他连夜绘出的图纸，对着他的团队讲述他的方案："斜拉桥的景观主要体现在索塔上，好的索塔必须兼具表层的景观与深层的文化。这个方案的索塔上横梁采用'中国结'造型，我称之为'结形撑'，外观上优雅、美丽，有一定的视觉冲击力，文化上又有鲜明的民族元素。"

大家眼睛一亮。孟凡超侃侃而谈，滔滔不绝：自古以来就有结义、结拜、结盟、团结、结亲、结发夫妻等等的说法。港珠澳大桥上的"中国结"代表着祝福、吉祥。

"这个寓意太好了。"刘明虎说，是个好方案，民族的是最好的。

"既然大家都同意，那就把这个方案细化一下，然后我们再论证可行性吧！"

众人："好！"

一个月后，在审核完结形撑的计算及构造后，孟大师正式决定将结形撑方案确定为初步设计方案报港珠澳大桥前期工作协调小组。

作为全线点睛之笔的结形撑诞生了。

简洁、灵动、大气、精致、力度、优雅……港珠澳大桥闪耀着不同凡"想"的智慧之光，景观设计不仅征服了权威专家，也得到了粤港澳三地各界的认同。

当艺术走出象牙之塔，将那轻灵的倩影融于港珠澳大桥的实际设计之中时，人们感受到了那永恒的艺术魅力。

第八章　中国可以说"行"

中国是桥梁大国，也是桥梁古国，有着"世界桥梁博物馆"的美誉，但曾经引以为傲的造桥技术，在近代却根本抬不起头。20世纪初，中国众多的桥梁修建却被外国人把持着，这也成为今天许多中国人挥之不去的心头之痛——

比利时人修了郑州黄河大桥。

德国人修了济南黄河大桥。

英国人修了蚌埠淮河大桥。

俄国人修了哈尔滨松花江大桥。

日本人修了沈阳浑河大桥。

法国人修了云南河口人字桥。

美国人修了广州海珠大桥。

……

中国的"桥王"茅以升意欲在钱塘江上造桥，外国人群起讥讽："呵呵，能在钱塘江上造桥的中国工程师还没有出生呢！"

憋着一股闷气的茅以升不信这个邪，他历尽千辛万苦造出了我国第一座钢铁大桥钱塘江大桥。然而，在建成仅仅89天后，日本人兵临城下，为了阻止日本人迅速过江，在疏散完难民后，茅以升不得不忍痛将桥炸掉。炸桥的那一刻，茅以升说："心疼得就像亲手掐死自己的孩子。"

直到如今，西方人还在对中国的造桥技术指手画脚，甚至一度断言："中国人不可能造出现代化大桥！"

林鸣曾N次讲述过这样一个众所周知的"伤心"故事——

那是2007年某月某日。荷兰阿姆斯特丹。

当时，为港珠澳大桥工程招标进行技术储备的林鸣兴致勃勃带队来到这个被誉为"海上马车夫"的国度。此次慕名而来，他是在寻求与荷兰某世界顶尖隧道工程咨询公司隧道沉管安装合作的可能性。在会议室里，对方公司高层表达了合作的兴趣和意向。不过，公司最后开出的咨询费是1.5亿欧元，并且只能派20名咨询人员。

"1.5亿欧元？"林鸣还以为耳朵出了问题。1.5亿欧元在当时可是相当于15亿元人民币的天价啊！

"是的，1.5亿欧元！"对方表情无奈地摊摊手，"你们没有能力做这件事，当然得接受这样的事实。"

当时谈得非常辛苦。最后，林鸣给参加谈判的翻译说，这样吧！给他们出一个价，即3亿元人民币谈一个框架，就是在风险最大的这一部分合作。

荷兰人非常简单，他们当即回答："那我们只能给你们唱一首歌。"

"唱首什么歌？"翻译问。

"我给你们唱首祈祷的歌。"

大家悻悻而归。

离开时，这家咨询公司连200多万元人民币的前期费用都不屑一顾："中国的技术不行，他们一定会像韩国人那样找回来的！"

考察团队满怀憧憬地期望引进国外海底沉管安装的技术和经验，但现实将他们的这种期望击得粉碎。

断了念头的中国科技人员让这家欧洲的老牌咨询公司愿望"落空"了，中国的工程师们没有一个再找回去。

林鸣西方"取经"的遭遇激发起中国科研人员的斗志，他们深知，天价买不回核心技术，只有走自我创新之路，才能掌握核心技术。

时任前期工作协调小组办公室主任的朱永灵清楚地记得：那是2010年12月15日，时任中共中央政治局常委、国务院副总理李克强风尘仆仆来到珠海参加大桥开工仪式，在听取相关部门的情况汇报后，他嘱咐在座的中央、粤港澳三地政府领导和相关人士："港珠澳大桥建设要依靠科技创新，平衡好质量安全、生态环保与工程建设、项目运营之间的关系……"

会议气氛庄重，会场里鸦雀无声。李克强环视了一下与会的全体人员，语速缓慢但却抑扬顿挫地说："港珠澳大桥要建成世界一流的桥隧工程和绿色高效的交通通道，成为珠江三角洲现代化的标志性建筑，成为内地和港澳基础设施合作建设的典范！"

从大桥开工那天起，这项超级工程就像一把硕大的钢琴，无数双科研之手在琴键上跳跃，那指尖上飞舞的音符，化作一支支流动着的创新交响曲……

2010年2月，交通部高瞻远瞩，汇聚国内外相关领域著名专家成立了港珠澳大桥技术专家组，交通部副部长冯正霖担任专家组组长，交通部总工程师周海涛、徐光，专家委员会主任凤懋润任副组长。专家组分设桥梁组、隧道组、人工岛组、水上安全组，成员囊括了7位特邀院士、2位外籍专家。

8年间，技术专家组共召开10次会议，帮助攻克高精度钢管桩打设、大体积墩台安装、大型钢圆筒吊装等技术难点，在干法施工、双船吊装等关键工艺的实施中给予了非常宝贵的意见。在主体桥梁工程埋置式承台柔性止水施工、整体式重型异型钢索塔吊装施工方案的论证以及重大工程问题的处理措施等方面提供咨询和技术支持。

2010年9月，"港珠澳大桥跨海集群工程建设关键技术研究与示范"进入科技部国家科技支撑计划项目。项目包含5个课题19个子课题，参研单位包括21家企事业单位、8所高等院校，形成了以企业为龙头，产学研结合，覆盖桥、岛、隧工程全产业链的500余人的研发团队。

港珠澳大桥是幸运的，不仅有那么多双热切期盼的眼睛在倾情关注，更有"双保险"为它提供全方位、多学科、多专业、多层次的技术保障和技术护航……

在珠海九洲大道东的陆羽茶馆里，港珠澳大桥管理局副局长余烈、总工程师苏权科、综合事务部副部长丘文惠与我娓娓而谈。在长达3个小时的采访中，谈得最多的就是港珠澳大桥科技创新成果。他们感慨：国家是举全国科技之力来应对港珠澳大桥关键技术、关键设备和关键装备的突破。

是的，修建港珠澳大桥，需要解决太多的世界级难题。

外海人工岛快速成岛、沉管隧道基础设计施工、沉管工厂预制一体化、沉管结构设计、外海沉管安装成套技术及管理、桥面铺装寿命、曲线管幕隧道……超级工程背后是一道道艰难的科技创新之路。

苏权科是科技支撑计划项目领导小组办公室主任。他说，港珠澳大桥最重要、难度最大、对促进交通行业科技进步有重要意义的内容都列入了国家科技支撑计划项目，五大课题包括——

1. 外海厚软基大回淤超长沉管隧道设计与施工关键技术。

2. 外海厚软基桥隧转换人工岛设计与施工关键技术。

3. 海上装配化桥梁建设关键技术。

4. 跨海集群工程混凝土结构120年使用寿命保障关键技术。

5. 跨境桥岛隧集群工程的建设管理、防灾减灾及节能环保关键技术。

港珠澳大桥的科技创新是一个系统性的创新，既有重点又有系统。全部按世界一流的工程进行了超量的解析调研和评判。通过需求引导设计和全寿命周期规划，涵盖设计、施工、生态环保等各领域。

5年间，应对港珠澳大桥建设挑战，5个子课题、27项专题都获得了突破行业技术瓶颈制约的研究成果，形成了包括设计与施工技术、设计分析与施工控制软件、设计与施工指南、工法与专利、跨境项目管理等跨境桥岛隧集群工程建设与管理的核心技术，在超级工程建设中发挥着独有的科技支撑作用。

在世界桥梁史上，港珠澳大桥就是一座里程碑，篆刻着科技创新的国际高度。

大型钢圆筒围岛快速成岛法，其创意纯属偶然。

在中交港珠澳大桥岛隧项目部，林鸣为我直抒胸臆。

2010年11月25日，中国交通建设股份有限公司（以下为中交）与港珠澳大桥管理局签订合同，以设计施工总承包方式中标港珠澳大桥主体工程——岛隧工程。

也是这一年，林鸣出任主体工程岛隧项目总经理。

按照设计要求，沉管隧道工程要在深海中建造两个人工岛作为桥隧的转换器，采用的是传统的抛石填海筑岛方式。在修筑人工岛的地方有一层15米到20米的淤泥，由于淤泥的物理属性，如果在其基础上做抛石斜坡或常规重力式沉箱，抛石或重力沉箱就会因淤泥而打滑，地基不稳。最常规的办法是把淤泥全部清理掉，或者用排水固结的办法使淤泥变干，然后再抛石或用沉箱坐稳。

在海底排水使淤泥变干不现实。

如果把淤泥全部清理掉呢？不算不知道，一算吓一跳，要清理足足800万立方米淤泥，其挖掘量相当于堆砌三座164米高的胡夫金字塔，工期3年都未必拿得下来，要命的是在通航繁忙的伶仃洋航道附近水域安排大量船舶施工，必然堵船，不仅安全风险极高，而且还会对海洋环境造成很大污染。

工期、安全、环保……林鸣冥思苦想，他在港珠澳大桥隧道图两端"勾勒"出两座扁舟状的离岸人工岛，伫立在珠江口海面。

2007年，在一次技术交流会期间，一个"突发奇想"的构思闪过林鸣的脑海：何不将一组巨型钢圆筒直接深插并固定在海床上，然后再填砂形成人工岛？

林鸣说："灵感来自东京湾横断工程，我那时经常到日本去，我就到博物馆，在里面看到一幅图，一张建设当中的图，用的就是圆筒，不过是香港人工岛现在用的那种，当时我就非常震撼。我就想，哎呀，我们中国什么时候能做这样一个工程就好了，就成了一个梦，特别想做。"

简单来说，这种"快速成岛法"就是以大型钢圆筒止水围岛，岛内填入砂料并加固地基，圆筒外再用混凝土块体等加固防护，最后形成永久的抛石斜坡堤和临时钢圆筒结构相结合的岛壁结构。

"提出这个想法后，有一年多，没有人理这个茬，甚至有人说是异想天开。"林鸣说，大概到2009年春节期间，王汝凯来到林鸣的办公室，林鸣向王汝凯提出用大直径钢圆筒形成维护止水的方式成岛的"异想"，问他有没有这个兴趣。

王汝凯是国家工程勘察设计大师，曾主持过国家大型集装箱码头、LPG/LNG码头、铁路轮渡码头等港口项目的设计以及港口、河口泥沙淤积规律与整治研究，在爆破挤淤、扭工块体、环氧涂层钢筋、大圆筒等新技术引进和推广方面卓有成就。

王汝凯两眼一亮，击掌赞叹："有兴趣，这是一个好主意！"

但有趣的是，他反过来跟林鸣团队说："主意好不一定可行，要谨慎啊！这样吧，用3个月时间去否定这种方式的不可行性。"

于是，王大师组织一个团队来否定这个方案。团队否定了3个月，还真否定不了，不过冒出了3个难题：一个是打设，这么大的东西，那用什么把它打到海床里去；二是设计，计算方式方法，没有任何依据可参照；三是用多大的力才能打下去，这也是一个谜，要破解这个谜。

这一去又是8个多月，林鸣说基本找到了"出路"。

之后，林鸣来到交通部，他找到了分管总工程师徐光。在做了长时间的汇报后，徐光说："应该可行。"

林鸣心里很高兴，他立即启动了论证工作。

2010年8月，林鸣来到珠海。

在市委党校后面半山上的一间出租屋里，林鸣找到了港珠澳大桥前期工作协调小组珠海指挥部的总指挥苏权科。当他把大直径钢圆筒筑岛的想法和盘托出时，正在筹备港珠澳大桥工程国际招标的苏权科连称："想法好，想法好。"

苏权科说："你们可以对这种技术做进一步的论证、试验和评估。岛隧工程的招标工作很快就要展开，这种技术革新可以作为投标的一个附件……"

钢圆筒振沉在国外有案例，国内也有过这方面的探索，但使用这种方式成岛却是世界首例。当时，在外海采用振沉式钢圆筒结构形成人工岛，必须完成一次从技术体系、装备到施工手段上的创新，因为国外的案例无法照搬复制，而国内的经验也只是初步探索，并不成熟。

2002年，中国曾在长江口进行过一次振沉式大圆筒的试验性施工，圆筒直径12米，混凝土结构。尽管振沉是成功的，但由于水流和地质等方面的原因，圆筒最终倒掉了。一年多之后的广州南沙，虎门大桥下游的一个护岸项目，也采用了振沉式钢圆筒方式，圆筒直径13.5米。沉的时候比较顺利，但也留了一些后遗症，筒与筒之间出现了漏沙漏水现象，筒也出现了变形。

2011年，港珠澳大桥岛隧工程展开全球招标。

那天，林鸣送标书到广州。他没有告诉任何人去机场接机，自己不声不响地走下飞机，神秘"潜入"广州，他笑称："投标嘛，不要暴露自己。"

走出机场，他一个人随手拦停一辆出租车。坐上车后，本没啥事，他无聊时就去看那个出租车司机的名字。

"张无成？"不对啊，怎么坐辆车司机叫张无成啊！不会搞错吧！

他揉了揉眼睛，仔细再看一眼，没错，是叫张无成。他感到有点不对劲，脑子一下就转到标书上去了。他立即把电话打回公司："赶快给我看看，那个标书的封面有没有问题？"

后来一看真的是封面错了，当时的标书换来换去，封面用错了版本。他说，这次招标完全是暗标，按照规则，标书的任何瑕疵都会被视为废标。

"天意啊！"后来中标，林鸣笑言，"不是一事无成，原来是无事不成。"

日本一家知名企业听到中交拿出的是钢圆筒技术时，非常惊讶甚至质疑。之前，他们曾提出钢板桩技术并游说在港珠澳大桥人工岛采用这种工艺。

质疑的还有香港同行，他们心存忧虑甚至惴惴不安。

当时的初步设计已经出来，变更工艺确实面临风险，林鸣坦言，虽然是自己提出来的，但风险是国家的。港珠澳大桥管理局多次到交通部等部门征求意见，最后的结论是有风险，但不做出这样的调整工期肯定延误，还会影响白海豚的生长环境和航道交通安全。

超大直径钢圆筒、液压振动锤联动被正式采纳为最终筑岛方案，这是国内首次采用钢圆筒作为海上人工岛的岛壁结构，也成为港珠澳大桥岛隧工程的一项创举。

筑岛用钢圆筒共120个，直径为22米，截面积相当于一个篮球场；高度为51米，差不多是18层楼高，单体重约550吨，体量类似于一架A380空中客车。

问题接二连三。钢圆筒的体积过于庞大，没有任何一个卷板机和模具能够完成钢筒的制造工作，将不得不采用模块组装的办法，将钢筒分成72个模块，一组一组地拼装。但这种做法又会带来另一个问题，拼接的模块数量太多，加上钢筒高达51米，体积巨大非常不利于加工和制造，多次拼接后有可能无法将误差控制在3厘米以内……

刘晓东是港珠澳大桥岛隧工程项目副总经理，他说："我们花了很长时间，一共组织了8个攻关课题研究，包括钢圆筒的稳定计算理论、钢圆筒筒体结构设计、振沉技术及振沉工艺、止水等等，技术人员在设计、论证、试验之间周而复始了经年。"

"这不是一个普通的人工岛，它是桥隧转换人工岛，咱们国家从来没有做过，在国际范围内也几乎没有可参照的范本。"时蓓玲是中交三航局副总工程师，课题负责人。摆在这位女博士面前的是人工岛建设的三大技术难题：如何控制人工岛的沉降变形？如何用挤密砂桩对深层软土地基进行加固？深基坑支护技术如何防护？

把两个人工岛建在一片有30米深厚的软土地基上，工程界遇到最头疼的事情就是沉降控制。

"既要很好地控制它的沉降，又要准确地预测它的沉降。"由时蓓玲领衔，中交天津港研院和三航科研院分别承担东西两岛沉降变形的研究。

中交三航科研院负责东岛的沉降计算，他们对东岛建立了一个整体模型，同时把隧道段和桥梁连接段作为重点，建立了两个断面模型，分别进行计算。而中交天津港研院负责西岛的沉降计算，由于西岛地基的结构复杂，地基处理方式更多，为了得到精确的结果，他们要建立两个整体模型和五个断面模型来分别进行计算。工程师们先利用现有计算理论进行计算，接着利用国际认可的有限元分析软件，进行三维数值仿真模拟计算。

"最受煎熬的是第三步。"工程师侯晋芳说，用现场实测的结果对前期计算的结果进行反分析，不仅计算量巨大。而且在计算参数的调整上经常会遇到问题，计算机开始不断报错，研究陷入了困境。

"卡在那里，下一步根本就进行不下去，这就需要人工分析，逐个地一个一个排除掉，卡个十天半个月都有可能。"工程师张曦说。

每天不停地计算，不停地尝试，这是对工程师智慧的考验，更是对他们意志的考验。

那一段，侯晋芳经常失眠，特别郁闷，感觉堵得慌，不知道哪里出错了，满脑袋整夜都在想这些数据。

不断地试错，不断地煎熬，侯晋芳的坚持终于换来了灵光一现的那一刻。一天晚上，还是那个卡了她多日的参数，当时她觉得这个参数应该不会有太大的影响，心想要不就动它一下吧！

唉，这一动竟然一下就通了。

"通过了？"我惊喜地问。

"对，真是天助我也。"

经过一年多无数次的计算，最终工程师们建立了东西两个人工岛的沉降计算模型，提出了人工岛施工期地基沉降控制及报警建议值。

时蓓玲说："这个计算结果，完全可以将沉降控制在50厘米以内，成本大幅度下降。"

采用钢圆筒支护结构快速筑岛，如何用最短的时间进行地基加固，让岛壁结构实现快速稳定？这成了新的难题。

地基加固的新技术叫挤密砂桩技术，即采用专用砂桩船，通过振动沉管设备和管腔加压装置，把沙强制压入水下的软弱地基中，迅速起到置换、挤密、排水、垫层的作用，增加地基的强度和刚度，加快地基的固结，减少沉降。

这项技术起源于日本。

"这个小日本很坏。"叶柏荣说。

作为港珠澳大桥的特聘专家，叶柏荣是国内最早研究挤密砂桩技术的人。谈起往事，他还是有些愤愤不平："当时呢，我们跟日本进行洽谈，我们是想要购买这套东西。但是他说船可以卖给你们，里面的控制系统不能卖给你们。"

"这是为什么？"

"他的意思就是说你们要做工程我帮你们去做。这哪行呢，我们怎么能受制于人家？"叶柏荣说。

其实，早在2006年，在交通运输部的直接关心下，中交三航局就研发出了第一条具有独立知识产权的挤密砂桩船，并成功在洋山港工程上应用，但港珠澳大桥的工程要求实现多种置换率并且要在水面下66米进行地基加固，现有挤密砂桩船的施工能力根本无法实现，这里的地质条件也极其特殊，土层分布复杂，起伏非常大，不仅挤密扩进困难，还容易造成机械损毁。

工程技术人员只得另起炉灶。

新研发的挤密砂桩船在硬件系统上有砂料输送、砂料提升、双导门进料、振动锤、桩管、压缩空气、控制等七大系统。但在伶仃洋复杂的地质条件下，要想贯穿硬土夹层，对振动锤的功率要求极高。而一味加大振动锤的功率，设备更容易发热，一旦轴承达到一定的温度，振动锤就会停止工作，严重影响工期。

研究人员通过一套专门的冷却系统，把冷却剂输送到需要冷却的轴承部分，然后通过这个冷却的油的循环，把热量从轴承带走，保证了轴承可以长时间地连续运转下去。

直径的控制，下砂量的控制，置换率的控制，标高的控制，都需要一套完备的控制系统。时蓓玲和她的助手马振江带领研发团队，经过一年多的研究，终于研发出一套具有独立知识产权的控制系统。

2011年7月份的时候，这套系统开始进行打桩试验。

试验那天，一个个意外却接踵而至：一个传感器坏了，一根电缆线断了，几粒沙子挡住了导门，尤其是砂面计经常出现问题，直接导致控制系统报错，施工几乎陷入停滞。

时蓓玲说这是自己面临的最大一次挑战。作为研发团队的负责人，自己需要对这件事情负责。

开会讨论。

再开会讨论。

施工单位的人失去信心了："还是去请日本专家来看看吧！"

"人生面对压力关键要看有没有底气。"时蓓玲对我说，"我们怎能去向日本人请教？我百分之百相信我的团队，自己开发的程序，自己知道所有的源代码，我觉得有把握做好。"

顶着巨大的压力，时蓓玲和马振江带领科研团队，开始对控制系统进行细节调整，马振江每天都在船上对各个环节进行检查、排错和完善。在这期间，他的女儿出生，他只回家待了几天，就立刻回到船上继续解决问题。

最终问题得到圆满解决。

中交三航局自主研发的控制系统，终于顺利地开始工作，效率大大提高。并且他们的控制系统，可以自动生成当天的施工报表，实现所见即所得。于是施工进度遥遥领先，施工期共打下8900多根挤密砂桩。

挤密砂桩施工控制系统的一些控制标准，其先进程度，已经超越了日本人的水平。

时蓓玲认为，有足够的底气是因为不惧压力。

挤密砂桩施工技术在港珠澳大桥上得到了充分应用。时蓓玲又与同济大学展开合作，在世界上首次对挤密砂桩进行离心试验。

他们对多种置换率、不同设计参数下的挤密砂桩复合地基的力学形态进行研究，做了12组离心模型试验，通过模型箱最大限度地还原现场工况。试验过程历时3年，得到了挤密砂桩的桩土应力比、排水固结效应和破坏形态的具体数据。这些宝贵的数据，对于港珠澳大桥工程本身、对于挤密砂桩行业都有着深远的意义。

采用深插式大圆筒做岛壁，这种结构前所未有，它在水土压力下的荷载到底是多少？

中交四航研究院、四航设计院、一航局、三航局等众多单位参与到这项关键技术的研究中来。

中交四航研究院周红星等工程师结合经典的水土压力计算理论，进行计算对比分析。在现场试验中他们面临的最大难题是，如何安装传感器，如何保证传感器的存活率来得到最准确的数。

有一天，周红星来到上海长兴岛振华重工基地，他要在两个大圆筒上安装仪器，一个圆筒是60多个传感器，两个圆筒就是120多个。

沿着大圆筒绕了几圈，40多米的大圆筒就矗立在那里，仿佛在向他示威：来呀！上来呀！

白天工人要焊接，周红星只能选择晚上。那夜，只见他一个人找来一架台车，急红眼的他"噌噌噌"地爬上40多米的钢圆筒。那时正值初夏，钢圆筒闷热难当，他趴在圆筒上满头大汗地一个接一个安装，直到凌晨才装好最后一个。

传感器装好了，对周红星来说却是一个煎熬，连续数个晚上他都在思忖：振沉的时候这些传感器能不能存活？

周红星的努力没有白费，最终传感器的存活率竟然达到了70%，在国内首次获取了这种特殊支护结构的荷载数据。

沉降问题解决了，地基加固和支付结构解决了，那么，拿什么来将硕大的钢圆筒振沉到30多米的海底呢？

这又是一个待解的未知数，工程师们只得直面难题。

2010年7月，中交一航局成立了以总工程师李一勇为组长的专题组，他们向全球发出了联合开发振沉系统的邀请。

12月10日，中交一航局与美国APE公司签订了技术规格书及合同，振沉锤选型工作尘埃落定。当时，单台APE600液压振动锤已有工程应用，但4台以上联动却比较罕见。为了谨慎起见，专题组分别用7种计算方法，对钢圆筒振沉的可行性进行计算，反复验证锤的适应能力，最终选定了八锤联动方案。

这是名副其实的"天下第一锤"，激振力达到3960吨。

八锤联动由吊架、振动锤、同步装置、共振梁、液压夹具和液压设备等组成。在打钢圆筒时，振沉设备必须要做到八锤高频低振幅地联动，并实现液压、电、机械的三同步。

李一勇说："这是非常难的，因为哪怕有一台锤不同步，钢圆筒就无法穿透土层直达岩层。"

我发现每个钢圆筒外侧设计有为嵌入副格预留的两个凹槽。见我疑惑，李一勇连忙解惑，他说，如果钢圆筒振沉垂直精度偏差超过误差范围，副格将无法安装。

精度！精度！精度成了技术攻关的第一要务。

中交一航局自主研发了一套"钢圆筒振沉管理系统"。有了这套系统，现场工作人员在测量操控室内可以随心所欲对钢圆筒入土情况实时校对监测，终于解决了精度定位问题。

过了振沉关，钢圆筒扎根海底后的止水关、稳定关、排水关等难题接踵而至，开弓没有回头箭，李一勇说只能见招拆招。

时值隆冬，寒潮阵阵，屋外寒气袭人，屋内热情如火。

中交一航局工程师们不愧是解题高手，针对副格和钢圆筒连接的榫槽，他们设计提供宽榫槽的结构形式及挡砂止水胶皮的结构形式，采用空压机清孔土工模袋压浆工艺；针对钢圆筒立在海中的稳定性，通过边打设塑料排水板，边进行降水井打设，将回填砂和软土层中的水通过降水井排到岛外；针对软基处理的超深排水板采用液压式插板机进行打设……

4月23日，振沉系统空载试振一次成功。

2010年10月初，中交一航局港研院施工技术与自动化研究所创造性地提出GPS定位系统和全站仪定位系统相结合的定位构想，并自主研发了系统软件。2011年4月初，整套系统在上海安装调试成功……

万事俱备，只欠东风。经过紧张的设备制造、组装、调试和试验，世界最大的钢圆筒振沉系统和威风凛凛的"天下第一锤"严阵以待，就等着来日在伶仃洋上一显身手了。

2015年12月，港珠澳大桥岛隧工程迎来一位特殊的客人，他就是香港土木工程署前任署长刘正光。

来访的前一天，他给林鸣打电话："参观隧道需不需要穿雨衣水靴？"

林鸣回答他："不用！"

第二天，刘正光没穿雨衣，但还是有点不放心，特意穿了一双塑料水鞋。

随后，刘正光从西人工岛进入隧道，从入口处乘坐电瓶车，他一直到达E24沉管处。一路上，他仔细地观察，不时用手指在管壁的接头上擦拭，24节沉管的192个接头竟没有一点点渗漏的痕迹，整个隧道内没有"雨"更没有"河"，连水印的痕迹都没有。

折服了。

走出隧道，他紧握住林鸣的手，举起大拇指说："滴水不漏！我还没有看到过海底隧道不漏水的沉管，你们做到了，我们香港工程界要向你们学习。"

"你说什么？"林鸣还以为自己听错了，他叫来旁边摄像的同事，对刘正光说，"请您对着摄像机镜头再说一遍。"

于是刘正光对着摄像机镜头又说了一遍："我们香港工程界要向你们学习。"

林鸣笑了。

刘正光之所以特殊，是因为他曾主持设计建造了香港青马大桥、汲水门大桥和汀九大桥，这三座桥梁都被誉为世界级的大桥，名副其实的"香港桥王"。鉴于此，他荣获我国桥梁工程界的最高奖——"茅以升"奖，并在国际桥梁界享有盛名。

桥梁界都知道，这位获得英国桥梁硕士学位的第一位华人，一直对内地工程界颇有微词，甚至在一些大型的国际会议上直言不讳。他公开批评内地桥梁工程的质量，从不掩饰自己的观点，有时甚至"炮火"猛烈。

刘正光对港珠澳大桥沉管隧道不漏水感到诧异是有根据的。

从全球范围来说，隧道所有者和设计师都明白建造100%水密的隧道意味着什么样的挑战。沉管隧道出现一些漏水是"常规"。欧洲岛隧某知名杂志给出的数值显示：全世界节段式沉管漏水率平均值为10%左右，目前尚没有沉管隧道100%不漏水的纪录。也就是说，十个接头中至少有一个是漏水的。

然而，港珠澳大桥海底隧道沉管施工打破了这个"常规"。

岛隧设计负责人梁桁甚至直言不讳："世界上很多海底隧道施工都需要开泵排水……只有我们不需要这样。"

港珠澳大桥沉管隧道是世界唯一的深埋隧道，作为一个开创性的工程，沉管设计没有经验可以借鉴，极具挑战性。

港珠澳大桥管理局总工程师苏权科告诉我，作为业主，粤港澳三地政府对港珠澳大桥隧道沉管的技术要求是十分"严苛"的，设计施工面临的难题也是"世界级"的——

水密性要达到100%！

沉降控制要降低到10厘米以内！

沉管精准对接误差不超过3厘米！

要知道，技术到了极限，每一毫米的突破都比登天还难。

中国工程师在此前没有外海深水隧道工程设计施工经验，甚至只有极个别人见过桥岛隧组合工程。

"我们能不能做到？"有人质疑。

质疑不是没有道理。

伶仃洋海底表面淤泥含水量高达50%—60%，最初，石头抛上去基本都陷在泥汤里，怎么都达不到精度要求。

工程师们在世界上首次研究采用了复合地基＋组合基床的基础施工方案，利用自主研发的装备，通过挤密砂桩、基槽精挖、抛石夯平、基床清淤、碎石整平的施工程序。工程人员使用形如钻井平台的打桩船在厚厚的淤泥层中，每隔一定间距就打一根挤密砂桩，对淤泥地基进行排水加固，把"嫩豆腐榨成老豆腐"。整条海底隧道基槽要打5万—6万根直径1.2米的砂桩，这些砂桩最深的打到海底20多米，直抵坚固的硬土层。

简直太魔幻了。

徐国平是中交公规院的总工程师，在他的职业生涯中是第一次研究海底隧道，而且是面对环太平洋地震带、外海厚软基大回淤的复杂海底环境。

作为该项目的课题负责人，徐国平说："要解决海底隧道难点，柔性管节是比较合适的选择，采用180米一个整体的大管节正是基于这样的考虑。"

在全世界范围内，沉管隧道最致命的病害就是漏水，一旦出现漏水，整个隧道结构将功亏一篑。

港珠澳大桥6.7公里的沉管隧道将由33个180米的管节组成，那么其中的一个小段就是22.5米。8个22.5米组成180米的一个大段，每一个180米之间就有7个这样的小接头，这样的接缝一共有220个……

数量众多的接缝，如何确保整个沉管隧道不漏水？

小接缝的止水成为关键！

沉管本身构造的特点，使得这个位置在止水、受力方面十分薄弱。地基的不均匀沉降、剪力键的结构、止水材料的性能以及地震都可能导致漏水。

长安大学接下了这块硬骨头。

长安大学在基础理论研究方面比较前沿，但他们同样面临着一系列待解的难题：平铺段开挖至30米后地基会回弹，沉管放置覆土压上后地基会再压缩，6公里多的天然地基回弹再压缩的模量到底是多少，在实验室里如何获得现场真实的情况呢？

研究人员选择5个典型断面控制点，把这五个典型断面控制点的土样情况摸得清清楚楚，然后通过这种以点带面的方法，把沿线的整个土层的沉降特征给找了出来。

从2010年到2012年，长安大学通过三维数值计算、GDS应力路径试验、离心模型试验等多种方法，对1.5吨的现场土样进行了研究，得出了沉降规律的计算方法。

长安大学教授谢永利告诉我："方法自然重要，但参数更关键，参数取不准，整个计算前功尽弃。"由于受到海洋环境的影响，他们得不到原状土样的数据，因为原状土样取上来就变成了一盘散沙，在实地根本无法做对比实验。这个难题困扰了他们将近一年，研究几乎陷入了绝境。

在徐国平的指导下，长安大学研发了直径为2厘米的小型cptu探头，把实验室cptu的结果与实地cptu的结果进行对比，建立它们的关联性，终于取得了准确的参数，建立了有效的计算公式。

这种计算方法前人尚未涉足，它回弹再压缩的模量，比之前的模量值精度更高，算出来的沉降量更精确、更准确。

与此同时，东南大学的研究也在紧锣密鼓地同步进行。

他们研究的是岛隧连接处的斜坡段。

与6公里的天然地基不同，岛隧连接处的斜坡段虽然短，但是地基条件更为复杂，还受到人工岛结构的影响，最容易出现漏水事故。斜坡段设置隔离桩、挤密砂桩等地基形式，在暗埋段设置减沉桩，这些方案是否合理，有哪些需要调整，都需要进行试验验证。

他们从现场取得土样，历经两年的时间，做了98组试验，力图揭示大边载作用下隔离桩的作用机理和承载机制，得出不同加载顺序下负摩阻力的沉降计算方法。

东南大学教授龚维明告诉我：有一个岛头的荷载非常高，它有40多米，这个荷载如果沉到桩里面的话，会引起桩的一个负摩擦力，会导致沉管倾斜。

"最后怎么解决掉？"

"在负摩擦力部分，我们建议不需要用高填土，还是要框架式结构。"

龚维明他们的另外一个课题就是沉管隧道减沉桩的影响，主要是研究沉管跟桩之间的荷载怎么传递的，要解决从刚性的基础到柔性基础是怎么过渡的。

围绕垫层和减沉桩承载特性，团队进行了15组颗粒流实验，希望得出减沉桩作用机理以及沉降计算方法。他们创造性地采用了宏细观的研究方法，来解决减沉桩和负摩阻力桩沉降精度的问题。

龚维明说：我们采用了一个新的技术。

我问：什么样的技术？

龚维明回答：宏细观模型，有别于传统的宏观理论。

我问：没有采用细观？

龚维明回答：宏观和细观联合，用CCD和PRV技术，进行了宏细观的测试。

我：哦……

面对这些生僻的技术术语，我唯有三缄其口。

根据长安大学和东南大学的研究成果，徐国平和他的团队研发了国内首款具有独立知识产权的沉管隧道分析软件，对沉管沉降控制标准等设计关键技术取得了重大突破。

解决了地基的沉降精度，沉管小节段连接处剪力键的设计和止水带的性能成为确保不漏水的关键。

这些剪力键，怎么样来共同作用？它的作用机理是什么？它承担剪力分摊的比例，跟侧墙的刚度以及外面的这些因素的关系是什么？

在模型的制作过程中出现了很多意外。

第一次沉管浇筑以失败告终，上百万元的资金和几个月的研究时间全部付诸东流。在巨大的压力下，谢永利教授为研究倾注了很大的心血，很少有人知道他的两位亲人正是在这期间相继离开人世而他仍然坚守在科研岗位。

"那次，我们讨论他的模型实验方案，我不知道他父亲前两天刚刚去世，所以我到西安以后，看见他戴了一个黑色的臂章出现在我面前，我立即明白发生了什么，当时我的心里确实很酸，很酸……"徐国平谈起往事，声音有些哽咽。

后来，谢永利教授对浇筑方案多次进行调整，加班加点再次进行浇筑，终于取得了成功。他们用2300多吨的沙袋堆载，来模拟海洋环境下回淤的荷载量，通过数字模拟建立了荷载与剪力键之间的受力关系，总结提出了节段接头构造选型的基本原则，并且根据该原则对节段接头的构造方案进行了优化。

之后，300多个钢剪力键，充当沉管的"保险锁"。

止水带是沉管隧道的"生命线"，沉管小节段的最后一道防线是Ω止水带。

在研发之前，国内的水下沉管隧道都是使用进口Ω止水带，放眼全球的生产商更是寥寥几家，价格垄断和技术封锁让供应商"宰你没商量"。

我们必须突破国外垄断行业的封锁。

在一次技术研讨会上，株洲时代新材料有限公司总经理陈娅玲慷慨激昂地表示："哪怕是我们自己投入，不要你们港珠澳三地政府给我们一分钱，我也要干这事，因为这是一个填补国内空白、为国家争光的事情。"

要研发长寿命的Ω止水带，配方是关键。他们通过拉伸试验、老化试验等多种试验方法，反复分析了上千种配方，一干就是3年多。

"那真是叫作一把辛酸一把泪啊！"陈娅玲说，白天不行，晚上接着就开会，就讨论看看怎么来做这个试验，7个小组在同时进行。

最后他们选定以氯丁橡胶为主的材料配方，形成了以硫化、帘布编织为特点的Ω止水带加工工艺，经过北京化工大学的第三方权威测试，其使用寿命达到了120年。抗水压试验最高达到1.2兆帕，这意味着在120米水深的条件下，他们研发的Ω止水带仍然能保证止水的效果。

深埋沉管的"防漏水"问题相继得到解决，但沉管之间大接头的受力问题却一直未有定论，两节沉管在受力时会一同沉降，但受力若超过600吨就可能出现断裂。

于是"记忆支座"最终突破了这一难题。它利用力和位移的平衡，让接头如同有了记忆功能，如果超过允许受力的范围，便用轻微的错位来调整，以此避免不可逆的"断裂"。

工程师们笑称："这是死磕得出的得意之作。"

8万吨的庞然大物，要沉入近50米深的海底，水下基槽开挖，海流的作用，自身的摇晃，在水底对接时的误差要控制在2厘米以内，沉管的自防水结构如何构成？如何保证研究的成果得到应用？

从2010年底开始，岛隧工程联合体设计负责人梁桁带领团队开始隧道沉管的设计。

在接到负责港珠澳大桥外海沉管的设计任务时，设计团队成员一个个一脸茫然：当时，设计团队手上只有一本介绍性的英文参考文献*The Tunnel*，但里面只有寥寥不足30页关于沉管预制工厂的介绍！

在自主研发的同时，团队引进吸收了国际最先进的技术，甚至把全球各地的超级大脑都"借"来了：

世界知名咨询公司TEC、AECOM。

德国的钢筋笼模板设计。

法国的顶推设计。

……

全断面液压模板成套设备是沉管预制的重要组成部分，如同预制厂的心脏，设备功能直接决定预制厂建设的成败。在引进合作过程中，梁桁给我讲了这样一个曲折的小故事——

从2008年开始，林鸣和梁桁设计团队与总部位于奥地利的一家全球顶级系统模板公司进行了长达3年的谈判。这家公司具有雄厚的设计和制造实力，迪拜塔、小浪底水坝和大亚湾核电站等重大工程均采用了该公司的系统模板，其提供的设计方案可圈可点，但是，模板钢结构重达1万多吨，总体造价极其昂贵。

当时预制厂建设迫在眉睫，而双方的合作谈判举步维艰。迫于无奈，2010年12月中旬，经理部经过10多个小时的讨论，最终决定次日早上6点通知奥地利模板公司到珠海进行合同谈判。

当天晚上，林鸣带着一身疲惫回到住处。夜未央人无眠，想到刚联系上的一家德国系统模板公司也是世界顶级模板专业公司，两家公司的名称轮番在他脑海里翻腾。

夜深了，静静的，只有天籁的声音。他轻轻推开一扇窗，一阵冷风袭来，已经有了薄薄的冬意。他强烈地预感到，假如德国公司能与振华重工合作，一定能够解决模板的问题。

时针指向凌晨4点，天就要亮了，依然没有睡意。

不能再迟疑了，他立即拿起电话要求设备部暂缓通知奥地利公司，转而联系德国公司到珠海商议与振华重工联合进行模板设计建造的可行性。在随后一年里，振华重工和德国公司的工程师携手完成了这一经典作品。

港珠澳大桥沉管管节比韩国釜山巨济隧道管节体积大50%，是世界上最大的沉管管节。这样的庞然大物，如何在珠江口台风频发地区寄放、浮运，如何在外海水深46米处沉放、对接是一个大难题。

经验丰富的中交四航局接过了这块硬骨头。

沉管隧道所处的珠江口有风、浪、流的共同作用，大节管在这样一个长的水道里面进行运输，它的稳定性显得尤为重要，它的稳定性怎样去分析预测，就是一个难点。

中交四航局副总经理吕卫清说："这个难点需要用实验来解决。"

实验是在武汉理工大学的拖曳水池内进行的。

传统的海工池内比例最大达到1：60，而这次的比例是1：40。

武汉理工大学教授吴卫国介绍，他们在拖曳水池内通过拖车解决了对流的模拟，对864个工况进行了模拟，确定了施工过程中可能遭遇的海况条件。根据这个实验成果，中交四航局开发了管节施工气象窗口预报系统，直接指导港珠澳沉管浮运的工程建设。

深不见底的伶仃洋，巨大的沉管万一放下去了，这节跟那节不合窍接不上怎么办？接上了但漏水呢？刚接上好好的，过些日子因为沉降又歪了呢？

2011年5月，同济大学土木学院教授丁文其团队承担"沉管隧道接头张开位移量控制技术研究"。

"考虑接头的细部构造，节段接头止水带、GINA止水带和Ω止水带的不同特点，得出完善的在弯矩、扭曲、剪切和轴向力等作用下，管节与节段接头张开量的计算公式或计算方法。"丁文其介绍，研究团队建立了基于荷载—结构法的三维沉管隧道管节精细化计算模型，模型考虑了管节（4个）、管节接头（3个）、GINA止水带、节段、节段接头等细部构件；计算了7种不同地基处理情形下的沉管隧道整体沉降、不均匀沉降量和各管节与节段接头的张开与错位量，计算了29组工况，分析节段接头的构造对管节接头的张开量影响规律、管节与节段接头的位移量控制标准……在此基础上，沉管接头设计了双重防水装置Ω密封和GINA止水带，这是370毫米高的橡胶衬垫，与前一节沉管对接时，衬垫会被挤压至190毫米，这确保了沉管的水密质量。

沉管的设计、制造、浮运、沉降、安装……每个环节的创新怎一个"难"字了得？

正因为难，能解题的高手全世界也就那么几个。

正因为难，垄断技术的咨询费才动辄要价过亿元。

林鸣给我讲了这样一件事：沉管放下去以后，对接的自动调整需要有一个叫EPS（遥控水下调节架）的设备。第一次研发出来，经过评审要去制造的时候，国外某个公司他看到了，就马上说你这侵权。原来，这家公司半年前就抢先在中国申请了这个技术保护，他说你要么给我技术转让费，要么你就叫我的人来给你干这一块东西。

"无论哪一个要价，都是我们承受不起的，我把这个施工费用、安装的费用全都给了他也不够，所以逼得我们自己来研发。"林鸣这样说。

港珠澳大桥沉管隧道有一个最终接头，它是6.7公里海底隧道沉管的最后12米，而这"点睛之笔"的设计，其背后就有不为人知的故事。

"最开始构思最终接头是在2012年。"林鸣回忆当时的情景。那时，工程刚动工不久，他带队去日本调研考察，因为在20年前，随着日本大量沉管隧道的建设，最终接头施工相关技术得到了丰富和发展，已经拥有3种最具代表性的工法。

"那次考察我带回了两个思路。"林鸣说，"一个是用传统的海底现浇的方式，另一个是创新的整体式结构。"

最终，港珠澳大桥接头没有沿用日本现成传统的施工工艺，而是独辟蹊径，走自主研发的道路。据林鸣回忆，为了敲定最终接头方案，他们在会议室"吵架"吵了四五天。

梁桁起初和外界许多人看法一样，他说："其实我一开始有过一点点疑虑。因为到了工程最为关键，也是临近结束的时候了，给日本交点专利费，借鉴过往的案例、成功的经验，让工程保险一点不就行了吗？后来我想明白了，虽然有难度、有挑战，但经过这么多年的实战经验，团队有这个信心。"

2014年初，这个全世界独一无二的最终接头开始进入筹备阶段。

据港珠澳大桥岛隧工程项目总经理部副总工程师兼总工办主任高纪兵介绍，三年间推翻了十几个方案后，项目部成员终于达成共识，决定采用"整体预制安装式"结构，这种新型钢混"三明治"设计开启了沉管隧道最终接头的新工法。

之后是10多次专家咨询会、50多项专题研究、百余次攻关会议、数十次验证试验和调试演练。

2016年8月初，最终接头施工图设计通过技术专家组审查。创新研究、方案优化、环境分析、技术深化、特殊设备研制，变水下施工为工厂预制和管内干施工，减少水下作业时间，实现窗口期可控、安全可控……港珠澳大桥岛隧工程项目总经理部副总经理刘晓东介绍："为了解决技术问题，原来我们一个礼拜开一次会，开了一年多。后来几乎是一天开一次会。"

设计方案敲定之后，如何将蓝图变为现实，将图纸变为实体？这是建设团队面临的新挑战。

"我们先得把最终接头的钢结构做出来，然后再在里面浇筑混凝土形成实体。这个跟我们原来桥梁里面做的钢箱梁、钢材完全不是一回事。"负责最终接头设计的刘晓东感受颇深，"最终接头钢壳就像一个大房子，这个大房子里面分为一间一间的小房子，小房子里面填充混凝土。"

和其他33节预制沉管不同，最终接头的混凝土是"独家秘制"的。III工区一分区项目副经理兼副总工张洪介绍，原来做沉管用的钢筋混凝土配合比对于最终接头不适用。33节沉管采用的是钢筋混凝土，而最终接头采用钢壳混凝土，一字之差，却是天壤之别。

2015年11月至2017年3月，在一年半时间里，沉管预制厂中心试验室负责人张宝兰博士带领十几个技术人员开展专题技术研究与工艺试验，进行混凝土原材料选择及配合比研究。在长达5个月的现场工艺试验中，逐步确立了最终接头的混凝土原材料、配合比、工艺参数、验收标准、操作规程，研制出"独家秘制"混凝土配合比。

"钢壳混凝土最早在日本试验成功，其配方至今是保密的。"张宝兰介绍说，"我们在相关资料的基础上，自主研发了无须振捣、高流动性的混凝土，而且这个高流动性混凝土的指标，绝不会比日本的差。这也将我国的混凝土工艺标准提升到了一个全新的高度。"

林鸣说，港珠澳大桥这个独一无二的最终接头，从理论到具体实施环节，形成了完整高流动性混凝土设计与施工技术体系，填补了国内"三明治沉管结构"的技术空白。

沉管结构设计创新也让业界"睁大了眼睛"。

自1928年人类工程史上修建第一条钢筋混凝土沉管隧道以来，所有沉管结构只有刚性（A）和柔性（B）两种结构体系，这似乎是一个非此即彼颠扑不破的真理。但现有工程记录显示，这两种结构体系沉管隧道都是浅埋隧道，沉管回填及覆土厚度约在2—3米；而港珠澳大桥隧道是世界上唯一深埋沉管隧道，最深沉放水下44.5米，上有20多米覆盖层，超过浅埋沉管5倍的荷载。

"刚性结构好比一块长条积木，而柔性结构好比将小积木块拼接成积木条。"高纪兵说，如果采用传统的结构体系，沉管结构得不到安全保障。

困扰着岛隧工程设计师们的难题迟迟无解：如果采用A结构设计——33节长达180米的刚性管节在海底复杂的环境中很有可能因为受力不均而开裂。要知道，倘若200多个水下接头中有一个接头遭到破坏，后果不堪设想；如果采用B结构，即使允许其发生小规模扭转，但在深埋式沉管占据2/3的情况下，120年运营期内控制回淤物厚度，必须隔几年进行一次清淤回填，维护费数十亿元人民币，这将产生巨大的成本。

面对问题，国外权威隧道专家给出"深埋浅做"的两个解决方案：其一是在沉管顶部回填与水差不多重的轻质填料，这需要增加十多亿元人民币投资，工期也将延长；其二是在120年运营期内控制回淤物厚度，进行维护性疏浚，维护费数十亿元人民币。

选A还是B？这种单项选择和昂贵的代价让中国工程师心有不甘。

能不能另辟蹊径找到另一个C答案？

2012年11月17日凌晨，总设计师刘晓东的手机上收到一条短信："尝试研究一下半刚性。"

短信是林鸣发来的。

林鸣回忆："那一夜我几乎没睡，凌晨5点左右，我的脑海中闪现出了半刚性这个概念，它能够提高接头的能力，可能是从结构上解决40米深埋沉管的一条出路，我于是给团队发了那条信息。"

"我也看到了信息，这是好方案啊！"梁桁说。

林鸣所提出的半刚性结构设想，是保留甚至强化串起小管节之间的钢绞线，加强小管节之间的连接，使180米长、由4个小关节连接而成的标准管节的变形受到更大的约束。

"如果还用积木举例子，就相当于用小积木块拼成积木条的同时，在每两节积木块中间用松紧带连接起来，让它们实现既分离又相互间有联系。"高纪兵介绍说，这能有效增强深埋沉管的结构安全性。

设计团队仅用了30多天就完成《半刚性沉管结构方案设计与研究报告》。半刚性结构沉管的提出，同样开了国内外之先河，但之后的过程充满批评、责备、质疑乃至轩然大波。

林鸣说，第一次提出这个概念，立即被外国专家批得体无完肤。外国专家毫不掩饰地表达了他们的反对："没有经验，你们有什么资格来创造一个新的结构？"

说服权威专家并取得共识比技术论证本身更加艰难，这种"颠覆"更不是一朝一夕所能完成的。为了证明"半刚性"结构，从2012年底到2013年8月，项目部经历了200多个备受煎熬的日子。但是林鸣坚持认为："我们相信'半刚性'是一种科学的解决办法，如果不坚持就没有尽到责任。"

此后，他们邀请国内外6家专业研究机构进行"背对背"的分析计算，从模型试验及原理上验证"半刚性"的结构。研究论证结果趋同，证明"半刚性"是从结构上解决沉管深埋的科学方法，最终得到了各方面的一致认可。

经过两年的努力和坚持，"半刚性"只花费了极小的代价就把沉管深埋的构想变成了现实。从此，世界百年沉管结构的工具箱除了已有的"刚性""柔性"之外，增加了"半刚性"的新成员。

事实证明，采用半刚性结构预制完成的沉管隧道基础沉降、水密性都达到了世界最好水平。在4年多的施工中，半刚性沉管结构也证明了它的确"不可一世"，33节沉管安装完毕，沉管隧道硬是滴水不漏。

2016年3月，林鸣应荷兰某世界顶尖隧道工程咨询公司的邀请，再次来到阿姆斯特丹。令他惊愕的是，就在他们走进集团大门时，一面鲜艳的五星红旗在雄壮的中国国歌声中缓缓升起，这家公司以一种特别的方式来表达对港珠澳大桥建设者的致敬。

"中国，了不起。"举起大拇指的正是当年开出1.5亿欧元天价的那家曾经不可一世的"百年老店"。

这就是欧洲人的特性：服了就是服了！

有着30多年隧道工程经验，曾参与过厄勒海峡、博斯普鲁斯以及釜山海底隧道施工的日本技术顾问花田幸生（Hanada Yukio）这样评价："这是非常难的，这是技术的创新和进步，值得称赞。"花田幸生作为港珠澳大桥顾问陪伴大桥走过6年，他对《环球时报》记者感叹："我看到中方人员开创了很多新技术，让中国的技术水平不断发展。我一定会告诉日本朋友，中国人现在很了不起，中国将来一定是个很了不起的国家。"

在港珠澳大桥管理局聘请的第三方咨询单位荷兰TEC公司专家、隧道专业负责人和首席隧道专家汉斯·德维特看来："岛隧工程项目团队对所从事的工作保有高度责任心，有时候他们或许会深深感觉承担责任的痛苦，不得不逼着他们快速学习许多事情，但最终中国交建会变得更强大……"

桥面铺装需要追随钢箱梁进行协同变形，同时还要抵抗由于车轮荷载碾压产生的局部变形，这两个需求是一对矛盾体，也是中国钢桥面铺装面临的技术瓶颈。

港珠澳大桥钢箱梁铺装面积约50万平方米，工程量为世界之最。

为匹配"超级工程"的120年设计使用寿命，港珠澳三地政府给出的港珠澳大桥钢桥面铺装使用寿命为15年，是目前国内钢桥面铺装寿命的3倍。

针对钢桥面铺装工程技术本身的复杂性，工程师们开始了艰难的突破。

2010年，港珠澳大桥管理局委托华南理工大学牵头开展钢桥面铺装方案预研究。经过两年系统综合的比选论证，课题组提出了两点指导性意见：一是MA（GA）+SMA方案相对较适合于港珠澳大桥钢桥面铺装，其次是热拌环氧沥青铺装方案；二是建议以香港地区已取得成功经验的英国MA类浇筑式铺装体系和实践证明，施工相对便捷的高温拌和类环氧沥青铺装体系，作为正式立项研究的主要技术方案。

2012年初，港珠澳大桥设计单位DB01标委托华南理工大学，并联合香港安达臣公司、广东长大公司、同济单位等，共同开展研究工作。整体循着"以MA技术为主"的方向，他们克服了技术、设备、气候、资金、人力等诸多困难，先后平行开展了MA、GMA及GA 3种技术方案的研究，通过数百组室内模拟试验，以及室外高温稳定性及低温疲劳试验，获得了上千组上万个测试数据，最终完成了3种技术方案的综合比选工作。

工程师们用了4年时间调研、论证、反思、试验、方案比选、总结创新……最终确定了新的铺装方案和管理理念。

科研工作可谓"一关关"过，愣是被攻出崭新的成果。

2013年12月，课题组向港珠澳大桥管理局及三地政府提交了较高水准的专业报告及设计成果。

基于此成果，设计单位DB01标最终提出了采用4cm厚SMA＋3cm厚浇筑式沥青混凝土组合铺装结构体系的钢桥面铺装设计方案。其中，在国内首次提出的GMA浇筑式沥青新技术，集合了MA技术和GA技术的优点，既具有高温稳定性和低温疲劳性能，还大幅提高了功效。

光有先进的技术方案，没有与之相匹配的管理理念和实施策划，一切都还停留在纸上谈兵阶段。

2013年，港珠澳大桥管理局有计划地组织了3次大规模国内外专项调研和考察，对日本钢桥面铺装（GA方案）发展、设计情况及机械化施工发展趋势等热点问题，以及欧洲浇筑式技术起源、应用发展情况、生产工艺和设备等进行了深入了解。

港珠澳大桥对钢桥面铺装的设备、材料以及环境做出了详细的高标准要求，港珠澳大桥管理局以"认证保材料，以考核保人员，以设备保工艺，以工艺保质量"，让设备、物料、环境与日本处在同一水准甚至局部有所超越。

港珠澳大桥桥面铺装所采用的浇筑式与GMA的复合结构，在国际上属于较为新颖的结构形式。新结构、高标准，不可避免地让科研人员面临诸多挑战。难题当前，他们以工艺、设备为利器，攻坚克难，艰苦鏖战。

混凝土配合比的质量至关重要。

CB06标段为了攻克配合比方案，在2015年底至2016年10月进行了三个阶段的优化试验，每一阶段持续2至3个月。经过20多个项目1000多次的试验，耗费了100多吨试验材料后，最终形成了最佳配合比。CB07标段做了30个不同材料的对比试验，最终得出最佳配合比。

参与评审的专家不禁称赞："你们的研究成果可以完成博士论文了。"

8年建设，8年创新。

港珠澳大桥岛隧工程建设中，这些世界级的工程难题，在中国工程师和建设者创造性的各式解题方案面前被一一攻克。创新比重前所未有地占到总工程技术的15%，填补了多项技术空白，其中新技术创新65项、发明专利100多项，当惊世界殊！

"如积薪耳，后来者居上。"港珠澳大桥不仅证明了中国人"行"，还创造了"中国奇迹"。

第九章 大国重器

在大型化、工厂化、标准化、装配化的"四化"理念下，港珠澳大桥预制的大节段大部件体量之大十分"唬人"——

有8万吨体量的隧道沉管。

有插在海底10多层楼高的钢圆筒。

有近4000吨重的预制钢箱梁……

撼山易，撼这些"庞然大物"难，大标段的大部件要拿什么样的大装备去安装？

譬如8万吨的沉管绝不是"一放了之"。林鸣打了个比方说，和建房子要打墙基桩基一样的道理，航母这么大的隧道沉管要安装到海底，同样也要给它"打墙基桩基"！

港珠澳大桥沉管隧道需要整平的地基面积达到23.8万平方米，施工现场又位于外海，水下标高的控制难度非常大。沉管隧道基床面层采用碎石垄结构，5664米沉管基床需铺设约56万立方米碎石，平整度要求控制在小于40毫米。筑牢筑平海底"墙基桩基"有三道工序：先由抓斗式挖泥船巨大的抓斗，在水下挖出48米宽、最大48.5米水深的垄沟；然后铺上2米厚的大块石，并用振动锤把块石夯平，最后平整铺上一层1.3米厚碎石垄。

最难就是1.3米厚的碎石垄铺设了，难度有多大？

"没法形容。"林鸣浅浅一笑。

首节沉管碎石基床受施工环境制约，采用的是人工铺设作业的方式，22名专业潜水员要分成11组潜入14米深的水下作业，在海底放置导轨。可以设想，如果整个隧道的33节沉管基床都以首节沉管的方式人工作业，那么安全、精度将成为最大的不确定因素。

不确定的还有工期。

所以，抛石整平船是沉管安装成功的一个先决条件，一旦碎石基床某处出现不平整，将直接影响整个隧道的质量，只有高精度的基床才有高精度的沉管对接。

没有金刚钻，不揽瓷器活。

一开始，中国的工程技术人员也曾经考虑引进专业设备来提高铺设效率。放眼全世界范围内，当时只有两艘施工船能担当沉管碎石基床的平整重任，一艘在丹麦，曾在建造厄勒海峡沉管隧道中使用过，另外一艘就在韩国，用于釜山海底隧道。

寄希望从国外类似工程中找到答案，中国的工程师们于是又一次踏上"取经"的旅程。

那是2006年，韩国釜山。

10月的釜山，骄阳普照，晴空澄碧，这是当地人最喜爱的天气。

林鸣带着工程师风尘仆仆赶到釜山某知名公司。接待单位非常热情，这让考察团的成员面容熠熠生辉，个个满怀期待。

前往施工现场那天，天气却不理想，阴且有雾，但并没有下雨。他们乘坐的交通船在距离釜山沉管隧道抛石整平船数百米远的水域绕了一圈、两圈、三圈……

"抱歉！"正当他们十分纳闷时，陪同考察的韩方人员这样告诉考察团的成员，"施工单位不允许登船参观。"

大家满怀希望来到韩国釜山，前后花费一周时间，只拍到一张抛石整平船的远景照片。

本来兴致勃勃的"取经"之行，成了灰心丧气的"海湾一日游"。

"也不是完全没有收获。"林鸣说，后来发现，这两艘船其实都不符合港珠澳大桥建设海底隧道的要求，港珠澳大桥最深水深为48.5米，那两艘船工作水深分别只是25米、40米，根本就"够不着"。

而且，伶仃洋海况比韩国釜山巨济岛海况更加恶劣，岛隧工程隧道基床宽度和面积比釜山隧道更大，碎石基床精度要求更高。

思索再三，中交港珠澳大桥岛隧工程项目部决定自力更生建造一艘碎石整平船，他们把目光转投到上海振华重工。

上海振华重工是蜚声海外的重型设备制造商，为国有控股上市公司，于上海本地和南通、江阴等地设有8个生产基地，研发制造能力一流，而控股方正是世界500强之一的中交集团。

振华重工接受了造船的任务。

"当林总把清单交给我们时，我们甚至都没有见过他让我们做的那个整平船长的什么样子！"振华重工海上重工设计研究院生产设计所副所长何可耕笑着说。

这是艰难的探索之旅，谁也无法判定自己同目标之间的真实距离，因为，从一开始脚下就没有路。

在研发过程中，一个个硕大的问号时常萦绕在工程师们的脑际，特别是工程对铺设碎石的精度要求让工程师费尽心机。韩国的整平船采用的是漂浮作业方式，船体在水里受到波浪的干扰直接影响铺设精度，但港珠澳大桥隧道的整平精度要求控制在小于40毫米，这样韩国的整平船毫无参考价值，必须另起炉灶。

研发曾一度陷入胶着。

成功，永远钟情于执着的人。

在设计所设计室的墙壁上，悬挂着一副蒲松龄的励志对联：有志者，事竟成，破釜沉舟，百二秦关终属楚；苦心人，天不负，卧薪尝胆，三千越甲可吞吴。

对联在提醒着团队每一位设计师，无论多艰难的事，只要有雄心壮志，不懈努力，就能够成功。正如振华重工海上设计研究院项目经理尹刚常挂在嘴边的那句话：必须想办法。

意志，担当，坚持……一番潜心求索，工程师们豁然开朗，获得了自信和力量。根据港珠澳大桥实际的施工工况，他们引入了石油钻井平台抬升系统的工艺，用四个桩把工作平台抬出水面强化稳定性，终于克服了水流波浪的影响，成功满足了沉管基床施工"毫米级"的精度要求。

180米管节的碎石垫层，碎石整平船需要移动7次才能完成，这就对船体的抬升系统有了更高要求，特别是抬升桩体上齿条的寿命。

"最值得一提的就是桩腿上这个齿条，我们使用的是火焰切割，把这个齿条切割出来。齿轮齿条对抬升系统最大的好处就是想停在哪就停在哪，想什么时候停就什么时候停。现在看来还没有第二艘船比我们这艘船更理想的，应该说这艘船的各项指标在世界上是领先的。"上海振华重工集团海工机械研究所副所长王学军说。

抬升系统的难题攻克之后，锁紧系统、管理系统、供料系统、测控系统的研究都取得突破，具有自主知识产权的，集定位测量、水下抛石、深水整平、质量检测于一体的高精度碎石铺设整平装备研发成功，并形成了科学先进的施工工艺。

消息传到岛隧项目部，总经理们神情冷峻的脸上露出了满意灿烂的笑容。

这是中国首艘高精度深水自升式整平平台，名为"津平1"。不过，工程师们还是乐意叫它碎石整平船。

整平船为"回"字形结构，自重近5000吨，依靠四条直径2.8米、长90米的"巨腿"撑起。"巨腿"采用齿条传动结构，看似简单，实则包含极高的设计水平和焊接工艺。每个桩腿上焊接两根90米长的齿条，焊接时齿条加热温度和焊接温度实时监控，确保加工直线度误差不到2厘米。

2012年3月16日，"津平1"碎石整平船首秀。

当天，在碎石基床上，专家随机选取100个检测点。在俄罗斯格洛纳斯系统定位下，一根72.7米长钢结构的抛石管及附着其上的声呐深入水下，抛石作业智能得就像水下探头，基床上某一处有坑深，抛石管就会多停一会，多倒些石料。

"哇！好智能。"全程参与实验评审的专家们都啧啧称奇：96个点的平整精度达到要求，基层精度控制在正负4厘米之内。

何可耕告诉我说，实现精度的关键在于船上的抛石管及附着其上的声呐。

最神奇的是，这条船刷新了国内外行业关于深海碎石作业精度难以控制的传统观念，在后来E13沉管基床抛石的精度达到了2毫米的世界纪录。连一直在船上的日本专家冲山都不得不惊叹："这是个不可思议的精度。"

没有最好，只有更好。

2014年年底的某一天，王学军突然接到林鸣打来的电话，让他尽快来一趟珠海。

王学军因主持设计"津平1"等关键设备，获中国交建科技进步特等奖和建设功臣称号。他带着工程师尹刚飞赴珠海，林鸣见到他们的第一句话就是："我们遇到世界级难题了！能否在最短的时间内研发出一套外海深水恶劣工况条件下高精度清淤装备和技术，解决先铺碎石基床面的无损清淤难题？"

原来，在E15沉管安装突遇海底泥沙回淤异常，问题虽然解决了，但林鸣却陷入了沉思：后面如果出现新泥沙回淤怎么办？能不能在碎石整平船上安装一套高精度的基床清淤装置，既能清除碎石上的淤泥，又不吸走碎石呢？

于是他才把电话打给了王学军。

王学军说，做工程的人最明白他们想要的是什么东西，我们的任务就是把他们的想法变为现实。从设计角度讲，这个设备的关键点是要实现定点高精度清淤，整船可以实现碎石整平的精度，如果在清淤头部加装两个水泵，理论上可以完成精度清淤，只不过一个是抛石，一个是清淤。

"先干了再说！"王学军爽快应承。

上海振华重工迅速成立由200多人参与、代号为"零号工程"的项目组。从林鸣开始提出想法到最后成功研制，从方案设计到物资采购再到设备制造，深水高精度清淤设备的研发只花了4个月。

这是在一个原有的集合技术中加入新元素的成功范例。"津平1"成为世界上第一艘兼具清淤和碎石铺设整平功能的可清淤整平船，实现了水工行业上一次伟大的技术跨越。

2015年3月起，上海振华重工抽调近100名骨干力量入驻港珠澳大桥岛隧工程施工现场进行24小时作业，抓紧碎石基床整平施工的间隙焊接清淤装置以及设备调试和清淤系统试验。

11月4日，E22沉管安装前，现场泥沙监测数据和多波束扫测数据显示基床泥沙回淤量显著增加。通过两轮清淤，现场监测和潜水探摸表明，新开发的高精度清淤装备仅用4天就把50米海底垄顶、垄沟的淤泥清理干净，而且还不会让基床上的一颗石子移动，高精度清淤完美得令人叹为观止。

尹刚说，他们开展碎石基床纳淤能力试验，提出了回淤环境下基于纳淤分析的沉管隧道先铺碎石基床纳淤设计，完善了先铺碎石垫层设计方法和体系；开发米级分辨率的浪潮流与泥沙耦合的数值预报模式，准确掌握施工海区复杂的水动力环境和泥沙回淤分布特征，规避施工风险，保障施工质量。

这套高精度外海沉管基础回淤监测技术，解决了快速准确判定沉管基床面回淤状况的技术难题，沉管铺设如虎添翼。

沉管安装船是承担建造港珠澳大桥铺设最重要的设备，"津安2"和"津安3"两艘安装船的研发也走过一条不平坦之路。

那次众所周知的韩国"取经之旅"，工程师们去釜山考察，何可耕也是考察团成员之一，但那次考察深深刺痛了中国工程师的自尊心。

何可耕说，当时考虑到韩国釜山跨海大桥已经建成，曾经铺设18个沉管构件的安装"功臣"已经退休，反正闲着也是闲着。而船东大宇集团则放出大话："我们要携此技术，跨出国门去开辟全世界的沉管隧道工程。"

但何可耕认为："他们的技术在伶仃洋这样的海况上根本不适宜。"

沉管安装船的工作原理是把沉管运到施工海域并进行沉放安装，它是沉管浮运和海底对接的指挥和操控中枢，直接对水下无人对接系统发送操作指令，因此没有这个安装设备，沉管安装无从谈起。

安装船上有一个至关重要的设备——沉管调整装置EPS，这项专利属于荷兰斯特拉顿公司。如果要建造自己的安装船，EPS有两种选择：要么购买斯特拉顿公司的专利，要么自己研发。不过前者要付专利费。

由于之前合作谈崩，对方直言不讳地表示"不转让专利"。

"只能靠自己了。"何可耕说。

面对技术封锁，工程师们下定决心，一定要靠自己的力量研发大型沉管安装专用设备，在方法和技术上创新突破，超越EPS，并借此提升中国海工装备制造能力和水平。

工程师们走的是与斯特拉顿公司不同的路子，何可耕向我介绍两种技术路线和原理的异同——

荷兰的EPS由一个门形框架、两套液压油缸将沉管外部定位系统放到海床上，一套800吨垂直千斤顶顶起沉管，一套200吨水平千斤顶负责左右摆动，以调整沉管的位置。

振华重工用的是微寸动（Micro inching）原理，在船上配置8台大型绞车收放钢绳，辅以寸动钮及数位计时器，根据管节上安装的GPS系统反馈管节与基准线的偏差，以收放精度2.5厘米的节奏控制绞车钢绳的收放，管节最小移动速度可以达到每秒钟不到1厘米。

一番比较后，何可耕给出结论：荷兰的EPS是个不断纠错的工作原理，振华选择的是个一次到位的技术。

而一次到位精准的"寸动"创意，正是来自何可耕岸桥工程的经验。他介绍说："每当台风来临时，港口的岸桥起重机要移到固定的位置，使用插销让起重机和地面合为一体。每次对接销子孔时，按下一次按钮它自己就走5厘米，然后就自动落下来。为了完成这个动作，要有测量系统，控制马达的转速，安装编码器，还有电控等等。我们就把这个原理移植到沉管安装船上了。"

沉管安装船的研发过程并非一帆风顺，甚至是困难重重。

两艘沉放船要分别配置17台沉放施工用的卷扬机，这些卷扬机如何布置？拉力如何选择？与管节如何连接？系统如何控制？

这些问题和沉管安装工艺紧密衔接，和现场作业海况密不可分，难以通过理论计算确定。项目部曾咨询过一家欧洲专业公司，他们给出的卷扬机拉力为180吨。

180吨的卷扬机，设备外形尺寸如同一个大房间，17台如何同时布置在安装船主甲板上？这要多大的安装船呀？

工程师们选择了国内多家科研院所进行物模试验，模拟施工作业海况，分析水流、波浪、风力对管节的影响，同时对卷扬机选型进行优化。经过一次次的比较，卷扬机拉力从180吨调整到150吨，再到120吨，通过对不同功能的卷扬机进行细化调整后，最小卷扬机拉力仅为40吨。

从180吨到40吨，虽然难以置信，但工程师们硬是做到了这个极致。

何可耕自揭谜底道："这套调整方案得益于振华重工的电控专有技术。"原来，安装船上的17台卷扬机钢丝绳能在2.5厘米的控制精度下同步作业，能够控制管节在每秒不大于1厘米位移速度下移动，能够方便地调整沉管在海中的运动姿态。是振华重工在管节沉放船上采用了最先进的变频控制技术、集中控制技术和同步控制技术。

同时，沉放船上还配备自主研发的沉管拉合系统、深水测控系统和沉管压载水调节系统，实现集中控制，足不出舱就能掌控沉管浮运和安装的每一个环节。

振华重工研发的两艘沉放船被称为"双子星"，建设者们亲切地称它们为"姊妹花"。沉放船为双体船结构，分为主船（指挥船）和副船（非指挥船），由一个跨梁和两个浮箱组成，集浮运、定位、沉放、安装、微调于一体，作业过程中还可抵抗波浪和水流引发的受力并将隧道管节沉放至海底46米处，成为国内首艘海底隧道管节浮运和安装的专用船舶，也是迄今为止世界上海底隧道沉管最深的水下埋深。

在33节海底沉管安装和精准对接中，这对"姊妹花"屡次刷新世界纪录。连日本专家花田幸生都不得不承认："这是非常专业的沉管沉放设备。"

"津平1""津安2""津安3"三个"宝贝"后来在港珠澳大桥岛隧工地上

"你方唱罢我登台"，吸引了全业界的眼球。

从2006年到2012年这7年时间里，数以百计的专家、设计师和工程师加入研发生产并实施众多新结构、新工艺、新技术、具有独立知识产权的大型新装备，除深水碎石整平船"津平1""津安2""津安3"外，高性能大型专用装备还包括：

起重船"振华30"。

清淤船"捷龙"轮。

抓斗船"金雄"轮……

这些大型海工装备之前在中国闻所未闻，在世界上也少有踪迹。没有它们，钢圆筒无法整体漂洋过海运抵伶仃洋并沉放至海底岩基，沉管无法在烟波浩渺的伶仃洋里浮运沉放安装和精确定位，钢箱梁无法在空中180度竖转矗立于桥塔之巅……

这些"大国重器"饱含着工程师们的智慧和汗水，为港珠澳大桥工程建设提供了技术保障，促进了我国工程建设技术装备水平达到国际领先。

孙钧院士说，过去，中国是世界桥隧大国，但不是桥隧强国，主要在施工设备、理念和施工技术上有差距。现在，港珠澳大桥让我们向桥隧强国迈进了坚实的一步。

第十章　沧海一声笑

雾凇初显，浮现出一片祥瑞之气。

在距珠海九洲港2.5公里、澳门友谊大桥约1公里的大海中间，一座海上突兀的长方形岛屿显得格外醒目。

在岛的东北方向，突出部分正连接从香港延伸过来的大桥。这是我第一次近距离亲近建设中的港珠澳大桥，晨曦中的大桥是如此的伟岸和壮美。

大气魄啊！我惊叹道。

向西看去，澳门的渔人码头一目了然：糅合东方传统概念与西方建筑风格的"东西汇聚"，以欧陆及拉丁式建筑群组成的"励骏码头"，仿唐朝建筑风格的中式城楼"唐城"……

时间再次回到2009年12月15日。

这天，珠海初冬的蓝天上，云净天高。

在拱北湾情侣路东延长段，伫立在冬日下的主礼会场笼罩着温馨和煦的光芒，主席台背景两侧两块巨型的电子屏幕，不间断地滚动着10个艳红的大字："飞架粤港澳，共赢大未来"。

时任中共中央政治局常委、国务院副总理李克强宣布开工的话音刚落，伴随着汽笛齐鸣，粤航沣038号挖掘船的抓斗深深探入海底，它挥舞着灵巧的铁臂缓缓捧起第一斗淤泥，霎时，四周的施工船上，缤纷的彩色烟雾在天空中花团锦簇般绽放，将热烈和欢腾一同循入云霄……

在港珠澳大桥格力口岸人工岛公司会议室，总经理谢隽告诉我："那天粤航沣038号施工人员操作抓斗入海挖出的第一斗海泥中有1立方米已经被永久性保存。"

"精卫衔微木，将以填沧海。"

珠澳口岸人工岛东西宽930米至960米，南北长1930米，护岸总长8000多米，填海造地总面积217.56万平方米。该工程分别由中交一航局和天津航道局、中交四航局和广州航道局组成两个联营体施工，施工监理均由中交四航局负责实施。

海风凛冽，酝酿20年之久的港珠澳大桥挖起第一斗泥后，首先进行的是珠澳口岸人工岛围堰基槽和蓄沙坑的开挖。当天，投入的挖泥船有8艘，其中3艘船上的3台抓斗机中数粤航沣038号最大，斗容量达25立方米，一斗泥可填满一个8平方米的房间，可让一辆载重为5吨的汽车满载。

据相关资料：珠澳口岸人工岛分为大桥管理区、珠海口岸区和澳门口岸管理区3个区域，整项工程由护岸、陆域形成、地基处理和海巡交通船码头等组成，采用砂、泥、土三种材料作为回填料。人工岛地面标高为5米，填海后经地基处理加固后交工面标高为4.5米，护岸总长逾6079米，总体面积大小与300个足球场相当，工程造价超过23亿元，能防御珠江口300年一遇的洪潮。

工程一发不可收，堤心石抛填、倒载沙、防浪桥浇筑、回填砂石……一道又一道工序有序铺陈开来。整个口岸人工岛上人头攒动，铁流滚滚。

填海工程一共10个单位工程，38个分部，158个分项。施工自东、南护岸开始，其中东、南护岸地基处理采用大开挖方案；形成掩护条件后，继续进行西、北护岸施工。西、北护岸地基处理则采用真空预压联合堆载方案，形成半封闭式陆域抛填条件，然后进行岛内陆域施工及岛内软基处理，最后完成整体人工岛填海工程。

烈日骄阳下，工人们挥汗如雨。上百人分散在各个填海区域头顶烈日，随船漂浮在海上忙碌。中交广州航道局有限公司深圳疏浚公司董事总经理、人工岛北标段项目经理陈林站在施工现场，他面色凝重，手拿着对讲机在大声呼叫，通红的脸庞下脖子上跳动的青筋动脉都能看得一清二楚。

回到项目部里，那种"战时"的空气逼仄得人仿佛喘不过气来。陈林告诉我，项目启动后，要先在珠澳口岸人工岛附近海域挖一个容量在6万立方米左右的蓄沙坑，在环绕人工岛的围堰建起后，采用吹填沙技术，将蓄沙坑中的沙通过管道填入围堰内，这样才能保证填入泥沙不致流失。所以不能停，要抢在台风到来前把东岸围堤建到目标高度，就是一定要露出水面。

此刻，岛上天空突变，阴云密布，能见度不足200米，随之雨越来越大，大雨滂沱中，板房玻璃上全是水雾。陈林闲下手来，转过身来对我说："填海工程包括三大工序，先是制造围堤，沿着人工岛外围在海里挖出一条沟渠，再向其中抛石形成护岸，接着是向围出的区域填沙，最后是人工岛下十几米淤泥的软基处理。这些工序将交叠进行。"

曾参与澳门国际机场填海等多项重大工程的中交广州航道局在挖海底淤泥的工程环节上，还专门引入了对泥土搅动最小的挖掘技术。副总经理陈向阳说："将来向围堰回填泥沙时，我们会把注入泥沙的管口尽量远离围堰排水口，让回填泥沙在围堰里充分沉淀，减少对围堰外海洋的影响。这是一个世界瞩目的工程，我们不会赶工期，环保和质量是第一要务。"他的话音很轻，语气淡得不行。

"在茫茫大海中央硬生生地填一座小岛不容易。"张胜志是2010年毕业的大学生，刚到项目部还没找着北就被载到了抛石船上。张胜志戏称自己是现实版的鲁滨孙，被流放到现场后，几个月都没回过岸上。

我发现他古铜色的脸神情坚毅，目光十分明亮。张胜志说，工程的起步，堤心石出水前是最艰难的阶段。

海上作业，最可怕的是太阳了。

每年6月到10月份，滚滚热浪就一直肆无忌惮地席卷着整个口岸人工岛附近水域，现场最高温度能达到50摄氏度。

这里，除了海水就是火辣的太阳，半小时就能让你的衣服拧出水来，半天就能让你的皮肤严重灼伤。一桶桶装纯净水，正常情况下要喝好几天，但在炎热的船上，不到半小时，十几个船上施工人员就可以将它一饮而尽，而且还不用上厕所，因为早被蒸发了。

下雨，没有挡雨的地方，刮风，没有挡风的地方，让张胜志最害怕的还有刺骨的寒风。

"珠海的冬天不冷。"我说。

"那是陆上，海上不同。"张胜志说，"裹着军大衣、羽绒服都没用，咸湿阴冷的海风一个劲地往骨子里面钻，只能蜷缩着身体干。"

2010年8月，一斗大石"哐啷"抛入大海，珠澳口岸人工岛堤心抛石成功出水了。

那天，抛石船上数百名施工人员将写满祝福语，并用红丝线捆绑的石块亲手抛入大海：石沉大海，基业永奠！三地同心，共创未来！

陈林略显自豪地对笔者说："我们终于完成了最艰难的阶段性任务。"

据介绍，在最初的工程设计时，珠海和澳门的口岸是分置两个人工岛，但出于节约建设成本、保护环境等因素，2008年决定珠海、澳门合建一个口岸人工岛，在岛上设施功能分区，珠海、澳门各用一部分，其中珠海口岸用地面积101公顷，澳门口岸用地70多公顷。

之后，我全身汗涔涔地来到中交四航局的标段采访。

从中交四航局的营地码头到人工岛施工现场，要20多分钟。交通船接近人工岛围堰的内部，我看到越来越多的施工船舶和机械在紧张作业，有数十艘之多，太阳很猛，所有的施工人员，都在毫无遮拦与防护的烈日下忙碌着。

"这个2.08平方公里的工地，要在3年时间里完工，工期非常紧张。"珠澳人工岛项目部副经理吴晓锋这样说，"工程量也特别大，抛填沙将近2000万立方米。"

此时，一台正在运作的大钩机正伸着长长的铁臂从我的眼前不远处晃过，每一斗挖掘的容量可以达到3立方米。

操控这台大钩机的是王师傅，来自广东佛山，每天坐在驾驶室里的时间都在8小时以上，一张被紫外线过分关照的脸上波澜不惊，面对庞然大物的抓斗，他就像使唤自己的右手一样熟练自如。

"连续8小时工作，身体受得了吗？"

"习惯成自然。"

"今天是星期天啊，怎么没有休息？"

"对于我们挣钱养家糊口来说，没有节假日的概念。"

"常年都是在工地里头度过？"

"基本上如此。"

从围堰出来，交通船绕岛屿而行，极目眺望，岛屿轮廓已经成型，护岸边上可以看到密密麻麻的四脚空心方块。

陪同我的格力口岸人工岛公司总经理谢隽告诉我，这些方块单只就重达3吨，由于它们是空心的，因此能起到"消浪"的作用，整个岛屿单四脚空心方块需要消耗2.35万件。

岛的西部靠近澳门海域，几艘巨大的运沙船正在源源不断地向岛上提供砂石材料。

登上其中一艘名叫"圃机394"号的工程船，船东梁道春告诉我，这艘船是他和梁金全等7名老友集资1800万元委托番禺一家船厂建造，专门为口岸人工岛的抛石填海量身定做，在港珠澳大桥开工前两天刚下水。

"我仅仅是个小股东。"他笑着说。小小的船舱里，烟雾弥漫，他坐在烟雾里，他抽烟，而且烟瘾很大。

攀谈中，他黝黑的面孔不时泛起几分得意："这艘船是珠江三角洲第一艘甲板工程船，长有80米，排水量7000吨，载重可达5000吨，每天运输3500立方米，搬石运沙，样样活都能干……"

离开工程船时，夕阳如一只巨大的红轮，自天边缓缓落下，苍茫的大海被笼罩上一层惊心的红。

据有关资料，在高峰作业期，整个港珠澳大桥沿线作业船舶就达到1000艘以上，俨然是一幅热火朝天的大桥建设"清明上河图"。

2013年6月，我第二次来到珠澳口岸人工岛。

高耸的混凝土塔台下，几十个工人在忙着切割、焊接，制作专用模具。数十台大型工程车来回穿梭，加紧运输砂石，为人工岛进行最后的整平工作。恒载、强夯、振冲、碾压……施工人员指着眼前一片水域告诉我，岛上大部分砂石回填已完成，眼前还剩下这片5万平方米的洼地，也许是岛上最后的回填区了。

我的周围，半明半暗中大多数是穿工装的人，数百名上千名穿工装的人……简直像在拍电影，然而，这是真的。

"年底完成填海工程，绝不拖整个港珠澳大桥建设的后腿。"格力口岸人工岛公司副总经理李冰告诉我："高峰期施工车多达200多辆，岛上车水马龙一派繁忙。现在进入工程尾声，还有100多台施工车，主要运砂。"

潘师傅是第二次上岛，围堰期间他也曾参与施工。这次上来已两个多月，主要任务是运砂石回填，每天须工作9小时，运送30多趟。

"雨季是施工最头疼的时候。"潘师傅说。

人工岛地处南亚热带海洋性季风气候区，气候复杂多变，暴雨不但使得施工延误，还要组织专人用水泵排水。海上施工本就难度较大，难以预料的因素常常使正常工期无法保证，因此工人们只好24小时两班倒地作业，夜深人静的时候口岸建设现场仍是灯火通明。

徐光春是2012年寒冬上的岛，他当时坐交通船来到岛上，在集装箱里铺上垫子，一住就是一个月，也吃了一个月的泡面。

徐光春是中建三局派来的一线生产执行经理，登岛后便一直住在人工岛上，"刚来时，地平面上仍是一片黄沙，夜里只有工地上有电灯。"他笑言脚下是"海上撒哈拉"，从岛头走到岛尾，就像完成了一次沙漠之旅。

一个月后，施工钢便桥以及随桥而上的临时水电正式开通，项目建设用水电等市政管网线路也随其长驱而入。生活区板房搭建起来，岛上的食堂开伙了，越来越多的工人陆续进场。

随着填岛工程建设不断推进，几年间，珠澳口岸人工岛上始终呈现一派繁忙景象。施工高峰期，珠澳口岸人工岛超大型基坑最多可以容纳七八千名施工人员同时在此施工作业。穿梭的车辆、轰鸣的桩机、巨大的吊臂、遍岛的施工"红帽"……

2013年11月28日，珠澳口岸人工岛填海工程如期交工验收。

1550个日夜啊！

零事故！零污染！零伤亡！口岸人工岛工程被交通运输部评为部级"平安工地"示范创建项目。

"这太难了。"谢隽说。

这边厢如火如荼，那边厢热火朝天。

香港大屿山，山峦起伏，满是生命的色彩。抵达香港口岸人工岛的这个清晨，天高云淡，阳光明媚，海风习习拂面轻柔，整个工地一派朝气蓬勃向上的力量。

在我的脚下，此起彼伏的海浪撞击着散石湾的岩石，大海的上空，一排排的海鸥自远方结队飞来，奋力扇动着翅膀，来回地在大海上飞翔，飞翔……

香港的填海工程启动于2011年12月14日。

有别于珠澳口岸人工岛的浚挖式填岛，香港口岸人工岛首次采用新技术"非浚挖式"填岛，这种新方法包括以格形钢板桩建造防波堤和在淤泥上建碎石桩，再抛石筑堤。

中国港湾香港振华公司项目经理林金川在会议室一边为我演示一边讲解格形结构："内部及前部是碎石桩，采用抛石堤压实、稳固。在中间部分海床的淤泥上铺设一层覆盖碎石的土工布和约两米厚的沙层，安装排水带，加快游泥的固化，然后堆填土壤造成人工岛。"

非浚挖式与传统先建造海堤，然后挖走海堤下的淤泥并填回砂料的浚挖式相比，不仅减少约97%的挖泥量，还能更有效地避免大面积海域污染和保护环境。

采访林金川是一件愉快的事，他平和沉稳却睿智灵动。他不断地讲述格形钢板桩承载力强，自身结构轻，具有很高的强度与刚性，而且水密性好，连接处锁口结合紧密，可自然防渗，施工简便，能适应不同的地质情况和土质，可减少基坑开挖土方量，作业占用场地较小。

我说给我讲讲这里的工作和生活，有什么艰苦的经历。

他淡淡地笑笑，生活不觉得有多苦啊，其实现在的施工条件已经很好了，只是来自工作特别是技术上的各类难题要面对要挑战，比如香港人工岛由于环保及机场的限高要求十分严格，在施工过程中只有不断创新装备、创新技术，才能解决。

"有这方面的具体例子吗？"

"例子？比如我们原先需要20台碎石桩，因为限高的要求，就需要把10台或者8台做成伸缩式碎石桩，这样才能保证打到一定深度，又不超过限高高度。"

"伸缩式的碎石桩会有什么影响？"

"效率呀！不限高的区域，需要打多深就打多深，效率就会大幅度提高。这一限高，就不得不做成伸缩式的了。"

人工岛工程有一个6140米长的防波堤，其中包括134个长约34米、直径3米的格形钢板桩圆筒结构，但要把导承架转动270度，这在过去还从没尝试过，困难重重。

"后来呢？"我迫不及待地问道。

"后来我们定制了专门的起重设备配合导承架能把钢筒结构转动到位，再通过振动锤安装。"

2012年8月28日晚7时，关键工序格形钢板桩振沉窗口来临。

这是香港口岸填海工程的首个格形钢板桩振沉，林金川和副经理马松平都不敢怠慢，亲自到现场督阵。

早在20天前，马松平就来到现场筹备第一个钢板桩振沉施工，对施工方案进行研讨，尤其是改进振沉过程中钢板桩的垂直度问题，决定在K038号钢板桩上实施这种新的施工工艺。

沉降前，现场出奇地安静，工人们自觉地站在指定位置，现场那么多人，听到的声音只有一种：心跳。

"大钩起……大臂下！"

随着现场指挥的口令，激振力达250吨的大型液压振动锤开始隆隆作响，海水、船甲板、钢板，随着振动锤的节奏上下起伏。数分钟后，第一组6片钢板桩顺利打到标高。

成功啦！成功啦！船上发出了热烈的欢呼声，一直板着面孔、在甲板上站了一天的马松平脸上总算露出了微笑。

林金川转过身来与马松平双手紧紧握在一起。

"非常完美。"林金川说。

"首战告捷。"马松平说。

忽地，林金川把手抽了出来，说，你的手心怎么全是汗？

马松平说，你不看看你自己的手心，不也是汗淋淋的？

两个人一起摊开手掌，都哈哈开怀笑了。

振沉施工中，员工们每天都是"6进6出"：早晨6时许，施工员和起重指挥就到船上，直到傍晚6时才收工；而专家组成员要忙到晚上八九点钟，吃完饭后还要在一起总结讨论。

现场指挥顶着烈日进行钢板桩起吊作业，焊工们白天利用吊车在板桩上面焊接加固装置，夜晚两艘打桩船和3个振动锤一起开工。为保证钢板不因发热变形，项目部打开3个消防水龙头同时对钢板桩进行冷却降温处理。

马松平告诉我，振沉初期，最危险的就是钢板桩"溜桩"。

"溜桩？"我疑惑不解。

"也就是突然失去阻力及平衡，溜桩极有可能会危及施工人员的生命安全，损坏施工船舶，造成机毁人亡。"

"采取了哪些措施？"

"减缓振沉速度，加强对振力的控制。"

钢板桩振沉后期，振沉阻力增大，须加大振动锤功率。由于液压油管受力不均，一次，振动锤的液压油管突然爆裂，大量的液压油喷洒到甲板和大圆筒上，满地的机油使人无法立足，累了一天的修理工们半夜起床清理油污，才保证第二天一早能继续施工。

连续的日夜奋战，在8月27日振沉结束时，钢板桩终于沉到距离设计标高1米多的位置，次日晚8时，第一组钢板桩沉桩到位。然而，随着钢板桩的贯穿，越到下面阻力越大，下沉速度也越慢。为防止大功率振动锤由于高频振动导致钢板发热变形，作业人员每振沉40厘米到50厘米后就要对钢板进行检查。

29日凌晨4时，共196片格形钢板桩终于全部沉到设计标高，昼夜施工的工人们才轻轻地舒了一口气。

当工人们走下施工船时，天空已经泛白，太阳从海面上喷薄而出，光芒四射，无边的大海泛着玫红的衣裳美轮美奂，海面海鸥腾飞，沙滩上的小动物纷纷从沙子堆里探出脑袋，瞪着惊奇的眼睛在四下张望。

香港口岸人工岛有5段箱涵，共计30节。首节箱涵长38.82米，宽22.7米，自重5030吨。承建方中交三航局项目部提前编制了首节箱涵施工流程、作业人员及船机配置作业指导书。

工人赖粤军说话声音洪亮，底气十足，他对首节箱涵安装时的情景仍历历在目。

那是2015年7月23日，由于施工现场受航空限高、施工水域狭小水浅、多工序交叉施工等条件制约，箱涵施工难度极大。为了不影响机场客运码头高速客轮运行，工人们必须在上午8点前就将箱涵拖带进入基槽口。

赖粤军在他的手机备忘录里全程记录了首节箱涵安装的时间点，我不做任何修饰，把原文粘贴上，和读者分享——

凌晨1点，工5号半潜驳下潜。

2点30分，箱涵横移出驳。

4点30分，箱涵浮运拖带。

7点，箱涵进入基槽口开始换缆。

13点，箱涵基槽内牵引就位。

15点，箱涵姿态调整及注水就位。

17点，箱涵触底。

24点，整个箱涵注水完成，首节箱涵安装终于到位。

这一节箱涵安装花了整整23个小时。

赤日炎炎。

2014年6月1日中午时分，港珠澳大桥九洲航道桥CB05标段206号墩墩长李军端着一锅绿豆汤冲着正在干活的工人喊道："喝绿豆汤咯！"

围过来的工人中，不知谁模仿《红高粱》喊了一嗓子："喝了绿豆汤啊，上下通气不咳嗽！"

大家呵呵直笑。

李军盛一碗递给我，一边抬起袖子擦额头上豆大的汗："珠海气温高湿度大，施工条件太艰苦，煲绿豆汤是防止工人中暑。"

"这阳光照射得太猛了。"我环视周边环境，海上施工毫无遮挡。

"是啊，除了绿豆、白糖这些食品外，我们还准备了板蓝根、人丹、藿香正气水等药品，以防万一。"

这时，我发现206号墩身埋入茫茫的海床，目测约有20米深，竟然是在一种无水环境中施工。

"这叫钢围堰干法。"也许是见我好奇，李军还自豪地补充一句，"这是全国第一个双壁锁口钢围堰。"

我的心莫名地颤了一下，太多的想不到总在毫无征兆的状态中不断发生。

他指着插入海洋深处的钢筒围堰告诉我："这就是项目部研制的双壁锁口钢围堰。"我仔细一看，只见钢管围堰将海水和桩基础混凝土隔离，围堰下放到位后再进行封底、内部抽水，创造出干燥空间……

这绝非一时一日之功，这一定内有乾坤。

在项目部，中铁大桥局项目部书记罗兵向我介绍，由于施工地质复杂、海况复杂，项目部采用了自主研发的无底双壁钢围堰工艺工法，目的是防止水下混凝土和海水接触导致里面的氯离子侵蚀混凝土，影响其耐久性，这种工法颠覆了以往的修桥理念。

张立超是港珠澳大桥CB05标段总调度，他说从上岗的第一天起，每天就在想办法解决施工中碰到的各种问题，因为条件所限，下面有孤石，大圆筒肯定打不下去，所以他们就研究这种带锁孔的分片的围堰，从它的设计到制造到下沉到碰到孤石到封底，花费了很大的精力来解决这些问题。

罗兵说："这是一个拼装式的双壁钢围堰，改变了常规的围堰理念，在港珠澳大桥是第一次使用。"

之前的钢围堰是一次性设计，一次性报废，施工完后就割除掉报废掉。这次在水下施工，他们一个钢围堰就用了7次，不仅加快了施工进度，而且大大节约成本。

功莫大焉，这种工艺被交通运输部总工程师周海涛称赞是"为桥梁结构基础施工开辟了新思路"。

2013年5月的一个晚上，工人们费了两周才拼装好的7块第一套围堰，一下子被海浪给打散了。

为此，大家郁闷了好一阵子。

怎样才能避免围堰再次被海浪打散呢？

他们想到在离岸较近的浅水区驳船上拼装好后，再运输到相应墩位安装。后来干脆将围堰运至风浪较为平静的216号墩位处，待拼装完成后再运至各墩位安装。

听到这里，我也越来越明白了。

一般情况下，建多少个桥墩，就要制造多少个围堰。但CB05标段60多个桥墩，却只用了9套围堰，这又是咋回事？

工区技术负责人陈山亭道出了其中的原委。

原来，中铁大桥局研发的钢围堰由7块组成，像个"变形金刚"可整体拆除，也可以分块拆除。涨潮时，打开钢围堰双壁连通孔，水就灌入；退潮时，围堰中的水高于外面，水压就能自动将围堰涨开。

陈山亭介绍："一套围堰平均用7次，使用效率是从前的7倍。一套钢围堰用钢约350吨，算下来节约了1万多吨的钢材。这项技术，正在向国家申请发明专利哩！"

不过，围堰在安装的时候还是遇到了难以想象的困难。800吨的浮吊，风浪大时吊钩左右摆动可达2米，跟打拨浪鼓似的。在这种环境下进行吊装围堰，无异于"海上穿针"，难度很大。围堰下放中，孤石、漂石、探头石……各种突发情况随时出现。

也许是急火攻心，陈山亭说他的嘴上冒起了很多泡，虽然工作的压力已达极限，但是幸运之神却执意加码——

遇到斜面岩，围堰放不平，他们采用局部挂装法，将不平处用沙袋填平；遇到淤泥层太厚，就提前在墩位处开挖，再向围堰中注水增加自重……

就这样，他们先后攻克了围堰拼装、下放、封底、拔除等难题，在茫茫大海中打下一根根牢固的桩基，它是成就港珠澳大桥120年工程的坚实基础啊！它不仅仅是钢筋、水泥和人力的简单叠加，更是港珠澳大桥建设者勇气和智慧的凝结！

CB05标段是海上工程量最大、结构形式最复杂的标段之一，囊括了九洲航道桥、非通航孔桥、珠澳口岸人工岛连接桥三部分，占海上桥梁段的三分之一。

由于海床结构复杂、自然环境恶劣、超长跨海距离，每一项都是巨大挑战。连中铁大桥局这个有着60多年建桥历史、在世界上已经建起1500多座大桥的"铁军"都不敢大意。

伶仃洋是一个典型的弱洋流海域，每年从珠江口夹杂大量的泥沙涌入，如果港珠澳大桥的阻水率超过10%，就会影响洪水的通过率而且还将阻挡泥沙，造成泥沙淤积、阻塞航道。因此，大桥的桥墩还不能太密，否则，将增大此区域的阻水面积。

按照设计，大桥主体桥梁部分的190个桥梁承台将全部埋入数十米的海床下，要过的第一道难关就是打桩基。

伶仃洋海底，孤石、探头石、斜坡岩遍布，犹如海底山峰。中铁大桥局九洲航道桥工区副经理王义信说："钻孔施工中，有3个桥墩都在最后一根桩时遇到孤石，造成钻头无法钻入或孔位倾斜。"

与王义信有同感的还有杨海鹏。

"大海里的桩基施工是个硬骨头，难啃。"杨海鹏说，"CB05标人工岛桩基总共有736根，特别是暗桥那片有钻孔桩644根，其中80根都是硬骨头。"

杨海鹏是港珠澳大桥CB05标项目部四公司工区工程部部长，据他回忆，最难打的就是暗桥施工区那一仗。那片海域的孤石分布面积广、厚度大、层数多、强度高，且较多孤石在桩位范围内为斜面岩，施工难度非常大，有时一根桩打下去，只进去20多米，剩下全是孤石，特别难钻。比如26墩的9号桩桩长71米，有40米都是孤石。爆破又会对桥墩有影响，只能用锤头慢慢砸，结果，就这么一根桩，愣是花了一个半月才打下去。

这种"把海底石头凿了几层楼深"的施工方法在全世界就是一个"创举"。

第十一章　牛头"梦工场"

2010年12月28日。

孤悬伶仃洋上的桂山牛头岛上，这个许久没有人踏足的荒凉之地突然被轰鸣的机器声惊醒，港珠澳大桥岛隧沉管预制厂在隆隆的鞭炮和热烈的掌声中拉开帷幕。

60年前，中华人民共和国成立后的第一场海战——万山海战就是在这里打响。时隔一个甲子后，曾经的荒芜孤岛，如今又迎来一次历史的偶遇。

岛不在大，有"仙"则名。

牛头岛的北峰犹如一把雄性的牛角斜刺天穹，沿着牛角东眺，洁白的钢结构厂房与辽阔的深坞相互辉映，晨曦洒在辽阔的海平面，映照在建设中的钢结构厂房上，整个工地都是金灿灿一片，蔚为壮观。

这座"梦工场"的使命，就是要完成33节海底沉管"巨无霸"的制造。

铁马秋风，孤岛筑梦。

骄阳似火，滚滚热浪中，珠海市发出高温黄色预警，正在搭建的沉管预制厂上空万里无云，阳光毫无遮拦地倾泻下来，钢结构被晒得烫手。

工人们戴着安全帽，身上绑着安全带，正在16米高的养护棚钢梁上露天作业，晒成酱黑色坚毅的脸庞上，笑容俨然阳光般灿烂。

他们骑在钢梁上，恍若烈日下的"蜘蛛人"，一点一点地左右挪动，龙门吊把钢架吊上来，便迅速把螺丝拧紧，再取掉钢架上的缆绳。

厂房外施工虽然有海风，但烈日晒得人睁不开眼睛，为了不晒伤，工人们都把衣服兜得严严实实，落下的汗水晶莹剔透，在阳光下一闪而过。

这是一个现代化的超级沉管预制厂，高大的桁架矗立在岛上，沐浴着伶仃洋上的阳光和海风，与沉管预制厂同步建设的还有寄放大型沉管的深坞。

那还是2010年初，中交四航局设计院副总工程师、港珠澳大桥岛隧工程设计负责人梁桁带着设计团队首次踏上牛头岛，仔细斟酌研究牛头岛的现状。他们根据工程特点、建设地址、地形地貌等因素找了这块"风水宝地"，提出了在岛内石场已有的巨大采石坑基础上进一步扩大深坞，使其具备同时寄放4个管节能力的深坞布置方案。

最早来到沉管预制厂建设工程部的中交四航局技术员司惟回忆道：深坞现场就是一个大大的七八米深的水池，其他地方都是长满了高高的野草，大家一看都傻眼了……

当时工地缺水少电，所有人只能住在3公里外的桂山镇。由于远离大陆，孤岛作业，从人员交通、食宿到生产材料、机械设备的运输，电力、通信网络的保障，所有前期工作开展都显得步履艰难。

"施工条件差，工作压力大，很多同事水土不服，经常出现腹泻等症状。"项目综合部事务部副主任贺朝阳这样说。

这是港珠澳大桥岛隧工程的III工区，13000吨深坞大沉箱、拦水坝的混凝土浇筑……泵车、搅拌车在浇筑区与搅拌站之间穿梭。

晒得黝黑，戴着"自行改装防晒型"安全帽的侯玮玮说："拦水坝B区是深坞的重要组成部分，此处不仅背靠30多米高并爆破过的倾斜山体，而且是拦水坝连接的拐角，施工难度相当大……"侯玮玮来自天津大学港口与航道专业，刚到港珠澳大桥岛隧项目沉管预制厂一个多月，脸庞的稚嫩早已褪去，古铜色的脸上多了一丝坚定。

坞门浇筑地点设在深坞中央，天气晴朗时，四周没有遮阳的地方，浇筑混凝土时，往往要日夜加班几十个小时。"你看，我都瘦成这般了，都快被太阳晒干了。"侯玮玮用戏谑的口吻说道。

烈日。狂风。暴雨。

有一次沉箱浇筑，突然间黑云压城，白昼如夜，雷鸣电闪，豆大的雨点无情地拍打着搅拌车窗户上的玻璃，呼啸的狂风肆意地袭击四周的草木，耀眼的闪电撕破天际黑压压的乌云，轰隆的惊雷从头上滚过。

"真没想到海上的大雨也来得如此粗野与狂暴！"侯玮玮说。

重达13000吨的深坞大沉箱混凝土浇筑总量达到5365立方米，不仅浇筑量大、技术难度高，而且周期长，风险大。那段日子里，大方量的混凝土浇筑一般都安排在夜间施工，为了确保每一次的顺利浇筑，荣叔每次都会到现场协调好工作后才放心回到宿舍休息。

荣叔是Ⅲ工区二分区的总调度，名叫阮顺荣。

一位员工向我透露了荣叔的一件"私事"：有一次中央电视台《国庆献礼——走基层》专栏到牛头岛沉管预制厂现场采访，在采访中荣叔突然电话响起，荣叔一看，眼里突然泛起闪亮泪光。

信息是老伴发来的，原来当天是荣叔的生日，信息这样写着："荣，今天是您的生日，我知道您在工地工作接电话不方便，发个信息祝您生日快乐，家里都好，请您放心……"

员工不禁好奇地问起："荣叔，老伴为什么称呼'您'呢？"荣叔有点不好意思地解释道："就是……就是心中有你……"

这时，他那张被大海紫外线过分关照而黑红的脸上，眼泪渐渐地盈满了眼眶滚落下来。

质检部副主管骆耀强师傅是把控工程质量的"黑包公"。一次，正值炎炎夏日，施工人员在深坞拦水坝沉箱绑扎钢筋，他爬上10多米高的拦水坝作业现场。细心的老骆拿出随身携带的卷尺，仔细测量钢筋绑扎间距，发现钢筋间距大了一点点，他立即要求施工人员重新拆开绑扎。

"不就是少几条钢筋吗，对于这么大的沉箱哪会有什么影响？"作业人员有点不耐烦。

骆师傅不紧不慢地告诉他："老乡，我们做的是120年工程，讲的是质量，我们必须严格按照图纸设计来，为我们所做的点点滴滴负责任。质量无小事，这样吧，我就在这里陪着你们把活干完。"

40摄氏度的高温，15米高的拦水坝，50多岁的他与施工人员坚守在现场，硬是认真细致地重新补上钢筋才离开……

面朝大海，听着潮声。牛头岛的日子如夏日傍晚的海风掠过，一道人工拦水坝终于将海与湖分割开来。

山外是海,山间是湖。

从深坞爆破开挖、坞门浇筑,从坞门设备安装到坞门浮运安装。震撼人心的场面虽然已经过去经年,但一幕幕画卷永远留在所有施工人员的记忆中。建设者们栉风沐雨,终于用心智凝聚成一个世界级的坞门沉箱。

从2010年底到2012年初,投资10亿元,历时14个月的沉管预制厂也和沉管深坞同步建成投产。预制厂总面积56万平方米,厂房中间为两条生产线,各具备3个独立的钢筋绑扎台座和浇筑台座,侧翼为其相对应的钢筋加工区,活脱脱一座现代化的超级工厂……

南粤7月,烈日炎炎,我前往号称世界最大的牛头沉管预制厂采访。在香洲码头上,我看到一群身穿救生衣、头戴安全帽、足蹬工作鞋、手戴劳保手套的工人在码头忙碌,刺人的太阳直射在他们身上,古铜色的脸上汗水在流淌,身上的工作服看不见一块干的地方。他们动作敏捷,眼神专注。

捆绑。装船。起吊。堆码。

据我所知,桂山沉管预制厂孤悬大海,交通不便,沉管生产所用的各种设备和钢材、河沙、石料、水泥、添加剂乃至生产用水等原材料都要靠船从陆上运来,施工组织难度大,物质保障要求高。

这时,我看见一个手吊绷带、走路一瘸一拐的年轻人正在指挥装船。他名叫贾泽东,是物资部的运输调度员。

一聊才知道,原来,在一次赶赴码头组织预埋件装船的路上,他被一辆疾驰而来的摩托车撞伤,造成右腿、右手骨折。仅仅休息一周,他就出现在了唐家一号货运码头和香洲货运码头上。

"怎么不多休息几天?"我不解地问道。

他说:"这些沉管钢筋与预埋件是混装在一起运送的,预埋件种类杂,起吊要求高,码放必须保证平整,我不去不放心。"

从香洲北堤码头乘船1个小时后抵达桂山镇。镇中心人流澎湃,米粉店、小卖部、菜场或水果摊前,到处是穿工装的工人。

隔日,我前往牛头"探营"。

驱车上山,翻过山岭,一座气势恢宏的超级工厂扑面而来。走进厂房,地面干干净净,施工机具停放得整整齐齐,绿色的参观通道通往各生产区域,钢筋半成品堆码得整齐有序。头上悬竖着十几台门吊与桥吊以及由德国PERI设计、振华重工制造的造价过亿元的沉管管节预制模板更让我感觉到这座厂房的不同凡响。

这是世界上最大的沉管预制工厂。

沉管预制场场长张文森告诉我，这个沉管隧道是国内首次采用工厂法的预制方法来预制，在国内尚没有人做，2012年的4月份开始进行首个节段的钢筋绑扎作业，到2012年的8月份才进行了首个节段的浇筑工作，其间经历了4个月时间。

走进车间，两条300多米长的流水生产线，集成了钢筋加工、钢筋笼绑扎、混凝土浇筑、管节一次舾装、深浅坞蓄排水及管节起浮横移等全部工序，每条生产线按模块形式组织施工。

180米长的沉管由8个小节组成，每个小节之间的设计偏角很小，在预制中要准确设定。如果一个偏角控制不好，出去的时候，偏差就会放大。

所谓"失之毫厘，差之千里"就是这个道理！

为解决沉管预制的精度控制，底板、侧墙、顶板的钢筋经加工后横向送至对应台座顺序绑扎，流水推进……

工具箱、安全帽、支架、对讲机、大水壶……这是沉管测量队的标配。测量队担负沉管预制厂滑移梁安装、模板调校、预埋件安装、钢筋笼确定等观测网的建设，任务纷繁复杂。在加密控制网建设期间，测量员白天进行加密控制网的布点、测绘，晚上进行钢筋笼绑扎支架定点、放线，当E2-S5段管节完成混凝土浇筑的时候，测量队的15名队员躺下了5个，队长何元甲足足瘦了10公斤。

"浇一节沉管掉一层皮"，这是在沉管预制厂经常听到的话。

与室外施工的烈日暴晒不同，室内钢筋笼闷热难耐，在生产车间里一站，汗水就直往下淌，空气湿度都在90%以上，伸手一抓都能拧下一把水来。这样的天气对人的体力消耗极大。

在钢筋绑扎区，工人们要对上百种钢筋构件进行绑扎、焊接，形成庞大的几何图形。申昌洲是个"90后"，他每天都对着看不完的图纸，把整个钢筋绑扎工艺、施工流程深深地印在脑子里。

"梦里都在现场检查绑扎钢筋。" 申昌洲说，在沉管管节E1-S5、E1-S4、E1-S3钢筋笼绑扎期间，他每天得在钢筋绑扎作业区域走上几十圈。要么钻近底板钢筋笼里面检查钢筋间距，要么爬到中隔墙检查钢筋胎架，要么登上顶板绑扎区督查垫块的绑扎质量，一天下来，油漆、汗水让他的工作服跟工人的没两样。

年近60岁的技术员许家贵干了30多年的钢筋绑扎工作，每到厂房，都会看到他戴着老花镜，一手拿卷尺，一手捧图纸，在钢筋笼里检查绑扎情况。老许的身体不如年轻人矫健，蹲下检查底板钢筋总是很吃力。老许为自己定了下班闹钟，闹钟响了，他就把图纸叠好放在手提袋里，回去吃完饭再看。老许说："流水线容不得出错，好记性不如赖笔头，带着图纸能随时核对绑扎质量，发现钢筋间距不对，可以及时修复。"

"我就是闭着眼睛也能沿着绿色通道来回走。"董政手握着对讲机笑着对我说。每天在厂区紧跟沉管预制生产超过12小时的他，小到一个垃圾桶的摆放，大到钢筋加工设备的布置、钢筋绑扎区域的优化，沉管预制厂二分厂的每个角落都凝结着他的汗水。

沉管需要的钢筋数量非常惊人，如何做到节约成本，提高效益呢？董政发现，原先统一采用12米长钢筋原材料加工沉管钢筋，现场按需切割分段，将造成6%的损耗，合计钢筋用量为12万吨。经过与厂家多次磋商，把原先钢筋统一长度进料至现场切割的方案优化为钢筋定尺进场，整个沉管预制需要的钢筋用量算下来，总共节约了2400多万元。

管节生产经历钢筋加工、绑扎、钢筋笼顶推、体系转换、预埋件安装、模板复位、混凝土浇筑、管节养护等工序。据介绍，如果将沉管预制的所有步骤都计算在内，一共有156道工序。工作人员手头都有清晰的操作标准，这个名为《港珠澳大桥岛隧工程沉管预制质量控制点管理》的体系文件，包括6个大项23个子项116个小项。

在每个节段的生产过程中，工程部、设备部、质检部等关键部门人员总是不厌其烦，一次次趴在地上检查钢筋绑扎焊接质量，绕着浇筑模板一圈圈地核查各部位运转情况。

我久久停留在阔大的沉管车间里，越来越多的迷惑和惊喜冲击着我的思考。走进这个神秘的海岛，走进这个神秘的工厂，我终于明白了这个工厂里面为什么有着那么多温暖而感人的故事。在这个梦工厂里，一定有一群不太一样的人，他们为这座大桥增添了时代与人性的光辉……

禁不住我的缠磨，质检部长柳志刚答应坐下来谈一谈。

柳志刚摘下安全帽，那张经过海风中和作用的脸庞，就像一川剧脸谱：安全帽檐遮盖住的额头保持着进场时候的本色，从额头以下到下巴，颜色逐次递深，黑而紫。同事说柳志刚是预制厂的元老，自进场以来就"足不出户"。

作为专职的"挑刺专家"，柳志刚和陈科等质检员俨然是沉管预制流水线上的听诊大夫，他们用照相机、摄像机记录下每一道工序，如啄木鸟一样，准确而及时地将瑕疵和差池挑出来。

有时，他们还要钻入密集的钢筋笼中，在狭小的空间内左右腾挪，前后滚爬，对每一个预埋件的安装精度、标高位置、焊接质量进行细细检查，对每一根注浆管、钢鞭止水带进行编号、检测、签字确认。每次出来以后，总是把衣服蹭得满是锈迹，几个月下来，工作服已经"伤痕累累"。

柳志刚告诉我，钢筋绑扎流水线依次为底板、墙体和顶板三个绑扎区域，每完成一道工序必须经过作业队伍、工区项目部和监理三方检验，确认质量合格后才允许顶推进入下一道工序。

"标准要求是什么？"

"每个节段钢筋绑扎精度要求误差控制在1厘米以内，箍筋等部位误差要求在5毫米内。"

一节沉管的预制周期在三个半月左右，工人先按照设计要求，用钢筋绑扎出沉管的形状，这相当于搭起了筋骨，接下来的混凝土浇筑就类似于给沉管装上肌肉了。

2012年8月5日下午3时，在沉管预制厂内，掌声伴随着鞭炮响彻云霄，岛隧项目总经理部林鸣总经理正式签署了沉管预制厂第一号浇筑令，大桥管理局朱永灵局长按下了第一号拖泵的启动按钮，顿时，雄浑强劲的轰鸣声在亘古荒凉的孤岛上响起。

浇筑令签署后，随着第一车混凝土倒入拖泵的料斗，混凝土浇筑开始，沉管预制厂就被隆隆的振捣声笼罩。在这个没有硝烟的战场上，领导、员工、质检、安全、后勤、清洁、杂工……各司其职，看似庞杂的施工现场并然有序。

混凝土一次浇筑3413立方米，要求在30小时内浇筑完毕，平均浇筑速度约114立方米/小时，且不允许出现任何故障。每次混凝土浇筑施工前后，他们都会在液压模板上爬上爬下，认真核实近300个关节支撑、100多个楔形千斤顶的状况，浇筑过程中更是全程坚守在施工最前线，细致督导作业工人做好混凝土温湿度控制和振捣等工序。

杨红是首段沉管生产的现场总指挥、岛隧工程Ⅲ工区一分区的生产副经理，每天拂晓他就开始现场巡视，听取技术员的汇报，安排当天的工作，主持生产调度会、施工讨论会，晚上11点钟还要到现场去巡查一遍。妻子、儿子假期从重庆前来探亲，他抽不出时间下岛，就吩咐母子俩自己上岛。母子俩上岛后也是一直等到凌晨时分才看到他的踪影。在管节浇筑的前一天，南方湿热的气候、高强度的工作节奏终于累垮了这个不服输的汉子，身体消瘦的他扁桃体发炎，高烧接近40摄氏度，话都讲不出来。晚上到医务室打完点滴，第二天早上兜里装着药又上了工地，一直坚持将3281立方米的混凝土浇筑完毕。

经过Ⅲ工区一分区全体施工人员连续51小时的奋战，至8月7日下午6时，震耳欲聋的欢呼声和惊天动地的鞭炮声再次响起，3281立方米的混凝土浇筑工作圆满完成，首段世界最大的海底沉管正式诞生！

初战告捷，心气提振。

沉管预制厂试验室主任张宝兰说："我还记得非常深刻的事情是浇筑完了以后，林总请所有的技术人员去吃了一餐饭，我觉得这是领导对我们的肯定。那天晚上我也喝醉了，因为在这里经过那么长时间做这件事，大家的心情可以说是得到了一个释放。"

"这是中国第一次真正意义上实现了流水线式的工厂化预制施工。"杨红说，"大体量钢筋笼绑扎技术、两套世界最大液压钢模板、世界上精确度最高的顶推设备……我们从工艺设备到方案编辑，都达到了当今同业的极致，成为国内工程的典范。"

牛头岛上的一草一木，一滴水一块石头，都寄托着港珠澳大桥建设者的情结，有太多的人与事值得我们去感动。

张宝兰回忆说："沉管沉到海底如果有裂缝海水会渗进来，渗透进来的话它会破坏混凝土里的钢筋，钢筋是混凝土的骨架，起重要的支撑传导作用，它（钢筋）锈蚀开裂的话体积会增大引起混凝土的膨胀，造成沉管混凝土开裂提前损坏，（所以）我们混凝土设计的配额比是非常关键的。"

作为混凝土配比领域的专家，张宝兰和她的技术团队被点将开始了漫长而又艰辛的技术攻关，仅混凝土搅拌就进行了数以千次的试验。她说，先是在家里做，总部试验室建好后在总部试验室做，（桂山）岛上的试验室做好后我们又到岛上来做，后来又到新会去做，新会做完后又到岛上这里做，反反复复反反复复，很多人都受不了，有4个小伙子不干了，直言太累。

沉管由混凝土浇筑，原材料有一点不均匀，就很可能产生裂缝。譬如石子，一般工程要求含泥量不能超过1%，而沉管隧道提出的标准是不能超过0.5%。夏天地面温度高达50摄氏度，为了给搅拌作业降温，专家们在石子堆场加装喷淋系统，并在搅拌时加入冰块……

据了解，工区开展了6次现场小尺寸模型试验、2次足尺模型试验，进行了18个人工岛沉箱混凝土浇筑验证，优选出满足超大型沉管性能要求，并具有低水化热、低收缩的混凝土配合比，综合采用多种温控技术，实现从骨料堆放到混凝土入模的全程温度控制。

32岁的张洪是中交二航局二公司港珠澳大桥岛隧项目部副总工。张洪通过三维动画向我演示：每节180米沉管分为8段浇筑，每段管节长22.5米。每个管节的接口处都采用凹凸槽设计，一个管节凸出的地方，将与另一个管节凹下的地方咬合，以保证管节拉合后不脱落。在每个管节之间，都采用止水带，防止海水渗漏……

提到"止水"这两个字，张洪都会重复几遍，他严肃地说："决定沉管隧道贯通成败的关键就在于止水。"预制第一节沉管时，张洪和整个项目部足足用了7个月反复验证各种配比的混凝土，其间用坏了4台搅拌机。经过上百次的调整、优化，终于寻找到了最合适的配比。

为了保证沉管滴水不漏，沉管混凝土浇筑必须一次性完成。每一节沉管浇筑后，都会有工人进入宽度仅50多厘米的钢筋笼里用仪器反复振捣，连续30多个小时不间断地消除混凝土中的气泡。"水无孔不入，沉管预制中，即使细小的气泡也是决不允许存在的。"张洪说。

袁立只有26岁，但脸庞显然有些沧桑，根本觉察不出来他的阅历和心态有着同龄人不曾有的成熟与稳重。袁立说："我们在改变这个岛，这个岛也在改变我们。"作为工程部的技术员，袁立巧妙利用3D建模技术，将每一个关键步骤都利用动画视频的方式呈现给工人。他经常利用深夜时间对照着平面图纸，将一张简单的图纸变成一段段短短1分钟的视频。随后，他将这些技术应用到了钢筋设备加工、钢筋笼顶推、沉管管节顶推、预埋件安装、舾装等等施工工艺中，让本来需要一个多小时的技术交底工作缩短到几分钟就可以让工人更加清楚、明白。

浇筑完成后，施工人员再用液压设备将沉管推进"浅坞区"。在这里，沉管两端被安上"钢封门"，形成一个封闭的箱体。此后，施工人员会往"浅坞区"灌水，使沉管浮起来；再把它横移到"深坞区"，并在这里接受性能检测，等待拖运。

"事在心上，心在事上。"这是Ⅲ工区二分区常务副经理陈伟彬对员工的工作要求，意即把事记在心上，让事与心的脉搏一起跳动。

陈伟彬说："我们要做世界上唯一的不漏水的沉管！我们不是一个人用心干，而是1000多人全都用心干。"

正如项目副经理陈聪所说："不把当天的事情做完，睡觉也睡不踏实。"

斗转星移，一转眼来到2017年3月。

7日那天，灿烂晨曦洒在牛头岛附近的海面，将整个沉管预制厂施工现场映衬得金灿灿，工人们盼来的最终沉管接头开始浇筑了。

大家心情激动，但转眼一想又犯了踌躇：这可是全世界最大规模的钢壳混凝土浇筑啊！

整个接头重达6000吨，共304个隔舱，浇筑总方量约1400立方米，须分5次施工。

其间，受强冷空气影响，从珠江吹来的冷风刺骨，乍暖还寒的珠海最低气温骤降至6摄氏度，天气给现场施工带来了极大的挑战。为了抢抓延误了40多天的工期，数十个班组多兵种作战，同步推进各项作业工序。

最终接头内部空间异常狭窄，浇筑管路布设复杂，进料口宽仅20厘米，舱内施工极为不便。同时，最终接头的每一次浇筑都是唯一的、不可逆的。

这是国内首次采用高流动性混凝土工法，刘晓东下了死命令："只许成功，不许失败。"

狭小的方形隔舱内，作业人员头戴特低压的探照灯进行紧张的浇筑。3月26日从早上7点干到傍晚6点，整整11个小时。黑夜中，冒着严寒风雨，一个个忙碌的身影在灯光照射下时而躬身细察，时而仰头呼应，时而奋力抬扛，浇筑完成已是凌晨2点。

夜深了，车间里依然灯火通明，工人们依然不知疲倦地忙碌着，这时，不知谁大喊了一声："王大德，王大德！再来一磅（混凝土）！"

后来是一群人在喊："再来一磅！好！停！"

浇筑满舱。第304个隔舱最后一磅高流动性混凝土，被大桥建设者注入最终接头钢壳内，历时16天的高流动性混凝土浇筑终于"瓜熟蒂落"。

一个长22.5米的标准沉管节段，需要浇筑3400立方米钢筋混凝土，正常来说30多个小时就可以做完。而最终接头只需要浇筑1400立方米钢壳混凝土，232名施工工人整整浇了16天。

混凝土浇筑完成后，最终接头的舾装没有任何经验可以借鉴。主管舾装施工的Ⅴ工区副经理王伟说："都是第一次做，而且整个结构非常复杂，舾装调试工期紧、要求高、安全风险大，每一个步骤都是一套复杂程度极高、风险系数极大的体系。"

舾装现场，近200名工人在三四层楼高的脚手架上爬上爬下，进出单独通行的狭窄水密门，进行各种零部件的舾装。安装防撞块，焊接预埋件，切割焊接用的钢板……整个钢壳四周都是忙碌的身影。

Ⅲ工区一分区工程部主管杨振说："最终接头的几十项舾装任务有4个单位在施工，其中止水带安装、顶推小梁安装以及伸缩带的姿态调试，都如同在钢壳上'绣花'，误差只允许控制在1—2毫米。"

在碧波荡漾的深坞里，舾装完成的最终接头两侧一块块经过涂装的白色挂板宛如战士身上的盔甲，而顶部量身定做的双人孔、双翼形结构测量塔气势磅礴，静待出征……

牛头岛的夜，远离城市的喧嚣，恬静而浪漫。

走在洒满橘黄色灯光的工区路上，建设者特有的浪漫情怀不由得涌上心头，偶尔有工人会边走边唱，将工作的疲惫和对家的思念化作淡淡的歌声。

都说秋天是一幅色彩斑斓的画，一首柔情百转的歌，一个多姿多彩的梦。在桂山牛头岛的5个秋天里，建设者把梦想变成可感可触的现实，创作出一件件如诗如画的优秀沉管作品——

5年间，百万立方米混凝土浇筑了33节沉管。

5年间，33节沉管264个接头零裂缝。

5年间，33节沉管相继从图纸走向工厂，由钢筋水泥变身"超级航母"并在干坞内一次试漏并分节起浮。

5年间，100多个国家的政府要人、建筑企业管理者、技术专家专程赶来牛头岛参观，为中国建设者的成就惊叹不已。

第十二章　钢桥是怎样炼成的

广东中山，人烟罕至的马鞍岛。纯美的珠江从喧嚣的城市间流来，始终保持着一种优雅，一种从容而舒缓的节奏与旋律。

如果无人告知，外人很难发现，这里藏匿有3个港珠澳大桥项目的钢箱梁和组合梁预制基地。远远望去，基地那么寂静，犹如马鞍岛上的一块块胎记。

这里是港珠澳大桥CB01、CB02、CB05等标段箱梁的拼装厂。从河北秦皇岛山桥产业园、湖北武汉武船阳逻和双柳基地等工厂生产出来的板单元，通过海上运输到中山马鞍岛后，在这里合成组合梁、钢箱梁节段或钢塔，随后运往港珠澳大桥施工海域吊装。

钢箱梁，顾名思义，是钢板箱形的梁；组合梁则是箱板为钢、板面为混凝土的梁。作为大跨径桥梁常用的结构形式，钢箱梁和组合梁之于港珠澳大桥，犹如蛟龙的骨骼。

港珠澳大桥是全世界最长的钢箱梁制造段,加上组合梁桥段共29.6公里。负责钢箱梁采购与制造的是CB01、CB02标段,分别由中铁山桥集团和武船重工承担,用钢量分别达到16万和18万吨。负责组合梁采购与制造的是CB05标段,分别由上海振华和中铁宝桥承担,用钢量8.5万吨。

大桥用钢量:16万+18万+8.5万=42.5万吨。

42.5万吨啊!相当于建10个鸟巢,或者60座埃菲尔铁塔。

钢箱梁是港珠澳大桥主体桥梁的"骨骼",按照港珠澳大桥管理局提出的"工厂化、机械化、智能化、信息化"钢箱梁板单元全自动生产线理念和合同要求,90%的工作量将移到陆地车间里完成,这意味着主桥有超过2/3的板单元将在工厂内的流水线上生产,然后运至马鞍岛拼装成"骨骼"船载到伶仃洋现场吊装。

数量大并不可怕,真正的挑战来自于工期短:36个月。

要知道,美国的奥克兰大桥4万吨钢箱梁就做了4年,港珠澳大桥42.5万吨钢箱梁3年能完成吗?

如何在36个月时间内,把42.5万吨钢箱梁做出来?

造桥劲旅,钢铁雄狮!中铁山桥、武船重工、中铁宝桥、上海振华,这些都是中国鼎鼎有名的架桥"铁军",敢打硬仗、善打恶仗、能打胜仗,位居我国桥梁建设的顶尖方阵。

2010年春节刚过,港珠澳大桥钢箱梁板单元、钢箱梁拼装厂建设同时在大江南北两地燃起战火。

2012年7月18日,中铁山桥于秦皇岛山桥产业园建起3横跨5纵跨布局的全新钢结构联合厂房,总面积达8.5万平方米。他们将日本最先进的电弧跟踪技术引进到山海关山桥产业园,研制了反变形船位焊接机器人,取代了此前"半自动焊接跟踪小车+人工控制焊接位置"的操作模式,以"全新厂房、尖端设备、一流技术、科学管理"的全新格局开启港珠澳大桥钢箱梁制造的智能化新时代。

2012年8月22日,武船双柳基地六联跨厂房内装饰一新的会场内鼓乐齐鸣,随着港珠澳大桥管理局副局长余烈等领导按下发光球的那一刻,港珠澳大桥主体工程桥梁工程CB02标正式开工。从原材料进场到板单元成品产出,这一大桥主桥的"骨骼"制造全过程自动化生产线,机器人焊接,自动化控制……这是世界上最好的钢箱梁自动化生产线。

创新在"线"。

钢板校平预处理线、板材下料生产线、U肋生产线、U肋板单元生产线、板肋板单元生产线、横隔板单元生产线、T形梁生产线……从生产线设备配置到桥梁技术装备，高科技亮点在每一条生产线上熠熠生辉，山桥产业园和双柳基地的桥梁钢结构制造技术和桥梁产业也由此翻开了历史新篇章。

在马鞍岛上，"钢箱梁"同样有建设者精彩的故事。

中铁山桥集团、武船重工的派出先遣队相继开赴广东省中山市，在马鞍山岛开荒拓土，建设钢箱梁拼装基地。

这是一段类似激情燃烧的岁月。

李华生是中铁山桥集团先遣队的成员之一。2012年4月，他告别妻女从山海关来到珠江口，踏上了这个方圆十余公里荒无人烟的孤岛披荆斩棘。建设之初，这里没有水、没有电，更没有网络，中间有水道阻隔，进出基地都要靠船舶运输，可谓"岛中之岛"。

李华生现任中铁山桥集团港珠澳大桥CB01标党总支书记和项目副经理。刚来时担任中山基地建设指挥部计财部长，协助公司工业设备部和指挥部组织中山基地建设，基地建好了，CB01标项目部进驻，李华生从部长升为副经理。

"万事开头难。"李华生笑着摇了摇头感慨道。

中山基地是中铁山桥港珠澳大桥钢箱梁的总拼装场地，拼装后要运输和吊装这些普遍超2000吨的"巨无霸"，鲜有可以借鉴的经验。按李华生的说法是："每一步路都是新路，每一道题都是难题。"

当时交给他们的是刚刚吹填好的1000亩地，建设者要在半年内完成十几万平方米的厂房和胎架，其中土建施工近300个基坑承台，房架钢结构有8000多吨，制造安装起重机数十台……必须分秒必争。

压力压力压力！

夜黑星稀风猎猎，建设者们夜以继日，迎难而上。

"前面那几年确实苦。大夏天里，因为缺水而两三天洗不上澡，这是经常的事。我们绝大多数人老家在河北，想和家里视频聊天，得坐船回陆地上才行。"中铁山桥计划合同部部长李德仁的脸部线条坚硬如削，忍不住回味往事。

最让北方汉子们觉得不可思议的是台风。

据CB01标段项目党工委书记王树枝回忆，一年要有3—4个台风，他前后组织疏散的员工有上千个人。特别是2012年"韦森特"台风来袭，岛上人员于当晚全数撤离，可两座刚装上的巨型龙门塔吊却只能跟台风硬扛，建设中的岸线防护堤也较为脆弱。这令他担忧不已。第二天早上不到7点，王树枝便来到基地对岸的小山包上，遥望两座塔吊安然无恙，这才稍稍放心。

在这种既无"天时"也无"地利"的情况下，仅半年时间，岛上的基地厂房就拔地而起，并于2012年底顺利开工投产。

2014年4月20日，我前往基地采访。

这天是谷雨，一个难得清爽的星期六。谷雨时节，万物蓬勃生长，恪守传统的人们都会在这一天尽情地放飞希望。我从中山市区开车半个多小时，跨过山丘和江河，远远看到那片宽阔的滩涂和滩涂旁的工厂。我远远就看到那两个橙色的巨型龙门塔吊，虽然疏离尘世却又霸气外露，独特的气质引人入胜。

王树枝告诉我，别看这两台龙门吊威风凛凛，当时可是折腾坏了一帮人，自主研发花了一年半的时间，仅安装起来就花了4个月。这是目前国内同类型龙门吊中仅有的两台巨无霸，由项目部自主研发的。正是这两台龙门吊，完成了港珠澳大桥3600吨的最大钢塔的吊装任务，成为港珠澳大桥建设中媒体聚焦的大"明星"之一。

王树枝陪我在工区里参观，他神情从容，语气平和，走路有声，宛如风中的鼓点。

望着占地1000亩，承载各种大型设备和生产线的现代化工厂，谁能想到如此气势恢宏的一切在4年前还只是一片淤泥沼泽地呢？

在王树枝简洁明亮的办公室里，我们没有初次见面的陌生感。

"为什么选择在这个荒岛？"

"我们是按照港珠澳大桥生产和服务的需求量身打造啊！"王树枝紧蹙双眉，"选址这里是因为临近珠江口，海上运输便利，但这个地方的地质条件较差，全是淤泥沼泽，当时的基础建设费了很大力气，近乎是'填海造田'才打出的地基。"

耳听为虚，眼见为实。

在基地我还看到有968个轮子、重达3000吨的运梁平车正将拼装完毕的大节段运出厂房，嚯，那个场面真壮观，远远看去像一条趴着的巨型蜈蚣。中铁山桥集团项目部总工程师胡广瑞正在四下逡巡，他告诉我一日或数日后，这些庞然大物将由重载驳船运走。

胡广瑞性格率真，言谈举止给我留下鲜明的印象。我说胡总我们去车间里走走，他略一沉吟，嘴角轻轻翕动几下，一脸倦容地答应了我。

工区里分别设置了板单元卸船作业区、板单元存放区、钢箱梁节段拼装厂房、钢塔节段拼装厂房、打砂涂装厂房、大节段拼装厂房等。这里分布着一条条总装线。一个个10多米长、横截面30多米宽的钢箱梁小节段，整齐排列就像等待检阅的坦克方队。

在拼装厂，切割和焊接钢铁的声音此起彼伏，大型自动化机器蠕动着，工人们忙着焊接、打磨、喷涂……

我被一种莫名的温馨所感动，打心眼里佩服这些人。

"高寿命、短工期两大要求，意味着技术上要更精尖，节奏上要更紧凑。"胡广瑞侃侃而谈，讲解总是精准独到。

港珠澳大桥120年寿命要求钢箱梁在制造过程中实现无马焊接，也就是焊接过程中克服钢结构变形的最新技术。

这在以前几乎被认定为是不可能完成的任务。

胡广瑞坦言当初接到任务心情激动，但转眼一想又犯了踌躇，因为这个过程当中难度确实比较大，无论是这个工地的主管也好，还是技术质检人员也好，都承受着很大的压力，焊接工人更是不适应。

困顿之际，项目部自主研发的4台小型自动化焊接机器人投入试用。每台焊机里都植有芯片，工作状态随时可通过电脑控制，从而保证焊接质量和精度。

在中铁山桥港珠澳大桥中山基地，一些约定俗成的标准被改变，钢箱梁长线拼装技术替代单段短线拼装法被应用进来，将胎架高度按设计和监控线形布置，使梁段制作、匹配和预拼装一次完成，节省了梁段转运、预拼装的时间，有效缩短梁段制作周期。

2013年下半年，港珠澳大桥主桥工程建设全面加速，而CB01标段的钢箱梁大节段进入与时间赛跑的拼装期。

然而，摆在他们眼前的却是，拼装速度远远滞后。

李德仁说："接近年底的时候，中铁山桥开始了第一轮的大节段拼装。原计划每月至少拼装4个大节段，可首轮干了5个月，却只拼出了11个。要是按照这样的速度，我们干到2020年也干不完啊！"

12月的中山，天气已经颇有凉意了，冷瑟瑟的风吹来，但有一股热流在工人们的心头翻涌，那是渴望已久的热流，那是积蓄已久的热流。工厂里开展起"生产攻坚月"活动全力以赴赶工期。

谈立壮本来是在伶仃洋海上的桥位现场工作，此时，他被领导调回中山基地，担任工程管理部副部长，负责调动各部门的资源组织生产，不久后又升为部长。他要求生产部人员工作时间全部到一线，所有质检程序必须在拼装现场第一时间完成，一副踌躇满志，无所畏惧的姿态。

设备管理部副部长祁连海被王树枝称为"施工现场最忙碌的人"。攻关竞赛进行得如火如荼时，重大关键设备2000吨龙门吊电机突发故障，停摆了。祁连海急得上火，干脆盯在设备旁，组织相关部门昼夜抢修。漆黑的夜里，在60米高的龙门吊上，拆装一吨多重的电机，他没有一句怨言，熬得两眼发红。

在巨大的厂房内，项目副总工刘申说他很惊讶："拼接第一个钢箱梁大节段用了一个多月，'生产攻坚月'后，大节段的拼接只需12天，近乎首轮速度的3倍，这样的成绩，我一开始是觉得不可能取得的。"

在项目部里，我仔细翻阅他们的工作笔记。由于海上气候潮湿，笔记本有些卷皱，字体也因水渍略显模糊。我一页一页地翻开这本还散发着海水咸味的笔记本，记录、拍照、摘抄、整理。我慢慢地看懂了一座钢桥是这样炼成的——

时间：2012年7月18日，板单元制造。
地点：秦皇岛山桥工业园基地
流程：火焰切割下料→等离子切割下料→机器人定位组装焊接→机器人焊接→板单元入库。

时间：2012年12月28日，拼装钢箱梁。
地点：中山马鞍岛基地
流程：底板拼装→肋板拼装→横纵隔板拼装→顶板拼装。

时间：2013年5月31日，首轮小节段下胎。
地点：中山马鞍岛基地
流程：打砂除锈→喷漆涂装→大节段拼装。

时间：2014年1月10日，首段大节段下胎。
地点：中山马鞍岛基地
流程：大节段移梁→大节段装船。

时间：2014年1月15日，首段大节段装船发运。
地点：中山马鞍岛基地
流程：桥址拼装→海上拖运。

时间：2014年1月18日，首段大节段吊装。
地点：港珠澳大桥施工现场

流程：海上吊装→等待吊装→桥梁直线段→桥梁曲线段→吊装大节段。

总计：CB01标段8.67公里范围内，用板单元24480块，小节段779个，大节段72个，大节段最重3600吨，最轻1784吨，最长152.6米，最短86.6米。从2012年7月18日开始生产板单元至2016年4月11日合拢，历时3年8个月零24天（1359天），各种会议：591次。

钢箱梁的拼装工作十分之艰辛。

在港珠澳大桥SB01标总监程志虎的《监理日志》中，有这样一段描述：马鞍岛毒辣的阳光虽然不能照进钢箱梁内，但箱梁内却异常闷热。我曾经在早晨的时候拿温度计去测量过，比桥面温度还要高10摄氏度左右（达到48摄氏度），如果换成中午，谁也不敢钻进去……

武船重工的中山基地用于港珠澳大桥工程钢箱梁和钢塔整体结构的拼装、涂装、存放与发运。在27万平方米的拼装基地，节段的拼接、焊接、上漆、质检等工作在同步进行。

我如约前往武船重工集团港珠澳大桥中山基地。

这个异常炎热的晚春，太阳一直在直射，阳光如此强烈，天空干净，看不见一丝云翳，阳光几乎是无遮无拦地照射下来。

武船中山基地里，巨大的钢构厂房连排站立，气势威武。基地内道路交错纵横，工人们穿梭其间，即便项目已接近尾声，这里仍是一片热火朝天。

CB02标段项目经理、常务副总经理黄新明说："我们基地建有5条总装线、2条大拼装线、1条钢塔生产线，现场施工工人高峰时达到1000人。"

在大节段拼装车间，我发现一名工作人员正在给大节段进行环缝涂装。现场负责人王吉祥告诉我，每个步骤都很严格，任何小问题都要经过报验，厂检和质检合格后才能做下一道工序。

他所言不虚，很快质检、厂检和监检人员就开始检查涂装情况。来自武汉监理公司的监理卢文阳，直接向王吉祥指出发现的问题，表示最好将破损之处的涂装一次性补完。

工程人员陪我穿越了一个大节段。这一长达100多米的钢箱梁大节段里，一个个板单元内结构错落有致。

"看起来像间宿舍。"

"呵呵！比宿舍大多了。"工程人员笑着告诉我，这个"宿舍"内部还设有检查车轨道，方便日后工作人员乘坐检查车进行日常巡查与维修。

2013年，首轮拼装大节段时并不顺利，花了3个月时间。如果照此速度，根本无法完成任务。于是，工程技术人员进行了大量的工艺优化，在项目部，光是有编号的工艺优化通知单就多达600多份。

华杰是2014年10月来到中山基地的，担任生产部部长。"当时的工期已经非常滞后，主要原因是受海上吊装影响，我们生产的钢箱梁大量积压在基地，最多的时候有钢塔两座、大节段16节、小节段100多节。每一个节段的移动，都伴随着大量的腾挪工作，这导致我们无法高效地组织生产。"他说。

那段时间里，华杰每天白天顶着烈日在现场奔波指挥，夜晚对着布置图一步步策划，反复推演生产方案。手机计步软件显示，他那段时间每天步行有20多公里，不到两个月就要废掉一双鞋。

基地生产的钢箱梁和钢索塔都是用于江海直达船航道桥段及其临近的非通航孔桥，江海直达船航道桥的3个"海豚形"钢索塔就是在这里生产的。

黄新明给我讲了这样一个故事。

当时，由于受海上工程环境的影响，基地得到指令，138#"海豚塔"必须在中山基地180度翻身以后，才能运到海上施工现场吊装。

这是中山基地遇到的最大困难和挑战。

在塔顶吊具顺利安装后，塔底吊具却始终安装失败，由于极其细微的误差，吊具的轴无法穿过"海豚塔"的镗孔。

就在大家无计可施的时候，华杰主动请缨，背起十几斤重的千斤顶爬上"海豚塔"，在高空花了近两个小时，硬是把轴顶进了镗孔，顺利安装了吊具。

正在所有人都以为可以松口气的时候，吊机连接"海豚塔"的钢绳却从滑轮上脱槽了。这时，运输部的两名老工人站了出来，他们提议由悬臂吊起一个铁笼，两人站在铁笼里靠近滑轮，在高空把单根重达5吨的钢绳给归位。

"铁笼是悬在空中的，没有稳定的支点，钢绳又那么重，这个工作其实非常费劲且危险。"黄新明说。

"海豚塔"起运前翻个身就耗了工程技术人员整整3个昼夜。华杰在现场全程跟踪，没有睡过一个安稳觉，累了就在工程车里躺一会儿，被监理和业主称为"铁人"。

华杰淡然一笑："这一次，连中铁山桥自己的人都吃惊：怎么白天是你们这帮人，晚上还是你们这帮人？你们都不用睡觉的吗？"

广东东莞市洪梅镇。

金鳌沙村是洪梅镇的一个自然村，位于东莞市西面，广州市东面，位于东江支流入珠江口处，紧靠出海水域，能满足大型船舶进港靠泊的要求，地理位置极佳。

中交一航局选择了这块风水宝地作为港珠澳大桥桥梁工程CB03标段的桥墩预制基地，承担72座墩台的预制和出运任务。墩台预制场设有钢筋加工车间、拌和区、预制区、储存区、纵移区、钢筋绑扎区、坞坑及出运码头、办公及生活区等多个功能区。

CB03标桥墩类型最多，共分为9大类，墩台共分为9大类40种型号，单件最重达3510吨，单件最高达26.95米，差不多10层楼那么高。

在预制场施工现场，数十座墩台高高矗立，各种机械设备林立，人影穿梭，昼夜不停施工，各种型号的墩台施工全面展开，施工进度进展顺利。承台墩身的生产场面十分壮观。两套20多米高的模板像两个巨大的括号一样打开着，工人们在钢筋绑扎台座上进行钢筋绑扎作业。绑一层吊一层，减少作业环节，而且每个绑扎台座都设计安装有可收缩式的雨棚，即便是暴雨倾盆也不会影响施工。

孙业发是CB03标的项目总工程师。我去造访的那天，秋高气爽，太阳闪着明亮的眸子，天空给出了一个灿烂的笑脸，就像一块刚刚洗净的蓝布，十分养眼。

我一见面就情不自禁攥着他的手，我说咱们好好聊一聊，随便聊。

采访从"随便聊"开始，他说港珠澳大桥是一次改变人生的航程，所有的甘苦和震撼，所有事情的印记都十分清晰和深刻。

他叙述事情很急切，很具体很投入，话题很快又转到桥墩预制上来。他告诉我，桥墩预制工程的高精度要求，决定了东莞预制场建设的高标准。这集中地体现在预制台座上，为了保证桥墩小于H/3000垂直度控制标准要求，预制平台的平整度差必须控制在2毫米以内。将20米×20米的范围做成高差不超过2毫米的平面，几乎像"玻璃面"一样。项目部多次确立了"精细化施工"的理念，在施工中以"工艺品标准"进行质量控制，从细节入手，每道工序精益求精，每个环节精心控制。

对这些深奥的专业术语，我自然不明就里。他一路为我解惑，对工程的熟稔和表述的清晰、中肯，使我每每豁然开朗。

"你觉得最难的是哪一个环节？"

孙业发默不作声，沉思片刻才说："最难的要数其中的28座分段式桥墩的分段预制。虽然使单件墩台预制的体积变小了，但分段之后还需要再合上。"

这看似简单的一分一合，却使建设者们经历了极大的考验。这考验，被孙业发总工概括为"三高"：高精度，高难度，高风险。

高精度。分段式桥墩须通过预应力粗钢筋和竖向干接缝匹配工艺实现对接。粗钢筋的垂直度、同心度、位置的精确性必须控制在0—5毫米，才能保证上、下节对接的零误差，精度要求极高。高难度。施工中应用的直径75毫米预应力粗钢筋和竖向干接缝匹配工艺都是国内首例，没有经验可以借鉴，加之精度极高，施工难度巨大。高风险。由于精度之高，容不得出现任何闪失，一旦出了问题，后果不堪设想，会对施工造成巨大影响。此外，由于分段式中、上节墩身不带承台，截面小，高度大，海上船运稳定性差，安全风险突出。

巨大的压力面前，技术人员加班加点，研讨方案、组织试验、优化方案……展开了一系列的技术攻关活动。

技术员小隋说："分段式桥墩预应力粗钢筋最少的有36根，最多的达64根，每根的精度都要控制在几毫米。工序多，精度就不好控制，每一个细节都必须到位，最关键的环节就是'三次定位一次校核'。"

小隋所说的三次定位，是对粗钢筋进行底部定位、顶部定位和中间部位定位，精度须控制在0—2毫米。一次校核是在混凝土浇筑前，试安装干接缝顶模，利用顶模预留的精确孔洞，校正粗钢筋位置，校核精确后进行加固，再浇注混凝土。

"大直径预应力粗钢筋及波纹管定位成套技术和预制构件的竖向干接缝匹配模具两项技术就是针对精度。"孙业发接过话题，他告诉我，这是在中交一航局专家组指导下取得的，两项技术都已经获得了国家专利授权。

谈得正酣，孙业发的手机响了起来，他对着我呵呵笑一声。

挂断电话，他转身坐了下来，向我解释了几句，接着讲解："干接缝对接的关键之处，就是顶模和底模的精确匹配。施工时，下节墩身浇筑完成后，立即安装顶模。中节、上节施工前，先安装底模，控制平整度，混凝土浇筑后，形成剪力槽。这样，通过上下节干接缝剪力键槽和连接粗钢筋，完成干法对接。"

他的语调沉稳和缓，显得十分健谈。

叶建州是东莞预制场项目经理，命运的邂逅，让他有缘参与港珠澳大桥这个世纪工程。刚刚30出头的他心无旁骛，一门心思周而复始做"桥墩"。

对他来说，桥墩就是一座山，从一开始就清晰可辨，就读懂它的隐含高远，职责注定他要勇于挑重担，敢于负责任。

面对预制场建设的繁琐艰难和首件墩台的浇筑生产，叶建州承担着项目管理的诸多挑战和安全生产的巨大压力，他带领他的团队倾力打造港珠澳大桥"第一墩"。

两年来，由于长期不回家，叶建州的妻子也时常会埋怨。2013年初，妻子带着孩子来到工地找到这个"不回家的人"，发现丈夫每天拖着疲惫的身体早出晚归，依然是那样的忙碌，几乎忘记妻子孩子的存在。妻子一气之下写下一纸离婚协议拿到叶建州面前。叶建州随手签上了"刘翔"（妻子喜欢的明星），悄悄地，妻子那盈盈泪花中，溢出了一个心酸的笑脸。

东莞之行，贤惠的妻子更深刻地理解了丈夫的艰辛与不易，为了不影响丈夫的工作，带着孩子回到老家。

叶建州说："一个人的能力有限，但是只要心中有责任，梦想便能实现。"正如他的QQ签名的那样：这是自己的责任，就是跪着也要坚持。

为解决技术和工艺难题，叶建州组织技术、质量人员，讨论方案，研究措施，论证、试验、实践、改进优化……在这个过程中，他始终坚持和他的团队一起扛，共商工艺，共解难题，汗水大家一起流，甚至争得面红耳赤。

2013年初，随着环氧钢筋绑扎开始，港珠澳大桥"第一墩"开工预制。当天，整个预制场沸腾了。按照工艺要求，整体式桥墩分三段浇筑，分段预制，须连续施工，以最短的龄期差完成全部混凝土浇筑，而且，单件墩台预制的体积看似变小了，但因为分段之后还需要再合上，所以，这看似简单的一分一合，却让建设者们饱受考验，连干了一辈子混凝土施工的老师傅，都不禁打了一个寒战。

叶建州陪我参观桥墩预制钢筋绑扎施工，看得出他满脸疲惫，但却精神抖擞，能感受到他的激情与力量，我们更多的是用目光彼此交流。徜徉在车间里，各部位施工以生产线的方式进行，每条生产线按模块形式组织施工：底板钢筋绑扎模块、承台钢筋绑扎模块、底节墩身钢筋绑扎模块、混凝土浇筑模块、硅烷浸渍模块……工人们在每一模块上只完成该项工作，完成该项工作后，整体转移到下一个模块上施工，上一模块继续进行原来的施工内容。

"新工艺、新结构和新材料在东莞墩台预制中被广泛应用。"叶建州为我娓娓道来：集束式剪力钉群代替均布式剪力钉群、环氧树脂钢筋、不锈钢钢筋、高性能海工混凝土、高阻尼橡胶隔震支座。

叶建州低调，谦虚沉稳，言语中有着很强的穿透力。

3月15日下午，当首件桥墩顺利通过评审验收后，所有的人员都已从会议室散去，叶建州一个人静静地坐在椅子上。多少个日日夜夜的寝食不安、坐立不定，都是为了这一天。今天，他终于可以在椅子上坐一会儿了，而此时的他，已经是连续感冒一周，再也扛不住了，被送进医院打点滴……

第三部 / 云水激荡

　　港珠澳大桥是世界桥梁界的"珠穆朗玛峰"，拥有世界最长的跨海大桥、世界首条海底深埋沉管隧道、世界最大海中桥隧工程等多个响亮的名号……它注定要被载入人类有史以来规模最大、技术含量最高的桥梁工程史册。

　　孔子曰：逝者如斯夫，不舍昼夜。

　　回望逝去的烟波，这项栉风沐雨的浩瀚工程有多少让人或扼腕而叹或拊掌而笑的经典瞬间？

　　潮涨潮落，江海依故。过去的已经消失，再也不可能为我们提供亲身经历而重演一回。岁月如风，吹去了浮华与轻荡，留下的是风霜雪雨之后的成熟，这成熟宛如一颗晶莹沉淀的丰收之果。

　　踏破历史经纬，让我们走近那些叩问"极限"的智者勇者，因为英雄的基因，一旦被海浪唤醒，那些生生不息的奋斗故事，便有了焕然一新的精彩演绎……

第十三章　闹海

2011年5月15日，天下着一场小雨，伶仃洋海面灰蒙蒙。平静的洋面上，振沉施工专用船舶"振浮8号"稳立于大海中央，在雨露阳光的照耀下显得分外壮观，机舱的轰鸣声和柴油燃烧的味道撞击耳鼻。

上午10时，振沉首个钢圆筒节点终于在万众瞩目的期待中到来。伶仃洋海面上鞭炮齐鸣，双钩大型起重船"振浮8号"吊着振沉系统和钢圆筒，在自主研发的"钢圆筒打设定位精度管理系统"的引导下，实时监控钢圆筒自沉过程中的姿态，及时进行调整和纠偏，慢慢实现正确定位在设计位置。

"开始。"随着总指挥孟凡利指令的发出，中控计算机同时启动8台动力站和8台振动锤，世界最大的振动系统第一次开始负载运转，钢圆筒夹持、起吊、定位……此时，小雨已从淅淅沥沥变成了极细极细的毛毛雨，抚在每个人的脸上。

"振沉！"随着液压振动锤传来的轰鸣，船的四周，浩渺之水泛起波澜。10分钟后，钢圆筒达到了入泥深度21米的设计标高，垂直度偏差控制在1/1000以上。

"首振成功！"在同类施工垂直度偏差控制水平上，一个新世界纪录在伶仃洋上诞生了。

此时的孟凡利热泪纵横，瞳仁里荡漾着工友们欢呼的身影。

孟凡利是西人工岛项目部（I工区）常务副经理，他告诉我：围绕5月15日首个钢圆筒沉振节点，全体工程参战人员严阵以待，铆足劲誓言要打响港珠澳大桥岛隧工程建设的"第一枪"。

"那些天恨不得一天掰成两天用啊！个个都像打了鸡血。"孟凡利说，"振沉第一个筒的时候，尽管已经做了充足的准备，但心里还是没底的，这么大、这么重的庞然大物，技术工艺新、设备要求精、质量标准高、施工难度大，是一件十分考验设备和施工技术的事情。如果首振不成功，对整个岛隧工程的后期建设打击就太大了。"

孟凡利坦言自己焦虑不安的心迹。

然而，一切都是那么出乎意料地给力，一切都是那么出乎意料地平稳顺利。

首个超大型钢圆筒下沉完成后，I工区按照技术规范要求，立即组织指挥浮吊松钩，降压，撤离打设海域。早已整装待命的运砂船，随即到位下锚、确定注砂中心点，从17点开始，按照每分钟不大于50立方米的速度，向钢圆筒内注砂。

晚上8点许，8000立方米砂填注完毕。

首战"开门红"，钢圆筒无与伦比的姿态，傲然屹立于伶仃洋，这是中国成岛技术史上值得永远铭记的一幕场景。

6万吨钢材，120个钢圆筒，西人工岛61个，东人工岛59个，个个"高大上"。要在7个月内把它们全部按技术要求沉入海底，工期十分紧张，质量控制难度非常大，需要强大的生产基地和运输能力。

毋庸置疑，上海振华重工拥有这样强大的制造能力：经验丰富的焊工队伍、宽阔的生产车间和总装外场，门式起重机、大型浮吊、种类多样的海洋船舶。特别是22艘远洋运输船更让振华重工在面对钢圆筒制造和运输任务时如虎添翼。

振华重工集团总裁康学增说，这一项目规模大、难度高、风险大，是振华重工钢结构制造史上工作强度最大的挑战。

钢圆筒运输要跨越3个海区，长途海运对超高超大的钢圆筒是致命伤，因为要面临台风频发、航行视线、现场定位的挑战……加上日本人说三道四，力劝放弃钢圆筒方案，这让许多人在心里打起了退堂鼓，怀疑大型钢圆筒漂洋过海的可行性。

岛隧总经理部甚至曾经考虑过在长兴岛制造单板，在深圳整体拼装的方案，以免去运输环节。正当大家七嘴八舌之时，林鸣力排众议，一锤定音："我相信这个事振华重工能做！"

大家惊奇的目光像聚光灯一样投向他，此刻他的嗓子还有些嘶哑，说话显得有点憋气，语速不快，但声音却很大。

事实证明了一切。2011年11月30日，港珠澳大桥东人工岛第15个船次抛锚伶仃洋，港珠澳大桥东西人工岛120个钢圆筒圆满完成运载使命。

林鸣长长地松了一口气："总航程可以绕地球一圈啊！"

5万公里风雨路，追江赶海赴伶仃。

在大桥工程采访时，工程技术人员给我讲述钢圆筒运输"驻位走锚"和"缠斗台风"的故事——

2011年5月2日。上海长兴岛。

阴霾的天气已经持续整整一天，空中还会不时地飘着毛毛细雨。下午4点，"振驳28号"甲板上传来一阵阵噼里啪啦的鞭炮声。随着一声汽笛长鸣，"宁海5001"拖轮完成了与"振驳28号"的编队，离开长江口振华长兴基地码头，开始了前往珠江口港珠澳大桥岛隧工程的远航。

"起锚了"。运输项目总指挥姚正华带着一颗忐忑的心告别黄浦江口。

随船的李凯下意识地仰望"振驳28号"装载的那个庞然大物——港珠澳大桥岛隧工程人工岛首个钢圆筒X48号，好奇的心中充满了憧憬、充满了向往……

钢圆筒直径22米，几乎和篮球场一样大，高40.5米，重量450吨，相当于一架A380"空中客车"！

这是国内直径最大，高度最高的钢圆筒结构！

这是世界上体量最大的钢圆筒结构！

拖船拉着驳船，驳船载着首个钢圆筒。长江口随着前行的编队渐离渐远，远在1600海里之外的珠江口却在满怀期待中与他们越来越近。

"呵呵，这船可真稳，和在陆地没啥两样。"登上拖轮的第一天，龙淇涛带着兴奋的口吻对李凯笑言道。没想到第二天风浪突起，出海作业的激情瞬间被打消得无影无踪，脑袋中蹦出两个字：晕眩！

晕船让龙淇涛在船上似睡非睡的恍惚中躺了两天。

穿越一个个神秘甚至未知的海域，为保证长距离海上运输的拖带安全，海上安排两条拖轮护航，船上由日本WINI公司每天两次提供气象导航信息，同时有英国BMT公司提供的海区海浪谱数进行海运计算，首个钢圆筒一路顺风顺水。

5月8日，经过六天六夜航行，途经28、41、40三个海区，编队终于到达了振驳的目的地——港珠澳大桥岛隧工程西人工岛。

编队在附近抛锚驻位和设备解绑，对振沉系统每个设备进行精细检查后立即实施总装对接。

"不好了，'振驳28'走锚了。"

17时左右，船员急匆匆闯进船舱报告。

始料未及，在海流、暗涌的作用下，桀骜不驯的伶仃洋果然给了远道而来、人生地不熟的"振驳28号"当头棒喝。

"快，呼叫'交工71''锚艇168'！"

这是船舶定位最危险的状况。姚正华总指挥处变不惊，他果断指示启动紧急预案。没有谁比他更清楚，船上装着巨大的钢圆筒和整个振动锤设备，如果发现迟就有可能偏离航线、搁浅或发生碰撞其他船舶的危险，后果不堪设想！

尽管"交工71""锚艇168"竭尽全力，但还是不能完全稳住7万吨的"振驳28号"。船长于是又请求三航"拖6001"赶来助力，大家一通紧张忙乎，直干到晚上10点多钟总算成功地重新抛下了定位锚。而这时，疲惫不堪的姚正华和船上工作人员个个都已是腰酸背痛腿抽筋，饿得是前胸贴着后背。

当年，台风频频造访，从5月"海马"气势汹汹到10月初"纳莎"耀武扬威，短短半年时间内，工程先后8次与台风、热带风暴潮正面较量。

第6个台风"梅花"生成时，载着9个近50米高钢圆筒的"振华17号"轮正航行在驶往珠江口的航线上。此时返航，将会与"梅花"正面相遇，若沿预定航道直行又有可能被"梅花"追上。

怎么办？在这进退维艰的时刻，项目总经理部急得像热锅上的蚂蚁。从那急促的脚步声和严峻的表情，足以让人感受到台风来临前的紧张气氛。

"开足马力极速前行，与'梅花'赛跑！"

HSE管理部通过高频电台紧急联络，紧密关注"梅花"的运行轨迹、风速，精确计算不同时段"梅花"的风速与"振华17"的航速，在风向与风速相对稳定时，总经理部做出果断决策："振华17"转向台湾海峡，避开"梅花"风头。

随后，中央电视台气象播报：台风直扑海南，在海口至文昌一带登陆……看着屏幕上的台风远离伶仃洋，高管们长舒一口气，瘫坐在沙发上，许久才露出会心一笑。

上海。黄浦江畔。

岛隧工程大型钢结构件和大型专用船机设备均由振华重工建造。在振华重工上海长兴岛基地和南通基地，置身钢铁世界，忽远忽近的敲击声，往来驰骋的工作车辆，令人震撼。

岛隧工程的钢圆筒均出自振华重工的长兴岛基地。成千上万吨笨重的钢材在这里被轻而易举弯折成各种形状，然后拼装成一个个直径22米，高度超过10层楼房高的庞然大物。一个个钢圆筒如同一个个巨人，在长兴岛诞生后乘坐振华万吨轮船来到伶仃洋上，然后歌唱着，手牵着手如同定海神铁般扎根海底，笑傲伶仃洋。

2011年，是港珠澳大桥岛隧人工岛的建设年。

这一年，一系列热门词语频频挤爆媒体网络，赚足了国内外传媒的眼球：天下第一锤、中国奇迹、世界最大钢圆筒、千分之一精确记录……

从2011年5月15日至9月12日121天，西人工岛61个钢圆筒振沉完工；2011年9月22日至12月21日91天，东人工岛59个钢圆筒振沉完工。从第一个钢圆筒到第120个钢圆筒，岛隧建设者们仅用了212天！

"一月三船""一日三筒""四日八筒""一日七片副格"，中交人用多项业界的世界纪录，将东、西人工岛钢圆筒振沉的传奇载入了筑岛建桥史册。

黄昏，是夏日大海最让人迷恋的时光，此时从空中俯瞰，碧波万顷的伶仃洋海面上就像串起了两条耀眼夺目的珍珠项链。

7个月的振沉岁月，建设者们把感人肺腑的故事埋藏于伶仃洋，用夜以继日的辛苦作别"西天的云彩"。

在岛隧工地上，我多次听到姚正华这个名字，一日振沉3个特大型钢圆筒的世界纪录就是他参与创造的。

我终于"逮住"了身穿ZPMC工作装的他。

"120个钢圆筒，每一个都有一个规定的平面位置，最终振沉位置的误差仅允许在10厘米。"姚正华说，"驻位抛锚看似简单，其实是个很大的难题。"

每一船钢圆筒振沉时，姚正华必定会前往"振浮8号"现场指挥振沉工作。年近五十的他，工作起来却与年轻人无异，皮肤早已跟船员一样被海风吹成了古铜色。

施工工区根据现场潮流等因素需要确定4个浮筒位置，运输船抛锚必须进驻到浮筒之间，并且4个角分别用3条缆绳与4个浮筒连接以固定轮船位置，一般情况没有两三个小时拿不下来，特别情况要十几个小时。姚正华对我说起他给第三船钢圆筒驻位时的情形——

那天早上5点30分，天刚拂晓，运输船已经缓缓靠近浮筒，姚正华走上起锚指挥艇。由于潮水影响，大船并没有驶进4个浮筒内的规定位置。

"掉头，掉头重新来一次！"他无奈地下达撤退命令。

第二次大船再次靠近浮筒驻位，却天公不作美，正要带缆系浮时，竟然下起了瓢泼大雨。这时海面上一片迷茫，10米开外什么都看不见，姚正华只好再次通知停止驻位，等待雨停。雨稀里哗啦地下了1个小时终于停了下来，海面恢复平静，系浮驻位重新开始。

第三次系浮终于成功，然而这时已经是晚上八点半了。从开始到结束花费将近15个小时，姚正华一直在船上坚持指挥。回到休息室，因为极度疲劳和饥渴，他连喝了两瓶水，便开始了呕吐，原来他中暑了……

Ⅰ工区副总工刘昊槟被称为钢圆筒的"振沉小专家"。

"2010年初来珠海时，我们只有6个人。想到自己参与这么大的超级工程，感到特别自豪。后来陆陆续续来了有一百来号人。"刘昊槟说。

首个钢圆筒顺利振沉后，刘昊槟就开始琢磨"一日两筒"。清晨还不到5点钟，他就起床梳理振沉前的各项准备工作，8点左右正式进行钢圆筒驻位，中午12点左右就将第一筒顺利振沉入泥。3分钟搞定午饭后，刘昊槟又马不停蹄与现场振沉人员进入第二筒的攻坚战。中午时分，烈日当空，安全帽内像是装了水，汗从脑门上一泻如注，他与同事们挥汗如雨全然不顾，经过5个多小时的连续战斗，终于在下午6点多第二筒振沉成功！等进行完焊接起重船带缆吊耳等琐碎工作，回到生活船上已是晚上10点多钟了。

到"四日八筒"那段时间，他干脆全程吃住在工作船上，即使新婚宴尔的妻子放弃了天津的工作来到珠海，他也没有抽出时间陪伴。一段时间下来，本来白皙的小伙变成了"红脸关公"。

刘昊槟是属于爱动脑子的那种人，除了紧盯一线，他先后提出了振动锤挡板设置、起重船定位驳系缆吊耳设置及设置钢圆筒"0—180"度刻线等技术革新建议，尤其是"0—180"刻线极大地方便了现场施工，确保了钢圆筒振沉偏位的可控。

Ⅰ工区副经理、测量班长靳胜是首批参建的工程人员之一。首个钢圆筒振沉垂直精度即达千分之一，创造了一项世界纪录。当时正在用全站仪做钢圆筒位置校核的他，站在测量平台上，激动得热泪盈眶。

"我们来时在水上漂了一年多啊，那真是零丁洋里叹零丁。"靳胜回忆道，"住的生活船就是一个海上漂着的移动房屋，船上挨挨挤挤摆了两溜集装箱，每个集装箱上下铺睡了6个人，20多个集装箱，共住了150多人。"

"很艰苦？"我问。

"是啊！很艰苦，一百来号人洗漱共用一个大水槽，吃饭在船上的一个小食堂，饭菜都是海运过来的。"靳胜说，海上风浪很大，珠江口每年6级以上大风有200多天，测量小船经常摇摆颠簸，晃得人很难受。夏天的海面上，太阳铆足精神在发光发热，视野中一片白光，每个空气分子都膨胀到最大，紫外线的强度让他们一小时皮肤就开始变红，晚上回去后每个人的皮肤都出现脱皮现象。

彼时，新婚不久的他调来珠海，妻子也毅然放弃了在天津的工作，跟随他来到港珠澳大桥，可是因为测量工作大都在海上，即使两人身在同城却一样分居两地。就连妻子在外租房、找工作的事情都是她自己一个人解决。偶尔他能下船一次，妻子做了一桌丰盛的饭菜，他却趴在桌子边睡着了，不久便传来了轻微的鼾声。妻子不忍吵醒他，而是含着泪水，默默地坐在他的身边等他醒来……

测量是钢圆筒的眼睛，对工程技术人员来说，精度高于一切。

来自北方的旱鸭子季浩华仍记忆犹新，未从事过海上作业的他第一次上船就吐得一塌糊涂，接着又第二次、第三次出海，又第二、第三次"一吐为尽"。他们坐着十几米长的小渔船在浩瀚的伶仃洋中海测，飘摇的小船晃得他面色一会儿苍白一会儿蜡黄。他笑称这是他补修大学里没有学过的海上训练课。

西小岛合龙前的岛内抛填砂要进行实时检测。为了保证结构安全性、控制抛填速率，席天明一盯就是六七个小时。有的筒内由于抛填砂后未来得及整平，坑洼很多，存有积水，他就挽起裤脚，蹚着积水，走遍每个监测点。更甚者是夜间填砂，他就要打着手电、顶着海风工作，最晚的时候要跟到凌晨三四点钟。

测量平台上就一个集装箱，箱内没电没水，简直就是个名副其实的"桑拿房"。施工时，任阔自始至终要站到屋外的铁板上。从上午起重船取筒，他就要对钩头的垂直度进行监测，并跟踪整个振沉过程，从早上6点到下午3点，全凭体力扛过来。尤其"一日三筒"，烈日当头，他站在温度高达45摄氏度的铁板上，挥汗如雨，脚掌发烫。可是一直到当日的最后一个筒停锤，他都没有喊过一声苦。

在两个钢圆筒之间有一个弧形连接，被称为副格，是止水结构的关键部位。东、西人工岛共有242片副格。

打副格如针穿线，此前是一项技术空白。钳工出身的孙建国，是80年代具有军工技术水准的核心人物，是国内同行业顶尖的操作能手。年轻"少帅"吴致宏，更是在曹妃甸、鲅鱼圈等多项重点工程中亲身历练。老将马栋才将血压仪揣在身上，有次填过的筒内未来得及整平，坑洼积水很多，他纵身跳进齐腰深的水坑里边将副格对准槽口边解软连接。年轻技术员郑中华领结婚证当天正是首片副格振沉，上午刚跟对象办完手续，中午口袋里揣着结婚证奔赴伶仃洋振沉现场……

在2011年5月31日副格首片振沉成功后，他们现场一日振沉7片副格，创造了钢圆筒副格施工单日振沉的世界纪录。

老师傅郭宝华筑港建桥已有40多年，在这个工程项目上，他全程参与了8台联动锤组系统组装、调试以至钢圆筒振沉入海。有感于这波澜壮阔的"赶海"场面，他还写下一首《钢圆筒振沉之歌》——

> 船行千里运来大海的根基
> 蝶形巨擘临空而起
> 抓住高入云端的你
> 穹空之神眼
> 为你指明方向
> 移动之巨臂
> 带你到美丽的家园
> 声声细语

　　　　与你神会交流

　　　　雄浑的轰鸣

　　　　伴你到达理想的终点

　　真情的自然流淌，朴素而真实的表达。置身在这样一片海洋上，吟咏着这样的诗句，不由得滋生满心的感动和骄傲。

　　那是一个春天的清晨，暖阳流泻，珠海绿荫如盖，花香馨润，蓝天白云，清香扑面，远处的海鸥在茫茫海天飞翔。

　　我乘船去人工岛。在港珠澳大桥1号码头上，我照例"被培训"一遍，看完安全片子，老唐一再问我我有坐过海船不，有晕船"前科"不，我说不晕。

　　年过五旬的老唐名叫唐家庆，是港珠澳大桥岛隧工程1号码头的"交通警察"。他嘴角微微上翘，洁白的工作服与黝黑的脸庞交相辉映，据说到这里"执勤"已经有六七个年头了。

　　船驶离码头，他向我挥了挥手，船劈波斩浪，向西人工岛驶去。

　　从1号码头乘船出发，风越来越凌厉，只见海水的颜色逐渐从土黄变为墨绿，再由墨绿变成了深蓝。海浪不停拍打着船舷，颠簸的不适无法掩盖我憧憬的心情，我的思绪跟着在茫茫大海中穿行。

　　船行驶了一个多小时，我终于到达西人工岛。站在岛上迎接我的是一位戴着眼镜、身着工服、皮肤黝黑、身材清瘦的年轻人——他是港珠澳大桥Ⅰ工区项目经理部生产经理、西人工岛的"岛主"张怡戈。

　　张怡戈自豪地向我介绍，港珠澳大桥主体工程隧道的东、西人工岛形状均为蚝贝形，东岛长625米，最宽约215米，施工总面积约10万平方米，西岛长为625米，最宽处190米，面积9.8万平方米，两个人工岛最近的边缘间距约5250米。

　　此时，注满黄沙的西人工岛如同金色的蚝贝，镶嵌在伶仃洋万顷碧波中，往来轰鸣的推土机和繁忙的建设者正在填平夯实。

　　踏上岛，风嗖嗖地吹着，我必须用力才能前行。这里本是一片汪洋泽国，如今却已沧海桑田。感慨之余，我沿着人工岛向西行走。风吹黄沙阵阵袭人，我蹲下来捧起一把新鲜的黄沙，这是一捧夹带着丝丝沁人心脾泥香的黄沙啊！

　　我不敢想象，一年前的脚下，还是一片蔚蓝色的汪洋大海。

　　沿途路过岸边一片混凝土浇筑的海堤时，张怡戈朝我笑笑说，这里曾被称为岛上的"情侣路"，只是没有"情侣"而已，或许以后会有。

"那为什么叫'情侣路'？"

"呵呵，年轻人多，大家都到这里来蹭信号，诉说他们的衷肠和思念。"

当初筑岛时，岛上信号不好，手机在这里几乎是摆设，大家吃完饭后开始他们每日的功课——搜信号，给心里惦记着的那个最重要的人打电话。有时候有移动信号，有时候有香港信号，但总是一闪而过，很难停留。施工员小郑告诉我，刚到岛上时，有一次他的女朋友接到一个诈骗电话，称他在海上出事了，但怎么也打不通他电话，女朋友一急就把几万块钱给汇过去了。

还有一次，一位工人在微弱的信号下，打通了爸爸的电话，他刚说了一声"我在海……"，信号就没了，害得他老爸一个晚上没有睡着觉。

"情侣路"成了岛上的一处地标。清风霁月，徘徊于此，那一刻我想，或许这也是筑岛人独有的抒情方式和情怀吧！

驻足东人工岛，一架大型客机轰隆隆向香港国际机场的方向飞去。岛的东端，大桥桥墩已推至粤港海上分界线了，机场航站楼清晰可见。大屿山顶，依稀看到电影《无间道》里曾志伟和陈道明密谋走私时的那尊大佛。两岛之间，来往穿梭的航海巨轮穿梭、云蒸霞蔚的海浪拍岸，衬托着香港大屿山的葱葱山景和白海豚的嬉戏浮沉。

在工地现场，一辆辆土方车迎面而来，将海上运来的砂石、水泥接驳至材料堆场。我看到这样一个人，一只手拿着对讲机在大声呼喊，一只手还不停地在舞动。

站在离他10米开外我都能真切听到——

"砂桩6#，砂桩6#，你的船要东移100米。"

"889，889，你靠在D03#钢圆筒的外侧。"

"海建166，你等一等，还有一个人没有下去……"

Ⅱ工区经理徐桂强告诉我那是工程部副部长戴根龙。

戴根龙是东人工岛施工现场总调度，做过30多年工程。和徐桂强一样，在告别施工舞台之际，最后一站来到港珠澳大桥东人工岛。他说要为自己的工作画上圆满的句号，为自己的施工生涯添加浓墨重彩的一笔！

来自江苏的质量部副部长周建来，从十几岁开始做工程，从事技术质量工作30多年，现场木工、瓦工、钢筋工、电焊工的活儿他样样会做，挖掘机、土方车、铲车他样样会开。

迎着风吹黄沙，沿着东人工岛向西行，我握着一双双让我敬佩的手：生满老茧驾驶工程车的手，沾满油污修理机械设备的手，紧握测量仪器拿着对讲机的手……他们凭借深厚的专业功底，负责的工作态度投身于大桥建设，与其说是一种职业选择，不如说是一种大桥情怀！

离开西人工岛时，夕阳已将天空分成色彩斑斓的五彩图，映照在金灿灿的海平面，宛如一把金光剑发出耀眼的光芒。三条运砂船交相辉映，衬托出港珠澳大桥的自然风采，东、西人工岛伫立在海中央，吮吸着天地精华。

我拿起相机想要拍下这大海里的夕阳。这时，一艘大船闯入我的镜头，那不是为人工岛建设立下赫赫战功的"振驳28号"吗？

此时的它静静地停在大海上，不声不响，虽立下赫赫战功，却没有一丝倨傲。想起第一个钢圆筒开打时它披红挂绿，鞭炮齐鸣时它万人沉迷，媒体报道时它名声大噪……我不禁有些惆怅。

港珠澳大桥岛隧工程项目总经理部党群部部长陈向阳给我讲述了这样一个感人至深的细节：2011年12月21日，是东、西人工岛成岛的日子，粤港澳三地政府在西岛组织简单的成岛仪式。那天，总经理林鸣提早来到现场，他登上"振驳28号"船，站在八大锤前凝思良久，不时抚摸着锤头久久不愿离去。

面对着这个无言的工友，林鸣当时心里在想什么？

没人知道。

离开之时，我情不自禁地将目光再次投向这两个人工岛，它们颜值逆天，仿佛是珠江门户的两只威风凛凛的护院石狮，又如伶仃洋上两艘相向而行的巨型航船。

啊！钢圆筒。

啊！人工岛。

它气吞山河地刷新了我对大桥的所有想象，它将成为世界上最美丽的人工岛之一。

第十四章　挑战不可能

2017年5月2日，一夜平静度过。

翌日，云淡天高，明亮绚丽的阳光慷慨地洒满了位于唐家湾镇的港珠澳大桥岛隧工程项目部大本营。

刚刚从海上归来的港珠澳大桥岛隧工程项目总经理、总工程师林鸣安安静静地睡了3个小时的觉，醒来时直犯嘀咕：沉管最终接头的贯通测量人员怎么不见来电话报告？

"怎么一点消息都没有？"林鸣想，要是以往，这时候前方早就迫不及待地向他报喜了。

一种不祥之感陡然而生。

就在数小时前，港珠澳大桥岛隧工程沉管最终接头刚刚完成30米的深海安装，几十家媒体在现场已经将这个消息传递到了全世界。

过去4年时间里，林鸣已率领团队先后在伶仃洋上实现了33节巨型沉管浮运安装，仅剩下位于E29和E30管节之间的最后12米。

"千万不要在这12米出状况啊！"

林鸣一骨碌爬起来，赶紧给贯通测量人员去电话。

"还行……"听筒那端支支吾吾。

"什么叫还行？"

"有17厘米的横向偏差……"对方立即补充，"不过在可控范围内，沉管结构也不受影响，林总您放心，滴水不漏。"

面容清癯的林鸣拧着眉心。

对于双向六车道的海底隧道来说，这17厘米的偏差可谓微乎其微。林鸣一个个电话打给岛隧工程项目总经理部相关设计、技术方面负责人，言简意赅就两个字："开会！"

简短地听取汇报后，林鸣决定："上船，去现场。"

一个多小时后，交通船抵达最终接头安装的位置。从接头上方伸出海面的人孔井上，所有人员鱼贯而入，爬下几乎垂直的30多米高的爬梯，进入最终接头内部。

眼见为实。最终接头和E29管节的南向对接有17厘米偏差，但东西向偏差仅有1厘米，止水带压接也非常均匀。

林鸣依然眉头紧锁：按原计划，目标是南北向偏差控制在5厘米以内，而现实是，南向偏差17厘米。

林鸣看了看时间，时针指向清晨8点30分。他拿起电话，拨通了港珠澳大桥管理局工程部副部长钟辉虹博士："钟博士，最终接头打开水密门后，滴水不漏，但对接的偏差有些大，我们的人员和设备都没有撤场，你能不能到施工现场来一趟？我们开会研究一下。"

在重大关头，林鸣总会先听取业主的意见，因为他们代表的是三地的政府。

钟辉虹也是凌晨1点与林鸣一同从海上回来，收拾完后已是凌晨4点，困得不行，一接到林鸣的电话，睡意全无。作为大桥管理局直接管理岛隧工程项目的副部长，33节沉管安装他一节都没有落下。

事不宜迟。9点钟，钟辉虹来不及向局领导报告就火急火燎地自己驾车往营地码头赶。

与此同时，港珠澳大桥管理局局长朱永灵也从监理方那里得到了沉管对接误差的确切数据，他一个电话打给总工程师苏权科：“我们到最终接头现场去看看。”

“好，我跟韶章顾问先转到唐家总营地去拿图纸，查看一下原来的设计参数。”苏权科回答。

“那你们从营地走，我们从桥上过。”朱局长挂断电话，叫上工程总监张劲文，从洪湾大桥运营管理中心通过刚刚合龙不久的主桥直奔东岛。

钟辉虹是11点乘交通工程船来到海中施工现场的，林鸣让他先到沉管最终接头查勘。钟辉虹出来时眉头紧锁：最终接头滴水不漏，但偏差确实有点大。

“要不要精调？我们开个会，各抒己见。”林鸣对钟辉虹说。

在安装指挥船上的会议室里，围坐着项目管理方、施工方、设计方、建造方、技术服务方以及振华重工的人员。

一片寂静，大家神情复杂。

有人轻轻咳嗽了一下，但仍然没有人说话。

精调，可不是风轻云淡，它意味着已经实现对接的最终接头，要移开重新对接一次：临时止水闭合腔注水增压，解除顶推系统压力，回收GINA止水带，起吊最终接头，精确调整……这是对头一天的流程来一次反向操作。

“最终接头不仅滴水不漏，且17厘米偏差并不涉及行车界限，在后期的装饰施工后，甚至一点也看不出来。”有人说话了，看似没反对，其实并不同意。

“最终接头设计在理论上是可逆的，但说实在话，毕竟是在水下操作，我们以前没做操作，全世界也没操作过，既然已经滴水不漏了，建议还是到此为止。”

“如果再来一次，沉管的水密门会不会漏水谁也不敢打保票，无把握之事最好不做。”有人明确反对。

还有人担心：“最终接头对接成功的消息已经遍布了各大媒体和网站，全世界都在铺天盖地报道着这个振奋人心的好消息，现在重新再来一遍会不会被认为我们昨天是一次失败的对接？”

4个小时集中会诊，大家你一言我一语地讨论着。

来自瑞士威胜利公司的顶级顶推系统专家瓦特，现场查验后提议：“液压设备将最终接头顶出去再推回来，技术可以做到这一点，但之前并没尝试过，我们能保证有80%到90%的把握，但不敢保证100%，其间万一内外受力不平衡，将可能损坏两侧的GINA止水带和顶推滑道。"

这时，林鸣把目光投向了钟辉虹博士。

钟辉虹闷着头一支接一支地抽着烟。他心里明白，作为项目管理方的大桥管理局一方，意见举足轻重。

钟辉虹将烟头重重地摁在烟缸里，说："林总，'最终'这两个字分量太重了，我们的意见是再来一次，我也向局长报告了，因为这12米决定着此前7年多建设长跑的关键和成败。"

"好，我们不能留下任何遗憾，要交就交一张最完美的答卷。"林鸣嗓子有点沙哑但中气十足。

作为总指挥的林鸣脸上还是那种淡然、自信。在听取各方意见后，他做出了一个可能是他这一生最冒险也是最艰难的决定："精调，重新对接！我们还要主动邀请媒体来见证这种坚定的信念和科学的态度。"

成功，有时需要惊险一跃；成功，有时需要壮士断腕的气概。

中午12时，一道命令将原本已返回营地歇息的全体将士重新召回了战场。

下午4时，朱永灵局长偕苏权科等相继到达东岛，林鸣向他汇报最终接头的安装状态以及上午会议的情况后，说："为了超级工程不留任何瑕疵和遗憾，我们决定重新对接。"

"太好了。这样大的工程风险不能由你们独自承担，业主和承包方是命运的共同体，我们风雨同舟！"朱永灵表示。

于是，在指挥船上，双方立字为据，再来一次"拔出线头，深海穿针"。

5月3日，这是一个难得的好天，晴空澄碧，万里无云，夕阳洒在伶仃洋上，温暖而耀眼。傍晚，重新对接的准备工作就绪。19时许，临时止水闭合腔注水增压正式开始。

没想到，精调的第一步便遇到了困难：凌晨时分，在28米水下，一扇水密门的一块约3厘米见方的钢泵坏了，导致注水时闭合腔内出现了喷水。考虑到安全，所有人都撤离了现场，只留下岛隧工程Ⅴ工区总工办的宁进进在最终接头内部负责巡视巡查。

宁进进说："最终接头里面是一个密闭的空间，相当于两间房子，中间有个走廊，我就站在走廊里看两个房间，当时喷水在七八米的地方，情况非常紧急，我就把我的救生衣脱掉，就着地上的一块土工布去堵那个漏点。"

好在险情可控，大家虚惊一场，只得将已注入的水抽干，重新检查封门注水。

7个小时就此过去。

第二次加压时，加压到一半，宁进进听到内部突然传来"砰砰"巨响。

"糟了。"宁进进心提到嗓子眼。他难免有些紧张，拿起高频对讲机向林鸣汇报。

"没问题，进进，你再坚持一下，出来师傅请你喝酒，我给你压惊。"

听机那边传来一阵笑声，宁进进悬着的心放了下来。万幸，是一处钢板出现变形，但整体结构不受影响。

惊心动魄啊！

大家长舒了一口气。

时间到了4日5时许，逆向操作顺利完成，海上霸王"振华30"再次闪亮登场。

此时，天公不作美，大海的能见度很差。大家眺望着灰蒙蒙的大海，担心中蓄满希望，企盼中饱含祈祷，老天爷你可要配合啊！

监控室内万籁俱寂，声息全无，空气仿佛就要凝固。所有人都屏气凝神，紧盯着指挥船上的动态姿态监控系统和测量定位系统，并和导向杆数据反复参照对比。

"振华30"最终接头吊装所用的4根吊带，每根长120米，直径40厘米，由14万多根高强纤维组成，长度误差控制在5厘米内，比常规吊带精度提高了数十倍，并全部经过额定荷载检测试验。一厘米，一厘米，再一厘米……所有人悬着的心随着吊钩百余次的起吊又放下。

4日20时43分，经过近40个小时的连续施工，6000吨的最终接头慢慢走近最精确的位置。贯通测量后显示的数据，甚至一度让他们不敢相信：东西向偏差0.8毫米，南北向偏差2.5毫米。

这个数据，比精调之前的误差降低了60多倍。

"心满意足了！"已经近40小时一脸严肃的林鸣，终于将绷紧的心放松了下来。他说，此前全球各地的沉管安装，都是装下去就万事大吉，如果出现了漏水就想办法堵，我们的对接精度是厘米级，最终实现毫米级。

但正如那句老话所言"世上无难事，只要肯登攀"，追求完美不仅用心用毅力，更要用情，用智慧。

翌日，一封来自世界沉管隧道领域顶级公司荷兰隧道工程咨询公司的贺信飞到珠海港珠澳大桥总营地："最终接头方案带来沉管隧道最终接头设计和施工创新、高效的理念，是对沉管隧道技术的重大贡献，将来中国和世界隧道行业都可从这个项目受益。"

而在4年前，西方媒体还在自说自话地评点说，中国想要在外海安装隧道沉管，至少还需要10年……

林鸣反复琢磨着这封信的措辞。他的记忆，仿佛又回到了4年前首次沉管对接的那一天。

2013年5月2日上午11时，两端密封的E1沉管被固定在两艘专用安装船上，缓缓从桂山岛的深坞中出来，由10多艘总马力超过4万匹的拖轮通过特制尼龙缆牵引，12艘海事船警戒护航，浩浩荡荡剑指西人工岛。

伶仃洋海面上大雨飘泼，海面下随时可能出现隐患：浪高和水流流速增加，船机设备在深海里的磨损或是缆绳断裂，任何的细节变化都是致命的。

首节沉管长112.5米，宽37.95米，高11.4米，总重量为44000吨，光上部平面的面积就比10个篮球场还要大。这是中国土木工程界第一次组织外海大型深水沉管隧道施工，首节沉管"深海初吻"难度被媒体广泛报道为"堪比'神九'与'天宫一号'太空对接"。

沉管在浮运过程中风险是最大的，从沉管预制厂到安装现场，要经过12.6公里长距离沉管拖航，复杂多变的伶仃洋海域洋流，这需要深度分析并掌握海浪、海流、风速、海水盐度、海水浊度等复杂数据。由于珠江主航道只有240米宽，很窄，一旦搁浅，沉管就废了。

那天沉管浮运时，有9艘锚艇陪伴左右，12艘海事船警戒护航，"舰队"总马力超过5万匹。在英国路透社的网站上，赫然有这样一条吓人的消息：据外电报道，今日，中国首艘航母"辽宁舰"编队赴南海训练……

呵呵呵，这幽默也逆天了。

沉管浮运需要考虑拖拽力、水流速度与方向以及潮汐、海水密度和大风的影响。水的阻力系数等因素，会造成经验公式计算结果与实际结果有一定差异的情况，一旦拖拽力计算不精确，就有可能导致钢缆断裂，沉管倾覆。整个拖航过程需要控制在一个缓慢均匀的速度。最快航速0.8节，最慢航速0.03节，12.6公里的航程花了13.5个小时。

5月3日雨过天晴，晨光熹微，早几日苍白无力的阳光，也变得明亮和煦起来。风和日丽的伶仃洋上，繁复的系泊作业开始，施工人员向海里抛锚固定沉管，24个巨大的锚抛向海底，每12个锚与一艘沉放驳相连。通过全自动控制的沉放系统，收放缆绳控制沉管的姿态和位置，使其与沉放位置吻合。十几只海鸥滑翔着，一只只栖落在沉管上。这些大海生灵左顾右盼，张大着好奇的眼睛。

林鸣端了一个凳子静静地端坐在安装船甲板上，双目凝视着海面，不说话，一次次地端起茶杯，大口大口地喝茶。此时的他虽胸有丘壑，坦然自若，但内心其实忐忑不安。

从5月2日上午沉管出坞开始，他就一直盯在施工现场，和现场指挥、操作人员讨论编队、浮运、转向、系泊、沉放等每一细节，下达各种指令，没有合过一次眼。大家都劝他休息一下，他拒绝了："我盯在这里大家都踏实一些，也顺便在脑子里过过电影，想想究竟还有什么做得不足的地方。"

在下沉的过程中，通常在距离基床一米的时候就开始调整沉管的姿态，通过声呐系统测量沉管与暗埋段的相对位置，然后用缆绳进行调整。调整位置过程非常缓慢，直到4日上午6时左右，沉管才基本调整到位。

接下来，施工人员开始"深海初吻"前的一系列试验性沉放与对接的准备。工人们拆除沉管周围橡胶止水带的防护罩，首先由潜水员进行海中保护罩底端螺栓拆除，再由岛头吊机吊装拆除。随后，在沉管的上方装一个拉合千斤顶，对接的时候该千斤顶与安装在暗埋段的另一部分"握手"，两个管节初步对接在一起。

然而，天有不测风云。5月4日15时许，随着往沉管内的压载水箱注水，沉管缓缓往下沉，当沉管抵达海底基槽时，一个大家始料未及的情况发生了：海底预先铺设好的基床比原来高出约5厘米。

因为是第一次安装，本来大家都心里没底，担心紧张焦虑过后，现场的空气也凝重了起来。早在4月30日，工程人员就曾测量过一次，当时是符合要求的，由于海底水流比较复杂，暗埋段两边的围岛钢圆筒使海流形成小漩涡，泥沙被带到原来已经铺设平整好的基槽上，使得比原来的高。

此时，距管节出坞已近30个小时。没有人知道这场"拉锯战"将会持续多久。他们用凉水洗脸、往脸上抹风油精，让自己时刻保持清醒。现场的每一个人神经持续紧绷，不敢有一丝松懈。

"要相信我们的能力，沉管安装施工方案经过了多次专家会论证，理论上肯定是可行的。第一次大体积的沉管安装，肯定有挫折。这次安装不成功，大不了我们拉回去重来。"关键时刻，林鸣展现了他的大将之风。

4日晚上，施工人员只好抽空沉管内的水，让沉管又重新浮上来，潜水员开始下海清理基槽淤泥。由于首节沉管与西人工岛岛头对接，其管体呈2.99%的斜度，且作业空间所限，无法进行机械整平，几十名潜水员只能轮班倒下海，用双手一寸一寸地清理淤泥。

沉管第二次放下去，管节仍然高了。

"高出11厘米。"据参加首节沉管安装的港珠澳大桥管理局工程部副部长钟辉虹回忆，当时大家已熬了两个通宵，时间过去了56个小时。

在要不要第三次沉放时，产生了激烈的分歧。

最后的决定是：放！

5月6日上午10时许，两艘沉放船一前一后横跨在沉管上方，施工人员通过沉放舰上的操纵系统，往沉管内的压载水箱注水，沉管缓缓往下沉。

小心，再小心！

沉管下沉到海底沉放和对接过程中，完全在不可视的环境下进行，施工采用了由遥控压载、精确声呐测控和数控拉合组成的数字化集成控制系统，所有的控制都可在船上的电脑上完成。

安装船船长刘建港在中控室里屏住呼吸，缓缓移动着操纵杆，沉管1分钟放下1厘米！船管脱离的那一刻，所有的人都把心提到了嗓子眼，造价1亿多元的沉管，失败了不敢想象！

夜幕降临，西人工岛对接施工现场灯火通明，在沉管沉放基本到位后，通过沉管对接精调系统和沉管对接拉合系统进行精准定位和毫米级对接。

"5毫米、4毫米……1毫米……拉合结束！"经过几秒钟的数据确认，两个沉管慢慢完成紧密对接，一时间现场掌声雷动。

历经96个小时鏖战，首节沉管与西人工岛"深海初吻"。汽笛悠扬声中，大桥建设者们相拥一团。沉管安装船"津安3"的船长刘建港不禁流下热泪："几天没合眼，终于成功了！"

终于，在12米深的海底，超大钢筋混凝土沉管与一个已经浇筑在西人工岛中的钢筋混凝土管节精准对接在了一起，沉管对接的精确度控制在横向偏差2厘米，纵向偏差不到3.5厘米，轴线偏差也控制在5厘米之内。

时间一声不吭地下达着命令。2014年4月，沉管安装进入深水领域，直逼技术极限的挑战终于来了。

E10沉管沉放自然水深10米，基槽水深35米，深水深槽区沉管安装达到了45米的"无人之境"，接近人工潜水探摸的极限。工程师们发现：海底沟槽内洋流的变异带来巨大的冲力，这意味着沉管的安装操控将越来越难掌控。这巨大的冲力来自哪里呢？

林鸣听到这个消息，一连几天都觉得胸胁胀满，仿佛一坨东西堵在那儿。这一奇特的现象突破了专家们的传统认知："从来没遇到过这种现象，常理难以解释。"中交港珠澳大桥岛隧工程项目部副总经理、设计总负责人刘晓东说，海流的一般规律是，水面下三分之一处的流速最大，越接近海底越小，特别是深槽内还会有衰减才对。按照这一规律，沉管能否安装是根据水面下三分之一处的流速来决定。如果海流过大，对付一个8万吨的大家伙，施工装备可能会拉不动、稳不住、停不了。

这种不符合规律的海流，专业术语叫紊流，每个人就像过电影一样，都在不断地思考，每个人又都未能找到答案。国内外对紊流的研究均属空白，工程技术人员要把它们一一叩应。

7月2日，林鸣来到北京。在国家海洋环境预报中心，他希望海洋预报专家帮助分析产生的原因。林鸣很焦急，他希望找到答案以保证E11的顺利沉放。

"这种现象叫海洋内波（Internal Wave），作为重要的海洋环境动力因子，是我们重点研究的领域，"中心主任王彰贵热情地接待了他，说，"当海水上下两层因盐度不一致的时候，会形成上面密度高，下面密度低的分层现象。首先，上层密度高处浮力比较大，而下层密度小的区域浮力也会变小，当船行驶至密度小的区域时浮力突然变小，船会向下沉，就像到悬崖一样，这种海流现象叫内波。另外，内波会形成两支流向正相反的内波流，这种内波产生的阵发性强流可高达1.5米/秒，犹如剪刀一般，破坏力极大。"

实际上，国家海洋环境预报中心专门为港珠澳大桥岛隧工程建设提供专项预报已经接近两年，特别为中交港珠澳大桥岛隧工程项目部派出专项组，在北京设有一个研究工作组，在项目部设立一个现场工作组。刘晓东介绍，来自于风云卫星基础数据和现场观测的数据输入到远在北京的超级计算机，做出预测后，再和来自现场的实际数据对比，用来优化预报模型，并不断校验模型的可靠性。

但对内波发生时段预报是一个前所未有的挑战。国家海洋环境预报中心一方面建立预测模型、进行初步预测，然后通过把结果和现场实际测量数据对比，来不断校验、优化模型，直到预测越来越接近实际情况；另一方面迅速调整人力物力，放置了13套深槽海流观测仪器，监测海流、波浪及盐度变化的规律。

对国家海洋环境预报中心来讲，这也是个全新的任务，动用的计算机1秒钟计算能力达到了60万亿次。

同时海面到施工海底每一米的海水流速，从原来每两个小时的预报和实时监测，提升为一分钟、五分钟的预报。这个被称为"小窗口"的预报系统犹如一双"海中的眼睛"。

这要求几乎和卫星发射一样。参与过"雪龙号"和"蛟龙号"项目的中心现场预报员孙虎林说："为港珠澳大桥第11节沉管安装提供预测是我参与的难度最大的项目。"

借助小窗口海洋预报之力，沉管安装的作业期成功避开了内波发生时段。

另一个问题接踵而至。

整个沉管安装靠缆系控制，就好像吊铅球一样，吊得越高，线就越长，铅球越容易摆动。沉管就像海底的大铅球，需要精确测量其左右、上下以及倾角方向上的摆幅。

岛隧项目副总经理尹海卿说，管子入水之后，怎样运动，速度和加速度是多大，横向摇了还是纵向摆了，摆动频率是多少，一个摆动可能要100多秒，一共就摆动了10厘米，这些信息需要实时掌控，摆动大了，就要停下来稳一稳。

掌握这些信息，就要"借一双慧眼"。

针对E10管节沉放中出现的问题，对水深40米下的管节沉放运动姿态进行监测显得尤为迫切。

但在伸手不见五指的海底，想要看清沉管位置已不是易事，更何况它的运动姿态？

这项技术放眼国际仍是空白，担负港珠澳项目监测工作的港研院工程师们一直在寻找对策。

用水下摄像，用声呐，用水下机器人，一项项方案被大家陆续提出，但要么是因为海水浑浊，要么是水深，要么是施工工序太复杂，又很快被一一否定。前路不通，唯有继续开动脑筋。

说来也怪，港珠澳大桥项目部一直有个传统，大家都不喜欢在屋子里讨论问题，而是在项目部的露天通道外进行头脑风暴。正是在一次饭后的闲聊中，港研院副总工高潮提出了一个新的想法："我们国家的'天宫一号'都对接成功了，要往航空航天领域寻找解决办法。"

一语惊醒梦中人！

也是前往国家海洋环境预报中心的同一天，林鸣拜访了中国航空工业集团北京长城计量测试技术研究所（304所）他希望得到沉管沉放"万无一失保障系统"的另一个重要技术支撑——对管节沉放运动姿态进行监测。

"我们已经进入深海作业，深水深槽内水流条件复杂，缆绳长度增加，刚度减少，沉管质量大、负浮力小，在水流作用下可能产生的运动会给沉管安装带来风险。有必要在沉管沉放过程中对它的运动姿态进行监测，你们能帮助我们监测沉管的姿态吗？"林鸣询问。

"能！"304所副所长周自力不假思索地回答。

这个名不见经传的机构，业务却绝对是高精尖：为航空航天提供计量测试技术保障与支撑。但港珠澳大桥建设面临的技术挑战，也让中航工业计量所感到意外。

周自力说："我们所从事计量测试技术领域的研究，参与过各种国防重大项目，如神舟系列飞船、三代坦克、四代飞机、C919大飞机等，提供了准确的数据，保障了各项目的成功。我们一定要利用我所自主创新和动态测试的技术优势，为保障国家工程的沉管安装成功对接进行技术攻关，为港珠澳大桥的建设尽微薄之力。"

用航空航天技术为土木工程服务，是不是有点牛刀小试？

2014年5月27日，北京香山北麓一栋不起眼的小楼里，中航工业304所研究员邵新慧接到了电话：港珠澳大桥岛隧工程请求技术支援，检测深海沉管运动姿态。

邵新慧觉得心里没底，十余年的工作经验里，都是在做天上的传感测量，从来没有在深水里做过震动测量，更何况这次是水下40米。

邵新慧曾参与某导弹项目，频率精度只需要达到0.1赫兹。几番思索后，邵新慧决定迎接挑战。

中交港珠澳大桥岛隧工程项目部也抽调水工领域专家组成小组，与中航工业计量所专项组一同钻进了北京的实验室，广泛调研后，对各个厂家的传感器、陀螺等进行验证。经过六七天的实验，终于选出了满足项目需求的设备。国内最先进的微机械陀螺和高速度倾角传感器，以及航空航天导航制导专用设备，共同组成了为港珠澳大桥量身定做的沉管运动姿态实时监测系统。

304所运用了空间对接运动姿态监测技术手段，选出合适的传感器，搭建六维测量系统，设计沉管姿态测量模型，编制适宜于现场快速滤波的计算软件。对现场采集的信号进行分析，在沉管沉放不同的深度上利用边界条件优化数值分析模型，计算沉管在不同水深及边界条件下的固有模态频率，再通过实测得到的流速、流速变化频率等数据，对沉管施以外力计算其响应，以此为参考提取信号有效成分，获得所需各方向的加速度、角度等物理量。测量系统所组成的超低频惯导平台侧重于加速度测量，继而求得管节运动的位移和角度。

一个月后，304所就完成了"运动姿态跟踪监测系统"的实验室验证试验、现场模拟运动的比对测量试验、测试方案的设计与修改，初步验证了测试方案的可行性。

E11沉管的作业窗口定为2014年7月21日。304所在5天时间内完成仪器采购、支架加工装配以及测试系统搭建。7月13日凌晨3点，刚调试好的仪器被打包装箱运往机场发货运，并于当天夜里12点到珠海项目总部营地。第二天一大早乘交通船到桂山岛沉管停泊地进行安装调试。因为是首次安装调试，在天津港湾工程研究院的工程师们的配合下，从下午2点30分开始一直忙到晚上11点半，历时9小时终于圆满完成。邵新慧说。

7月20日晚上8点30分，浮运船队按时起航。21日下午2点30分开始沉放。

"报告，沉管首端横向振动幅度2毫米，沉管尾端振动幅度5毫米！"随着邵新慧最后一次沉管姿态汇报完成，在七个半小时的监测与预报的保障下，林鸣宣布沉放对接成功。

之后，304所项目组又根据每次管节沉放综合分析监测得到的加速度、角度、缆力、流速、海水密度等数据，进一步完善沉管数值模型分析，设计开发产品级的深水姿态监测平台，以实现沉管安装过程的自动化监测与报警。

在安装E12节沉管时，我亲眼看见了这套系统的工作状态。

……沉管每下沉10到30米自动停下来，监测系统开始工作，测控当时海水流速变化和周边流速情况，沉管内9个摄像头组成的监控系统连续获取实时监控数据，有异常立即停止沉放、分析原因。一切数据正常后，再进行下一个10到30米的下沉。

"真是神了！"我禁不住感叹道。

从E11节开始，这一沉管安装运用航天科技成果的"巅峰之作"准确监测到深水沉放中的沉管姿态，实现了E11—E33节沉管的精准对接。其中，E29沉管、E30沉管的安装对接精准度达到不可思议的1毫米。

这，在全世界还是第一次！

每一节沉管的浮运安装，都是从图纸到实体的蜕变，而这个蜕变，可能是化成的蝴蝶，也可能是涅槃的凤凰，因为，任何敢于叫板技术巅峰和填补空白的过程，都绕不过艰难困苦甚至是斑斑泪水……

到E15节沉管安装时，沉管之舟骤然触礁。

沉管安装最怕海底基槽淤泥回流，尽管项目部设置5个固定观测点保持对施工海域的泥沙检测，提供有效的泥沙淤积预警分析，同时还设置水下横向截泥堤坝，拦截沿基槽方向的泥沙回淤物，但"不幸"终究还是来了。

2014年11月16日，珠海最平凡的一个清晨。

8万吨的E15沉管到达安装海域，施工人员顾不得连夜浮运的劳累，立即做好沉放准备。沉放前，中交港珠澳大桥岛隧项目部总经理、沉管浮运安装总指挥长林鸣要求潜水员再次潜水"探底"。也许是某种预感，据中交四航院副总工程师、港珠澳大桥岛隧工程沉管基础监控的负责人梁桁说，这个动作在之前是从来没有过的。

"报告！沉管基槽泥沙又增多了！"在人们的忐忑等待中，潜水员急匆匆奔进指挥舱。

"怎么回事？你慢慢说。"

"我们潜入海底沉管基槽的时候，发现回淤物厚度约4厘米，并且有一定的稠度，用手都拨不开。"

安装船指挥室的气氛瞬间凝固。

此前，梁桁和副总工程师刘亚平带领团队用多波探测器对沉管基床进行过三维扫测，13日垄沟轮廓清晰，14日再次扫测时发现垄沟有3—4厘米浮泥。检测结果显示，泥的密度已经从之前的每克1.3—1.4立方厘米减少到每克1.26立方厘米。也就是说，在短短的24小时内，一股强烈的回淤覆盖住了整个E15管节的基床。

意外发生了。岛隧工程项目总经理部副总工高纪兵说，在前14个管节的安装中基床出现过回淤现象，但没有超标的。

林鸣迅速召开团队会议。会上，三种方案摆在与会者的面前：1.计划不变，继续安装；2.暂留附近海域，待清淤后安装；3.停止安装，沉管回撤。

参与决策会的人都经历了漫长、纠结且痛苦的过程。谁都知道，无论是哪一种方案都隐藏着意想不到的风险和挑战。

"几百人干了一个多月，花了如此大的人力和成本，怎么能拖回去？"言外之意是继续。

"国外同类沉管工程对接精度也有放宽到8厘米的，4厘米的回淤给隧道质量带来的影响应该不大，咱们是不是可以试一试？"弦外之音是尝试。

基床回淤后要挖掉重新铺设，直接发生的费用以千万元计；沉管回拖一次也要几千万元，加上海事部门配合浮运的近20条护航船以及拖轮的费用，都将对工程产生巨大的财务压力。

总指挥林鸣比任何人更清楚回撤意味着什么。

"基础不牢，地动山摇！如果强行安装，万一基床上的淤泥让沉管发生滑移，对于设计使用寿命120年的港珠澳大桥来说，未来可能是致命的隐患。"林鸣接着说，尝试也不可行，如果对接存在误差，8万吨的沉管一旦沉到海底，目前世界上没有任何一台设备可以把沉管提起来。以往基床的碎石垄沟有空隙，浮力可以保证沉管再次浮起，而现在基床上粘有一层4厘米厚的淤泥"垫子"，真空效应将产生强大的吸力，同时加上40多米深的水压，沉管根本就提不起来。

思考再三后，林鸣否定了继续安装的提议。

于是，暂留海域等待清淤的方案被摆上议程。

"E15沉管的基床有7000多平方米，从潜水员的报告来看，是大面积的回淤，短时间内清淤恐怕无法完成。"

"据气象部门预告，未来24小时伶仃洋海面风高浪急，沉管能不能长期滞留在无遮挡的外海？"

"看来沉管只有回撤了……"

"回撤？将已经出坞的巨型沉管往回拖，全世界都没有先例。"

"如果出现意外，价值上亿的沉管报废，更严重的问题是必将影响航道的航运，珠江口是中国最繁忙航运水域，每天船舶流量有4000艘次……"

听起来哪一方面的意见都有道理。作为总指挥长，林鸣承受着巨大的压力。

"撤吧！沉管回坞！"深思熟虑后，他下达了回航指令。

听到这个消息，整个浮运安装团队士气低落。

"内心都是崩溃的，虽然每次都有会失败的预案，真要回去还是无法承受的。但失败意味着什么大家都清楚，谁也承担不起责任。"沉管安装船船长刘建港说。

为了提振士气，林鸣特地找来一台摄像机，让每一个关键岗位的负责人对着镜头立下"军令状"：

"保证完成任务！"

"有没有信心？"

"有信心！"

有血性，说明有战斗力。17日18时，E15沉管正式回撤。现场作业海区风力持续5—6级，有效波高1米，巨浪甚至能直接将人打翻。起重班班长徐兆温带着工人们冒着大风大浪换上泡沫式救生衣，系上保险绳，一边安装已拆除的舾装件，一边进行回航编队。他说："浪太大了，平时穿的便携式救生衣根本没有办法用，浪头打到了脖子，两个兄弟接连被打翻，差点被卷走。"

顶着寒潮、大风、巨浪，经过24小时的连续战斗，最终，E15沉管艰难"回家"。沉管被安全拖回坞后，项目部还召开隆重表彰大会，林鸣亲手为有功者戴上大红花。站在麦克风前，一句"感谢"还未说完，干了一辈子工程、经历过无数大风大浪的林鸣动情了，泪水在眼眶里打转，久久不能说出一句话，而台下的人员也已泪流满面。

回淤究竟从何而来？

为什么之前所装的14个沉管没有发生突然回淤现象？

导致E15突然回淤的原因是什么？

E15沉管第一次出征受挫，让林鸣陷入苦苦的思索甚至大惑不解：E15沉管碎石基床12日刚刚铺设完成，13日通过监理验收，15日上午又进行了实地探摸，只发现少量回淤。短短时间，回淤增大且回淤物形态发生根本变化。平时监测到的回淤物直径都只有0.01毫米，这些平均直径约为0.026毫米的泥沙又从何而来？

港珠澳大桥沉管隧道工程"遇阻"消息在境外不胫而走，港澳媒体大篇幅报道，一时间，中外舆论哗然——

"不明泥沙造访，港珠澳大桥建设陷入困境。"

"港珠澳大桥遭遇技术瓶颈，大桥开通遥遥无期。"

"港珠澳大桥面临重大技术考验……"

在焦虑与忙碌中，时间不容等待。

"必须查清回淤原因！"林鸣要求，"同时还要建立一套回淤预警预测系统，为后续沉管安装提供保障。"

泥沙问题是海洋工程的关键，因为它的神秘莫测，海洋工程师们都把它戏称为一门"玄学"。

一时间，在交通运输部协调下，汇集了天津水运工程科学研究院、南京水利科学研究院、中山大学、中交四航院等国内25位专家。在第一次专家会上，我国著名的泥沙专家、78岁的王汝凯大师说："我们不是来这里做科研的，而是要用大会战的方式解决工程遇到的问题。"

专家组先后召开数十次专题会，8次集体会诊施工现场，采用卫星遥感测量、多波束扫描与水体含砂量测定仪，在周边120平方公里海域布设6组固定监察基站、24组监测仪器。

"这是我国海洋泥沙领域从未有过的深度研究。"岛隧项目副总经理尹海卿说道，"此前，我国的泥沙研究，大都以年或者月为时间单位，研究的淤泥厚度都以米为单位。如今，专家们研究的时间单位缩小到天，研究的淤泥厚度单位缩小到厘米。"

在完成200组地质取样普查，30多次密度检测，上千次的泥样粒径检测后，实测数据有三个重要发现：第一，这片海区的水体含砂量异常，从原平均值每立方米0.1公斤含砂量上升到0.5—0.6公斤；第二，海床表面物质发生了粗化现象，原因不明；第三，项目所在的伶仃洋部分水域呈微淤态势。

卫星遥感信息进一步证实，隧道基槽以北17—18公里范围海域有大面积浑水分布。当工程师们到达这个区域时，发现有70—80条采砂船正在作业，这些采砂船直接在现场边采边洗，事实上上游有一群人在不断地搅动海水，使泥沙翻卷向下游袭来，珠江海域往日清澈的水面变得与黄河水一样，水面含砂量为每立方米1.58公斤，而之前只是0.02—0.05公斤。

正是采砂船向南移动了15—16公里，而之前则在更北的30—40公里处采砂，直接改变了珠江口局部水域丰水少砂的规律。

经过两个多月的奋战和大量数据分析，专家组得出了统一的结论：海底突然出现的回淤，主要来源于上游海域采砂船采砂洗砂产生的悬浮物。

2015年春节悄然来临，在广东省政府支持下，广东海事局会同海洋与渔业局、大桥管理局对采砂作业进行了协调，7家采沙企业近200艘船舶在不到两天的时间内全部撤离了现场。

"现在的回淤量大大减少了。"潜水员张诚高兴地带来好消息，"以前头天才清淤完，第二天上面又是厚厚的一层淤泥；现在铺设的碎石上不再有那层厚厚的'被子'了，看得清清楚楚。"

与此同时，工程应对措施也在同步推进。清淤施工需要大型船舶在已安好的E14沉管钢封门前作业。40多米深的海底，钢封门承受着1万多吨的压力。在重型机械面前，钢封门就是一张薄纸。为保证已安隧道的安全，建设者另辟蹊径，在隧道端头加装保护装置，给沉管戴上"金钟罩"，避免损坏沉管。

大家都知道，卫星发射需要天气"窗口"，沉管安装也需要选择一个风平浪静、海流舒缓的时间段，这就是"窗口期"。一个月中只有两个"窗口期"。2月24日，是中国农历大年初六，沉管安装的"窗口期"来临，E15再次出征。

这距离第一次拖回沉管已经过去了近4个月。

为确保这次沉管能够顺利安装，项目部做了238个风险管控点，非常详细，把能够想到的，用头脑风暴法全都想到了，可以说是做足了万全准备，而且之前收集的所有信息反馈也未发生异常。

然而，当船队即将到达施工区时，一个突如其来的消息打乱了既定计划：多波束测深系统在对海底基床进行扫测时，发现基床东北部有大面积堆积物，总量达2000平方米，最厚处达到60厘米。

"看到潜水员打捞上来的满满一箱的淤泥，在场所有的人都惊呆了。"梁桁说，"整个沉管管节长180米、宽38米，总面积为8000平方米，2000多平方米就占了约1/4！"

港珠澳大桥岛隧工程沉管安装项目副书记王有祥说："看到大屏幕上的淤泥

之后，说实话，干基床施工以来从来没有见过可怕的基床。"

原来，当第一次出现回淤后，施工人员清理了基床槽底的淤泥，而基槽边坡上面覆盖了一层薄薄的回淤物，回淤物受到外力扰动后发生了雪崩般的"塌方"。

"我们之前的认识不足，加上世界沉管隧道目前没有边坡清淤的先例，对风险的认知总是一个不断总结和积累的过程。遇到这样大面积的泥沙回淤，只能返航。"林鸣说。

如果说第一次突淤神秘莫测，第二次则完全是一个意外。

E15节沉管的第二次出航，走到三分之二的路程时只能再次拖回，别无选择。

这是个痛苦的决定，指挥船上霎时气氛凝重，一片沉寂。"当时心情特别难受，忍不住地直掉眼泪。"港珠澳大桥岛隧工程Ⅴ工区常务副经理、山东大汉宿发强心底一片苍凉，"第一次出航非常艰难，200多人的团队连续72个小时不睡觉，巨大的压力已经接近人的承受极限。而这第二次500多人从大年三十等到初六的时间窗口，没有想到又出现塌方返航，心不甘呀！"

数月的努力将从头来过，许多身经百战的工程师、专家无语凝噎，潸然泪下。"我当时的脑子也是一片空白，两次打击实在太大了，根本不知道怎么去安抚员工的情绪。"刘建港蹲在甲板上哭了很久。

这是人类无力抗拒自然的痛苦。沉管安装项目部的全体人员心情更是降到了谷底，围坐在指挥舱开始抹眼泪，个个抑制不住落下了痛惜的泪水，王有祥说："哭，全哭了，全都在抹眼泪，我也在抹眼泪，哭得一塌糊涂……"

选择了前方，就必然要风雨兼程。大家哭完了以后，穿好安全防护衣，还得把沉管再拖回去。

25日上午10点，E15沉管顺利回坞完成系泊。11点的时候，广东省委常委、常务副省长徐少华来到刚刚回坞的沉管安装船，慰问施工人员，打气加油，召开现场办公会，做出了"坚定信心，尊重科学，扎实推进港珠澳大桥建设"的指示。

26日，中交集团陈奋健总裁率领各参建单位领导赶赴项目部，召开指挥长现场办公会，要求精心组织好E15沉管安装攻关战，在确保安全、质量的前提下全力推进工程建设。当天晚上，"浚海5"立即起锚，赶赴E15沉管海域；随后，"捷龙"专用清淤船、"津平1"碎石整平船等大型船舶先后进驻施工海区。

港珠澳大桥岛隧工程碰到的困难和问题带来的工程阻滞，再次引起粤港澳三地民众的关注和担忧，很多境外的不实报道铺天盖地，各种质疑和唱衰声开始在网络上肆无忌惮地传播……

2015年3月，在广东省人大上，广东省发改委主任李春洪在回答港珠澳大桥进度有关记者问答时不回避碰到的困难，主动披露道："一共33个沉管，现在才安放了14个。去年10月份本来是要放到第15节沉管的，但它的泥沙淤积量突然发生了跟前14节完全不一样的情况。原因分析了3个月，各种模拟、卫星扫描，还有气象潮汐分析，我们用了超级计算机，最后还没有确定究竟是哪些原因综合作用。"

"实在是太难了！"李春洪对媒体坦言。

沉管安装的海洋环境、天气信息预报是由国家海洋环境预报中心提供的，浮运沉放要满足天气、海洋潮汐等各项条件，苛刻程度与发射卫星差不多。

每个月，工程师们仅有两个短暂的作业"窗口期"。

3月，南海天气回暖，海苔生长太快，翠绿的海苔犹如地毯一般，每隔两三天，都要清理一遍。潜水队又开始了新一轮海苔清理，最麻烦的是沉管下部的海苔，他们要潜入10多米的水下用钢丝球一寸寸仔细擦拭，耐心地等待沉管的再出发……

安装"窗口期"来临，是测控组负责人刘兆权最为紧张和繁忙的时候。沉管浮运导航和对接安装测控测量在岛隧工程中被称为"深海之眼"。他说："冷空气、台风、强对流天气都会对大气中的电离层产生扰动，导致GPS信号失锁，会对施工操作构成极大风险。"

3月24日凌晨，浮运船队携E15沉管第三次踏浪出海。仅仅一个月后，这支队伍面貌一新、士气昂扬。26个小时，经浮运、系泊、数轮沉放、观测、调整，E15沉管姿态完全可控，缓缓沉入40多米深的海里。

"成功了，终于成功了！"

25日凌晨5时58分，经过数轮沉放、观测、调整后，E15沉管在40多米深的海底与E14沉管精准对接，"津安3"沉管安装船的指挥舱里传来了经久不息的掌声和欢呼声，绚烂的烟花照亮了伶仃洋的夜空。

这场胜利来得异常曲折艰难，好多人都流泪了，压抑了近半年的闷气晦气都同时释放在晶莹的泪花里，在空气中久久缭绕着，那么滋润，那么让人陶醉。

E15沉管安装成功后，林鸣想到的第一件事就是立刻赶往天津，看望病房里的专家杨树森，他要亲自告诉他E15沉管安装的好消息。

那是2014年11月，E15沉管第一次安装失败后，基槽回淤专题研究组的专家杨树森就查出肝部有问题，但他没有跟任何人讲，率领科研团队连续在施工现场奋战。E15沉管第二次安装时，他还在安装船上坚守了一天一夜。第三次安装前夕，他又在病床上给现场工程师打电话，沟通了一个多小时。

不幸的消息是，杨树森已被确诊为肝癌晚期，医生说如果不能及时找到匹配的肝源, 杨树森将进入生命的倒计时, 这怎能不让林鸣心急如焚呢?

　　港珠澳大桥海底隧道的33节沉管是从西向东依次编号为E1到E33。安装顺序分为两个阶段: 第一阶段是自西向东从E1至E28安装; 第二阶段是自东向西先安装E33, 再安装E32……以此类推, 最后安装E29完成"汇合"。

　　第一阶段安装团队已经创造了一年安装10节沉管的"中国速度", 第二阶段的沉管安装则从东人工岛岛头开始。

　　在港珠澳大桥岛隧工程采访时, 我对我的采访对象进行过一次"问卷"调查——

　　33节沉管对接中:

　　1. 你印象最深刻的一次。

　　2. 你觉得最艰难的一次。

　　3. 你最有成就感的一次。

　　4. 你觉得最纠结的一次。

　　调查的结果是:

　　1. E01: 94%。

　　2. E15: 93%。

　　3. E28: 84%。

　　4. E33: 89%。

　　我颇为纳闷: 为什么会"纠结"在E33节呢? 后来我一了解才知道E33沉管是一节"弯管"。

　　弯曲的8万吨沉管如何顶推、拖运, 最后实现安装?

　　首先说"顶"。曲线沉管是一个重心偏移的结构, 预制过程中, 顶推力的控制难度很大, 不同位置的千斤顶的作用力不一样, 要通过不断地设计验证千斤顶的作用力, 来确保沉管保持在一个水平状态。如果某个地方顶力超过或者不足, 就会造成沉管重心的偏移, 反过来其他地方会形成超负荷或者作用力不够。

　　再说"推"。在推动沉管移出工厂的过程中, 推力的控制也是个难题。直线管节只要保持两边的推力平衡, 就可以让它沿着轨道直线前进。但是现在要让这个曲线管节沿着直线前进, 两边的推力就不能相等, 要找到这个平衡作用力就很难。

　　"拖"也是个大问题。8万吨重180米长的沉管, 在整个浮运过程中, 最理想的姿态是横平竖直, 保持四平八稳沿着直线行走。但E33是一个重心偏移的结构, 在水中漂浮就完全可能出现倾斜、蛇行。浮运过程还要通过在沉管内部加水或者减水的方式来控制，一旦加了水，重心会更加不稳定了。

为了这节沉管的安装，岛隧项目设计团队从2014年开始就绞尽脑汁。设计师吕勇刚博士告诉我，围绕这个曲线沉管，他们组织了5个专题，包括管节安装模拟推演和管节姿态控制，开展了三个阶段的风险辨识评估，对9项重大风险、上百个风险点进行全面分析、补充和完善，逐一排查，并开展了5次沉管沉放演练。

E33沉管安装让工程师们最头疼的是东人工岛岛头复杂的"挑流"，因为西人工岛与沉管对接形成的轴线与水流方向是一个正相交，而东人工岛与沉管对接形成的轴线与水流方向是一个斜相交。正是这个斜相交，使得安装过程中沉管姿态变得难以控制。

2016年初，项目部委托南京水利科学院针对E33沉管安装建立数模来深入研究水流，把设立导流堤作为控制安装区域水流的方案。6月导流堤建成后小区域内水流控制效果明显。但另一个"纠结"马上浮出水面。

此前每一节沉管安装，专用的大型清淤船能够迅速完成清淤，让安装的周期变得很短。但由于水深和岛头的限制，大型清淤船没有了施展身手的空间，深槽的清淤工作只能采取效率更低的人工清淤来完成，这使清淤和安装的周期变长。同时，水流流速和泥沙淤积的矛盾意味着沉管安装必须要在一个风平浪静的环境下进行。

偏偏2016年是"史上超强厄尔尼诺"年，台风成了E33沉管安装的头号"杀手"。

7月12日，项目部开始E33沉管基床处理，并计划在9月择机安装。谁知天有不测风云，在清淤过程中，4号台风"妮妲"从40公里远的地方路过，让之前的所有清淤工作白费一场功夫，新的淤积又让工人们忙乎了整整一个月。

安装被一再推迟。

由于沉管基床的整平清淤周期延长，气象预测保障系统失去了作用。试想，要在40天前就对海洋环境特别是台风做出精准预报，那恐怕只有神仙才能做到。

果然，1月至8月，没有一个台风光临中国大陆。8月份以后，一个接一个的台风光临，"尼伯特""妮坦""米雷"……巨大的工期压力，让建设者不得不和台风赛跑。9月已经因为台风错过了一个安装窗口，10月不能错过了。

9月初，20多名潜水作业人员戴上全套防护装置，背着100多斤的铅块，潜入14米水下作业。他们首先在海底放置导轨，高程误差严格控制在正负5毫米之间；再用长度9.5米的刮刀实施精确平整，进行碎石垫层铺设填补，实现"去高补低"，以达到高差小于4厘米。经过20多天的海底作业，顺利完成水下基床整平铺设工作。

10月3日，国家海洋环境预报中心的专家来到建设现场。翌日的沉管安装决策会上，专家提出，气象云图发现，新的台风正在形成，并且7、8、9日三天很可能会出现在珠江口。

"怎么办？"

"纠结啊，纠结得要死！"

林鸣说，如果不安装，将会再错失一个"窗口期"；如果台风在施工区域登陆，前期整平清淤的基床可能会再次被荡平，E33沉管的安装可能要推迟至12月；如果安装过程中台风登陆，将会是一个不堪承受的灾难，如果……

没有如果了。在最后的决策会上，林鸣要求所有的参会人员表态要不要把握这个"窗口期"。10月4日、5日、6日，项目部一直在开会。最后，大家的共识是，只要有一丝的希望，我们就要抓住这个窗口。每个人都清楚，如果没能把握住这个宝贵的作业窗口，沉管安装计划将被打乱，隧道贯通、大桥通车的目标就将受到影响。

10月6日，当年的第19号台风"艾利"已被正式编号。

7日凌晨5点，E33沉管被拖出坞区。此时，19号台风正在穿过菲律宾北部向北而来……

8个多小时后，E33沉管抵达东人工岛岛头。正当现场决策组下达沉放指令时，东人工岛岛头海域却遇到了强烈的波浪影响，现场风力达到了6级，安装船船体正猛烈地晃动着。

那是一个惊心动魄的等待！

"津安3"船舱里，船长王汉永紧盯着台风"艾利"的卫星云图。身为船长的他，比大多数人都要紧张。"船只和管节的每一个动态，船上每一个人的安全，我都要负责。"他担心，已经连续作业十几个小时的兄弟们会不会疲劳，剧烈拉扯中的缆绳是否依然坚韧，这样的大风究竟会持续多久。

"为了首个曲线段沉管的安装，我们筹备了两年，进行了一年的专题科研、半年多的施工准备，在基床铺设过程中又多次受到强台风的影响。"尹海卿说道。

8日凌晨两点，施工区域的风力逐渐减小，E33沉管正式开始沉放。经过26个小时的连续作业，在完成千斤顶拉合、水力压接后，7点20分，E33沉管与东人工岛岛头成功对接。经贯通测量，沉管轴线、标高、纵坡完全满足设计标准，项目团队快速完成E33沉管锁定回填。

"撤，赶紧逃出去！"沉管对接之后，第一件事情是赶紧让安装船撤离。幸运的是，19号台风的路线诡异，竟在一个"安全距离"之外的地方停下来打转了5个小时……

"这是天意啊！"

隧道沉管安装是一项"走钢丝"的过程。一个人走钢丝不难，难就难在3000人一起走钢丝；一次走钢丝不难，难就难在4年都在走钢丝……33次壮行，每一次如临深渊。

33次安装，每一次如履薄冰。

正如港珠澳大桥管理局局长朱永灵所说："世界级的工程需要世界级的付出。"

从2013年5月2日首节沉管安装，到2017年3月7日最后一节沉管成功对接，港珠澳大桥海底隧道33节沉管安装历时整整1400天！

1400天乘风破浪。

1400天背水之战。

岛隧工程建设者们犹如在黑夜里摸索，突破一个个技术盲区，先后攻克深水深槽、大径流、强回淤甚至在随时要与台风抢时间的恶劣环境下，按照标准化流程浮运、系泊、沉放、对接，攻克了一个又一个不可能的世界级技术难题，顺利完成了全部33节沉管安装精准对接，奏响了激昂的伶仃长歌。

第十五章　谁持彩练当空舞

中国桥，中国力量！

在港珠澳大桥桥梁段，机械化吊装被大面积推广，每块墩台、每片钢箱梁的架设，需要毫米级的精度对位。建设者举重若轻，他们像搭拼积木一样，一件一件组装成海上"钢铁巨龙"，用大国工艺将坚硬的钢铁化作珠江口上最壮观的虹，搭建起架接港珠澳的海上天路……

这些源源不断运送到伶仃洋上的桥墩、钢箱梁、组合梁数以千计，把这些动辄数千吨的庞然大物吊装到设计的高度并以毫米级精度对接，不亚于拍一部"科幻大片"。

2013年6月20日，大片的第一个镜头"开机"。

那天上午，首个整体埋置式墩台在中交一航局东莞预制场完成预制后运抵港珠澳大桥桥梁主体工程CB03标段31号墩位。

因为是"首个"，大伙的心情既兴奋又紧张。

兴奋的是，首个安装如果成功，墩台整体预制及干法安装的工艺将成为国内首创，载入史册；紧张的是，首个墩台高26.65米，重2700吨，现场要调度指挥4000吨浮吊吊着500吨重的双层吊具将墩台置入桩基，海上长波涌浪，墩台在吊钩上来回晃动。一旦有个闪失，桥墩、吊船甚至施工人员都会遭受灭顶之灾！

6月20日5时30分，首个墩台安装正式开始，分为吊具起吊、墩台起吊、墩台对位、精度调整、吊具拆除、剪力键焊接6个环节。谁都知道，伶仃洋是珠江最大的喇叭形河口湾，其下有两个深海沟，无风三尺浪。

11时20分，吊具起吊、墩台起吊进入钢圆筒围堰，缓缓落在桩基的4个千斤顶上。墩台对位，施工人员开始进行紧张的精度调整。系统显示，符合垂直度1/3000，平面慢慢低于1厘米偏差的质量要求，双层吊具缓缓离开墩位。

"停！"随着"导演"的一声令下，伶仃洋上响起雷鸣般的掌声。

"我们是在'针尖'上作业啊！"中交一航局CB03标段项目部总工孙业发感慨万千。港珠澳大桥桥梁主体分为3个标段，一航局负责CB03标非通航孔桥段，长7.52公里。

2014年1月19日，同样是中交一航局，他们起吊安装了港珠澳大桥的首跨钢箱梁。在过程中，项目部整合了16家科研机构参与研发，实现毫米级的精度要求，攻克了"三牛腿"平面调位等多项技术难题，技术创新高达25项，2项还申报了国家专利。因为这个具有象征意义的"首跨"节点，中交一航局还登上了《人民日报》的版面。6月13日，"一航津泰"号再次发起了对自身吊重的挑战，当天，船舶以后仰的姿态下钩，吊起了港珠澳大桥最重的墩台，创造国内新的单船起重纪录——3900吨。这是一次"赌博式"的起吊，一航局的建设者们赢了。

在极限面前，每个施工单位创造的奇迹都是一次负重的跨越。

2014年4月13日，珠海在连续10天的梅雨天后终于放晴，伶仃洋上水雾骤起，虽然天气并不算好，但工程人员却激动不已。

广东长大CB04标段项目主管王立国和他的伙伴们为了这一刻的"放晴"已经等待了半个多月。接下来要做一件事，就是通过两条大型浮吊船吊装一片长132.6米、宽33.1米，重量达2913吨的钢箱梁。他们称这种吊装方式为"抬吊"，这次吊装的总重量达3700吨，创国内吊装之最。

在正式吊装前，工程技术人员还有一个考验，就是给两条浮吊船安装上一个长105米、重788吨的巨型吊具。此时海上风浪很大，船舶晃动剧烈，为保证吊装计划时间，他们40多名施工人员利用凌晨宝贵的平潮时间抢装吊具，白天进行吊具的加固和调试。如此反复作业三个通宵，72个小时未合眼，硬是把8条长达351米、5吨重的钢丝绳在海上绕了八道，成功完成起吊前的准备工序。

16日12时08分，经现场测定海上风力、浪高条件均符合吊装环境要求，对讲机里传出指挥员的起吊指令。两条浮吊船通过吊具缓缓将钢箱梁提起，全场人员屏息凝视，现场不时发出刺耳的"滋滋"钢铁摩擦声，有种看美国魔幻大片毛骨悚然的感觉。

在浮吊的作用下，钢箱梁缓缓脱离了运输船，朝着指定墩位缓缓前进，"80米、50米、20米"，伴随着大伙的紧张呼吸，电脑不断传送着各项数据，王立国更是压抑着紧张的内心注视着钢箱梁的每一米靠近。14时47分，钢箱梁放至指定位置，对讲机里传出"吊装成功"，庆祝的鞭炮声骤然响起，现场一片欢腾。

这是港珠澳大桥的主体桥梁工程，钢箱梁、组合梁一节一节地向前铺设。它的雏形显得格外雄伟壮丽，气宇轩昂地横跨在浩瀚的珠江之上，似长虹卧波又如蛟龙出水，在云卷云舒的海天之间，形成了一道亮丽的彩练，至简至美。

在伶仃洋这个古老的航道上，正进行着一场最现代化的穿越。我见到了久闻大名的"天一"号和"小天鹅"号吊装船——传说中的两个"孔武猛士"。

中铁大桥局CB05标段项目部经理谭国顺对这两艘大型船舶钟爱有加，它俩是起重类船舶中的"翘楚"，是项目部为打造海上施工舰队而自主研制的自航式专业运架梁起吊船，船体可实现360度旋转，长90米，宽40米，起吊重量为2500到3000吨，可以进行三次定位，还保证桥梁构件安装的精度。

在这片茫茫的大海上，"天一"号和"小天鹅"号见证了一座现代化中国桥的脱胎换骨和风雨沧桑，承载着中铁人的光荣与梦想。

"你知道它的起重高度有多高吗？"谭国顺是一个普普通通的老中铁人，走在如潮的人群中，马上就会被融化得找不见踪影，除了一脸谦逊的笑容，谁也判断不出他的职业痕迹。

"多高？"我不置可否地反问道。

"起重高度69米，吊距16米。"他由衷地赞叹。

真是气势如牛、力挺千钧、名不虚传啊！

谈起这两艘船，谭国顺那是滔滔不绝。他说，中铁大桥局当年用的第一艘施工吊船才是35吨级，还是1925年美国制造的，如今我们自己研发的施工吊船是

3000吨级。

站在一旁的项目副经理佘巧宁插话道："我们一条运架一体船等同于别人一个船队。"

啧啧，这是什么概念？

"两条拖轮、一条吊船、一条驳船，船上装有几十台动力、起重设备和抛锚定位系统，能满足海上运架梁施工对稳定性和精准性的要求。"佘巧宁随后用一组数据来佐证他不是"吹牛"，"按照一般施工方法，一个月只能吊装5片梁。从2013年12月2日开始施工至2015年2月10日架设完成，我们仅仅用了436天，除去台风、季风、暴雨等恶劣天气影响，基本上是两天一片梁，这个架梁速度在国内外海上跨海大桥的建设上绝对是处于领先行列。"

CB05标段包括137个承台墩身构件、148片组合梁、9个双壁锁口钢围堰，个个都超过1000吨，最重的2000多吨，都是"天一"号和"小天鹅"号"兄弟俩"的功劳。

然而，大桥人上演的最惊险刺激的片段是桥塔的吊装。

那天，我乘坐海事局的监管船从九洲港出发，沿线港珠澳大桥7座不同造型的标志性桥塔已经全部"就位"：青州航道桥"中国结"熠熠生辉，江海直达船航道桥"海豚"栩栩如生，九洲航道桥"风帆"扬帆矗立……

那么，这些动辄上百米的巨塔是如何从水面到空中搭起来的呢？

"风帆"塔是中铁大桥人引以为荣的吊装作品，迄今这件作品已成为游客漫步珠海情侣路上不容错过的风景。

风帆很美，看似飘逸，但实却沉重！

第一次海上"扬帆"的经历让中铁大桥人难以忘怀。

由于受邻近澳门机场航空限高120米影响，塔柱高度为120米，相当于40层高楼，单单塔高就紧逼限高线，如果吊装时使用以往常规的巨型塔式起重机，加上设备高度后必定超过限高线。

这意味着不能使用超高的大型吊船吊机。那可是九洲航道桥206号主墩上的第一面"风帆"啊！长有68米，重有1168吨！

中铁大桥局必须另辟蹊径。

他们决定采用国内桥梁中从未使用的"竖转提升"技术：第一步，利用大型浮吊将上塔柱整体起吊，放置在桥面预先拼装好的滑道上；第二步，在塔梁两侧拼装大型提升吊架，并利用千斤顶缓慢提升上塔柱，同时沿滑移轨道向前滑移使其逐步竖转，直至上塔柱与桥面垂直；第三步，完成精确对位后，进行临时固化，完成连接缝焊接施工。

竖转提升，"玩"的不只是心跳……

整体竖转提升中最为关键的是要控制好横向滑移和竖向提升的同步性。他们将提升点千斤顶的布置精度控制在5毫米以内。

他们还运用了液压同步控制系统和倾斜仪监控系统这个"神器"。有了它，可以实时监控各个受力点的大小和横向、竖向的行程，可以实时了解横向、竖向的偏差，反过来与液压同步控制系统进行实时校对，从而确保整体竖转提升中横向、竖向行程的同步性，将行走偏差严格控制在精确要求范围内。而且液压同步控制系统具有锁死功能，一旦提升过程中出现意外状况可以停止作业，确保构件和操作人员的安全。

2015年2月2日施工当日，天很冷，气温很低，寒风吹拂着人们的衣襟，脸上生痛生痛。"风帆"塔吊装的每一步都是高精度、高要求和高难度，现场的每一个工作人员精神高度集中，小心翼翼。

中铁大桥局二公司工区总工程师徐瑜在现场前后已经待了三天三夜，为"风帆"塔的吊装煞费苦心，总共没睡足5个小时。

区别于直塔，风帆的曲臂是一个异形，两者相接之后形成一个超大的不规则体，塔重心偏离视觉上的中心部位，增加了巨大的难度。因此，上塔柱"竖向提升位移"和"水平位移"的同步性控制是关键点。它要求37根提拉上塔柱钢绞线的精确度，每一根都不能出现大于1度的施工角度，否则提升过程会无可避免地产生晃动，造成快速倾斜，甚至倒翻，后果将不堪设想。

"'风帆'的曲臂造型费了我们不少劲。"徐瑜说，"毕竟没做过，什么问题都反复考虑了，坐立不安。"

"坐立不安"的还有CB05标的总工程师潘军。

晚上12点，他给徐瑜打电话，说的尽是些关键性技术问题。

"上塔柱竖转到位后万一出现与T3顶口匹配误差较大，应该怎么调整？"

"用什么措施来调整？"

还是不放心，他到现场对桥塔上下口对位关键点进行验收。6月天，塔柱内部狭窄闷热，环境很恶劣，他带着技术人员将钢塔4个壁的对位全部测量完毕，确认符合2毫米规范后，才走出来。

意外还是猝不及防地出现了。

竖转一开始，专门配置的监控仪器数据就开始滚动。实时监测发现，仪器显示的数据与预算数据出现了偏差，水平位移没有通过提升主动向前进，这一情况与前期计算的有小步滑移有所出入。凭借敏锐的数据反应，他们立即启动了应急预案。通过提前放置于靠近钢管竖架滑移轨道两侧的千斤顶的拉力，使上塔柱在这一提升段往前滑移，有惊无险。

一波刚平息，又起一波。

水平位移达34米时，吊点、塔中心、塔下部支撑点呈一条竖向直线，这时塔柱支撑力处于最为薄弱的临界状态。此时如果不控制有效提升速度，上塔柱会顺势翻过去。

处变不惊。细心的建设者们在上塔柱的滑移轨道端头处两侧分别配置2台千斤顶，到达临界点后，便利用这两个千斤顶的牵扯力，让它缓慢前移，最终安全度过临界点。

竖转提升一直从早8时持续到晚11时。随着现场指挥一声"提升到位"，现场一片欢呼，不少人眼底闪烁着泪光。

"太激动了！"

"终于竖转到位了！"

平时熟得不能再熟的潘军和徐瑜，那一刻眼泪就涌了上来，紧紧握住对方的手，不知该说什么。

有了206号墩"练手"，5月11日，207号墩上塔柱定位时，尽管暴风雨袭来，但"风帆"的竖转提升整整缩短了6个小时。

至此，九洲航道桥扬起了"风帆"，与蓝天白云、伶仃海面浑然天成。一次性整体"竖转提升"技术，这在世界桥梁史上还是首次，填补了用提升支架整体提升、滑移滑道竖转方式安装上塔柱领域的一项国内空白。

伶仃洋是白海豚的家园。港珠澳大桥这条长龙时而潜入海底，时而跃出水面，在伶仃洋上腾云驾雾。而江海直达船航道桥（CB04标）塔的造型，就是三只"海豚"，栩栩如生，给港珠澳大桥平添了几分灵动之气。

三只"海豚"中，每只"海豚塔"高105米，相当于35层楼的高度，重达2600吨，加上吊具的重量超过3000吨，相当于11架空载的A380飞机。

"这绝对是伶仃洋上最大的'白海豚'了。" CB04标段施工单位、广东长大公路工程有限公司总工程师王中文笑言，"'海豚'钢塔的高度是白海豚体长的40倍，体重约等于一万只真正的白海豚。"

广东长大公司是港珠澳大桥7座索塔施工中唯一的"省队"，这匹"黑骏马"骤然冲入港珠澳大桥和中铁大桥局、中交二公局等"国家队"同台竞技，毫不逊色。

钢塔由12节主塔、12节副塔、7节联系杆、14节装饰塔、2节三角撑组成，吊装时需要高精密度。

港珠澳大桥项目总经理余立志总结"海豚"塔吊装有"四难"：

一难：类似超大型钢塔在国内外没吊装过，无成熟经验可以借鉴。

二难：吊具结构设计特别复杂，吊具与钢塔连接销孔匹配精度要求高。

三难：钢塔吊装和吊具拆除所需船舶众多，船舶组织和协作要求高，起重船舶必须保持高度的一致性。

四难：天气、海况自然因素突发，施工风险大，安全管理面临巨大压力。

如何保证吊装构件不晃动？

项目部最先提出的是滑移方案，即在一个大型驳船平台上直接用单个浮吊设备将"海豚"竖转吊起。经过多方论证后，这个方案最终因风险太大而被放弃。

在综合考虑施工安全和施工可行性后，项目部最终在2014年10月重新确定为抬吊方案。

2015年8月23日凌晨4点，139#"海豚"塔从中山火炬开发区预制场码头装船出发，海上行驶约29海里后，抵达港珠澳大桥施工桥址。

"天亮前我们就要开工。"参与吊装总指挥的CB04标项目副总工荣国城说。

"为什么选在天亮前？"

"心里没底呀！希望在天黑前完成最难的工序。"

中午12时，在距离大桥墩台50米左右外的海面上，"海豚"的头部通过吊具固定在"长大海升"船的起重吊钩上，尾部由"正力2200"船配合吊起。

起升。竖转。横移就位。

两艘船默契地将"海豚"缓缓翻转90度，再平移到桥墩基座上，完成安装。

"全程历时10个小时。"荣国城事后回忆，最紧张的是"海豚"竖转过程，塔尖穿过"长大海升"两座吊臂之间的时候，由于吊臂当时处于高应力状态，一旦巨型"海豚"和吊臂"吻"上，就会酿成严重的起重事故。

"心都提到嗓子眼了。"荣国城说，"穿过吊臂的时候，'海豚'其实都在微微晃动，和吊臂相距最近的时候只有50厘米，这时候最担心外海会有涌浪袭来。"

"最怕海底的涌浪和海上的风了，还好'海豚'最终与吊臂失之交臂"，荣国城如释重负。

2016年6月2日，伶仃洋海域碧蓝如洗，海浪轻轻吻着船舷。138#巨型"白海豚"塔安静地躺在"幸运海"驳船上，这是最后一只"白海豚"的吊装。与前两个139#、140#钢塔不同的是，这座"海豚"钢塔桥冠虽然朝向一致，但因自身结构的不对称性，导致受力并不相同，吊装难度和要求比前两个高。

项目部的技术负责人陈儒告诉我，在此之前，工程师们将138#钢塔在中铁山桥基地进行"翻身"，再途经横门东水道，至淇澳岛东侧，由横门东水道1#浮标处转向南下，航行至港珠澳大桥CB04标施工现场。

凌晨3时，东方刚刚露出鱼肚白，微风轻抚，细浪轻拍。

"各单位注意！各单位注意！我们马上开始钢塔起吊，请各单位人员就位。"凌晨3点10分，对讲机传来现场总指挥的声音。

"工程组收到！"

"船机组收到！"

"监控组收到！"

"HSE组收到！"

3时20分，总指挥下达了钢塔正式吊装的指令。

在场所有人都屏住了呼吸，指挥组紧紧地盯住"长大海升"四个主钩，操作组则不眨眼地盯着"海豚"塔，监控组将目光锁定在高精度的仪器显示屏上……

只见"长大海升"和"正力2200"将"海豚塔"整体水平提升，提升至距离甲板面50厘米时，静止20分钟，无异常后，继续提升。

"白海豚"塔的竖转过程非常缓慢，提升过程中每提升4米需要停顿、观测一次，无误则继续操作，每一步都小心翼翼，一直持续了4个小时。终于在7时10分，"白海豚"完成竖直状态。

在两艘大型浮吊的配合下，钢塔整体空中竖转，缓缓地朝着桥墩移去。由于江海直达船航道桥边跨净距为102米，不足以满足"长大海升"起重船驻位，"海豚"第三次穿过浮吊船的双臂之间，塔尖与吊臂的最近距离不足1米。

"心惊肉跳。"总工程师王中文这样形容。

180度翻身、起吊、空中竖转、横移、栓装……

8时20分，"正力2200"浮吊船正式解钩，短暂调整对位，横移至基座，塔底螺栓安装。8时40分，"长大海升"移船到位。10时许，在伶仃洋海面，最后一只巨型"白海豚"凌空跃起，与其他两只"白海豚"交相辉映，在蔚蓝的海天间尤显动感。

现场所有人都兴奋地欢叫了起来，所有人都拿出手机拍下这激动人心的一幕，现场点燃了远处早已经摆好的鞭炮……

原本预计10小时完成吊装，实际只用了不到8小时。

伶仃洋上，三只巨型"白海豚"齐跃海面，宛如天神的肩膀，在海天之间展现出人与海洋共处的和谐画面，成为伶仃洋上一道独特的亮丽风景。

"中国结"我们并不少见，但在大桥上见，恐怕就较为罕有了。

驱车从香港往珠海、澳门方向开行，第一个桥型就是青州航道桥上的"中国结"，它恰似龙的眼睛，使得港珠澳这条巨龙更加生动传神、顾盼生姿。

中交第二公路工程局公司承担CB01标段施工，这一标段的青州航道桥是港珠澳大桥跨径距离最长、单体规模最大、桥面索塔最高的通航孔桥。双塔之间的距离为458米，主塔高达163米。"中国结"正是镶嵌在索塔的上方，成为港珠澳大桥桥塔皇冠上的明珠。

项目经理兼总工程师孙鹏向我介绍说，青州航道桥主桥长1150米，钢箱梁的吊装包括55个标准节段和2个大节段，"中国结"的吊装堪称难中之难。

在此之前，二公局CB03标项目部已先后攻克大直径超长桩基施工、埋置式墩台干法施工、索塔钢结形撑吊装施工、大节段钢箱梁整体吊装等诸多技术难题，是最早完成全部深水区非通航孔桥钢箱梁海上吊装施工的单位。"中国结"将是他们的最后一役。

我来到CB03标项目部时，硝烟已经散去，在静静的办公室里，二公局一公司总经理、项目经理文德安兴致勃勃地为我回忆那些波澜壮阔的场面。

我问他："外海环境给你们的吊装施工带来了哪些挑战？"

"多了，比如段梁不对称吊装，大节段梁整体抬吊安装，结形撑的吊装……数不胜数。"

"最难的呢？"我又问。

他不假思索地回答："当然是结形撑了。"

文德安所说的结形撑，正是港珠澳大桥最亮眼的"中国结"。"中国结"共有两对，总高50.30米，总宽28.09米，相当于半个足球场大，使用钢材铸造，总重780吨。由中铁山桥集团有限公司在中山市分成5个节段制造后，再沿水路运至海上现场，借助18000多颗螺栓逐段拼装成整体。

"中国结"的安装精度为毫米级，混凝土结构的塔柱安装精度为厘米级，把不同精度要求的两者丝毫不差地连接在160米的高空上，是一个令人觉得不可思议的挑战。

按照施工设计要求，"中国结"吊装到160米高的混凝土塔上时，两端将用螺栓与塔柱进行连接。

超高的精度要求，使螺栓连接塔柱在高空中无法完成。反复"兵棋推演"后，需要创新安装施工方案。孙鹏赶赴北京，与港珠澳大桥主体工程设计负责人孟凡超讨论后，最终决定以高空焊接的方式让"中国结"与塔柱连接。

"中国结"的吊装是对新技术、高标准、超难度的一次挑战。施工历时一个多月，而筹划准备就长达一年之久。起重设备的选择、海上起重作业、预埋件的安装及支撑等因素都不能有丝毫的闪失！

施工人员紧锣密鼓，还特别在"中国结"节段相应位置焊接临时工作平台，以降低高空作业风险，便于后续的焊接施工。

2016年1月，青州航道桥主塔56#、57#两个索塔施工全部就绪，两座高163米的巨型主塔傲然屹立伶仃洋上，接下来轮到"中国结"登场了。

巨型钢结构"中国结"的吊装在国内尚无经验可借鉴，吊装施工每一位工作人员都是第一次，现场施工存在诸多不确定性，以至于全国诸多知名专家都汇聚到施工现场"把脉开方"。

俗话说：台上一分钟，台下十年功。

2月，首个阶段56#墩"中国结"（J3节段）吊装，这是由两块长平行四边形组成的八字形，整体长度23米、高15米，重约175吨，底角安装在索塔高106.6米处。

尽管"中国结"吊装的工艺流程大家早已熟背于心，但要将175吨的巨型"中国结"悬空安装在离地面130米处的索塔之间，谁也不敢掉以轻心。

工区生产副经理周树民在首节段吊装施工前一个个单独对施工人员进行技术交底："吊装过程的各种细节，起吊的状态，大家要睁大眼睛，发现异常，即刻执行相应预案，杜绝一切隐患！"

我问周树民，你紧张吗？

他答，紧张，怎么会不紧张呢！

J3节段运输至桥位后，使用700吨浮吊对其翻身，放置在临时起吊平台托架上，将其底部尖端悬空，防止变形，再用塔顶吊机起吊安装。

细致安排，精心琢磨，沉着应对。

经过3个小时奋战，建设者们克服了浓雾天气影响，56#塔的"中国结"结形撑率先吊装成功，为港珠澳大桥首个"中国结"绣下了关键一"针"。

小试牛刀，有惊无险。

真正考验工程技术人员智慧的是5月3日。那天，港珠澳大桥迎来里程碑式的一刻——第一高塔青州航道桥56#索塔"中国结"吊装。这是一个重达780吨全钢结构的庞然大物，最大难度是将混凝土的塔柱与钢结构的结形撑匹配拼接，安装高度偏差控制在2毫米，倾斜度允许偏差仅为1/4000。

这还不算，160米的海上吊装高度和精度要求，让施工风险极高。

有句老话说得好，"机会是留给有准备的人"。有了首节吊装经验，56#索塔"中国结"吊装已是驾轻就熟，一步到位。

这恰恰印证了上面的那句老话。

14日上午，57#主墩索塔上横梁"中国结"（J1节段）吊装也大功告成，完美实现与J2节段、T1预埋段的精确匹配，青州航道桥第二个"中国结"完美收官。港珠澳大桥第一高塔上，两个巨大"中国结"遥相对望，成为伶仃洋上最为瞩目的景观。

从CB01标段（中铁山桥集团）加工并运输至施工现场，CB03标段（中交二公局）吊装、精确定位，再由CB01标段焊接施工，加上之前的设计工作，"中国结"总共走了6年历程……

就在"中国结"吊装完成后的第二天，我乘船抵达青州航道桥56#主塔附近海域。从海上看，两座"H形"桥塔体态轻盈，矗立在浩瀚的伶仃洋海面上。在接近桥塔顶部位置，傲然凌空的"中国结"，由两条平滑曲线交叉镶嵌，简洁而流畅，施工人员正在160米海上高空电焊作业。

日子在忙碌中匆匆而过，转眼就到了2017年1月10日。

那天天气晴好。

时针指向16点01分。随着最后一铲混合料落地，桥梁工程CB06标完成了全长8.67公里、总面积13万平方米的GMA10摊铺施工任务。

13万平方米，这是一个巨大的数字。为了它，无数人殚精竭虑，进行了大量配合比优化设计；为了它，无数人苦心孤诣，开展了首件制、试验段施工工艺验证。

港珠澳大桥桥面铺装总规模70万平方米，其中50万平方米为钢桥面，迄今在世界钢桥面铺装工程规模上排名No.1。

这个国际工程的桥面铺装由广东省长大公路工程有限公司及重庆智翔铺道技术工程有限公司承建。桥面铺装层采用GMA浇筑式＋SMA沥青混凝土铺装方案。

钢桥面铺装结构为2毫米防水黏结层＋3厘米浇筑式沥青混合料中面层（GMA10）＋3.8厘米上面层（SMA13）；组合梁桥面铺装面积为20万平方米，铺装结构为环氧树脂下封层＋溶剂型黏结层＋3.5厘米浇筑式沥青混凝土中面层（GA10）＋4.5厘米上面层（SMA13）。

根据"露天工厂化"施工理念，创建了世界一流的集料生产线，首次引进车载式抛丸机，研制了防水层机械化自动喷涂设备，有效提高了施工质量和效率。

桥梁SB05标总监办总监许彦峰说："虽然我们做过很多桥面铺装，但任何一个项目都比不上这个项目，相对来说，之前我对桥梁铺装的认知比较肤浅，但在这个项目上，业主秉承的桥面铺装理念对我们的启发非常大。可以说，铺装的每一项指标，我们都进行了验证。"

桥梁铺装上需要做四层防水体系，最底下是除锈、涂底漆、两层防水膜、黏结层，不仅需要从材料上验收，铺装的时候更需要检验每一层的厚度，包括材料用量都要复核。

许彦峰带领着他的团队，精益求精，一旦发现检测的合格率偏低，就现场要求查原因，再按照试验段标准重新做，提出比只控制合格率的原规范更严格的要求，并提出一些针对性的建议。比如，钢桥面的铺装是50万平方米，很难控制环氧程度，虽然方案可行，但是操作上不可行，所以在定制方案时，综合考虑后，决定采用JMA施工工法。许彦峰觉得，不管从管理上，还是从技术上，这个项目都对他们有很大的提升。

2014年6月，大桥试验段施工，组合梁和钢箱梁桥面铺装随即全面展开。

2017年1月23日，组合梁铺装施工全部完成。

2017年7月27日，桥梁工程桥面铺装圆满完成。

谁执彩练当空舞？

站在浩瀚的大海旁，我倚窗而望，一分感慨、一分自豪，伴随着港珠澳大桥的建设旗帜飘扬。

第十六章　极限穿越

风清月朗的夏夜，我漫步在情侣路，看天上繁星点点，看拱北口岸人影憧憧，看波光粼粼缥缈海湾，放眼这座灯光四射的城市，珠海这座浪漫之城显出别样的美！

拱北，中国第一大陆路口岸。

每天，有三四十万人次通过这个口岸往返珠海和澳门。可是，谁也没有注意到，就在口岸下方不足五米处，悄然进行着一项让人震惊的极限穿越！

这个有8层楼高的地下，港珠澳大桥珠海连接线255米的拱北隧道暗挖段不显山不露水地"开挖"了5年！

这是令人叹为观止的255米！

短短255米的暗挖隧道，3分钟即可走完，而工程技术人员却耗资4亿元、耗时5年才走完，造价每米接近160万元，是普通隧道的40倍，昂贵得让人瞠目结舌！

"这是一条怎样的隧道啊？"猛一听，我感到很惊讶。

从珠澳口岸人工岛出发，车从拱北湾大桥钻入地下，以城区隧道形式下穿拱北口岸，经茂盛围军事管理区接前山河特大桥，通过加林山隧道穿越将军山，以高架桥形式沿南琴路两侧西行至洪湾，进入国家高速公路网，全程13.4公里。

这一段是港珠澳大桥珠海连接线，采用双向六车道高速公路标准，概算为91.5亿元。

城区隧道包括海域人工岛明挖段、口岸暗挖段及陆域明挖段三部分，东西长2741米，其中的口岸暗挖段为255米。

港珠澳大桥珠海连接线管理中心主任王啟铜介绍，大桥登陆珠海，曾经有多个方案，比如跨过或钻过澳凼之间的水域，进入珠海横琴岛接国家高速公路网。但澳门的澳凼之间有三座大桥相连，是澳门两岛之间人员来往的唯一通道，如果桥位从那边过的话，无论在海面上还是海底下，都会对澳门造成比较大的影响，方案被否定了。珠海这边如果直接进入拱北，拱北是珠海最繁华和密集的商业圈，建筑非常密集，地上高层建筑比较多，光是征拆所要耗费的财力、物力和时间都"伤不起"……

唯一选项是珠澳之间有一片边防管理"缓冲区"，这片缓冲区宽约30米，是珠澳口岸联检楼之间的过境通道。

然而，珠澳口岸的这条通道每天有30万至40万旅客出入境和近万辆交通工具通关，施工不能触碰珠海和澳门任何一方口岸建筑下的桩基，不能让土质松软的地表沉降塌陷。

这是一条不容逾越的"红线"。

工程建设如何避免对澳门和珠海造成影响，这是工程师们不得不面对的一个问题。

以下是采访录音原稿：

时间：2016年5月26日下午2：30。

采访对象：港珠澳大桥珠海连接线管理中心 李志宏博士

问：拱北隧道的施工方案的决策过程是怎样的？

答：我到这个管理中心的时候，这个大的路线已经明确了，当时从拱北口岸，从拱北湾海域下穿路线已经确定。我们在这个路线有四个不同的施工方案，包括双层的明挖和暗挖，单层的明挖和暗挖。现在的隧道从海上过来以后是左右线分离的，然后到了口岸里面是上下重叠，出了口岸后左右再分离，现在最终是这样定的。

问：为什么没有采取明挖方案？

答：明挖的方案最大的缺点就是要大开挖，大开挖的话就会对地表，还有就对这个口岸的人员通行、车辆的通行造成影响。一旦明挖，拱北口岸的车行通道就要封闭。但暗挖首先就碰到截桩问题。

问：你说的截桩的意思是不是说上面那个楼打了个桩下来，你要把它切掉？

答：对，切掉。

问：哦，那这个还是很大影响吗？

答：对，但双洞的暗挖是个比较成熟的技术方案，那么我们常规的城市的地铁隧道，很多都是用单洞暗挖来做的，不同的地方是我们要截掉那么多桩，是否会对地表上的建筑，特别是对澳门这块联检楼、珠海这边这个下穿的车行通道产生很大的影响，这个方案因此还是被否定了。

问：这种情况，在其他工程上有没有用过？

答：有，但这么大规模的截桩是没有的，一般像地铁那样的隧道，一般截十几个桩，大的三十几层大楼截十几个桩也是没问题的。

问：我们这个拱北如果要截桩要截多少个桩？

答：两百五十个桩，所以导致这个双洞暗挖方案也不可行，只能做成上下叠层。为什么选取这个上下叠层的方案呢？第一它完全把拱北口岸的桩基都避开了，就是不截一个桩；第二就是对地表的影响，也就是对行人对行车的影响是最小的。这是选取的这个双洞暗挖方案的最终方案的过程。

明挖暗盖最初曾是一个选项，就是地面采用分区块，地下采用连续墙进行支护，然后再进行开挖，开挖以后再盖回去。这种施工对口岸通关的影响短时期内可以承受，但3年到4年的施工周期口岸承受不了。因此，珠海连接线在穿越拱北口岸时只能选择技术难度最大、对口岸影响却最小的暗挖隧道。

拱北口岸熙熙攘攘车水马龙，显得拥挤而逼仄。每天头顶着30多万人，隧道上部覆盖土厚度不足5米，隧道外轮廓线紧贴着澳门口岸联检大楼，相距只有1.46

米，而距珠海拱北联检楼口岸的风雨廊仅仅46厘米……

简直是匪夷所思，"玩"的就是心跳！

在这块长255米、宽30米的狭窄的区域地下，有不同种类的岩土达16种之多，堪称"地质博物馆"和"隧道施工技术博物馆"，被称为"人类迄今为止隧道开挖的全部难题"，特别是淤泥质土，松软如同豆腐，承载力很低。

有专家说，那是在"豆腐脑"上动手术！而操"手术刀"者，正是战功赫赫的中铁十八局集团。

作为世界500强企业，中铁十八局前身是铁道兵第八师，组建于1958年10月，系全国首批工程施工总承包特级企业，目前世界海拔最高的铁路工程——青藏铁路最高段（海拔5072米）就是由中铁十八局集团承建的。

与以往不同的是，拱北隧道工程是一项精工细作的"瓷器活"，施工风险极大，科技含量极高。

"碰到这种项目，作为搞工程的人那真是三生有幸，可以说是百年一遇的，你的职业生涯哪有那么多的第一次啊？哪有那么多挑战极限的机会呀？"中铁十八局集团副总工程师兼港珠澳大桥珠海连接线指挥长潘建立曾对媒体这样感慨。

为攻克拱北隧道这一世界性难题，项目建设、设计、监理和科研院校反复磋商研究，仅调查研究和方案比选，前后就已花了3年时间。在所有传统隧道施工工法均被排除后，管理中心最终决定采用国内首创、全球罕见的"曲线管幕+冻结法"施工。

"曲线管幕＋冻结法？"

"是，沿着隧道的开挖轮廓线，在336.8平方米的断面上，将36根直径1.62米、长255米的钢管从地下穿过，组成环形'管幕'支护体系，防止周围土层坍塌、地表沉降，然后再用冻结法把管幕周围的土层温度降至零摄氏度以下，再在众多钢管形成的环洞中开挖隧道。"

潘建立的一席话撩起了我的好奇，什么是管幕法？我找"度娘"：管幕法是一种新型的地下暗挖技术，施工难度非常高。具体来说，管幕施工的原理是以单根钢管顶进为基础，各钢管间依靠锁口相连，并在锁口处注入止水剂，形成密封的止水帷幕。

国内目前最长的管幕是在北京机场，232米，直线的。而拱北隧道的管幕是255米，曲线的。

世界范围内有没有曲线的管幕？

有。在德国。

德国的曲线管幕也只有90多米，管的数量比较少，管和管之间有一两米的距离；拱北隧道的管比较密，管和管之间只有35厘米的距离，还不能靠锁口相连。

由此可见，拱北的曲线管幕隧道在世界范围"拔得头筹"。

冻结法目前在国内主要运用于煤炭行业和地铁。挖煤矿需要在井下作业，为防止透水事故通常采用，但运用较为简单粗暴，因为不需要考虑地表上敏感的环境。在城市地铁采用冻结法则要小心翼翼，报道出现过不少事故，最著名的是上海地铁4号线冻结失败，造成了坍塌，损失了十几亿元。当时的情形是，大楼倒了，地铁线路还需要改道。

拱北隧道如何规避风险？

如何保证顶部4米多覆盖土的地面不塌？

如何在地下长255米、宽30米的"螺蛳壳里做道场"？

带着满脑子问号，我跟从施工人员从珠海连接线拱北隧道的东工作井进入了隧道探访，一睹这台由中国铁建执导的"泥鳅穿豆腐"的"管幕大戏"！

"我们一共有两个工作井，东西各一个，它为整个暗挖段提供了两个施工通道、两个工作面。所有的结构施工开挖，出渣运输，全部通过这两个工作井来实现。"

"我们现在一个什么位置？"

"缓冲地带的正下方，也就是国旗台的正下方。"

"这个断面看起来好像没有你们介绍的那么大啊？"

"你现在一层，还看不到一半，只是整个断面的2/5，下面还有3/5哩！"

下到距离地面约32米深的工作井内，东望，是一串亮起的耀眼的灯，那是从登陆点到东工作井的明挖段，隧道已经完成。而脚下的暗挖段，还是满地泥泞，瘦高的断面耸立在眼前，面积达336.8平方米，36根顶管直径1.62米的钢管排成上下两层，断面形成一个圆，足有八九层楼高。

"这隧道进入地下怎么成了'叠罗汉'了？"

"以拱北地区的条件，隧道没有其他地方可走了，只能走口岸地下。"潘建立介绍，隧道是双向六车道的规划，口岸里边只有30多米的空地可以把隧道做过去，超过30米就必须截桩。从珠澳口岸人工岛平行来到口岸地下，为避免进入"雷池"，进入这个区域后，由原来的左右并行，变成上下双层的结构。也就是从平行逐渐转到一上一下的走向，通过口岸地下后，又从上下走向恢复到平行走向。

"所以隧道只能'长高'？"

"只能这样。"

按照"先分离并行，再上下重叠，最后又分离并行"的形式设置，隧道形成了高21米，跨度19米，约336.8平方米篮球场般超大断面。这是世界上超大断面的公路隧道之一，也是拱北隧道施工中面对的第一个风险。

"隧道的断面大，带来的风险是什么呢？"

"断面大，周边结构极易收敛变形，掌子面稳定性变差，容易引起变形、坍塌、失稳。"潘建立说。

"超大断面施工风险呈几何级增加？"

"可以这么说吧。隧道的断面跟它的风险，不是一个简单的线性关系，是几何倍的关系，超大断面更是如此。"

"你前面介绍的'浅埋深'呢？"

"浅埋深，我们一般来讲它的拱顶的覆土厚度，跟它的开挖的洞窟的跨度，也就是宽度之间的关系。厚度小于一倍的跨度，它就是叫浅埋。"

"拱北隧道是超浅埋？"

"拱北隧道顶部土层的覆盖厚度特别薄，还不到5米，只有4米多，而它的跨度达到了19米，那还不到它的1/4，所以叫超浅埋。这种超浅的埋深，很容易导致沉降或建筑物开裂，甚至引发坍塌。隧道上方就是人流密集的通关口岸，隧道的建设绝不允许对口岸造成任何影响，稍有闪失，后果难以预料！"

"风险系数与超大断面叠加了？"

"是。"

"说实在的，我们接到这项困难重重的超级工程后，能不能做成没底，因为这不是画图而已，不是你设计出来我就能做出来的，这难度是史无前例的。"

潘建立坦陈。

曲线管幕、冻结法、超大断面、超浅埋深……这些陌生的专业术语驱使我去一探究竟。

拱北隧道段施工分三个阶段，分别是顶管施工、冷冻、中间段的暗挖施工。其中，顶管施工的风险系数为4级，属于最艰困阶段。

顶管施工意料之中要走"刀阵"。

这"刀阵"，就是地下的桩基与管线。拱北口岸下方桩基星罗棋布，给顶管的顶进带来了难题。为了躲避隧道两侧密布的桩基，顶管被设计成了曲线。

管幕施工通常为直线顶进，而拱北隧道只能选择曲线，即沿88米缓和曲线与167米圆形曲线顶进，255米长的顶管轨迹必须精确控制在5厘米以内，否则顶得进去，穿不出来。

从地下顶255米长的管子，还不是直的，它到终点还不能偏离5厘米，想想脑子都炸！

据港珠澳大桥珠海连接线管理中心副主任蔡佳欣透露，顶管从隧道一端的工作井顶入，在另一端的工作井穿出。出口是事先预留好的，以往曲线顶管顶进误差能控制在15厘米就"相当了不起了"。

在桩基间穿梭，就仿佛在刀尖旁行走，每一根管子顶进因物理作用都会影响前一根管的位置，施工像穿越"迷宫"，不亚于给绣花针穿线，几乎达到"零误差"。

在如此超高难度下，拱北隧道暗挖段顶管对接精度误差始终保持在施工标准的5厘米以内，个别的甚至达到5毫米，远远超过预计。

"什么叫在针尖上跳舞，隧道顶管施工就是最为形象的诠释！"陪同我的第一合同段项目总工程师马胜利这样说。

"为什么不多打两口工作井，将200多米的曲线隧道分割成几段直线？这样不就容易多了？"

"施工环境不允许。"

"为什么？"

"呵呵……协调不下来。"马胜利沉默。

不过，翻查我的采访录音，李博士与我的这一段对话佐证了我的猜想。

问：这个工程也涉及口岸？

答：出了这个暗挖（方案）以后，当时是220米，口岸离这220米全部是用管幕来做，顶管要避开口岸下桩基就必须做曲线，但曲线的我们没做过。那就也是经过几次研究后，感到曲线难度很大，所以当时就去和口岸相关各方沟通。

问：你当时找了哪个部门协调这个事？

答：就是他们领导咯……

问：协调什么问题？

答：主要是协调。要把口岸220米曲线变成直线只能在中间加洞，就是在口岸这边加工作井，把曲线变成多段的直线。加一个工作井相当把一段曲线变成两段直线，加两个工作井相当变成三段的直线。

问：那么你们这个工作井是个什么概念？

答：工作井其实是一个大基坑，30米多基坑做下去，相当于是用线段拟合曲线。

问：每段直线的节点就在基坑对吗，你原来曲线通过工作井以后把几段曲线做成直线是这个意思吧？

答：对，是这个意思。

问：但是你这样的话，工作井就变成几个直线的节点。

答：对，所以这个还要再围一片地来做工作井，当时有中间加一个工作井和中间加两个工作井的方案，都去和口岸相关单位协调过，但是他们都不同意，都不同意。他认为你加一个工作井施工，对他们旅客过关的管理各方面都会造成很大压力，因此他们不同意在口岸范围加工作井。为了这件事协调了好久，省交通厅领导也过来协调了。协调不下来的情况下，只能逼我们"上梁山"。

港珠澳大桥珠海连接线管理中心主任王啟铜博士曾这样说过："拱北隧道是在最艰苦复杂的条件下被'逼'出来的世界纪录和工程奇迹。"

2013年6月，以东、西工作井为支点，拱北隧道第一根试验顶管始发。在东工作井内，立着一台身上标着"中铁十八局集团"大字的圆柱形"大家伙"。

"这就是顶管机，拱北隧道总共配备了四台。"操作工人告诉我。

这么长这么细的顶管是怎样钻入土层的呢？我驻足观看，顶管机的脑袋上有一个刀盘，刀盘在拼命旋转，能够不断地切削土体，不断前行。

工人说，顶管机不仅脑袋硬，臂力也十分惊人，255米的顶管被分成了若干节，每节4米，首尾相连，顶管机的油缸一把就能够将它们顶进5米。

始发不止一次遇到土层中夹杂的钢筋混凝土砌体、花岗岩以及废弃桩基等坚硬障碍物的强烈"抵抗"。

"你看这个就是我们这个口岸下边的桩基，这是废弃的桩基。"

"像这样废弃的桩基，你们一共挖出了多少根？"

"大概有十多根。"

"那说明周围的废弃桩基还是很多的。"

"是，真正考验我们的是两侧桩基呀，地上地下都很多，半根都碰不得。"

听了这些话，我不寒而栗。

正是为躲避隧道两侧密布的建筑桩基，暗挖段的36根顶管才被设计成了曲线，这给顶管顶进加大了难度。

工程人员介绍，管幕跟单根顶管不一样。单根顶管你精度误差可以大一点，最后你出来就行了，拱北隧道是一根排着一根的，两根管幕顶管之间，是互相影响的，所以你这根顶管偏了，你就会影响下一根顶管。隧道距地表最薄处仅4米，相邻两根钢管间距仅30多厘米，顶管机要在口岸下方限定的区域连续进行36次顶进，也会对地层反复扰动挤压，如果地表沉降控制不好，就会造成严重后果。

挑战非常大，管幕施工是慎之又慎。

为此，中铁十八局集团项目部专门定制四台国际顶尖的顶管机，采用德国海瑞克UNS导向系统等国际先进仪器，建立自动跟踪测量网络控制系统，采取始发、顶进、接收"三段"工作法进行施工，同时适时调配泥水分离器、膨润土分配器等机具辅助施工。

在工作井里，直径1.62米、带刀盘的AVN1200TC泥水平衡顶管机还在不停旋转。马胜利告诉我，顶管机机头加上顶管重达一万多吨，施工中很容易发生栽头失稳、旋转失稳等状况，施工员们的操作技术和规范都是一流的熟练。

"快去帮我拿那东西来！"我正在专心致志听介绍，冷不丁从左侧冒出一句话来。

扭头一看，一个小伙子从我身边一闪而过。

不到一分钟，小伙子从工具室拿着一把工具递给工友："喏，给你。"

"唉，神了。"我好奇地问小伙子，"你怎么知道他要的是这把工具？"

"我们天天在一起，彼此间默契到心领神会的地步。"

小伙子名叫赵贺龙，从河北保定来到这里工作有两年半了。

管幕部分对工程精度要求非常高，需要大量的施工、操作和维护人员。赵贺龙说他是学机械专业的，经学长的介绍来到这里，赵贺龙的条件刚好符合要求。

整个管幕部分由4个团队负责完成，每个团队有30多名工友。

赵贺龙说工地上最热闹的时候有150多名工友同时在开工，同吃同住的工地生活让他们彼此间有了这种配合与默契。

赵贺龙还告诉我，2015年元旦，他们的顶管机控制室硬件电气突发故障。当时带他的师父因为家庭原因刚刚辞职回家，就剩下他一个人负责维护工作。因为这设备是德国进口的，售后也是德国那边的人，若是等他们过来解决问题，至少要等一个月。但工期不能等一个月啊！

赵贺龙就自己拿着两本厚图纸，一头扎进控制室主硬件室。图纸是英文和德文的，赵贺龙半生不熟，看不懂，找不到，正准备放弃时，他的领导王军经理听闻此事也十分着急，不停地鼓励他、陪着他，让他静下心来，慢慢研究。两天之后，问题得到解决，故障的原因是一个PLC模块坏掉了。

"特别有成就感。"赵贺龙满脸自豪。

2015年5月28日上午，满是泥泞的顶管机被缓缓从深约32米的工作井内吊出，

36根顶管以曲线形式全部成功下穿拱北口岸，创造了单根顶管日进尺56米、最短施工周期9天、最小误差为5毫米的曲线管幕施工最高纪录。

36根顶管穿越历时两年，工程技术人员攻克了超长、超大曲线管幕施工中面临的精确控制、地表沉降和管幕障碍物处理等一系列世界级难题，创造了"零误差"的曲线管幕施工纪录。

拱北口岸"安然无恙"！

盛夏的珠海，地面最高温度达到35摄氏度。

在这个天气酷热的季节，我走进最底层隧道，在入口处已可以看到蒙蒙的白色雾气犹如"仙境"，隧道内的温度也陡然下降，此时温度在4摄氏度左右。还未完成的隧道墙壁，冰霜覆盖下的泥土非常坚硬。

管幕顶管施工完成后，并不意味着整个隧道工程的难题全部得到解决。管幕冻结又成为拱北隧道穿越口岸暗挖段的技术难点。拱北隧道冻结可没那么简单，稍微冻厚一点都不行，由于热胀冷缩的原理，冻厚了地表就会隆起，冻得不够厚的话，水又会进来。

这对冻结的精准度提出了很高的要求。

在井下，一高一矮两名工程人员穿着厚厚的棉大衣在冰筒里钻进钻出。

他俩一个叫李刚，一个叫刘应亮，拱北隧道的工程师。

"我们的任务是巡查，每天要取1万多个数据。"刘应亮说。

"冰筒里温度多少？"

"平均为零下17到18摄氏度，最低接近零下20摄氏度，这样才能把周边的软体土冻结。"

"你们这个巡查工任务主要是什么呢？"

"我们任务就两项，检查我们的管道是否有渗水点是否安全，另外呢，我们要检查这个管壁是否达到零下10摄氏度，如果达到零下10摄氏度以上，就证明我们这个冻结壁是安全的。"

"干吗要把土冻起来呢？"

"冻土主要是为了防水和地表沉降。"

拱北口岸紧邻海边，水位非常高，地下1.48米就有地下水，并与拱北湾的海水连通，无论如何抽取地下水，海水都可以源源不断地快速倒灌，工作井最深的是32米，水压能达到0.3兆帕。

之前，基坑施工就有过"透水险情"。

2013年11月，在工作井的开挖过程中，受海水潮汐的影响，曾发生过一次大突水险情，当时情况是比较危急，最大涌水量达每小时400立方米海水。如果在暗挖段的开挖过程中出现类似的突水险情，后果将是灾难性的。

地下施工必须防止地下水，地下一开挖，水就会扩散，水位线就会下降，水位线如果下降，地面就会下沉，接着地面建筑就会下沉。管幕群虽然有足够的强度和刚度把外侧土体扛住，以保证开挖时的安全环境，但36根顶管虽然抱团了，顶管间仍有35厘米的间隙，这足以致命。

35厘米的间隙又给地下水的渗入留下可乘之机。

千里之堤，溃于蚁穴啊！

工程人员想到了利用人工制冷技术，把松软含水的土层变成冻土，以便在冻结壁的保护下，安全进行隧道开挖。

俗话说，"冰冻三尺，非一日之寒"。拱北隧道暗挖段采用的超大断面水平环向一次冻结技术是工程建设的另一个重难点，这样大的一个冻结体系如何形成？为此，项目工程师提出了在管幕钢管内部布置"圆形主力冻结管""异形加强冻结管""升温盐水限位管"三种特殊管路构成的国内外前所未有的冻结方案。

这种冻结方案其实是以管幕为"骨架"，完成一个高23米、宽21米、厚2.6米、纵向长度255米的一个大"冰桶"。原理也和冰箱一样，把冷冻机（剂），也就是氟利昂压缩后给盐水降温，然后把盐水通到顶管里边去。

区别于传统冻结工法，拱北隧道暗挖段将管幕设置为"实顶管"和"空顶管"交替布置状态。将冻结管路布置在管幕顶管内，冷量通过顶管传递给土体，最终使顶管间土体降至负温，土体中的水结冰形成冻土，并将顶管包裹，利用管幕冻土将隧道完全封闭，从而在开挖期间阻止顶管外侧地下水进入隧道。

李刚和刘应亮要定期进入冻结的核心区域进行巡查，我决定随他们同行。

"要穿这么厚吗？"

"规定要穿这么厚。"

"为什么啊？"

"等会你就知道了，底下是冰天雪地，最低可能零下20摄氏度。所以说这样一个环境下，还是要穿厚一些。"

我们巡查的是36根顶管的其中一根，在顶管口位置，我看到塞满了一团团的"白布"。

"为什么要拿那个把它挡上？"

"这是'保温板'，外边的空气温度比较高，防止外部热空气对流。"

"就不会进入到这里面？"我打开它，冒着雾气。

"隔离了，这个顶管的内部就不会对这个冻土产生一个弱化效果。如果没有这个防护的话。那这个热空气一对流进去，冻土很容易就弱化，就很难冻起来，很难达到这种止水的效果。无论外部是多高温，顶管内部必须保持'冰天雪地'。"

"哦，里面温度确实很低。"我伸伸手惊呼道，"里面有好多的冰凌。"

此时珠海地面温度35摄氏度，可顶管里面，却是一派冰天雪地的景象。

"每根顶管里面，都布置有这样的冷却管吗？"

"是的，每根管内安装了3条，冷却管循环输送低温盐水，把土体的热量带走，这样就能在隧道外侧一周形成坚硬的冻土。"

"这个盐水不会被结冰吗？"

"我们这是特制的盐水，加了很多的盐，冰点很低，在零下48摄氏度才会结冰。我们现在用的是冷盐水，零下28摄氏度，可以循环。"

"拱北隧道冻结的规模是国内最大的。"李刚说，"对冻土我们必须精准控制，冻得不够，水压增大，可能击破冻土，地面会下沉；冻过头也不行，因为冰膨胀，那会造成地面隆起，严重影响地面建筑的安全，所以要用冷盐水把冷量带出，限制冻土发展。"

冻土技术对温度的控制十分重要，拱北隧道冻土的厚度必须控制在2米到2.6的精确范围之内，否则整个工程都有可能功亏一篑。

为了实现冻结圈成环，工程师经过精心细致的验算，在暗挖段两边各设一个冻结站，其中一边设置冷冻机组17台，另一边设置冷冻机组8台，以确保冷量持续供给，对管幕圈不间断实施控制冻结，日均耗电10万千瓦时，电费一年达到3000万元的天文数字。

配备足够的冷冻机组后，为严格控制冻土的厚度，他们在顶管内外布设了上万个传感器。这些传感器就好比工程人员的眼睛，能够实时监测反馈冻结圈的温度，通过调整盐水流量、温度及限位管等措施对冻结参数不断进行调整。

"这个就是我们监测元件的。"李刚指着一排电缆线，"就是要控制这个冻土的厚度。"

我来到掌子面，抚摸着冻土开挖完以后露出来的管壁。那冰霜覆盖下的泥土非常结实，我用力敲了敲，很坚硬呢。

李刚说，这个能够达到5兆帕，基本上和烧的那个黄土砖强度差不多。

冷冻效果不错啊！

拱北隧道暗挖段冻结工程是从2016年1月中旬正式开机启动，最终形成了厚

2.6米、长255米的管幕冻结止水帷幕，平均为零下18摄氏度，最低接近零下20摄氏度，在隧道周围形成了强大的超前预支护体系。

我想："采用冻土帷幕的方法进行管幕间的止水，天然软土被人为变成冻土，隔绝地下水，在无水条件下开挖隧道……"这些表述只能在2015年以后的教科书里才能读到了。

2016年初，拱北隧道开挖了。

"名为挖隧道，其实前面这几年我们都是在'不务正业'啊！"技术员梁世雄对我调侃道。

管幕周围冻土开挖难度同样不可小瞧。

照说，冻好了以后开挖就会很快，其实不然。由于长时间对土层冻结，隧道内冻土的厚度与强度远远超出预期。梁世雄说，冻得硬邦邦的土又给挖掘造成困难，最初一天只能掘进几十厘米。

冻结后的工作井，温度最低的底层才2摄氏度至3摄氏度。梁世雄说他每晚值夜班时尽管穿着厚厚的棉衣棉裤，也只得来回行走取暖，如果静止不动，那种寒冷是锥心的。

地下环境恶劣，开挖横截面有336.8平方米，这种大片大断面的开挖如何减小施工风险？

挖大洞难挖小洞容易，小的封闭时间短，大的封闭时间比较长。工程人员把大断面分成一个个小断面，采用了多层多部开挖方案，将隧道整体分解成上下5层，共14个小洞，变成小洞后步步为营逐个击破，按一定顺序交叉向前挖掘推进，边开挖边用钢筋混凝土依次支撑每一个小洞，最大限度地增加了隧道结构的稳定。

这就是"5台阶14部开挖作业法"，5个台阶，14台机器一起开挖，确保了工程顺利推进。

在狭小的空间内，5层14个导洞同步开挖，逐个击破，然后按照一定的顺序交叉向前挖掘推进，边开挖边用钢材、混凝土进行支护封闭，以最大限度保证隧道结构的稳定。

随着冻结时间的持续，隧道内部冻土发展厚度与冻土强度远远超出预料，常规的岩土爆破、静态爆破等开挖方式在这种工况下均不允许。采用大型破除设备，导洞净空太小，设备无法进行作业；采用小型挖机配备旋挖钻头，机体太轻，开挖冻土效率太低。

工程一度陷入冻土开挖困难的被动局面。

经过不断的设备选型和组织调整，最后形成微台阶开挖工法，即利用小型挖掘机破碎锤开挖冻土，每个导洞分做三个微小台阶，每个小台阶配置一台小型挖掘机破碎锤，人工配合修边，成功突破了这项技术难题。

一位业内人士感叹："掘拱北隧道那真是'寸土寸金'啊！综合造价前所未有，达到4亿元，这么多钱用这255米长的隧道来堆都堆不完。"

"为什么那么贵？"

"钱都花在解决工程难题的手段上。"他说，"佐料比菜还贵。"

完成这255米中间土方的开挖，只花了半年时间。

2016年12月28日，历经5年建设，这条超级隧道用世界首创工法刷新了7项技术世界纪录。世界上最长、断面最大、国内地质情况最复杂、管幕根数最多的曲线管幕隧道——港珠澳大桥拱北隧道顺利贯通了。

这条媲美"神九""太空穿针"技艺的"地下穿针"隧道，其暗挖段"曲线管幕+水平冻结"的施工工法为业内首创，难度、规模和技术含量刷新了数项世界纪录，被誉为"地下神九"。

隧道及地下工程专家、中国工程院院士王梦恕说，拱北隧道在地下255米"绣花"的难度不亚于港珠澳大桥沉管对接的难度。

第十七章　拿什么牵你手

作为港珠澳大桥主体工程与香港、珠海、澳门三地的转接中心，口岸是三地互通与世界相连的节点，三地口岸建筑群设计造型圆润，规划格局充分体现"一地三通，如意牵手"的寓意。

这是大桥两端的"桥头堡"。

这是粤港澳大湾区的"新地标"！

第一次到珠澳口岸采访是在2015年10月。

车驶过情侣南路，隔着繁花似锦的绿化带，拱北湾对面海上矗立起一座双曲面钢结构交织而成的巨型穹顶，在它的周边，车水马龙吊塔林立，一派热火朝天的场面。

这就是恢宏的珠澳口岸建筑群。

珠海口岸：旅检大楼A区，标高50.7米；B区，标高23.9米。澳门口岸：旅检大楼A区，标高31.36米；B区，标高25.97米。

珠海口岸项目工程总建筑面积达到50.23万平方米，媲美北京奥运会的主体育场"鸟巢"。

2009年7月，珠海市政府成立了推进港珠澳大桥建设工作领导小组，何宁卡、江凌、姚亦生等历任珠海市长均扛起组长大任，武林、许秋萍先后担任办公室主任，全力推进港珠澳大桥有关政策法规、交通对接、建设施工及配套工程、口岸协调等一系列关乎珠海层面的工作……

口岸建设被提上日程。

据珠海市政府副秘书长、市口岸局局长方小勇介绍，港珠澳大桥珠海公路口岸已获得国务院批准设立，通车启用后，三地口岸之间将设有穿梭巴士，为旅客提供来往澳门和香港口岸以及珠海和香港口岸之间的接驳服务。珠港口岸客货车"一站式"通关和珠澳口岸"合作查验、一次放行"等一系列新通关模式将在港珠澳大桥实施。

在珠海口岸旅检大楼现场，我看到幕墙、雨棚、钢楼梯、夹层钢结构等附属结构全部安装完毕。建筑立面采用竖向线条，光影简洁明快。屋面采用钢结构环形造型屋盖，檐口薄而深远。为了兼顾通风采光，旅检大楼屋面还特别设置7个梭形天窗，采光均匀并实现绿色节能。

珠海口岸旅检大楼屋盖为钢结构施工，项目采用"钢管混凝土柱钢网架屋盖"的结构形式，具有构件形式多、施工环境复杂等难点。其中钢结构安装中有一项"龙头工序"——吊装，是指吊车或者起升机构对设备的安装、就位。成吨的钢材，吊装工要将其稳当地吊至高空，再精准地将构件组装，属于特种作业。

特种作业需要"特战部队"。

2015年7月，作为国内钢结构行业的排头兵，中建钢构公司开赴港珠澳大桥珠海口岸。此时，广东正迎来高温天气，最高气温直逼40摄氏度，水洒在地面上，迅速蒸发成一股热气，蹿进空气中。

中建钢构的"主阵地"在旅检A区、旅检B区、交通中心和交通连廊4个分区，承担的钢结构工程总建筑面积达50.23万平方米。其中，旅检屋盖作为钢结构工程的重要组成部分，面积高达14万平方米，共分为6个提升网架分区，设32个提升点，累计投入135台100吨以上吊装设备和大型构件。

正因为网架面积超大，所带来的施工工艺、难度前所未见。中建钢构港珠澳大桥珠海口岸项目经理钟春红为我归纳为"四多三大一高"。

四多：用钢量多——钢结构工程总用钢量约3万吨。构件类型多——种类包含支座、焊接球、铸钢件、桁架、钢拉杆、幕墙、钢楼梯等，几乎涵盖了所有的钢结构类型规格。构件数量多——数量多达7万余件，焊接球数量为7206个。异形构件多——椎管柱、花瓣柱、梯形钢柱等异形构件占钢柱总量的70%，地面拼装单元多达1521个。

三大：人力物力投入大——高峰期劳动力投入480人，现场网架安装临时支撑点5000余座，自主设计大型履带吊行走轨道800米，楼层加固型材2000余米，合计投入各类施工辅助措施约7000吨；项目工期紧，钢结构提前插入施工，现场交叉作业频繁，高峰期投入大型机械设备上楼板作业高达28台。结构体量大——14万平方米屋盖面积。作业难度大——项目地处海岛型气候，施工环境复杂，雨季大风天气频繁，现场焊接工作难度大。

一高：材料质量要求高——钢柱大量采用Q460D高材质厚板，大板厚为60毫米，高材质厚板焊接在国内钢结构建筑领域中极少有工程实例，难题一道道。

"我们一进驻口岸现场就面临网架拼装缺乏工作面的问题。"钟春红说。钢结构与土建结构交叉施工的影响，上万平方米的网架拼装根本无法按计划施工。

"还有什么难题？"

"常规做法是分件高空散装，但高空原位安装、焊接工作量大，现场机械设备很难满足吊装要求，而且高空组拼胎架难以搭设，不能满足现场钢结构施工的需要。"

"怎样破解吊装难题？"

"我们展开技术攻关，凝聚集体智慧，项目部提出了'地面拼装—空中二次拼装—整体提升'的吊装方案，通过自主创新的移动式拼装操作平台的方法化解困境。"

这种方法创造性地对网架拼装进行两次分解，由原计划的楼面原位拼装转变为先在地面进行一次小单元拼装，楼面进行二次小单元组拼，实现了提前45天插入拼装工作，解决了网架拼装工作面问题。

旅检A区钢结构吊装，项目部革新技术方案，首次引入大面积双曲面网架累积提升技术，克服阶梯式楼梯设备站位困难和双曲面网架高空安装定位技术难题；在交通中心区域则通过自主设计"楼面铺设钢轨道，150吨履带吊上楼板作业"，规避了钢结构吊装作业对土建塔吊的过度依赖。

谢任斌是中建钢构有限公司项目技术总工，他说："这个提升方案的要领是将屋盖钢结构划分为若干个分区，在其安装位置的正下方拼装为成整体提升单元，同时设置提升上吊点和下吊点，并通过专用底锚和专用钢绞线连接，利用'超大型构件液压同步提升技术'将提升单元提升至设计安装位置，然后安装嵌补件，完成屋盖网架提升。该方案可有效控制质量、安全和工期。"

旅检大楼A网架为超大跨度、双曲面的结构形式，总面积近7万平方米，横向跨度约240米，纵向跨度约330米，自身重量近1.4万吨，相当于一艘小型油轮。

2017年3月31日，口岸旅检大楼钢结构工程网架提升就位进入决战阶段：单块区域提升面积2.6万平方米，提升高度20米，钢结构重4000吨，提升面积及重量均为国内旅检大楼规模之最。

现场提升有两级，前五米高度提升为第一级，五米至设计标高以下20厘米为第二级，现场操作必须十分谨慎，网架提升过程相当复杂，一次提升从准备到完成整整花了两天时间。

中建钢构生产经理胡从柱告诉我，25米高的钢架结构，34个提升器，每个提升器他都要亲自爬上去检查过。他说："如此大面积提升，如果有一丝一毫差错，后果无法想象。"

上午9时，提升器从稳固的支架将钢结构提起，第一级走完50厘米花了10分钟，现场的工作人员对网架位移及变形情况进行检测，这样反复3次，确认无误后继续提升。第二级提升器走完3个行程150厘米后，现场工作人员对网架位移及变形情况进行检测，确认无误后继续提升，整体脱离并悬空近20米高，直至网架距离标高20厘米，最终被"悬空定位"。

场景震撼，步步惊心。

把上千吨的钢结构提起来，离开支架的瞬间是最难的，就如同飞机起飞人会有失重的感觉，如此之大的钢盖要保证悬空之后没有角度的摇晃或倾斜，挑战非常大，需要34个提升点保持同一标准。

"港珠澳大桥珠海口岸吊装项目是我做过的最难的项目。"俗有"吊装侠"之称的胡从柱坦言。

艰难险阻，玉汝于成。

2017年4月17日，最后一块4630平方米、500吨的网架缓缓提升13.42米高度，中建钢构港珠澳大桥珠海口岸旅检A区网架提升全部到位，港珠澳大桥珠海口岸旅检A区钢结构主体施工全部完成。

安全。优质。高速。

1年零12天，中建钢构公司完成了近3万吨主楼钢结构的施工任务，主体垂直度总偏差向外17毫米，向内25毫米，仅是美国AISC规范允许误差的1/3。

与旅检大楼"连体"的交通中心，屋盖外围采用的是正方四角锥网架，内部采用单层梁网壳结构，建筑高度23.9米，钢结构用量近7300吨。

在施工现场，项目部使用的是楼面铺设钢轨道、150吨履带吊上楼板的作业方法，钢构吊装进度与旅检大楼"比翼齐飞"。

5月12日，中建钢构负责钢结构制造、安装的港珠澳大桥珠海口岸旅检大楼与交通中心两大区域合龙，约10万平方米网架在空中完成"牵手"。

采访那天下午，开阔的人工岛上没有多余的遮挡，钢筋水泥组成的建筑群在阳光强烈曝晒下愈加燠热。我随中建钢构有限公司项目技术负责人郭发强来到旅检大楼A区顶层，建设者们的作业面基本都集中在钢构网架上部，每天承受着阳光直射，14米层的网架常常会被烤至50摄氏度。

"这就是那块最大的巨型钢结构网架，9600吨！"郭发强指着一组钢构告诉我。

"这么大能吊上来定位太不可思议了。"

这时我发现，作业人员正在特别闷热的7米层操作电焊，环境酷热，由于没有结构遮挡，全天无风，在网架上干一段时间就要转到阴凉的地方休息一段时间。工人李子敬说："最好的避暑胜地要数旅检大楼与交通中心顶层的屋盖了，吹一吹迎面而来的悠悠海风，望一望跨海而来与人工岛拥抱的港珠澳大桥，心情特别惬意。"

时间来到2017年6月，珠海口岸工程建设的进展令人揪心。

总用地规模近110万平方米的口岸区施工人员仅有2000多人，晚上整个工地一片漆黑和寂静，旅检大楼匝道桥梁最后一联钢箱梁已停工一年多……消极滞后工程不胜枚举。

按照三地委的要求，年底前大桥具备通车条件，掐指一算，口岸工程让人倒吸一口凉气。

"绝不能让口岸工程拖后腿！"

作为珠海口岸建设单位，要扭转被动局面，必须加大组织力量，强化现场管理，落实配套设施。6月3日，格力地产董事长鲁君驷、总裁林强住进港珠澳大桥珠海口岸人工岛，在格力港人工岛公司板房里安营扎寨。

鲁君驷立下"军令状"："没有做不成的项目，只有做不成项目的人。我跟林强想接受这样一份挑战：项目不建成，我们不下岛。"

梳理、协调、督办……30个标，60余家参建单位，口岸项目交叉之复杂，施工组织难度之高让人难以想象。

6月16日，格力地产成立珠海口岸建设总指挥部，总裁林强亲任总指挥，珠海格力港珠澳大桥珠海口岸建设管理有限公司董事长、总经理蒋伟担任常务副总指挥，杨晖彬、肖建波、雷鹏、杨立群、翁均、张筱雯任副总指挥，总督察由肖建波、陈轶峰担任。

"少说空话，多干实事。"6月17日，在鲁君驷和林强驻岛办公的第14天，一份关于《口岸建设先锋队成员招募》的通知刊布于公司内网。短短一天之内，便收到119份志愿报名表。6月23日，19支珠海口岸建设先锋队和5个工作组迅速集结进驻，全面打响口岸攻坚战役。

鲁君驷提出："要让先锋队的旗帜在所有项目上高高飘扬！"

头上是大红安全帽，身上是荧光马甲，手中握着厚厚的图纸，肩上担负起庄严的职责，心中装着光荣的使命……这一刻，"先锋"成为他们共同的名字。

"先锋"意味着一干到底的拼劲，破釜沉舟的决心，冲锋在前的姿态！

"少说空话，多干实事。"19支先锋队成为口岸建设总指挥部手中的19把利剑。他们高效协调部署，夜以继日，他们每天行走两万步，皮肤因为日晒而黝黑脱皮，他们用行动诠释"先锋精神"。

"责任重大，使命必达。"林强说，半年中，总指挥部召开大小协调会近1000场，下发工程督办及管理类通知上百份。

夸父逐日，砥砺同心，先锋速度，一切都在变……

在珠港旅检楼（旅检A区）、珠澳旅检楼（旅检B区）、珠海侧交通中心、交通连廊、口岸货检区、市政及市政配套区、口岸办公区等七大区域现场，我看到在骄阳烈日下，挖掘机、水稳层轮胎压路机、双钢轮压路机、摊铺机来回穿梭……人与机械、机械与机械之间的默契配合成为工地上一道酷炫的风景。

"我们始终坚持大处着眼，小处着手，紧扣节点任务，积小胜为大胜。"在常务副总指挥陈伟的办公室，他告诉我，每一个节点都在先锋队的攻坚克难中提前完成，久违的口岸工地再次沸腾起来，高峰期时，工地有7000多人、600多台机械同步作业。

口岸工程复杂，交叉工作面繁多，第一先锋队负责的是钢结构工程。这是一个单体"巨无霸"，作为队长的王新国，每天至少要爬上距离地面50米高的屋面3次以上，酷暑、暴晒、风雨无阻。

为解决此前钢结构施工"遍地开花"而进度缓慢的困境，王新国通过协调改进施工方式，集中力量，各个击破，最终让旅检A区屋面的围合闭水作业提前20天完成，也让高效率成了第一先锋队的"招牌"。

旅检A区珠港出境大厅的大吊顶采用的是双曲面结构设计，而天窗结合遮阳膜的设计既保证自然采光，又避免了炫光和直射光的产生。

第四先锋队队长范琳桀身材娇小，模样清秀。她所负责的是旅检A区的精装修，面积大，施工工艺要求高。

"铝板安装有一定的挑战性，大量的图纸需要消化。"范琳桀说，装修区域有15米层高，由风管、天窗和天花铝板三大部分组成，整个吊顶总面积约3.75万平方米，有5个标准足球场大小。风管隐藏在天花铝板背后，负责送风换气，整个大吊顶上风管共计约长3300米。在离地面25米的高空，一节风管的安装甚至需要三台吊车同时操作；7个梭形天窗，共约2800根竖龙骨，每根都需要工人师傅驾驶高空车上下满焊；天花铝板则由1700余条分仓缝、约5.5万条铝板组合而成，每一块的拼接都是纯手工劳作。

由于大吊顶是双曲面结构，因此对于天花铝板的尺寸，甚至是摆放位置的精准度都有极高的要求。为了减少误差，提高精确度，在工程前期还使用了FAROFOCUSS350三维激光扫描仪。通过三维激光扫描，将整个大吊顶空间转换成无数个3D点源，明确每个转换层角码的坐标，误差不超1毫米。最后，根据现实逆向输出的图纸和坐标，为每个区域量身定做相应尺寸的铝板。

在离地25米的高空，我发现工人们将半个身子探入转换层中进行作业。这是一个高空车无法到达的地方，施工人员趴在转换层龙骨上进行安装，双脚离开地面，在用一个不甚舒适的姿势全神贯注地进行细致的手工活儿。

先锋队员关叶宇指着15层高的天花板说："一个单元的天花铝板由约31块铝板组成，有6道工序，每道工序需要重复15次。一名施工人员完成一个单元的工作量，需要耗费一天的时间。"

6道工序，15次的重复，每次重复里，都凝结着匠人的心神，残留着手工拼装的余温。

I标段经理刘伟浩告诉我："我们负口岸建设之责，尽口岸建设之力，不容半点闪失。能提前一天完成节点，也就能为后续的工作赢取更多时间。"

我一边看一边听他介绍，脚下的步子不觉停了下来，我想：大桥开通后，有多少过客会细致留意这片天花的吊顶？也许，只有数字、图像、施工人员和先锋队员的笔记还能牢记这些隐藏在大吊顶建设背后的秘密！

玻璃幕墙是现代的一种新型墙体形式，常见的玻璃幕墙结构形式有隐框、半隐框、明框、点式、全玻璃等。珠海口岸旅检A区采用的是明框玻璃幕墙设计。

作为珠海口岸的"门面担当",旅检A区是出入境旅客对珠海口岸的最初印象,而通透美观的玻璃幕墙背后,却隐藏着一个个不为人知的困难——

工程体量大。珠海口岸旅检A区四周均为玻璃幕墙结构,总面积为23500平方米,约等于67个标准IMAX银幕的面积。

单体重量大。区域中最大的玻璃幕墙,单块玻璃面积约9平方米,重达781公斤,是玻璃中名副其实的大块头,每一块玻璃的安装都需要动用100公斤/爪的8爪电动玻璃吸盘,近10名工人同时安装。

施工难度大。玻璃幕墙有两种形式,分别为锯齿状幕墙和平板状幕墙。安装难度最大的部分是锯齿状幕墙,主要受场地和外架等条件制约。另外,由于钢化玻璃材料的特殊性,四角薄弱,尺寸稍有误差,形成磕碰便会整块碎掉,因此也增加了安装的难度。

材料精度高。幕墙的顶端部分有207块尺寸大小不一的不规则四边形玻璃。每一块玻璃都需要精准测量,度身定做,精确施工,做到每块玻璃与铝框间严丝合缝,才能确保密合效果。

多功能玻璃。幕墙采用的是中空玻璃和中空夹胶玻璃两种。这两种玻璃的共同点是"多功能":隔热、采光、节能、防护和环保。

第二先锋队队长杨磊给我的印象是细心、踏实。作为前期支援队伍的一员,如何去管理,才能将工程按期或提前完成?

在幕墙玻璃施工现场,南北作业面十分狭窄,最窄处仅1.2米,大型作业机械无法运转,"大块头"的单体玻璃由8名施工人员一块块搬抬,这种方式显然与工期相悖。

"有困难,只想办法,不找借口。"

后来,口岸建设的能工巧匠们发明了玻璃转运车,车身底部加上灵活的万向轮,让这项搬运工作仅需两人便可完成。

幕墙的安装也很考验人的智商。单体重量超700公斤的玻璃幕墙须利用脚手架在50多米的高空中悬吊安装,工人们巧妙改良的运输工具"玻璃提升机"应运而生。灵活稳定的玻璃提升机可轻易将玻璃提起送至安装高度,施工人员则在高空中随心所欲地进行施工作业。

6、7两月,珠海连降暴雨,施工过程存在较多的未接通管道、临时封堵。"看到雨落下来,心就会慌。"三标段经理刘国华坦言。

第三先锋队的袁夏磊第一天上岛排水,抱着近100斤的抽水管和排水管,辗转三个施工场地,排水作业到晚上11点多……

俗话说：天有不测风云。

8月22日，"天鸽"飞过，满目疮痍。

"帕卡"接踵而至。双台风把即将完成的旅检大楼A、B区屋面尽数摧毁，屋面压型钢板和施工单位生活区板房受损严重，施工进度再次面临严峻挑战。

8月24日上午，在总指挥部的指挥下，各参建单位重整旗鼓，人马开始回岛集结，口岸项目现场又马不停蹄地进入全面复工状态。

台风吹不走，暴雨淋不垮，这是一支支铁打的队伍。

11月25日旅检B区二期屋面PVC铺设完成，用时仅44天。

12月5日旅检A区屋面33万个T码打完，用时42天。

11月18日旅检A区屋面板出板，12月27日5.7万平方米的屋面板全部安装完成，用时39天。

12月28日，旅检大楼A区屋面板全部铺设完成……

先锋队员用他们的坚持和努力，再一次诠释了勇往直前、攻坚克难、使命必达的先锋精神。

千淘万漉虽辛苦，吹尽狂沙始到金。

2017年6月1日至12月31日，历经211个日夜攻坚，掺杂着笑和泪、苦和甜。珠海口岸项目迅速实现由"乱"到"治"，共完成产值20.1亿元，相当于2012年年底项目开工至2017年5月份合计完成的工程量。

珠海口岸终于完成"国家使命"，具备2017年底通车条件。

2016年4月12日。香港。

午后的东涌湾泛着粼粼波光，渔船悠闲地停泊在岸边，而海水则绵延至远方。连接东涌与机场岛的跨海公路上，汽车来回穿梭。头上的缆车索道持续发出单调的声响，源源不绝运载着观光的旅人。每隔几分钟，便有一架飞机从对岸的赤鱲角国际机场起飞，掠过上空。

站在东涌堤岸眺望大海，眼下一段长达9.4公里的高架桥从对岸的景观山架起，越过机场与大屿山之间狭长的海道，连接起港珠澳大桥的主桥。我的右前方是建设中的香港口岸旅检大楼，钢筋混凝土工程已大部分完成，标志性天幕预制组件的制造和安装正在进行，为了支撑顶篷，旅检大楼的支柱呈树状，下方为圆锥形，上方为枝杈状，波浪形的顶篷造型独特。

香港口岸位于大屿山赤鱲角机场东南面，设计面积为150公顷，有道路连接机场和大屿山，由人工填海而成。旅检大楼置于人工岛上，包括约200条旅客过关通道、44个私家车检查亭和12个旅游穿梭巴士检查亭。

旅检大楼呈波浪形的屋顶造型别具一格，俨如延绵起伏的海浪。这些屋顶分别由45块小型衔接天幕构成，饱含诸多创新元素，天幕组合成的屋顶由树形结构支柱承托，与环境非常和谐悦目。

"好新颖嘞！"我自言自语道。

见到香港工程管理处处长李伟彬，我们握手寒暄，随后，安全帽、工地装、工地靴……全副武装的我在路政署港珠澳大桥香港工程管理处人员带领下前往港珠澳大桥香港口岸。

车在布满沙石、挖掘机和吊车的工地中颠簸、行驶了不到10分钟，那波浪形的屋顶和树形的水泥柱便近距离到了我眼前。

"这座建筑很有特色、美观大方。"我说。

"是啊！设计新颖是口岸旅检大楼的最大亮点！"李伟彬介绍，"香港口岸的整体设计秉持创新、美观，符合能源效益和可持续发展宗旨。"

我发现，香港口岸的选址可谓用心良苦，尽量避免了对天然山峦和海岸线的影响，也远离中华白海豚出没活跃区。口岸工程在旅检大楼施工上进行了全新尝试，选用巨型预制组件方式建造大楼天幕，李伟彬说："有别于一般的预制组件，香港口岸的天幕采用的预制组件不但包含钢结构支架，各类屋宇装配及装修工程如铝制面板、天窗、排烟口、假天花板、排水及照明系统都会预安装在预制组件上。"

香港口岸工程建筑平面总体尺寸为310.65米×192米，屋顶波距56米；波峰标高为36.80米，波谷标高为30.11米，地面标高为6.00米，永久钢结构1.2万余吨，屋面建筑结构水暖电装修等总重量达2.5万吨。

精工钢构集团承担了这份"精工"活。

精工钢构从2010年开始远征海外，已斩获包括沙特吉达国王新机场、沙特麦加高铁站、阿尔及尔巴哈吉体育场、悉尼乔治大街200号大厦等30余项工程。

"尽管精工钢构做了那么多高精尖技术国际工程，但接手香港口岸大楼后还是感到有难度。"精工国际副总经理兼总工程师王煦开门见山，直奔主题。

此时窗外，阳光分外灿烂，和煦的春风穿透窗棂，漫进他的办公室来，室内的每个角落都充溢了春意，送来温馨一片。

"为什么难？"我疑惑不解。

"你想，施工现场已经明确不能使用大型吊装设备，要把那些大跨度、大吨位的钢构件举到50米以上的高空，做不到。"

"后来怎么解决的？"

"头脑风暴。"不假思索地回答。

又是一连几天春雨潇潇，把思绪浸润得葳蕤多姿，一缕春风，一抹阳光……

大家集思广益，思索着，分析，交流，探讨解决方案。最后提出将屋面的大模块在陆地上拼装完毕，再通过水路运到香港施工现场采用螺栓安装。

他们在广东省中山市找到一块风水宝地，这里不仅毗邻珠江口，还有大片的空地。在中山的施工现场，精工国际将钢结构分块连同屋面系统、水暖、机电、室内装修等组装为一体，每个屋面接近700吨。工程采用斜柱支撑的主次梁结构体系，屋盖结构由5列45个屋面大模块、4列36个嵌补模块组成，采用模块化施工技术。

模块化施工技术在海工、桥梁工程中采用过，但在大型公共建筑领域采用模块化施工技术尚属首次，更何况在香港，这种工程大型复杂铸钢件的外观还必须满足严苛的欧洲标准CT9要求。

港珠澳大桥香港口岸工程构件之间的连接节点特别繁多，而且大部分采用全螺栓连接。有海外工程的锤炼和独门绝技的"九阳真经"，精工国际承担的口岸工程螺栓连接达到钢结构成形与屋面其他荷载施加两阶段的高精度对接要求，在构件表面处理、防火和油漆加工质量方面已达到美标AESS-4最高级标准。

一体化模块做出来了，转运又成了难点。大模块的长宽高分别达到60.7米、26.2米、18米，最大重量为660吨，加上现场滑移提升工装钢结构，模块运输重量达到880吨，投影面积为1590平方米，把这样一个外形像降落伞、头重脚轻的庞然大物送上船绝非易事。

"每个环节都不能有丝毫误差。"精工钢构集团联席总裁、总工程师陈国栋以不容置疑的口吻说。

大海之水，朝生为潮，夕生为汐。

在海边的人都知道，涨潮时，海水上涨，波涛滚滚；退潮时，海水悄然而去，露出一片海滩。在涨潮、落潮之间有一段时间，水位处于不涨不落的状态，叫作平潮。

精工国际巧妙利用平潮时段将大模块弄上船。

装船那天，技术人员结合调载及涨潮来控制船岸相对高度，确保其重心转移对甲板、码头间相对高度不受影响。转运过程中，始终保持模块与顶升架或模块车的连接并设置缆风绳。专人全程跟踪转运过程的受力、位移等数据，并及时调整模块车速度方向等参数，有效地将误差控制在可接受范围。

"在香港运送及安装如此大型天幕预制模块尚属首次，再加上机场的施工高度限制，对工程团队是一项巨大挑战。"李伟彬告诉我，最终旅检大楼建设者采用了横向推进的方法，以四组自动滚轮式板车和横向液压千斤顶运送预制组件到楼顶位置，然后像堆砌积木般，将组件逐件合并，旅检大楼的屋顶逐渐呈现出浪漫的波浪造型。

2017年6月，香港口岸展"天幕"。

旅检大楼预制组件安装完成，最大组件达60米长、25米宽、670吨重，面积堪比一个标准泳池。

旅检大楼，成为香港口岸工程中的最亮点。

香港金戈铁马，澳门狂飙突进！

2017年2月24日，我到澳门口岸建设工地采访。那天天空下着小雨，工人们穿着雨披坚持施工，整个工地有条不紊。

"距离竣工交付使用只有10个月不到，工人们加班加点工作，保质量，抢工期。"上海建工集团工程执行副总指挥邓福弟嘶哑着嗓音说。

与此同时，我的耳鼓里回荡着工地上浇筑混凝土的声音。

眼前的工地、忙碌的工人、混凝土罐车、淅淅沥沥的小雨，雨水、泥水、汗水凝固了这个画面。

天公不作美，这场小雨不停地掺和着忙碌的现场。简单的雨衣，简单的雨鞋，一双双简单的手在与混凝土打交道。

按规范要求，他们搅拌好的混凝土在浇筑和运输过程中不可以掺加任何水，工人们一边忙着用防水彩条布遮挡收好面的混凝土。

我撑着雨伞，看着受保护的混凝土和几乎没有遮雨装备的工人们一张张本来就沧桑的脸上沾满了溅起的水泥浆，他们全身湿了，干了，干了又湿！

突然，我听到一个人在叫唤："吃中饭咯，吃完中饭继续！"

工人们一个个向工地饭堂走去。

这时我沿着工地转到另一个施工区，发现一个40多岁的工人坐在混凝土的平台上一动不动。

我走近一看，他疲惫地坐在那儿睡着了，他略微蜷缩地靠着混凝土墙，一把抹灰铲半挂在手上。我突然觉得他就像一位战场上激烈厮杀的战士，利用战斗的空隙，枕着自己的佩剑睡着了。

我赶紧摇醒他："他们都吃中饭去了。"

他睁开惺忪的睡眼："哦，谢谢你的提醒。我想稍微休息一下，等会儿还接着干呢，没想眼一闭睡着了。"

他有点尴尬地离去，我对着他的背影肃然起敬：气势恢宏的旅检大楼就是这一群最可爱的人用双手打造出来的作品。他们，奉献了自己最艰辛的劳动，而且也奉献了最高贵的工程品质！

澳门口岸旅检大楼工程位于澳门东面，与珠海口岸人工岛同岛设置，占地4.092万平方米，总建筑面积16.9299万平方米，分A区和B区，A区为通道楼，将连接珠海口岸旅检大楼，地上6层框架结构，B区为旅检楼，地上6层、地下1层框架。

澳门口岸建设由上海建工集团担纲。

上海建工集团是2016年年底接到建设命令的，当时港珠澳大桥已开工7年，即便是隔壁的珠海口岸旅检大楼也已建设3年有余。

时间紧是摆在项目部面前的最大难题。

"这个工程需要与时间赛跑。"邓福弟透露，澳门的旅检大楼工程，原计划3年建成，现被要求压缩到一年。

2016年底，第一批"先遣部队"上岛，郑进光就是其中一位。

郑进光老家在河南。他告诉我，刚到珠海时，已经可以看到港珠澳大桥的婀娜身姿，心情好一阵激动，但踏上澳门口岸工地，便是漫漫黄沙、汹涌的海浪和灼热的阳光。

从建设的角度讲，这完完全全就是一块生地。车轮碾过黄沙，很快陷成沙窝，大型机器无法驶进。郑进光和他的同事们趁着冬雨过后沙子又重又实，铺上钢筋和混凝土，使地面变得结结实实，才有后续一砖一瓦的建设。

负责澳门旅检大楼项目主体结构施工的是上海建工一建集团，承担共计土方开挖6.58万立方米、钢筋1.29万吨、混凝土7.37万立方米的工作量。

黄沙上建大楼，混凝土成了稀缺品。

岛上的资源匮乏让项目部犯难。岛上仅有一个混凝土拌站，产量有限，还要同时供应其他四五个项目。为了确保现场工作有序可控，大量劳动力和设备都直接从上海调配。

尽管有过建东方明珠、金茂大厦、上海中心大厦的丰富经验，但一万立方米的混凝土，在上海也不是一件容易的事，在人工岛上，更变成100个小时的马拉松式作业。

2017年2月，钢构吊装与土建工程交叉进行。

19日开始了地下首节立柱吊装。

钢结构吊装量成"巨无霸"。据项目副经理王克连介绍，3个多月时间须吊装

5.6万吨近万件钢构件，5月份达到月吊装量最高峰，达2.3万吨，超越集团以往承建的上海中心大厦、国家会展中心、迪士尼等任何一项特大型钢结构施工项目的吊装强度。国家会展中心被称为世界上最大的会展综合体，而澳门口岸旅检大楼工程的用钢量则是它的两倍，因此，对设计加工、制作、运输、安装能力都是巨大考验。

上海建工机施集团还派出了一支"吊装英雄队"，并从上海调配了6台1200吨塔吊。王克连介绍，它们作为施工主设备，在某种程度上决定着施工成败。此外，技术部门先后编制完成各类施工方案25本，增加了5台履带吊、6台汽车吊，在旅检大楼和通道楼之间穿梭施工，用灵活高效的吊装工序，不断调整设备吊装次序和路径。

工程时时处在"等米下锅"的状态。江浙6家工厂全力配合生产，甚至不再承接其他工程订单，做好的构件依靠半挂车跑足三天三夜才运到岛上，而每天平均有150辆车完成这项高速接力。

2017年6月中旬，最后一根22米长的钢梁被缓缓吊起。随着它的安装就位，澳门口岸旅检大楼A区钢结构正式封顶了。

12月18日，夜幕下的港珠澳大桥澳门口岸旅检大楼灯火辉煌。开工最晚的澳门口岸旅检大楼工程创造了仅用内地同等规模工程三分之一的时间，就具备与珠海、香港口岸同步通关条件的奇迹。

6年来，在港珠澳口岸人工岛这片填海而成的新土上，建设者们在与时代激流的交叠碰撞中，不仅唤醒坚定昂扬的群体力量，还铸就云垂海立的壮丽诗篇。

当港珠澳大桥的钢铁梁架跨海而来拥抱这片新鲜的土地时，港珠澳口岸真正成为三地迎接"大桥时代"的门户。

"经历了，就是财富。"我想，无论对于一个从事建设的单位或个人来说，能参与这样举世瞩目的工程，实现海上筑梦的理想，人生履历都会变得熠熠生辉了。

第十八章　"西边日出东边雨"

港珠澳大桥香港接线全长只有12公里，但人工岛、隧道、跨海高架……这些钻山过海的急难险项目一个也不少。

有句话说："欲戴王冠，必承其重。"

与港珠澳大桥东段相比，西边的香港段可谓"命运多舛"。

众所周知，随着港珠澳大桥宣布开工，粤港澳三地铆足劲，力争上游，全力打造港珠澳大桥这条中国建设史上里程最长、投资最多、施工难度最大的跨海桥梁项目时，香港段却被66岁的香港老太太朱绮华砸了"场子"。

2010年1月，朱绮华请来律师，一纸诉状把特区政府给告上了香港高院。这就是轰动香港的"港珠澳大桥环评司法复核案"。

目不识丁的朱绮华认为，港珠澳大桥的环境评估没有包括臭氧、二氧化硫及悬浮微粒的影响，因而不合法。

所谓司法复核，是指根据香港《环境影响评估条例》规定，即便环评报告已经多次公示，即便环保署长已经批准了报告，如果有居民认为工程规划侵害了自己的利益，可就个案提出起诉，由法院做出裁定。

"环评司法复核案"一时卷起千层浪。4月18日，香港高院裁定：香港环保署2009年完成的港珠澳大桥香港段环保报告无效。

臭氧？二氧化硫？悬浮微粒？一个欠缺专业知识的老太太一般很难了解和质疑，但就是这个身患糖尿病和心脏病的朱绮华，硬是用司法手段阻挡住了港珠澳大桥如期施工。

9月27日，高等法院三位法官一致裁定，指环评报告已全面分析工程的环境影响，环评报告没有问题，环保署长也没有任何疏失，没必要再做评估。

二审宣判环保署胜诉，法院为政府平反，扰攘了一年多的港珠澳大桥环评司法复核案落幕，而大桥的内地段动工已近一年。

将一项世纪工程逼停，这是一位什么样的老太？

从东涌堤岸往回步行10分钟，就是朱绮华所在的富东邨。这里是香港的廉租公房，3座高楼屹立于此。

她在接受我的采访时说："我根本唔系（没有）有心搞，不过佢（他）同我讲……我唔识得呢（不认识这）条桥，我点有能力？我以为就咁（那么）讲几句就算喇（了），点（谁）知搞到咁（那么）大件事！"

我追问她口中的"佢"是谁时，朱绮华眉头紧锁，直叹气，表示"自己做傻婆算啦"！

特区政府在港珠澳大桥环评报告司法复核一案中败诉，令港珠澳大桥香港段、沙中线等70项基建工程即时刹停，陷入"急冻"。

我告诉她，港珠澳大桥延工影响了2万人的饭碗。朱绮华说："死啦，大桥停了，唔（不）知道牵连甚广，咁（那么）多人会无工开，我个心反而好唔（不）安乐。"

"上当了。"她说，如果早知道是这样一个结果，当时就不会去告政府。

受到环保评估官司影响，港珠澳大桥工期白白耽搁一年，其间因人工、物料上涨，还要弥补承建方的损失，工程造价从304.3亿港元涨到了358.9亿港元，上涨了54.6亿港元。

54.6亿元具体是如何计算的？从香港运输及房屋局提供给媒体的书面通稿中包括两大块：一是修改施工方案压缩时间；二是工程价格上调。更多细节和运算法则，我们无从得知，但这并不妨碍"54.6亿"的广泛传播——这相当于全港公租屋免租5个月，综援户获取5个月综援，若是政府派钱，每个人可以拿到1300块……

在富东邨，每天傍晚，老人们开始聚集在楼下的空地上打牌、聊天，或是眼神空洞地呆坐在长椅上。谈及此事，很少有人关心这些问题了。我向陈大爷旧事重提，他语带讥讽："哼，这些人想搞事，居然想挑战政府，害香港市民损失54.6亿。"

他突然提高声调，对着周边几个老人叫："是啊！差点忘了，他们还欠我们1300块钱呢！"

"对，对，讲得对！"周围的老人们附和着点头哈哈大笑。

看来，大家私下里同样算过，54.6亿港元如果发"红包"到市民手里，人均有1300港元哩！

这段关于大桥的插曲，至今都让人唏嘘不已。

2011年12月14日，港珠澳大桥香港段工程重新启动。"港珠澳大桥环评司法复核案"激起的伶仃洋海浪才归于沉寂。

然而，树欲静而风不止。

工期一再延误的香港段又深陷"拉布"（指反对方拖延议事）泥潭，追加拨款迟迟不能到位。

就在我采访香港的2016年1月28日前一天，《人民日报》（海外版）刊载了《港珠澳大桥深陷"拉布"泥潭》一文。文章说，两周前，香港立法会发生了一件怪事：立法会财委会审议港珠澳大桥追加拨款时，建制派议员提出"中止待续"动议，将会议叫停。

建制派一贯主张应尽速拨款，怎会主动喊"卡"呢？

"不得已。"建制派议员解释说。因为"中止待续"动议针对一个法案只能提一次，这次建制派提了，以后反对一方就不能再提。而当时恰好多名持反对意见的议员在境外，建制派利用人数优势，半小时内就把"中止待续"动议给否决了。

持反对意见的一方"拉布"怪招迭出，令香港多个重大建设项目一再延误。建制派这次拿出"自己提议，自己否决"的奇招，就是为了节省那么一两个小时。一方用尽办法搞拖延，一方苦心抢时间，市民见到"拉布"摇头叹息："不似人形（太没样子）。"

2015年初，香港特区政府就港珠澳大桥人工岛口岸工程向立法会申请54.6亿元港币追加拨款。但因为反对方的不断"拉布"，提出各种反对意见，多次"偷袭"搞休会，这场"追加拨款"已经持续了一年。

审议进度缓慢，建造成本节节升高。香港一位相关官员指出，如果短期内未能获批拨款，港珠澳大桥香港段将不得不"删除部分设施"，这将影响旅客出入关口的便捷程度，对口岸的道路及设施的维护也有不利影响。

持反对意见的一方似乎并不为此担忧，香港媒体报道指出，他们反对追加拨款的理由，往往从"盘古开天地"说起，例如质疑大桥落成后车流量不多等，令建制派十分无语。民建联议员表示，大桥工程如果再停下来，增加费用将"难以估计"，反对方的做法"不可思议"，广大香港市民更是群情沸腾。

港珠澳大桥香港段前前后后经历了13次拨款申请，整座大桥造价已经高达1177亿港币，其中还有100多亿是超支拨款。

1月30日，星期六。在香港立法会内却是一片忙碌——财委会正在审议港珠澳大桥工程54.6亿港元的追加拨款申请。这已经是连续第四次审议港珠澳大桥工程追加拨款了。

会议一开始，香港特别行政区政府立法会财委会主席陈健波即开门见山："身为主席，我既要考虑议员的问责权力，也要考虑过期不表决的公帑损失后果。"

经过8个小时的会议后，财委会以29票赞成、13票反对，大比数通过港珠澳大桥工程的追加拨款申请。

"因为意见不统一，港珠澳大桥的进度被一再推迟，但我们可以通过加班来加快工程完成。"大桥工人杨勤亮说。

每天早上7时，香港一大批黝黑的工人，从全港各区经水陆两路赶往新界西面。他们奔往香港口岸人工岛、屯门、赤鱲角和对开海面，走进80多个地盘，在陆地及海洋间建造港珠澳大桥香港段。

杨勤亮是建设大军中的一员。

54岁的他自2013年11月起在香港大桥连接线出任潜水督导员，主要在桥墩及趸船上监督海底工程。

杨勤亮介绍说，因为全力赶工，在2014年他每月只有1至2天假期。直至2015年，工程赶上进度，才增至每月休假3至4天。杨勤亮说，超时工作是家常便饭，经常由早上8时工作至晚上8时，更试过24小时留在桥墩及趸船上候命。

"大桥地盘位处偏远，住在距地盘远的工人，早上5时多便要起床，早上8时开工，加班至晚上七八时，回家已经10点多，食饭、冲凉后已接近12时，只睡5小时又起床。"杨勤亮说。

为确保能如期与主桥连接，大桥地盘采用两班制，每班12小时，地盘24小时都有工人留在桥墩工作，这是香港建造业少见的。据建筑业资料，香港近5年来，类似的两班制只在广深港高铁香港段工程地盘和一次焊接海底煤气喉管工程中出现过。

香港在17年前落成的香港国际机场后，少有大型海上工程，对工人来说，适应海上工作环境并不容易。从事潜水工程35年的杨勤亮认为，习惯在陆地工作的建筑工人，一下子转到船上工作，未能即时察觉海上工作的危险性，易生意外。"例如操作吊机，在地面四平八稳，在趸船上，风浪令船摇摆，危险性增加。"杨勤亮说。

正因为海上操作难度大，风险高，港珠澳大桥香港段施工期间（2014年7月到2016年4月）发生了数起"伤亡"事件……

港珠澳大桥不会忘记那些为大桥流汗流泪的建设者，更不会忘记那些流血甚至付出生命代价的建桥英雄，他们已经把自己的名字篆刻在大桥坚硬的钢筋混凝土上，把自己的生命融入到波涛汹涌的伶仃洋大潮之中。

历史不要忘记！

历史不会忘记！

香港段的工程，并没有因面临的种种困难而放缓脚步，而是排除困难，按既定的节奏向前推进。

自粤港水域分界伸延至机场岛观景山，囊括了一段9.4公里长的高架桥、一段1公里长的观景山隧道、一段建成填海区的1.6公里长地面道路，连接对接至香港人工岛口岸。

香港段12公里的接线不长，自然条件的挑战和困难给建设者招来了不少麻烦——

在这里，桥梁结构复杂、大跨度多，其中超过100米的跨度就达22跨，而跨度最大为180米。

据香港路政署李伟彬介绍，整个香港接线工程中，670吨一块的钢构口岸屋顶、180米跨度的混凝土复合桥梁、观景山隧道采用的5000吨管节顶推技术等，都突破了香港桥梁施工的历史纪录。

最艰巨和最具挑战性的，要数观景山隧道的建造了。

观景山隧道由两条约1公里长的管道并排组成，走线穿越观景山、机场路及机场快线之下，再通过新填海区连接地面道路。受地质及环境限制，需要采用4种不同的建造方法：穿越山体段用钻爆方式开挖；机场路段用暗挖方式施工；填海区采用明挖方式；机场快线段以箱涵顶进方式……

"挖掘隧道曾遇到重大挑战。"香港区交通运输驻地盘一位高级工程师介绍说，在工程挖掘期间，曾遇到一种非常罕有的、无石纹的岩石，开掘工程难度很高，花费了比预计更长的时间才挖掘成功。

隧道要穿越运行中的机场快线下方，箱涵顶进工程最为复杂及艰巨，工程团队采用了香港首次使用的箱涵顶进方法，采用这种方法需要以计算机系统控制多组大型液压千斤顶同步，技术要求十分严格。

建造两条大型行车隧道管道，并在施工期间维持机场快线正常及安全的运作，对工程技术和施工要求非常严格，难度极大。在此之前，工程队用了一年时间在机场快线底下进行土质加固，以降低对机场快线的影响。

每一段坦途之下都有复杂的故事。

香港接线是在繁忙的国际机场附近兴建，工程团队在设计和建造阶段均面对各种不同的挑战。9.4公里长的海面高架桥段需采用跨式吊机，建造长达180米的大跨度桥梁，通过这种预制预应力平衡悬臂施工法跨越大屿山北岸，避免触及极具保育价值的沙螺湾古迹遗址一带的陆地。主要桥墩桩帽均藏于海床之内，以减少对机场水道水流的影响。

更具挑战的是，部分高架桥段工程只能在晚上机场南跑道关闭时通宵进行，并使用装备精密高度监测系统的机械。

李伟彬介绍说："你想想，在繁忙的机场跑道旁开建这么大的工程，就可以想象是一种什么情形，什么事都有可能发生。"

从香港口岸人工岛穿过一条十分狭窄的航道，北向紧连大屿山机场，南向跨越一片不能触碰的土地。这里距离机场跑道实在太近了，机场高度限制对建设施工和结构造成很大影响，用于填海的设备高度被严格控制在30—53米。

这种严苛的要求逼得大桥施工方一再的"精益求精"。

现场工程技术人员刘丽恒坦言："我们只能大量使用大型预制件，包括海上混凝土桩帽壳、及在香港首次使用的预应力桥墩预制件，以减少在海上现场进行混凝土浇筑工序对机场和环境带来的影响。"

"桥墩是在广东省中山市建造完成，再到香港钻孔灌柱。"该技术人员说，"穿过主航道时，30米高的墩身需要从临时工作平台将钢桩钻入硬岩100米来支撑，跨度从浅水区的90米变化到深水区的110米。180米的桥跨我们采用平衡悬臂的方法安装才最后搞定。"

2017年3月，9.4公里长的高架桥接通。

2017年5月16日，最后一组长14.5米、宽23.5米、高14米、重5000吨的预制件被千斤顶推进机场快线下方的隧道最终位置。

2017年5月18日，香港特区政府路政署发表新闻：全长12公里的香港连接线圆满收官。

2018年1月20日，香港特区政府路政署对外发布通告：港珠澳大桥香港接线的路面铺装及道路设施已顺利完工。

"香港终于完成了历史任务。"香港特区政府运输及房屋局局长陈帆如释重负。

2018年5月26日3点30分，这是一个寻常的下午。我再次来到港珠澳大桥香港段，平静的香港东涌码头海风阵阵，头顶不时有飞机飞过。高架桥的北面是香港机场空运中心，南面则是一片苍茫的群山。站在桥上，目光所及，只见桥面宽阔，一片坦途，每隔15米放置一座路灯，香港接线双向六车道的桥梁在伶仃洋上向西延伸，已经同港珠澳大桥主体工程的桥梁紧紧连接……

作为港珠澳大桥的工程师之一，李炳权坦言能参与这样的国家级项目十分荣幸，他见证了香港段的风风雨雨和纷纷扬扬，而现在，所有的尘埃已经落定。

"港珠澳大桥是粤港珠澳三地共同合作的超级工程。"李炳权表示，三地的共同凤愿将很快实现，他期待着港珠澳大桥通车的那天。

第四部 / 与桥同行

珠海，梦诞生的地方。

名闻遐迩的情侣路上，高大的棕榈庄重雍容，此起彼伏的海浪撞击着渔女脚下的礁石，泛起浪花朵朵。极目远眺，晨曦中的大桥如一条柔软的彩带，在大海上舒展开来，犹如一幅海韵天成的水墨画，风光旖旎，格外壮美。

8年的烟云——飘过。从协调到管理，从设计到科研，从施工到监理，港珠澳大桥汇集了中国乃至世界桥梁建设的精英团队，有超过100家建设单位的5万多名建设者为之奋斗了近3000个日日夜夜，他们在世界上最繁忙的航道上共同开启了伶仃洋上的"百团大战"，书写着世界桥梁建设的"中国名片"。

他们在圆一个世纪梦！

一个世界桥梁大国的梦！

一个世界桥梁强国的梦！

打造超级工程，每个桥梁参建者穷尽一生都在追逐这个梦想，道路虽远但不觉得漫长。正是这种孜孜以求的梦想指引，他们迷恋、他们执着，他们为之付出再多都在所不惜。

港珠澳大桥提供了这样一个梦想舞台，一个命运契机，有朝一日，谁有幸登上这个舞台，谁就有机会绽放出职业生涯的"黄金100秒"。

第十九章 心会跟爱一起走

中国现代著名作家冰心在《繁星·春水》里收录一首小诗《成功的花》，诗中这样写道：

> 成功的花
> 人们只惊羡她现时的明艳
> 然而当初她的芽儿
> 浸透了奋斗的泪泉
> 洒遍了牺牲的血雨！

这首诗虽短，却表达了一个宏大的主题：不要只看到现时的成功，更应该看到奋斗过程中的那些风风雨雨。

成功的花尚且如此，何况是港珠澳大桥这样的超级工程呢？

我知道，在港珠澳大桥这个超级工程的背后，有这样一个机构，这样一群人，从港珠澳大桥的前期筹备到大桥的全线贯通，他们用自己的坚守，用青春、热血和智慧倾情奉献并见证了这一"世纪工程"的全过程，他们有的甚至已经坚持了14年，但外界很少知道他们"奋斗的泪泉"。

大桥的神秘，大桥的种种传说和绰约风姿，都诱惑着我急切地想去撩开她神秘的面纱。于是，我揣着笔走进港珠澳大桥管理局，去聆听那些发生在港珠澳大桥背后的故事……

辞别都市的繁杂和喧嚣，我驱车出城。

车过南屏桥时，刚刚还淅淅沥沥的秋雨戛然而止，雨后的阳光柔绵得近乎煽情，南湾大道两旁的大叶榕在阳光的照射中幸福地摇曳着，陶醉着。

幌伞顶山脚下，低层园林式的白色建筑现代不失典雅。在港珠澳大桥管理局会议室，副局长余烈接受我的采访。他热情、儒雅、健谈……一身灰色工装神采奕奕，脸庞上尽管略显疲惫，但却写满了笑意。

余烈告诉我，港珠澳大桥是"一国两制"下粤港澳首次合作建设的大型跨境工程项目，三地法律体系不同、管理模式不同、办事流程不同、思维方式不同、技术标准不同、货币结算不同……由于涉及各方关系协调与利益平衡，注定大桥要历经千锤百炼方可大器晚成。

从前期筹划6年到后期建设8年，从前期工作协调小组办公室到港珠澳大桥管理局，这个强有力的协调机构始终与大桥风雨兼程，一起走过14年沟沟坎坎。

2003年8月，国务院批准粤港澳三方成立港珠澳大桥前期工作协调小组，由港方担任牵头人，正式展开港珠澳大桥前期工作。2004年3月，港珠澳大桥前期工作协调小组办公室在广东交通大厦租来的楼层挂牌运作，这便是港珠澳大桥管理局的前身，时任广东省高速公路公司董事长的朱永灵被粤港澳三地政府聘为办公室主任。

14岁少年上大学，在同济大学读完本科和硕士研究生，先后任广东省公路管理局副局长、广东罗定市副市长、广东省高速公路公司董事长等职，职业前途一片看涨。为一个不被外界看好的项目而舍弃五六百亿资产、6000员工的公司董事长职位，外人眼里大多有些疑惑不解，但令人疑惑不解的又何止朱永灵呢？

余烈舍弃广东省交通厅规划设计咨询中心职位。

苏权科舍弃广东省交通科学研究所职位。

张劲文舍弃广东省高速公路公司职位。

江晓霞舍弃广东省公路勘察规划设计院职位。

苏毅舍弃南方证券的职位。

段国钦舍弃广东省路桥建设公司职位。

……

余烈是2004年5月加入港珠澳大桥前期工作协调小组的，接到工作调令时，他正在云南休假。由于之前的伶仃洋大桥项目中途因各种原因搁浅，在港珠澳大桥最先作为设想提出来时，业内很多同行并不看好这个项目，认为太难了。他坦言自己还是有一番内心的煎熬并曾躺在床上喃喃自问——

"做这个选择会后悔吗？"

"不会！"

"如果大桥10年建不成，再也回不到交通厅，会不会有遗憾？"

"不会！"

余烈说，能从一开始就见证"超级工程"的起步，这种机会千载难逢。一个人要做有挑战有价值的事情，如果能把外界看似不可能的事做成了，无疑是对个人价值的最好证明，这辈子才不白活。

于是，他坚定地做出了自己的选择。

谈起自己当初的义无反顾，张劲文将其归因于港珠澳大桥项目独特的魅力。

那是2004年4月17日。张劲文清楚地记得这个日子。他接到老领导朱永灵打来的一通电话。朱永灵向他简要介绍了港珠澳大桥项目，然后问他："参与意愿如何？"

张劲文没有丝毫犹豫，十分爽快地当即答应："好！"

朱永灵却有些迟疑，他不忘提醒张劲文：离开省高速公路公司对职业生涯存在风险，嘱咐其认真考虑后再决定……

张劲文没有更多的思考，他说："港珠澳大桥本身作为一个前无古人的超大型跨界跨海大桥，对年轻人具有质的诱惑！"

作为港珠澳大桥前期工作协调小组办公室的"十三太保"之一，张劲文任工程技术组组长，之后他带领着组员们在迷茫与期盼、执着与坚守中尝尽了甘甜与苦涩。

2004年6月25日清早，是苏毅从南方证券投资银行部到港珠澳大桥前期工作协调小组办公室上班的第一天，然而，他不是去办公室报到，而是直接跟随办公室主任朱永灵到了深圳西部通道调研。

满怀对港珠澳大桥项目融资舞台的憧憬和对企业国际化管理经验的向往，苏毅决定投身到港珠澳大桥项目里来。

这是苏毅职业生涯中的又一个全新的旅程。14年间，他试图从港澳、国际等大型基建合作项目案例取经，试图从世界经典项目融资案例来探讨港珠澳大桥项目融资结构的设计，试图从区域合作理论探讨在"一国两制"的法律背景下如何设计三地协议的框架……

然而理想很丰满，现实很骨感，探索的路一直走到今天。

一位哲人这样说道：一次内心的冲动，一次勇敢的选择，都将改变一个人的一生。

我曾问余烈："许多人不明白，将前途押在一个还在'纸上谈兵'的工程项目上，当时是怎么想的？"

余烈略一沉吟："前期筹备阶段便投身大桥项目的人工作是不讲价的。这个项目之所以能吸引数量如此众多的人才不在于它的经济价值，而在于它的学术价值和人生不断冲破挑战、迎难而上的快感。"

余烈告诉我，办公室在招聘员工时都会提前告知这项工程的风险，让应聘者自主选择，但每年依然有很多优秀硕士生甘愿放弃眼前待遇优厚的工作机会投身到大桥建设中，大家选择的绝不是经济利益，更多的是对于这千载难逢大好机会的把握，这个机会无疑是证明自身、突破自我的最佳选择。

13名初创成员（包括司机陈昔平、林顺威）陆续到位，香港来了时任香港特区政府环境运输与工务局顾问的副主任吴家华，澳门来了时任澳门工务司交通事务局基建厅厅长的副主任刘振沧……共同组建成一个团队做前期协调论证。正如一位伟人所说的那样："为了一个共同的目标，我们走到一起来了。"

广东方主任助理余烈分管综合事务、环保和安全。

香港方兼职副主任吴家华分管融资、财务。

澳门方兼职副主任刘振沧分管计划合同……

由于思维方式、文化、观念等不同，刚开始的时候，三地人员合作起来还挺费劲。香港人在英式教育下计划性非常强，而内地是灵活性加原则性；香港人要把方方面面研究到位，决定后才实施，而内地人是先定个大原则，边推动边解决；香港重要事情政府要向立法会报告，按部就班照流程做，而内地则是领导负责制，决策高效……这难免会产生冲突和矛盾。

磨合需要时间。随着项目的深入，理解取代了误解，意见演变为共识。粤港澳三地信任感提高，随后的合作越来越紧密，越来越顺畅。

风物长宜放眼量。

从进入港珠澳大桥前期工作协调小组办公室工作的第一天起，余烈便开始用工作日记的方式，记录下整个"超级工程"的建设过程。几十本沉甸甸的工作日记，写满了无悔、执着和坚信，凝聚了对大桥的深沉之爱……

初期的举步维艰，大大超出了所有人之前的预料。由于港珠澳大桥是中央政府主导、粤港澳三地政府首次合作共建的重大基础设施，每一个问题都要粤港澳三方政府取得一致意见才能向前推进。

开始，团队都没有意识到这个项目的协调会这么复杂。尤其是香港方面，他们甚至乐观地认为当年就能把工程可行性研究报告做好上报，2005年就能批下来。

然而实际的情况是，许多专题研究没法完成，在一些重大问题上各方意见难以达成一致，问题复杂，协调事项多，专题研究越做越多，整个前期研究协调过程用了整整5年。

《港珠澳大桥可行性研究报告》如同港珠澳大桥的"准生证"，必须得到国务院批复，工程才得以立项。最先进行的工作是着手工程可行性研究报告编制及先期的专题研究。

港珠澳大桥管理局总工程师苏权科告诉我："最早是19个专题，测风、测浪、测洋流，还有地质勘探等方方面面的前期筹备工作。"

"当时的工程技术人员有多少？"

"真正做技术的只有8人。"

"一个人要同时跟进多个专题进度？"

"是的，工作量相当庞大。"

"我所了解的怎么是25个课题？"

"后来又陆续增加了6个专题。"苏权科说，"随着跨界、跨海项目的不断推进，新问题不断涌现，各个专题之间相互影响、相互制约，需要挨个进行协调，有些专题反复比较论证，甚至一做就是好几年。"

由于工程规模宏大、建设条件复杂，加上三地不同的司法体制，许多重大决策问题也如潮水般涌来，旧问题未解决，新问题接踵而至——桥梁通航净空尺度、口岸设置模式、项目防洪评价、海域使用与环境评价、白海豚保护、投融资方案……

为了解决这些问题，前期论证和研究的课题也越来越多，整个过程可以说是艰难困苦甚至是一波三折。大桥桥位、登陆点、桥岛隧、中华白海豚保护等多项重大决策……尽管大桥前期协调取得重大进展，但部分事关跨境合作事项需要在现行法律制度上做出特别安排，这些功能超越协调小组的工作范围，以致后续工作相继遭遇瓶颈。

譬如，技术标准"就高不就低"如何实现？香港的标准是什么样子？澳门的标准是什么样子？三地的标准又怎样融合起来？

譬如，投融资的问题到底是做BOT还是BT？是做PPP还是政府全额投资？

譬如，大桥落点是"明珠/拱北"方案还是"北安/横琴"方案？口岸设置模式是"一地三检"还是"三地三检"？……

问题不断浮出来，有的问题几个月就解决了，有的问题却需要好几年。毕竟，这个项目有太多地方值得社会去关注，有关注水利的，有关注生态保护的，有关注政治的，有关注收费的。投资人关心投资能否收回，航运人会质疑这座桥对航道的影响……

港珠澳大桥工程从可研、立项、动工，没有一个权责清晰、高效有序的决策机制。一些问题的协调难度甚至让人沮丧，到后期，筹备工作近乎陷入"山重水复疑无路"的境地。这张"准生证"一度"难产"。

"心会跟爱一起走，说好不分手……"我想起那首耳熟能详的老歌，歌声虽然舒缓、婉转，似泉水在心里潺潺流过，但这样美妙的歌词植入港珠澳大桥管理局前期协调的那些日子，却是别有一番滋味在心头。

在口岸设置和查验模式的协调中，三方曾一度达成共识的"一地三检"方案仅仅过了4个月就被迫搁浅。

由于三地不同的政体带来的利益诉求不同，各方担心口岸管理安全与三地司法管辖冲突，加上涉及中央事权，口岸设置议而不决。

僵持长达两年。

机制带来的难题还使得项目运行步履维艰。

当时水利部要做一个水土保持的课题，合同金额仅有30多万元，请研究单位来做，合同谈好了，工作内容谈好了，报给三方请他们签署，这么反反复复大概来回了4次，整个过程花了9个月的时间。

就一个30多万元的合同啊！

一旦工程建设全面展开，3亿、30亿元怎么办？

其间，外界频繁传来项目搁置的消息，"前期办"也逐渐出现人心动荡。江晓霞坦言："我们当时甚至不清楚这个项目是否最终能成。"

余烈的日记有这样一段记录："虽然中途有人离职，但工程技术人员一个都没走，最迷茫的时候朱永灵主任劝大家走，但自己依然坚守。他还在，我们就不放弃……这段低迷期，大家都没闲着，广泛调研收集国内外相关资料，'走出去'同时，又'请进来'，请许多研究机构和专家来办公室交流探讨，很多人在这个阶段还选择'充电'提升业务水平。"

江晓霞的博士学位就是在这个时期"充电"到手的，她说："几乎没人打电话给我，之前手机落在同事车上一整天也浑然不知。"

如何协调、平衡"一国两制"下三地政府合作的法律问题和利益诉求？尽管前期协调之路还算不上历经踬踣，但其啜饮的心酸却如人饮水，冷暖自知，可谓酸甜苦辣尽在其中。

口岸设置模式这件事情不"开绿灯"，其他的事情全部无效。这样事情就成了关键的关键。

古人说："天下事有难易乎？为之，则难者亦易矣；不为，则易者亦难矣。"2006年12月，在国家发改委基础产业司王庆云司长提议下，国务院批准成立由国家发改委牵头的"港珠澳大桥专责小组"。专责小组有6位成员，包括了国家发改委、交通部、国务院港澳办等部门的领导，通过不同政治制度下的公权力配置来协调解决粤港澳三地政府间的决策事项争端。

国家层面"对症下药"，很多问题开始迎刃而解。

不断磨合，不断地弥合间隙，粤港澳三方最终就"三地三检"方案达成共识。其他跨境合作的决策难题也相继在中央和三地政府"二级协调"下，得以加速推进，口岸通关模式、大桥投融资等最棘手问题相继解决。

2008年12月31日中午。北京。

这天，京城朔风凛冽，天空却被蒸发得湛蓝湛蓝，气温最低降至零下6摄氏度。

余烈和苏毅、中交公规院刘晓东副总工兴致勃勃地走出首都国际机场，嗖嗖的彻骨寒风迎面吹来，从珠海到北京，温差竟然是天壤之别。尽管天气寒冷，却难掩他们内心的炽热。

这次到北京，他们是执行一项具有特别意义的公务——向国家有关部门报送《港珠澳大桥工程可行性研究报告》。

余烈回忆说，2008年的最后一天，是他几年前期协调工作中里最为激动的一天。整个下午，他们三人马不停蹄地奔走于国家发改委、国务院港澳办、交通部和中国国际工程咨询公司。当他们返回广州白云国际机场时，已是晚上10点，车在机场高速上行驶，夜色如水墨般在周边洇润。

从北京回来后，大家怀着忐忑的心情一起等消息，等北京传来的消息，那种焦躁、忧虑、愁闷冲撞着每一个貌似强大的内心。尽管前期协调工作进度曾停滞不前，但准备工作从未停歇，咨询、调研、勘探等各项筹备工作朝着既定的目标轮轴转。

2009年3月12日上午。

北京乍暖还寒，两会闭幕，时任中华人民共和国国务院总理温家宝正在举行答记者问。而千里之外的珠海下起淅淅春雨，拱北湾畔潮湿的海风吹拂，伶仃洋上烟雨蒙蒙，酒店里沉浸在融融的暖春中。

此时，港珠澳大桥前期工作协调小组办公室正在酒店会议厅举行港珠澳大桥项目勘察设计启动会。

"笃笃、笃笃……"余烈的手机传来一阵急促的电话振音。他低头一看，是刘扬的电话。

"我在开会，有事请发短信。"余烈压低声音，轻轻挂断电话。

刘扬是香港《文汇报》记者，一直在跟踪报道港珠澳大桥的进度，此刻，她就在北京人民大会堂里的温家宝总理答记者会现场。

不一会，短信过来："温家宝总理刚刚在答记者会上宣布：港珠澳大桥融资问题已经解决，年内一定开工！"

这突如其来的消息让余烈内心一阵惊喜，他立即将短信转发给正在主持会议的苏权科。

苏权科总工心领神会，他临时改变原有议程，侧过身子对前来参加启动仪式的省发改委副主任王亚明一阵耳语后，说："王主任，请您来宣布这个消息？"

"好！"王亚明副主任拿起苏权科的手机，一字一板地大声宣读："温家宝总理刚刚在答记者会上宣布：港珠澳大桥融资问题已经解决，年内一定开工！"

雷鸣般的掌声骤然响起。

会议现场群情激昂，大家高兴坏了，几年为施工打下的坚实的管理和技术支持基础终于有了回报……他们欣喜于前期的摸索、筹备工作总算没有白费，久违的欢笑又回荡在办公室里。

"你们准备好了吗？"当天，朱永灵抑制着内心那份欣喜只弱弱地问了团队一句话。

"时刻准备着。"队员们响亮地回答。

"好。"言简意赅，就一个字。

也是从2009年3月12日那一天下午开始，朱永灵沉寂良久的手机响个不停，此前无人问津和现在热线爆棚的反差着实把他吓了一跳，他开玩笑说："应该接一个转接台，项目咨询请按1，进度查询请按2，找我吃饭请按0，*号键为您转接人工服务。"

"一切都不一样了。"苏权科轻描淡写地告诉我。

随着大桥初步设计、技术设计及施工图设计、工程招投标逐步展开，项目进入高速运转阶段。3月，办公室成立了驻珠海现场指挥部。8月，港珠澳大桥前期工作协调小组办公室整体移师珠海，开始紧锣密鼓地筹划开工仪式。10月28日，国务院批准了《港珠澳大桥工程可行性研究报告》。12月15日，港珠澳大桥之战在珠澳口岸人工岛打响第一枪……

天道酬勤。6年多的殚精竭虑，开工那一刻，不少员工百感交集，流下激动的泪。

2010年9月27日，港珠澳大桥管理局挂牌成立。

这是粤港澳三地政府共同为港珠澳大桥量身打造的首个事业法人机构。局长为朱永灵，副局长为广东方余烈、香港方林雨舟、澳门方列伟。总工程师为苏权科，行政总监为韦东庆。与此同时，三地联合工作委员会办公室成立，省发改委交通处调研员苏建梅担任办公室主任。至此，一个由中央专责小组、三地联合工作委员会、项目法人组合而成的"三级架构二级协调"决策模式机制被首次引用到港珠澳大桥跨境工程建设。

"军号已吹响，钢枪已擦亮，行装已背好，部队要出发……"一大批来自全国各地的精英逐梦而来：工程管理部部长李江，测量控制专家熊金海，HSE管理专家曹汉江，科研管理专家柴瑞，桥梁专家谢红兵，副总工方明山，副总工刘吉柱，优秀项目经理张世军，博士景强，交通机电专家刘谨、孔雷军和郑向前，海上安全管理专家戴希红，钢结构专家钱叶祥，沉管隧道专家陈越，地质专家谢明，博士后专家方磊，水工与桥梁专家杨卫国，工程建设与管理专家吴泽生，造价管理专家曾雪芳，招投标管理专家戴建标，档案管理专家丘文惠，交通法律专家刘刚，工程财务专家蔡晓波、李强和宋樱，桥梁设计专家张顺善，桥面工程专家朱定，工程品质保证专家吴清发、鲁华英，优秀建筑设计师欧阳琼，桥梁工程施工管理优秀项目经理杨斌财和谭少华，沉管隧道工程博士苏宗贤，道路工程博士李志。此外，项目策划达人曾宪洲、名记大手笔刘扬等各方人才赶来汇集……

一时间，管理局博士后、博士、硕士潮涌，个个激情澎湃，争先恐后捋起袖子要为港珠澳大桥贡献……

"桥战"一开打，在港珠澳大桥主体工程这个主战场上，三大战区十大战役全面展开——

第一战区：岛隧工程。包括东西人工岛工程、基础处理、管节制造、浮运沉放和最终接头五大战役。

第二战区：桥梁工程。包括基础工程、墩台制造、钢结构制造、架设安装四大战役。

第三战区：桥面铺装。

天下难事，必作于易；天下大事，必作于细。管理局要协调工程建设界面上近200家顶尖的科研设计、施工单位，这些对象全是在国际国内市场摸爬滚打、身经百战、经验丰富的业内高手。

港珠澳大桥是名副其实的超级工程，项目涉及的利益相关者数不胜数，而人们所不知道的是，这项工程背后的巨量协调工作，也堪称"超级"——

CB02标运梁顺序与CB04标的吊梁计划前后工序衔接不畅，运到桥位的L20-2钢箱梁在海上漂了整整43天，导致停工窝工。

东、西人工岛设计变更、界面衔接和分包合同签订以及各施工现场无处不在的冲突化解。

E20、E21管节的碎石基床整平船多次出现故障，导致作业窗口一改再改，封航时间不断调整，造成不好的社会影响。

岛隧工程管内图纸不稳定，交通工程的设计经常"翻烧饼"……

"协调"两个字好辛苦。

2017年11月2日，在深中通道项目部，港珠澳大桥管理局工程部原副部长钟辉虹博士对我"有话说"。

"毫不夸张，我想我应该是世界沉管浮运安装第一人了！"他招呼我落座，沏茶，然后自己点上一支烟问"作家你抽不"。

我摆摆手，心想采访这么多大桥人还没有这种开场白的。

"何以见得？"我问。

"我全程参与了港珠澳大桥33节沉管的浮运安装。"

"全程参与沉管浮运安装的人多了。"

"不，之前我在广州市政时就已在珠江安装过4节沉管隧道，我总数是37节。"他乐得哈哈一笑，"再说，我现又到深中通道做沉管浮运安装……未来的一段时间，我将保持着这个世界纪录。"

采访钟博士比较轻松，他性格耿直，思维敏捷，逻辑性强，谈起港珠澳大桥岛隧工程背后的那些人和事率直得像竹筒倒豆子，我连发问的机会都没有。

他说，在工期和质量发生矛盾，在安全和成本发生冲突时，自己作为业主代表，协调和统筹整个现场要有原则和底线，因为，我们有着120年的庄重承诺！

他给我讲起2013年5月6日至9日，第一节沉管浮运安装96个小时不为人知的幕后故事——

"96个小时怎么来的？"我有点迫不及待。

"你莫急，你听我讲。"钟辉虹说，当时是在外海作业，自己虽然在广州做过沉管，但也只是在内河做，首节沉管有112米长，体量又太大，大家都没有安装经验，摸着石头过河，所以这场背水之战"整整熬了四天四夜"。

由于是首节亮相，全球瞩目。媒体、网络等各路记者集聚珠海翘首以待，"海底初吻""深海对接第一难""天宫与天舟对接大洋版"等标题早早充斥海内外主流媒体版面……

谁都知道，桥贯三地，技术关注仅是一个因素，政治的意涵更为浓厚，"只许成功，不容失败"的社会期盼无论对港珠澳大桥管理局抑或是施工方都是前所未有的考验。

在北京，交通部副部长冯正霖一直在紧密关注伶仃洋上的"首场海战"，焦灼地等待着沉管对接的消息。他非常清楚，首战的成与败，关乎大桥建设的信心提振。

第一次沉放：误差13厘米。

抽水。

注水。

第二次再沉放：误差11厘米。

两个回合的沉放，时间已耗去57个小时。

按照技术标准要求，沉管对接的误差在5厘米左右，11厘米的偏差显然与初衷相去甚远。

此时，已经鏖战三天两夜的施工船上，璀璨的灯火倒影在伶仃洋面，波光粼粼，显得异常诡异，刚刚还人声鼎沸的施工现场突然静谧得让人窒息，全体参战人员已超过48小时没有睡觉，个个头昏脑涨，困得不行，他们或坐着，或靠着，或蹲着，或搀扶着……人疲马乏进入了心理和生理机能的极限。

还要不要放第三次？

施工方明确表态："不要再放第三次了，行了，对接结果到这样很不错了。"

"这个结果我不接受。"钟辉虹说，"我代表业主不会买这样的东西，我不会签字，我不满意。"

"那你不满意怎么办？"

钟辉虹说："再放一次，我们也是有预案的，我的意见是再试一次，改变我们的沉放方式。"

"现在的操作工都极度疲惫，安全不受控，人命关天，万一发生误操作怎么办？出了伤亡事故谁负责？"

会议气氛陡然开始紧张。

钟辉虹急忙给站在对面岛头管节旁的朱永灵局长打电话报告。虽然近在咫尺，但一个在岛头一个在船上，也就隔着10多米远的距离。

此时的朱永灵也是着急啊！按照预定的时间，安装首节沉管大约是20个小时，现在50多个小时过去了，远在北京的冯正霖副部长已经来了两次电话表示关切。

听了钟辉虹的汇报，朱永灵在电话里问："那你的意见怎样？我们顾问的意见好像也是说不搞第三次了，以后再想办法处理。"

钟辉虹急了："我说朱局长，以后不会有办法处理了，如果这样，这个工程将是一个失败的工程。"

"那这样吧！我们也到船上来开个会，协调一下。"

在沉放船狭小的指挥室里，施工、业主、设计、监理四方会议召开，20多个与会人员挤在逼仄的空间里激烈讨论要不要沉放第三次。

施工方首先把安装情况和对接状态做了汇报，最后还是那句话："不搞了，就这样行了，再搞风险不可预想，很大。"

"后期采取措施也是可行的。"设计方也附和着说。

"我觉得……"

"我先说，你后面说。"钟辉虹急不可耐打断监理的发言，"我不同意这个结果，以后没有措施能解决。"

"这个偏差确实较大，技术要求是正负5厘米，现超过10厘米是不可接受的，要重来。"监理方也表了态。

施工方依然坚持己见："人员极度困乏，责任重大，要重来你们重来。"

一直保持沉默的朱永灵开口了，他说："我们业主与承包人是命运共同体，责任我们可以共同承担。"他停顿了一下，说："要不干脆大家都撤到岛上去，睡个24小时，大家头脑清醒了我们再来放第三次。如果，我说的是如果，第三次结果还是一样的高差，我们接受。"

"要放你们放，我们不指挥了，你钟博士指挥。"施工方其中一位负责人将对讲机重重往桌子上一搁，拂袖而去。

"好，你钟辉虹指挥。"朱永灵果断拍板。

钟辉虹毫不迟疑就拿起对讲机。就这样，他和设计负责人陈鸿一道，按照操作原理和流程指挥沉放船上的操作工将沉管排水上浮、注水下沉、抬高管尾……

"这一次，沉放方式改变后，对接的误差达到了5厘米。"说到这里，钟辉虹从茶几上又拿起一支烟，朝我咧嘴笑笑，"我的故事讲完了，至于你怎么写，那是你作家的事了。"

"我会处理。"我说，"你的烟瘾好像很大。"

"没办法，搞港珠澳大桥把烟瘾整大的，说老实话，我是把脑袋拴在裤腰上……"

谈起协调难，局长朱永灵深有感触："越是困难的时候，越要敢担当，还要有能力担当，我们要负起历史责任。"

"命运共体，风险共担，风雨同舟"。面对参与方众多，利益化多元，合作和博弈相互交织，矛盾和问题丛生频发的超级工程，类似难度的项目协调和管理举不胜举，但港珠澳大桥管理局都与承包方在识大体顾大局的默契中一一化解。

如138#钢塔翻身。当时，大体量的非对称结构钢塔翻身全世界都没人干过，港珠澳大桥管理局通过大量的调研分析，认为以武船的技术结合山桥的设备可承担这"天下第一翻"的重任。他们分别找到武船和山桥的领导协调，这两家央企大局意识很强，一听二话没说，不到一个月就拿出了翻身方案，并在伶仃洋上完成堪比国际跳水动作难度系数3.5的"惊天一翻"。

再如暂停采砂作业。2015年大年初六，E15管节二次浮运抵达基槽位置时遭遇意想不到的边坡滑塌，在不得不再次返航时，所有参建人员眼睁睁看着几个月的全情付出瞬间付之东流，情绪沮丧到了极点，有的人号啕痛哭。经查实，罪魁祸首竟是上游过度采砂导致。

在省政府的支持下，港珠澳大桥管理局立即召集会议协调上游7个采砂点暂停采砂作业，3天时间全部采砂企业撤离了采砂作业区，没有提任何要求，没有谈任何补偿。

港珠澳大桥管理局也有做"黑脸包公"的时候——

206#钢塔上塔柱坠海打捞后检测不符合设计要求，承包人被要求重新制作新钢塔。

E10管节对接偏差超出设计允许偏差，港珠澳大桥管理局下达停工令，并书面要求施工方评估偏差对结构安全、水密性、耐久性以及隧道线形、内装的影响程度。

涂料供应商擅自更换产品被严厉整改并通报批评……

朱永灵笑言："随着工程的推进，业主和承包人蜜月期结束后，大家都得实实在在过日子，磕磕绊绊在所难免。"

在港珠澳大桥项目管理上，不凡智者、勇者、强者，他们深邃的思想总是透着一股与生俱来的睿智和坚毅，其项目技术和管理创新的咄咄气势，注定要被同行业所瞩目。

设计施工总承包模式，被桥梁建筑界誉为"21世纪大型复杂工程项目管理的新模式"。这种以"施工驱动设计，设计施工联动"的模式从构思到确定，整整花了两年时间。而选择这一模式的朱永灵局长和完成港珠澳大桥控制性沉管隧道工程的林鸣总经理，就是这一战役中带兵打仗的领军人物。

港珠澳大桥的设计施工总承包模式成就了中交集团，成就了岛隧工程，更成就了港珠澳大桥，这是一个多赢的成功案例。

"为什么要实行总承包？"在陆羽茶馆喝茶，我再次向余烈和苏权科提起这个问题。

"港珠澳大桥工程系统复杂，设备种类繁多、管线布设密集，且涉及粤港澳三地不同的标准及管理需求。采用系统集成，使系统的各个资源要素能够有机联系与合理地结合，有利于共同承担工程风险。"苏权科回答。

"总承包为什么只限于岛隧部分，主桥部分却不在其列？"

余烈补充道："那是因为8年前中国沉管隧道在世界上的地位还不至于像今天这样，在设计、建造和装备等方面都面临着前所未有的挑战。"

"有利于发挥承包方的技术优势？"

"是的，对建设者而言，在建设环境如此复杂的外海建设沉管隧道，几乎是一个未知的领域。如果不整合中国乃至全世界最好的设计和施工资源，岛隧工程难题是很难攻克的。"苏权科总工告诉我，国际上与港珠澳大桥岛隧工程相类似的几个项目，包括美国切萨皮克大桥、丹麦至瑞典的厄勒海峡通道、韩国釜山巨济通道，其规模和建设难度都不及港珠澳大桥岛隧工程，项目管理没有可比性。

总承包模式将承包方的设计和施工潜能发挥到极致，互为联动，有效减少管理的界面。这种设计依据工程实际，与施工相互促进推动的管理理念，将被写进各大专院校新版的工程类教科书。

事实证明，岛隧工程采用设计施工总承包模式是一个正确的决策，也是未来大型或超大型工程管理的一个方向。

"多少事，从来急；天地转，光阴迫。一万年太久，只争朝夕。"被历史机遇垂青的港珠澳大桥管理局团队表现出前所未有的活力和魄力，被誉为凝聚港珠澳大桥工程建设的"中枢"。

"四大建设理念"被外界和传媒津津乐道——

一是"全寿命周期规划，需求引导设计，设计施工联动"的设计理念。

二是"大型化、工厂化、标准化、装配化"的施工理念。

三是"立足自主创新，整合全球优势资源"的合作理念。

四是"绿色环保、可持续发展"的环保理念。

几年的实践，港珠澳大桥管理局建设理念在规划与设计、组织与实施、考核与检验等多个层面都得到验证。其科技创新管理在技术理论、标准指南（规程）、工艺工法、施工装备、产品制造、试验研究和项目管理等大面积收获创新成果：工可阶段完成科研51项，初步设计和深化研究阶段完成33项。项目实施阶段后，在科技部和交通运输部支持和领导下，又开展了以国家科技支撑计划项目为主的120余项课题研究。

项目来源于工程，研究依托于工程，成果应用于工程。这不是一句空话——

港珠澳大桥桥梁工程是在全球范围内第一次大规模地使用钢箱梁，仅上部结构的用钢量就达到42.5万吨。

在钢梁方案最终决策落地前，交通部冯正霖副部长曾向港珠澳大桥管理局朱永灵局长抛出两个问题：

"钢结构的疲劳问题怎么解决？"

"钢桥面的铺装质量怎么保证？"

冯正霖叮嘱：如果这两个问题没有解决，钢结构在中国桥梁的推广可能会受到很大的影响和制约。

《礼记·中庸》有云："博学之，审问之，慎思之，明辨之，笃行之。"港珠澳大桥管理局的工程师们崇尚理学"之"大成，为此日思夜想。

此前，国内的钢箱梁几乎都是在40年前的厂房利用20年前的装备生产出来的，港珠澳大桥要在3年时间内将42.5万吨钢箱梁置于这样的环境中生产出120年寿命的钢箱梁那是"连想都不敢想"。

很显然，使用传统的板单元人工焊接或半自动化焊接的方法，是绝对行不通了，一来无法保证工期，二来难以进行细致的质量监督。

另类思维决定另类出路。

受汽车生产行业的启发，时任港珠澳大桥管理局技术主管的张劲文萌发了"在工厂中像生产汽车零件一样生产钢箱梁板单元"的想法。

"这是一个什么样的概念？"我问道。

"就是用流水线的作业方式，在工厂车间里自动化生产钢箱梁板单元，使钢箱梁板单元的生产制造达到机械化、自动化、信息化，从而达到港珠澳大桥工程高质量、高稳定性的要求，同时也能保证大桥的施工工期。"张劲文回答。

2011年5月12日。广东中山市。

当天上午，国内众多顶级钢箱梁制造大咖云集中山，钢结构技术研讨会其实就是一场决策会的前奏。

正是在这次会上，港珠澳大桥管理局工程技术人员向与会专家提出一个问题：钢箱梁的板单元能不能像汽车零件一样在流水线上生产？

"不可能。"尽管问题显得有些突兀，但他们回答得很干脆，有人甚至认为这是天方夜谭。

"为什么不可能？"专家们面面相觑，之后是鸦雀无声的沉默。下午，朱永灵局长听取港珠澳大桥管理局技术团队的汇报后，确立了钢箱梁板单元流水线生产的思路。

7月，港珠澳大桥管理局派遣一个小组前往日本调研考察钢结构制造。日本是钢结构制造的强国，但考察小组的工程师们发现，日本的钢箱梁在板单元制造上主要采用"机器人＋人工"生产方式，即部分工序采用机器人焊接，部分工序采用人工焊接，总体上并没有实现钢箱梁的流水线制造。

从日本回来，考察小组心中有了底气：中国钢箱梁的制造水准完全有可能通过生产方式的变革，以后发优势让日本望尘莫及。

2012年，港珠澳大桥CB01标和CB02标先后在秦皇岛和武汉建立了两个大型的钢箱梁板单元自动化生产基地，从工厂流水线上机械化生产出来的板单元质量优良、效率极高，达到国际领先水平，成为港珠澳大桥建设中的一大创新。业界普遍认为，港珠澳大桥管理局提出的"工厂化、机械化、智能化、信息化"钢箱梁板单元全自动生产线理念，推动了钢箱梁制造行业的创新、变革和进步。

粤港澳三地合作建设主体工程，其项目管理，面对的是上百家施工单位，他们的设计方案、运营管理方案，以及他们的交通工程管理方案是不是最优、最合理、最先进？

全球还没有一个解决的范例。

这硕大的问号摆在了港珠澳大桥管理局的面前。

与《港珠澳大桥可行性研究报告》同步进行的，是港珠澳大桥建设管理整体规划，这是一项"谱画大桥管理蓝图"的工作。

要建成一座怎样的港珠澳大桥？

世界一流？

世界顶级？

这些具有"跨越性"意义的词语和诘问成为港珠澳大桥建设的初步设想并一步步挑战项目管理者的智商。

正如拿破仑·希尔所说："有了设想，内心的力量就会找到方向。"

"作为120年工程，社会关注点很多，我们必须做世界一流的工程，无论是技术还是其他，我们必须做到极致。"局长朱永灵胸有成竹地对我说。

港珠澳大桥管理局把模糊的设想变得更加清晰，提纲挈领地提出了港珠澳大桥的宏大愿景：为"一国两制三地"的伶仃洋海域建设一座融合经济、文化、心理之桥梁，使得香港、广东、澳门成为世界级的区域中心。

目标：建设世界级跨海通道，为用户提供优质服务，成为地标性建筑。

思路：目标驱动＋需求引导。

　　围绕目标和思路，港珠澳大桥开工前，港珠澳大桥管理局在均衡考虑国际工程背景和中国具体国情后，以此"需求"为引导，初步形成了"建设目标－项目管理规划－管理制度＋专用标准"的金字塔形建设管理框架。

　　反复思忖，于是，两份重要法律文件《三地政府协议》《港珠澳大桥管理局章程》出台。2008年加入大桥局的刘刚律师是港珠澳大桥管理局的法律工作者，据他回忆，从起草到签署，这两份法律文件分别耗时16个月和20个月。从此，港珠澳大桥的建设和管理，港珠澳大桥管理局的运作都有了"基本法"。三地政府与港珠澳大桥管理局之间的权限划分、议事规则和争议解决以及工程招标、合同、现场协调与控制、资源获取和配置等要素，得到规范。之后，三份重要文件历经多年思虑、几易其稿后最终定型：《港珠澳大桥项目管理规划大纲》规定了项目以何种方式进行，《港珠澳大桥主体工程项目管理制度》规定了按何种制度流程管理主体工程，《港珠澳大桥主体工程专用标准》则囊括了设计标准、施工标准、验评标准、营运维护标准。

　　全球视野、跨域借鉴、超前谋划。港珠澳大桥管理局局长助理、计划合同部部长高星林告诉我，管理局高度重视项目管理的顶层设计，构建了高效的招标及合同管理体系，创造性地预见并推动开展外海施工定额的科研工作，解决大桥项目计价依据的同时，填补了行业空白……

　　道胜和夫在《京都陶瓷》里说："成功从追求完美的每一件开始。"港珠澳大桥管理局不敢说最完美，但他们在努力做一件完美的事：质量。

　　质量是硬指标，是核心管理目标。

　　管理局秉承"世纪工程、质量第一"的宗旨，在大桥建设初期就成立了质量管理委员会，发布了《质量管理体系文件》（含总则、方针、目标、纲要、流程、重点、措施和19个质量管理制度）。在实行"政府监督、法人管理、社会监理、企业自检"的质量保证体系基础上，以现代工程管理为抓手，以"四三二一"——"四化（大型化、标准化、工厂化、装配化）、三集中（钢筋集中加工、混凝土-混合料集中拌制、构件集中预制）、两准入（材料准入、混凝土认证准入）、首件制"为理念脉络，建立起全面、全过程、全员参与的项目质量管理体系，并推行"双标管理"（标杆、标准化），岛隧工程推行"6S"管理。管理局在合同中引入激励条款，每季度对承包人进行信誉评价考核。

　　我不禁肃然起敬：桥的概念在这里被全新演绎，别有洞天。我内心既充满敬佩，又深为触动。

　　俗话说"十年磨一剑"，管理局一磨14年，其娴熟的"磨剑术"在于大处着眼——

据港珠澳大桥管理局香港方副局长李竞伟介绍，本着三方确定的技术标准"就高不就低"的原则，将三地相关技术标准与规范系统研究融合，形成了一套为港珠澳大桥量身定制的设计、施工、质量验收、营运维护等标准和指引，制定了一整套系统实用的技术标准。这套标准遵循以国内现行标准为基础，适当吸纳港澳及国际标准的编制原则，经过编制、审查、发布、试行、修编、评审、颁布等流程正式出台。

迄今，港珠澳大桥专用技术标准体系已编制标准57本，其中执行标准44本，指导性标准13本，涵盖综合、桥梁、岛隧、交通工程等各领域，具有内容系统、基础坚实、技术先进的特点，迄今已成为今后我国公路和桥梁技术行业的标准，集中反映了我国最新的桥隧建设技术和水平。

激情依然，壮心依旧。

刚到任不久的港珠澳大桥管理局澳门方副局长吴洪告诉我：大桥连接三地，社会公众将在同一座桥上直接感受内地和香港、澳门的营运服务水平，接下来的大桥营运筹备工作也已同步展开，制定的《营运养护模式及筹建工作方案》已获得三地委的正式批准……

"桥，得其妙处，欢乐不尽。"让外界津津乐道的还有"超级工程"背后的精神与文化。

港珠澳大桥管理局党委副书记、行政总监韦东庆说："港珠澳大桥从梦想到现实，从空想到科学，凝聚了项目参与者的智慧、坚定的信念和闪光的人格魅力。"他说，"经过6年的前期工作和8年的建设过程，作为港珠澳大桥管理者和建设者，大桥人乐观自信而又坚定从容，已经形成了自己独特的文化，并塑造了'客观科学，不负众望，实事求是，敢于担当，宠辱不惊，奉献至上，理性沟通，合作共享'的港珠澳大桥精神。"

他说，港珠澳大桥文化基因里至少包含了三个特点：一是敢为天下先，建设理念、建设模式敢于创新，工程技术、工艺工法敢于突破；二是廉洁透明，每一个决策都必须摆到台面上，决策的过程和结果必须清晰、公开透明；三是责任感、使命感。

"俱往矣，数风流人物，还看今朝。"正是在这种精神与文化的浸淫之下，港珠澳大桥走出了全国优秀共产党员，走出了全国劳动模范，走出了大国工匠……

第二十章　同一个梦想

巴尔扎克有一句名言："胜利和眼泪，这就是人生。"

2016年5月，林鸣被授予"全国劳动模范"荣誉称号。领到劳模奖章后，林鸣含泪把它挂在了港珠澳大桥的模型上，他说："这座大桥上的建设者们都是劳模，我们是一支铁打的团队，这枚奖章属于每一个团队的每一个大桥人……"

"四十年搏击江河瀚海，一辈子逐梦天堑通衢。"这就是林鸣职业生涯的真实写照。

从2010年担任港珠澳大桥岛隧工程的总工程师、项目总经理以来，林鸣和他的团队在这个超级工程上已干满整整8年！

林鸣安然坐在办公室接受我的采访。在他办公桌背后的墙上，"平安是福"四个字潇洒自然，飘逸飞扬。他告诉我，心随桥行，缘随桥走，8年来以此为座右铭，岛隧工程几经坎坷，依然安好。

在岛隧工程的冲刺时刻，他迎来了自己的花甲之年。

"我已经到点了。"身材瘦削、头发花白的林鸣与我面对面。他的清瘦与硬朗并非与生俱来，8年光阴磨砺和栉风沐雨，让林鸣的身体消瘦了数十斤，白发一日多似一日。

我想，唯有现在，林鸣才能沉下心来把过去这8年的经历讲得如此举重若轻。

他给我谈起他的"逐梦"经历："做工程师好多年，做过好多梦。当年我住在武汉，武汉正在建设二桥，我坐在车上从一桥上经过，看着二桥心里就想，人生能在长江上建一座桥就没有遗憾了。后来武汉三桥就是我建的，圆梦了。后来我有一次去日本看到一幅东京湾横断公路图，那里面有一个离岸岛。当时我就想，将来我有机会建一个这样的岛就完美了，没想到在港珠澳这个工程上实现了。"

30多年前，林鸣曾在珠海修建了职业生涯第一座桥梁——淇澳大桥。30年后，他在这里迎接了职业生涯中最后也是最大的挑战！

"说老实话，接手这个工程后，我是没有一天不后悔的，那时的状况是有点骑虎难下。"林鸣说到兴头上，把身子往后挪了挪，"既然揽下了这档子事，开弓没有回头箭，只能是往前冲！国家把一个世纪工程托付给我们，我们必须职尽其责。港珠澳大桥这样一个全世界瞩目的超级工程，是展示中国国家实力的超级舞台，我有幸成为主要演员，没有理由不把这场戏演好。"

2013年年底，在岛隧工程项目筹备E8节沉管安装的关键时期，林鸣因劳累过度导致鼻腔大量喷血。为了止住血，他在4天内进行了两次全麻手术。病床上，林鸣醒来说的第一句话就是："沉管安装准备工作进行得怎样了？"

在手术后的第7天，他披着毛毯离开医院，沉管昼夜连续施工的全过程中，他始终在安装船上指挥、决策。与以往不同的是，这次安装船上多了一位穿白大褂的"随船医生"。经历了近30个小时，沉管安装成功。林鸣只说了一句话："还好没有耽误项目建设。"

桥的价值在于承载，而人的价值在于担当。

作为挑战世界工程技术难题的领军人物，林鸣和他的团队以无畏的勇气、献身的精神，解决了多个世界级难题，技术创新有60多项，获得发明专利400多项，填补了一个又一个空白，创造了多个世界第一，从一个侧面佐证了他曾经的复杂心路历程。

我问他：据我了解，港珠澳大桥岛隧工程有许多第一，譬如，外海大型深水沉管隧道施工在中国是第一，大型钢圆筒成岛施工在世界是第一，8万吨混凝土预制构件工厂法施工是第一……你如何看待这些"第一"？

林答：我们现在都不把它当作一回事了。（笑）这不是谦虚，是要理性，不要认为多少项对你有多重要，不能为了几个"第一"飘飘然。

林鸣是我国著名的桥梁专家，中国最杰出的项目经理人，但谁都不会相信，在接手港珠澳大桥工程前，对隧道工程从未涉足过的他，竟然是一只菜鸟。

林鸣一直崇尚工匠精神、铁人精神和科学家精神。"工匠精神就是追求卓越，铁人精神是拼搏精神，科学家精神就是永无止境的探索。"他说，"别人以为修隧道是照本宣科，其实到动工后，才发现好多设计必须推倒重来。许多创新来自我们对蛛丝马迹的洞察，整个工程到最后几乎都是边勘查，边研究，边设计，边制造装备，边施工，几条线同时进行的。"

"沉管隧道1米不通，一切都是零！"

林鸣自嘲道，自己"落海"不要紧，还"连累"了几个本已"功德圆满"的桥梁专家。

他指的其中一个是刘晓东。刘晓东是一个有着近20年辉煌桥梁设计经历的工程师，先后参与或主持修建江阴长江大桥、厦门海沧大桥、武汉军山大桥、深港西部通道……这已经是一份完美的人生履历，几乎每一项都足以让他功成名就。

林鸣接手港珠澳大桥的任务后，第一个想到的就是他。

得到"召集令"的刘晓东陷入了矛盾之中。虽然自己是桥梁专家，但做水下隧道工程，毕竟是个门外汉，而且一上手，就要面对一个世界上最长的、深埋海底沉管最大的隧道，万一失手，不是"自砸招牌"吗？

"到底要不要冒这个风险？"刘晓东坦言当时好难抉择。

"最后还得靠我'威逼利诱'，这家伙一直磨叽了半年才答应入伙。"林鸣在一旁打趣道。

其实，林鸣对这名得力干将充满了怜爱和敬佩："我们国家现在还没有做沉管隧道的人才，但总是需要人做的。他能来，其实体现了一种责任和担当。"

还有一名被他招至麾下的干将叫梁桁。林鸣只和他见面聊了十分钟，就敲定梁桁为班底成员。林鸣靠的是什么？靠的是他的人格魅力，靠他的执着和坚韧不拔的精神感召。

走进会议室接受采访，梁桁还穿着灰白色的工作服。我问他："工程快完工了，现在是一种什么样的感觉？"

"如释重负！"梁桁说他刚开始晚上都睡不着觉，压力一直很大，战战兢兢、如履薄冰。这是一个挑战，能参与这么大一个工程，作为工程师，本身就很值得庆幸，等到最后一节沉管安装完毕后才稍微放下心来。

我望着梁桁，发现他的眼眶满含着眼泪。

林鸣感叹，初始，团队在接触并考察世界一些成熟的海底工程后，不得不接受这样一个现实：中国的海底隧道技术，在外国专家眼里，还达不到小学生的水平。8年之后，中国不仅可以与西方强国同台竞技，甚至略胜一筹。试想，没有这样超强的团队，岛隧工程能在世界舞台上"一站到底"吗？

港珠澳大桥这段6.7公里海底隧道，林鸣从E1到E33每一节都标上了序号。在他的眼里，这些就像是他的每一个孩子。

"采访中同事都说你是'拼命三郎'？"

"没办法，我是个共产党员，我们这代人就认这个。"林鸣动情地说。听他一席话，《国际歌》的旋律仿佛又在我耳边沉响——

> 从来就没有什么救世主
>
> 也不靠神仙皇帝
>
> 要创造人类的幸福
>
> 全靠我们自己……

这是林鸣的精神坚守。他的忠诚，不止于言谈话语的表白，而是用一生去忠于自己所选择的崇高事业。

我问他，港珠澳大桥工程完工后，对下一个阶段有什么愿望？

"港珠澳大桥岛隧工程是我建筑生涯的尖端梦想。"他说，做工程就要追求这种梦想，如果让他再干一次会干得更好。

港珠澳大桥是成就建桥人的荣耀之巅。

毋庸置疑，时任中交公路规划设计院副院长的孟凡超领衔编织了这个梦想。作为国内顶尖的桥梁设计师，他在"继承与创新，尊重与挑战，当前和长远"之间游走，他常说的一句话是："只有最经典的时尚才是最成功、最持久的设计。"

中国地大物博，大自然为桥梁设计师们设下考场：南北长江相隔，东西汉水相分，西部崇山峻岭，中东部河网密布。孟凡超1982年8月毕业于重庆交大桥梁与隧道专业后被分配到中交公路规划设计院工作，他立志要走进考场并交出一份份最满意答卷。

作为"文革"后的首届大学生，与桥结缘36年。当他还是一个毛头小伙的时候，到湖北负责"亚洲第一沉井"施工，就创造了独特的工艺，实施了不可思议的穿岩水下爆破！ 孟凡超的名字与黄石长江公路大桥，南京长江二桥、三桥，杭州湾跨海大桥，青岛胶州湾大桥，舟山西堠门大桥，港珠澳大桥等国家重点工程项目镌刻在一起。

孟凡超被业内公认为"第一个吃螃蟹"的人，他的设计超凡脱俗又标新立异。杭州湾跨海大桥是当时世界最长的跨海公路大桥，为国家"十五"期间重点工程建设项目。孟凡超主持了该桥的方案设计及总体设计并入选2006年度中国"十大桥梁人物"。

而港珠澳大桥则是他碰到的最奇特的大桥：外海，跨境，超长，岛、隧、桥一体……甚至政治、经济、文化迥然不同。

从2004年初，孟凡超率领他的勘察设计团队进驻珠海，行走在协调与坚持之间，终于征服了这座史无前例的巅峰：完成一项横跨粤港澳三地，主线总长约55公里，集桥、岛、隧于一体的"超级工程"——港珠澳大桥的勘察设计工作，是港珠澳大桥"大型化、工厂化、标准化、装配化"这一创新设计建设理念的提出者之一。

"既然历史多情地选择了我们，我们就必须无愧地创造经典……"孟凡超常常这样自勉。

这个超级样本工程让西方为之震惊。

2014年底，孟凡超去美国弗吉尼亚州访问，向美国朋友介绍了港珠澳大桥，并邀请对方到中国来考察港珠澳大桥的建设。

"他们当时根本不相信。"孟凡超说。

来了之后，他们看了沉管、钢结构、钢箱梁、墩台结构，看了海上施工现场后，啧啧称奇："完全超乎想象！"

孟凡超清楚地记得，美国代表团参观完后发出了由衷的感慨："没想到你们中国人在远东还能干出这种惊天动地的事！"

"民族的，也是世界的。"孟凡超说，"在港珠澳大桥设计之初，我们就定下目标，港珠澳大桥的建设一定是要有飞跃式或跨越式的发展，一定是作为标志中国跨海大桥和通道建设迈向国际强国目标的一个超级工程。这么重要的一个工程，如果我们还在简单重复建设，那就对不起国家，对不起肩负的这份职责。"

他的满腹经纶，化作一道穿江过海的彩虹……

"回忆过去的点滴，我很感慨，感谢港珠澳大桥给了我一个不一样的人生。"港珠澳大桥管理局总工程师苏权科如是说。

苏权科曾任广东省交通科学研究所总工程师，参加了汕头海湾大桥、厦门海沧大桥、台山镇海湾大桥等重大工程建设，长期从事公路、桥梁工程的勘察设计、科研、技术管理等工作。作为港珠澳大桥科研团队的领导，由苏权科担纲的《港珠澳大桥跨海集群工程建设关键技术研究与示范》被列入国家科技支撑计划项目。

筹备6年，施工8年，他既要兼顾设计、基建、土木等各领域，带领技术团队解决技术难题，又要组织协调，听取各方面意见制定方案，还要给团队工程师加油打气，凝聚人心。苏权科先后组织开展了80余项专题研究工作。主要包括满足三地要求的港珠澳大桥技术标准体系、科研规划纲要、设计咨询管理办法、质量管理方案等，力主推行"需求引导设计""大型化、标准化、工厂化、装配化"等设计施工理念。

为了能够编制出适合的技术标准体系、科研规划纲要、设计咨询管理办法、质量管理方案，苏权科飞赴世界各地拜访世界级领军人物，观摩了上百座名桥；组织审查了几十万张图纸，反复论证修改了几百本设计施工方案。施工中，他敦促几十家同时施工的单位紧密配合，避免延误工期，并叮嘱团队工作人员严把质量关。

正如他在央视《开讲了》栏目说的一样：大桥建设的每一个细节都要保证质量，追求卓越和精益求精，把高品质融入骨子里。

为这座桥默默付出14年的苏权科，与家人聚少离多。直到深海隧道对接完成后，他才缓缓地吁了口气，赶周六回到宝鸡，给77岁的老母亲过生日。而周日下午1时30分，他又飞赴北京参加第一届世界交通运输大会。

每次坐飞机，苏权科总是喜欢选择靠窗的座位。他说，天气好的时候，可以从一侧的舷窗看到港珠澳大桥的样子：波光穿透桥面，优美的曲线由西向东蜿蜒，一段段桥面如游龙在海面上若隐若现。他心中充满了自豪感。

谭国顺是中国著名桥梁专家，2012年中国十大桥梁人物之一。在中国桥梁事业腾飞的历程上，他贡献了自己的汗水和智慧，融入并推动了中国的桥梁事业。他跟我侃侃而谈，聊起他深深的造桥情结——

2012年，谭国顺还差3个月就可以从中铁大桥局股份公司总经理任上退休，然而，他等来的不是退休通知，而是一纸调令：任港珠澳大桥桥梁工程CB05标项目经理。

中国文化，历来尊重老将，所谓"老骥伏枥，志在千里"。

谭国顺先后担任过包神铁路黄河大桥、东海大桥、杭州湾跨海大桥、青岛海湾大桥等知名工程的指挥长或项目经理职务。临近退休，却从总经理又当回项目经理，官越当越小了，掉了两级。这让很多人不解。而他却说，自己心里一直有一个造跨海大桥的梦想，决定竭尽全力，完成最后一个作品。

采访谭国顺那天，正是港珠澳大桥主体桥梁贯通的日子，这天恰逢他64岁的生日，对在桥梁工地上已经摸爬滚打46年的谭国顺来说，这该是一个多么完美的句号！

在港珠澳大桥工地4年，他放弃了节假日，耳顺之年还与员工吃住在工地，4个生日都是在港珠澳大桥工地上度过。其间，他的老父亲多次生病，他都未能及时赶回去陪伴照顾。

工程建设期间，非通航桥围堰施工曾遇到不少困难，围堰一度放不下去，也拔不出来。他将指挥中心搬到施工船舶上，与工区副经理何建伟、总工程师潘军三个多月没有下船……

"苦是非常苦，但是感到很欣慰。"谭国顺说，自己建桥从北边建到南边，曾有过零下30摄氏度条件下的施工经历，与其相比，承建港珠澳大桥虽说难度大，标准高，但是谈不上最苦。

"CB05标如此完美收官，除了我们企业自身的优势外，与国家的综合实力的提升是密不可分。"谭国顺举例说，承台墩身一次性整体预制的模板是一个机、电、液集成控制系统，如果没有机、电、液行业的进步，国家综合实力不够，就做不出这样先进的模板，也就实现不了承台墩身的一次性整体预制。他还特别感慨道："港珠澳大桥的兴建夯实了中国桥梁技术世界第一的地位。"

谭国顺知道自己的使命与职责，力争跑好属于自己的最后一棒。他说："港珠澳大桥是我的封山之作，我正式退休了。但是，只要国家需要，自己将免费服务，在有生之年继续为祖国架桥。"

42岁的张劲文，将14年黄金人生奉献给了港珠澳大桥。他参与了大桥前期包括专题统筹在内的技术管理工作，提出了项目建设愿景和目标，主持构建项目管理规划及管理制度，创造性地提出并实践"工厂化、机械化、智能化、信息化"钢箱梁板单元全自动化生产线理念……

"工程管理，照见人性、格局和境界，绵延人生韵律。"作为港珠澳大桥管理局工程总监的他，大桥寄托了他人生中诗意般的梦想。2004年，年仅29岁的张劲文，为了这座"前无古人的超大型跨界跨海大桥"，义无反顾地辞去广东省高速公路公司工程部副部长职务，转而担任港珠澳大桥前期工作协调小组办公室的工程技术组主管。

从最初的工程技术组主管到计划合同部部长，到港珠澳大桥管理局局长助理，再到港珠澳大桥管理局工程总监，这座大桥，已经融入了他的整个生命。

"这是一个史诗级的作品！梦想即将成真，但距离终点越近，我们就越不敢懈怠。"看着自己参与绘就的伶仃洋上这幅气势恢宏的水墨长卷，张劲文禁不住感慨万千。

张劲文善于解题，特别是善解难题。

港珠澳大桥参建单位众多、参建人数超万人，队伍之庞大远非一般工程项目可比。按照传统的做法，是各施工单位各自为政。在大桥项目的初步设计阶段，各单位人员散居在珠海市情侣路沿线，通过租住村民房屋、商务酒店等各种方式解决办公住宿问题，这不仅增加了成本开支，也不利于协调配合工作。张劲文提议，应该建立港珠澳大桥主体工程施工总营地，把所有的施工单位和人员的营地集中在一起。

他的这一设想，不仅得到领导的认可，而且很快得到了珠海市政府的有力支持。2011年10月，建筑面积达3.3万平方米的主体工程总营地正式挂牌启用。营地集办公、生活于一体，既有利于各参建单位协调合作、互动和技术交流，又通过生活设施公用、出海码头公用，节省了工程成本。这种资源集成管理的多赢模式，在业界赢得了广泛赞许。

张劲文还乐于"给自己找难题"，是公认"最有想法"的一个。他预见问题、妥善规划，并把自己的想法推动落地，让"超级工程"的各个环节、部位运转有序。在每一次招标之前，他都提前对每一个分项工程进行深入研究，并根据项目的特点、目标和要求进行全面而系统的实施策划。

攻克钢桥面铺装难题，就是一个经典的案例。

港珠澳大桥主体工程包括22.9公里的桥梁，桥面铺装规模达70万平方米，其中50万平方米为钢桥面，是世界上规模最大的单体钢桥面铺装工程。此前，钢桥面铺装难题在国内尚未得到彻底解决，以往的许多失败案例让业内行家对港珠澳大桥项目感到担忧。

经过大量的文献阅读、调研、思考和推敲，张劲文意识到，要解决钢桥面铺装的质量难题，首先得提高防腐、除锈和防水层施工的质量。为此，他首次引进车载式抛丸机，研制了防水层机械化自动喷涂设备，大大提高了钢桥面板除锈、防腐及防水层施工的机械化程度；主导用食品级加工生产线的方式创建了世界一流的集料生产线，提升了行业路面碎石加工水平；提出"露天工厂化施工"的理念，用各种手段保证施工质量……

港珠澳大桥钢桥面铺装难题，就此得到妥善解决。

"超级工程的终极目标是给人们带来幸福，而对于我来说，我的使命是传承与超越。"张劲文说。

生于1975年的张劲文，如今已经是中国公路学会第五届青年专家委员会副主任委员、教授级高工，堪称公路行业青年一代优秀科技工作者的杰出代表。

西方人说：魔鬼就在细节中。

在大桥这样重要的工程建设中，监理既要有甄别隐患的能力，又要有居安思危的意识。胡昌炳领衔担纲的港珠澳大桥岛隧工程总监办被称为大桥设计建设120年使用寿命的"把关人"。

2010年下半年，时任中铁武汉大桥工程咨询监理有限公司总工程师、教授级高工的胡昌炳从武汉南下珠海，担任港珠澳大桥岛隧工程总监办总监。此前，他先后担任过中国第一座真正意义上的外海跨海大桥东海大桥工程监理常务副总监，被誉为"长江门户第一桥"的上海长江隧桥工程监理总监，以及黄浦江上第一座双层斜拉桥闵浦大桥工程监理总监。

工程监理，是项目建设的"大管家"：施工技术方案及有关资料审核、施工现场的材料及设备核验，施工现场巡视、平行检查等，对被监理工程的质量、施工安全、投资、进度进行控制都在监理的职责范围。

胡昌炳首先面对的是港珠澳大桥提出的最高标准。

"仅仅在耐久性一个方面，岛隧工程很多指标就比目前国内标准高出不少。"胡昌炳告诉我，身处高温高湿多盐的海洋环境下，岛隧工程的防腐防锈要求更是苛刻。例如岛隧工程采用的很大部分钢筋，不是普通钢筋，而是环氧钢筋，一些更加重要的部件，甚至需要使用不锈钢钢筋。

有一线施工人员的地方，就有监理人员的身影，最多的时候胡昌炳团队有150多人。总监办下设4个驻地办和1个水下检测组。沉管管节预制质量，预制尺寸精度，沉管混凝土密实度控制，节段接头防水质量……一样不能少。

胡昌炳说："从管节预制完成后的一次、二次标定，到管节碎石基床的多波束验收和水下回淤探摸检查，到深坞区的管节水下探摸，再到水下检测组全过程对管节安装进行检测和监控，现场监理对管节浮运安装五道关键工序进行严格把关和执行签字审批程序，管节安装始终处于监理有效的监管状态，确保了安装过程不失控，精度偏差得到有效控制。"

为了120年的承诺，他率领他的队伍迎着迎风破浪，一次又一次出征又凯旋。

累啊，累！

沉管隧道内闷热潮湿，人一旦入内如同进入闷罐。胡昌炳带着测量组队员们从西人工岛与隧道的连接处进入距海平面有50米的沉管隧道内，开展测量精度达毫米级的"体检"。由于沉管内的大型抽风机还未投入使用，他们只能通过临时设置的鼓风机抽风换气，经常感到呼吸不畅，一会儿工夫浑身衣服就湿漉漉的了。

"一天不通车，监理不能停。"胡昌炳说。

成绩承载梦想，大海见证辉煌。

几年下来，胡昌炳带着他的"监理联合体"审阅图纸3万张，施工方案加起来则多达数百本，各种质量抽检数据像天文数字。

武船在大桥首创"无损制造"工艺——无损吊运，无损支撑，无码装配。而在最初，这基本上被业界认为是不可能完成的事情。

这里不得不提到两个人物——黄新明、阮家顺。

黄新明是武船集团副总工程师、港珠澳大桥CB02标段项目经理；阮家顺是武船交通工程设计研究院副院长、港珠澳大桥CB02标段项目总工。

从2012年港珠澳大桥CB02标开工，武船中山基地俨然成了黄新明的又一个家，他在这里一待四年，度过了三个春节。

"在港珠澳大桥上不留遗憾。"他常常挂在嘴边的就是这一句话，而这句话的背后是艰难付出。

长期驻扎在工地，难免给家庭带来很多困难，女儿中考，他没有一天能辅导孩子的功课。他不遗憾，他说，这种困难是每一个大桥工地员工的共同经历！

138#钢塔是港珠澳大桥江海直达航道桥第三座钢塔。由于受现场吊装工况制约，吊装单位提出将钢塔从中间剖成两半分开吊装，然后在空中进行焊接。如此一来，钢塔质量将受到影响，海上施工也会碰到新的风险。

如何处理这一技术难题？

举步踟蹰，就在138#钢塔翻身方案进行到最要紧阶段的时候，家里突然传来噩耗，父亲被无情的病魔夺走了，不幸撒手人寰。这一不幸消息将黄新明击得头晕目眩，他掩藏满心的悲痛，一直等到钢塔翻身方案最终敲定，才仓促回家守灵……

作为整个项目的领头羊，黄新明与项目部一线员工同吃同住同劳动，每天一半的工作时间放在生产一线，了解他们的工作生活情况。

有几次在施工现场，黄新明不经意间听工人说，已经好几个月没见到自己的孩子了，一个小伙子说父亲住院一个多月了，自己还抽不出时间去看望他老人家。他于是对每一个员工的基本情况了然于心：谁的父母年迈需要回去看望，谁的孩子还小需要回家照顾，谁的爱人生病需要回家陪伴……为让他们能"常回家看看"，黄新明尽可能为大家争取到调休的机会，甚至主动顶替员工岗位完成紧迫任务。

如此细心为部属着想，竭尽全力为部属排忧解难，工程怎能不焕发出极大的凝聚力、向心力和战斗力呢？

在阮家顺妻子的记忆里，丈夫从担任港珠澳大桥CB02标段项目总工的那刻起，5年来就是一个字："忙。"

妻子也是武船重工股份公司的一名工艺员，她担心丈夫忘我工作身体扛不住，但又不敢过多打扰他，自己陪着整夜失眠，只有在凌晨一两点钟，才用微信提醒他该睡了，而他也总是回复简单的两个字："知道。"

一次，家住中山的老同学得知他正在中山基地，周末想请他吃饭。他欣然前往，也想和30年未见的老同学好好聚聚，喝上几樽。结果席间，他电话一个又一个，筷子拿起又放下，最终，两人相见还不到10分钟，他就不得不匆匆告辞。放在桌上的那瓶酒，盖子还没有来得及打开。老同学哭笑不得，感叹道："他太忙了。"

为了兼顾好各个工区的管理，阮家顺通常是将行程安排在周末和节假日，直接从一个工区赶往另一个工区。"好不容易盼到他回家，打开行李箱却是一大摞的资料文件。"妻子好无奈却又十分理解。

138#钢塔180度翻身吊装，阮家顺火线受命，担任钢塔整体翻身的指挥长。他查找起重设备资料和标准，设计关键翻身工装L形吊架和垫梁，大胆采用Q690高强钢制作翻身工装……那段日子里，他白天奔波在施工现场，晚上伏案看图纸、写方案，经常忙到凌晨两三点，甚至彻夜难眠。在翻身工装吊耳的焊接中，他站在20米高的吊篮上监控，站了整整一晚上。

中铁山桥承建的CB01标段中山基地建在一座荒岛上。58岁的王树枝是CB01标段的党工委书记。刚来这座孤岛时，岛上还不通陆路，上下岛要靠渡船，厂子旁边是一大片芦苇荡。于是他写了一首《白鹭戏水》的诗来聊以自慰：

> 白鹭携雏戏浅湾，
> 轻盈飘逸似群仙。
> 追逐芦荡粼光闪，
> 雀跃更显贵不凡。

中山基地为港珠澳大桥CB01标段量身制造钢箱梁，半年内要建设完成十几万平方米厂房和胎架。在陆路不通的情况下，王树枝带着一班拓荒者一船一船把生产生活资料运上岛来，安装上去。土建施工300多个基坑承台，制造安装十几台起重机，仅仅半年时间，中山基地在千亩平地上拔地而起并顺利投产。

"酸甜苦辣啊！我自己现在看到这个厂，就好像看到我的孩子或我的作品一样。"王树枝着一身橙色工作服，看着格外精神。

半年时间建造一个如此规模的工厂，这支队伍不仅有军人般的精神风貌，还要有像王树枝这样能够匹配这座超级桥梁的高超技艺的领头人，靠的就是一股热血，靠的就是"铁军"，一支"橙色铁军"！

这已经是王树枝直接参与建设的第九座用钢量超过万吨的桥梁了。他告诉我，每到自己造过桥梁的地方，不管工作多么紧张，他都要到正在运行的大桥那儿去看一看，想一想当年那些造桥人所做出的奉献。

　　"这是我们造桥人的一种情怀。"王树枝说。

　　在王树枝参与的多座大型桥梁的建设中，很多时候他都是在一座桥梁接近完工时，便悄然投入到下一座桥梁的建设中。江苏润扬长江大桥通车时，他在重庆菜园坝大桥项目工地，而当菜园坝大桥通车时，他却因工伤躺在病床上。很多人为他感到遗憾，不过他却看得淡然，以征战和志在必得的心态做工程，以豁达和淡泊名利的姿态看人生，会为他39载的建桥生涯画上一个句号。

　　39年啊！有多少个39年的职业生涯？

　　"了结夙愿。"他十分感慨地对我说。我发现有泪在他眼眶里滚动了好几圈，最终还是没有流出来。

　　在牛头岛沉管预制厂二分厂办公楼0312办公室内，办公台上摆放着错落有致的各类图书，台面正中是厚厚一叠的图纸，靠近窗台的位置放着一家三口的合照，中央的红木小桌摆着一盆水养绿掌。

　　这是港珠澳大桥岛隧项目Ⅲ工区二分区总工陈伟彬的办公室。

　　1990年，陈伟彬毕业于大连理工大学港口航道工程专业，同年进入中交四航局工作。2011年5月底，陈伟彬从斯里兰卡汉班托塔港项目上被紧急召回，调任港珠澳大桥岛隧工程Ⅲ工区二分区总工程师。

　　当时正是港珠澳大桥岛隧项目沉管预制厂建设最为关键的时刻，工期紧，施工分项多，部分技术难题仍未解决。为了四航局的历史使命，他勇于担当，一赴任便全心投入技术与管理的工作中，全力抢占关键节点。

　　陈伟彬是个工作"狂人"，每天工作的时间接近16小时，白天到各个施工点了解现场施工情况及技术难点，与技术员及施工人员进行沟通、交流，临下班前必须亲自组织召开生产调度会，晚上则组织图纸会审，审核方案、交底，并组织工程部、质检部等完善工程资料。

　　在陈伟彬的精心组织下，由于施工工序搭接和安排上的细致合理，仅靠一座搅拌站，三个月内就完成了4万多立方米临时工程的混凝土浇筑，最高峰一周完成5000多立方米混凝土的浇筑。正是在他身先士卒的带领下，项目部的工作热情空前高涨，顺利完成20个节点任务，为全面完成每一个工程节点做出重大贡献。

　　"大孟"名叫孟凡利。

　　孟凡利向我回忆起刚刚接到命令时的情景："太突然了，接到电话负责港珠澳西人工岛工程的时候，公司机票都给我订好了，我连一点思索的时间都没有。"

当时，匆匆飞抵珠海的他对工程进度，甚至项目班子成员都是模糊的，工作汇报会上甚至都无从谈起。不过，也是从那天起，他给自己制定了一个目标，只许成功，不许失败。

转战各地，孟凡利创造了自己的施工传奇，在西人工岛也不例外。

要在浩瀚的大海之上用最短的时间筑起一座小岛，施工难度之大、海上危险之大，简直是人们所不敢想象的。对于孟凡利来说，只有一个念头，一定要把工作更加出色地完成。

西人工岛61个钢圆筒，从设备的调试组装、振沉的试验论证再到定位的精准控制……10分钟的振沉过程，浸透着孟凡利和团队190多个日日夜夜的操劳与汗水。他带领技术攻关团队，克服外海复杂海况不利条件，首创国内"大直径钢圆筒振动下沉设备工艺"。

孟凡利说，每一个都是第一个，就是要铸造精品，而不是简单的重复性工作。因为每个圆筒振沉时都要面对不同的天气、潮流和地质情况，一定要慎思力行，超前思考、周密部署和创新性地操作。

正因为如此，西人工岛比节点工期提前20天成岛，振沉垂直精度的"千分之一"奇迹便是由他和他的团队创造的。

2012年，项目部施工形势趋紧，水上陆上同步进行，工序众多，结构复杂，标准要求高，工法难度大。孟凡利结合工程实际，提出以"前移上岛"为着力点，强化管理规范和创新。项目部在高压旋喷、岛外抛石、基坑开挖、PHC桩打设等方面再次攻坚克难。

在孟凡利的精心组织协调下，2012年8月16日，西人工岛暗埋段CW1段首次砼浇筑完成，同年12月2日小岛暗埋段CW2段最后一次砼浇筑完成，仅3个多月时间，西小岛现浇隧道主体结构成型。

自2011年至2016年5年时间内，孟凡利有3年春节在工地度过，他从没单独请假回过一次家，更有回天津开会，两过家门而不入的"大禹"式故事。在他和项目部班子的带动下，项目部员工都怀着同一个梦想，以干事创业、建功立业的激情献身港珠澳大桥。

他，皮肤黝黑，头发略显花白，脸上布满皱纹，时而露出慈祥的笑容，是一位来自上海的"老爷叔"。

他就是港珠澳大桥岛隧工程第Ⅱ工程区项目经理部现场指挥、生产副经理徐桂强。亲和、细致的背后，是他执着与坚守的底色。

"老骥伏枥，志在千里；烈士暮年，壮心不已"。在这片烟波浩渺的伶仃洋上，年近六旬的徐桂强和他的团队已经在东人工岛上度过了6年的时间，让一个横跨天堑的梦想渐行渐近。

徐桂强说："东人工岛可能是我干的最后一个工程，也是我干过的最难的一个工程。"

"筑岛是一个'水工活'，我做过不少这样的项目。但岛隧工程完全不同，这是一场颠覆传统建设模式的大考。"徐桂强说。

东人工岛处在远离海岸的外伶仃洋，项目集钢圆筒及副格振沉、塑料排水板打设、挤密砂桩打设、降水井打设、碎石垫层抛填、岛内及钢圆筒内回填砂等多项施工内容于一体，且必须保证多项施工同步进行。施工现场仅施工船舶、交通船舶等船舶就有20余艘，设备、材料不计其数。

2011年是东人工岛施工建设的开局之年。在东人工岛还没成岛前，下雨没有挡雨的地方，刮风没有挡风的地方，咸湿阴冷的海风一个劲地往骨子里钻，徐桂强唯一能御寒的只有身上的军大衣，唯一可以挡风的只有身旁的钢圆筒。

作为一名久经沙场的老将，徐桂强以"三航驳303"作为现场指挥船，制定现场施工方案，梳理现场施工布局，完善现场施工流程，驾轻就熟掌控纷繁复杂的施工环境。

进场之初，东人工岛挤密砂桩施工维持日打五六根的速度，进度缓慢。徐桂强积极促进施工船机设备的改良，无门结构改造为管端结构，辅以砂桩船专用GPS定位系统、砂料计量与输送系统、施工自动化系统和砂桩施工管理系统等，为挤密砂桩施工提供有力保证。同时安排"三航桩6#""三航桩7#""三航桩8#"砂桩船三船联动，促进了砂桩施工进度的快速提升。

老将坐镇，东人工岛仅用77天就完成了59个钢圆筒振沉，创造了"当年开工，当年成岛"的另一个海上传奇。

6年的时间，他指挥将一根根钢圆筒打入伶仃洋海底深处，从海里升起一座人工岛。后来，这个和陆地没有什么两样的人工岛上有了公路，还可以开车。再后来，一座大型建筑在岛上拔地而起……

55岁的姚正华是振华海服集团港卓轮公司副总经理，不过很少有人叫"姚总"的，大伙都管他叫"姚船长"。

姚船长曾经指挥过多次浮托运输和大型船舶浮托下水作业。他扳起手指为我如数家珍：振海1、振海2、振海5、振海6，龙源振华800吨、1000吨风电船……频率最高的时候，一个月完成了56台岸桥的上下。

港珠澳大桥岛隧工程海底沉管隧道的吊装，就是由经验丰富的姚正华担任总指挥。

他谈得最多的还是最终接头的吊装。起吊船"振华30号"总重44000吨，可抗大风和浪涌。即便如此厚重，在无风三尺浪的海上，船体要想纹丝不动几乎是不可能的。要在吊起和放下6000吨庞然大物的全过程中保持稳定，那更是难上加难。

姚船长上船后深感压力不小，技术操作方面的参数一直在脑海中盘旋。"最难掌控的是最终接头入水后，由于缓慢下水，水的浮力变化、海面和水下暗流，都会造成对接中的偏差。"

姚正华说："水面上是6000吨，完全下水后重量会减轻到2000吨以内，且长长伸出的吊臂，在起吊和下放过程中，浮吊的微量倾斜，都可能造成不可估量的损失。"

如何确保最终接头平稳，显得至关重要。

起吊前的近一个月时间，整个浮吊从配电系统、吊机操作、发电机控制系统、锚机、变频器，到各类程序，机械、电气，全部进行了一次梳理。从吊机到锚机等多个系统的设计师也被请到了现场。中交集团还派来了专业的软件工程师，协助对船舶进行精确定位测试。

姚正华说："虽然有过多次大型吊装、水上大型设备滑移上船的经验，但港珠澳大桥工程这种精度要求、从空中到水下的吊装并无经验可借鉴，必须仔细地反复在大脑里推演整个过程，考虑每一个细节。一旦起吊，便一鼓作气向前，很难回头。"在姚正华的意念中，只有成功，必须成功。他将整个船体通过GPS严格控制在一个矩形局域内，然后调整船上左右两舷的10个定位锚机，确保船舶不越雷池一步，防止走出矩形框。

最终接头顺利着床，姚正华长舒一口气。

"找个地方去睡觉。"姚正华笑称这些天的精神高度紧张，脑子里弦绷得太紧了，现在只想切断一切联系，睡个两天两夜，恢复下元气。

古稀之年的阮炳富是我采访人物中年纪最大的，从事建筑行业整整46年。

作为港珠澳大桥珠海口岸项目Ⅳ标段的现场总指挥，他组织施工完成651根基础工程桩、326根基坑支护桩、1521根止水桩和4座塔吊基础……

"战功卓著啊！"我赞叹道。

"看似都是些枯燥的数字，其实这背后付出的艰辛，一言难尽！"阮炳富回忆起往事依然滔滔不绝。他说，在最艰难的那段日子，工人们连续一个多月24小时不停工，三班排班倒，打桩、钻孔机械设备满负荷运转。原定工期400多天的项目，通过工序梳理和加快施工，硬是把工期压缩到300多天。

"我的工人既可爱又实在。我跟他们讲，你们干，累是累了些，但这么伟大的工程留有你们的汗水，累也值得啊。你猜工人怎么说？他们说老板你就正点发工资吧，我们要准时给家里寄钱，只要能正点发钱，我们不怕累！我说好，我向你们承诺，只要是发工资，我分秒不差，我保证说是哪天就是哪天，一定给到你们手里！"

阮炳富的母亲年近百岁，已经70岁的他，最大的挂念还是家中的老母亲。"70岁啦！这是我人生中最后一个项目。其实早就该退休陪母亲了，但是这项工程太特殊了，别说是中国，就全世界来说这也是顶尖的工程啊！"

其实，阮炳富的家并不遥远，就在粤西湛江市。尽管这样，他一般也是半年才回家一次。除了过年，平时回家就待一两天。家人都问他，在工地上累不累啊，辛不辛苦啊？他回答说，我现在是想还能工作多久就工作多久，干工程干惯了，以工地为家啊！

2013年，阮炳富腊月二十七回到家中，初五就返回港珠澳大桥工地。大年初六，珠海万家灯火，整个城市还沉浸在节日之中，人工岛上打桩机的轰隆声与情侣路上的彩带灯笼，构成了一幅别样的声光即景。

作为举世瞩目的超级工程，港珠澳大桥不仅代表着中国桥梁的最先进水平，也是展示国家实力的超级舞台。这个绚烂舞台，吸引着来自丹麦、美国、荷兰、英国、日本、德国、瑞士、土耳其等多个国家的专家，他们担任技术咨询和质量顾问。

有来自日本的世界知名沉管安装专家花田幸生、负责隧道基床整平的技术指导冲山祯雄，有来自德国的清水混凝土模板工程师Horst Schmidtke、Franz Loffler……仅在岛隧工程中，就长期驻扎着来自新加坡、德国、日本等国的数名专家。不同的国度、不同的语言，却怀抱着同样的愿景，他们在与中国大桥建设者的交流、协作与磨合中，为工程建设带来了丰富的现场经验和前沿的技术，推动着超级工程建设顺利进行。

这里讲述几个外籍专家在港珠澳大桥的故事——

故事1：Thomas Huber脾气"大"。

港珠澳大桥岛隧工程大面积推广使用清水混凝土，高品质的混凝土结构和外观得益于高品质的模板工程，尤其是清水混凝土施工需要对模板作业始终如一的严格要求。

而采用的清水混凝土模板系统均由德国派利（PERI）这家世界著名建筑模板制造商提供设计。于是，派利公司特别安排两名德籍工程师Thomas Huber及Franz Loffler常驻东、西人工岛现场，及时解决施工中存在的问题，持续提供优质的技术服务和支持。

Thomas Huber和Franz Loffler 2015年初来到岛隧项目。刚来的时候，两位外籍工程师不仅要克服外海艰苦的工作生活环境，也要忍受生活习惯差异和语言不通带来的孤独和困难。

与传统混凝土不同，清水混凝土表面平整光滑、色泽均匀、棱角分明、无碰损和污染，不需要二次修饰，在阳光的照射下有着大理石般的光泽，显得天然、庄重。在西人工岛上，Thomas告诉我：“像这样规模的大型基建工程使用清水混凝土，别说在德国，就是在全世界范围内也是凤毛麟角。”

随着东、西人工岛建设的逐步推进，工程节点愈发紧迫，Thomas驻守在岛上的时间也越来越多，每次上岛都要住上一个多月时间，他与大桥建设者们的合作也越来越有默契。

西人工岛技术员孟令月向我“告洋状”：在刚接触到墙体清水混凝土模板安装的时候，由于外侧模板拼缝位置差异，圆台螺母与模板间的缝隙差不多有2毫米。

“最开始我以为这不是大问题，偏差很小，对模板受力、混凝土外观都没有什么影响，还试图以此去说服他。”考虑到如果返工的话，可能会影响进度，孟令月就连着找Thomas沟通了两次。没想到这个平时挺和气的老外竟然很是愤慨：“不要再跟我沟通这个问题，我已经告诉你们解决办法了！如果还让我们改变主意，那我回德国去，不给你们做模板服务了。”

孟令月说，此类小事情经历了几次，两位德国工程师都是用同样的语气、同样的语言回应。当然，“威胁”要回德国去其实只是Thomas的一种策略，他坚持的还是清水混凝土施工管理的规范性和精准度。孟令月觉得，与德国工程师在一起的日子里，“见识到了他们在工程建设中完整的体系、细化的程序和认真的态度”。

故事2：斯蒂芬“比较执拗”。

港珠澳大桥制造世界上最大的沉管，桂山岛预制厂选用的是由德国派利设计、振华重工加工的模板，造价达人民币数亿元。

沉管预制关键是模板的运用和操作。

Ⅲ工区一分区工程师龚涛告诉我：“最初和派利公司的磨合并不顺畅。”

他举了"三段式支撑架"这个例子说，三段式支撑架承载几十吨重的底模，在确保毫无缝隙情况下实现自由开合非常困难，于是中国工程师对其做了细微改动，在三段之间留了微小缝隙。这一与图纸不相符的小改动被德国工程师斯蒂芬发现时，他发火了。之后，斯蒂芬和他的团队以精密的计算和可靠的数据证实了关节撑无间隙并实现自由开合的可操作性，所有的关节撑按原图纸毫厘不差地重做了一遍。

龚涛感叹说："德国人特有的'吹毛求疵'与追求完美的港珠澳大桥工程相得益彰，德国工程师勤于思考、严谨认真的工作方式给我带来了很大的触动和改变。"

"和德国工程师的交流中，沟通曾是很大问题。"龚涛坦言。除了加强英语学习外，通过磨合，岛上年轻的中国工程师都学会了用三维图纸说话，遇到难以沟通的问题，一张严丝合缝的数据图就可以把要论证的观点说得清清楚楚。

不过，斯蒂芬对中国工程师也有心悦诚服的时候。

龚涛讲了这样一件让斯蒂芬不得不折服的事：在沉管预制过程中，外侧模墙和侧模支撑架中间须放置一块5—8厘米厚的纯钢板，进行压力传递。而工程所需高规格的纯钢板采购十分困难，需要大量的资金和时间。

龚涛提出一个用工字钢代替纯钢板的方案，这种空心结构的工字钢在工地上随处可见，且造价不高。

起初这个改换方案遭到派利公司团队的反对，斯蒂芬倾向的做法是等待理想中的纯钢板材料，哪怕延误工期也要保证与原图纸设计毫无差池。

龚涛比谁都明白，要说服斯蒂芬团队必须拿出数据。因此，他精细测算了工字钢在这个结构中的抗压能力，结果完全满足于受力结构的需求。当他拿着测算出的远远小于极限抗压强度的数据时，斯蒂芬惊讶的同时爽快同意调整方案。

在合作和博弈之间，两国工程师用这套精密的模板精细地生产了33节世界上最大的沉管。

故事3：冲山祯雄"颇为不舍"。

E1沉管从浮运到沉入海底安装对接用了86小时，而E4沉管安装时间仅用了16小时，比E1缩短了70小时，刷新了纪录，创造了一个大惊喜。

屡立奇功的是无线声呐深水测控系统。

无线声呐深水测控系统被称为沉管安装对接的"深海之眼"，能通过计算机和无线声呐设备精确判定沉管在海底的位置、角度，大大提高安装的速度和准确度。该系统由港珠澳大桥岛隧项目联合日本一家公司合作历时一年多自主研发。

技术专家冲山祯雄常驻施工一线，在挤密砂桩施工、碎石基床整平、深水测控等方面都贡献良多，尤其是在他的技术指导和保障下，为港珠澳大桥海底隧道专门研发的这套无线声呐深水测控系统立下了大功。

随着岛隧工程碎石基床整平施工全线告竣，为岛隧工程提供多方面的技术服务的冲山祯雄工作已告一段落，返回日本。

经过两年多的实际应用，无线声呐深水测控系统在港珠澳大桥岛隧项目上不断完善优化，这一系统在国内乃至国际深水施工领域都将具有推广价值和应用前景。

2016年4月19日，冲山祯雄再次到港珠澳大桥岛隧工程项目总部交流工作。这是一趟颇为不舍的行程，他说，港珠澳大桥这段经历将成为自己技术生涯中最珍贵的回忆……

故事4：Joel"飞来飞去"。

止水带是沉管工程的生命带。港珠澳大桥岛隧工程沉管隧道及暗埋段止水带产品均由荷兰Trelleborg公司设计、供货并提供技术服务，并长期派驻技术人员进行现场指导。

Joel是荷兰Trelleborg公司设计师，他负责Trelleborg公司沉管隧道止水产品设计，已经持续6年时间为港珠澳大桥项目提供设计技术支持。

产品制造质量及安装质量直接决定沉管隧道的防水效果和使用寿命。沉管最终接头安装前后一个月内，他在荷兰和中国之间飞来飞去，数次往返。

"必须打好这最后的关键一役。"Joel说。

止水系统至关重要，因为合龙焊接的安全皆系于此。为确保最终接头临时GINA止水带安装精准到位、止水功能万无一失，他再次来到桂山检查最终接头止水带安装情况，并与施工技术人员进行现场交流。

沉管最终接头安装的关键时刻，在"振驳28"船上，人们又看到了荷兰专家Joel忙碌的身影在施工现场穿梭。

他告诉笔者，隔天，他又将从香港飞回荷兰……

第二十一章　匠心

玉不琢，不成器。

在海底沉管隧道的入口处，我看见有16米高、200米长的水泥墙，光滑如

"玉"；在牛头岛预制件厂，我看到每一个小构件，精致如"瓷"……

港珠澳大桥，工人已不是传统意义上的"打铁匠"，俨然已成为各个工程分项的专业技术能手。

它传递的是当今正在呼唤却屡被遗忘的"工匠精神"。工匠们身上所具有的对技艺的坚持，以及对细节近乎完美的苛刻要求以及他们所追求的极致专业和专注在这座大桥上表现得淋漓尽致。

港珠澳大桥前后用7年的时光浸润与风雨砥砺，在这个举世瞩目的"超级工程"上打磨出数以百计的"大桥工匠"。

在这里，"工匠精神"有了更为丰富的意义，它是一种态度、一种信仰，更是一种力量。在这里，技术产业的能工巧匠们用实际行动阐释"工匠精神"……

管延安是被中央电视台"曝光"过的人物。2015年五一前夕，中央电视台系列纪录片《大国工匠》之《深海钳工》专题播出了他的先进事迹。

报道介绍，接缝处间隙误差要小于一毫米，他却能做到零缝隙。

管延安是中交一航局港珠澳大桥岛隧工程V工区航修队的钳工。我初次见到他，是在开往珠海牛头岛施工现场的工程船上。30摄氏度的高温下，他来不及擦拭汗水，一遍遍查看研磨板和工具包，做着上岛前的最后一次检验。

"你的工作岗位主要是做什么的？"

"怎么说哩……简单点说就是拧螺丝。"

"复杂点说呢？"我反问他。

"负责沉管对接前设备和电缆的安装。"

"哦，那不简单了。"

在攀谈中管延安告诉我，一节180米长的沉管，里外螺丝超过两万个，如果有一颗误差超过1毫米导致漏水，会直接影响到整个工程的质量和1000多名工友的人身安全，每一节沉管安装前，他就带领着工友们依靠一把把扳手，把所有的螺丝都拧得严丝合缝。

凭借踏实专注的精神，管延安在工作中练就了一手绝活，仅靠一把扳手就能保证一根沉管上两万多个螺丝间隙不超过1毫米。

下了工程船，管延安立即赶往船坞，对即将安装的第25节沉管（E26）再次检查。我看到，船坞内的沉管有足球场大小，被固定在大型沉管安装船上，等待拖轮拖往施工海域。此时的沉管已经沉入海面以下10多米处，管延安和工友只能从安装在监测塔底部的人孔钻入沉管内。

人孔的直径只有1米左右，进入人孔后是10多米高的简易梯子。我空手顺着梯子往下爬已觉不易，他背着工具包，拎着检修器械，却显得异常轻松。

管师傅工作的沉管内不透风，犹如一个巨大的混凝土箱子，除了人孔外，没有任何换气通道，空气湿度在95%以上，闷热潮湿。

"这是保障沉管隧道安全的最后一道生命线了。"管延安说，每节沉管海底对接前，他和工友每天都要上下七八次。在沉管内工作10个小时以上，至少能喝掉60升水，工作服经常是刚被汗水湿透，随后又被沉管内的高温烤干，一天之内能干湿七八遍。

"人孔不仅是为了日常检查与维护，更重要是在沉管安装发生故障时，我们可以第一时间进入管内排除障碍。"管延安说。

检修开始后，管延安沿着管道爬上爬下，精心测试着每一颗螺丝，并不时敲击看上去已拧紧的大螺丝，判断是否合乎标准。这需要耐心，更需要时间，平时半小时就能安好的设备，在这里需要四五个小时。为了训练自己的手感，干活的时候，管师傅很少戴手套。

管师傅的家，远在千里之外的青岛，这两年，他很少回家，连春节都没有和家人团聚。妻子对此还比较理解，但13岁的儿子怨言很多。平时儿子住校，和他联系很少，偶尔打一个电话，说出的话总让他心酸。不过，随着慢慢长大，儿子开始理解父亲干的工作了。

管延安说："我不怕吃苦、不怕累，就是这个执着，我认准的事，我需要把它完整地干好，必须把它圆满地干好，不管出现什么问题，我都会走到底。"

事在心上，心在事上。管延安的敬业态度，在细微繁复中展露无遗。以蝶阀安装为例，安装前检查蝶阀和各个零部件三遍，安装后再检查三遍，最后还要调试检验。在指导新人时，他最常挂在嘴边的话是"再检查一遍"，强调最多的是"反复检查"。

管延安所安装的设备中有一种叫截止阀，沉管对接时，它的作用是沉管对接时控制入水量，调节下沉速度，从而让两节隧道在深海中精准对接。同样是安装阀门，拧螺丝，如果是普通设备，只需要牢固稳定就行了，但在深海中操作，要做到设备不渗水不漏水，安装接缝处的间隙必须小于一毫米。这样的间隙无法用肉眼判断，管延安只能凭借手感来操作。

凭着手上功夫，就能判断一毫米的间隙。从2013年港珠澳大桥完成第一次海底隧道对接到最后一节沉管成功对接，管延安的技术不仅超越了当时挑中他的师傅，连两名大学生都成了他的徒弟。徒弟小张说，管师傅对细节看似单调重复，但经他之手检修过的机器设备保证不出问题。

管延安也不是一直这么牛。我也采访到，刚到港珠澳大桥海底隧道当钳工时，满怀信心的他，就遭遇过不小的打击。第一次安装设备，干过20年钳工的他轻车熟路，半小时完成，没想到，模拟调试时，设备漏水了。所幸只是测试，问题又很快解决，没有造成太大损失，但上百名工友几天的活儿白干了，一切必须从头再来。

这一次失败，让管延安认识到，港珠澳大桥的活儿是一次全新的挑战，技术必须要更加精益求精。他索性把宿舍搬到设备仓库附近，从早到晚地练习。

管延安，1977年生人，1995年以农民工身份参加工作，虽然只有初中文化，却因精湛的操作技艺被誉为中国"深海钳工"第一人。能成就这一切，是因他对技工这个职业的尊重，管延安以匠人之心追求技艺的极致。

在沉管舾装作业中，导向杆和导向托架的安装是高精度作业，要求接缝处间隙误差不得超过1毫米，但管延安用他的专业和钻研做到了零缝隙。

5年大桥生涯，管延安负责沉管二次舾装、管内电气管线、压载水系统等设备的拆装维护以及船机设备的维修保养，无一次出现问题。他说，参与国家工程，是自己甘受寂寞的精神支撑，更是他铭记终身的荣誉。

《大国工匠》节目播出后，在社会上引起了强烈反响，仅新浪微博的阅读量就突破3000万……

2016年度，中宣部、中央文明办、中华全国总工会联合发布全国10名"最美职工"名单，管延安上榜。

2017年，又一位大桥人获此殊荣。他就是中建钢构有限公司华南大区综合工长、珠海口岸项目生产经理胡从柱。

1985年，年仅17岁的胡从柱背上行囊来到深圳，为中国第一幢钢结构摩天大楼——深圳发展中心"接梁架骨"。

当时，钢结构建筑在国内刚刚起步，吊装工奇缺，作为一名学徒工，胡从柱站在巍峨的发展中心大楼前，惊叹于吊装技艺的高深，同时一股复杂的情绪也涌上心头：我能行吗？

"吊装工作要爬高架，很多人害怕。我是农村孩子，胆子大，身体也好，就想试试。"对胡从柱来说，第一次爬上高架那一瞬，他选择了自己的一生。

中建钢构流传着一句话："有难度，找从柱。"

30年吊装人生，胡从柱先后参建了35项工程，直接或指挥吊装的钢构件总重量达40万吨——被同事称为"吊装侠"。

港珠澳大桥珠海口岸7万余件钢结构构件，14万平方米屋盖面积，加上频繁的台风暴雨天气再次成为他攻坚克难的战场。

2015年夏天，胡从柱背上行囊，来到珠澳口岸人工岛上。

刚到项目时，他就对现场展开调查，每一台塔吊性能、每一处构件堆放、每一次吊装顺序，他都摸得清清楚楚，并针对每种构件制定了详细的吊装方案，为大面积吊装做足准备。2015年12月，遇到了土建及各工序交叉作业的矛盾，胡从柱仔细研究工期计划和场地布置，经常一坐就到了下半夜。仔细研究后，他提出由原位拼装改为将杆件在地面一次单元拼装之后再进行楼面二次吊装的方案。

胡从柱有他的道理："一个四角锥由5个球、8根杆组成，按原来的办法吊装的话就要吊起13次，如果拼成一个单元，则一吊完成，而且在地面拼装还可以减少安全隐患。"

他的方案是对传统吊装的一次颠覆。

我见到胡从柱是在中建钢构港珠澳大桥珠海口岸项目的工地上，当时，他头戴安全帽，身穿工作服，手拿对讲机，皮肤黝黑。说话带着河南口音的他正在跟工人们一起商议钢构件吊装事宜。

我拽着他走进办公室，一张并不宽敞的书桌摆满了书和项目文件。书堆中，有一个本子被翻了又翻，边缘处已微微上翘。本子里画满了各种吊装工法的示意图和他工作以来遇到各种吊装难题的案例，同一个案例旁边会有好几个吊装示意图和一本设备工况性能表。

"这都是你的吊装秘籍？"

"平时喜欢写写画画，'瞎想'出来的。"胡从柱腼腆地笑了笑，浑身上下一股北方汉子的憨厚感。

临摹现场、勾勒图例、经验总结、方法创新……把简单的事做到极致，胡从柱匠心独具。

吊装是异常辛苦的工种，把身体暴露在城市上空，经受烈日、暴雨的反复考验，还悬着一颗心，但胡从柱认为，是纯粹的热爱。

"搞钢结构30年，特别的爱给特别的职业。"他又笑了。

三十冰山貌，一生匠人心。胡从柱立足岗位，成长成才，传递的是另外一种人生追求：执着和坚守。

"工程完成后，你第一件事会做什么？"我问他。

"大桥建好后，港珠澳三地就连在一起了，我打算去香港、澳门看看。"胡从柱指指手边的包，"通行证都办好了，就等着通车出发那一天……"

顺着他所指的方向看去，港珠澳大桥正在海岸上往香港、澳门方向延展。我不禁感叹：桥啊！不仅连接地域，而且沟通人心。

到珠海前，岳远征是公司青岛总部的技术员，任务是做技术方案的研究。在大多数年轻同行的眼里，这是多少人羡慕甚至孜孜以求的岗位啊，不仅工作环境舒适，而且不用随工程项目四处漂泊。

然而，岳远征却对施工现场十分向往。正是这种执着，后来改变了岳远征的人生轨迹。

岳远征说，儿时"造一座桥"的梦想始终萦绕在他心头。远离了工地现场，他仿佛觉得自己接不到地气，人都快"飘起来了"。

2011年8月，岳远征来到珠海。一年多时间里，他和同事们一直在设计安装沉管所需的设备。2012年底设备成型后，岳远征和同事们立即着手调试。

不调不知道，一调吓一跳，很多功能并没能像预想的那样实现，诸多阀门不能如愿开合，更要命的是，应急状态始终无法启动。

岳远征拿上图纸和产品规格书，对照数百个重要设备节点检查。这是一项十分枯燥的工作，同时也是一项极其细心的工作，如果一个节点的问题没找出来，可能导致整套设备出现故障。岳远征和另外几名工程师一天工作12个小时，逐一排查。当他们全部检查完一遍，找出了某个故障源头并解决之后，再调试却又发现了另一个故障，于是又不得不再重新检查一遍。

调试工作持续了整整一周。岳远征说："这个过程非常枯燥、痛苦，耗时间，耗精力，但同时也让我们有了巨大的收获，那就是我们对这套设备已经完全熟悉，它们就像电影一样被照进了脑子里面，每一个节点上红色、黑色线路清晰无比。"

拧螺丝，装阀门，抗管子，拉线缆……岳远征虚心跟操作工人学，跟船长学，身心完全沉浸在工地现场。

"是一个优秀工匠的苗子。"项目部副书记、工会主席王有祥私下这样说。

首节沉管运输必须使用"量身定做"的拖船，那么沉管与拖船之间的稳定连接怎么解决呢？

传统做法是在船底部设计一个金属吊架，再用吊架衔接沉管。可是，岳远征和他的同事照此方法制作后发现，金属吊架可以达到机械加工的精度，但沉管混凝土预埋件的安装精度却达不到，而且误差明显，导致吊架与沉管之间无法对接。

老皇历翻不得了，只有抛开固有思维，不要吊架，直接用缆绳连接沉管。岳远征坦承，这并非他的创意，而是一名同事率先提出的，结果奏效了！

在安装第10节沉管时，出现了轻微偏差，团队上下都在寻找方法提高精度。岳远征实地测量发现，原因在于导向系统有误差。误差是多少？他拿着各种测尺，量了一个星期，得出了结论——导向杆误差小于1厘米。这个误差范围对安装没有太大的影响，但他非要纠正这几毫米的偏差。国内测尺精度不够，他就自费从德国购买工业测尺，量出误差在4毫米到5毫米之间。随后，他立即着手对安装方案提出革新，试验了十余种方案，终于提出导向系统的防位移技术方案，将以后所有沉管安装精度控制在4厘米之内，实现了国人自主创新的巨大进步，被交通部认定达到了世界先进水平。

"在技术上极度钻牛角尖。"王有祥对岳远征给出这样的评价。

在珠海的4年多时间里，岳远征的表现同样让林鸣十分满意。林鸣觉得，这个年轻人很踏实，一个工程师能够和工人打成一片，很难得，从他的身上，看到了大国工匠的希望。

岳远征被提拔为工区工程部副主任，负责沉管下沉到对接阶段的技术研究和操作细节落实。之后再被提拔为工区总工程师，为沉管从出坞浮运到精准对接的全过程负责。

2016年6月30日，港珠澳大桥第25节沉管出坞安装。

由于平整船回坞维修耽搁，距离上一节沉管的安装已是三个月有余。长时间的空窗期里，人员会不会懈怠？设备能不能保持稳定？精密元器件能否经受得住潮湿空气的考验？

这一次，会不会有新情况呢？

即便通过了数轮风险排查，岳远征内心依然忐忑。这位年仅34岁的工程师，被视为公司的一位希望之星，怎么越来越"胆小"了？

事实上，岳远征没办法"胆大"，这项"超级工程"的复杂程度前所未有，任何一个细小的纰漏都可能导致不可挽回的损失，更遑论还有变幻莫测的自然之力？

"每一次都是第一次。"他常常想起总工程师林鸣的叮嘱：遇到困难不要怕，要有克服困难的勇气和决心。

岳远征说，作为一名工程师，他必须谨小慎微，必须心存敬畏。

记得在安装第2节沉管时，出现了一个令人困惑的现象：第3节沉管与第2节沉管之间的拉合系统失灵了，即新沉管沉入海底，却无法自动向前面一节靠拢。直接原因很简单，第2节沉管尾部的被动拉合单元（类似"搭扣"）出现了偏位，导致第3节沉管上的机械臂找不到第2节沉管的着力点，也就没法向前靠拢对接。

解决方法不算难，直接派潜水员下水纠正偏位即可。但是，为什么会出现偏位呢？

为了弄清原因，在沉管对接完成后，岳远征立即让潜水员把这个偏位的被动拉合单元取出来，仔细研究。他发现上面有明显的钢丝绳摩擦过的痕迹，由此断定，是大海中航行船只的缆绳挂住了它，这才导致了偏位。

岳远征很快设计出了一个外表光滑的被动拉合单元保护罩，此后，再也没有出现过同样的问题。

大自然变幻莫测，对于岳远征而言，沉管安装前的每一个环节，他都必须亲自检查验证；每一个设备，他都必须知道其构造和工作原理；每一节沉管安装时出现过的问题，他都必须彻底地认识和解决，相关经验纳入标准化管理，保证下一节沉管不出同样的问题。

"刚来的时候，心情轻松觉得不难，可是现在越做越忐忑，越熟悉越紧张。"岳远征说。

"悬了近20天的心终于放下了。"魏钧长叹一声。

2017年6月4日，刚刚从最终接头焊接现场出来的魏钧一脸疲惫，但难掩攻克又一世界级焊接难关的喜悦。

魏钧是名副其实的"大国工匠"，他曾在高端焊接技术领域享有盛誉的乌克兰国际焊接大赛上力克群雄夺得桂冠，荣获最佳焊工奖。

作为振华重工的"焊工状元"，2017年6月，他与焊工团队从上海奔赴珠海，负责港珠澳大桥海底沉管隧道最后接头的焊接任务。

这个团队非等闲之辈，曾参与焊接过美国旧金山—奥克兰新海湾大桥、挪威钢桥、丹麦钢桥、鹿特丹码头等国际重大项目。而来到港珠澳大桥项目，他们觉得肩上的担子前所未有的沉重。

"这是国际上首次在海底30米深的水下焊接作业，不仅时间紧任务重，而且作业环境十分恶劣。"魏钧说，"沉管隧道接头的止水带只有一个月的保质期，我们要尽快完成焊接任务，否则一旦漏水后果不堪设想。心理压力之大，非亲身经历难以体会。"

启程来珠海前，魏钧和同事们曾在振华重工的南通基地进行模拟现场焊接演练。但是真到了现场，魏钧觉得条件恶劣得超出想象。

"浑浊、潮湿、炎热、狭窄的现场恶劣焊接环境是我们施工人员面临的最大困难，"魏钧说，"作业时，焊接产生的废气烟雾缭绕，根本看不清人，还缺氧。"大家挥汗如雨地干，焊一个小时就得停下来休息20分钟。

魏钧告诉我，沉管顶部的焊接，拼接的板材又宽又大，重达300斤至900斤不等，仰焊的操作人员要把它托举上去都很难。好在项目部设计出自制的小型墙壁吊，采用了铰链链接方式，这种精妙的解决方案方便了现场作业。

艰苦的焊工生活，使得魏钧的脸和手都成了深深的褐色，但当看到一个个世界级工程因为自己的付出而矗立在世界上，他的内心无比自豪。他告诉我，他们在荷兰鹿特丹港施工时，当地人对他们非常敬佩，为振华重工员工设置了专用绿色通道，让他感到自己为国增光的无上荣光。

要说焊接"达人"，这里还得提一个人：武船重工装焊制作部的电焊班班长沈红生。

中专毕业以后，沈红生就到武船做了一名电焊工。爱动脑筋的他，技术越来越好，成为一名出色的工匠，参与并完成了一系列重大焊接任务。

2013年3月，武船重工中标港珠澳大桥CB02标段，钢箱梁首轮小节段在武船中山基地开始总装制造。沈红生主动提出带领班组赴中山完成这项任务，技术纯熟的他很快得到了批准。

那天，他回到家里，兴高采烈地把这件事情告诉妻子，妻子问他："公司那么多人，又不是非得你去，孩子还这么小，你走这么长时间合适吗？"他认真地说："作为一名工人，能参与这项世界超级工程是多么的光荣啊，公司接下港珠澳大桥这个工程很不容易，现在轮到咱工人上场了，咱不能掉链子啊！"

小节段面板双拼过程需要进行大量的埋弧焊对接。相比于其他桥梁面板结构，由于港珠澳大桥面板U肋密集，间距较小，埋弧焊机和轨道无法放置，导致该类型焊缝无法完成。沈红生根据埋弧焊接原理，开动脑筋，大胆创新，改进了埋弧焊机焊接机头，制作出新轨道，保证了该类型焊缝的完成，赢得了好评。5月28日，钢箱梁第一轮小节段制造完成，首制节段通过专家评审，获得了相关专家和港珠澳大桥管理局领导的高度赞誉。

电焊这个岗位有"三高"：高温、高辐射、高噪声。

电焊，上手容易，要精通并不简单。

初见沈红生时，他正在向工友们讲授焊接诀窍："首先要细心，眼睛要时刻仔细观察焊接熔池的状态，耳朵要时刻听着铁水熔化的声音；其次是手稳，手不能颤抖，即便是火星落在了手上烫得疼也要忍住，以保证熔滴的平稳过渡，避免出现夹渣和咬边等缺陷。"

类似这样的教学课，沈红生一天会上三次。我不想打搅他上课，于是先在外围采访了他的几个工友。

"沈师傅能够根据焊机性能的不同、钢板厚度的差异进行更精细的调节，辅之以适当的手法和技巧，让焊接电流、电压、速度实现最完美的匹配，焊出最完美的焊缝。遇到生产中一些不能焊接的位置，他通过创新制作工装来解决实际问题。"工友朱文胜谈起沈红生就赞不绝口。

赵智平说："沈班长的桥梁焊接经验可以说是到了极致，而且非常精细。"他顿了一会，若有所思地补充了一句，"要求很严苛。"

"严苛？"我在后来与沈红生的交谈中得到了验证。他说他特别信奉一句话："兵熊熊一个，将熊熊一窝。"如果班组长不能以身作则、恪尽职守，那整个班组也将是一盘散沙，没有战斗力。

一次，成员小尹焊接一条焊缝，完成以后给班组里的老师傅们看，大家都感觉对于一个青工来说，焊成这样已是十分难得，宽窄一致，外观漂亮。这时，沈红生来检查工作，当场就指出小尹这条焊缝高了0.5毫米。

小尹反问沈红生："你能焊成什么样？"

沈红生二话不说，拿起焊枪在小尹面前一展身手，并认真指导操作过程中的注意点。

这件事情让小尹彻底服了。

沈红生的"狠"在班组里出了名，谁的焊缝成型差，或出现任何一点质量问题的，都会被他在班组会上点名批评，毫不留情。

"港珠澳大桥来不得半点马虎啊！"沈红生说，烧立角焊，宽度和直线度要达到要求才会让员工烧，达不到的就到下面去练习，找废铁练习去！

为此，沈红生用小推车去下料车间找一些钢板的边角余料，并把这些钢板都割成等长的钢条，装配成结构各异的小构件。他召集来班组里新进厂的青工，用这些小构件给他们示范各种焊接位置的操作要领，然后再手把手教大家。到了下班的时候，他会让每个人交一块自己焊接好的样品，他来检查考核，提出不足和改正意见。

通过这样传帮带，青工的技术得到了很大提升。

当然，沈红生对焊接质量不仅是对工友的要求如此，对自己的要求更加苛刻。我注意到在他办公桌上放着三个记录本，里面分别记录他的工作安排、日常考核和心得体会。下班以后写总结，成了他的习惯。他说，每焊一截桥，肯定有一定的收获，自己总结一下，长期形成了习惯，工作起来很方便也轻松一点。

传统的焊接方式会留下明显的泡印，使得焊接面凹凸不平，那样既不美观，也影响焊接质量。为了保证港珠澳大桥的质量和美观，业主方要求钢箱梁的焊接不能留下任何痕迹。为了解决这个问题，沈红生和工友们反复试验，改装焊接设备。经过近半个月的尝试，他最终成功将传统的焊接机装上车轮，安上定位杆。

"这一改，设备可以自己走了，不需要拉，砂一倒直接一拉走了……非常方便。"沈红生告诉我。

改装焊接机，发明焊接轨道，改良打磨机……沈红生这一系列倒腾，不仅焊接质量改善了，而且工作效率也大幅提高。

"能够提高多少啊？"我问他。

"提高至少有一倍吧！"

几年来，沈红生先后发明出了6种不同轨道下的焊接打磨设备。由于工作认真负责和敢啃硬骨头，沈红生成了工友们心目中的"焊神"。

超级工程无痕焊接，细微之处显匠心。

沈红生和工友们完成了全部钢箱梁焊接工作，总长度达到7公里。整体焊接质量，始终保持超声波探伤合格率100%、射线探伤合格率99.6%的好成绩。

沈红生说过：为之奋斗过的项目，它的潜质会影响一生。如果把所有这些潜质凝聚成一个词，那就是"精益求精"。

"测量误差只能以毫米计。"

"这不可能吧……"

"必须如此！"

"……"杨磊沉默不语。

这是在测量钢塔底座Z0顶面的平面位置误差、顶部高度误差和四个角的高差时，测量师杨磊与业主的一段对话。

根据业主要求，这三处误差分别在正负3毫米、正负1.5毫米和1毫米以内。钢塔底座Z0顶面那可是宽8.347米、长8.347米、高3.45米的大家伙，这么大的东西精准度却以毫米计。在4公里之内如果仪器上差几秒，实际上就差了几厘米，如果实际误差不超过1毫米，意味着在仪器上1秒都不能差。

超级工程这种近乎"变态"的要求实在"很过分"。

"干了6年测量，我第一次遇到如此苛刻的要求。"杨磊说，更何况是在大风大浪的海上？

对于职业选手来说，挑战正是精彩的开始，所有的不可能，杨磊最后都将它变成了"可能"。

但唯有这一次，杨磊沉默了。

此前，杨磊曾参与广东一些城市公路桥梁的测量，在测绘科班出身的杨磊看来，这些工作实在有些乏味，"这不需要多强的专业技术，知道怎么算坐标就行了"。

他甚至想过离开。

"幸好，我没有放弃。"现为广东长大公路工程有限公司测量师的杨磊，原本沉闷的职业生涯因港珠澳大桥奏出了第一阕华丽乐章，他的工匠精神得以绽放。

442根80米长、直径2米的钢管桩插打，垂直精度为1/250。

杨磊皱眉了。

"一般来说，垂直精度1/100就可以了，1/250意味着每100米长只能偏离25厘米。这已超出了国家标准，测量太难了。"

这可是"一锤子"的事啊！桩一旦打下去就很难拔出来，而且在下桩过程中垂直度还会不断发生变化。

最后的事实证明，所有的钢管桩都"刚正不阿"。

比钢管插打更精准的测量要求还在后面。

第一个海豚钢塔吊装时，钢塔吊装最关键的第一步就是测量。那个大家伙相当于35层楼高，重达2800吨，还在空中摇啊晃的呵！如何为这次吊装进行测量和监控，大家心里都没底。

杨磊想，中国建桥无数，可像港珠澳大桥这么个建法还是第一次。

"那你就先做个摇摆试验吧。"领导说。

杨磊琢磨了一番后，弄了一条船，船上放了4台GPS定位并记录行程。小船开到海面上随浪起伏，杨磊和他的团队盯着，一秒钟一个数据。小船摇摆了72小时，杨磊得到了20多万条数据，通过这些数据建立了测量方案。在专家评审会上，专家们肯定了他的方案，两个海豚桥塔先后成功吊装。

每天晚上睡觉前，杨磊都要在脑子里过一遍第二天的工作："首先我要考虑精度够不够项目的需要，还要先设想好仪器摆在什么位置最科学、合理。"在港珠澳大桥钢塔吊装过程中吊具是三维立体匹配，常规测量仪器无法满足对销孔和销轴的高精度测量，所有人都束手无策。杨磊想到了利用三维扫描仪全方位扫描立体数据，这可能是立体扫描仪第一次与现场测量结合，精度达到工程要求的1毫米，吊装一次成功。

"测量就是精准的人机对话，测量精度关系港珠澳大桥成败。"杨磊告诉我，干他们这行就是要细心、耐心和责任心。仪器都是高科技、高精度，但仪器不会自动工作，最关键还是人，是人来选择仪器，制订测量方案，掌握测量方法；仪器也是人来操作，再高精的仪器也有误差，而这个误差就要靠人来发现。

杨磊觉得能参加港珠澳大桥的建设，令他的职业生涯格外出彩："那可是世界第一的超级工程，人一辈子能有几个机会参与'世界第一'呀！"

港珠澳大桥钢圆筒生产由50人变4人，由2天变2小时，这样的作业奇迹不会是传说吧？

不是。它的"始作俑"者就是振华重工的一线工人陈建松。

2011年11月，为赶进度，港珠澳大桥东人工岛最后8个钢圆筒直接在长兴岛外场如火如荼拼装。钢圆筒外壁的宽榫槽使用橡胶密封，现场使用的宽榫槽橡胶翻身装具由四个滑轮、一个槽钢、一根钢绳和一个半弧形钢板焊制而成，工人在底下拉扯一根钢绳，四个轮子卡住宽榫槽向下滑动，突出的像鲨鱼鳍一样的钢板便十分轻巧地实现了橡胶翻身。正是这个看似十分简易的辅助夹具，实现了50人变4人，2天变2小时的作业奇迹，并且省去了门机、汽车吊、登高车等设备。

年近50的陈建松，17岁开始从事金加工，一干就是30年。练就了一身加工钢结构件的硬功夫，看图纸、开模具在他那都是小case，一身的技术细胞总在身体某个角落蠢蠢欲动。2011年4月份港珠澳大桥钢圆筒开工之际，他担任了外场项目调度，主管生产进度、设备安排，手下的100多名工人，在偌大的拼装场地上，每天不分昼夜地工作。

谈起钢圆筒工装的发明，陈建松印象深刻：第一个钢圆筒在外场用橡胶对宽榫槽进行密封时，几十个工人使用登高车等设备在三四十米的高空，手持撬棒一点一点地给橡胶进行翻身，从白天忙到晚上，陈建松也从白天站到了夜晚。他心里一直不停地在琢磨如何才能加快橡胶的翻身进度。黑夜中，仰望着几十米高吃力工作的工人，几十年的金加工经验终于让灵感敲门光顾了。当晚，陈建松就把想法用草图画出来，来回画了好多张图。第二天他找到施工工人商量，征求意见后又对图纸进行了修改，大家合力按照图纸焊制了第一个宽榫槽橡胶翻身工装：四个滑轮、钢板、槽钢、宽榫槽、钢绳……

试用结果却不尽如人意。

"钢板两边的棱角过于锋利容易将橡胶割坏"。陈建松说，他于是将钢板棱角磨成凹圆弧状，改进后的工装使用起来既便利省时又能保证质量。

"以前一个施工队多的时候有八九个翻身工装，工人们在进行橡胶翻身时需要登高车，需要昼夜不分地对橡胶翻身。"陈建松对自己发明创造的工装受到如此追捧颇为自豪。

随着工装设备全面推广，陈建松为钢圆筒最终提前一个月完工立下汗马功劳，有力助推了港珠澳大桥岛隧工程实现"当年动工，当年成岛"的目标。他说："我只是喜欢琢磨，只要自己能做到的，就愿意干。"

他们只是大桥数万普通劳动者中的杰出代表，是精益求精、创新创造的大桥工匠。他们的核心不是去"制造"什么，而是一种追求卓越的"心态"，因为，从60%到90%已然优秀，但是从99%到99.99%的心态才是真正的"匠心独具"。

有匠心，就一定能实现心中梦想。

有匠心，就一定能锻造中国品质。

有匠心，就一定能光大中国制造。

第二十二章　中国的"鲁滨孙"

潜水，一个神秘而充满惊险的职业。

海上涌浪、海底生物、船行波、钢丝绳……海底潜水风险无处不在。在港珠澳大桥岛隧工程，就有这样一群潜水的汉子，他们是海底沉管安装现场的"特种部队"！

这支队伍来自山东烟台打捞局潜水工程队。

2012年9月，烟台打捞局签约港珠澳大桥岛隧工程沉管浮运安装潜水作业项目。海底探摸、测量、清淤、安装、调试、水下监控、水下切割……潜水队被赋予新使命。

出发前一天，队长邢思浩代表潜水员给打捞局立下军令状：竭尽全力，万无一失！

10月，7名先遣队员先期到达施工现场水域。次年3月，22名经过精挑细选的潜水精英集体开拔港珠澳大桥伶仃洋海面。

这是一支敢打硬仗、善打恶仗、能打胜仗的队伍，有着荣耀与辉煌的历史，先后参加过"11·24"海难、"5·7"空难和"11·21"空难等重大救捞和搜救工作。

48岁的郭旭理1989年从广州潜水学校毕业，有着27年的潜水工作经验，是潜水工程队的副队长。他给我的印象是沉稳、干练。他说，参加这么大的建设工程还是第一次，因为在港珠澳大桥海底潜水需要更加专业化和精细化，我们全都铆足了劲，有信心打一场漂亮仗，把烟台打捞局这块潜水的牌子擦得更亮。

潜水作业使用的工作母船船龄已经超过了30年，在船舶川流不息的阔大的伶仃洋航道上，孤零零似飘叶一枚。

我发现，船甲板堆满了集装箱和各类设备，潜水员们平时就工作生活在这30米见方的甲板上，8个人挤一间集装箱，空间逼仄，冬冷夏热。显然，这屋子仅仅只提供一个睡觉的地方，而不具备房屋所包含的温馨内涵。

郭旭理告诉我，一日三餐都是派人乘锚艇来回颠簸一个小时去人工岛打饭，每次吃上饭时，饭菜往往已凉透。

4年多时间，队员们除了潜水，剩下的就是单调和艰涩，这种重复劳作在封闭的空间中不断循环、循环、循环……我陷入深深思忖：这需要多大的毅力和耐性呀！

也许是命里注定、前世因缘，我们与海洋有着一种与生俱来的缘分。有着8年潜水经验的姜骥问我：你见过3米以下的海水是什么颜色吗？

我答：蓝色！

又问：40米以下呢？

又答：深蓝色。

错，黑色，一片漆黑……

姜骥说，伶仃洋海域海水10米以下就基本上是伸手不见五指，40多米的水深只有头顶的灯能照亮1米见方，只能听到自己的呼吸声和海水的涌动声，仿佛身处另一个世界……

沉管浮运对接前，在沉管预制厂深坞内往往要放上一个多月。南方一年四季天气暖和，贝类、藻类等海生物会迅速蔓延，海苔生长非常快，翠绿的海苔犹如地毯一般裹在沉管周围。为了从源头上保障安装对接精度，每隔两三天，潜水员张诚都要和同事们下去清理一遍。最麻烦的是沉管底部的海苔，他们要潜入10多米的水下用钢丝球一寸寸仔细擦拭，一根沉管需要多个潜水员连续作业，每次出水他们都累得筋疲力尽。

伶仃洋航道水流湍急，两个潮水之间平流时间很短，留给潜水作业的时间非常有限，加之沉管浮运沿途水域水深从十几米到近50米不等，水下能见度低，这些都大大增加了潜水风险和难度。

在40多米的水下作业，60分钟是作业极限，出水时按程序还要分别在水下不同深度进行减压。但平流期都留给了对接作业，潜水员根本没时间按程序减压，只能在水里稍作休整，出水后在减压舱减压，无形中增加了身体的负担。

距离深坞12公里远的沉管安装作业现场海域，从整平船铺设碎石开始，潜水队就要观察和守卫好每一寸基床。一个180米标准沉管分7个船位铺设，每个船位的面积将近1000平方米，"每铺设一个床位碎石，我们都要进行水下录像，并安放和取出回淤盒，几乎每一块区域我们都要触摸到……"望着距离潜水母船"386"不远处的碎石整平船，潜水分队长吕磊说道。

回忆起首节沉管对接安装时的水下经历，郭旭理记忆犹新。

那天是2013年5月6日。港珠澳大桥首节沉管与西人工岛对接，管体呈2.99%的斜度，受作业空间所限，整平船无法进入该区域施工，唯有采用人工方法铺设海底碎石，平整沉管基床。第1节沉管基床人工铺设长度约60米，铺设面积达2500平方米。这一世界级高精度、高难度的沉管基床人工整平施工，完全靠22名潜水作业人员用双手摸索完成。

那天，22名山东大汉分成11组轮换下水，他们戴上全套防护装置，背着100多斤的铅块潜入14米水下。这是异常艰苦的作业方式，2500平方米的碎石，高低误差不能超过4厘米。潜水作业人员首先在海底放置导轨，高低误差严格控制在正负5毫米之间；再用长度9.5米的刮刀实施精确平整，进行碎石垫层铺设填补，实现"去高补低"，以达到正负4厘米高程控制。海底人工整平，要克服浪涌、海水阻力和浮力。潜水员李镇告诉我："海底能见度低，几乎都是靠我们的双手去摸索作业。"

因为是初次安装，所有人都没有经验，虽然有高精尖的测量装备，但工程师们依然要做到眼见为实，通过潜水员的触摸让工作更踏实。从沉管测量塔水下切割、舾装件拆除安装到碎石整平铺设探摸、安装导向托架、潜水录像电缆安装、沉管对接复核……周建和张金彬两位年轻小伙首次下潜每人累计作业都超过8小时。

在E3管节安装时，拉合千斤顶始终搭接不上拉合托架，两名潜水员接连操作都没能调整过来。安装对接窗口一旦错过，就需要等待很长时间，沉管存在很大的风险。紧急时刻，已下过一班水的郭旭理带着分队长吕磊再次下水，以创纪录的连续3小时潜水作业，终于将导向杆搭设到导向托架中，出水后两人竟虚脱在船舱……

2014年11月，基床回淤，E15管节安装受阻，现场30多艘船舶、几百名作业人员都在焦急等待。

潜水项目部压力巨大。

潜水工程队急而不躁，为获取最真实可靠的数据，选派经验丰富的潜水员下水探摸。除全程录像外，还点面结合实施探摸。在对整个基槽大面积探摸后，又选取有代表性的位置进行重点测量，并多人多次在同一位置、不同流速下进行测量比对，科学严谨地向潜水项目部提供每一份真实客观的数据报告。岛隧工程总经理部最终决定放弃对接，拖航回坞。

于是有了E15沉管"3次出海，2次回坞"的传奇故事……

在E28节沉管安装作业过程中，潜水员姜骥创造了在海底95分钟的作业纪录。

姜骥是第一个入水，他的任务是要观察导向杆是否进入导向托架，这是确保沉管对接精度范围的第一步。抵达沉管顶部导向杆位置后，姜骥要实时观察并定时开展测量，将实时数据报给同事做好动态记录，并调整导向杆南北间距。"沉管对接的过程非常漫长，很多工作都是反反复复，操作也很单调乏味，但是必须精神高度集中，确保测量精确，上报精准。"姜骥说。

接到E28节沉管测量顺利贯通的消息，中交港珠澳大桥项目部林鸣总经理给郭旭理发来祝贺短信："郭队长，听到E28节沉管测量贯通结果，特别高兴，精度控制得很好，在海底测量上百次，你们耐心细致、毫无怨言，是工匠精神的最好体现！"

收到这条短信，郭旭理赶紧将短信转发给了船上的20多个兄弟。他面对这洒满阳光的伶仃洋海面，给林鸣回复短信："我们一切行动听指挥，指挥到哪做到哪，项目部对我们的关心和支持让我们感动。"

清理时不能用金属铲具，不能用坚硬器具，不能破坏表面保护层……国外专家对沉管端钢壳和止水带上海洋生物的清理有严苛要求。沉管基床容易回淤，为减少淤泥沉淀，潜水员们"绞尽脑智"，制作了9齿清淤耙，辅以高压吹气进行淤泥清理，改造了水下液压扳手套筒。这些新工艺的发明和创造在对接速度和精度上立竿见影。

为了提高测量精度，潜水分队长赵顺爱自己制作了"一器三用"的测量尺，在对接安装时，测量管顶高差间距，两个管节的端钢壳目测不出哪个高低时，他又在测量尺上安装了水平仪，起到了一石三鸟的作用。"海底作业比陆上复杂，自己动动手，图的就是简单实用，每次潜水探摸与精密仪器测量之间的数据都非常接近。"赵顺爱摸着手上的测量工具笑着说。

潜水呼吸脐带是潜水作业人员的生命线。老一辈的潜水员都是父子兵，儿子下水，父亲在水上等候，给儿子拉脐带、接电话。全队20多个人一起生活在大海中央的一条工作船上，郭旭理和赵顺爱算是队员们的老大哥，不仅照料潜水队员的生活起居，也成为队员们最信任的拉脐带的人。

海底沉管密封前，为达到120年的设计使用寿命，潜水员张鹏每隔几天就要钻进水底，清理那些快速生长的浮游生物，以免它们影响海底隧道的密封。

我问：你下潜最深有多深？

张鹏答：最深45米。

我问：普通人在这个深度会是什么样的状况？

张鹏答：一般情况下应该出现全身大麻醉了。

我问：你们没事？

张鹏答：我们经常训练，没事的。如果减压没做好的话，身上骨关节会产生气泡，就容易产生骨坏死。

"小伙子身体特别棒！" 驻船潜水医生吕少中拍着张鹏的肩膀说。

吕少中告诉我，他为每个潜水员都量身定制了一个健康档案，随时掌握他们的身体机能。每次入水前，吕少中都要观察他们的情绪和精神状态，保障每一次潜水安全作业。潜水减压病对潜水专业人员来说是最担心最常见的一种疾病，吕少中要根据潜水人员不同的下水深度，制定不同的减压方案，让潜水员在减压舱里把体内的惰性气体排出。

深潜轻浮，水下游龙。

前后历时5年的时间里，在30平方米的工作船上，22名潜水队员完成近21万平方米的海底探摸、测量、清淤和6.7公里沉管安装调试的水下监控等工作。根据潜水记录，潜水员们每天累计下潜约20个小时，抛除不良气象条件，每月按25天计算，一年合计作业6000多个小时，5年累计近30000个小时。

潜水分队长修敬志说："水下工作当然辛苦，但每次对接完成听到岸上传来欢呼，我就觉得值了。"

没有家国情怀和敬业精神，谁耐得住这份寂寞？

没有严明纪律和高超技艺，谁担得起这副重担？

一次次测量，一次次对接，一次次成功，队员们合力创造了连续72小时不间断潜水作业的纪录。这群来自北方的潜水汉子，没有豪言壮语，只有无声的行动，他们是伶仃洋海底的探秘者，更是超级工程的海底护卫队。

沉管安放区域属于松软土质，容易发生过度沉降的问题，在这种情况下安装将严重影响安装的精度，无法按要求将误差控制在7厘米以内，甚至可能给隧道的工程质量带来难以估量的后果，同时海底基槽淤泥回流可能会给沉管沉放带来不少麻烦……

因此，在每个沉管安装之前，需要先在伶仃洋海床上最深挖出50米的海底基槽。50米啊！这样的深度好比位于一栋商业楼负16层的地下车库，坐电梯下去都要一两分钟的时间！

中交广航局总工程师、中交港珠澳大桥岛隧工程Ⅳ工区（疏浚分项工程）项目经理曹湘波告诉我，海底基槽开挖是一项水下"隐蔽工程"，是完全封闭的看不见的海底"精耕细作"。

他饶有兴趣给我讲解道，挖好基槽后，用大石块给沉管"铺床"，大型液压锤将石块压实后给基床清淤，再用碎石为沉管铺设一条42米宽、30厘米厚的平坦"床垫"。

沉管躺在漆黑的海底，"床"若是不适合，隧道歪斜扭曲那事情可就大了。因此精度控制要求就特别苛刻：基槽精挖后50厘米。

2011年4月12日是个阳光灿烂的日子，基槽开挖正式拉开了帷幕。国内自主设计建造的最大型抓斗式挖泥船"金雄"来到施工海域，船上安装的110吨重抓斗有近四层楼高，张开时最大的宽度可达到9米，一抓就是30立方米的淤泥。

曹湘波迎风伫立，他说在海底这样一个受水流等自然条件影响极大、变幻莫测的世界里，基槽开挖容不得闪失和懈怠，因为人为操纵抓斗船上的手柄将这只"巨手"伸到海底"随便一抓"，都很可能会出现一两米的误差。

他形象地给我打了这样一个比喻："就好比是让一个习惯了重活儿的粗汉，在黑灯瞎火中拿着1斤重的粗针，在一块巴掌大的布上熟悉地绣出各种精致的花草鱼虫，且不能出现任何闪失！"

13日清晨，挖泥长李共平跨进工作船驾驶室操作台，右手握着操作手柄轻轻往前一推，"金雄"巨斗稳稳张开没入海水中，开始港珠澳大桥岛隧工程第一节管节E1段精挖，船上加装的数十个与7台计算机相连接的传感器也在迅速运转。李共平来回观察在他左前方的监视器和左下方的深度计，"金雄"钢丝卷筒发出几声巨响后，他将手柄轻轻往回一拉，吊着抓斗的钢丝绳迅速开始回收，挖泥室所处的转盘开始向右转，"哗啦"一声，"金雄"船体猛然往上一抬。

此次"下手"的误差能超过0.5米吗？

李共平眉峰紧锁地注视着面前三台液晶显示器上不断变化的数据和线条。这些数据和线条来自挖泥操作平台，如同在铰刀上安装了眼睛，能够准确留下刚才那一斗的下放轨迹和挖深数据。李共平挠了挠头，长长地吁了一口气："力度刚刚好。"

李共平的这一挖非同寻常，它是港珠澳大桥岛隧工程沉管隧道基槽实施精确疏浚的"第一挖"，也是挑战世界级难度的"第一挖"！"金雄"也成为国内第一艘真正实现定深开挖的最大抓斗式挖泥船。

之后，项目部一批"神兵利器"陆续闪亮登场："振驳28"抛石夯平船、"津平1"碎石整平船、"捷龙""浚海6"专用清淤船……

风兮云兮，潮兮雨兮。工程师们挤在船上狭小的生活空间中，踏踏实实地研磨着工艺。曹湘波说："海底形状实际上是个具有不同纵横坡比、复杂多变的'锅底形'海底基槽，在20—50米深海处施工'慢工出细活儿'。"

唐少鸣是中交广航局具有多年丰富抓斗船施工管理经验的资深船长，在隧道基槽精挖过程中坦言自己"经常紧张得睡不好觉"。

他说："虽然外人看来挖基槽是'看不见'的活儿，但只有我们自己才知道它的重要性，只要精挖一天没停下来，船长和挖泥长心头绷紧的那根弦就不能放松！"

针对超国标精度的验收标准，中交广航局和Ⅳ工区投入了包括目前最先进的R2SONIC2024多波束测深系统、荷兰Stema公司的产品泥浆密度测试仪以及RTK实时动态定位技术等在内的测量设备和技术，Ⅳ工区每隔两三天就测量一次，工程测量技术人员加班加点至凌晨两三点也是常见的事。

中交广航局勘察测量分公司总经理高耿明告诉我："目前全世界最先进的10项测量技术和设备，有一半都应用在岛隧工程基槽开挖检测中！"

"津安3"沉放船外形十分特别，侧面看去呈"冂"字形。船体长40.2米、宽56.4米、高12.6米，上部平台面积近1/3个足球场大小，平台上最为显眼的就是大大小小、绞满钢缆的十余台卷扬机。

作为沉放船主船，"津安3"上平时只有16人，可一旦启动沉管安装，船上就会激增到100多人，包括领导、技术专家、设备抢修队伍等，其他各部门的工作人员也都会上船。

船长名叫王汉永，43岁。

1992年，王汉永进入中交一航局做水手，由于表现优异，升职为大副，参与港珠澳大桥建设后又升职为船长。他有个绰号叫"风流船长"，当然不是因为他风花雪月，而是因为身为船长的他必须时刻注意大海上风和洋流的变化。海上环境复杂多变，即便安全预防措施再完备，也总会有意外出现。

他给我讲了这样一个惊心动魄的故事——

在E24沉管安装成功后的当晚，"津安3"沉放船停泊在西人工岛码头。大家都沉浸在喜悦中准备休息的时候，危险正悄悄降临。

"船长，'津安3'走锚了。"

"锚不能固定在海底。"

"船长，锚链断了。"

短短5分钟，"津安3"便漂到了伶仃洋主航道边缘。

情况十分危急！主航道上过往轮船频密，"津安3"一旦进入，与大船碰撞的概率极高，情况十分危急。

此刻，有的船员慌了，忙问船长怎么办。关键时刻，王汉永率先冷静下来。他立即呼叫拖船，发力拉住"津安3"，同时抛另一个锚，终于止住了"津安3"的危险之旅，成功返回了码头。

"我要是害怕，兄弟们肯定就慌；我不怕，兄弟们才不怕。"王汉永说。

与老练的船长相比，沉放船上的大多数人都要年轻得多。26岁的江苏人丁宇诚更显书生气，鼻梁上架着副黑框眼镜。

2013年，他从中国海洋大学毕业后，就直接来到了牛头岛担任项目部的工程部技术主管，负责沉管的舾装、出坞到沉放、对接每一个环节的施工技术优化和管理。

技术员的工作是繁琐的，也是充满挑战的。每一节沉管从外部看，不过是个钢筋水泥"巨无霸"，可在它内部却拥有无数的零件。保证这些零件的正确安装，是丁宇诚的重要职责之一。

舾装环节，是指把管系、通风设备、压舱系统、钢封门等舾装件安装到沉管上。丁宇诚对每一步都要进行筹划，遇到特殊情况时，还要开动脑筋，研究出新的解决方案。例如，E27节沉管是非标准管节，比标准管节略短一些，牵一发而动全身，因此各个舾装件的安装结构也要重新设计。

舾装完成后，沉管要进行坞内灌水测试，主要测试其密封性。给沉管内注满水大约要18小时，直至灌满之前，丁宇诚都必须和工人们一直留在沉管内监视各个设备的状态。夏日里，沉管内闷热异常，气温最高达40多摄氏度。

"在那里面坚持18个小时，说实话，谁都怕。但这种情况下，我们技术员必须带头进去。你怕热不进去，工人们也就不想进去，这工作就没法干了。"丁宇诚说。

"每一步都是第一步"，这是港珠澳大桥海底隧道建设的口号。这里充满着各种各样的挑战，而对于技术员来说，同时也是难得的研发机遇。

丁宇诚和同事们进行的水阻力系数研究就是其中一项。丁宇诚介绍，水阻力系数是影响物体在水下运动的重要因素。国内对淡水阻力系数研究多，而对海水阻力系数研究少。利用海上浮运沉管的机会，他们可以搜集大量数据进行研究，为同类的工程建设提供参考。

"我们的研究已经取得了一定成果，接下来我们会把这些成果整理出来，将来肯定是可以申请专利的。"丁宇诚说。

锁旭宏是沉放船上的又一位小伙子，2012年从兰州交通大学毕业，便参与了港珠澳大桥的建设。28岁的他，来自甘肃，脸形方正，说话十分谨慎，和我交谈时甚至还满头大汗。他是项目部的测量班长，负责沉管浮运测控系统和安装测控系统的调试。

这两种系统各自拥有主用系统和备用系统，在每一节沉管安装前的坞内测试中，都要经过反复的调试，浮运测控系统约调试六七次，而安装测控系统的调试更是要求不少于十次。

虽然沉管隧道的建设者们每一步都小心翼翼，但故障却不可能百分百避免。有时，锁旭宏会遇到精度较差的情形。

有一次，在沉管临近浮运安装的前三天，安装测控系统突然出现了精度不稳定的现象。要知道，受潮汐影响，沉管安装的窗口期每个月只有两三天。如果在测控系统这个环节失误，就意味着这一节沉管的安装可能要延误一个月。

对于锁旭宏来说，情况已经非常紧急。经过分析，他判断系统没有整体性的问题，一定是细节上出现了失误。他带着测量班连夜排查，不放过任何一个细节，最终在某一处的电缆接头上发现了"元凶"：只因为这里的一点点松动而接触不良，造成了整个测控系统的不稳定。

还有一次，也是在临近浮运安装的前几天，管内的倾斜仪突然罢工，不显示数据了，而且它是和三台备用设备一起罢工。这种现象完全超出锁旭宏的预料，他连忙带着测量班，从沉放船上40多米高的人孔井中爬进沉管。"这次，我是真有点儿急了。"他说。

进入沉管内，他对每一个仪器箱进行排查，所有设备的显示灯都很正常。他们一台一台地调试，翻来覆去地检查，检查了三遍，终于确认：设备没有问题，问题出在别的地方。最终，经过与其他部门的沟通，发现这一切是由于相关IP地址设置的变更而引发的。待到解决问题时，已是凌晨4时，锁旭宏在水下封闭的沉管内已连续待了7个多小时。

E33沉管直接对接东人工岛，所处水域较浅。沉管的定位系统原本采用声呐相对定位和测量塔绝对定位相结合，但在浅水区中，声呐定位可能出现误差，于是全部改为测量塔绝对定位，以保证测量和安装精度。

"测量是工程的眼睛，我们的测控系统出一点点问题，整个沉管可能出现的误差就难以想象。我们测量班必须做到万无一失，沉管安装才有可能实现更高的精度。"锁旭宏说。

从2012年中到2016年初，冀晋在船上住了4年。

"就做一件事。"他说。

"什么事？"我问。

"为海底沉管打造平稳的地基。"

"那已经不得了了！"我知道2016年初，冀晋所在的抛石夯平班组被中交港珠澳大桥岛隧项目部总经理部授予特等功，获得"铁打团队"的殊荣。

冀晋所做的这道工序叫深海沉管隧道基础块石抛填及夯平。

冀晋2011年毕业于唐山学院，进入中交一航局担任技术员没多久，就奉命来到了港珠澳大桥工程项目，负责抛石夯平船的技术工作，驻守海上6年，其中船上4年。

6年光阴，可以做出许多选择，完成很多事情。然而，冀晋只做了一个选择，完成了一件事。

冀晋班组所驻的抛石夯平船是改造而成的，活动空间仅有20平方米左右。"开始是放置几个集装箱，每个长度6米，我们6个人住里头，人均生活区不到一平方米。"

"从北方到南方，从陆上到海上，习惯吗？"我问。

"不瞒你说，曾想过要离开。"冀晋直言内心也像海水一般，泛起过波澜。他说，看着天上几分钟就飞过一班的飞机，自己会想：如果不来大桥工地，是不是自己此刻去香港旅游了，或者西装革履地去香港参加会议了？

而现实是自己戴着安全帽在海上风吹日晒，甚至一个晃动，海水就会溅到自己脸上。

后来，为改善抛石夯平船上的生活条件，上级同意对抛石夯平船进行改造，"集装箱开了窗户，做成了'海景房'，还加了顶棚。"冀晋笑着对我说。

在船上的前两年，每天的生活都像打仗一样繁忙紧张。他说："能有幸参与这么大的一个工程，觉得能多学点知识，内心是很兴奋的。"

在领导心中，冀晋是成长最快的技术骨干之一。

随着时间的推移，隧道已经接近合龙，人工岛上的主体建筑也在紧张施工。

"未来怎样考虑？"

冀晋说："自己还没有想过这个问题，因为工期还很紧，工作任务还没有完成。"

成宝刚是硬汉，也是暖男。

黝黑的皮肤、宽厚的肩膀、结实的体魄、笑起来眯成一条缝的眼睛……初见他时，他憨厚而真诚，亲和力十足，让人觉得是个有担当、肯吃苦的硬汉。

成宝刚是广州港珠澳大桥海事处的一名副中队长，在"海趸1550"船上漂流了6年有余。我留意到那金光闪闪的肩牌却满是被海浪打湿留下的绿色铜锈。

说成宝刚是个硬汉，正如他的微信头像"大力水手"一般有担当、肯吃苦。船上的兄弟无论年龄大小，都喊他一声"刚哥"。

说成宝刚是个暖男，正如他的QQ网名"天笑"一般心态积极，搀扶受伤的同事，替有事请假的人顶班，每天晚上还通过微信语音给4岁的女儿讲故事。

在守护大桥建设安全的6年里，成宝刚不辱使命，勇于担当。大桥岛隧工程的关键工序沉管浮运这个监护重担就压在成宝刚的肩头。

成宝刚已习惯于艰苦的海上环境，他说："以前没有趸船时，我们就睡在海巡船1.5米长、40厘米宽的沙发上，经常头和脚都悬着睡觉。风浪大时，海巡船摇得沙发都左右移动，没留神的话摇摆的茶几会砸到腿，锅碗瓢盆摔一地。浪大时要看准机会掉头，不然遇到横浪，很容易造成海巡船的倾覆，有可能被东西砸伤。"

回忆起看护沉管浮运的日子，成宝刚说："每次沉管浮运过程中，经常会有十几艘中小型船舶靠近浮运编队，我们的海巡船要去拦截，依法查处并驱离船舶。"他心里十分明白，每节沉管造价上亿元，一旦发生碰撞，会造成不可挽回的经济损失，而且一节沉管出状况，就会延后其他沉管的安装，将严重影响施工进度。

成宝刚同样回忆起E15节沉管浮运的情景："当时，沉管隧道基槽回淤比较严重，到了沉放现场却没有办法按照计划施工，我和同事又护航浮运编队回拖。船上的补给没有了，连方便面都精光，我们只能饿着肚子又连续工作了六七个小时。"

就这样，经历了4次模拟演练，成宝刚和同事们克服工作条件恶劣、精神压力超负荷、连续工作时间长等困难，成功保障了全部33节沉管浮运与安装的顺利进行。

除了监护每节沉管浮运外，海事的挑战还有来自伶仃航道的转换。

岛隧施工需要转换航道，而每日平均有4000艘次船舶航经珠江口，要这些船舶改变长久使用伶仃西航道航行的习惯，转而绕行伶仃临时航道，监管难度之大堪比人体的"动脉搭桥手术"。

棘手的问题是，上下游的大小船舶都有误入旧航道的危险。成宝刚和同事们反复研究探讨，首创"VTS+海巡船+警戒拖轮"三重保险警戒方案，即VTS电波喊话、海巡船拦截、警戒拖轮物理封锁，并成功应用于实践，在之后三次大规模航道转换中，安全服务数十万艘过往船舶，有效拦截极有可能影响大桥建设施工安全的违章船舶600多艘次。

成宝刚所在的监管趸船离岸12海里，海上风浪大，趸船上的超大缆绳半年磨断了6条。船上通信较差，信号断断续续，往往开着门有信号，关上铁皮门信号就被屏蔽了，着急的时候需要抱着电脑出来到处走，拿着电话上下穿梭找信号，有时船员想用POS机缴费干着急，家里有事也经常打不通电话。由于海风盐度较大，不锈钢器皿都生锈了，为了给大家一些绿植，他和同事在船上种了一些"不死草"，很快，因为海雾太咸了，不死草都死掉了。后来，成宝刚又带了两只小狗到趸船上来，一个星期都没过，两只狗也不见了，同事调侃他说："刚哥，你养的狗怕是忍不住寂寞跳到海里了。"

呵呵！

刚哥心态好，总能在寂寞的生活中找到乐趣。他每天早上6点钟起床打篮球，经常一个人运球、投篮，十几个篮球掉进了海里，基本功也越来越好了。空闲时，他便在船上看各个方面的电子书，还参加过《一站到底》擂台赛，与女博士同台较量。他笑着说："就是想变个节奏，换下脑筋，大概是在船上待久了，出去转一圈就很开心。"

由于沉管浮运需要根据潮汐选定作业窗口，经常凌晨两三点起拖。为了保障沉管顺利出坞，成宝刚白天部署准备工作，晚上则在沉管预制厂周围水域警戒清场，通宵达旦。"夜间沉管浮运时，白天要集合全部的船艇，分派补给和监管设备并召开部署会，晚上则开船到沉管预制场附近警戒，防止无关船舶靠近影响出坞安全，经常忙到早上八九点才结束。"成宝刚介绍道。

然而，保障沉管顺利浮运，仅仅是这项艰巨任务的开始。沉管浮运阶段结束后，成宝刚所在的广州港珠澳大桥海事处海巡船仍然要值守一周左右的时间，保障沉放、对接、回填阶段顺利进行，两班人24小时轮流值班，直到回填完毕。

在海巡船上巡航，浪大时人经常会被浪打湿洗海水澡。后来，成宝刚淡定地不躲了，因为躲浪很容易摔跤，船上所有的地方都是钢铁的，有棱有角，十分危险。所以，制服上本应是金光闪闪的肩牌才满是绿色的铜锈。

九层之台，起于垒土。

东、西人工岛挤密砂桩进行地基处理分为岛壁结构挤密砂桩和沉管隧道基础挤密砂桩两个分项，是典型的海上"漂泊作业"。

2013年8月1日上8点，伶仃洋一如既往的平静。我从港珠澳大桥建设营地所在地淇澳码头出发，在海上辗转几艘船之后，11点钟终于抵达"三航驳303"船。

"三航驳303"船是条指挥船，船载重有3000吨，锚定在距离粤港分界线366米处，以大屿山为背景，不时有白海豚从船舷边跃过。一枚"蚝贝"正慢慢成形，孤零零镶嵌在伶仃洋上。中交三航局的100多名工人和项目管理人员就吃住在这条船上，在它四周，有7艘施工船正在穿梭作业。

一声隆隆巨响打破了海天一色的宁静，高80多米的"三航桩6"SCP施工船正在隧道东人工岛过渡段A6-6区域进行挤密砂桩打设，高耸直入云霄的砂桩船笔直挺拔，偌大的砂斗从天而降，阵阵轰鸣撼动于伶仃之上，震动拍击着浪花、敲打着船舶。当日，"三航桩6"SCP施工船完成沉管隧道东人工岛过渡段A6-6区域挤密砂桩打设51根，单船单日作业量再次超过50根。据说，工人们最长两个月才回一次陆上营地。

张奎的脸被晒成了红褐色，他摘掉安全帽坐在我面前时，头发已被汗浸湿了。项目副经理王伟说："这是我们项目部最年轻的工程部部长，在我们二工区，像张奎这样二三十岁的年轻人占一半左右。"

张奎是"80后"，专业技术基础好，工程技术和现场组织施工方面都非常出色，他接受新事物快，充满活力和干劲，平日里走路总是急匆匆，工人们都亲切地称呼他奎哥。奎哥虽然身材瘦小，却精明能干，每天起得最早，睡得最晚，干起活来也风风火火，虽然看起来急躁，可实际一点都不马虎。他介绍自己是四川人，在中交三航局工作5年中做过很多大型水工工程，东人工岛开始打挤密砂桩那时起，他就到了船上。

2012年7月底，项目部转战沉管隧道东人工岛过渡段，该区域荷载要求及地质条件变化较大，岛头区域的水流急，船舶定位难、加沙难。挤密砂桩的底标高从最高处-32米到最深处-57米不等，挤密砂桩施工进度艰难。项目部对挤密砂桩采用了不同直径、不同布置形式，上层、下层共有六种不同的置换率，高峰时有三艘船舶同步推进施工，在伶仃洋上演了一出令人叹为观止的"龙虎相争"，最高突破单日60根的施工作业量。

两年时间，中交三航人用挤密砂桩的重桩固基，构筑了伶仃洋下的海底长城。

在这里，我还要讲讲"振驳28号"定位船和"振浮8号"起重船上的故事。两艘船相互辅佐，配合默契，共同完成了东、西人工岛120个钢圆筒的全部振沉任务。

"振驳28号"船甲板长88米、宽28米。在甲板区，放置了一个长6米、宽3米的集装箱，共设置了6张90厘米×180厘米的小格床、6个衣柜和3张书桌，这就是龙淇涛、陈必全、龚雷、王生济、李凯等6个"初生牛犊"的集体宿舍。

集装箱固定位置朝着东北方向，门窗即便是全开着也没有什么风，使得这小小宿舍空气只能"内循环"。6个人挤在18平方米的空间里，太阳毒、天气热，小小的集装箱宿舍充斥着汗酸味。那时正值夏天，午间的太阳晒在甲板上，那和铁板烧几乎没两样。为了防止太阳灼伤皮肤，一般大家都穿长袖，即使是感觉更加闷热，也比直接接受太阳紫外线暴晒强。

在东、西人工岛120个钢圆筒振沉期间，高峰期一天人工岛要振沉2到3个钢圆筒。基于它的精确定位，每一个钢圆筒都如第一个，精确入海，牢牢坐实……

安全制度规定，大家干活时必须穿救生衣、戴安全帽、穿工作鞋。救生衣是橙红色的泡沫小马甲，穿在身上密不透风，再扣上安全帽，不一会个个就是大汗淋漓，汗珠顺着脸颊往下流，一会衣服就全湿透了，工作鞋里也全是汗水，又闷又热，很不舒服。

无论怎么遮着、挡着、捂着，无处不在的那把"阳光刷"，直射、散射、反射、辐射，蘸满了赤橙黄绿青蓝紫重重叠叠地在全身各部位反复浸染，直到把一个个刷成一尊铜像。

"每隔10天可以上一次岸，但只有3个小时。"陈必全说。

"公司规定的？"

"不是，是项船长安排大家每10天轮流上岸购买蔬菜、生活必需品，顺便登陆'放风'。"

"这样很公平啊！"

"是呀！开始都很期待，因为这是一个接纳地气，放松精神的好机会。"

"后来呢？"

"后来……后来……"陈必全笑了。原来，由于班船所限，实际在岸上采购的时间只有3个小时，还包含来回码头的时间和午饭时间。有一回，他一番选择对比，讨价还价，算账付账后，再找车装车，连吃饭的时间都没有了，后来在路边摊买了几个包子，带到船上对付一餐。

东、西人工岛靠近香港，彼时，岛上的通信设施不完善，手机信号很不稳定，加上集装箱房间是密闭的，宿舍里基本没有手机信号。王生济初来乍到，彼此不是很熟，开始不怎么说话，他经常一个人抱着手机在甲板上打电话、上网。王生济说，打电话得找准位置调好姿势，才能对亲朋好友们报上平安。有时候只能通过"数飞机"消磨时间，因为工作海域离香港机场只有约5海里，离深圳机场约8海里，每隔10分钟就可以看到一架飞机飞过。

入夜的时候，除了周边的渔火和斑驳的香港大屿山山影，陪伴几个小青年的只有月亮。龚雷笑言他从来没有这样留意月亮，每天，只要太阳一入海，它就从太阳下沉的地方浮出，似乎它是被太阳赶出来或是被太阳从海里溅出来的，是跟太阳交接之后上班来的。

船上岁月，每天都显得特别悠长。"赏月"能够让飘浮游移的心得到沉静和安宁。看，每天西边的霞光还未褪尽，一弯新月就浮在天角边上，从初四长到了初十，半边月亮日渐丰满，完全应了那句名谚：上上上西西，下下下东东。意即：上弦月出现在农历上半月的上半夜，月面朝西，位于西边的天空。

闲暇之余，龙淇涛居然学会了十字绣，每天抽空绣几针。随着人工岛钢圆筒振沉完工，一幅出自男子汉之手的《旭日东升》出炉。画面上，宽阔的瀑布一泻千里，气势恢宏，芳草萋萋，一轮红日从云彩之间腾跃而起，都要冲出画框了。

看着那幅渗透他全部情感、诞生在"振驳28号"船上的特殊作品，我问他："准备送给谁？"

他笑而不语。

于是大家建议：6个人在上面签名，等到港珠澳大桥竣工之际，把这幅《旭日东升》十字绣献给港珠澳大桥。50年后，再一起拄着拐杖来看港珠澳大桥建设展览馆……

"振浮8号"吊重达1600吨，水面以上最高吊高达115米，共设有8口锚，是最勤恳的"钓手"，吊装500多吨的钢圆筒加上吊索具"一钓一个准"。一日振沉三个特大型钢圆筒的世界纪录就是在"振浮8号"船上创造的。

秦汉文被安排到"振浮8号"当船长是2011年6月，伶仃洋上的烈日有些毒。为了凉爽，他习惯性地选择穿了短袖，没过几日，他的皮肤就被晒脱了一层皮，吓得他赶快把长袖穿上。

我随他走进"振浮8号"机房，有几样东西立刻吸引了我的眼球：他桌上整齐地码着的一排文件夹；窗边几株充满生机的绿色植物；宣传栏上简明易懂的诗歌——

> 五湖四海中交人，众志成城战伶仃；
>
> 风浪炎暑练铁骨，港珠澳桥铭美名。

　　小诗朗朗上口，我打心里想："此乃藏龙卧虎之船。"

　　不错，这个宣传栏的"操盘手"正是一名年轻的水手，他名叫王晓龙。

　　1988年出生的王晓龙，大学毕业后就被分配到船上工作。起初他并不喜爱这份天天在海上漂泊的工作，甚至是十分厌恶。船上狭窄单调辛苦的生活和工作令他每日挣扎纠结。他向日记倾诉，写下了一大厚本子的日记，却不能改变什么。

　　"最初，日记成为我发泄不满情绪的地方。"日子久了，有一天他翻阅过去的日记，发现很容易受当中情绪的影响，他觉得不能这样继续下去，于是停下日记，像歌中唱的那样，拿出勇气，努力将船上生活过得精彩。

　　在"振浮8号"船员餐厅的记事板上，有一首内容丰富的顺口溜，这也是王晓龙的"杰作"：

> 高温天气不畏惧，防暑降温有秘招；
>
> 龙虎人丹多备足，劳逸结合最重要；
>
> 夏季台风常报到，夜间值班要重视；
>
> 严禁脱岗与串岗，异常情况及汇报；
>
> 甲板干活危险多，安全衣帽不离身；
>
> 机器设备勤保养，勿到用时方恨少；
>
> 全心全力赶工作，鏖战伶仃显气概；
>
> 众志成城港珠澳，争做新代振华人！

　　王晓龙在学校就喜欢写东西，被船长指定每月编排宣传栏。他把这份工作干到极致，每个字的一撇一捺很认真，每一首诗和前言都是他精心想出来的。他以积极乐观的方式和坚强毅力度过了船上那段最难熬的时光。现在他已从水手变成三副，而且还与相恋5年的女友步入婚姻的殿堂，获得了事业爱情的双丰收。

　　"他说风雨中这点痛算什么，擦干泪不要怕，至少我们还有梦"。王晓龙说，《水手》这首歌一直都在他的电脑里，小时候听这首歌只是觉得好听，如今听起来觉得别有一番滋味在心头。

我还认识船上负责电气设备保养和维修的周士贵，看似憨厚善良，实则风趣幽默。每天见他在轮船上爬上爬下，在船与船之间跨来跨去，上油漆、拧螺丝……他笑称已练就"飞檐走壁"和"身轻如燕"的轻功。

周士贵向我回忆起"一日振三筒"的情形时还有点按捺不住的兴奋。

"那真是'天时地利人和'啊。"他似乎意犹未尽，"天气出奇的好，水流也不急，可谓是天时；钢圆筒振沉位置距离浮吊及轮船较之前有所缩短，可谓是地利；振沉经验不断积累，团队协作日益默契，可谓是人和……"

从凌晨五点半太阳刚爬上海面起，全体船员就开始移船吊装第一个钢圆筒，到早上8点50分起尾右后边倒锚，第一个振沉完毕用时仅三个小时。等到下午6点落日余晖中，第三个钢圆筒就已振沉完工。

"推开窗户，就是大海。" SB04标工程技术部部长兼组合梁工区高级驻地陈波曾经在大桥桥墩平台上住了一年多时间。

淡淡的雾气在海面上飘过，落日映在海面上，一个太阳在空中闪着光芒，一个太阳在海面洒成珍珠盘。陈波说："这就是我看到伶仃洋最唯美的画面。"

谢成远则比四年前看起来苍老了许多。

作为SB04标总监办的总监，他说，我们是延期监理。桥梁主体工程做完了，栏杆也都做完了。现在做的工作就是如铺装、机电等环节，因为交叉施工作业时有些磕磕碰碰的地方，需要打磨除锈，还有附属工程比如雷达平台、边沟、绿化等。

中标港珠澳大桥后，西安方舟工程咨询有限责任公司派出了副总经理兼总工程师谢成远、副总经理陈波、副总工程师赵小魁以及工程师万代勇、鲁海刚、杨青松、梁尚勇、薛玉柱等一批青年骨干力量。

刚开始施工的时候，茫茫大海，一个墩子一个小平台。因为浪大，船也没办法停靠，吃喝睡都在船上。海水看着风平浪静，可是海底有涌浪，不时造成船体倾斜。

海上钻孔施工平台施工、围堰封底、承台墩身吊运安装……在最紧张的时期，每天海上有六七十个检查点，每一个点都是独立的。仅2014年一年，他们就完成了70%的工程量和100%的吊装量，包括137个构件、148片组合梁和300多吊大型吊装。

西安方舟工程咨询有限责任公司所管辖的标段浅水区非通航孔桥，这里潮差浪涌较大、流塑状淤泥层较厚，埋置墩台整体安装采用的是矩形无内支撑双壁锁口钢套箱围堰辅助大型吊船整体预制安装法施工，其施工的控制成败在于围堰安装封底的质量控制。

"不思八九，常想一二。"谢成远说，监理的技术优化建议发挥了重要作用。埋置承台的围堰安装后，总监办提出：浇筑封底混凝土前增加围堰内填砂工序，可以确保封底混凝土在灌注过程中不下沉，且不会掺杂淤泥，保证封底混凝土施工质量；同时在浅海区潮差浪涌较大、流塑状淤泥层较厚的不利水文地质情况下，可保证埋置墩台安装的整体稳定性。

此方法运用后，施工工期上领先于相邻标段，提前9个月完成海上基础施工，工程质量优良，为施工单位降低直接成本600多万元。

谢成远还给我举了这样一个例子：在预制墩帽首制件安装施工中，对位安装及精确调整施工功效不理想，且精度不满足验收要求。于是，总监办建议将墩帽运输至墩位，利用起吊船与桥位轴线成30度夹角绞锚进墩位，然后利用吊装扁担旋转30度就位。定位后吊装墩帽高出底节墩身上方约20厘米时，先静止5分钟，待晃动不大时，再次微调锚绳进位，使墩身（帽）处于底节墩身正上方。优化导向架结构形式及导向位置，预先设置墩帽对位工装限位钢立柱，同时，墩身（帽）精确调整采用千斤顶微调。

首制件安装预制墩帽原预定工期为14天，经优化后，平均每个预制墩帽安装工期约为2天，同时，节约投入3000吨运输船1艘、1500吨固定扒杆起重船1艘，减少船舶租赁费投入约3960万元，为施工单位降低直接成本约3000多万元。

谢成远叮嘱总监办的监理人员，要"有目标、沉住气、踏实干"。他重新调整了人员分工，将总监办各部门的骨干人员迅速投入到海上监理组，全力保障生产一线的HSE和质量监理工作的有效推进。

2013年，正逢CB05项目部掀起生产高潮，大型预制构件（预制墩台身、组合梁）的运输及架设逐渐增多，项目部作为总包单位，其专业分包单位众多，统筹管理难度陡增。在谢成远的主持下，CB05项目部和专业分包单位共同制定了严格的施工工艺流程、质量及安全控制网络图，细化各工序参与单位的组织、职责、任务范围、完成节点时间及交接手续等内容，谁检查谁签字谁负责，责任到人。

也是这一年，谢成远到了知天命之年。生日当天，总监办的同事悄悄为他准备了生日会，打了几次电话也不见他回。原来，他正在海上与项目部分析非通航孔桥的组合梁架设中有待解决的细节。

"总监太拼了。"同事都这样背后说他。

在全部参建单位中，他们监理的吊装工作第一个完成，他们监理的桥梁工程第一个贯通……谢成远说："4年了，能坚持下来真心不容易。"

第二十三章　我跟大桥有个约会

万古伶仃洋，今朝港珠澳。

大桥像一块磁石，吸引来自四面八方怀揣着梦想和希望的"朝圣"者；大桥像一把琴瑟，无数双手共同弹奏一首激情与海浪共鸣的交响曲。

他们是见证者，寒来暑往一米一米丈量出这座世纪杰作；他们是亲历者，早出晚归接力完成一段一段共55公里的延伸。

"爱给了你，我不后悔！"

走近港珠澳大桥，走进港珠澳大桥建设者中间，你就会领略到那浓浓的大桥魂和充满温馨的大桥情……

结缘港珠澳，传承大桥情。

2016年12月3日，黄昏未至，一轮明月升上，柔和的月光洒在地面上，如雪、如纱、如白绒地毯。在港珠澳大桥Ⅱ工区岛隧工地上，正在举办一场别开生面的集体婚礼。面对来自港珠澳大桥岛隧工程的新人在全体岛隧建设者的共同见证下喜结良缘。

没有豪华的彩车，没有华丽的装饰，有的是领导和同事们深深的祝福；没有公园，没有电影院，没有花前月下的偎依，却演绎着浪漫和甜蜜的幸福回忆。从相识相知到相恋相爱，四对新人在港珠澳大桥建设一线上经历了东、西人工岛的"血与火"的考验，参与了海底沉管隧道的"背水之战"，最终在港珠澳大桥的见证下，走进神圣的婚姻殿堂。

四位新郎都是来自港珠澳大桥岛隧工程生产一线的员工，在艰苦的建设环境里，在艰巨的工程任务中，他们谱写着一曲曲感人至深的工地恋歌。在婚礼仪式上，项目总经理部党委樊建华副书记为四对新人致贺词，中交三航局党委王成副书记为四对新人证婚，并向四对新人送上诚挚的祝福。

宋奎和曹琰是其中的一对，他们都来自湖南。

宋奎悄悄告诉我，妻子曹琰当初并不是大桥项目部的员工，是被他感动来的，港珠澳大桥"感动天，感动地，感动老婆啊"！

2012年6月份，宋奎毕业后签约成为中交集团的一名员工，而女朋友曹琰却留在省城长沙，做着同学都十分羡慕的银行白领。

说起自己转行的原因，曹琰称："刚开始的时候，我对他去海岛建设大桥的行为真有点不理解。经过一段时间的磨合、沟通以及对工程的了解后，我理解了他的选择，为了不让他遗憾，我最终决定放弃省城银行的岗位。"

我问："追随男朋友来了？"

她答："是的。"

宋奎告诉我："说实在的，我特别喜欢并在意这份工作，一出校门就赶上这个世纪工程，我觉得自己运气特别好。"

2015年初，曹琰牺牲自己的工作，来到了港珠澳大桥岛隧项目部，成为大桥的建设者之一。"屈指算来，老公在大桥工作了5个年头，我也有两个年头了。在大桥工地上举行婚礼了却了我们的心愿！"曹琰左手戴着一枚钻戒，贼亮，她说是老公特意给她买的。她一笑，露出一排洁白的牙齿，整个脸上溢满了自得和惬意，幸福得像要冒出蜜来。

幸福像花儿一样开放，爱情则像波浪一般涌来。吴平和新婚妻子也是集体婚礼中的一对。作为东人工岛的"青年突击队"队长，他尽管个子不大，却能量满满。吴平的东人工岛生涯就是不断地打硬仗，从护岸结构抛石到岛隧结合部施工，无一不是他冲锋在前……

"感觉到这个人可靠，可信赖，也能包容人，与他相处给人一种安全感。"妻子说，这就是缘分，而这个缘分，是大桥给他俩创造的，所以没有大桥，就没有他们俩这段浪漫的故事。

婚礼仪式第二天，吴平带着妻子出现在东人工岛施工现场，他是放心不下紧张繁重的主体房建施工啊！

"老婆，亏欠你一个蜜月。"

他们因大桥结缘，相识相知相爱，演绎了一个又一个浪漫的爱情故事。这些故事，诠释了大桥人的爱情观、人生观，阐述了爱情与事业与青春与理想的关联，折射出大桥的吸引力、凝聚力和他们丰富的精神情感世界。

李晨的爱情则经历了从大起到大落、从大悲到大喜的轮回。

大学时，他谈了一个女朋友，低一届的小女生，身材高挑苗条，秀发披肩，一副度数不深的近视眼镜，镜片后面闪动着一双漂亮的眸子。暑假时，女朋友迫不及待地来海岛预制厂看他，还要看看港珠澳大桥，看看桂山岛对面的香港大屿山。

刚来到岛上，李晨就发现女朋友的脸色有点不对劲，她东瞧瞧，西看看，目光渐渐散乱起来。

在桂山酒店里，长夜如磐，双方的煎熬不断升级，忠于爱情的脉搏停止了跳动，初恋成了一个流产的胎儿。

天刚麻麻亮，女友便执意要走，小伙子好言相劝。女友神情凄然：这里啥也没有，沃尔玛呢？肯德基呢？星巴克呢？什么都没有！这样的日子怎么过？还吹牛说是什么超级工程……

李晨张口结舌，好半天，嘴角艰难地颤动了一下，想说点儿什么，却又无话可说。

女友是抹着眼泪走的。时至今日，在桂山一湾的客运码头，他仿佛还能听到断断续续传来的隐隐啜泣。

这就是命啦！她不爱，挽留又有什么用啊！

认了，也只能认了。

就在愁肠百结的时候，他"摇一摇"就把现在这个老婆给"摇"到了。

"我现在的这段姻缘是靠微信谈成的。"他言谈中有些许得意。

我问："你们俩谈了多久？"

"一年多。"

"第一次见面，她是你想象中的样子吗？"

"太契合了，梦中情人一样……"

老婆是地地道道桂山岛上的桂山村人，大学毕业后在珠海一家跨国公司上班。两人一来二去谈了半年，就商量一起去看女方老人，却始终凑不到一块。

情急之下，他小心翼翼地试探口风：我可不可以自己去你们家？

你敢……去。

于是，他就毛遂自荐地找上门去了。

见了女方老人，李晨怯生生地问，你俩老看看我行不行？

做什么的？

在隔壁的沉管厂上班。

女方父母上下打量他一番，什么也没说，拿出在香港买的藏有经年的"轩尼诗"洋酒，还焗了一只深海大龙虾……

金秀男的爱情则属于那种"顺风顺水"型。

2009年，金秀男飞到珠海，在珠海市委党校的那间三层小楼里工作，他负责港珠澳大桥DB01标江海直达船航道桥的设计，和同事文锋在负责人张革军的带领下夜不归宿地加班加点。

2012年9月完成施工图设计后，轮到他暂回北京总部。整个2013年，用他的话说是"脚步总是匆匆忙忙，加班加点地谈恋爱"。

功夫不负有心人。2014年3月回珠海前，他不仅谈成恋爱，还结了婚买了房，一切都按自己设计的人生规划，合情合理地把该办的事都办了。

"去珠海多久？"夜深人静，老婆疼爱地轻声问。

"可能最多也就两年……"金秀男说话有点底气不足。

"可能？可能是几年？"

"我也说不准呀！"

到施工后期，因现场服务一刻也离不开大桥。金秀男微信给老婆："在大桥开通前，恐回家无望。"

"再不回来我去珠海把你们项目部给'炸'了。"老婆"威胁"还给了一个坏笑的表情包。

"呵呵，老婆别，你今晚看看《新闻联播》，又有港珠澳大桥的新闻。"

看完新闻，老婆微信与他说，哇！你们设计的大桥好漂亮耶……后来，他们可爱的宝宝出生了，金秀男特意买了台DV摄像机，回北京休假时就不停地录制宝宝的各种视频。他说，在港珠澳大桥上想念孩子时就看录制好的视频，回忆那短暂的陪孩子的美好时光。

梦想在大桥集结，青春在大桥闪光。

在大桥每一个项目部，我都会碰到一个个稚嫩的面孔，他们给大桥工地上带来了青春的气息。我认识一位90后技术员，他大学一毕业就来到港珠澳大桥工地。他说，生活枯燥，环境恶劣，所有这一切在来的时候，就已做好了思想准备。当第一次穿上橙色的马甲时，心中腾起的是无比的骄傲和自豪，激动的心久久不能平静，好像儿时的梦想和心愿在这一刻得到了实现，得到了释放。

他的话让我想起保尔·柯察金曾说过的励志名言：人最宝贵的是生命，生命对每个人只有一次，人的一生应该这样度过，当他回首往事的时候，不会因虚度年华而悔恨，也不会因碌碌无为而羞愧……

显然，大桥给他们提供了思考的机会和平台。

在大桥沿线采访，我读到了无以计数的手记和文字，我被他们强大的内心独白深深感动。在此摘录几篇以飨读者，让我们从这些手记和文字中走入他们的内心世界，感受一份份浓浓的大桥情怀——

之一

2011年，是我人生中最重要的一年。这年，我结束了十几年的学校生涯，正式成为中交员工加入港珠澳大桥建设。或许在漫漫的历史长河中港珠澳大桥未必有我浓墨重彩的一笔，但是墨水里却流淌有属于我的一份激情！

港珠澳大桥，这里有中交最精良的团队，这里有中交顶级的专家，我在这里不过是个初出茅庐的毛头小子，但我只争朝夕，不惧苦，不惧累，困难面前勇出手，技术领域敢争先！

我未必是天纵之才，但是我有精卫填海之志！和许多同龄人一样，我是翱翔在伶仃洋上空的鲲鹏，壮志凌云；我是腾跃在伶仃洋里的蛟龙，雄心勃勃！（刘宇光）

之二

初来乍到，工地上的一切让我感到既熟悉又陌生。和在大学时想象中的差不多，全体人员都是头戴安全帽，脚穿劳保鞋，觉得这样的着装显得很有职业范儿，记得当第一次全副武装出现在工地的那一天，我心情愉悦，面对灿烂的阳光微笑！

八月的牛头岛天气炎热，没有建筑物可以遮挡阳光，仅有的几个集装箱在太阳的炙烤下更像是一个个微波炉。我们几个刚从学校毕业的"白面书生"没过几天就晒成"非洲黑人"了。但黝黑的肤色、艰辛的汗水换来了施工管理经验、同事友谊、对工程建设的理解。作为一名工程技术员，我深感责任重大，一丁点的纰漏就可能导致一个重大质量事故。

选择了就勇敢地走下去，纵然，在前行的道路上布满荆棘。很多人都认为，90后是不靠谱、非主流、蜜罐里长大的一群人，我现在是一名平凡的交通建设者，这是我光荣的职业，这里有我追逐梦想的天地，我可要扬帆前行了，这就是一个来自港珠澳大桥岛隧工程新兵的简单独白。（彭骥超）

之三

一纸薄薄的派遣证贴在胸前，贴出几许忐忑、几许激情。跨进公司的大门时，我不禁问自己：下一站在哪里？手里的行李被我握得和重庆七月的空气一样滚烫，它无比忠诚地与我在一起，伴随了我大学四年，它又将和我流浪到哪个地方？

7月10日所有的问题都有了答案：港珠澳大桥岛隧工程成为我工作的第一站。在接下来的一个月的时间里，在项目领导和同事的热心照顾和关爱下，我爱上了这里的生活、这里的工作、这里的蓝天、这里的大海还有柔软的沙滩……

港珠澳大桥让我懂得了一个词："琢磨"。无论我处在什么样的位置，都需要这种"琢磨"精神。琢，是一种精益求精、追求卓越的精神；磨，是一种百折不挠、勇往直前的气概。"橘生淮南则为橘，生于淮北则为枳"。我庆幸找到了适合自己的土壤。（李睿）

之四

刚来第一天，因为饮食环境改变导致闹肚子，办公室的同事知道后立即送来了药，做饭的师傅告诉我注意不要吃哪些食物，同屋的周师傅还为我端茶递水……我感动到落泪。在学校时，我片面听到的是这样一个复杂的人际关系：冷漠、隔阂，钩心斗角。当我来到港珠澳大桥工地后，才发现这里充满了激情、愉悦、关怀和嘘寒问暖，在这样的环境里工作和生活，我感觉到我是多么幸福的人啊！

尽管工地上、大海上环境十分艰苦，但是自从搬到了总营地后，我们拥有了良好的工作和生活条件，大家心情舒畅，很是惬意。

今天我们播下的是春天里的种子，秋天定能硕果累累。

期待着，5年之后那条畅游伶仃洋的巨龙横空出世。（李瀚）

伶仃洋上的这座超级工程，那是无数年轻人酣畅淋漓的事业放飞地，他们追求事业的经历和脚步，都将成为这港珠澳大桥建设中的一个小小切片……

钱仕程是中交三航局的宣传干事。

小钱25岁，学的是新闻专业，采写、摄影、航拍样样都能干。

白天，他背上相机，夹着笔记，一头扎进海上施工现场，风风火火地开始一天的工作；晚上，他泡在项目部里，修改稿件，整理照片，为第二天要发布的网站内容做准备。

项目开工以来发生的那些人和事，钱仕程都熟稔于心，如数家珍。他将筑岛以来所有的资料，翻来覆去地研究了好几遍，挖掘人物故事，琢磨工序细节，为了啃那些难懂的技术名词，他几乎每天从早到晚都守在现场，抓紧时间找工人们请教。

他的这份岛隧记忆，很多成了我的写作素材。

那天，小钱给我推荐一位"小有名气"的采访对象。

"你就是刘宇光？"我问。

"你可能采访到的是一个替身。"

"什么？"我一下蒙了，"你不是刘宇光？"

他咧起嘴嘿嘿一笑，然后在我面前摘下安全帽，安全帽带子遮挡的脸庞上留下了两条清晰的"白印子"。

我笑着说我已经明白了，你是真的。

2011年，刚大学毕业的刘宇光还是一个文质彬彬的"白面书生"。这个憨厚、壮实的东北汉子，报到第二天他就要求前往东人工岛，吃住在船上。

刘宇光是个旱鸭子。我采访过不少水上施工人员，很多人竟都和他一样，不识水性。当初那段日子，船还没有起航，刘宇光就开始晕船，闭着眼数数字才能熬过那漫长的航程，如果海浪大些就吐得一塌糊涂，满脸苍白得让人心疼。不过他很快适应了这种海上的"漂泊"生活。后米，岛筑好了，岛上有了简易宿舍，他跟新进单位的大学生闲聊时，还不时"忽悠"他们几句："在船上住习惯了，跟你们住岛上有点不适应。"

刘宇光很幽默，思路天马行空。

刚到打桩海域，东人工岛的钢圆筒及副格正在海上振沉施工。刘宇光初出茅庐，无半点经验，只能在一旁默默地当一个旁观者：吊桩的吊点、钢丝绳的型号和吊重、吊带的吊重……

打桩是一门玄妙深远的学问。有幸接触到世界上高难度的打桩工作，聪明的刘宇光通过仔细观察、学习，慢慢地熟知了打桩的施工程序。一年下来，刘宇光已经能够独当一面，开始负责非通航孔桥栈桥、平台桩基以及钢护筒的打设施工，还学会了调度施工船舶、起重船的抛锚和定位。

被"扔"到东人工岛整整3年，和数百名工人挤在工程船上，每天至少5个小时的海上作业，刘宇光见证了东人工岛从钢圆筒振沉到房建结构施工的全过程。

"不积跬步，无以至千里；不积小流，无以成江河。"刘宇光就是这样理解的。几年的磨砺，而立之年的刘宇光已经从一名初出茅庐的施工员成长为能独当一面的桥梁工程师，解决钻孔灌注桩难题，掌控非通航孔桥建设，协调现场施工，全面推进工程进度。刘宇光和他的小伙伴莫日雄、金廷文、肖传龙、李晓强……这群"85后"的部长，一年一个台阶，与东人工岛一起快速成长了起来。

累并快乐着。

有这样一位施工员，积极、阳光、向上。可惜我没有记下他的名字，只知道他毕业于湖南大学建筑专业，在学校时是学生会的骨干。他说自己的职业生涯，非常希望年轻的时候能够有一些经历，留个将来的回忆，其实是很值得的，不管有多艰苦。

快乐了自己，也影响着别人。

"来吧兄弟！"他动员两个大学同学投身港珠澳大桥，"人生难得几回搏，我们一起来伶仃洋上搏一搏。"

他喜欢在晴朗的夜晚抬头仰望天空，因为城市里的夜空难觅星星，伶仃洋上却能看到满天繁星，亮闪闪的银河清晰可见，运气好时还能看到流星雨，几十颗流星划过天际，瞬间坠落，如烟花般绽放在伶仃洋的夜空。这个时候，他说感觉就像在天堂里，而不是伶仃洋上。

如今已经独当一面的他说感谢大海，感谢港珠澳大桥为自己人生插上了飞翔的翅膀，带给他一段激情燃烧的岁月。

此刻，我想起了著名诗人艾青的名句："为什么我眼里常含着泪水？因为我对这块土地爱得深沉。"

此时此刻，这充满温情的诗句，印证了多少大桥人的心境？

夕阳西下，余晖依旧映衬天空，别样绚烂！

在岛隧工程Ⅰ工区会议室，我与张怡戈攀谈。他谦和的微笑，睿智的眼神，留给我很好的印象。张怡戈说，家乡的很多亲戚朋友知道他在港珠澳大桥工作，都是一脸的羡慕，问他在阳光、沙滩和360度海景观光平台上观看成群跃起的中华白海豚时是什么样的感觉。

每次听到这些，张怡戈都是莞尔一笑。

"家乡人太向往大海了。"张怡戈说他出生在云南省南涧彝乡的无量山，彝族人，真真正正的大山娃子。

呵呵！无量山？不就是金庸武侠小说《天龙八部》笔下各派武林高手潜心修炼的地方吗？

正是。

张怡戈学的专业是港口航道与海岸工程，从大山到大海，再深的沟壑、再远的道路也挡不住这个大海追梦人的脚步。

2011年1月，他来到西人工岛，投入到港珠澳大桥岛隧工程，担任Ⅰ工区项目经理部生产经理，负责西人工岛五六百号职工的日常生产安排、材料组织、进度总控等项目管理协调工作，被大家尊称为"岛主"。

"岛上最苦的是什么滋味？"

"我不怕吃苦，我就怕孤独，孤独的时候最煎熬。"他向我展示他手机里的

"作品"——那都是他空闲的时候做的，贝壳和石块也是他自己在沙滩上捡的，反正闲着也是闲着，老婆孩子都不在，不能总看飞机、数轮船吧！

张怡戈善谈，在他的嘴里，那些气势恢宏的减光罩、线型流畅的非通航孔桥、朴素优美的挡浪墙、结实厚重的扭工字块……每一个结构仿佛都是一件有生命的艺术品。

无暇风花雪月，即便附庸风雅。这也是大桥人的一种精神寄托呀！

早就听闻港珠澳大桥工地上有一位诗人，擅长打油诗。

那个夜晚，在桂山岛上一排整齐干净的宿舍东头，我见到了这位诗人。他名叫缪海平，是港珠澳大桥建筑工地上的一名普通工人。

听说接受作家采访，他显然有点拘谨。见到我时，他手里正拿着一叠诗稿，手抄的那种，谦虚地说要让我帮着斧正。

我接过诗稿，借着屋内明亮的灯光轻轻翻阅。我小声地朗诵其中一首：天堑阻两岸/望洋日日叹/港珠澳互连/通途一百年。

"哇！好诗呀！我写不出你这个水平来。"我肯定地说。

他有些腼腆，嘿嘿一笑："献丑了。"

我说我讲的绝对是真话。

缪海平只读过一年初中，但掌故历史、天文地理都看，他说除了真喜欢看书以外，更重要的是排遣野外工程的寂寞和孤独。

"生活离不开打油诗。"缪海平说，"就是爱写，常常有感而发，写得很快乐。"

缪海平生长在天津，父亲是上海人，他与生俱来对江南有种说不出的情愫，这种感情被他融入诗句里：常常举目望南方/仿佛飘来稻花香/虽已植根在津门/终究日后圆念想。

来到港珠澳大桥工地后，新的环境激发着他的灵感，一首首打油诗脱口而出——

港珠澳独特的饮食文化：雨打芭蕉哼粤曲，饮饮早茶听粤语，独特广东食文化，亲朋好友聚到夕。

表现对港珠澳大桥早日通车的期盼：南流一珠江，倾情伶仃洋，东西岸一家，两岸盼来往。

赞叹珠三角的富庶："珠江入海口，曲折过八门，密布大小岛，三地富流油。"

"我要对什么事有兴趣，都会先搜集相关资料。"缪海平告诉我，早几年他在连云港工作10个多月，写了140首打油诗。

他乐于在精神世界里徜徉，以诗的品格，以歌的旋律，反哺他挚爱深沉的这份职业。

他说，他积累知识的方法一是看书搜集资料，再就是和陌生人聊天，聊对方的家乡、风俗和历史溯源。

缪海平今年50岁，知天命了，妻儿都在天津老家。他来港珠澳大桥工作是为了给儿子攒钱结婚。"我在这一个月能拿两三千块，工地上提供吃住很少花钱，四年下来就能攒近十万。"他告诉我，自己很喜欢现在的工地，和想象中的工地一点也不像，还有篮球场和健身器械，更像是住宅小区。"能为港珠澳大桥的建设出一份力，我觉得很自豪。我要努力工作十年，存钱让儿子娶妻生子。"

"别忘了写更多的诗。"

"哈哈……那是那是。"

阖家团圆的时候是想家的时候。

过年，中国人讲究再忙再远也要回家。然而，在阵阵辞旧岁的爆竹声中，很多人默默地坚守在港珠澳大桥的工地上，不能与亲人团聚。

"我已经没有了'过年'的概念。"测绘工程师郭振焕说，2016年是他第三次不回家过年，过年不回家对他来说好像是很平常的事。

"你这个测绘工作……"

"呵呵，很特殊，不起眼。每个初次见面的人都这样问我。"他不等我说完就自报"家门"：就是为港珠澳大桥工程项目提供海洋测绘数据的。

他告诉我，当年从海洋技术专业毕业后，测绘工程师对他来说并不是最对口的工作，很多同学都选择了更稳定的数据研究。虽然出海测绘十分辛苦，但这些现场数据却关乎着整个项目的成败。每当想到这些，就觉得自己的工作还是很有价值。

2015年，郭振焕准备春节回家团圆时，海中隧道E15管节安装受阻，这对整个隧道的建设至关重要。职责所在，他们一起的几位工程师全部留下来协助项目进行隧道基槽回淤专题研究攻关工作。那年，孩子刚刚一岁多，家人知道后虽然没有说什么，郭振焕内心却满是愧疚。

2016年港珠澳大桥最后冲刺，为了确保项目工期，他又一次留了下来。但最难的就是如何跟家人开口，告诉他们自己不能回去的消息。

"想家吗？"

"想，当然想了。可是，这就是我们的工作。除了我，工地上还有无数的人和我一样，在别人佳节团圆时竭自己所能，尽自己所职。"

郭振焕说，作为父亲错过了太多女儿成长的过程，走之前孩子还不会说话，回来时女儿已会叫爸爸；走之前孩子还不会走路，回来后孩子已能满屋子跑……想到现在还在生病的女儿，这些都成了自己不能回家最大的心痛。无愧于工作的他只能一直对家人说抱歉，不论是在天津辛苦照顾家庭的妻子，还是远在广西一年只能看望一次的父母。

郭振焕说除夕那晚，几个"箱友"支起岛上的卫星锅盖，终于能看看春晚了，明媚的歌声在万家灯火中流淌着。但他们所处的岛上没有网络信号，只能依靠岛上的一座电信基站，买来网卡用热点，因为网络不畅，用视频通话拜年的愿望还是泡了汤……

郭振焕于是一个个改发短信——

爸妈：儿子不能陪在你们身边，你们保重身体！

老婆：你辛苦了，我永远爱你，照顾好孩子同时也要照顾好自己！

闺女：乖乖听妈妈的话，不许淘气，想爸爸就打电话……

常言道：干一行，爱一行。是啊，虽然要承受遭遇风浪会晕船的痛苦，虽然要忍受出海测绘的孤独，但他说，当看到港珠澳大桥日渐成型的样子时，内心还满是自豪。

建设者也是普通人，是一个普通家庭的一员，工作需要，家庭也需要。"忠孝不能两全"的古话在太多大桥建设者的身上得到印证。

"暮云收尽溢清寒，银汉无声转玉盘。此生此夜不长好，明月明年何处看"，这首北宋文学家苏轼的《阳关曲·中秋月》让刘明虎感慨万千。

那是2012年中秋节。

作为设计负责人，刘明虎和青州航道桥设计组人员吃住都在珠海凤凰山脚下的一间宾馆里，从办公楼到住宿楼大约有300米。由于方案调整，项目组的工作量增加了数倍，他们接连两个多月基本上都是在深夜两点才下班。

在回宿舍的路上，他仰起头，蓦然看见一轮硕大的圆月挂在幽蓝的天幕，背景衬托着凤凰山雄伟威武的轮廓，清辉洒在迎面走来的李国亮、刘昭、孔庆凯身上。

月色皎洁，今夜月光灿烂。

刘明虎拿出手机把这一美景拍摄下来。

"这有啥好拍的啊？"李国亮问。

"十五的月亮静静地陪我们加班啊！"

"中秋佳节？我们不经意都忘了……"

大家默不作声地走回宿舍。李国亮对我说："我们已经3年没有这样真切地看到月亮了，玉兔、桂树、吴刚……还有那些若隐若现的星辰，北斗、太极、白羊座、双鱼座，离我们越来越远。"

多年以后，当年的那轮明月一直在李国亮心底里挥之不去。

他叫王希丛，口岸人工岛上的施工技术员。

王希丛的模样很周正，甚至算得上英俊。他是湖北人，两个孩子的父亲。农历七夕，晴好的夜晚，我和他倚在情侣南路的石护栏上闲聊。他说此时牵肠挂肚三个人：一个是儿子，一个是女儿，一个是相濡以沫的妻子。

他打开儿子的视频，让我看到一个满是婴儿衣物的晾衣架。他说，看到这个吗？是我儿子用的。

"你儿子多大了？"

"差6天满月，老婆20分钟自然分娩。"他侃侃而谈的脸上现出些得意之色。

"孩子起名了没？"

"起了，岛岛。"

"怎么叫这样一个名字？"

他左顾右盼，然后小偷样压低分贝告诉我："不瞒你说，工地上太忙，我一年都没回家，后来我老婆来珠海探望我，就在岛上……我们有了这个儿子。"

他说着又点开女儿的视频，5岁的女儿对着他撒娇："我的生日到了，爸爸要给我买什么？"

"你要什么？先亲爸爸一个。"

"在电话里怎么亲？"

王希丛自豪地说："这个视频我发了微信朋友圈，有120多人为我点赞。"那夜，也许是触景生情陡然变得虚空，他竟轻轻地朗诵起宋代著名词人李清照的《行香子·七夕》：草际鸣蛩，惊落梧桐。正人间、天上愁浓。云阶月地，关锁千重。纵浮槎来，浮槎来，不相逢……

送走王希丛时，我望着他渐渐远去的背影，不知怎么的突然心里变得沉甸甸，眼眶有些发酸。

六一儿童节早晨8点，刘红梅正准备去上班，随手拿起手机一看：嗬嗬！有个未接来电。

"是重庆家里的电话号码。"刘红梅自言自语，急忙拨了回去。

"嘟"的一声，电话接通了。

"喂？"那头是儿子稚嫩的声音。

"儿子，有啥事啊？"

"妈妈，我想妈妈……"

电话那头的儿子听到是妈妈的声音，立刻号啕大哭起来："妈妈，今天是六一儿童节，你不打电话……我刚才给你打电话，你怎么又不接？……这么久才回我电话……"

听到儿子带着委屈和伤心说出的这话，刘红梅心头一酸，血气凝在脸上，眼泪不知不觉地流了下来。儿子刚4岁，出生后就一直没有离开她。港珠澳大桥建设开工后，刘红梅和丈夫服从组织安排，一起来到港珠澳大桥Ⅲ工区一分区工地。走之前将儿子托付给自己母亲照顾，并与儿子约定：如果想爸爸妈妈了，就随时给爸爸妈妈打电话，爸爸妈妈想儿子的时候就给儿子打电话。

母子俩还"拉钩上吊，一百年不许变"。

然而，这次儿子电话打过来竟然没有接……而且还是儿童节，太疏忽了。刘红梅在心里责怪起自己来。

"妈妈是不是不想我了？"儿子一边抽泣一边问，"妈妈你是不是没有听见电话铃响啊？"

刘红梅赶紧跟儿子道歉："是妈妈不对，早上起来没有及时把静音调回到响铃，刚刚才发现儿子打了电话。妈妈太想儿子了，下次一定会马上打回来，好不好啊？"

跟儿子说了十几分钟，刘红梅一看马上到上班时间了，连忙说："儿子，妈妈要上班了。节日快乐！"

刘红梅搁了电话，一绺头发耷拉到额头，却浑然不觉。

她对我说，那是跟儿子的约定啊！一整天都在想着儿子电话的事，心里充满了对儿子的歉意。

张树国则属于把家属带在身边的那一类。

2013年1月，张树国跟随着中铁大桥局从安徽南下参与港珠澳大桥建设，负责港珠澳大桥CB05标非通航孔桥上部结构安装施工。工作，任务包括运送架梁、钢梁配切与焊接、涂装、防撞墙施工、体系转换等。

那天，他刚从工程接驳船回到岸上，还没来得及把在桥上工作时穿的工衣换下来，女儿就已经跑到岸边，嚷嚷着要"爸爸抱"。在和女儿玩耍一会儿后，张树国把女儿带回到妈妈身边，自己在小区的椅子上坐下来与我闲聊。

张树国高兴地说："每次从桥上下来，都觉得女儿长大了不少，越来越聪明伶俐了。"言谈中，他被绝对的、无条件的幸福感所笼罩，这感觉似乎会伴随他每一天。

当初来的时候，女儿才刚出生没多久，张树国自己也舍不得离开妻子和女儿，于是就在距离九洲港码头一步之遥的小区内租了一套房子，带着她们一起来了。张树国说，即使把妻女带在身边，但见面的次数其实也非常少，平均也就一周一两次。

2014年初，桥上的生活区建好之后，他与妻子和女儿见面的次数就更少了。有时加完班回到家，孩子睡了，清晨出门，孩子又没起床。

"今天怎么可以回来？"

"天气预报说明天降温，海面风速会加大，未来几天接驳船都出不了海，所以我趁今天天气还好赶紧回来见一下女儿，明天一早就回到桥上。"

张树国告诉我，桥上的施工时间有限，夏天还好一点，昼长夜短，只要天气允许，施工的时间也可以长一点，但是冬天在桥上施工就非常苦了，除了昼短夜长之外，在海上施工还要面对刺骨的海风。为了能按时完成任务，自己都会尽量减少回到岸上的次数。

相聚大桥，八方风云汇珠海。

在大桥建设者中，还有这样一群游牧般的人，他们流动性最强，也许做完今天的工作，明天就会奔波到另一个工地。他们没有高学历，不善言辞，但却特别朴实、特别能吃苦耐劳，他们或许不为你我所识，但他们却是大桥工程的奠基石……

这就是农民工。

林雅芳，一名普通的钢筋绑扎工人，一个8岁孩子的母亲。当笔者采访她时，她与丈夫一起正在沉管预制厂紧张地绑扎钢筋，为即将进行的沉管预制足尺模型试验日夜劳作。

这些年来，与丈夫走南闯北，但她从不感觉委屈，她只是淡淡地说："我们在一起工作，为的是创造我们幸福的家庭。"作为工地女人，大家都会给她多点照顾。来到港珠澳大桥岛隧工程沉管预制厂施工工地，她感觉很自豪，钢筋绑扎是一门技术活，需要耐心和毅力，对于120年的世纪工程来说更是如此，她正在用一双巧手一点一滴地编织着中国人的大桥梦。

林雅芳说："等忙完了这段日子，刚好又错开春运高峰期，要跟丈夫带上大包小包的礼品，回家看儿子和父母。年后，我们还要回来，只要这里需要我们，我们一定要坚守到大桥开通的最后一刻。"

林强和侯再翠，一对典型的工地民工夫妻，丈夫是起重工，妻子做杂工，来自"5·12"地震的重灾区四川青川县，已经随着中交这支队伍转战大江南北15年。

2011年10月，夫妻俩从泰州大桥直接来到这里，已经3年没有回家了。每天从早晨7点一直忙到晚上7点，天天如此，风雨无阻。有时，为了配合工序的衔接，还得连续加晚班。

遇见侯再翠的时候，她正在对外侧牛腿预埋件聚精会神地进行清理，为了阻挡正午的太阳，安全帽下还加了一顶草帽。

"地震时房子全部被震垮了，幸喜人都没事。" 侯再翠说起来还心有余悸。

"家里还有什么人？"

"两个儿子都在上学。"提起儿子，侯再翠的语气中充满自豪感，"大儿子在南开大学读土木工程系，将来也是搞工程的。"

她跟我说话的时候，手中的钻杆一直没有停歇，铁屑随着转动的钻杆向外飞旋。"有活干就好，就怕没有事情做"，她说现在工价高了，趁着自己还能干就多干几年。

不远处的码头上，丈夫正在指挥钢筋吊装，戴着"起重指挥"红袖章的他在一群施工人员中显得格外明显。

薛军和朱琳都是侯再翠的老乡。

夫妻俩都来自四川达州，从2010年5月份开始，他们就来到了港珠澳大桥牛头岛工地，当时朱琳已身怀六甲。

我说，在这岛上几乎见不到外人，不寂寞吗？

薛军说，总的来说，觉得挺不错，尽自己能力做好工作是最重要的。他还说，很满意自己的工作，既然选择了这里，就要好好干。

我没有听到他的抱怨。他用平淡的语气，告诉我一个简单而重要的道理，港珠澳大桥这个工作，就是责任很大，不能出一点点纰漏。

5个月后，一个海岛孩子诞生了，那清脆的嘹亮的声音穿破夜空，拖着绚丽的朝阳冉冉升起，那是新一代的大桥人。

夫妻俩干脆就给孩子起名叫"薛桂"——在桂山岛医院生的。

如今7年过去了，随着桂山预制厂工人的大批撤走，他们7年来第一次回家过年，节后还要回来，因为丈夫还要暂时留守在厂里，孩子也准备在桂山上公立学校了。

我见到这样一个工人，他叫甘青权，采访那天正赶上他的妻子带着儿子从河北来探亲，妻子的河北口音和北方人的直肠子性格，聊起来很是爽快过瘾。

"我就知道嫁了个大桥郎，一年四季守空房。"甘妻向我大倒苦水：结婚10年，最初的日子很不适应。老甘不在家，一日三餐的买烧煮，洗衣拖地，孩子的吃喝拉撒都是一人承担。你知道吗？我们家80多平方米，住七楼，步梯，空手爬起来都累。我上楼时，常是一手抱子，一手拎菜。进了家门，气还没喘匀，就得赶紧做饭。白天站一天柜台，忙得接电话的时间都没有，他一来电话我只能开着免提，一边拉着孩子，一边拖着拖把，一边跟他通话，声音一高，他还说我强势，抱怨两声都不行啊？

哎哟喂，老甘就站在我旁边，尴尬地任由妻子数落。

其实，甘青权隔个两三天就会打电话回家问安，每次在电话里面也是听老婆一个人唠叨，好不容易趁间隙插话问问爹娘身体好不好，结果还招来老婆的嗔怪：你心里还有爹娘啊！

"怎么可能都好呢？人是会生病的对吧？"甘妻反问我。她说，有一次，连着几个晚上在医院陪他娘输液，累极了，给老公发了一条短信，告诉他娘病了。发回的短信是："老婆，你辛苦了！我爱你！"

甘妻说，看到这行字，眼泪"唰"就流下来了，虽然辛酸劳累，可这时觉得特别欣慰。

我还采访到一位老工人，叫黄青洲。

黄青洲是湖北人，过去7年，他把老婆、儿子、儿媳妇都介绍到港珠澳大桥桂山预制厂工作。他说他不仅爱上了港珠澳大桥这个项目，他更爱上了这个此前从未听过的桂山岛，他觉得这里不仅有人情味，而且吃住各方面都比他在别的工地要好。

黄青洲担任沉管预制机务班长，2011年初来到桂山预制厂参与建设，刚开始觉得6年太长，现在觉得太快了。每次回到老家，说起是在做港珠澳大桥工程时，村里老少都凑过来听他讲经历和故事，心里满是羡慕。

黄青洲喊来儿子当"战友"，他告诉负责吊运钢筋的儿子，在大桥管理这样严格的地方都能干下去，以后到哪个工地都不怕上不了手了。

"儿子还在这岛上吗？"我问。

"在。"他掏出手机。几句话的工夫，一个小伙子微笑着站在了我面前。我被他两父子让进房间，聊着家常。

小伙子有点内敛，甚至有点怯生生。

如今，沉管预制厂超额完成使命，黄青洲和同事浇筑的100万方混凝土、沉管没有一条裂缝，设备没有发生一次故障，他真心为自己点了个赞，因为这有自己的一分力量。

昔日的同事大都已离开了桂山牛头岛，"我也会走，但我也会非常留恋这里，留恋这段经历"。

天下没有不散的筵席，别情依依。我发现，黄青洲有些哽咽，眼圈泛红。

第二十四章　海神

使命与职责，谁都必须跑好超级工程属于自己的那一棒。

海事监管亦然。

港珠澳大桥建设施工水域涉及香港、澳门、广州、深圳、珠海、中山、东莞7个城市的港口航道和4家业主、30多家参建单位，关联珠三角300多家港航部门、企业，施工高峰期有近2000艘船舶施工、近万名施工人员同时作业。

作为安全管理和交通组织的"水上交警"，海事部门压力空前，面临的一道道崭新考题接踵而至——

施工如何降低对通航安全的影响？

施工如何兼顾沿岸几百家港航企业的运营？

海事如何服务大桥建设，保障施工期水上交通安全？

……

提前介入。超前谋划。

早在2009年，交通运输部海事局港珠澳大桥建设水上安全监管领导小组、广东海事局港珠澳大桥建设水上交通安全监督管理领导小组相继成立，两个领导小组办公室均设在广东海事局，后合署办公，简称"大桥办"。

梁德章在那个时候被广东海事局委以大桥办常务副主任重任。

他坦言，刚接到任务的那一刻，脑子里一片茫然，似乎无从下手。"这是全新的事情，真的是第一次，就像初恋一样。"

大桥办的职责是负责组织、实施一切涉及大桥建设水上安全保障，协调和处理海事政务的日常工作。在谈及大桥办成立的缘由时，他告诉我，大桥工程尚未全面展开之时，传统各自为政的管理模式弊端便暴露无遗，给各施工企业带来了极大的不便。

在岛隧工程采访时，我得到了印证。

黄超，港珠澳大桥岛隧工程Ⅱ工区项目部的HSE总监。他给我讲述了初期办理海事手续的"艰难困苦"："每次从珠海唐家营地坐半小时车到九洲港，再坐一个小时船到深圳蛇口，然后又坐近一个小时的车到深圳海事局。"

"其实递交材料和完成审批也就花5分钟。"黄超说，"为了这5分钟，我得来回跑135公里。"

黄超所在的工区主要负责东人工岛的施工建设，按照属地划分，须到深圳海事局递交相关申请。他告诉我，如果材料内容不够完善，两三天后又要赶到深圳取回资料并连夜修改，第二天又是一番车船劳顿再把材料送过去，有时反复几次，苦不堪言。

黄超面临的窘境只是冰山一角。

工程一铺开，业主和施工单位就是忙进忙出"跑手续、走流程"。比如属于广州海事局辖区的施工单位，在办理船舶签证时是找广州沙角海事处还是找广州海事局？需要对施工区域设置警戒标志，是找广州航标处还是找广东海事局导航处？

各标段施工许可，施工船舶进退场、加减船舶数量、更换船舶、延期作业，航行通告申请……当时所有的事情都按习惯做法推进，流程繁杂，效率不高，加上施工单位很难厘清几个海事局之间的关系，感觉总是在疲于办事，忙乱起来像是一锅粥。

当监管与服务遭遇尴尬时，一场从"监管"到"服务"的自我变革在海事部门拉开帷幕。

"观念不变，一切变革都将失去前提。港珠澳大桥跨越广东海事局辖区的多个海事行政区域，我们直接打破传统海事行政区划，将原来较为分散的，港珠澳大桥建设所涉及的相关海事事权集中收回，经过优化、整合后，再授权广东海事局统一行使。"交通运输部海事局局长陈爱平这样说。

于是，在港珠澳大桥项目中，海事部门以"一站式"监管服务为主要内容，以简化事权为核心，颠覆传统水上安全监管的新模式完成了顶层设计。

"这种设计倒逼海事人必须在思想观念上冲破桎梏，开展创新探索。"广东海事局局长梁建伟告诉我，海事部门迅速建立起了以大桥办为窗口的"统一对外"机构体系：统一机构对外，统一协调指挥，统一行政许可，统筹技术支持，统筹资源配置。

这种垂直管理体系层级清晰、权责分明、关系明确、协调顺畅。

瓶颈被解决了。

2012年2月20日,大桥办进驻集中了港珠澳大桥施工单位及人员的港珠澳大桥施工总营地。

大桥办通过"统一受理、集中办公、联合会审、统筹实施"的工作方法,对香港、澳门、深圳、广州、珠海、东莞、中山现场监管部门和航标海测航海保障部门进行统筹、协调。施工组织方案、安全保障方案、交通组织方案在这里同步编制并完成审查。

大桥办的设立,有效解决了以往因单部门服务导致的"资源不足"与"资源分散"和多部门监管造成的"协调难"与"办事难"的问题。

新情况、新问题、新需求,海事人大胆突破原体制模式,用新思维将难题逐个击破。

之后,黄超们到海事部门办理相关许可审批再也不用遭受长途奔波之苦。

"现在,我们项目部离大桥办的窗口只有350米,走路几分钟就到,递交材料后立等出证,一会儿就OK,海事人就是我们的自己人。"面对我的采访,黄超如沐春风地竖起大拇指为海事点赞。

"效率达人。"一位办证员告诉我,跟大桥办接触,他们真真切切地感受到海事真心实意帮他们解决问题,从135公里到350米这个距离就是最典型的例子……

也许,这样的社会评价是梁德章们最为欣慰的了。

港珠澳大桥管理局副局长余烈特别叮嘱我:"你一定要写一写海事部门,港珠澳大桥建成通车,海事局功莫大焉。"

为"超级工程"保驾护航成为港珠澳大桥工程海事水上安全工作的全新主题,也是大桥办最具挑战的问题。

《礼记·中庸》曰:"凡事预则立,不预则废。"

在工程全面开启之前,海事部门展开了系列的前期调研以及大量的研究。基于研究所得,梁德章和卢剑松组织了8名拥有丰富经验的海事精英力量,采取"封闭式"方式,开展了为期一周的"自我修炼"。

"关在一个房子里,从早上8点,到第二天凌晨两三点,连续这么干,连吃饭都是由外面送进来,不踏出房子半步。"回忆那段日子,梁德章记忆犹新。

随后,《港珠澳大桥建设水上交通安全监督管理总预案》《港珠澳大桥建设水上交通安全联络协调机制》《广东海事局港珠澳大桥建设内河船舶临时性检验管理办法》《内河船舶参与港珠澳大桥建设施工实施意见》等相继出笼……海事人通过这一系列文件量体裁衣地对大桥施工期和营运期海事监管工作做出了周密安排和严密布局。

在位于珠海唐家的港珠澳大桥施工总营地大桥办二楼办公室，梁德章为我讲述大桥监护8年的点点滴滴。他说："以大桥参与者、合作者、建设者的身份充分融入工程中，对每一个分项工作和节点工程都做到主动介入、提前部署，对每一个施工作业和通航安全难题都做到积极协调、认真研究，真真正正地为工程主动服务、贴心服务。"

港珠澳大桥工程建设的每一个日夜，背后都饱含着海事人的智慧和汗水。

2013年5月2日，注定是一个不平凡的日子。

在首节沉管浮运施工的前夜，广东海事局指挥室里灯火通明，每个监护节点上，海事人正在不知疲倦地忙碌着。翌日上午，沉管从桂山岛牛头预制厂浮运出坞，沿专门开挖的预制厂支航道航行，再进入榕树头航道，接伶仃临时航道，最后到达大桥西人工岛东侧的岛隧连接处。

海事如同大兵团作战般高效部署。"海巡31"船和一架直升机在珠江口实行海空联合监视，广州海事局以"海巡1503"作为指挥船，11艘海巡船全体出动，100多名执法人员全力为沉管浮运、安装工程实施全方位、全天候的封航警戒……

梁建伟不敢怠慢，直接靠前一线指挥，分管副局长庄则平则坐镇指挥室通过信息化监控设备实时下达应急处置指令。

"说实在的，这么大的家伙我们以前也没见过，加上有十几个小时的浮运和数十个小时的安装，我们必须做到万无一失。"庄则平说。

水上安全保障的风险和难度颠覆所有海事人的想象。

那天，海上有潮流涌浪，能见度很低，浮运拖带编队前行的速度如蜗牛速度。

"海巡1551！海巡1551！指挥船海巡1503呼叫！"

"海巡1503！海巡1503！海巡1551收到！"

"海巡1551，你船左前方约1海里处正有一艘拖网渔船驶近我编队，请你立即出动予以拦截！"

"海巡1551收到！"

从5月2日中午警戒开始到5月6日中午沉管微调、对接完毕，海事人员在船上整整熬了五天四夜。

沉管浮运与安装施工就是大桥建设的关键工序和重要环节，直接关系到大桥工程的成败，统筹沉管浮运与安装水上交通安全保障各项工作的大桥办责任重于泰山。而每一次沉管深海对接成功的背后，都是一次精细而缜密的水上交通安全守护战，饱含了海事人的智慧和汗水。

"E11管节护航绝对可以载入海事史册。"梁德章为我平静地讲述E11管节安装的水上交通安保故事。

与前10个管节不同，E11管节是在夜间进行深水深槽区浮运安装，最大沉放水深达到45米，最大槽深达到30米，安装位置距伶仃临时航道仅300多米，管控难度和不可控因素都有增加，施工作业和通航安全风险进一步加大。

与此同时，第9号台风"威马逊"和第10号台风"麦德姆"来势汹汹，给浮运安装带来潜在的风险和不确定性，每个参与护航的海事人都上紧了发条。

这场硬仗只许赢，不许输。

2014年7月19日上午9点，唐家营地一号会议室座无虚席。这是大桥办组织安装前的最后一次水上交通安全保障总决策会。

"太重要了。"梁建伟赴澳门参加粤澳合作联席会议，会议没结束他就一大早赶到唐家营地为大家打气加油。他用"政治荣誉感"来为大家提升士气并引述交通运输部副部长冯正霖的原话："（港珠澳大桥）建设的质量安全不仅关乎项目本身，也关乎行业形象，更关乎国家形象。"

7月20日15时，港珠澳大桥岛隧工程建设现场监管专属码头，11艘参与E11护航的海事警戒船艇集结完毕。大家带上值班24小时的专属口粮：每人一个大号环保袋，里面满满地装着面包、火腿肠、方便面等。警戒船上没有厨房，这意味着24小时甚至更长时间，他们饿了只能吃面包或泡面，渴了只能喝矿泉水。

船，还是那些警戒船；人，也还是那帮海事人；流程，也许还是那一套流程；但他们把每一次都当作第一次来重视，每一次都当作第一次那样应对。

早在7月5日，距离浮运开始前半个月，大桥办的15人就已经开启了24小时值班模式。19日下午3点，大桥办副主任高国辉上了E11节沉管安装船；20日早上6点，副主任方海波坚守在值班室，卢剑松则上了海事指挥船。大桥办在值班室、安装船和海巡船上的三批值班人员组成一个严密坚守而沟通便捷的值班"铁三角"。

7月20日20时，E11管节开始出坞。

21日凌晨3时，一阵急切的呼叫声打破了寂静的夜，前方出现状况：一艘从北开来的小海轮"JN HAI66J"误闯榕树头水道，闯入护航的核心区域，任它行驶，很快就会和作业的拖轮相撞，情况十分危急。指挥船立即与该方位的警戒船"海特1501"取得联系，一系列指令通过甚高频和对讲机迅速下达：

"保持现在航向，向前直走，我们会有海巡船靠上来。"

"请减速，到正前方减速抛锚。"

"海特1501，靠上去！"

至此，一场危机化解于无形。

E11管节沉管浮运安装，全程需要封航24小时，算上前后收尾时间，现场海事人员则需要警戒30个小时。这不是第一次夜间封航，但却是最长时间的封航。夜间封航，能见度受到很大限制，无法凭肉眼去判断周围水上交通情况，只能借助灯光、雷达和AIS（船舶自动识别系统）进行观测。假如，有些船舶没有开雷达或AIS，经过时很难被发现，一旦有状况发生会非常危险。因此，尽管事前准备充足，但现场有什么突发情况，谁也不敢打保票，唯有小心小心再小心。

夜晚的珠江口，海面风平浪静，只有甚高频、对讲机的声音此起彼伏。小小的船舶驾驶舱站满了值班的人，平时只需两个人完成的操作和瞭望工作，这次甚至有十多个人参与进来。观察雷达回波，看AIS信号，随时留意甚高频发出的呼叫，尽管参与过多次巡航警戒，可大家一旦上了船，精神随时紧张，一刻不敢放松。

拂晓到来，拖轮停止了作业，浮运管节到达指定沉放位置，海上日出瞬间绽放……

收到前方发来E11节沉管浮运成功的短信后，梁德章会心地笑了："我们离零事故的总目标又近了一步。"

E11管节水上安保工作结束后，副科长冯祖乾说他第一件事就是去看向往已久的《变形金刚4》，但结果让他大感失望："跟我们护航现场的惊心动魄比起来，也不过如此了。"

难题总是接踵而至，挑战总是如影随形。

2014年11月16日，岛隧工程E15管节在沉放前遇到突发情况，凌晨3时浮运至施工现场后，因海底回淤无法按计划沉放，须实施回拖作业。这是大桥建设以来首次管节回拖，万一在回拖过程中出现搁浅，将造成巨大损失。与此同时，封航已经结束，积压的船舶开始大规模航行到相关水域，一旦发生事故将对大桥建设和公共安全造成极大威胁。

事发突然，大桥办紧急启动应急预案，立即组织各相关单位召开交通安全保障协调会，有条不紊地布置、执行回拖方案、水上交通安全工作方案、航标撤除设置方案等。最终，在海事部门的守护下，E15管节于18日安全回拖到达沉管预制厂。

之后，E15管节经历"三次浮运，两次回拖"，海事部门全程守护，于2015年3月25日完成安装。

为应对港珠澳大桥施工高峰期，广东海事局对施工水域实施七线四区三域

（一座桥轴线、两条施工水域边界线、两条监管水域边界线、两条预警水域边界线；珠海、广州、深圳、香港四个监管分区；施工水域、监管水域、预警水域三域）的网格化监管，并形成"远程监控有专台，近程监控有专室，现场监管有专船，责任落实有专人"的监管格局。随着珠江口船舶越来越多，航速越来越快，以前用海巡船逐船跟查已经不能满足需求，广东海事局开发应用了智慧海事监管系统，专为港珠澳大桥量身定做日常监管、沉管浮运、航道转换、吊装作业等多种监管模式……

一份承诺，一种责任。

不是80天，也不是8个月，而是整整8年！

在漫长的施工期内，海事人每一年、每一月、每一天、每一小时的工作，都在追求卓越，勇于担当——

8年间，他们共成功组织了12个阶段41次航道调整，保障300万艘次的过往船舶安全同行。

8年间，他们保障完成了29.6公里的海中桥隧主体工程、3个海上人工岛，33个单体重达8万多吨的隧道管节的浮运沉放。

8年间，他们保障了841航次大型构件运输与安装安全，30万艘次施工船舶的安全监管，累计清道护航75000海里。

8年间，他们先后组织召开各类协调会议600多次，协调解决大桥建设安全热点、难点问题近千项……

8年艰苦拼搏，大桥建设实现水上交通安全"零事故、零污染、零伤害"的"三零"目标。广东海事填补了中国海事监管史上多项空白，创造了中国水上安全监管的多个"首次"：

首次参与由粤港澳三地共建共管的水上工程项目的监管；首次监管集桥岛隧路于一体的超大型跨海大桥；首次承担世界级隧道管节拖带浮运的全程通航安全保障；首次协调组织亿万吨级港口主航道的临时转换；首次对施工环境要求极高的钢圆筒振沉作业进行现场监护……

恪尽职守、使命担当！

国家的需要，永远是海事人的第一选择。

港珠澳大桥工程有个全国唯一"落户"在大海上的海事处。

2016年6月8日，我揣着笔，走进大海深处。

初夏的珠海，树绿花红，妩媚而柔和。走在情侣路上，望着路旁满目摇曳的榕枝、笔直的椰子树，我的心头洒满了阳光。

我要去的坐标位置：北纬22°17.220′、东经113°46.563′。

这里是广州海事局港珠澳大桥海事处"海巡1550"船。

丽日蓝天之下，船行在碧波万顷的伶仃洋上，犁着波涛，向前突进。当唐家湾的轮廓在船尾完全消失的时候，船驶进了一个蔚蓝色的神态安详的大海。她让人想起达·芬奇画笔下的笑靥，真的，这波光摇荡的景色，多像蒙娜丽莎神秘的微笑呀！

据介绍，早在港珠澳大桥建设初期，广州海事局就于2011年4月成立了现场工作部。那时，从岸基营地至海上施工现场有12海里的距离，海事监管船艇需要90分钟才能抵达现场。

2012年5月18日，广州海事局港珠澳大桥海事处在趸船上成立。

有了趸船，海事人员直接驻扎在海上施工现场，乘海巡船前往航道只需要10分钟。

从90分钟到10分钟，被媒体誉为"贴身服务"。而用广州海事局局长黄斯深的话说是"零距离"：零距离监管，零距离应急，零距离服务。

这是一艘由万吨巨轮切割改建而成的长85米、宽25米的趸船，用200吨重的沉块固定在海底，被直径80毫米、重10吨的锚链固定在港珠澳大桥施工现场，离香港大屿山也就6海里，距离港珠澳大桥西人工岛仅400米。

船上的各种智能监管手段和现代海事科技"武装到了牙齿"：VTS、CCTV、AIS、VHF、雷达、智慧海事监管服务平台……这是迄今为止全国最大的海事监管趸船。

每天清早，伴随着"嘎吱……嘎吱……"沉闷的波浪撞击船舷的声音，海事员们都列队在"海巡1550"船头跑步，整齐而短促的口令显得格外嘹亮。他们不用去看脚下的甲板就能知道已经跑到了船尾，因为他们在这里已经跑了5年。

操练结束后，火红的太阳才浑身湿淋淋地从海里爬出来，灿烂的阳光洒在这艘趸船的窗户上。

采访钟锡泉是在"海巡1550"的甲板上，那天天气忒好，云淡天高，无雾无雨无风无云。

"我们58个人就是在这艘漂浮的趸船上办公，全处有50个人常年在现场工作。"钟锡泉一身古铜色的肌肤，高强高压的工作练就了他雷厉风行、沉稳大气的办事风格。谈起大桥海事处，他滔滔不绝："这几年全靠'人努力，天帮忙'。"（笑）

访谈间，"哒哒哒……"一串马达声响起，趸船感受到轻微的晃动，我的采访被打断。一艘编号为"苏灌13281"的施工船靠近大桥海事处，船上人员动作娴熟"噌"地跨过船舷。

"他们来办签证的，一般5分钟就能办妥。"钟锡泉告诉我，在港珠澳大桥建设当中，海事主要有两大方面的任务：第一是要保证大桥建设施工船舶的安全。第二要是保证航道的畅通。我们这个海事处不仅是办理海事行政许可、船舶签证、船舶安检等"盖章""看图"的服务窗口，而且还要承担起现场巡航监督管理、危险品与防污染管理、信息交流、应急救援等职责。

采访继续进行——

问：从大桥处建处以来，你们的安全监管措施有哪些？

答：概括来说，就是"远程监控有专台，近程监管有专室，现场监管有专船，落实责任有专人"。

问：专台专室专人具体所指？

答：专台指的是广州船舶交管中心；专室指的是设在"海趸1550"船上的监控室；专人就是由海事员24小时轮流值班。我们海事处在施工区上下游各设了"预警、拦截、物理封锁"三道警戒线，同时派出四艘海巡船艇30多名海事人员日夜管控。我们在施工水域划定了四条"斑马线"，船舶必须按照"斑马线"来走，一旦偏离就会触发报警，层层监管。

问：这些监管措施有哪些不同？

答：就是根据港珠澳大桥不同的工作环境和区间，设置了单元化的管理。总结起来有八种监管"单元"：日常监管，沉管浮运与安装，航道转换，大型构件运输及吊装、防台，雾季，寒潮，大风及防止内河船参与大桥建设施工等。再把一些新理念和创新的工作方式结合起来。

问：效果怎样？

答：目前来看，效果很好。

问：大桥建到现在这个程度，是否可以轻松点了？

答：越是这个时候，我们越不敢掉以轻心。恰恰因为大家对安全监管习以为常了，重视程度就没那么高了，容易大意就容易出事。现在的压力跟原来的压力还不同。原来大桥还未成形，船撞一下或许没事，现在已经成形，万一一艘船撞上去，或者卡在桥下，就是大事了。可以这样说，大桥一天没竣工，我们监管工作这根弦都是绷得紧紧的。

问：亲身参与这样的世纪工程，你有什么体会？

答：说实在的，这么大工程，从一个桥墩到无数个桥墩建成，一点一滴的变化我们都看在眼里。在这个过程中我们看到国家的强大，会有一种难以名状的自豪感和成就感。在我们的一生中，能参与到这么重大的工程中去，是很不容易的。除了给我们增加日后回忆的资本，也让我们的经历变得与众不同。

海事员常年漂泊在浩瀚的伶仃洋上，既要直面沉管浮运、伶仃航道转换等重大挑战，又要克服生活苦闷、劳动强度高等困难，承受了常人不可理解的压力。

副处长林涛说："风浪是最大的挑战，光是固定在趸船边的海巡船80毫米的超大缆绳半年就磨断6条，趸船最大经受过15级的强热带风暴袭击。"

由于远离陆地，在这个"海事之家"上，工作人员分两个班，每个班20多人，5天一换岗，不分昼夜驻守在趸船上。除了生活的不便，春季的浓雾、夏季的雷雨、秋季的台风、冬季的寒潮对海事人员的意志就是一个严峻的考验。

据海事员说，好几次碰到有不开AIS的大船偏离航道，像大山一样忽然出现在值班人员的面前，险象环生；夏天里，趸船船身钢板被太阳暴晒，甲板上五六十摄氏度，胶底鞋踩上去都会被粘住，船舱里就像蒸笼；冬天里，整艘钢制船舶像个冰块一样，哪里都冰凉，值班人员深夜巡查时，冷空气带着盐分和水分钻进衣服里，浑身打哆嗦；大风的时候，海巡船剧烈摇晃，把人摇得头晕目眩，甚至呕吐不止……

傍晚的时候，强对流天气袭来，风挟着雨刷过趸船甲板，很强劲。舷窗外，雨雾迷蒙，海面昏黄，浑浊的海流湍急，白头浪卷起千堆雪。这让人想起范仲淹《岳阳楼记》里的"阴风怒号，浊浪排空，日星隐曜，山岳潜形"……靠泊在趸船两侧的两艘海巡船剧烈地摇摆着，就像两个不倒翁挤来挤去；成人胳膊一般粗细的缆绳被拉得砰砰响，仿佛随时会断掉。

海事员告诉我，这算不上什么，大浪的时候比成人腰身还粗的锚链摩擦碰撞着船体，吱咛吱咛作响，缆绳一天晚上要断好几根；趸船和海巡船之间厚厚的轮胎垫在船体的钢板上撕扯摩擦，发出很刺耳的怪音，不一会就被压成纸一般薄。

夜深人未静。趸船南边是大桥西人工岛，岛上和岛周围，施工船灯火通明连夜施工。据钟锡泉说，很多初次驶进珠江口的船舶都以为那亮如白昼的景象是香港或澳门的繁华夜景。

趸船的值班室里，年轻的海事员小叶正在值夜班，他一个人守着五台花花绿绿的屏幕。小叶介绍说那是视频监控设备CCTV、船舶交通服务系统VTS、船舶自动识别系统AIS、海况和气象信息及海事员内网，同时还有两台甚高频VHF同时开启着，船舶之间你呼我应个不停。据小叶说，通过这些信息化的监管设备，海事人在趸船上就能随时关注和了解船舶的位置和航行信息，还可以呼叫动态异常的船舶，及时纠正危险航行作业行为，预防和减少水上交通安全事故，维护大桥施工建设环境和水上交通秩序。

忽然，值班员在VTS屏幕上发现一个异常的雷达回波，是一艘不太大的船，正在缓慢进入港珠澳大桥施工区。

是迷路闯进施工区的无关船舶还是趁夜色偷偷进入施工区作业的内河船？

在这片水域，不熟悉施工区内复杂环境的外来船极有可能撞上错综复杂的锚链，打坏螺旋桨，甚至可能造成沉船和人员伤亡。内河船稳定性差，船员素质不高，夜间航行、作业极易发生危险，每年珠江口都有内河船在海上沉没造成重大人员伤亡的案例。

带班海事员成宝刚迅速抓起甚高频电话向误闯船舶呼叫，没有回应，只有回声消失在寥廓的暗夜里。他果断开启全船广播，海巡船上值班的船员迅速带上执法设备和文书，三位水手穿好救生圈站在缆桩旁，随时为海巡船解缆。一声警笛呼啸，海巡船消失在无边的暗夜，依靠船舶自动识别系统等先进的装备，准确锁定了目标！

查处完那艘心存侥幸趁夜色来施工区作业的内河船已是凌晨3点，海巡船缓缓靠上趸船，带缆，停车，关灯……波涛依然轻轻摇着趸船，发出沉闷的声响，趸船又陷入宁静，只有值班室灯火依旧闪亮。

这样的突发事件司空见惯，一个月要执行七八次。

2013年5月8日深夜，狂风暴雨突袭肆虐伶仃洋，在港珠澳大桥水域外侧，一艘来不及回港避风的大桥运砂船被巨浪掀翻，三名船员全部落水。大桥海事处应急队伍接到指令后迅速前往事发海域。

茫茫大海漆黑暗夜，狂风咆哮波浪肆虐，"海巡09076"就像一片树叶或一株浮萍一会没入海里继而又被抛上浪尖，船身左右摇荡，横摇角度超过20度，海事员们要牢牢抓住扶手才不至于跌倒，被海水打湿的蔚蓝海事旗被风吹得猎猎直响。海巡船劈波斩浪，四五米高的驾驶台完全覆盖在白色的浪花里。

"必须尽快找到沉浮于冰冷海水中的落水者。"探照灯一刻不停地扫向海面，海事员们的眼睛紧紧盯着那束光。突然，一点点白光从探照灯下闪过，他们赶紧把灯打回去，只见三名船员抓着一块桌面大小的木板，因为体力透支，别说把救生索绑在自己身上，连呼救的力气都没有了。海事员驾驶海巡船从下方慢慢靠近，把绑着浮索的救生圈抛了过去，从冰冷的海水中成功营救起三名几近休克的运砂船员。

回到驻地时，风停雨毕的天边露出一抹银灰的鱼肚白，每个海事员都感到了困倦嗡然袭来。

2015年1月19日清晨，一艘香港籍渔船与一艘工程船擦碰，渔船船头穿孔，机舱进水主机故障，船舶失去动力迅速下沉，船头已下沉一米多，船上7名香港船员危在旦夕。大桥海事处接到通知后，立即调派海巡船第一时间赶赴事发水域。参与救援的成宝刚回忆起，当时，有两艘途经船舶参与救援，用缆绳系固缆桩，拖带遇险船舶前往香港岛。但由于船员操作不当，遇险船舶一直在下沉，救援船倾斜严重，随时有倾覆的危险。

情急之下，成宝刚跳到遇险船舶上，指挥两艘救援船拖带。由于缆绳的受力越来越大，绷得越来越紧，三艘船都随时有可能沉没。拖至香港大屿山水域时，成宝刚立即指挥救援船砍断缆绳，7名渔民获救，遇险船舶沉没在浅水区后被捞起。

海事执法员范小强还给我讲了这样一个惊险故事——

2016年1月11日，一艘广州货船愣头愣脑闯进了大桥施工禁航区。大桥海事处VTS专室当班的海事执法人员通过VHF09频道一遍遍提醒："粤广州货××××号，你船前方为港珠澳大桥沉管施工禁航水域，请你船减速及时调整航线，避免闯入施工水域。"但一直没有得到船上的回复。电子屏幕监控显示，该船距离施工禁航区愈来愈近……

值班员见甚高频呼叫无效，立刻向正在禁航水域值守的"海巡09086"通报，要求拦截。"海巡09086"接报后迅速赶往该水域，在靠近船舶后，用高音喇叭和甚高频呼叫提醒，并开启警笛、用探照灯照射船舶以引起注意，最终在禁航区外侧水域成功拦截住该船，并引导其开往安全水域锚泊，接受海事调查。

"还好，拦截住了。如果以上措施都不奏效，我们还会呼叫另外一艘海巡船和旁边六七艘施工拖轮来协助，绝不能给它闯入施工水域。"范小强说。

日月星辰嬗递，春夏秋冬轮回。5年来，大桥海事处的海事人在这片蔚蓝的伶仃洋上执行了多少次任务，监护了多少来往船舶，连他们自己也记不清了，只记得是无数的"一次次"：一次次转换航道，一次次墩台护航，一次次沉管浮运，一次次管节沉放，一次次船舶监管，一次次箱梁吊装，一次次海事救援……

唯愿长桥贯伶仃。

范小强，一个"90后"小伙子，在2012年大学毕业之后就直接进驻"海趸1550"，用他的话说就是："在我们追梦逐梦的时候，赶上了这个千年等一回的超级工程。"

赶上"好时候"的还有李倩——大桥海事处的一名女海事员。她跟我说她最向往的就是大海,看蓝天碧海,看海鸥翔集,看海面船舶交错,看水中海豚鱼跃……她说,小时候读过的一篇课文《在山的那边》,给自己留下了深刻的印象——

> 小时候,我常伏在窗口痴想。
> ——山的那边是什么呢?
> 妈妈给我说过:海
> 哦,山那边是海吗?
> 于是,怀着一种隐秘的渴望
> 有一天我终于爬上了那个山顶
> 可是,我却几乎是哭着回来了
> ——在山的那边,依然是山
> ……

这首诗对李倩触动很大,因为她就像诗中的小孩一样无数次问过妈妈山的那边是什么,她也一次次失望。因为她越过山丘看到的还是山,她对海充满了憧憬,对浪花和涛声充满了渴望。这首诗在她心中播下了一颗种子,一颗关于海的种子,所以她在完成服务农村的使命后,报考广州海事局并成功被录用,了却了她的夙愿。

这一次,在山的那边确实是海了。

只不过,大海给了她美好的一面,更是让她吃尽了苦头。每次上班都要乘海巡船经过一个小时的颠簸才能到达离岸12海里的大桥海事处,晕船使她体会到了大海的另一面,但她没有畏缩:"这是我的选择,也是我的梦想,不管多难我都要坚持下来。"

入职以来,李倩出色地完成多项工作,她在大桥海事处这个广阔的舞台尽情地挥洒她的才能。高强度的工作和长时间坚守海巡船,沉管浮运护航工作连很多老海事都吃不消,但李倩却多次向领导请求参与到这项任务中,她也成为参与护航沉管浮运工作的唯一一名女性。

李倩成熟、干练、稳重、爽朗、幽默,她说:"农村工作都没有难倒我,海上的工作也不会难倒我,服务大桥和服务农村有异曲同工之处,用心、用情、专注就是我的工作准则。"

港珠澳大桥施工所在区域，1000多艘施工船舶、数千工程人员在此区域同时作业，管理难度可想而知。

与想象中的沉默内敛不同，船舶监督科科长王均龙更像一位杀伐果断的将军。这位1米85的山东大汉让小小的驾驶舱稍显逼仄。他一手叉腰，一手指着海图为我详解这片水域，讲到关键点就神采飞扬："你看，这个点就是牛头岛，也是沉管出坞的地方；这里，就是香港大屿山；再看那边，那是澳门……"似乎不够过瘾，他抬手指向远处大海中的一个个小岛，那么熟悉，那么兴奋，那么的恣意而理所当然，就好像在向别人展示自己用心守护的"战场"。这种热情瞬间感染了我们这些初来者。

他之后一边操作定位仪器一边跟我聊："我们给参与施工的每条船都做了档案，全天候24小时通过电子设备监控附近水域的每条船只。尽管这里过往的船只很多，但未经许可的船舶进入施工区域，我们通过值班室的VTS和AIS设备一下子就能发现，及时出动予以查处。"

我发现他操纵着、记录着、计算着，那是些只有他明白的密密麻麻的数据、航图、航标……每一个标示背后，或者都有一个惊心动魄的故事。

围绕着"海趸1550"的故事还有很多，很精彩——

上海交通大学毕业的博士夏贤坤放弃了北京某研究机构提供的优厚待遇和住房，为实现自己的理想来到这里；上海外国语学院西班牙语研究生刘惠娟考上公务员后履职第一个工作岗位来到这里……信念的风帆，在这广阔的伶仃洋上冉冉升起。

也许若干年后，这艘船这座桥连同这段独特的职业经历将会给每一个海事人留下深刻的人生回忆。

珠江潮涌，大桥作证。

钢箱梁、组合梁、桥墩……它们从中山马鞍岛或东莞洪梅的码头远道而来，然后在海面上成功吊装，在"漂浮的土地"上，各地海事部门接力赛似的在为这个世纪工程保驾护航。

——从中山马鞍岛沿岸的大型构件预制基地生产出来的桥梁组合梁、墩身等构件运往港珠澳大桥施工现场时，中山海事局一支24小时待命的"护桥使者"团队跟着出发。

——从东莞洪梅镇大汾北水道载着墩台的拖带船队起航后，东莞海事局出动四艘船艇及执法人员为其护航警戒，一直护送到珠江主航道。

——当拖带船队来到广州、珠海、深圳的水道后，三地海事部门就要接过重任……这场长达数年的"海上接力"之所以能够如此默契，就是因为有这样一群群守护者、保障者，他们是港珠澳大桥建设中真正的幕后英雄。

珠澳口岸人工岛填海工程最高峰时，大大小小有几百条砂石运输船像赶集似的，从沿海、长江水域蜂拥而至。

承担大桥属地管理的是珠海海事局。

局长羊少刚告诉我说："这些砂石船船况各不相同，船员素质参差不齐。他们航经洪湾水道、澳门水道与九洲航道，连过四座大桥，穿越多条高速客船航线等重要航区、航道，给我们的大桥人工岛监管带来很大的压力。"

"你们采取了哪些办法应对？"

"源头查，中途堵，终点抓。"

口岸人工岛开工后，海事局先后在淇澳岛附近水域及洪湾水道设置监控点，在口岸人工岛周围配布海事监管趸船，在各个取沙点监督船舶合理配载，安排执法人员24小时全天候值守。

政委唐万介绍道："有的砂石船偏航、迷航，险象环生。"经过实地调研、征求意见、磋商，珠海海事局最终划出砂石运输船舶航线，并与澳门海事及水务局联合编制出版了《环澳门水域船舶安全航行指引图》，免费派发给施工船舶，船舶有了指引图后才解决了迷航、偏航问题。

"超载的问题也很严重。"通航处副处长李晓宏说，这正是他最揪心的。

"超载到什么程度？"我问。

"你不敢想象。我们行话就叫'潜水艇'。"

"潜水艇？"

"对，这是我们水上交通安全监管领域的说法。"

原来，在大桥口岸人工岛回填沙作业初期，一些砂石运输船不按核定载重线进行装载，有些船舶甚至装载至甲板面上，这种情况叫作"潜水艇"。

"水上交通安全的严重隐患很可怕，因此我们要到各取沙点监督船舶配载。"

海巡执法支队是珠海海事局派驻大桥建设现场一线的执法力量，承担着大桥施工水域近14公里的桥区、珠澳口岸人工岛、连接线施工水域的现场监管工作。执法人员贾启军告诉我这样一件事：那是2016年7月份的一天，"海巡09171"船在大桥水域开展日常巡逻时，执法人员在鸡笼岛附近发现一件废弃的工程钢质构件，漂浮在通航水域。

"这太危险了，如果航行中的施工船碰上，后果不堪设想。"贾启军说。他们缓慢将碍航物拖出，拖离施工水域。经多方联系，最终确定此碍航物为某大桥施工单位废弃的工程构件，估计是航行时不慎掉落所致。执法人员要求施工单位派吊机将碍航物吊走，同时，告诫施工单位加强安全管理，做好船载货物和水上平台构件绑扎工作，防止类似威胁水上安全的情况发生。

在"海巡0933"船的会议室内，悬挂着一面锦旗，"保一方海疆平安和谐，为祖国建设保驾护航"两行字引人注目。

"这是几年前，港珠澳大桥中铁大桥局施工项目部送来示谢的。"谢正如这样告诉我。

谢正如47岁，湖南湘潭人，时任"海巡0933"船长。

2013年8月13日，强台风"尤特"肆虐，中心风力达14级，大桥水域所有的船舶早已经离开建筑施工水域到指定锚地避台，而此时在大桥珠澳口岸人工岛上，还有近200名工人滞留等待紧急撤离。

大桥施工作业单位紧急向珠海海事局请求救援。

茫茫大海，狂风咆哮，波浪肆虐，撤离任务十万火急！

时间就是生命！珠海海事局立即协调各救助单位前往救助，同时派出"海巡0933"船赶赴现场展开救援。

时任"海巡0933"船长谢正如回忆，当天17时30分，"海巡0933"克服重重困难到达珠澳口岸人工岛。但由于水深不够，风大浪急，经过3次尝试，海巡船只能在离岸150米左右摇曳，靠岸救援方案只能无奈放弃。

台风逼近，风大浪高。时间一分一秒地过去，珠海海事局决定启动第二套救援方案。

海巡船紧急联系公安边防快艇进行支援，调派边防的一艘快艇接送岛上人员过驳到"海巡0933"。

在近两个小时的救援中，海事救援人员胆大心细、勇敢镇定，最终将近200名岛上人员分批次过驳到海巡船上并及时转移到九洲港南码头，岛上所有滞留工人全部安全获救。

"道不行，乘桴浮于海，是为避世。"珠海海事局"浮于海"却"入世"，这是使命所然、职责所然！

大桥建设以来，珠海海事局负责的辖区施工水域一直保持着"零事故、零污染、零伤害"的安全记录。

"有备而无患。"副局长王仕云说，大桥开工以来，珠海海事局根据《港珠澳大桥建设水上交通安全监督管理总预案》，制订了多种分预案，打破常规

"5+2""白+黑"弹性工作制,实施一周7天、每天24小时根据辖区船舶活动规律及潮汐、季节、通航环境变化合理分配监管资源,采取巡航与值守相结合的监管方式,对施工船舶和作业现场实施高频度检查和全天候覆盖、全方位监控。

殚精竭虑,披星戴月,只争朝夕……这些年来,恐怕没有人能够想象得到,珠海海事局走过的是这样一条艰辛之路。

第二十五章　以环保的名义

"白海豚'伤不起'啊!"港珠澳大桥管理局副局长余烈的一声叹息,勾起了我的好奇心。

白海豚保护和海洋环境保护是余烈分管的工作之一。他说,和青藏铁路修建中的藏羚羊保护成为焦点一样,港珠澳大桥建设期的白海豚保护则是一道世界级难题。

我想:白海豚"不搬家"的故事值得书写一笔。

查阅相关资料,我发现港珠澳大桥穿越白海豚自然保护区核心区约9公里、缓冲区约5.5公里,共涉及保护区海域约为29平方公里。

白海豚又被称为"海上大熊猫",是国家一级保护动物,也是世界濒危海洋哺乳动物之一。因为野生种群数量十分稀少,1988年曾被列入《中国濒危动物保护红皮书》。

珠江口海域就栖息着约1200多头中华白海豚。

白海豚自然保护区是国家级中华白海豚自然保护区,范围北至内伶仃,南到桂山,西至淇澳,东到香港大屿山,总面积460平方公里。

当时,世界上对白海豚的研究都比较少,工程技术人员对白海豚也一无所知。在保护区"动土"对白海豚有什么影响?大桥建完后白海豚还能不能活蹦乱跳保持它的数量?

从2005年工程前期评估至大桥工程开建之前,工程备受关注的同时质疑之声从来不曾间断过。

这并非杞人忧天。

在香港国际机场还未修建时,中华白海豚曾经大量分布在大屿山以北的沿海海域，而在香港新机场建设过程中，曾发现工程附近有19头中华白海豚陈尸海岸。

消息让香港社会震惊，舆论一片哗然。

为此，香港特别行政区政府成立后注意到了中华白海豚的保护问题，并在回归后建立了沙洲和龙鼓洲两个海岸公园，呵护白海豚的栖息地。

但损失已经难以弥补。香港渔护署发表的2014年度海豚监察报告显示，大屿山附近多处出现中华白海豚锐减的情况，其中东北面最为恶劣，由2001年的20条跌至2014年的1条，跌幅高达95%。负责撰写报告的香港海豚保育学会会长洪家耀在接受香港《明报》采访时说，2015年后大屿山东北面未曾录到任何白海豚出现，显示它们已经绝迹该片水域。

港珠澳大桥穿越珠江口生态保护区，白海豚因素让这座大桥的建设从一开始就注定被紧紧盯视。

如何实现鱼和熊掌兼得？

如何让白海豚不搬家？

这，成为港珠澳大桥前期工作中绕不过去的话题。

从2005年工程前期评估起，一场旷日持久的中华白海豚保卫战便已打响：环境影响评价、海域使用论证、倾倒区选址论证、水土保持以及其他与环保相关的专题研究工作徐徐展开……

2010年7月，中华白海豚保护技术研究被列入"国家科技支撑计划"项目。中山大学拥有世界最大的中华白海豚基因库，他们和中科院水生生物研究所共同承担了中华白海豚保护技术的研究。

中华白海豚自然保护区面积460平方公里。要在相当于6个香港岛面积的海域发现、观测到白海豚并不容易。

林文治，中山大学博士，被称为"追海豚的人"。

他说："如果按船次来算的话，我们一年去整个珠江口可到80次以上。"

研究团队用了4年多时间，拍摄记录到了2000头左右的白海豚个体行为特征。他们在21万多张照片中选出了18000张，给白海豚逐一建立了身份识别档案。

中华白海豚既能发出哨叫声，就是人耳能听到的低频通信讯号，还能发出高频回声定位信号，研究人员想到了一个获取哨叫声的好办法。

他们设计了一个阵列，500米到600米的距离放一个水听器，然后人在200米到300米开外进行观察，24小时轮流记录分析。

只要海面风浪不超过3级，每隔2个月他们就要出海，用一周时间连续录音。在累计13100多海里的航程中，研究人员第一次在自然水体中长序列记录到中华白海豚的哨叫声。这在世界中华白海豚研究中也是第一次。

据中山大学教授吴玉萍介绍，2013年5月，他们将不同环境下中华白海豚的8大类行为谱和6种类型哨叫频谱图绘制完成。这是在国内外首次绘制一个很系统的针对中华白海豚的行为谱。

白海豚是典型的"睁眼瞎"，它靠发出声呐到对面反射回来以后判断前面是否有障碍物，因此对声音非常敏感。

"在施工中有严重的震动，就会把它声呐震坏，被震坏声呐的白海豚就会被高速往来的船舶等撞碰致死。"吴玉萍说。

研究人员通过大量野外跟踪观测，探明了船舶航行和施工活动对中华白海豚发声、行为及集群的影响规律，开发出中华白海豚声学驱赶（保护）技术。

他们在施工现场采用声学的方法，在水下发出不同的声音，让白海豚能够听得到，尽量避免进入到施工海域里。

研究人员300多次出海跟踪，拍了30万张照片，对当时保护区里存在的将近1200头白海豚了如指掌并进行了标识，甚至把白海豚的生活习性都摸得清清楚楚。

余烈透露，在2008年底提交中央批复的港珠澳大桥工程可行性研究报告中，36个课题中有6个课题涉及白海豚的保护。

从工可研究、初步设计、技术设计、施工图设计和工程实施各环节，管理、设计、岛隧总承包、桥梁施工等单位从源头落实，在制度设计、施工管理，工艺工法上采取了一系列"保护"动作——

▲非通航孔桥跨径从原来的70米扩大为110米，桥墩从318个减少到224个；青州航道桥原定采用钢管柱主塔桩基49根，后减少为钢管复合柱主塔桩基36根，减少27%。

▲所有承台均埋入海床面以下，降低阻水率。

▲基础采用钢围堰＋钢管复合桩工艺，打桩船施打，液压锤沉桩。

▲桥梁上部结构钢箱梁采用岸上工厂化预制，海上拼装。

▲隧道东、西两个人工岛长度也由原来的950米和980米缩短为625米，挖深由初步设计阶段标高-31米提高至约-16米；钢圆筒在陆上加工制造，现场液压振沉。

▲沉管基槽开挖边坡由1：7优化至1：5，疏浚总量从约4300万立方米减少至3100万立方米。

……

一座绿色的大桥，体现着对白海豚和环境生态的尊重和保护。

这一系列多余的动作，也让港珠澳大桥工程造价增加了36.7亿元。

港珠澳大桥管理局局长朱永灵在接受媒体采访时曾说："港珠澳大桥项目对环境的管理和白海豚的保护是'全方位立体式'的，从设计建设到未来运营，每个环节的环保措施都做到无懈可击。"

众所周知，建设工程环境管理主要集中在前期评估和终期验收，在施工与运营期间，环保措施的落实是有"折扣"的。

但港珠澳大桥工程不走"寻常路"。

"Health，Safety，Environment"，在港珠澳大桥建设工地上，这是一句几乎每一个工人都懂的英语。这一套从英国引进，被嫁接到港珠澳大桥的新型管理体系，成为港珠澳大桥体制建设的一大亮点。

港珠澳大桥管理局与交通运输部规划研究院合作，在港珠澳大桥工程中首次引入了国际先进的HSE管理技术，进行施工安全的管控。

2009年8月，大桥正式动工前夕，港珠澳大桥管理局成立HSE（健康、安全和环境三位一体的管理体系）委员会，局长朱永灵亲自挂帅。港珠澳大桥HSE安全管理体系涵盖施工的全部主要工序，并通过数百名HSE安全员，对生产过程中的安全风险进行严格防范。

段国钦是国内首个桥梁HSE部门负责人——港珠澳大桥管理局环保部部长。

桥梁行业的HSE管理体系在全世界都没有范本可循，段国钦和副部长曹汉江等工程师全身心地投入到建规矩、定标准、编制度的工作，率先探索实施了五级联动HSE监管机制，还引入安全顾问、环保顾问服务机制。其中，白海豚的保护就纳入这个机制里。

黄志雄所在的环保组负责统筹环境保护和中华白海豚保护，负责有关项目建设相关许可、审批、审核工作，因此黄志雄也被亲切地称为"黄海豚"，也有人叫他"海豚哥"。

"海豚哥"是国内首个供职于该大桥项目的环保工程师，他说："当时知道自己被聘用后非常兴奋，能用自己的专长为超级工程，为白海豚保护贡献一份力量，激动了好几天。"

但这是一份吃力不讨好的工作，白海豚保护工作在港珠澳大桥建设过程中不产生一分钱的经济效益，常常面临工人们的不理解。而建筑领域的工人流动性很大，每年都会换一批新工人到海上建设，他们必须坚持每月、每季度、每年都要对工人进行培训，甚至要求每一个工地都有持证上岗的"护豚员"。

"累计有560名施工人员获得了中华白海豚保护上岗证。" 黄志雄说。

在港珠澳大桥项目办公区、施工区、码头、交通船舶上，随处可见宣传保护白海豚的海报，简明扼要的文字配上精美的图片清晰反映了白海豚的生长过程、生活习性和保护措施，提醒每一名港珠澳大桥建设者时刻绷紧白海豚保护这根弦。

蔡爱国，港珠澳大桥CB02合同段的HSE负责人，在伶仃洋上奋战5年，除了对这里的蓝天碧海留恋，更多的是对白海豚这群小伙伴依依不舍。他告诉我，海豚靠声音沟通和觅食，也通过回声定位感知环境，海上工程建设的噪声污染对它们而言是致命的干扰。尤其是打桩时期的撞击声，声波在水下有加倍传播效果，会让白海豚时时刻刻暴露在充满压力和恐惧的环境中，如果不加以"善待"，存活概率就会下降。

"你怎么成了专家了？"我好奇地问。

他呵呵一笑："参加大桥管理局培训班的收获。"

2011年1月以来，港珠澳大桥管理局组织施工人员轮流参加白海豚保护知识上岗培训、考核，编制实施防止环境污染及中华白海豚保护应急救援预案，共举办中华白海豚保护知识培训29次，2544人次参加。

"港珠澳大桥所有建设者都知道白海豚的知识，知道不仅不能伤害它，还应该对它的发展和保护做出贡献。"余烈欣慰地说。

白海豚在中国有着悠久的历史，早在唐代便有关于它的记载。由于其形象可爱，千百年来白海豚一直深受岭南人民的喜爱，粤港澳三地的渔民更以海上女神妈祖的名字，称它为"妈祖鱼"。

中华白海豚与香港的渊源极深，在香港西面水域龙鼓洲及沙洲一带，经常可以见到三五成群的中华白海豚出没，每年都会沿着珠江游回珠江三角洲一带繁衍，具有不忘故土，回归家园的品质。

正因为如此，香港人对中华白海豚的那份深深情愫令人感动。1997年7月1日，香港特别行政区选择白海豚作为回归祖国的吉祥物：一条活泼可爱的中华白海豚卡通在浪花里嬉戏，在白海豚与浪花之间是一朵红底白花的紫荆花，其构图彰显着港人的情怀。

香港白海豚保护协会的黄先生曾向我展示过一组白海豚受伤的照片，有些是被螺旋桨划出的伤痕，有些是网具勒痕，还有的是因为水质污染造成的皮肤疾病，令人不忍目睹。

中交三航局港珠澳项目部HSE体系总监黄超向我谈起东人工岛刚开工那会，香港有关人士就密切关注着海域的环保和白海豚的动向。"东人工岛距离香港水域仅366米,天气晴朗能见度高的时候,都可以从岛上远眺香港大屿山上的天坛大佛。一些香港民间环保组织就在大屿山天坛大佛附近架起望远镜观察我们。"黄超仍记忆犹新,说起来感慨良多。

张奎也给我讲述这样一件事情:东人工岛建设初期,十几米长的塑料排水板插在工地上,不幸被大风吹断,一部分跌入海中,有几片我们没捞上来,后来随着海水漂到香港。香港那边拍下照片后,辗转找到项目部要求处理,理由是可能会对白海豚造成外伤。

"再小的杂质,他们都不会放过。"张奎说。

"一直都在观察?"

"随着工程的推进,没有香港人到大屿山架起望远镜'偷窥'我们了,因为他们知道了我们对白海豚的保护和关爱。"

在东人工岛岛体形成回填砂后,岛内须进行82口降水井打设,常规工艺是用泥浆护壁进行钻孔成井,这种工艺必然产生大量废弃泥浆,对环境造成污染。

如何才能彻底消除泥浆呢?

技术人员从振动锤沉钢管桩的工艺中得到启发,决定采用液压锤振沉钢管成井的无浆成孔工艺。此工艺用钢管代替了传统的泥浆护臂结构,成孔过程中无任何泥浆产生,完全达到了保护白海豚栖息地生态环境要求。

每年4—8月,是中华白海豚繁殖的季节。岛隧工程大规模疏浚开挖容易产生大量悬浮物,工程技术人员精心编制施工组织方案,采用污染最小的挖斗船疏浚施工和先进的大型施工船舶及设备,以减少施工设备数量和高强度集中施工。

港珠澳大桥岛隧项目副总经理兼HSE总监黄维民说:"我们对抓斗船施工工艺进行改良,给抓斗装上了摄像头,施工中采用了电脑控制,提高开挖精度;此外,为减少运输过程中挖泥溢出污染周边海域,我们减小了每一层开挖厚度,特别降低了抓斗船的装斗率。"

"降低装斗率会有什么影响?"

"降低装斗率意味着负责淤泥倾倒的船只往返数量将增加一倍。"他给我大体算了一个账:岛隧沉管安装产生的疏浚弃土要从岛隧工程疏浚现场运送到60公里外的大万山南倾倒区抛卸,一个来回要8个小时,每次来回的成本高达40万元。4000多万立方米的挖泥总量就是数万次的往返,得增加多少施工成本?

我惊愕得直咂舌。

黄维民说:"我们更多是一种使命感和责任感,希望多年之后,港珠澳大桥留给人们的,不仅仅是一个改写历史的世界工程奇迹,同时又是一座人类与白海豚和谐相处的丰碑。"

不变的碧海蓝天，不变的白海豚栖息地。

在港珠澳大桥主体工程的每一条施工船上，无论是交通船、运石船还是定位船都安排有一名白海豚观察员，并且要经过培训后取得"观豚员证"才能上岗。

这是港珠澳大桥建设中最独特也是最奇葩的"一道风景线"。

中铁大桥局港珠澳大桥项目副经理程长鹏告诉我，他们标段一共配备有50余名观豚员，一旦发现白海豚的踪迹，观豚员就先通过对讲机叫停施工，将竹竿插入水中，用锤子敲打，进行无害驱赶，然后再进行15分钟观察，确未发现踪迹后再恢复施工。同时，所有施工船舶都要减速慢行，以避免螺旋桨伤害到白海豚。

他们还针对性地制定了一套"要领"：第一观察，第二驱赶。白海豚比较讨厌声音，就通过声音让它离开，观测500米之内没有了，才在这个地方开始施工。

程长鹏还给我举了这样一个例子。

2011年的一天，东人工岛正在做砂桩施工，观察员突然发现岛旁几百米处出现了两头中华白海豚，根据"500米以内停工观察，500米以外施工减速"的原则，项目部迅速通知砂桩作业停工。最后，两头调皮的中华白海豚在该海域一"玩"就是四个多小时，工人们也只好停止施工，等了足足四个多小时。

在采访中，白海豚观察员为我讲述了一个个施工船舶为白海豚"让道"的故事——

2013年2月1日上午8时许，满载钻孔急需设备的"盛世2号"货船正全速驶向青州航道桥56#墩钻孔平台。

"报告船长，正前方发现白海豚！"

途经淇澳大桥2.9海里，北纬22.22°、东经113.38°时，船头的观豚员发出警报。

"转舵，停船，抛锚。"船长马上发出指令。

船紧急停在了距离海豚约100米的地方。正在船上例行春节前HSE检查的魏礼翔、船长和全部人员很快聚到了船头，只见不远处的海面上一群海豚相互追逐着，与海豚们相伴的还有一直低空盘旋的上百只海鸥，活动半径大约50米。

魏礼翔仔细一数，总共有10头海豚，其中2头幼豚、6头亚幼豚、2头成年豚。魏礼翔欣喜地说："船长，我们只能静等它们走远咯，要不会惊吓到或伤害到它们。"

"好。"船长随即做出安排，船上人员分四组观察，确认海豚全部离开后方才解除警报。

10分钟过去了，30分钟过去了，海豚们似乎意犹未尽，始终在距离货船100米左右的地方活动。

这时，平台钻孔施工负责人来电话催促了，这可急坏了船长。一边是世纪工程建设，一边是一级保护动物的安全，都不容大意。没办法，船长只得向平台钻孔施工负责人说明情况，平台钻孔施工负责人闻讯后立即表示理解，说："那你们就等海豚们安全通过吧，我们这里虽然急，但这些时间我们能赶回来的，多加点班而已啦！工人们都支持！"

又是30分钟过去了，直至9点钟，四周巡视人员同时报告货船周边目测已无海豚踪迹，船长才长舒一口气。

"起锚！"船长一声令下，货船又向着大桥施工目的地急驶而去，那汽笛声仿佛透出一股自豪：保护白海豚，我们共同的责任！

除了众多的白海豚观察员，在港珠澳大桥建设中，更多的是施工人员对白海豚家园的保护意识。

岛隧施工区域是中华白海豚活动和繁衍的中心水域。

2011年，港珠澳大桥管理局借鉴国外以及香港的先进管理理念和做法，创新性地引进了专门的环保顾问团。

郑兆勇是顾问团中的一员，他和同事每个月至少出海一次，并登上人工岛、桥梁、施工平台进行环保监测和技术指导。检查和评估的内容非常细，施工产生的废水和固体废弃物排放、生活垃圾甚至厕所排污情况都在范围内。

"为了保护白海豚栖息的环境，施工期间生活污水的排放都必须严格控制。"郑兆勇记得，当时他与同事建议参建单位在施工平台、人工岛、桥梁面等施工场地配备环保厕所，"就连厕所也是经过我们环保顾问严格比选的，这种采用生物降解技术的厕所对环境的影响程度最小。"

郑兆勇所在的顾问团中，不仅有像他一样直接在港珠澳大桥管理局办公的常驻顾问，还有十几名像郑兆勇一样有专业背景、来自全国各地的环保专家作为高级顾问团队参与到大桥的"白海豚保卫战"中来，从方案审核、施工监督到影响评估提供专业咨询。

在东人工岛上采访时，我看到的房屋几乎都是用集装箱改造而成，一间用砖头垒砌加水泥浇灌的房屋显得非常独树一帜。

"这间屋子装的什么宝贝啊？"我问中交三航局港珠澳项目部HSE体系主管奚伟伟。

"污水处理器。"他说，"我们的口号就是'不能让一滴污水流进大海'。"

他告诉我，屋子里装着一台17.2万元的进口污水处理器，污水处理器通过管道和地下的污水池、过滤池和蓄水池相连。运作原理是污水池里的污水经分离设备将固体残渣物过滤后流入过滤池，过滤后的水再用生化膜设备消毒后流入蓄水池。"我们的污水量不大，处理完都存在蓄水池里，过段时间出水口修好了，检测合格的水会排入大海，也可能用来浇灌花草。"奚伟伟说。

废油对海域环境的污染无异于对白海豚的"谋杀"。

有一次，工程师郑向前到海上施工平台上进行检查。整个施工平台200多平方米，所有的作业必须依赖柴油发电机带动。他在检查中发现，该施工平台上柴油发电机的保护带已经裸露在外面，随时有漏油的风险。

"这一台柴油机必须退场更换。"郑向前当时就表示。

"退场？整个工地不就瘫痪了，我们从哪去找一台柴油发电机来？"

几经协商之后，郑向前与港珠澳大桥管理局工程部协调，在工程部帮忙下找了一台没有在使用的正常柴油发电机，问题才得到解决。

"我们这个工作是得罪人的活，哪怕平时跟施工单位关系再好，也不能因为人情关系而渎职，否则保护环境和保护白海豚都是一句空话。"郑向前说。

在中交三航局的7号砂桩船上，我看见所有的废油包括食物残渣所含油脂都存放在一个固定的污油仓里，每个污油仓容量为6立方米。轮机长沈春根告诉我："差不多累积到5.6立方的时候，我们就会向海事局申请，要求专业回收单位过来回收。"

为减少噪声对白海豚的影响，中交三航局港珠澳项目部聘请了上海交通大学国家重点实验室专家对施工现场周围100米，海平面以下8米之内的海域进行立体式监控，通过比对施工前和施工过程中的环境噪声数据变化，分析施工噪声可能对中华白海豚保护区造成的影响。

在一次挤密砂桩打设过程中，砂桩船的隆隆声突然断了，大家还以为是船舶设备突发故障。通过无线电询问船上情况，才得知苏格兰专家监测到有一头白海豚进入了施工区域，项目部马上启动应急预案，利用水下声呐将其驱赶后才重新恢复施工。

对于工程建设来讲，工程停工哪怕是一分钟都会造成非常大的损失，但从环保的角度、从保护珍惜生物群种这个角度考虑，即使投入再多、损失再大，也是值得的。

白海豚不搬家，大桥人做到了吗？

一份来自多个权威机构的数据从侧面得到佐证——

珠江口保护区管理局的报告：连续7年对中华白海豚进行识别，累计识别2060头（注：该数字中包含重复计数）。

广东省海洋与渔业厅的公报：2016年珠江口中华白海豚国家级自然保护区管理局目击海豚共258群1890头次，数据库新增识别在珠江口水域栖息的中华白海豚73头。

中国水产科学研究院南海水产研究所报告：中华白海豚监测和渔业资源调查共执行10个航次，分布数量与施工前持平……

有媒体据此认为，珠江口中华白海豚未因大桥项目而搬家，这是港珠澳大桥创下的另一个令人瞩目的纪录和标杆。

港珠澳大桥管理局副局长余烈说，港珠澳大桥主体工程施工7年来，没有发现因施工直接造成中华白海豚伤亡的事故，同时也没有发现重大海洋污染事故或因海洋污染事故造成中华白海豚死亡。这得益于严格的环保要求和严苛的保育措施，最终让超级工程实现了工艺和环保的完美结合。

白海豚，你在珠江还好吗？

2016年6月30日上午，正好天公作美，晴空万里，水碧天蓝。

我从淇澳白海豚国家级自然保护区码头乘船随监测员林文治博士出海"拜访"中华白海豚，同行的还有林文治的助手小莫。

林文治博士是珠江口中华白海豚国家级自然保护区的监测人员，毕业于中山大学海洋生物专业，从2010年起他就开始做白海豚的野外监测。这一次我随博士出海，他的目标是"个体识别"监测。

林文治拿出笔在白纸上清晰勾勒出观测海域和途经的每个小岛："我们今天走的航线是途经港珠澳大桥东西人工岛、青州、三角洲。"说完，他麻利地解下船绳，一跃跳上小船，娴熟地换上防护服，用帽子和户外头巾包裹住整张脸，只露出两只眼睛，手握GPS定位仪开始确认经纬度。

狭窄颠簸的小船，在波浪涌动的海面上前行。船上的人坐久了就有晕眩之感。火辣辣的海上骄阳，透过长袖衬衫打在手臂上，依然灼痛皮肤。

"今天能观测到白海豚吗？"我急不可耐地问道。

"别着急。" 林文治一边侧身回答我，一边观测海面，"前几天因为天气不好，海上风力大，出海观测很难说有收获。"

珠江口果然不愧是中华白海豚的主要聚集地，船出海不久，林文治就突然大叫一声："快看，白海豚！"

他冲向船头端起单反相机。船长关掉马达，整个团队绷紧神经。

我四处张望，海面上除了浪花朵朵，视线范围内根本什么也没有看见。

船长告诉我，海豚出没是以船头为正点方向来确定方位的。

"11点方向注意！有幼豚！"助手小莫敏锐地捕捉并确认到方位。船上的人全都站起身来，手心紧攥烤得火热的船杆，屏住呼吸。

"9点钟方向，起来了！"团队的目光随着小莫的声音锁定海面。伴随着习习的海风，两条灰色的小海豚嬉戏着双双跃出水面，小尾巴拍打着海浪轻盈地在阳光下划出微小的曲线。它们不时跃出水面，做出多种令人惊叹的动作。数十秒钟后，一只身体修长呈纺锤形的成年白海豚的背鳍浮出水面，小海豚在它的庇护下潜入海中，时而腾空而起，直立、插水、跳跃、背泳……在随波逐流地腾越，快乐地溅起一层层水花。

见此情景，大家都欢呼起来，纷纷拿起手机拍照。

我原本以为白海豚的颜色都是白色的，然而，眼前的事实却完全出乎我意料：粉红的、白的、灰的、黑的、斑点的……

林文治告诉我，中华白海豚的一生都与颜色变化有很大关联，出生时它们是灰黑色，慢慢变为浅灰色，两三岁时它们开始变为粉红或白色并带有灰色斑点，到10岁左右它们发育成熟，斑点消失，就成了粉红色或白色。

珠江口是白海豚的美丽家园，真是百闻不如一见啊！

在我手里有这样一组统计数据：7年间，港珠澳大桥主体工程直接投入白海豚生态补偿费用8000万元；用于施工中相关的监测费用4137万元；环保顾问费用900万元；渔业资源生态损失补偿约1.88亿元；有关环保课题研究约1000万元；其他约800万元。

总计3.4亿元啊！

这钱花得值吗？

值！

因为港珠澳大桥8年工程换来的是海洋环境"零污染"！换来的是中华白海豚"零伤亡"！

第二十六章 向幸福出发

8月中旬的珠海闷热，还赶上了数个台风天气，一会儿骄阳似火，一会儿暴雨如注，天空很低，大团大团的乌云滚滚前行。

出租车在珠海著名的情侣南路上一路环海向北。

"看，港珠澳大桥在那。"李师傅是珠海南屏人，开出租车已经有10年，他指着海面上港珠澳大桥高高矗立的一座"风帆塔"向我介绍。

我依循着李师傅的指引望去，港珠澳大桥如一条趴伏在伶仃洋面上的巨龙裸露出武士般坚硬的脊梁和无比雄性的胴体。她精巧之中见空灵，伟岸之中见秀逸。一路掠过的簕杜鹃，密缀殷红，仿佛还想留住那火热的场景。

桥这头，是什么？

海那边，有什么？

千百年来，港珠澳三地虽同源，但却因天堑而隔海相望，虽有交往，却颇费周折。一座桥把香港、澳门和珠海连接起来，从此改变东西两岸的城市格局，让"一小时生活圈"化理想为现实。

长桥如链，链接起伶仃洋的古老岁月，铺陈出珠江口的旖旎和温馨，内涵宏大精深的政治、经济、文化和历史概念掺杂其中，自港九来，乡梦飘飘，带着春节的祝福，自澳门来，乡魂缭绕，带着清明的祭酒，一座桥牵萦着三地人心的归途。

2017年端午节，澳门85岁的张建菊老人踏上了港珠澳大桥。看着眼前的这片熟悉的大海即将变成大道通途，老人禁不住感慨："现在我真的好开心，终于圆我一生的梦了！"

张阿婆年轻时吃了不少苦，为了养活三子一女，作为流动渔民的她与丈夫时常到香港的东涌、长洲，珠海的万山、桂山岛打鱼讨生活。那时都是木帆船，出一趟海就得在海上颠三四天。有一次去香港的大屿山东涌湾，船快靠近岛时海上起了风，险些把船掀翻，吓得她上岛后生了一场大病。当时她就想："要是香港与澳门之间有一座桥连在一起该多好。"

从那时起，她就做起了大桥梦。前几年，张建菊听说港珠澳之间准备架起大桥，喜不自禁："我一定要坐车从大桥去一趟香港。"

但不幸的是，2016年，老人患上了癌症，她自知时日不多，便对60多岁的大儿子张文意提出去大桥看看。张文意为此求助珠海流动渔民办，希望能满足母亲的心愿。

当时大桥虽然已建成，但因各种电气和设备还在调试，要上桥观光需要特别批准。为此，珠海流动渔民办多方联系并征得武警和港珠澳大桥管理局同意，珠海交通警察还用执法车接送老人。

儿子用轮椅推着重病在身的母亲走上桥面，张建菊老人突然从轮椅上站了起来，蹒跚的身影一下子变得异常"矫健"，以至把陪同她看桥的两个儿媳落在了后面。她看着、摸着，仿佛要把整个大桥搂进自己怀里。老人高兴地说："大桥通车了，子子孙孙从今以后往来港澳可以不用再坐船了，好方便好幸福啊！"

港珠澳大桥打通了三地互联互通的"任督二脉"，货流动，人流动，财流动，资源要素流动，东西经济文化因这座大桥演绎着灿烂的精彩和深度的融合。

"大桥开通啦！"

在天涯社区，香港网友"小楠7890"在论坛上发帖邀请珠澳老弟：来个自驾游吧！我带你去圣约翰教堂听《圣经》；去兰桂坊品白兰地；去港岛坐叮叮车，然后带你去太平山顶看最美的香港夜景。

澳门网友"西西"立即跟帖：还是先来澳门啵，我带你去永利听音乐喷泉；带你去新马路吃手信；带你去三盏灯看一个有情怀的澳门；然后去地堡街尝一尝著名的大利来猪扒包。

珠海的网友"卡丁车"发出网上邀请：……对面的香港快过来，我带你去板障山登1999级台阶；带你去神秘岛疯狂尖叫；带你去斗门灯笼沙水乡看疍家人水上婚礼；牵你的手去漫步香炉湾，压情侣路，看珠海渔女；陪你去水湾头酒吧街喝个一醉方休……

更有一名珠海网友"乡巴佬"在新浪乐居论坛上发出"港珠澳大桥通车后，一定要去对面娶个香港姑娘"的豪言壮语，引来无数网友跟帖"报名"组团去娶"港姐"。呵呵！此帖的点击量竟高达28922次。

其实，港珠澳大桥已经融入了历史清梦，被三地收纳为一个固定的符号。对于西岸来说，香港这个流金淌银的梦想之都，从未变得这么近在咫尺；对于东岸来说，融入与共生从未变得这么触手可及！

是啊！港珠澳大桥对于香港、澳门和珠海市民的意义非凡，因为一直以来，港珠澳三地人对于大桥能否建成以及建成后的新生活充满了憧憬和想象。

港珠澳大桥通车改变了什么？

答案是多样的：交通格局之变，城市格局之变，产业格局之变，经济格局之变。

无形的。有形的。

经济的。文化的。

潮水依旧是这一湾潮水，历史却翻开了新的一页——

产业因之调整。两端之间的城市产业转移与竞合将更趋明显，整个大珠三角区域的物流格局面临重新洗牌，原有的广深港三足鼎立局面将被打破，除此之外，旅游、金融、贸易、商业……每个行业都迎来新机遇。

城市因之升级。珠三角同城效应倍增。大桥就像一根链条，将这片热土上最具活力的珠中江、深莞惠等地串珠成冠，使这个区域焕发出整体性向上生长的力量。

文化因之交融。世世代代的隔海相望，年年岁岁的遥相致意，因大桥而一朝对接。地缘更相近，血缘更相融，人缘更相亲。粤风港韵在大桥上奔流，文化的凝聚之情、民族的自豪之情，在这大桥上升华！

曾经"辛苦遭逢起一经"，如今何需"零丁洋里叹零丁"？这条气势磅礴的大动脉，为港珠澳三地重新绘制了超越千古的经济蓝图。

美国《华盛顿邮报》报道：新大桥把大珠江三角洲东部的金融中心香港与博彩天堂澳门以及内地城市珠海连接起来。这个包括多个重要都会城市的庞大地区是中国经济的引擎。这一超级工程将再次给予其新的动力，整个西部地区将从港珠澳大桥中获益……

港珠澳大桥是港珠澳的"大盆宴"，它的开通不啻为港珠澳三地打了一剂强心剂，集体兴奋，因为，大桥20年内将为港珠澳三地带来400亿元的直接经济效益。

香港特区政府2017年6月3日公布一份《可持续大屿山蓝图》。根据蓝图，大桥东端的大屿山将成为香港通往大珠三角地区的"双门户"，计划为约70万至100万人口提供居所。蓝图制定了各项措施，包括发展桥头物流经济。香港贸发局首席经济师梁国海告诉我："香港物流服务若能全面覆盖珠三角西部，可为香港海运、空运带来30%和35%的额外货源。"

"大屿山将成海陆空交通枢纽，突破以往'天涯海角'的地理困局。"香港机场管理局主席冯国经在接受我的采访时兴奋之情溢于言表，"大桥将香港、深圳、澳门和珠海4个机场连起来，人流、物流可在4个机场间合理调配，快速转运，并解决香港国际机场作业能力有限与业务量持续增加之间的矛盾。"

这是澳门的"希望工程"，澳门媒体这样报道。

澳门经济是微型经济，经济能量不足，对内地与香港两地的依附性极强。港珠澳大桥的开通，将为各行业特别是澳门旅游服务业带来商机，促进区域经济，为人员往来提供更多交通选择。澳门特区政府拟建第四条澳氹跨海通道接驳人工岛，把大桥开通视为发展新机遇，加快粤港澳区域协调发展。

珠海则大打"桥牌"，借力大桥经济布局谋篇，全力打造"海陆空＋智能制造"的"3＋1"特色产业格局……

在这座大桥的背后，三地的生活正在或即将发生嬗变。

春江水暖鸭先知。

澳门永利集团旗下斥资42亿美元几乎与港珠澳大桥同步在澳门路氹打造"永利皇宫"，占地8英亩的表演湖和置于南庭园及北庭园大堂的大型花卉雕塑在大桥开通前夕正式试业。

企业总是扮演着这种最敏感的角色。

澳门永利度假村集团董事长史提芬说："港珠澳大桥开通，澳门发展成为世界旅游休闲中心成为可能。"他介绍，永利皇宫的每一块云石、每一盏水晶吊灯，以及每一项洋溢着优雅品位的细节都是经过精雕细琢、花了六年半时间的心血创造出来的巨作。大桥让我们坚定了投资信心，从我们全心投入可窥见一斑。

两年前，《超级版图》作者帕拉格·康纳在珠三角旅行，他从广州开始，经过中山到达珠海和澳门，然后往北向东经过东莞、深圳和香港。在帕拉格·康纳日记里，"数个现代化城市、经济特区和特别行政区，我的行程就在这个最发达的珠三角弯来绕去"。

港珠澳大桥建成后，打通香港与珠三角连接的通道，使珠江口路网格局发生质的改变，由原来的"A"字形转变为"△"字形。特别是使香港由原来只能经由深圳联系内地单通道格局，变成现在连接深圳、珠海的双通道交通格局。

如今，如果帕拉格·康纳再次造访珠三角，大可选择从港珠澳大桥穿越了。

业内人士分析，港珠澳三地通过连接互通后，以城市、滨海休闲与养生为主的珠海，以都市旅游与商务旅游为主的香港和以博彩旅游和文化旅游为主的澳门将实现优势互补，有望铸成珠三角旅游的"金三角"……

香港商人黎白笛"好开心"，他说："虎门大桥天天堵车！港珠澳大桥开通让我们往来太方便了，感谢粤港澳三地政府，感谢中央政府！"

黎白笛在珠海的斗门富山工业区投资建厂，2015年国庆假期第一天，他回香港与家人团聚，从珠海香洲开车到虎门不过70多公里的距离，却走了10多个小时，"现在好了，40分钟搞定"。

他想象着大桥开通那天，自己从珠海驾车回香港，溟蒙的暮色中，他从洪湾立交上大桥连接线，不一会，弥漫的水雾中就隐约闪现出灯光灿烂的珠澳口岸人工岛。驶出口岸联检楼，眼前忽地现出一抹亮色，近了，近了，不，不是一点亮，而是一整列的灯火通明。那么耀眼，却别有几分绚烂，仿佛是苍茫夜色中的一条星河，在指引着他的归途……

100多年前，近代人文地理学奠基人拉采尔曾说：交通是城市之间形成的力场。

港珠澳大桥正散发出强大的"力场"，珠海的机会来了！

港珠澳大桥配套交通设施的建设，进一步完善珠海交通运输网络、城市空间结构。一批横跨东西、纵贯南北的交通项目加快建设。鹤港高速一期、珠峰大道、金琴快线、兴业快线动工，香海大桥、洪鹤大桥全面铺开，洪湾枢纽互通二期、白石桥通车……一个承接港珠澳大桥、辐射粤西、连通全国的交通枢纽城市正在珠江口西岸崛起。

珠海正雄心勃勃。历史，赐给珠海一方铸造生命辉煌的厚土，同时也赐给她再次燃放辉煌的机会。

港珠澳大桥让珠海成为内地唯一一座与香港和澳门陆路相连的城市，珠海拥有珠江口西岸唯一的自贸试验区、唯一的保税区、华南地区最好的深水大港，幸运地被国家确定为珠三角西岸核心城市。这是继建立经济特区和邓小平同志视察之后珠海迎来的第三次战略机遇。

横琴，珠海的新客厅，处于"一国两制"的交会点和内外辐射的结合部，辐射华南、西南、东南区域，是国家级新区和自由贸易试验片区。8年前，与澳门咫尺之遥的横琴还是一片蕉林绿野的处女地，港珠澳大桥开通后，三地的资金流、信息流及客货流更便捷地在这里对接融合。横琴的接口功能实现了资源共享、产业互动、要素融通，有望超越CEPA框架的"自由贸易"。

横琴的另一机遇是让资金通过离岸银行流入到内地，给国际投资及科技产业落户到横琴及其周边地区创造更多方便，牵手香港共同搭建平台促澳门多元化发展。目前，横琴商事主体注册数量已超过2.5万家，引进和在谈的世界500强企业63家，国内500强投资项目98个，在建的82个重点项目总投资就超过3200亿元。

成绩喜人，前景诱人，怎不让横琴怦然心动？

房地产对经济动向最敏感，对地价的涨跌最关注。港珠澳大桥从开工到开通，珠海的楼市一直在宣传大桥概念。

近水楼台先得月。

湾仔与澳门一水相隔，一头连接港珠澳大桥第一个出口，一头连接横琴自贸区及CBD十字门中央商务区。正是这个名不见经传的湾仔板块在城市新的格局中"鲤鱼跃龙门"，成为珠海"地王"频现的一个区域：2015年，南湾大道东侧一宗商住用地拍出的楼面地价达到17600元/平方米，成为当时珠海城区当之无愧的"地王"。

曾经偏于一隅的湾仔房价狂飙突进。2012年，湾仔的新房价格约为1万元/平方米，但到了2016年，片区内的新房价格已经涨到3.5万元/平方米左右。

对于港珠澳大桥区域土地升值现象，珠海恒立地产总经理张东平喜形于色。

当时拍地的时候他只是因为企业扩产需要，并没有考虑土地升不升值的问题。如今看来，买得早，等于为企业省下了很大一笔成本。

"大桥经济"带来的地价增值，仅仅是大桥"财富效应"的一个缩影。随着港珠澳大桥通车，这座"世界第一跨"的吸金能力日益显现，大桥两端悄然成为投资人关注的焦点。

CBD十字门中央商务区看好港珠澳大桥，将自身定位为服务珠海核心城市建设与粤港澳合作的平台，其高端现代服务"一步入豪门"，中央商务区功能包括会展商务、企业总部、商务办公、商业配套、酒店娱乐、高端居住、口岸服务等。就在大桥开通前夕，瑞吉酒店、华发喜来登酒店、华发会展行政公寓等三大国际高端酒店陆续开业，华发中演大剧院，湾仔华发商都、华发新天地、自贸区免税购物区等无缝配套……

一桥飞架东西，不同的路径在变化中被重新发现，在变化中被重新调整，这已不仅仅止于产业层面的变奏……对于居住在两岸的百姓来说，同样带来的是翻天覆地的生活改变。

"大桥通车，去香港方便多了。"说到购物，在珠海工作的李小姐一脸兴奋，"香港衣服、包包什么的比这里丰富多了，还经常打折，扫起货来多带劲呀！还有珠海买不到的一些东西，也不用老叫朋友带，随时都可以自己跑到香港去买。我老早就想好好逛逛铜锣湾啦！"

澳门人陈先生娶了个珠海姑娘，长久以来夫妻俩两地奔波，虽然辛苦，但夫妻俩"喜欢澳门的安静，喜欢珠海的舒展"，对"双城"生活颇为满意。港珠澳大桥建成后，陈先生开始憧憬他们的"三城"生活，他说："从珠海和澳门开车去香港都只要30多分钟，以后随时都能过去逛逛。"

"桥修好了，回香港随时可以启程。"在暨南大学珠海校区读书的香港学生小廖告诉我，之前，由于交通不方便，回趟香港得先关注航班，再关注天气。现在有了大桥，感觉香港的家越来越近，触手可及，想走就走。

在港珠澳大桥珠海洪湾引桥接驳的地方，总是停着不少车辆，除了珠海地区的车子外，还有很多澳门和外省车辆。

这是一家名字特别醒目的酒店——桥头海鲜酒楼。

酒店老板邝立臣是土生土长的湾仔人，说起自己的开店经历，他一脸自豪："俗话说靠山吃山，靠海吃海。现在大桥通车了，当然是要靠桥吃桥了。"

据老邝介绍，这店最早是在2011年开的，当时建港珠澳大桥珠海连接线，有个四川人来租了这个店面，稍微装修一下就开张了，当时的名字就叫"大桥餐馆"，一下就成了附近最大的餐厅，附近打隧道架桥梁的工人都是店里的客人。

前几年大桥毕竟还没有通，再加上这里比较偏僻，除了工地工人，其他食客少得可怜。现在大不相同了，几乎是天天见到澳门人和操着外地口音的客人光顾酒楼，一到节假日，更是随处可见外地私家车和旅游团的包车。

"我觉得大桥开通会给我酒店带来更多的生意，所以就把店面收回来了。"邝立臣十分欣赏自己这个决定，"为了这个店，我和我老婆都'转岗'了。现在每天的营业额至少有2万元，一到节假日至少翻倍。今年春节，有不下200辆外地牌照的小车停在这里。那几天我们这个店可火了，忙得连上茅厕的时间都没有，最后我打烊了一算账，连自己也吓了一跳，营业额都快到5万元了。接下来的清明、五一又是个黄金日子，这两天我和我老婆都忙着联系海鲜，把酒店里的货品数量多准备些，好好赚一笔。"

从靠海吃海到靠桥吃桥，大桥改变了人们的经营观念。

港珠澳大桥也是"联姻桥"。

一道伶仃洋，让香港和澳门的俊男靓女遥望了多少年多少代，明明近在咫尺，但每一次交流和对话都得"漂洋过海来看你"。

大桥把隔海相望的恋人连在一起。

胡娟是土生土长的澳门女孩，男朋友则来自珠江口的彼岸——香港。港珠澳大桥正式通车后，他们驾驶着婚车驰骋在桥上，那条坚实的金光大道凌驾于惊涛骇浪之上，伸向无垠的蓝天碧海，小两口通过港珠澳大桥这座"鹊桥"，共赴香港举办婚礼。

谈起第一次去男友家时的情景，小胡记忆犹新。当时是2015年10月25日，她坐上了澳门开往香港的喷射船，半小时后，到大屿山附近的小鸦洲海域时，快船与不明物体发生了碰撞，她和船上的36名乘客不幸受伤。

这一次的经历给小胡留下不小的心理阴影，以致后来很多次随男友回家，都不敢坐船，舍近求远从陆路绕几百公里。说起大桥，胡娟的脸上幸福得像花儿一样开放："这一天终于来到了。"

幸运之神总是百般眷顾珠海这方土地。

2017年3月，粤港澳大湾区进入国家发展战略。这个湾区城市群的地区生产总值达到1.24万亿美元，超过了旧金山湾区。

如果说之前11个CEPA的安排，确定了粤港澳三地的合作框架，那么建设时间长达8年之久的港珠澳大桥，则是实实在在的战略落子——这个55公里连接的不仅仅是粤港澳三地，未来因它而形成的5.6万平方公里的区域，将是继东京湾区、纽约湾区、旧金山湾区之后的粤港澳大湾区。

当港珠澳大桥撞上粤港澳大湾区，"幸福列车"再次提速！

适百里者，宿舂粮；适千里者，三月聚粮。港珠澳大桥珠海连接线直接打通珠江口岸与香港的通道，尤其利好珠江口西岸城市。有区域经济学家认为，珠三角城市与香港的陆运距离每缩短1%，制造业、服务业中外资投入金额分别增加0.2%和0.7%。围绕港珠澳大桥，各城市竞相"大动作"。中山与深圳联手推进深中通道与港珠澳大桥通道相叠加，通过与港珠澳大桥的交通衔接，构建"深中经济圈"；江门和香港物流商会签署合作备忘录；肇庆谋划连接珠中江通道和港珠澳大桥的快速通道……

珠海，你准备好了吗？

一张张画卷，一份份构思，勾勒出一幅幅气势磅礴的宏伟蓝图。珠江口发生的这场交通变革，正在折射出超级城市群崛起背后一道道意义深远的开放命题。

如果把目光放得更远，这座大桥等于在大珠三角打开了三扇大门：对广东而言，有了一扇通向世界的大门；对香港而言，等于打开了直通内地的大门；对于大珠三角而言，通向西南的大门也洞开了……三扇大门依托港珠澳大桥和粤港澳大湾区，势必加快广西、湖南、江西等地的产业梯度转移，产业要素将通达北部湾和西南等地，形成面向东盟的海陆国际大通道。

这不正是"一带一路"的倡议通道吗？

西南经济圈、华南经济圈、中南半岛经济圈……世界经济版图上一个个闪耀的经济增长级将喷薄而出。

离开珠海的那天，我站在情侣路上对港珠澳大桥做一次深呼吸。此时，火红的太阳蹦出海面，离开了大海温暖的怀抱，喷薄而出的朝阳透过云朵的缝隙光芒四射，给气势如虹的大桥披上了一层薄薄的金纱，港珠澳大桥"三塔"如同三位穿着金色衣裙，披着白色纱衣的女神，如出水芙蓉一般，在伶仃洋上亭亭玉立。

我突然发现，这直入云霄的三座桥塔，悬索拉起的何止是一座物理意义上的桥梁？它拉起的分明是中国桥梁工业的核心竞争力，分明是粤港澳三地的民族自豪感，分明是中国人对自主创新的强大信心！

如今，大桥已经被剪裁成风景，江海已经被写意成国画。海天寥廓之下，港珠澳大桥携珠江的浪花、伶仃洋的涛声一路延伸，粤港澳大湾区所塑造的更高更新更有魅力的幸福指数伴着港珠澳大桥一路向西、向西……

后记　余言未尽

一

本书随着港珠澳大桥工程的全线贯通而画上最后一个句号，但我颇感言犹未了，就如一支畅快的抒情曲已经奏毕，而余音却缭绕于我的心境。

在港珠澳大桥采访时，我听到采访对象不约而同说得最多的一句话：此生能参加港珠澳大桥这样的超级工程，没有白活。同样，对于从事非虚构文学写作30年的我来说，碰上这样重大的创作选题，何尝不是感同身受呢？

写这本书是一个苦心志、劳筋骨的体力活，尽管有时身心疲惫，但享受的却是一次畅快的精神之旅。

二

对于港珠澳大桥而言，我只是一名记录者。

我在这片曾经热火朝天的工地上凝眸、沉思，怀着真诚，怀着崇敬。于是，我深深地弯下腰，以拾穗者的鞠躬，捧起伶仃洋上那些大桥普通建设者的一个个精彩故事，留给我们自己以及我们的后人……

多少个夜晚，我打开电脑一边看资料一边敲键盘。有时，我写得很慢很苦，我担心哪怕漏下关键的一笔，便是我不可宽恕的失职。好几次，大桥人的感人事迹和奉献精神让泪水涌到我的眼眶边，以至不得不停下手中沉重的键盘让自己内心稍作平静。有时，我写得很快，酣畅淋漓，那是因为我的笔下迎来了一个个攻坚克难的好消息，我在与大桥英雄好汉们共同分享着成功的喜悦。

在大桥采访的日子里，我被建设者的故事感动着。从项目管理者那坚毅的目光和信心百倍的言谈中，我读懂了什么叫意志力；从大桥建设者那昂扬的斗志和如数家珍的口述中，我知道了什么叫执行力；从市民那幸福的笑脸和异口同声的赞誉中，我感悟到了什么叫幸福指数……

三

发生在伶仃洋上这场轰轰烈烈的"桥战"终于在2017年的最后一个月硝烟散尽，天堑变通途，千年梦想变为可感可触的现实，我由衷地祝贺。祝贺的还有大桥人在这个工程上所囊括的数以千计的形形色色的荣誉：全国劳动模范、全国五一劳动奖章、优秀共产党员、人大代表、南国工匠……国家级的、省级的、市级的，行业的、部门的、单位的，还有集体荣誉、团队荣誉、个人荣誉……相信没有谁能统计出一个准确的数据，恕我无法在书中一一展示。

其实，在港珠澳大桥，每一个人都有一个动人的故事，都是一首美丽的诗，是一支动听的歌，一支壮丽的人生之歌。

让珠江口作证！

大桥人创造了至今无与伦比的奇迹。

让伶仃洋作证！

大桥人书写了百世流芳的辉煌业绩。

没有哪一座桥，像港珠澳大桥这般厚重，承载了如此多的光荣与梦想。我相信：10年、20年、30年，或者更久以后，我们的子孙们还会在阳光下翻晒这些久远的故事，让往事鲜亮如初……

四

历经5年的漫长采访和写作，书总算出版了，感谢广东省委宣传部、广东省作家协会、珠海市委宣传部和珠海市文联的支持和帮助，在给这一选题以足够关注的同时提供了采访便利。感谢中国作家协会副主席、中国报告文学学会会长何建明老师，当代著名作家、中国报告文学学会副会长李鸣生、李春雷老师的欣然推荐。

感谢港珠澳大桥管理局、珠海连接线管理中心以及中交联合体岛隧项目部、中铁大桥局项目部等单位，是他们在百忙中审阅本书稿，提出了许多中肯的修改意见，使本书内容更为丰富，素材更为翔实。

本书的创作还吸纳和参考了各类主流媒体、新媒体的消息、通讯、特写以及参建单位的内部信息、内部刊物、文件资料等，在此向那些记者和原作者表示诚挚的谢意！

　　鉴于个人水平有限，难免有以偏概全和疏忽错漏，如有不妥之处，在此抱拳行礼，望各位读者或当事人海涵。

曾平标

2018年2月28日于珠海